KB075389

18세기 조선 인물지

幷世才彦錄

이규상 지음
민족문학사연구소 한문분과 옮김

창작과비평사

1997

번역 참가자 명단

임형택(林熒澤): 성균관대 교수
김 영(金 泳): 인하대 교수
우응순(禹應順): 고려대 강사
강명관(姜明官): 부산대 교수
윤재민(尹在敏): 고려대 교수
정우봉(鄭雨峰): 고려대 교수
진재교(陳在教): 경북대 교수
김철범(金喆凡): 경성대 교수
신익철(申翼澈): 명지대 교수
안대회(安大會): 연세대 강사
남은경(南恩暻): 이화여대 강사
이지양(李知洋): 성균관대 강사
박영민(朴英敏): 고려대 강사
김승룡(金承龍): 고려대 강사

병세재언록 서언

아무리 그 사람은 있다더라도 그 책이 없으면 어떻게 전해질 수 있겠는가? 옛날은 말할 나위 없거니와 지금 세상에도 이런 일은 이루 다 헤아릴 수 있으랴! 하늘이 인재를 낳으매 넓은 하늘에 새가 스쳐가듯 연기가 사라지고 안개가 잠기는 것만 같다. 책이 있어 전하지 않으면 하늘이 사람을 낳고 책을 낳은 뜻이 어디에 있겠는가?

사람으로 내가 태어나기 전에 있었던 사람들은 책이 많이 있거니와 나의 뒤에 오는 자들은 내가 미칠 바 아니다. 오직 나와 동시대에 태어난 이들은 내가 챙겨서 쓸 수 있는 것이다. 이에 나는 나열해서 책에 기록하였다. 그러나 우리나라 땅이 겨우 삼천리라지만 사대부가 당파로 분열되고 나서는 나와 색목(色目)을 달리해 떨어져 있는 경우 몇 사람이나 가히 기록해 남겨야 할지 알지 못하고 있다. 나 자신의 이목을 따라서 기록한 것들도 곤륜산의 한 조각 옥이요, 계림의 한 가지 나무에 불과하다. 붓을 잡고서 문득 맥이 빠져 사방을 바라본다.

편차에서 유림록(儒林錄)과 고사록(高士錄)은 한 궤도의 것을 둘로 갈라 놓았으니 무슨 까닭인가? 당세의 유자들은 눈이 높고 의관이 의젓해서 보면 금방 그 사람인 줄 알 수 있다. 반면에 고사란 천진에 맡겨서 세속과 뒤섞여 옥을 품고서 쓸모 없는 사람처럼 은둔해 있는 자이다. 명목이 있고 없고에 따라 실질이 또한 달라지는 것인가!

幷世才彦錄引

雖有其人, 若無其書, 曷以傳哉? 往昔勿論, 卽今何限! 天之降才, 而蒱蒱於長空之鳥過, 則直烟消而霧沈, 不有書之傳, 安在天之生人與生書之意也? 人在余降之前人, 有書之多, 在余後者余無及. 惟幷余之降者, 余可得以書之. 於是乎立

列錄之書. 然我邦僅三千里, 而自士大夫黨流之分, 隔居余色目之外者, 不知有
幾人之可書, 其從耳目而書之者, 不過崑玉之片, 桂林之枝, 秉筆輒憮然四望也.
其曰儒林錄, 其曰高士錄者, 若一轍而二歧何也? 時世之儒, 尊瞻正衣, 望之便
知其人, 曰高士者, 任天眞, 渾世俗, 懷玉而樗散者也. 名之有無實亦殊差乎哉.!

幷世才彦錄/차례

1. 유림록(儒林錄)

4. 곤재록(梱材錄)

5. 서가록(書家錄)

17. 규열록(閨烈錄)

18. 규수록(閨秀錄)

■ 부록

일러두기

1. 이 책은 『한산세고(韓山世稿)』 가운데 이규상의 문집인 『일몽고(一夢稿)』(12권 7책)에 들어 있는 『병세재언록』(3권)을 번역·주석하고 원문은 뒤에 별도로 붙인 것이다.

2. 『한산세고』는 총 47권 26책(목차 별책)으로 1935년에 석판(石板)으로 간행된 것이다. 『병세재언록』은 그 중 제 29권~31권에 수록되어 있어 이를 대본으로 삼았다. 당시 조선총독부에 출판 허가를 받기 위해 제출했던 원본이 후손에게 전하고 있어 이것도 아울러 참고하였다.

3. 민족문학사연구소 한문분과에서 1992년 6월부터 1994년 12월까지 『병세재언록』의 독회를 진행하였던바, 이 책은 그 성과이다. 일차 번역은 회원 각자가 분담하여 준비해 와서 임형택을 중심으로 그것을 검토·수정하였다.

4. 원문에는 소제목이 없는데, 번역문에서는 각 항목별로 중심 인물의 이름을 표제로 붙이고 생몰년을 ( ) 속에 표기하였다. 또 부록으로 「인명 해설」을 실어 참고하도록 하였다. 단락 구분도 원문과는 다르게 하였다.

5. 시(詩)·문(文)의 제목은 원제대로 하는 것을 원칙으로 하되, 독자들의 이해를 돕기 위해 번역을 하거나 우리말의 어순을 따라 약간 바꾸기도 하였다. 이런 경우에도 ( ) 안에 원제목을 그대로 제시하였다.

6. 관직 및 관청명에서 별칭으로 나와 있는 경우, 원문 그대로 쓰고 정식 명칭을 ( ) 안에 한글로 병기하였다. *예: 한원(翰苑: 예문관)

7. 인물의 호칭은 원문에 나와 있는 것을 존중하되, 현대인의 언어 감각으로 이해하기 어려운 경우가 많아서 적절히 바꾸어 표현하기도 했다.

8. 원문에 나와 있는 세주(細註)는 번역문에서 ( ) 안에 넣고 '원주'라고 밝혔다.

9. 주석(註釋)은 문맥 이해에 꼭 필요한 고사(故事), 개념어, 인용된 시문(詩文)의 출전, 서명(書名), 지명(地名), 중국 인명(人名)에 대하여 붙였다. 지명이나 인명에서 일반적으로 알 수 있는 것은 주석을 붙이지 않았다.

1. 유림록(儒林錄)

우리나라는 기자조선·신라가 나라를 세운 이래로 유술(儒術)이 알려진 것이 없다. 최문창(崔文昌: 致遠)과 설홍유(薛弘儒: 聰)는 모두 문장으로 자취를 드러냈다. 고려는 불교로 나라를 세워, 중으로 인해 나라가 망했다. 고려 말엽의 목은(牧隱: 李穡)과 포은(圃隱: 鄭夢周)이 비로소 이학(理學)을 제창하여, 우리 조선은 온전히 유교로 나라를 세웠다. 중엽부터는 당론이 학자들에게서 시작하여, 지금은 각 당이 모두 이학으로 맹주를 삼고 있다. 그런데 호서 지방은 아직도 이학이 있으나, 서울과 영남과 호남은 알려진 것이 없고, 서북 지방은 본래부터 어두웠다.

이재(李縡)

도암(陶菴) 이재(李縡: 1680~1746)는 자가 희경(熙卿)이요, 벼슬은 판서에 이르렀으며, 시호는 문정공(文正公)이다. 정승 이숙(李翿)의 손자이며, 여양부원군(驪陽府院君) 민유중(閔維重)의 외손자이다. 그는 어려서 아버지를 여의어 어머니 민부인의 올바른 가르침을 받았으며, 어려서부터 신동이라 일컬어져 성인이 되기도 전에 성균관에 이름이 자자하였다. 일찍 과거에 올라 한원(翰苑: 예문관)과 옥당(玉堂: 홍문관)을 역임했다. 당상관(堂上官)에 오르자마자 옥사가 크게 일어나, 당숙인 판서 이만성(李晩成)이 죽었다. 이로부터 의리를 내세워 벼슬을 하지 않고 평생 재야에서 도학(道學)에 전념하였다. 학문에 있어서는 하학(下學)[1]을 우선하여, 학생을 가르칠 때는 『소학(小學)』을 먼저 가르쳤다. 그의 문하에는

---

1) 하학(下學): 유학에서 학문의 순서를 '하학(下學)'과 '상달(上達)'로 나누었는데, 상달이 형이상학적인 이론의 공부임에 비해, 하학은 사람의 도리를 배우는 등 실천적인 공부를 가리킨다.

14

서울의 현달한 사람이 많았다.

문장은 천성에서 나와 명백하고 찬란하며, 자기 견해대로 글을 쓰고 도습하지 않았으며, 대우법(對偶法)을 드물게 쓰는 편이었다. 비지문자(碑誌文字)에 더욱 뛰어나 간략한 곳은 사마천(司馬遷)과 같고, 곡절다단(曲折多端)하기는 구양수(歐陽修)와 같다. 그의 부모의 두 묘지문은, 글이 곧 「상천문(瀧阡文)」2)에 견줄 만하고, 소장(疏章)은 육지(陸贄)3)와 흡사했다. 당시의 비지문자는 그의 글이 아니고, 부제학(副提學) 김진상(金鎭商)의 글씨가 아니면 쓰질 않았다. 그가 묘지문을 찬술할 때 당해서 문하생들을 시켜 대상 인물의 세계(世系)와 이력(履歷)을 엮게 하고, 논단(論斷)을 내릴 곳에 이르러 비로소 직접 기술하였다. 녹문(鹿門) 임성주(任聖周)가 "선생님은 늘 비지문에 겨를이 없으시니, 아예 일과로 해놓는 것이 어떠신지요?"라 하였다.

그는 숙종 경신년(1680) 태생인데, 경신년 태생 중에 세상에 알려진 사람이 많아, 세상에서는 '팔경신(八庚申)'이라고 한다. 대제학 윤봉조(尹鳳朝), 대사헌 홍계적(洪啓迪), 판서 윤순(尹淳), 영의정 서명균(徐命均), 풍원부원군(豊原府院君) 조문명(趙文命), 금성현감(金城縣監) 오진주(吳晉周), 진사 정석부(鄭錫敷)에다, 한 분은 도암 이재이다.

그의 오언율시 중에

산이 깊어 두견이 낮에도 울고,
바람이 따스하니 살구꽃 핀날.
山深子規晝, 風暖杏花天.

---

2) 상천문(瀧阡文): 중국 송나라 구양수(歐陽脩)가 부친이 죽은 지 60년이 지나 자기 고향인 상강에 있는 부친의 묘에 쓴 「상강천표(瀧岡阡表)」를 가리킨다.
3) 육지(陸贄): 중국 당나라 가흥(嘉興) 사람. 자는 경흥(敬興). 시호는 선(宣). 덕종(德宗) 때에 한림학사(翰林學士)를 지냄. 특히 임금에게 올리는 글을 잘 짓는 것으로 유명하다. 우리나라에서도 『육주약선(陸奏約選)』이 간행되어 널리 읽혀졌다.

우중에 술은 익어가고,

꽃 속에 초당은 그윽하다.

雨中春酒綠, 花裏草堂深.

라는 구절들은 왕마힐(王摩詰: 維)의 구기(口氣)에 뒤지지 않는다.

박필주(朴弼周)

여호(黎湖) 박필주(朴弼周: 1665~1748)는 자가 상보(尙甫)요, 벼슬은 이조판서에 이르렀는데, 유일(遺逸)로 진출하였다. 문집이 있다.

김양행(金亮行)

지암(止菴) 김양행(金亮行: 1715~1779)은 자가 자정(子靜)이요, 벼슬은 이조참판에 이르렀는데, 유일로 진출하였다. 문곡(文谷) 김수항(金壽恒)의 증손이다.

김한록(金漢祿)

세마(洗馬) 김한록(金漢祿)은 자가 여유(汝裕)요, 학주(鶴洲) 김홍욱(金弘郁)의 후손인데, 인품이 기개가 있었다.

민우수(閔遇洙)

섬촌(蟾村) 민우수(閔遇洙: 1694~1756)는 자가 사원(士元)이요, 유일로 진출하여 대사헌에 올랐다. 그의 형 익수(翼洙)는 자가 사위(士衛)요, 벼슬은 장령(掌令)에 이르렀는데, 또한 유일로 진출하였다. 이들 형제는 참찬(參贊)을 지낸 지재(趾齋) 민진후(閔鎭厚)의 아들이요, 여양부원군(驪陽府院君) 문정공(文貞公) 민유중(閔維重)의 손자이다. 이들 형제는 모두 경학(經學)과 언론(言論)으로 자립하였는데, 세도(世道)가 쇠미하던 즈음에 풍도가 엄정해서 범할 수 없는 점이 있었다.

한원진(韓元震)

16

남당(南塘) 한원진(韓元震: 1682~1751)은 자가 덕소(德昭)요, 벼슬은 장령에 이르렀으며, 유일로 진출하였다. 한수재(寒水齋) 문순공(文純公) 권상하(權尙夏)에게서 배웠다. 남당은 '태극도(太極圖)'와 '인물(人物)'과 '오상(五常)'에 관한 설을 권문순공에게 강론하고, 이어 문하에서 같이 수학한 외암(巍巖) 이간(李柬)과 더불어 긴 편지를 서로 주고받으며 강론하였다. 한때 충청도의 선비들이 바람에 쏠리듯 좇았는데, 끝내는 문호가 나뉘어 남북으로 부류를 이루었다.

문순공에게는 아우가 있었는데, 이름이 상유(尙游)다. 그는 청직(淸職)·요직(要職)⁴⁾의 벼슬을 지냈고, 전관(銓官)⁵⁾으로 출입하며 사론(士論)을 부식했다.

문순공의 문인 가운데에는 한때에 명망 있는 인물이 많았다. 당시 사람들이 그중 가장 저명한 사람을 들어 '강문팔학사(江門八學士)'로 지목하였다. 남당이 으뜸을 차지하고, 호가 외암(巍巖), 자가 공거(公擧)인 이간(李柬), 호가 병계(屏溪), 자가 서응(瑞膺)인 윤봉구(尹鳳九), 자의(諮議)를 지내고 자가 가구(可久)인 이이근(李頤根), 세마(洗馬)를 지내고 자가 언명(彦明), 호가 관봉(冠峯)인 현상벽(玄尙璧), 자의를 지내고 자가 군범(君範)인 채지홍(蔡之洪), 사인(士人)으로 자가 영숙(永叔)인 한홍조(韓弘祚), 사부(師傅)를 지내고 자가 달경(達卿)인 성만징(成晩徵)까지 여덟 사람이 된다. 문순공의 한수재(寒水齋)는 청풍(淸風) 땅의 황강(黃江)에 있기 때문에 '강문(江門)'이라고 일컫는 것이다.

남당의 학문의 길은 상달(上達)을 우선하였기 때문에 그의 문하에서 공부한 사람들은 비록 후진(後進)에 어린 사람이라도 태극과 오행에 대해 이해하지 못하는 이가 없었다.

강문의 제자로서 현달한 사람으로는 판서 이기진(李箕鎭), 판서 서종

---

4) 청직(淸職)·요직(要職): 당시 중앙의 벼슬자리 중에 좋은 명망을 지닌 경우를 청직이라 했고, 치권(治權)을 가진 중요한 자리를 요직이라 했으며, 임금의 주변에서 문장의 임무를 담당한 경우를 화직(華職)이라고 나누어 불렀다.

5) 전관(銓官): 관리 임용의 전형(銓衡)을 맡아보는 관리. 대개 문관의 인사를 담당한 이조(吏曹)와 무관의 인사를 담당한 병조(兵曹)의 벼슬아치를 가리킨다.

급(徐宗伋), 승지 이도원(李度遠)이 있다.

〔보유〕 황강(黃江) 문인 중에 성징후(成徵厚)는 자가 성중(成仲, 또는 誠仲), 호는 매봉(梅峯)이며, 윤혼(尹焜)은 자가 회보(晦甫), 호는 천서(泉西)로서 벼슬은 사헌부 지평(司憲府 持平)을 지냈으며, 문과(文科)에 합격했고, 이도원(李度遠)은 자가 기보(器甫)이다. 한홍조(韓弘祚)는 자가 영숙(永叔)인데, 병계(屛溪)가 지은 제문에 한사문(韓斯文)이라 일렀으니, 그가 현감(縣監)이 아닌 것이 분명하다.『병계집(屛溪集)』의「남당행장(南塘行狀)」에 "매봉 성징후 성중, 외암 이간 공거, 회보 윤혼, 오산(烏山) 현상벽 언명, 영숙 한홍조는 모두 강문에서 동학하여, 그 당시 호학(湖學)이라 불렀다."고 하였으니, 병계 자신과 봉암(鳳巖) 채지홍, 남당 한원진을 포함해서 팔학사라고 한 것인가? 그러나 박서(朴壻)가 강문의 후예의 말을 전하기를 "아버님의 기록에 여러 공들이 나오니 참으로 그렇다."고 하였으니, 이는 참판 재종형이 전하는 것과 강문 후예의 말이 서로 부합된다. 갑자년(1804) 겨울에 음성(陰城) 성해응(成海應)이 그의 부친 청성(靑城) 성대중(成大中)의 말을 전하기를, "윤혼은 팔학사의 대열에 들어가지만, 성만징은 영남 사람이므로 호학에 참여할 수 없었다."고 하였다.

한원진은 일찍이 그의 형 계진(啓震)과 아우 태진(泰震)에게 말하기를, "사람이 태어남에 마땅히 타고난 재주를 따라 직업에 나아가야 할 것이니, 원컨대 형님께서는 과거글을 익히시고 동생은 치산에 힘쓰라. 나는 성리학을 공부해 보겠다."고 하였다.6) 뒤에 한계진은 문과에 급제했고, 태진은 재산이 부요하였으며, 한원진은 유일(遺逸)로 진출하여 정조조(正祖朝)에 이조판서를 추증(追贈)받고 문헌공(文憲公)의 시호를 받았다. 한원진은 풍수설(風水說)에 밝았는데, 그의 자손들이 많이 그 업을 이었다고 한다.

이간(李柬)

---

6)『한국계행보』와『문과방목』에 의하면, 한원진의 형이 태진(泰震)이고, 아우가 계진(啓震)으로 문과를 하였는데, 착오가 있었던 것 같다.

18

외암(巍巖) 이간(李柬: 1677~1727)은 자가 공거(公擧)요, 유일로 진출하여 자의(諮議)와 외대(外臺)를 지냈다. 대대로 온양(溫陽)에서 살았다. 그의 선대는 무관이었고, 그의 아들 이병(頤炳)은 문학과 조행이 있었으며, 다른 아들 정병(鼎炳)은 병사(兵使)를 지냈다.

〔보유〕 외암과 남당(南塘)은 인물성(人物性)과 오상(五常)에 대한 논변이 있었는데, 의론이 서로 대립되어 드디어 '호학(湖學)'과 '낙학(洛學)'으로 나뉘었다. 외암과 도암(陶菴) 등 여러분은 견해가 맞아 '낙학'이 되었고, 남당은 호서(湖西)의 결성(結城) 땅에 살았기 때문에 '호학'이라 이른다.

윤봉구(尹鳳九)

병계(屛溪) 윤봉구(尹鳳九: 1681~1767)는 자가 서응(瑞膺)이요, 또 구암(久菴)이라고 호하였고, 벼슬은 판서를 지냈는데, 처음 음직(蔭職)으로 나아갈 때 나이가 팔십여세였다. 중년 이후로 덕산(德山)의 가야산(伽倻山) 아래 병계(屛溪)7)에서 살았다. 옛 학문으로써 높은 벼슬을 차지했다. 말년에 한 지방의 서원(書院)의 명망이 걸려 있어 오고 가는 서찰을 응접하기에 겨를이 없었다. 문호(門戶) 또한 만년에 빛이 났다. 그의 종형인 포암(圃巖) 윤봉조(尹鳳朝)는 대제학을 지냈고, 종질인 윤심형(尹心衡)은 청명(淸名)으로 부제학(副提學)을 지냈고, 아우 윤봉오(尹鳳五) 또한 판윤(判尹)을 지냈으니, 모두 일시에 어깨를 나란히 하였다.

병계의 제자로는 홍주익(洪柱翼)·김규오(金奎五)·송명휘(宋明輝) 등이 있는데, 송명휘는 동래부사(東萊府使)를 지낸 천곡(泉谷) 송상현(宋象賢)의 후손으로, 글을 잘 지었으며 예술에 널리 통했다. 그가 지은 시구에,

적막한 두견새 우는 밤,
깊고 푸른 가랑비 내리는 산.

---

7) 가야산은 지금의 수덕산의 뒷산이고, 병계는 일명 옥병계(玉屛溪)라고도 한다.

寥落子規夜, 蒼深細雨山.

이 있다. 젊은 나이에 진사가 되었다. 그의 형 송상휘(宋尙輝)도 병계의 문하에서 놀았으며, 우아하고 다듬어진 기품이 있었다.

송명흠(宋明欽)

역천(櫟泉) 송명흠(宋明欽: 1705~1768)은 자가 회가(晦可)요, 벼슬은 찬선(贊善)을 지냈는데, 유일로 진출하였다. 말년에 징소(徵召)를 받고 나아가 사람들이 말하기 어려워하는 것을 진언하여 임금의 엄한 견책을 받았다. 그의 아버지가 일찍이 연기현(燕岐縣)에서 고을살이를 할 때, 항상 두 아들을 옆에 두고 가르치기를 매우 정성스럽게 하였다. 자람에 미쳐 맏이는 곧 역천이고, 둘째는 이름이 송문흠(宋文欽)으로 벼슬은 현감을 지내고, 나이 오십이 못되어 죽었다. 송문흠은 재주와 행실이 세상에 알려졌고, 문집이 남아 있으며, 팔푼서(八分書)를 잘 썼는데, 따로 기록하기로 한다. 동춘(同春) 송준길(宋浚吉)의 후손이다.

송능상(宋能相)

운평(雲坪) 송능상(宋能相: 1710~1758)은 자가 사능(士能)이요, 벼슬은 지평(持平)을 지냈는데, 유일로 진출하였다. 우암(尤菴) 송시열의 후손이다.

〔보유〕 송능상은 일찍이 묘향산을 유람하다 동대사(東臺寺)에 이르러 갑자기 죽었다. 그의 평양(平壤)을 두고 지은 시에,

제일강산 기자의 옛 도읍이요,
삼천의 아리따운 자태 연광정이로다.
　第一江山箕子國, 三千粉黛練光亭.

라 하였다.

김원행(金元行)

미호(渼湖) 김원행(金元行: 1702~1772)은 자가 백춘(伯春)이요, 호를 운루(雲樓)라고도 하는데, 벼슬은 좨주(祭酒)[8]를 지냈으며, 유일로 진출하였다. 문곡(文谷: 金壽恒)의 증손이요, 농암(農巖: 金昌協)의 아들로 자가 군산(君山)인 김숭겸(金崇謙)의 계자(繼子)[9]이다. 타고난 성품이 우뚝하고 호탕하며, 시와 문장을 잘 하였다. 그가 지은 시에,

> 꽃이 뒤덮인 쇠내의 푸른 절벽,
> 베갯머리에 꾀꼬리 스쳐 지나가는구나.
> 沼江翠壁花千樹, 臥聽流罵枕上過.

라는 것은 곧 경구(警句)인데 깊은 심회를 짐작하게 한다. 그의 모습과 거동이 준걸하고 풍류가 있어 진실로 나가서 세상에 쓰인다면, 태평시대의 재상의 기상이 있다고 하겠다. 그의 아들 김이안(金履安)은 자가 정례(正禮)인데, 과시(科詩)를 잘했고, 글씨는 서찰(書札)을 잘 썼다. 말수가 적고 담박했고, 음직으로 목사(牧使)를 지냈다.

지금 임금이 산림(山林)에 숨은 인재를 기용함에 좨주(祭酒)·승지·찬선(贊善)으로 나오게 했으나 출사하지 않았다. 문도 중에 심정진(沈定鎭)·이성보(李城輔) 두 사람이 있는데, 심정진은 자가 일지(一之)요 벼슬은 첨지(僉知)를 지냈고, 『제헌집(霽軒集)』이 있다. 이성보는 지금 경연관(經筵官)의 벼슬이 내렸는데, 동촌(東村)[10] 사람이며, 관동 지방으로 들어가 살면서 관직에는 나오지 않는다.

---

8) 좨주(祭酒): 고려시대 국자감(國子監)과 이조의 성균관(成均館)에 두었던 종3품의 관직. 태종 때에 사성(司成)이란 명칭으로 바꾸었다.

9) 계자(繼子): 제겸(濟謙)의 아들인데, 후사가 없는 당숙 숭겸의 집에 제사를 잇기 위해 양아들로 입적된 것이다.

10) 동촌(東村): 서울 도성내의 동편 마을, 즉 숭신방(崇信坊)의 백동(栢洞) 일대를 가리킨다. 지금의 종로구 연건동·동숭동 일대가 이곳이다.

권진응(權震應)

산수헌(山水軒) 권진응(權震應: 1711~1775)은 자가 형숙(亨叔)이요, 벼슬은 자의(諮議)를 지냈는데, 유일로 진출하였다. 문순공(文純公) 권상하(權尙夏)의 증손이다. 용모가 아름답고 담론을 잘했으며, 성격이 평탄하고 낙천적이었다. 자의에 제수(除授)되어서 충직한 상소를 올렸다가 곧장 제주로 유배되었다. 뒤에 풀려나 돌아와 집에서 죽었다. 공이 젊은 시절에 여행을 가다가 광주(光州) 아전의 집에 묵게 되었는데, 이 아전의 어린 딸이 그를 엿보고는 사모하였다. 오랫동안 상사병이 들어서, 그 아전이 소실로나마 삼아주기를 청하였는데, 공이 끝내 거절하였다. 그래서 그 여자는 마침내 병으로 죽었다. 이 일로 그의 진로에 액운이 있다고도 말들을 하는데, 그러나 그의 바르고 곧은 행동은 훌륭하다 하겠다.

김지행(金砥行)

감역(監役) 김지행(金砥行: 1716~1774)은 자가 유도(幼道)요, 호는 밀옹(密翁)이다. 강화도에서 순절한 문충공(文忠公) 선원(仙源) 김상용(金尙容)의 후손이요, 감사(監司)를 지낸 김성적(金盛迪)의 손자이다. 공주(公州) 땅에 우거하며 가난한 가운데도 굳세게 독서에 힘썼다. 관찰사의 추천으로 처음 벼슬을 하였는데, 얼마 되지 않아 죽었다.

윤동원(尹東源)

진선(進善) 윤동원(尹東源: 1685~1741)은 자가 사정(士正)이요, 호는 일암(一菴)이며, 벼슬은 진선을 지냈는데, 유일로 진출하였다. 예학과 경전에 익숙하였다.

〔보유〕부솔(副率) 이교년(李喬年)은 호가 간곡(艮谷)인데『간곡집』에「일암유사(一菴遺事)」가 있는데, 다음과 같이 말하였다.

"그는 세수를 하는데 질그릇을 쓰고, 두 손으로 물을 움켜쥐어 이마에서부터 아래로 씻어 내려오고 한번도 어지럽게 씻지를 않았다. 흉년에는 상에 죽을 내놓고 같이 앉은 사람들에게 말하기를, '내가 어찌 밥 지을

22

쌀이 없어서 죽을 쑤었겠는가? 남는 것을 가지고 두루 어려운 친척들에게 나누어 주려고 한 것이다.'고 하였다. 어렸을 때 붓을 잡고 글씨를 배웠으나 재주가 짧았다. 하루는 필결(筆訣)을 가져다 몰두해서 읽어보고 깨달아 드디어 글씨를 잘 썼다. 내가 일찍이 여름철에 찾아가 뵈었더니, 책상을 마주하고 앉아 『강목(綱目)』을 읽는데, 책장 넘기기를 그치지 않고 잠깐 사이에 한 책을 거의 다 읽어내었다. 옥당에서 『명사(明史)』를 강하는 준비를 하는데, 문리에 밝은 자도 또한 자못 의심스러운 곳이 있었다. 때마침 윤동원이 공조(工曹)의 낭관(郎官)으로서 궐내에 들어와 있었다. 옥당에서 글뜻을 강독해 주기를 그에게 청하니, 막히던 곳이 시원스럽게 거침없이 내려갔다. 옥당의 동료들이 사례하며 '본래 경학에만 깊은 줄 알았더니, 사학(史學)을 익힌 것도 또한 이 정도인가?'라고 하였다."

윤만(尹晚)

선비 윤만(尹晚)은 자가 기중(器仲)으로, 정승 윤지인(尹趾仁)의 증손이다. 효성과 우애를 돈독히 하였으며, 힘써 경전을 공부하여 익혔다. 성품이 호방하고 시원스러웠으며, 행동거지는 단아(端雅)하여 읍하고 나아감에 있어서 수양이 잘 된 모습이 저절로 드러났다. 그의 글씨 쓰는 법은 유려하였다.

김위재(金偉材)

부솔(副率) 김위재(金偉材)는 자가 사홍(士弘)이요, 음직으로 부솔을 지냈다. 광은부원군(光恩府院君) 김진귀(金鎭龜)의 손자요, 참판을 지낸 김운택(金雲澤)의 아들이다. 집안이 신임옥사(辛壬獄事)11)에 참화를 입

11) 신임옥사(辛壬獄事): 1721년(신축, 경종 1)과 1722년(임인, 경종 2)에 일어난 옥사. 경종의 보호를 명분으로 하는 소론과 연잉군(延礽君, 뒤의 영조)을 세제(世弟)로 추대한 노론 사이에 세제 책봉과 세제 대리청정 문제를 둘러싸고 일어난 사건. 이에 김일경(金一鏡)·목호룡(睦虎龍) 등 강경 소론들은 노론측의 대리청정의 요구를 역모라고 몰아, 노론 4대신으로 일컬어지는 김창집(金昌集)·이건

었다. 영조조에 옥사의 무고함이 비로소 씻기어, 화를 당한 집안의 자제
들이 모두 나와 벼슬을 하였는데, 일생 동안 한강을 건너오지 않은 사람
은 김위재 한 사람뿐이라고 한다.

김종후(金鍾厚)

본암(本菴) 김종후(金鍾厚: ?~1780)는 자가 백고(伯高)요, 벼슬은 음
직으로 자의(諮議)를 거쳐 장령(掌令)에 이르렀다. 아버지는 세마(洗馬)
를 지낸 김치만(金致萬)으로, 성품이 청고(淸高)하며 글씨를 잘 썼다. 증
조는 정승을 지낸 김구(金構)이다. 김종후와 아우 김종수(金鍾秀)는 약
관의 나이에 학문에 뜻을 두어, 종수는 과거 길로 나아가 지금 정승으로
있다. 종후는 경전을 전공하고 예학을 익혀 사천(沙川)12)의 제각(祭閣)
에서 일생을 마쳤다. 문생으로 임육(任焴)·이정재(李定載)·이만중(李
晩中)이 있는데, 과거길을 통하지 않고 발신(拔身)하였으니, 모두 김종후
의 힘이다.

이봉상(李鳳祥)

지평(持平) 이봉상(李鳳祥)은 자가 의소(儀詔)요, 진사 이기지(李器之)
의 아들이며, 충문공(忠文公) 이이명(李頤命)의 손자이다. 충문공이 신임
옥사에 걸려 가장 혹독하게 당하였는데, 이봉상은 수사(收司)를 당하여
망명했다가 영조조에 비로소 나오게 되었다.

이유(李維)

지암(知菴) 이유(李維)는 자가 대심(大心)인데, 서른다섯살로 요절하여
벼슬길에 나가지 못했다. 감사 이만견(李晩堅)의 아들이요, 정승 이숙(李

명(李健命)·이이명(李頤命)·조태채(趙泰采) 외에 여러 노론 세력을 축출 사사
했다. 이후 영조가 즉위함으로써, 이 옥사를 일으킨 쪽은 처단이 되고, 당한 쪽
은 신원(伸寃)이 되었다.
12) 사천(沙川): 경기도 광주(廣州)에 있는 지명. 지금의 서울 강남으로 편입된 지
역이다.

翻)의 손자이며, 도암(陶菴: 李縡)의 종제로서 그의 문인이 되었다. 성품과 행실이 기이하고 호걸스러웠다. 비록 말 위에서라도 반드시 몸을 꼿꼿이 하고 앉았었는데, 호사자(好事者)가 지목하여 '문위공(文危公)'이라 부르고, 풀이하기를 "널리 배우고 많이 들었으니[博學多聞], 이름하여 '문(文)'이라 하고, 말 위에서도 꼿꼿이 앉았으니[馬上跪坐], 이름하여 '위(危)'라 한다."고 하였다. 도암이 묘지문에 쓰기를, "군은 기개는 크나 재품(才品)이 소활하여, 교유를 중시하고 의론을 좋아하지만 자기와 친한 자는 지나치게 편들고, 자기와 부합하지 않는 자는 또한 미워하니, 사람들이 대부분 두려워하고 꺼렸다."고 하였다.

임성주(任聖周)

녹문(鹿門) 임성주(任聖周: 1711~1788)는 자가 중사(仲思)이며, 감사 임의백(任義伯)의 후손으로, 음직으로 부사(府使)에 이르렀다. 귀 뒤에 총명골(聰明骨)이 있어 경서(經書)·예서(禮書)를 깊이 공부하였으며, 문사(文辭)에 능하여 글솜씨가 아름답고 활달하여 읽을 만하였다.

그의 형 임명주(任命周)는 과거에 합격하여 정언(正言)으로 요절하였는데, 재간이 있고 장옥문(場屋文)[13]을 잘하여 '큰솜씨'라고 일컬어졌다. 과거는 '명경(明經)'으로 합격하였는데, 한번 읽으면 잊지 않아서 '웅경(雄經)'으로 칭찬받았다.

동생 임경주(任敬周)는 어린 나이에 재주가 빼어났으며, 약간의 글이 전해온다.

동생 임정주(任靖周)도 또한 경전과 예에 익숙하였으며, 신광유(申光裕)의 부인이 된 누이동생도 경전을 널리 연구하여 저술을 잘하였다. 뒤에 따로 규수록(閨秀錄)에 기록해 두었다.

김홍택(金弘澤)

---

13) 장옥문(場屋文): 장옥은 과장(科場)에 해나 비를 피하기 위해 설치한 곳인데, 곧 과거장을 뜻하고, 장옥문은 과거문을 이른다. 과거문은 일반 문장과는 다른 특별한 형식과 문체가 있었다.

금구(金溝)현감 김홍택(金弘澤)은 자가 제경(濟卿)이요, 음직으로 현감을 지냈다. 사계(沙溪) 문원공(文元公) 김장생(金長生)의 후손이요, 창주(滄洲) 문정공(文貞公) 김익희(金益熙)의 현손(玄孫)이다. 그는 사람됨이 빼어났으며, 경술에 통하였고, 점잖은 어른이었다.

김상봉(金相鳳)

세마(洗馬) 김상봉(金相鳳: 1711~?)은 자가 서우(瑞羽)요, 음직으로 세마를 지냈다. 사계(沙溪) 문원공 김장생의 후손이요, 금구현감 김홍택의 아들이며, 정승을 지낸 이여(李畬)의 외손이다. 약관에 문예(文藝)를 성취하여, 붓을 쥐면 곧장 갖가지 문체(文體)를 이루어냈다. 중년에는 각기병이 고질이 되어 벼슬을 버리고 경학에 전념하였다. 사람됨이 단아하고 깨끗하여, 한때 같이 어울리는 사람들이 그를 걸출하게 여겼다.

김용겸(金用謙)

판서(判書)를 지낸 김용겸(金用謙: 1702~1789)은 자가 제대(濟大)요, 음직으로 판서를 하였으며, 팔십여 세까지 장수하였다. 문곡(文谷) 김수항(金壽恒)의 손자요, 포음(圃陰) 김창집(金昌緝)의 아들이다. 본래 성품이 낙천적이고 소탈하며, 우스갯소리를 좋아하여 낮밤이 다 가도록 껄껄거리기를 그치지 않았다. 말이 나오면 경계와 영역을 두지 않고, 남을 면전에서 꺾어버리고, 또한 칭찬과 꾸지람하는 말을 뒤섞어 하여 젊은이들이 괴롭게 여겼다. 그러나 오래 지나 보면 원망하지 않게 된다. 세상의 어려운 일을 겪은 것이 햇수가 많았는데, 말썽이 난 문제에 한번도 끼여들지 않은 것은 각박하고 지나친 행동을 하지 않기를 곽림종(郭林宗)14)처럼 한 때문이다.

서적을 널리 읽어 보지 않은 책이 적었으며, 또 책 모으기를 좋아하였

---

14) 곽림종(郭林宗): 중국 후한의 곽태(郭太). 임종은 그의 자. 경전에 박식하여 수천 명의 제자가 따랐다고 함. 당대 인사들에 대한 품제(品題)를 잘 하였는데, 격렬하거나 준엄한 말을 하지 않았기 때문에, 후에 당화가 크게 일어났을 때 그 혼자 화를 면할 수 있었다고 한다. 『후한서』 고사전(高士傳)에 전한다.

다. 고례(古禮)를 좋아하여 하는 일이 시속을 놀라게 하는 것이 많았다. 가령 복식의 경우도 곡례(曲禮)15)를 본받아 옷에 매단 물건이 많아서 다니면 쩔렁거리는 소리가 들렸다. 삼등(三登)16) 땅에 고을살이할 땐 날마다 백성들을 모아 교조서(敎條書)를 외게 하고, 스스로 일어나 춤을 추어 예악의 절도를 보여주었다. 일찍이 여러 명사(名士)들과 이야기하다가 갑자기 절을 했다. 좌우의 사람들이 놀라 물으니, "이는 옳은 말에 대해 절한 것이다."고 대답하였다. 제사를 지낼 때는 젊은 사람들에게 반드시 옛 예절을 따르도록 하였다. 나이가 예순이 넘은 뒤에도 외출을 하고자 하면, 말 준비를 기다리지도 않고 간혹 걸어서 나가기도 하였다. 그의 사는 집이 북악산(北岳山) 아래에 있었는데, 달이 있는 밤이면 평상복에 두건을 쓰고 길거리를 돌아다니니, 순라꾼들이 김판서인지를 알고 검문하지 않았다.

음악에 조예가 있어 여러 번 태상관(太常官)17)에 임명되어 높은 지위에까지 이르렀는데, 이는 모두 임금의 특지(特旨)에 의한 것이었다. 죽음에 다다라 며칠 좀 앓더니, 문득 다락에 올라 서책과 가지고 놀던 기물들을 모두 꺼내어 보다가 이윽고 돌아와 누워 곧 운명하였다. 그는 발길이 닿는 곳마다 수목들이 앞을 가리는 것을 참지 못하여 반드시 찍어서 베어내고야 말았다. 은계역(銀溪驛) 앞에 큰 숲이 있었는데, 그가 평창(平昌) 원님이 되어 지나가다가 관노들을 풀어 모두 베어버렸다. 그의 호는 교교자(嘐嘐子)이다.

송문흠(宋文欽)

---

15) 곡례(曲禮): 『예기』의 편 중의 하나인데, 여기에는 옷 입는 복제에 관한 내용이 들어 있다.

16) 삼등(三登): 지금의 평안북도 강동군(江東郡)에 속해 있다.

17) 태상관(太常官): 봉상시(奉常寺)의 다른 이름인 태상시(太常寺)의 관리. 봉상시는 태조 1년(1392)에 설치되어, 제사와 의시(議諡) 등 국가 전례에 관한 일을 맡아보는 관청이다. 봉상시의 건치연혁과 기구・업무 등에 관한 기록으로 『태상지(太常誌)』가 있다.

문의현감(文義縣監) 송문흠(宋文欽: 1710~1752)은 자는 사행(士行)이요, 벼슬은 음직으로 문의현감을 지냈다. 동춘당(同春堂)의 후손이요, 역천(櫟泉) 송명흠(宋明欽)의 동생인데, 젊은 나이로 요절하였다. 학문으로 자부하지는 않았으나 경학에 능통했고 재능이 많았다. 시문(詩文)을 잘하였으며, 특히 팔푼서(八分書)를 잘 써서 팔푼에 가는 글자가 구슬을 꿴 것과 같았다. 당시 팔문장(八文章)으로 두 파(派)가 있었는데, 그가 그 한자리를 차지했고, 모습이 아름다워서 또한 팔미인(八美人)으로 지목되기도 하였다. 거처할 조그만 집을 지을 때, 대장장이와 목공의 손을 빌리지 않고 자기가 직접 하였다. 그 때 쇠를 쓰지 않고 문지도리는 대추나무를 깎아 썼는데, 그가 죽은 지 40년이 지났어도 아직도 망가지지 않았다고 한다. 호는 한정당(閒靜堂)이다.

심조(沈潮)

교관(敎官)을 지낸 심조(沈潮)는 자가 신부(信夫)요, 벼슬은 음직으로 교관을 하였다. 권문순공(權文純公: 權尙夏)의 문인으로 김포에서 가난하게 살며 늙기까지 경전(經傳)을 연구했다. 손자 심수(沈銖)가 과거에 합격했다.

윤득관(尹得觀)

교부(敎傅) 윤득관(尹得觀: 1710~?)은 자가 사빈(士賓)이요, 벼슬은 음직으로 하였다. 젊어서는 성균관에서 시로 이름이 났는데, 늙어서는 경전으로 돌아왔다.

송가상(宋可相)

판관(判官) 송가상(宋可相)은 자가 성필(聖弼)이요, 벼슬은 음직으로 판관을 지냈다. 우암 송시열의 후손이요, 교리(校理)를 지낸 송주석(宋疇錫)의 손자이다. 그는 가난해서 벼슬살이에 빠져들었으나, 널리 책을 읽었고 변론이 웅장하였다.

유언집(兪彦鏶)

장령(掌令) 유언집(兪彦鏶: 1714~1783)은 자가 사정(士精)이요, 호가 대재(大齋)이며, 벼슬은 유일로 진출하였다. 아버지 유직기(兪直基)는 인품이 맑고 잘 닦여져서 사대부들 사이에 이름이 있었다. 동생은 영의정(領議政)을 지낸 유언호(兪彦鎬)이다. 유언집은 양성(陽城)에 살며 나가서 벼슬하지 않았다.

신대래(申大來)

진사(進士) 신대래(申大來)는 자가 태보(泰甫)요, 공주 사람으로 주촌(舟村) 신만(申曼)의 손자이다. 집은 가난했으나 공부를 독실히 하였다. 그의 아우 신대규(申大規)는 의술로 이름이 났으며, 벼슬은 보은현감(報恩縣監)을 지냈다.

이몽리(李夢鯉)

학관(學官) 이몽리(李夢鯉)는 서울의 여항인이다. 어린 나이부터 학문에 힘썼으며, 완암(浣巖) 정내교(鄭來僑)가 그의 전(傳)을 지었다. 세상에서 전하기를, 그가 매번 판서 김취로(金取魯)의 집 앞길을 지날 때 손을 다소곳이 모으고 천천히 지나갔는데, 비록 급한 때라도 조금도 변하지 않았다. 판서집에 개쇠(介衰)라는 거친 종놈이 있었는데, 문간에 기대어 시간을 보내다가, 날마다 학관의 그런 모습을 보고는 얄미움을 이기지 못해 쫓아가서 발로 걷어찼다. 이몽리는 아무 말없이 의관을 정제한 다음 다투지 않고 그냥 갔다. 다음날도 다시 손을 다소곳이 모으고 지나가니, 개쇠가 탄식하며 "참으로 도가 있는 분이다." 하고 드디어 나가서 절을 드리고 사귐을 텄다. 매일 그의 집으로 가서 문안을 드리고 종신토록 공경하며 따랐다. 학관이란 직책은 낮은 품계이나 지극히 선발하는 자리였다. 당시 재상이 그의 사람됨을 아껴 특별히 앉힌 것인데, 얼마 있지 않아 죽었다.

이상정(李象靖)

정랑(正郞) 이상정(李象靖: 1710~1781)은 자가 경문(景文)이요, 목은 선생의 후예로서 안동에서 살았다. 영남의 인사들은 글을 할 줄 알면, 반드시 경전에 통하였다. 이상정은 과거에 급제하여, 문학도 잘하고 학문에 힘써, 영남인들이 거벽선생(巨擘先生)으로 받들었다. 금석문은 대부분 그의 손을 빌렸다.

성효기(成孝基)

찰방(察訪) 성효기(成孝基: 1701~?)는 자가 백원(百源)이요, 벼슬은 찰방을 지냈다. 부제학(副提學) 성이문(成以文)의 서손(庶孫)이다. 그는 총명하고 영특했으며, 박학다식하여 학문으로 자부하지 않아도 저절로 학문에 합치하였다. 타고난 성품이 계책에 밝아서, 헤아리고 짐작하는 것이 적중하지 않음이 없었다. 사려가 정밀하되 시속에 어긋나지 않으며, 책략이 기이하되 옛것에 빠지지 않았으니, 참으로 현실을 구제할 훌륭한 인재요, 세상을 경륜할 거장이었다. 그럼에도 애석하게 말이나 돌볼 하찮은 관직에 떨어져버렸다. 만년에 『사례집설(四禮集說)』을 지었다. 그의 경구(警句)에,

동산에 달이 뜨는데 임 그리워 앉아 있고,
남국에 가을이 드니 기러기 날아오는구나.
　　東崗月出思人坐, 南國秋生有鴈來.

가 있다. 일찍이 묘성(昴星)[18]을 가리키며, "청 황제의 갑신년(1644) 이후로 묘성 일곱 점 중에 한 점이 자미원(紫微垣)으로 옮겨갔다."[19]고 했

---

18) 묘성(昴星): 28수(宿) 중의 하나로서, 일곱 개의 별이 모여 있는데, 이른바 일곱자매자리가 이 별자리이다.
19) 갑신년은 1644년. 청나라 군대가 북경에 입성한 해. 자미원은 북두성 동북쪽에 자리한 별자리로서, 15개의 별이 북극성을 중심으로 펼쳐져 있다.

는데, 조사해 보니 과연 그러하였다. 효성과 우애가 있었고, 집안이 몹시 가난했는데, 말년에 벼슬을 하여 집안을 일으켰다.

그의 아들 성대중(成大中)은 모습이 아름답고 총명하며 문식(文識)이 있어 이른 나이에 과거에 급제했다. 일본의 사신으로 가는 일에 참여했으며,[20] 규장외각(奎章外閣)에서 벼슬하였다. 그의 시는 화려했는데, 일본 중에게 준 시에,

> 문전에 강물 안개 속에 아득한데,
> 언덕 가득 핀 홍매화 봄비에 차구나.
> 스님을 향해서 후일을 기약하니,
> 벽도화 피는 날 다시 찾아보리라.
> 門前煙水浩漫漫, 滿岸紅梅春雨寒.
> 試向山僧留後約, 碧桃花發更來看.

고 했고, 칠언율시의 구절을 들어보면,

> 의관을 차려 입고 물에 비추니 무늬 찬란하고,
> 바람 앞에 악기를 연주하니 가락이 나는구나.
> 冠裳照水文章爛, 笳角臨風律呂飛.

가 있다.

신소(申韶)

선비 신소(申韶: 1715~1755)는 자가 성중(成仲)이요, 호는 함일재(涵一齋)이며, 참판을 지낸 신사건(申思建)의 아들이다. 어려서부터 학문에 뜻을 두어 경전에 통하고, 예학을 익혔으나 일찍 죽었다. 모습이 아름답

---

20) 성대중이 1763년 계미통신사에 서기의 직책으로 참여했는데, 이 때 견문한 사실을 기록하여 『일본록』을 만들었다.

고 재주가 많아 문의현감(文義縣監) 송문흠과 같이 팔미인(八美人)에 들어갔다.

박신원(朴新源)

참봉(參奉) 박신원(朴新源)은 자가 경명(景明)이요, 병사(兵使) 박성석(朴星錫)의 서자이다. 박성석이 춘추 의리를 지켜 우암 송시열의 추천을 받았다. 박신원은 맑은 눈동자와 붉은 입술에 키가 커서 참으로 선인검객(仙人劍客)의 모양이었다. 수리(數理)의 학에 깊었으며, 예학에도 능통하였다. 약관의 나이에 하루는 홀연히 집을 뛰쳐나갔다가 반년 만에 홀연히 돌아왔다. 그가 말하기를, "시끄러움을 벗어나기 위해 『주역』을 가지고 속리산에 들어가서 몇 달을 읽으니, 다른 사람의 마음도 훤히 통하고, 산 바깥 백리의 일도 보였다. 얼마 있다 보니 갑자기 집 생각이 나서 돌아왔다."고 하였다. 점을 치면 신통하게 맞지 않음이 없어, 세상에 전하는 얘기가 많다.

과거를 앞에 두고 어떤 사람이 점을 쳐달라고 하니, 글자를 불러보라고 하였다. 한 사람이 대죽(竹)자를 부르니, "대나무는 열매가 없으니, 마땅히 합격이 안될 것이다."라 하였고, 또 한 사람은 할위(爲)자를 부르니, "사람이 할위(爲)자를 부르면 거짓위(僞)자가 된다. 그러니 응당 합격이 안될 것이다."라 하였다. 방을 붙이는데 보니 모두 떨어졌다고 한다. 계산에 더욱 밝아, 망해도법(望海島法)을 본떠 집 가까이 산천의 보수(步數)를 측정하였는데, 맞지 않는 것이 없었다. 당시의 달관(達官)들이 많이 좇아 놀았는데, 그를 추천하여 예빈시 참봉(禮賓寺參奉)을 시켰다.

김교행(金敎行)

선비 김교행(金敎行: 1712~1766)은 자가 백삼(伯三)이요, 타고난 자질이 안온하고 자상하며, 효성스런 행실이 있었다. 누구나 한번 보면 저절로 학문이 있고, 개결하고 화평한 사람임을 알 수 있었다.

〔보유〕윤봉구(尹鳳九)의 『병계집(屛溪集)』에 유도(幼道) 김지행(金砥

行)의 편지가 실려 있는데, 이르기를 "갈산(葛山) 종형 김교행은 덕행이 매우 높아, 통덕랑(通德郎)으로 올려 쓰는 것은 품계가 너무 높다고 하고, 자식들에게 명정이나 신주에 쓰지 말도록 평소에 일러두었습니다. 그가 살았을 때에 유근당(惟勤堂)이라고 불러 양곡(暘谷) 한원진(韓元震)에게 기문(記文)을 부탁했었는데, 이 당호(堂號)에다 처사(處士)를 덧붙이면 어떻겠습니까?"라고 하였다. 답장하기를, "통덕랑(通德郎)을 쓰지 말라고 유언한 데서 또한 백삼(伯三)의 높은 점을 보겠다. 유근당이라는 당호가 사제간에 거처하던 집에서 유래한 것이니, 신주와 명정에 쓰는 것이 마땅하다."고 하였다.

이양원(李養源)

장령(掌令) 이양원(李養源)은 자가 호연(浩然)이요, 호는 도계(陶溪)이며, 공주 정안(定安)에서 살았다. 벼슬은 장령을 지냈는데, 일암(一菴) 윤동원(尹東源)의 문인이다. 풍채가 아름답고 견문이 넓으며, 성품이 소탈하고 얽매이는 바가 없었다.

이병점(李秉漸)

이병점(李秉漸)은 목은(牧隱)의 후예로서, 삼문(三門) 밖 이씨의 서족이다. 예학에 뛰어났다.

〔보유〕 이병점은 부제학 이병태(李秉泰)의 서종제(庶從弟)이다. 어렸을 때 복건을 쓰고 있었더니, 이병태가 벗으라고 명령하였다. 대개 나라의 풍속에 서얼들은 감히 복건을 쓸 수 없었던 때문이다. 이로부터 그는 문을 걸어닫고 책을 읽었다. 담론을 좋아하고, 문장을 잘 했으며, 글씨에도 빼어났다. 예학에 뛰어나 『예복고(禮服考)』 9권을 지은 것이 있다.

이의철(李宜哲)

참판(參判) 이의철(李宜哲: 1703~1778)은 자가 원명(原明)이요, 호는 문암(文菴)으로 벼슬은 참판에 이르렀다. 대제학(大提學) 도암(陶菴) 이재(李縡)의 뛰어난 제자이다. 성품이 세상 일에 오활하나 경술에는 깊었으며, 글을 엮는 솜씨 또한 능숙하였다. 당대의 전고(典故)에 대해 저술을 하여 수십권의 책을 이뤘으니, 볼 만한 내용이었다.

박성원(朴聖源)

유선(諭善) 박성원(朴聖源: 1697~1757)은 자가 사수(士洙)요, 호는 겸재(謙齋)며, 벼슬은 유선에 이르렀다. 대간(臺諫)으로 있을 때 곧은 말을 많이 하였다. 도암 이재의 뛰어난 제자이고 경학에도 밝았다.

윤광소(尹光紹)

지돈령부사(知敦寧府事) 윤광소(尹光紹: 1708~1786)는 자가 치승(稚繩)이요, 호는 소곡(素谷)이며, 벼슬은 지돈령부사에 이르렀다. 대사간(大司諫)을 지낸 윤황(尹煌)의 아들인데, 유일로 장령(掌令)을 지낸 윤순거(尹舜擧)의 현손(玄孫)이다. 그의 인품은 총명하고 빼어났다. 일찍이 경연(經筵)에 참석하였는데, 영조가 어떤 문자의 출처를 물었으나 여러 신하들이 모두 대답을 못하였다. 윤광소가 바로 나아가 "몇권째 몇번째 장에 있습니다." 하여, 살펴보도록 하니 과연 그러한지라 임금이 기특하게 여겼다. 하루 동안에 나아오게 하여 전고를 물은 것이 여러 차례요, 임금이 연달아 칭찬하는 말씀을 내리자, 여러 신하들이 머쓱해져 모두 불평하는 마음을 품었다. 그는 가볍고 날카로워 다른 사람은 고려치 않아, 이로 해서 뒤에 벼슬길에 애로가 있었다고 한다. 그가 참판을 지내고 몇년이 지난 뒤 수염이 하얗게 된 때에 우리 이웃 마을의 이사간(李司諫) 집에 와서 묵은 일이 있는데, 마을 사람들이 그의 침구를 보니, 이불은 없고 옷을 덮고 누워 목침만 베고 자더라고 한다. 그가 집에서도 검소하기가 또한 이와 같다고 한다. 문학에 뛰어났고, 경술에 주력했으며, 의문 도수(儀文度數)를 익혀 세상에서 박학강기(博學强記)하다고 지목하였다. 일찍이 옥천(沃川)의 현감을 지냈는데, 치적이 제일로 꼽혔다. 정사는 항상 엄격히 하였으며, 몸소 유교의 의리를 지키고 유술(儒術)에 박식하였으니, 참으로 일대(一代)에 으뜸이었다.

안정복(安鼎福)

목천현감(木川縣監) 안정복(安鼎福: 1712~1791)은 경술에 뛰어났으며, 경륜의 뜻을 품었고, 문장도 잘 하였다.

조정하(趙鼎夏)

무관(武官)인 무겸 선전관(武兼宣傳官) 조정하(趙鼎夏)는 자가 여신(汝新)이요, 공주 중산촌(中山村) 사람이다. 가문이 향생(鄕生)의 한미한 출신이었다. 스승에게 나가서 글을 배움에 이르러 경전을 힘써 공부했으나, 둔하고 나무처럼 뻣뻣한 사람이라, 남이 한번 읽으면 자기는 백번이나 읽어서 과연 육예(六藝)의 대의를 통했다. 배우고 익혔으나 쓰이질 못하자, 드디어 무과(武科)에 응시해서 합격했다. 자주 재상에게 경제의 계책을 올렸으나 모두 묵살해버렸다. 한 전관(銓官)이 그의 뜻을 가련하게 여겨 재관(材官)21)에 보임시켰다. 당직인 날은 늘 『주역』을 가지고 가서 낮밤을 이어서 읽었는데, 이웃 관서의 무관이 헐뜯어 '조주역(趙周易)'이라 했으며, 또 '조고집(趙固執)'이라고도 불렀다. 그는 가도사(假都事)에 뽑혔는데, 가도사란 제기랑(緹騎郎)22)이다. 여러 번 충청·전라로 말을 몰아, 허벅지에 살이 붙지 않을 지경이었다. 그의 건장한 체격에 긴 수염이 장사의 풍채를 지녔다. 일찍이 나의 서울집에 머물며 벼슬살이를 다녔는데, 공무가 없으면 곧 『주역』을 읽었다. 어느날 밤에 의관을 차려 입고 눈을 붙이지 않더니, 첫새벽에 마루로 나가 날이 밝기까지 울었다. 까닭을 물으니, "객지에서 아버님의 기일을 보내자니 애통한 감정을 참을 수 없었습니다."고 하였다. 한 집에서 같이 지낸 지가 5, 6년이 되어도 말 한마디 재물이나 여색 등 비속한 이야기를 하는 것을 듣지 못했으며, 앉을 때도 늘 꿇어앉아 있었다. 기구를 제작하는 데 솜씨가 있어, 매번 자동방아(自擊杵)를 만들려고 했으나 이루지 못했고, 조그

---

21) 재관(材官): 무직(武職)의 한 명칭.

22) 제기랑(緹騎郎): 의금부 관리에 대한 통칭.

만 활을 만들었는데, 파리도 쏘아 맞출 수 있었다.

이교년(李喬年)

부솔(副率) 이교년(李喬年: 1718~?)은 자가 중수(仲壽)요, 호는 간곡 (艮谷)이다. 윤동원(尹東源)의 문인으로 약관의 나이에 성균관에 입학하고, 경술에 밝았으며, 계방(桂坊)23)에 들어가 부솔에 천거를 받았다. 그는 시에 뛰어났으며, 초서와 예서를 잘 썼다. 문집 네 권이 있다.

송환기(宋煥箕)

판서(判書) 송환기(宋煥箕: 1728~1807)는 자가 자동(子東)이요, 호는 성담(性潭)이며, 우암 송시열의 후손이다. 회덕(懷德)에 살았다. 산림(山林)24)으로   감역(監役)·경연관(經筵官)·남대(南臺)·좨주(祭酒)·이조참의(吏曹參議)·예조참판(禮曹參判)·대사헌(大司憲)을 띠고 있었다. 지금 임금〔正祖—原註〕 정사년(1797)에 이조판서 겸 보양관(輔養官)으로 원자(元子)에게 처음 『소학』을 강하는 데 참여하고는 그날로 곧장 시골집으로 돌아갔다. 그는 시골에서 처신을 잘하여 관부(官府)의 일에 간여하지 않았으며, 고을 사람들을 침학하지 않았고, 사는 집은 비바람도 가리지 못했다. 자못 글씨도 잘 썼다.

박윤원(朴胤源)

근재(近齋) 박윤원(朴胤源: 1734~1799)은 자가 영숙(永叔)이요, 지금 감역(監役)을 지내고, 뒤에 원자 강관(元子講官)에 뽑혔으나, 이병모(李秉模)의 추천이라 하여 나아가지 않았다. 대개 재여(宰予)가 공자를 찬미한 말25)로 이병모가 청(淸)나라에게 아첨한 일이 있었기 때문이다.

---

23) 계방(桂坊): 세자시강원의 별칭.
24) 산림(山林): 재야의 학자에게 임금이 특별히 불러서 스승으로 대접하고 벼슬을 내리는 경우를 산림이라 일컬었다.
25) 재여(宰予)가 공자를 높이기를, "내가 선생님을 살펴본 바로는 요순보다 훨씬 어진 분이시다.(宰我曰: 以予觀於夫子, 賢於堯舜, 遠矣.)"고 하였는데(『孟子』公

김두묵(金斗默)

지평(持平) 김두묵(金斗默)은 자가 이운(而運)이며, 이름은 뒤에 정묵
(正默)으로 고쳤고, 호는 과재(過齋)요, 광성부원군(光城府院君) 김만기
(金萬基)의 후손이다. 경학을 익혔으며, 정조조에 남대(南臺)로 뽑혔다가
이내 삭탈되었다. 지금 임금[순조]대에 대간의 상소로 인하여 유일로 부
름을 받았다.

孫丑 上 참조), 이병모가 청나라에 사신을 가서 '현어요순(賢於堯舜)'이란 말로
청황제를 칭송한 일이 있었다.(洪直弼,「近齋朴先生行狀」참조)

2. 고사록(高士錄)

김상숙(金相肅)

배와(坯窩) 김상숙(金相肅: 1717~1792)은 자가 계윤(季潤)이요, 벼슬은 음직으로 가주서(假注書)·군수를 거쳐 첨지(僉知)로 마쳤다. 지금 임금(正祖)이 경술년(1790)에 특별히 장려하는 하교를 내림에 따라 절충(折衝)의 품계에 올라 첨지를 부여받았다. 나이 76세로 세상을 마쳤다. 위 선조로부터 곧바로 8대[1]가 모두 문과(文科)·음직(蔭職)·산림(山林) 등 벼슬이 현달하였다. 배와의 사람됨이 굳고 곧으며 검약(儉約)하고 부드러웠다. 세상 일에는 소탈하고 대의(大義)에는 정밀하였다. 경학(經學)과 글짓는 솜씨는 타고난 소질이 있었고, 시문(詩文)이 모두 자기의 중심에서 나와, 옛사람의 어떠한 법문(法門)도 도습하지 않아서 읽으면 맛이 있었다. 잔글씨의 해서(楷書)를 잘 썼으며 처음으로 종요체(鍾繇體)[2]를 잘 소화했는데, 세상에서 그것을 '직하체(稷下體)'라고 부른다. 이에 대해서는 따로 기록해두었다.

그는 중년에 가문이 융성하였는데, 인사 관리를 담당한 자가 그를 시종(侍從)의 벼슬자리에 천거하고자 하여 배와의 집안 사람에게 이 일을 말하였다. 배와가 그의 손을 잡고 나오며 말하기를, "자네가 만약 나를 화직(華職)[3]의 반열에 올리려 하지 않는다고 손바닥에다 맹세를 하자."

---

1) 8대: 선조 때 학자로 유명한 김장생(金長生)의 후손으로서 이 가문에서 대대로 많은 학자들이 배출되었다. 김반(金槃)·김익희(金益熙)·김만균(金萬均)·김진옥(金鎭玉) 등이 직팔대(直八代)에 속한다.
2) 종요체(鍾繇體): 중국 삼국시대에 위(魏)나라 서예가 종요의 글씨체. 특히 팔푼(八分)에 능하다.
3) 화직(華職): 임금의 주변에서 문장의 임무를 담당하는 자리.

하고, 이내 시정에서 중하게 맹세하는 방식을 취하였다. 전관(銓官)이 해괴하게 여기면서도 억지로 웃고 가버렸다. 그리고 그를 추천하려던 일을 그만두었다. 배와는 노년에 이르러 이 일을 들려주고 말하기를, "내가 처음에 나도 모르게 그렇게 하였는데 지금에 생각해보니 아마 해(害)를 멀리하려는 까닭이 아니었던가!"라고 하였다. 어떤 대관(大官)이 잘못 걸려 죽은 일이 있었는데, 이를 보고 그가 말하기를, "사람이 사람을 죽인 것이 아니라, 벼슬이 그를 죽인 것이다."라고 하였다. 부귀가 사람에게 가까이 오는 것을 두고 말하기를, "한 불행이 집에 가까이 오는구나. 이를 장차 어찌하랴!" 하며, 벽을 치고 혀를 찼다.

젊은 나이에 진사가 되어 일명(一命)[4]으로부터 사품(四品)에까지 이르렀는데, 벼슬을 구하느라고 입을 벌린 적이 한번도 없었다. 네 차례나 금강산에 놀러갔는데, 산을 평하여 말하기를, "산 봉우리는 순백(純白)이 아니요, 흰 이끼가 낀 통발이로다." 하였다. 성품이 생활하는 데 소홀해서 제각(祭閣)을 빌려 살다가 죽음에 이르렀다. 늙을 때까지 자기 몸에 딸린 자잘한 일을 몸소 처리하였고, 필요한 물건을 남에게 빌리지 아니하였다. 글씨 연습을 부지런히 하였는데 자기 손으로 붓을 매어 사용하니, 이윽고 그 솜씨가 정밀해져서 어느 필공보다 뛰어났다. 진한(秦漢) 이전의 책이 아니면 보지 아니하였고, 『주역』『논어』『도덕경』을 읽어 완전히 이해하고 달통하였다. 그 밖에 『시경』『서경』『장자』『사기』 등을 또한 밤에 많이 외우곤 하였다. 일에 당해서는 대의(大義)를 견지하고 형식적인 것은 터럭만큼도 힘쓰지 아니하였다.

일찍이 그가 익살로 말하기를, "제례(祭禮)보다 중한 것은 없는데, 껍데기만 따르는 자들이 말하는 바, '천삼지사(天三地四)요 좌병우면(左餠右麵)'[5]이라고 하는 얘기를 나는 알지 못하겠다. 제사는 마땅히 정성과 공경을 다할 뿐이다."라고 하였다. 그가 세속 선비를 비웃는 것이 이와

---

4) 일명(一命): 초야에 있는 사람에게 처음 벼슬을 내리는 경우에 쓰는 말.

5) 천삼지사 좌병우면(天三地四 左餠友麵): 무슨 뜻인지 확실치 않으나, 제삿상을 차릴 때 윗줄은 세 그릇, 아랫줄은 네 그릇, 왼쪽은 떡, 오른쪽은 국수를 놓는다는 말인 듯하다.

같았다.

한번은 배와가 붓을 매고 있는데 한 이름난 관인의 행차가 "길 비켜라." 하며 이르렀다. 배와가 말하기를, "그대를 보지 못한 지 오래 되었소. 지금은 관인(官人)이 되셨구려!" 하였다. 그 관인이 말하기를, "나는 그 사이 벼슬을 하여 지금은 옥당(玉堂)으로 태복관(太僕官)이 되었소." 라고 하였다. 배와가 웃으며 "잘되었군요." 한마디 하고는 그대로 붓매기를 하였다.

누군가 글씨를 쓰는 데 특별한 법이 있는가를 물으니, 그는 이와 같이 대답했다. "달리 신기한 방법은 없소. 오직 '글씨를 쓰는데 경(敬)이 요체(作字要敬)'라는 이 말이 비결이요. 작은 글씨부터 익혀 큰 글씨에 이르는 것은 활법(活法)이요, 큰 글씨부터 익혀 작은 글씨에 이르는 것은 사법(死法)이지요. 반드시 글씨를 꼭 잘 쓰겠다고 하지 말고 먼저 책의 글씨를 익히되, 획 하나하나마다 공경을 다하면 저절로 정(精)하고 공(工)하게 되어 비록 재주가 낮은 사람이라도 자기 필법을 쓸 수 있을 것입니다." 하였다.

그의 시에 다음과 같은 것이 있다.

노년에 글 읽는 건 음식 먹기와 마찬가지
씹지도 못하고 삼키니 목에 걸리기 쉽다네.
시고 짜고 달고 쓰고 맛은 도통 몰라도
그 기운과 그 맛 뱃속에 포근히 담기네.
　年老讀書飮食同, 未能咀嚼吞逾嚨.
　酸醎甘苦雖全昧, 氣味溫溫在腹中.

그의 둘째아들 김기서(金箕書)는 어린 시절부터 그림을 잘 그렸다. 배와는 남을 쉽게 인정하지 않는데도 남들이 기서의 그림을 물어보면 '명화(名畫)'라고 하였다.

청나라가 태자를 세우지 않는 것은 강희황제(康熙皇帝)로부터 시작되었다. 강희황제가 일찍이 태자를 세웠는데, 이름은 잉(礽)이었다. 태자는

40

강희황제가 오래도록 재위한 까닭에 '나이가 오십에도 태자'라는 원망을 발설하기에 이르렀으므로 강희황제가 죽음을 내렸다. 이로 인하여 '잉(礽)'이라는 글자는 청나라의 일대 금기가 되었다. 신축년(1721)에 우리나라가 세제(世弟)인 영조(英祖)를 태자로 책봉해주기를 청하였는데, 상사(上使)에는 정승 이건명(李健命), 부사(副使)에는 판서(判書) 윤양래(尹陽來), 서장관(書狀官)에는 유척기(兪拓基)였다. 아뢰는 글에 영조의 잠저(潛邸) 때의 봉호인 연잉(延礽)이라는 글자를 써서 청하였다. 청나라 예부(禮部)에서 물리치며 말하기를, "잉(礽)이라는 글자는 주문(奏文)에 쓸 수가 없다."고 하니 삼사(三使)는 부득이 우리나라 음을 취해서 '잉'자를 '성(城)'자로 고쳐서 도로 빨리 올리게 하였다. 판서 윤양래가 이 사실을 자기 손서(孫婿)에게 전하였는데, 그 손서가 바로 배와이다.

지금 임금(正祖) 초(初)에 영조의 시호를 청나라에 청하는데, 그 때 일은 잊고 잠저 때 군호(君號)인 잉(礽)자를 그대로 썼다. 배와가 신축년에 있었던 일을 이야기하고 늙은 역관에게 확인해보고 또한 그 문서를 당시 역관의 집에서 찾아내었다. 이때 일을 맡은 대신(大臣)이 임금께 아뢰었는데 사신이 떠난 뒤여서 파발마를 달려보내, 사행의 중도에서 글자를 고쳤다. 그래서 일이 무사히 처리되었다. 배와는 전장(典章)에 익숙하였으니, 이 또한 고사에 밝은 덕분이었다.

이광려(李匡呂)

참봉(參奉) 이광려(李匡呂: 1720~1783)는 자가 성재(聖載)다. 사람됨이 기이한 것을 좋아하고 옛것을 좋아하였다. 시를 잘 하였는데 과시(科詩)는 더욱 잘하여 읽을 만하였다.

김광수(金光遂)

상고당(尙古堂) 김광수(金光遂: 1696~?)는 판서 김동필(金東弼)의 아들로 음직으로 벼슬을 하였다. 호고(好古) 취미가 있었으며, 집을 살 때 뜰에 오래된 소나무가 있는 것을 보고 높은 값을 치러주고 샀다.

강세황(姜世晃)

판서 강세황(姜世晃: 1713~1791)은 자가 광지(光之)요, 호는 표암(豹菴)이다. 포의로 지내다가 예순이 다 되어 노인과(老人科)에 올랐고, 수(壽)는 78세이며, 벼슬은 판서까지 지냈다. 그림을 잘 그렸으며, 글씨는 반행서(半行書)·팔푼서(八分書)를 잘 썼고 시문은(詩文) 더욱 잘하였으니, 이 세 예술에 모두 재기(才氣)가 넘쳐흘렀다. 그림은 영조(英祖)의 명을 받들어 절필하였다가 늙어서 다시 그렸다. 사신으로 연경(燕京)에 들어가 건륭제(乾隆帝)에게 그림을 바쳐서 좋은 비단을 상으로 받았다. 성품은 낙천적이고 고결하였으며, 비록 시골 늙은이나 초야의 인사가 그림이나 글씨를 청하더라도 즉시 들어주었다. 국중에 집집마다 거의 표암의 서화가 병풍이나 벽에 붙어 있을 정도였다. 한창때는 나막신을 신고 안산(安山)에서 서울까지 오갔으며, 늙어서는 서울 남산 아래에 살았는데 화목(花木)과 천석(泉石)에 재상(宰相)의 표를 찾아볼 수 없었다. 그가 읊은 「즉사(卽事)」라는 시에서,

온 집안 열 식구 중에 쇠·강·약 섞여 있고
한 방안 세 신랑이 이·예·병 갖추었네.
　全家十口衰强弱, 一室三郎吏禮兵.

라는 시구는 정치(精緻)해서 읊을 만하다.

임창주(任昌周)

규암(葵菴) 임창주(任昌周)는 자가 홍보(興甫)요, 녹문(鹿門) 임성주(任聖周)의 종제(從弟)이다. 과거 공부를 독실하게 하였으나 진사에 오르지 못했다. 서강(西江)에 살았는데, 가난한 처지여서 검약한 생활을 하며 나이 일흔이 넘도록 평소의 태도에 변함이 없었다. 일찍이 아내의 상을 당하였는데, 아들이 부귀가에서 우선 빌려 상복을 장만하려고 하니, 규암이 말리며, "갚을 힘이 없는데 어찌 그렇게 할 수 있느냐?"라고 하였다.

42

그의 분수를 지킴이 이와 같았다. 함께 공부한 친구들 중에 높은 자리에 오른 사람이 많았으나 한번도 그들의 집을 찾아간 적이 없었다.

김창복(金昌復)

선비인 김창복(金昌復)은 자가 자춘(子春)이요, 문정공(文正公) 청음(淸陰) 김상헌(金尙憲)의 서증손(庶曾孫)이고, 문충공(文忠公) 김수항(金壽恒)의 서종자(庶從子)이며 현감(縣監)을 지낸 김수능(金壽能)의 아들이다.(김수능은 동지 金光燦 側室의 良家子6)이다.—원주) 일찍이 정실(正室)의 여러 아이들과 양육되어, 이 때문에 적자·서자의 구별됨이 없었다. 김창복이 열세네살에 문을 나서 놀았는데, 이웃 아이들이 그를 꾸짖기를, "서얼(庶孼)이 어찌 감히 이러느냐!" 하였다. 그가 집에 돌아와서 자신이 서자임을 물어보고 이 때부터는 사람들이 있는 곳에 나가지 않았다. 약관에 공주(公州) 두곡(杜谷)에 터를 잡고 은거하여 정원과 연못을 가꾸고 농사를 지으며 독서로 일생을 마쳤는데, 『강목(綱目)』에 가장 익숙하였다. 그의 적종형(嫡從兄) 삼연(三淵) 김창흡(金昌翕)이 그에게 준 시가 있는데, 다음과 같다.

사람들 모두 급급히 속세에 골머리 썩히는데
홀로 전원에서 오롯이 앉아 있네.
후직의 밭가는 일 섭리를 헤아리고
의술의 운기는 정밀한 데 통하였네.
제사에 올린 동산의 밤 제기 위에 높고
손님 대접하는 고기회 눈처럼 희도다.
유양(維楊)7)에 업을 버린 일 돌아보고 웃으니
장부가 어찌 말 먹이는 일이나 할까보냐.

6) 양가자(良家子): 첩에 천첩(賤妾)과 양첩(良妾)이 있는데, 여기서 양가자란 양첩의 아들이란 뜻이다.
7) 유양(維楊): 양주(楊州)의 별칭. 관련 고사(故事)는 미상.

人皆劫劫惱塵勞, 獨也田廬兀坐牢.
天稷耕耘推爕理, 歧黃運氣晰絲毫.
薦祀園栗璠盤大, 享客池鱗雪膾高.
顧笑維楊抛業者, 丈夫焉用馬喂曹.

아들 김인겸(金仁謙)은 시재(詩才)가 있어 일본통신사에 서기로 따라
갔다. 그에 대한 것은 문원록(文苑錄)에 나온다.

윤심형(尹心衡)

부제학(副提學)을 지낸 윤심형(尹心衡: 1698~1754)은 자가 경평(景平)
이요, 호는 임재(臨齋)이다. 젊은 나이에 문과에 급제하여 옥당에 들어갔
다. 신임옥사(辛壬獄事) 뒤에 의리를 내세워 죽을 때까지 다시는 벼슬을
하지 않았다. 세상에서 돌아다니는 말에 "금부(禁府)의 나졸은 윤응교
(尹應敎)의 갈구(葛屨)8)의 이득이 있다."고 하는데, 대개 조정의 벼슬아
치가 의금부 옥에 투옥될 때는 관례상 갈구를 신고 들어갔다가, 나올 때
는 으레 벗어서 옥졸에게 주기 때문이다. 그는 천성이 천진(天眞)대로
하고 충후하고도 담박하였다. 내가 쌍동(雙洞) 조판서(趙判書)의 집에서
우연히 만나 여러 시간을 대하였는데, 그는 외모가 단정하면서도 풍채가
좋았다. 거친 무명옷을 입고 있었는데 행동거지와 기상(氣像)에 조금도
뽐내거나 꾸밈이 없었으며 묵묵히 말수가 적었다. 그는 앞에 술항아리를
놓고 막걸리를 가득 담아 두었다. 세상에서 말하기를, "윤심형은 탁백주
를 즐기어 한번에 말술을 마신다."고 한다. 그는 글 또한 천진에 맡겼고,
자기가 쓰는 글씨에 만족하였으며, 글씨도 자못 힘있고 아름다웠는데,
특히 편지글이 좋았다. 살림을 돌보기에 소홀하여 일생토록 의식이 넉넉
하지 못했다고 한다.

김욱(金煜)

---

8) 갈구(葛屨): 칡덩굴의 섬유질을 재료로 만든 신발.

정승 김욱(金煜: 1723~1790)은 자가 광중(光仲)인데 맑은 덕을 닦고 검약하게 살았으며, 임금 앞에 자주 곧은 말을 하였다. 내가 일찍이 서울 거리에서 그를 만나보았는데, 초헌(軺軒)을 탔고, 얼굴이 야위어 뼈가 많이 드러났고, 몸은 중키였으며 미간에 근심과 괴로운 기색을 띠었고, 시선은 매우 단정하여 함부로 돌리지 않았다.

김치만(金致萬)

시직(侍直) 김치만(金致萬: 1697~?)은 자가 회일(會一)이요, 벼슬은 시직을 지냈다. 음직으로 참판을 지낸 김희로(金希魯)의 아들이요, 정승 김구(金構)의 손자요, 정승 이세백(李世白)의 외손자이며, 판서 홍석보(洪錫輔)의 사위이다.

큰 키에 수척한 모습이 참으로 산야에서 사는 사람의 모습이었다. 문사(文辭)가 넉넉하였고 해서(楷書)와 반행서(半行書)를 잘 썼으며, 마음은 외모처럼 툭 트여 막힘이 없었고, 그를 대해 보면, 소탈하고 낙천적이어서 명리와 술수를 몰랐다. 문인(文人) 정내교(鄭來僑)가 지은 「고은자전(高隱子傳)」은 바로 그에 대한 것이다.

우리 아버님이 일찍이 소공동(小公洞)에 이웃하여 살 때 그가 우리 집에 왕래하였다. 우리 아버님이 그의 선대에 쓴 「예설(禮說)」이란 제목의 책을 빌려보았다가 잃어버렸다. 그는 몹시 애석히 여기면서도 또 다른 책을 빌려주며 마음에 거리낌을 두지 않았다. 그『예설』은 마침내 다시 찾아서 돌려주었다.

그는 문장가로서 자처하지 아니하였고, 또한 학행(學行)을 내세우지 않았으나 품행이 자연스럽게 도가 있어 세상에 홀로 우뚝해 보였다. 만약 동시대에서 짝을 구한다면 배와 김상숙(金相肅), 부제학을 지낸 윤심형과 더불어 하나의 흐름을 이루는 인물들이었다. 그의 중부(仲父)인 정승 김재로(金在魯)는 영조(英祖)의 인정을 받아 가장 중요한 자리를 30년 가까이 맡아 있다가 끝에 대신(臺臣) 이언세(李彦世)의 심한 공격[9]을

---

9) 이 상소는『영조실록』20년 10월 14일조에 기록되어 있다. 그 내용을 살펴보

받아 김재로의 온 집안이 걸려들지 않은 사람이 없었으나 오직 그 맏형 참판 집안만은 한 글자도 비방에 걸려들지 아니하였으니, 세상에서 모두 말하기를, 김치만과 그의 두 아들 종후(鍾厚)·종수(鍾秀)가 몸가짐을 잘한 때문이라고 하였다.

김치만은 일생토록 벼슬이 시직을 넘지 못하였으며 , 맏아들 김종후는 재야에서 뽑혀올라 벼슬은 자의(諮議)·남대(南臺)를 지냈다. 막내아들 김종수는 문과로 진출하여 대제학을 거쳐 정승에 이르렀으며, 지금 임금 (정조) 때에 조정에서 핵심적 위치에 있다. 김치만은 반행서(半行書)를 잘하였고 또 청백리(淸白吏)로 이름이 나서 지금 임금이 특별히 그에게 사제(賜祭)를 내렸다. 김종수가 조정에 서서 자기를 잘 지켰던 것은, 세상에서 전하기를 "김종후가 가르친 힘이 많았다."고 한다.

면, 김재로가 탕평책을 앞세워 그의 일가 친척을 등용하고 있고, 무신년(1728) 의 변란에 관련된 역적들을 옹호하며, 뇌물을 받고 관직을 팔고 아첨을 일삼는 다는 등등의 일을 열거하고 있다. 같은 달 25일조에는 이에 답하는 김재로의 상소가 나온다.

3. 문원록(文苑錄)

이병연(李秉淵)

사천(槎川) 이병연(李秉淵: 1671~1751)은 자가 일원(一源)이요, 벼슬
은 음직으로 우윤(右尹)을 지냈으며, 80세를 넘게 살았다. 그는 키가 큰
데다가 수염이 좋고, 용모가 둥실하고 훤칠하여 가볍고 재바른 일반 시
인들의 모습과는 달랐다. 그의 시는 천성에서부터 우러나와 무게가 있었
고, 조어(造語)가 기굴(奇崛)하여 그의 조상인 목은(牧隱: 李穡)의 음조
(音調)를 그대로 이어받았다.

우리나라에서 시의 거장으로 소재(蘇齋: 盧守愼)·지천(芝川: 黃廷彧)
·호음(湖陰: 鄭士龍)·간이(簡易: 崔岦)·삼연(三淵: 金昌翕) 등 몇몇 대
가를 꼽는데 삼연 후에는 사천 한 사람이다. 이름이 또한 그 당시 세상
에 넘쳐흘러서 비록 어린 아이들이나 종들조차도 모두 '이삼척시(李三
陟詩)'라고 말했으니, 삼척이란 사천이 고을살이한 곳이다.

그가 지은 시를 들어본다.

　　해질 무렵 고려 도읍에 말을 세우니,
　　흘러가는 물소리에 오백년이 잠겼어라.
　　黃昏立馬高麗國, 流水聲中五百年.[1](「松都」,『槎川詩抄』권하)

　　철쭉은 골이 깊어 큰 나무 많고,
　　다람쥐는 굴이 오래되어 털이 길구나.

---

[1] 『사천시초(槎川詩抄)』에 있는 것은 약간의 글자 출입이 있다. "海雨霏霏過午天,
斜陽一半碧瀾船. 晚來驅馬高麗國, 流水聲中五百年."

躑躅洞深多大木, 鼪鼯穴古有長毛.(「白雲臺 四」, 『사천시초』 권상)

수목이 무성한 언덕에 바람은 서늘한데
석벽에 배를 매니 만조의 흔적이라.
미투리 찾아 신고 누대로 가렸더니
말이 남을 따라 마을로 들어가네.

　夾岸風凉夏木繁, 維舟石壁晩潮痕.
　納鞋便覓樓臺去, 鞍馬隨他自入村.(「角巾亭」, 『사천시초』 권상)

노새가 나무에 비벼대니 꽃잎이 떨어지고,
나그네 연못을 굽어보니 두건이 기우네.

　花落驢磨樹, 巾斜客俯池.(「太古亭, 與元伯公美拈杜律韻」『사천시초』 권하)

이는 모두 빼어난 경구(警句)다.

누가 "공께서는 어찌 그리 시를 잘 지으십니까?" 하고 물으니, 웃으며 "많이 지어본 까닭에 잘 짓게 되었을 뿐이다."라고 말했다.

별다른 일이 없으면 새벽에 율시 여러 수를 지었는데 지은 시가 일만 삼천수가 넘었다. 그러나 선집 한권만이 간행되었을 뿐이다.

그는 서울 백악산(白岳山) 아래에 살았으니 이곳이 바로 북동(北洞)이다. 북동에는 시와 그림에 뛰어난 분이 많이 살았는데, 시는 사천으로 종장(宗匠)을 삼았다. 그의 밑으로 팔표기(八驃騎)가 늘어섰는데 영춘(永春)현감 남숙관(南肅寬), 신계(新溪)현감 김이곤(金履坤), 도사(都事) 김시민(金時敏) 등이 바로 그들이다.

그의 원고는 참판 황승원(黃昇源)이 빌려가서 오래도록 돌려주지 않으므로 그의 손부(孫婦)인 승지 이현영(李顯永)의 부인이 채근해 찾아다가 본가에다 보관하고 있었다. 병진년(1796)에 경상도 관찰사인 이태영(李泰永)이 판각한다며 그 문집을 경상도 감영으로 가지고 갔다고 한다.

이천보(李天輔)

진암(晉菴) 이천보(李天輔: 1698~1761)는 자가 의숙(宜叔)이요, 벼슬
은 정승을 지냈다. 문충공(文忠公) 월사(月沙) 이정귀(李廷龜)의 후손이
요, 판서와 대제학을 지낸 이명한(李明漢)의 현손이다. 그는 키가 크고
수염이 아름다웠으며, 눈이 크고 귀가 작았다. 얼굴빛은 검고 몸은 야윈
편이었다. 평생토록 소탈하여 용모에 신경 쓰지 않았다. 성품이 호방하
고, 의론은 매서우면서도 시원스러웠다. 시는 타고난 재주에서 나와 놀
랍고 빼어나며, 문장은 묘리를 터득한 것이 많았지만, 시문에만 전력을
쏟지 않았기 때문에 글이 원숙하지 못했다. 그의 빼어난 경구에는 다음
과 같은 것이 있다.

텅빈 산에는 도(道)의 뜻이 담겨 영지가 자라나고
둥근 연못에는 하늘빛이 떠서 태극이 머물렀네.
空山道意靈芝晚, 圓沼天光太極停.(「鐘巖文會, 與德哉伯玉共賦 十二疊」,
『晉菴集』권1)

높은 숲 이슬 기운에 아침 일찍 머리 빗질하고,
굽은 난간 샘물 소리에 밤 늦게 경전을 음송하네.
高林露氣晨梳髮, 曲檻泉聲夜誦經.(동상)

가을 소리 들리는 처마 모서리에선 매방울을 당기고,
밤빛 서려 있는 시냇물에선 게잡이 불빛이 둥글다.
秋聲簷角鷹鈴掣, 夜色溪心蟹火圓.(「疊前韻(胥命馬場村舍漫賦), 示同榻」,
『진암집』권1)

그는 높은 벼슬에 이르러서도 청렴하고 검소해서 치산(治産)에 힘쓰지
않았고, 세수를 할 때에도 항상 질그릇을 사용했다. 한번은 상중(喪中)에
부득이한 일로 거리로 나섰다가 달관(達官)의 길 비키라는 소리에 즉시
앉아 백성과 똑같이 허리를 구부정하게 굽혔다. 그가 유생으로 있을 적
에 비쩍 마른 말을 타고 다녔는데 하인이 없어 계집종으로 대신 견마잡

이했고, 새끼줄로 말고삐를 삼았다.

한 벗이 음직으로 목사의 자리에 있었는데 뜻에 맞지 않는 일이 있어서 그에게 편지를 보낼 적에 직함(職啣)을 갖추고 이름을 써서 보냈다. 이는 그를 소원하게 여기는 의미를 가진 것이었다. 그러자 그는 답서에서 또한 영의정의 직함을 그대로 써서 보냈다. 무언중에 절로 높은 벼슬에 오른 자와 낙척한 사람의 차별이 나타났다.

그가 정승의 자리에 있을 적에 비변사(備邊司) 당상(堂上)을 천거하게 되었다. 비변사 낭관(郎官)이 천거할 사람의 이름을 써달라고 청하자 그는 비스듬히 누워 있다가 문득 일어나서는 말하기를, "내 그 이름을 잊었네만 그 사람은 남산 아래에 살고 있고 용모는 이러이러하다네."라고 했다. 낭관이 "아무 대감을 말하는 거지요?"라고 묻자 그는 대소하며 "그렇다네!"라고 하고 즉시 그 이름을 썼다.

국상(國喪)을 당하여 대신들이 직소(直所)에서 화급히 소각대(素角帶)[2]를 만들었다. 다른 대신들은 장인을 불러 띠를 올리라 하고, 허리에 둘러보고 길고 짧음을 재보느라 소란스러웠다. 그는 벌떡 일어서 띠를 받아 띠고 한마디도 묻지 않았다. 그의 구애받지 않고 활달함이 대개 이와 같았다.

그의 족제(族弟)인 이문보(李文輔)는 자가 상경(尙絅)으로 일찍 죽었는데 그의 시구에

이지러진 달 공산에서 자고
차가운 시내 노수(老樹)가 듣는다.
缺月空山宿, 寒溪老樹聽.(「月夜枕流堂」, 『大觀遺稿』)

는 인구에 회자된다.

당시에 세상에서는 '팔문장(八文章)'이라고 사람을 지목했는데 오원

---

2) 소각대(素角帶) : 관복에 띠는 대로서 상중에 착용하는 아무 색채가 없는 하얀 각대.

50

(吳瑗)・이천보(李天輔)・남유용(南有容)・황경원(黃景源)・이덕수(李德壽)・조최수(趙最壽)・조귀명(趙龜命)・임상원(林象元)이 그들이다. 이보다 앞서 팔문장(八文章)으로 손꼽은 경우가 있었는데 이산해(李山海)・최경창(崔慶昌)・백광훈(白光勳)・최립(崔岦)・송익필(宋翼弼)・이순인(李純仁)・하응림(河應臨)・윤탁연(尹卓然)이다. 이 사실은 우암(尤菴) 송시열(宋時烈)이 쓴 「송익필묘갈(宋龜峯墓碣)」[3]에 실려 있다.

황경원(黃景源)

강한(江漢) 황경원(黃景源: 1709~1787)은 자가 대경(大卿)이요, 벼슬은 판서·대제학을 지냈고, 호는 강한(江漢)이다. 지천(芝川) 황정욱(黃廷彧)의 후손이요, 감사 황선(黃璿)의 종질이다. 명가로서 가문이 중간에 침체하였다. 그는 어린 시절에 고아가 되었는데 문장의 재주를 천성으로 타고난데다가 또 힘써 글을 배워 깔끔한 고문을 이루었고, 혼후(渾厚)한 기력을 가지고 있다. 때때로 생경한 자구가 있으나 흠집이 될 정도는 아니다.

소년 시절에 광주(廣州)의 시골집에서 『서경』을 읽었는데 망건을 벗어 벽에다 걸어놓은 채 삼동(三冬) 내내 열심히 공부를 하고 봄이 되어서야 밖으로 나왔다. 옷에는 등불 그으름이 앉아 손을 대면 분칠한 것 같았다. 날마다 과표(科表) 백여 수[4]를 일과로 삼았는데 7·80수를 아침밥 먹기 전에 마치고 밥을 먹은 후에는 항상 나가서 노닐었다.

약관의 나이에 진사가 되었고, 고문으로 이름이 크게 빛났다. 용모가 아름다워 송문흠(宋文欽)・홍자(洪梓)와 함께 팔미인(八美人)에 들었다.

벼슬할 나이가 되자 이조(吏曹)와 병조(兵曹)에서 동시에 함께 청직(淸職)의 후보자로 추천하였다. 그는 과거에 급제하여 청환(淸宦)을 두루 역임하였다. 나이가 칠십이 넘어서는 노망기가 많았는데 공명(功名)

---

3) 원제는 「귀봉선생송공묘갈」로 『송자대전(宋子大全)』 권172 「묘갈(墓碣)」 장13에 실려 있다.

4) 현실적으로 불가능한 것으로 백여구는 7, 80구의 잘못이 아닌가 한다.

도 깎였다.

그의 글에 『황명배신전(皇明陪臣傳)』[5]이 있는데 명나라가 망한 뒤에 우리나라 사람으로서 절의를 세운 사람들을 기술한 것이다. 의리를 취한 것이 명백하고 문장이 우아하여 길이 미더운 역사서가 될 만하다. 그의 시는 문에 미치지 못하지만 또한 우아하고 아름답다. 그가 남긴 시구에

갈가마귀 석양에 고목에서 울고,
기러기 가을 정취 띠고 구름 위를 나네.
鴉帶夕陽啼古木, 鴈含秋意渡江雲.

황성에 성가퀴 갈가마귀가 지키고,
석불은 무심히 풀섶에 묻혀 있네.
荒城失守鴉司堞, 石佛無心草履身.

는 자못 섬세하다.

당시에 동촌파(東村派)로서는 월곡(月谷) 오원(吳瑗)의 문이 가장 원숙하였으나 여운이 부족했으며, 재분(才分)이 높기로는 진암(晉菴) 이천보(李天輔)가 제일에 해당되나 시와 문에 있어 모두 지은 것이 많지 않고 맥락이 어그러진 경우가 많았다. 뇌연(雷淵) 남유용(南有容)은 문이 굳세고 예스러웠으나 지나치게 얽매인 편이었다. 오직 예스런 뜻이 넘쳐서 거침없이 나아가는 것은 황강한 한 사람뿐이다. 그 시대에 오직 동계(東溪) 조귀명(趙龜命)의 문장만이 그의 적수가 된다. 그런데 조귀명의 문은 성글면서도 문의 법이 드러나는 데 반하여 황강한은 치밀하면서도 자취가 감추어져 있다. 빼어나기로는 황강한이 조동계에게 미치지 못하지만 혼후·왕성하기로는 그보다 낫다.

---

5) 『황명배신전(皇明陪臣傳)』: 황경원의 저술로 『강한집(江漢集)』 27권~32권에 실려 있다. 홍익한(洪翼漢) 이하 이완(李浣)까지 조선과 명을 위해 청나라에 항거한 51명의 조선 사람의 전기를 기술한 책이다.

황강한은 뜻을 부여하는 데 어지러운 면이 있고, 자구에서는 고루하였는데, 기사(記事)에서는 익숙한 솜씨를 보였으나 의론(議論)에서는 생경한 구기(口氣)를 드러냈다. 특히 관용문자(慣用文字)를 많이 썼는데 10줄에 거의 5번이나 '강개읍하(慷慨泣下)'라든지, '초(初)'라는지, '선시(先是)' 등과 같은 말을 썼다. 비지(碑誌) 문자의 경우는 자기 글에서 거듭 인용하지 않은 것이 없다. 그리고 관직 이름과 지명은 문득 옛 관직 이름과 옛 고을 이름으로 바꾸어 쓰니 이는 촌스럽지 않은가?

『황명배신전』은 후세에 꼭 전하리라는 것이 의심되지 않는다. 각 권의 첫머리마다 붙인 고서(考序)는 뜻이 불투명하다. 세상에 돌아다니는 이 본들이 수록된 사람이 바뀌고 드나듦이 많아서 식자의 눈을 심히 가로막는다. 그가 붓을 내두르면 문장을 이루는데 그 문장은 으레 혼연히 고문이 되었다. 비록 그 결함을 들추어내더라도 도리어 스스로 좋아해 마지않는다.

서찰의 글씨는 반행체(半行體)와 소해체(小楷體)로 자체가 홍무법(洪武法)을 대략 모방했다. 이 또한 재기가 넘쳐흘러 비록 필가(筆家)에는 들어가지 못하지만 그 글씨를 감상하고 아끼는 사람이 많다.

오원(吳瑗)

월곡(月谷) 오원(吳瑗: 1700~1740)은 자가 백옥(伯玉)이요, 해창도위(海昌都尉) 오태주(吳泰周)의 양자며, 판서 양곡(陽谷) 오두인(吳斗寅)의 손자요, 농암(農巖) 김창협(金昌協)의 외손이다. 벼슬은 대제학을 지냈으며, 사람됨은 막힘이 없었다. 붓을 잡으면 바로 글이 이루어져 점 하나 더할 것이 없었는데 평이(平易)하고 원숙(圓熟)하였다. 어린 시절부터 그러하였다 한다.

그의 아우 오찬(吳瓚)은 자가 경부(敬夫)인데 인품이 맑고 문필에 능했다. 정언(正言)으로 있을 적에 어느 정승을 배척하는 상소를 올려 함경도로 귀양가서 죽었다.

오원의 아들 오재순(吳載純)은 자가 문경(文卿)인데 그 또한 맑은 인품을 지니고 있다. 현재 이조판서·대제학으로 있다.

월곡은 약관 때에 양지 양능(良知良能)에 대한 책문(策問)에서 장원을 하였다. 그가 남긴 시구를 든다.

연잎 둥근 고요한 연못에서 술잔 비운 채 눕고,
버들 드리운 긴 시냇가에 가는 말을 멈추네.
　圓荷池靜空樽臥, 垂柳溪長去馬停.(「又命韻同賦 九疊」, 『月谷集』 권13)

남유용(南有容)

뇌연(雷淵) 남유용(南有容: 1698~1773)은 자가 덕재(德哉)요 벼슬은 대제학·봉조하(奉朝賀)를 지냈다. 문헌공(文憲公) 호곡(壼谷) 남용익(南龍翼)의 증손이요, 도정(都正)·동돈령부사(同敦寧府事)를 지낸 남한기(南漢紀)의 아들이다. 남한기는 청렴하다는 이름이 있었다. 남유용은 70여세를 살았고, 시호는 문청공(文淸公)이다. 그의 사람됨이 벼슬살이에 급급하지 않았다. 글을 지음에 생각을 골똘히 하여 말을 만들었는데 글 한편이 나올 때마다 아주 애써 다듬은 솜씨가 나타났다. 그의 시에,

술기운이 푸른 벼랑을 가로지르니
시 읊는 소리 흰구름 밖으로 뻗어간다.
　酒氣橫蒼壁, 詩聲出白雲.(「中元日鐘巖同諸子小集」, 『雷淵集』)

라고 한 것도 매우 세련된 시이다.
　남한기의 글씨는 굳세고 아름다웠다. 뇌연과 그 아우 남유정(南有定)도 행초(行草)를 잘 썼다.

이덕수(李德壽)

판서 이덕수(李德壽: 1673~1744)는 자가 인로(仁老)인데 벼슬은 판서·대제학을 지내고, 기로소(耆老所)에 들어갔다. 호는 서당(西堂) 또는 벽계(蘗溪)다. 삼연 김창흡 편지에 "이인로가 막 『장자』를 천번이나 읽었으니 필경 어느 경지에 이를지 모르겠다!"고 했다. 그의 문장은 기력

이 있다. 그의 당질인 지금 청주목사 이낙배(李樂培)는 의기 있는 선비인데 자기 당숙은 글이 시보다 낫다고 말했다. 판서의 시를 들어본다.

덕해(德海)는 이백명 중 장원이 되었고,
산배(山培)는 젊은 시절에 정시(庭試)에서 뽑혔네.
이러한 빼어난 재질은 모두 진토가 되었고,
저문 해 거친 마을에 이 몸 홀로 늙는구나!
　海也曾魁二百人, 阿山庭擢亦靑春.
　英才異質皆塵土, 歲暮荒村老此身.(「追憶弟兒」, 『西堂私載』 권2)

위의 덕해와 산배는 그의 아우와 아들의 이름이다.

이광덕(李匡德)

판서 이광덕(李匡德: 1690~1748)은 자가 성뢰(聖賚)요, 벼슬은 판서·대제학을 지냈다. 이진망(李眞望)의 아들이요, 백헌(白軒) 이경석(李景奭)의 후손이다. 그의 시는 꾸밈이 높고 날카로운 맛이 있으며, 의미가 정묘(精妙)하므로 거의 한 시대의 으뜸이었다. 특히 병려문(幷儷文)을 잘했다. 사람됨 또한 깎아지른 듯하고, 벼슬도 두루 높이 하였으나 만년에는 문득 침체하게 되었다. 그의 시를 들어본다.

구름이 지나가니 봉우리는 보일락말락,
달이 숨으니 꽃은 어디에 피었는지.
　峯多得失雲過外, 花不分明月隱中.(「漫成 三」, 『冠陽集』 권2)

석류 열매 벌어지니 알알이 수정이요,
석양이 비에 비쳐 방울방울 반짝인다.
바둑 친구는 앉아 졸고 거문고 타던 여자 돌아갔는데,
한 그루 벽오동 푸른 빛이 발에 가득찼네.
　安石榴開箇箇尖, 斜陽照雨見纖纖.

碁朋坐睡琴娥去, 一樹梧桐碧滿簾.(「凝淸堂卽事」, 『관양집』권1)

참으로 기이하고 빼어나다. 그의 「자영(自詠)」시는 이러하다.

'요순 같은 임금에 신하는 관중·공명'
그 시절 뜻과 기개 초등(超等)하였다.
탕탕평평(蕩蕩平平)의 시대를 만나
홀로 기기괴괴(奇奇怪怪)한 인간이 되었네.
인삼 향기 속에 교활한 장사치 꾸짖고,
석류꽃 아래서 기민들 보고 우노라.
돌아와 초가집 깨끗이 쓸고,
바둑판 앞에 두고 이 봄을 보내노라.

堯舜其君管葛臣, 當年志氣亦超倫.
生逢蕩蕩平平世, 獨作奇奇怪怪人.
蔘草香中嗔黠賈, 石榴花下泣飢民.
歸來淨掃茅簷臥, 一局殘碁又送春.(「山居 四」, 『관양집』권1)

윤봉조(尹鳳朝)

대제학 윤봉조(尹鳳朝: 1680~1761)는 자가 명숙(鳴叔)이요, 호는 포암(圃巖)이다. 문과에 급제했다가 중년에는 문망(文網)에 걸려 벼슬길에서 배회했다. 정경(正卿) 대제학에 올라서도 정작 관대를 두르고 조정에 선 적은 드물었다. 문은 군세고 뼈대 있으며, 시도 또한 그러했다. 과려(科儷)와 과책(科策)을 잘했는데 군건하여 맛이 있으니, 읽을 만했다. 그가 지은 「성천강선루기(成川降仙樓記)」[6]는 정제되고 신기하여 법도와 솜씨가 근세의 문장에서 빼어나, 백사(白沙) 이항복(李恒福)의 「율곡신도비(栗谷神道碑)」[7]와 근사하다.

---

6) 원제는 「강선루중수기」로 『포암집(圃巖集)』권13에 실려 있다.
7) 『백사집(白沙集)』권4에 실려 있다.

내가 인천 사는 정승 정우량(鄭羽良)의 집에서 그의 화상(畫像)을 얻어 보았다. 유지(油紙)에 그린 것인데 낯이 길쭉하고, 뼈가 드러나 보이며, 두 눈동자는 별과 같았고, 규염(虯髯)은 성글고 길었으며, 미간은 찌푸려져 우수에 차 있어 바라보니 옥처럼 고결해 보였다. 대개 화원(畫員) 장경주(張景周)가 화본(畫本)을 한개 남겨 놓았는데 한 시대 재상의 초상화가 다 그의 손에서 그려졌던 것이다. 장경주의 집에서 그 초본(草本)을 모아두었던 것인데 정우량의 집에서 장경주로부터 윤봉조의 화본을 얻어온 것이다.

그의 조카 부제학 윤심형(尹心衡)은 맑은 이름과 준절한 절개가 있는데 고사록(高士錄)에 나와 있다. 다음 시구가 전하고 있다.

꽃 핀 금성(錦城)에 봄비 내리고,
강가의 버드나무 그림 같은 누대.
　花裏錦城春雨露, 柳邊江樹畫樓臺.

작은 전각 발 걷고 홀로 빙긋이 웃는데
푸른 물결 노저어 어디로 가는가?
　小閣褰簾獨莞爾, 蒼波叩枻欲何之.

이병상(李秉常)

봉조하(奉朝賀) 이병상(李秉常: 1676~1748)은 자가 여오(汝五)이고, 벼슬은 판서·대제학을 지냈고, 복상(卜相)8)에 들었다. 여문(儷文)을 잘하는 것으로 이름이 있었으며, 과거에 급제하여서는 청류(淸流)의 이름을 들었다. 용모가 단아(端雅)하고 골격(骨格)이 있었으며, 자신을 지키기를 맑고 검소하게 하였다. 내가 약관의 나이에 그의 집으로 찾아가니, 그는 대제학으로 있었고 나이는 70이 넘은 뒤였다. 그는 베이불을 끌어

---

8) 복상(卜相): 정승의 후보자를 가려 뽑는 것. 옛날에 이 자리에 앉을 사람의 길흉을 점쳐서 뽑았다는 고사에서 나온 말이다.

안고 있었으며, 반쯤 때에 찌든 모관(毛冠)을 쓰고 있는데, 궤안(几案)이나 복식이 가난한 선비의 그것과 같았다. 옆에 놓인 인궤(印櫃) 수십개가 먼지와 거미줄이 싸여 있었고, 문 앞에는 관예(館隷) 몇명이 지키고 있었다. 공의 거처는 경성 새문(新門)밖 냉정동(冷井洞)이었고, 마루 앞에는 조그만 모정(茅亭)이 있어 소헐정(少歇亭)이란 편액을 달았다. 그가 하는 말이 진실하고 담박하니 참으로 명재상이다.

그의 족제(族弟)에 부제학 이병태(李秉泰)는 청백(淸白)함이 오릉자(於陵子)9)와 같고, 또한 여문(儷文)을 잘하였다.

그의 족질(族姪)인 판서 이태중(李台重)도 또한 청류(淸流)로 명망이 있었으니 당시에 참판 황자(黃梓), 부제학 김시찬(金時粲)과 함께 '삼명류(三名流)'로 지목되었다. 한산(韓山) 사는 무인 이희서(李羲瑞)가 말하길, "이판서가 내포(內浦)에 귀양 왔을 적에 내가 큰 물고기 두 마리를 가지고 찾아가 뵈었더니 판서가 부엌일 하는 사람을 불러 그 고기로 주객(主客)을 위해 찬을 준비하게 했습니다. 식사가 끝나자 남은 물고기를 돌려주는 것이었습니다. 나는 청탁을 하기가 어려워 그 후로는 찾아뵙지 않았습니다."라고 했다. 이태중(李台重)의 자는 자삼(子三)이요 경륜(經綸)이 있었고, 의술을 이해하였으며, 사대부 사이에 명망이 매우 높았다. 그는 신임옥사(辛壬獄事)의 의리를 지켜 옥당(玉堂)에서부터 참판(亞卿:參判)의 벼슬을 내릴 때까지 불러도 나가 벼슬하지 않다가 그 뒤에 비로소 제수에 응했다.

그가 평안감사로 있을 때 곤궁한 일가나 가난한 친구들에게 녹봉을 모두 나누어주었다. 그가 문지기에게 "손님을 불러들이라!"고 분부하니 날마다 문지기들이 거리에서 "찾아온 손들 이리 오시오!"라고 크게 외쳤다. 비록 평소에 잘 알지 못하는 걸객이 찾아온다 해도 반드시 사흘을 머무르게 하고 20냥의 돈을 주어 보냈다. 그들이 따로 구하는 물건이 있

9) 중국 춘추전국시대 사람으로 진중자(陳仲子)인데 청렴한 사람이다. 그는 형이 만종(萬鍾)의 녹봉을 받는 것을 의롭지 못한 것으로 여겨 초나라로 가서 오릉(於陵) 땅에 살았다. 초나라 왕이 그를 재상으로 삼으려 하자 그는 처와 함께 도주하여 남의 정원을 가꾸며 살았다. 『맹자』에 나온다.

으면 모두 그대로 들어주었다.

공주(公州) 선비 유진휘(柳鎭輝)가 노정이 평양을 경유하게 됐는데 눈에 막혀 여러 날 머무르게 되었다. 문지기들이 여관을 들여다보고 그를 불렀으나 응하지 않았다. 같은 여관에 시골 선비가 한 사람 있었는데 유진휘에게 물었다.

"내가 박천(博川)의 원을 찾아갔다가 문지기가 막는 바람에 낭패를 보고 돌아왔소. 벌써 노자가 다 떨어져 진퇴유곡(進退維谷)이오. 본래 평안감사를 알지 못하지만 이미 부름을 받았으니 한번 가보기나 합시다."

유진휘가 말하기를,

"관문에 들어가도 감사의 환대야 바라리요. 며칠 노자나 얻어가면 큰 다행이겠지요. 우선 가보기나 하시오."

그 시골 선비는 목천(木川)에 산다고 하였다. 그리고 문지기를 따라 들어가더니 이윽고 관예(官隸)가 여관에 와서 주인에게 고기와 쌀을 내주며 "남은 손님을 잘 접대하라!"고 하였다. 사흘 뒤 시골 선비가 밖으로 나와 유진휘에게 "감사께서 20냥을 내어주고 또 여러 가지 것을 줍디다. 나는 곧 돌아가야겠다고 하직하고 나오니 길에서 칭송이 자자하더이다."라 말했다.

순안(順安)현감 홍낙연(洪樂淵)은 평양겸관(平壤兼官)을 지냈는데 내게 이런 이야기를 했다.

"평양 감영의 책방(冊房)은 초가가 수십간이 이어져 있습니다. 아전에게 물어보았더니, 그것은 이사또가 객을 유숙시키던 행랑(行廊)으로, 지은 집을 허무는 것이 불가하여 아직도 남겨둔다고 했습니다. 공고(工庫)에는 숟가락을 세워놓았는데 수백여 자루가 됩니다."

사또(使道)는 우리말로 관찰사(觀察使)를 가리킨다.

그의 자제들이 객이 항상 들끓는 것이 온당치 않다고 말하니 그가 웃으며 말했다.

"평양 감사는 한해 녹봉이 24만전(錢)이다. 내가 객에게 돈을 물쓰듯 써도 반년치를 계산해보니 만 전을 못 채워 여전히 돈이 많아 걱정이다. 과외(科外)로 백성에게 베푼다면 이는 명예를 노리는 것이요, 전답을 사서 전답이 많아지면 너희들에게 재앙이 될 것이다. 차라리 나라의 곤궁한 이들에게 흩어줌이 낫다."

그는 아들이 많았다. 매번 식사 때면 여러 아들을 불러 함께 먹었는데 접시 하나에 멸치어를 담고, 된장찌개 한 사발을 놓고 각각 수저로 떠먹게 하고, "식구가 많으니 맛있는 음식을 차리기가 어렵다. 또 차린다 한들 몸에 복될 것이 없다. 너희들은 열심히 달게 먹도록 하거라!" 하였다.

그는 다섯 아들을 두었다. 복영(復永)은 음직으로 판서를 지냈고, 득영(得永)은 문과에 급제하여 승지를 지냈다.

영조조(英祖朝)의 벼슬아치로서 한 시대의 청백리로는 모두 부제학 이병태(李秉泰)를 꼽고 그 밖에는 그다지 특출한 사람이 없다. 정승 중에 조현명(趙顯命)과 그의 조카인 조재호(趙載浩) 그리고 이천보·유척기(兪拓基)·이종성(李宗城)이 모두 재물에 대하여 조심하였다. 유척기와 이종성이 정승으로 있을 때 전주판관이 상목변죽삼대선(桑木邊竹三臺扇)을 따로 만들어 상례적인 선물과는 별도로 몇몇 노재상에게 선물하였다. 유정승은 그때 양주(楊州)에 살고, 이정승은 장단(長湍)에 살고 있었는데 서로 사람을 경저인(京邸人)에게 보내어 부채를 받았는지 여부를 물었더니 "유정승도 물리쳤고, 이정승도 물리쳐서 재상 중에 오직 이 두 사람만이 받지 않았다."고 했다.

정승 유척기는 자가 전부(展夫)요, 정승 이종성의 자는 자고(子固)인데 위의 두 조정승 및 이천보와 함께 집안이 가난하여 겨우 의식을 이어가는 정도였다.

공주 사는 선비 임상준(林尙浚)이란 사람이 일찍이 장단의 이정승 댁을 찾아갔다. 그때 승지 권일형(權一衡)이 임금의 말을 전하는 일로 와서 유숙하였는데 마을이 외지고 또 친분이 있어 이정승의 집에서 동숙(同宿)하게 되었다. 하루는 이정승이 권승지에게 다른 집에서 자기를 청하며 말했다.

"오늘밤은 친기(親忌)로 제사를 드려야 합니다. 우리 집에서는 나의 방이 조촐하니 이 방에서 제사를 지낼까 합니다."

제사를 지낸 후 권승지와 임선비를 청하여 제사 음식을 대접하였다.

권승지는 나라에 벼슬하는 사람이라 특별히 상을 성대하게 차렸는데 약과·전과(煎果)·문어·전복·건치(乾雉) 등 먼 지방에서 나는 음식을 내와 그릇이 매우 풍성하였다. 그런데 떡과 탕·적과 같이 임시해서 만드는 음식은 가짓수도 적고 빈약했다. 떡은 단지 권매(權枚)라는 것뿐이었다. 권승지가 물었다.

"묻자옵건대, 어찌해서 먼 지방에서 나는 음식은 매우 풍성한데 가까이에서 얻고, 또 임시해서 만드는 음식은 어찌 그리 간소한지요? 또 사대부 집안의 제사에서는 고명을 한 시루떡을 쓰는 것이 상례인데 권매를 쓰는 것은 공의 집에서 처음 보았습니다. 혹 대감 집에는 별다른 제의(祭儀)가 있는지요?"

이에 이정승이 말하기를,

"우리 집 또한 사부의 관례를 쓰는데 지금 내가 궁벽한 곳에 머물러 있어 집에 음식을 맡아서 할 익숙한 사람이 없으니 억지로 비복을 시켜 흉내내기보다는 차라리 저들 손에 익은 늘 하던 떡으로 하는 것이 나을 듯하여 권매를 썼지요. 먼 지방에서 온 물건은 내가 높은 지위에 앉았던 터라 세찬을 모두 미리 저장해 두었던 것이요, 임시해서 만드는 음식은 집안이 가난하여 다 마련하지 못했습니다. 이는 집에 있고 없는 것에 맞추어 차린 것일 뿐입니다."

하니 권승지는 "예, 예" 하며 "예(禮)가 그렇지요."라 했다 한다.

조경(趙璥)

충정공(忠定公) 조경(趙璥: 1727~1787)은 자가 경서(景瑞)요 초명(初名)은 준(埈)이고, 벼슬은 우의정(右議政)을 지냈다. 그가 죽자 임금은 시장(諡狀)을 기다릴 것 없이 시호를 내리라고 명했다. 호는 하서(荷棲)다. 문집이 있어 간행되었다. 그는 뾰족한 머리에 큰 키, 반짝이는 눈동자에 빼어난 목을 하고, 얼굴에 뼈가 드러나면서도 단정하기가 아름다운 부인과 같았으며, 정신이 안으로 차 있어 사려가 깊고 물정에 밝았다.10)

---

10) 『일몽고(一夢稿)』에 조경의 전기 「조상공전(趙相公傳)」이 실려 있는데 이 글과

글재주와 시솜씨는 생각도 깊고 필력이 굳세어 묘리(妙理)를 얻은 것
이 많았다. 열살에 다음 시를 지었다.

광나루에 한조각 배 매었는데
성근 비 가을 강에 듣고,
모래톱에 사람 보이지 않으니
백조가 쌍쌍이 내리네.
　　扁舟繫廣津, 疎雨落秋江.
　　汀空人不見, 白鳥下雙雙.

커서 지은 시 중 경구(警句)를 들어본다.

벗님네 늦는데 꾀꼬리 먼저 부르고,
꽃의 마음 무르녹자 비가 한번 내리네.
　　詩朋後到鶯先喚, 花意初濃雨一來.

매화(梅花)를 읊은 시는 이렇다.

구슬이 터지려니 정은 어이 지극한고?
젓대 소리 한이 서려 그지없구나!
　　明珠欲解情何極, 瞑笛將吹恨有餘.(「次晉嚴詠寄示之韻 九」, 『荷棲集』 권2)

매화시(梅花詩) 전편을 든다.

연기 사라지고 온 감실(龕室)이 조촐한데
꽃망울 하나하나 정신이 어렸구나!
괴이하다! 혼탁한 세상에 이런 신선의 자태 보이다니,

유사한 부분이 매우 많다.

놀랍다! 따뜻한 품성으로 찬 얼음 안고 있다니.

타고난 고결한 자태 어찌 달빛을 가까이 하리

어슴푸레한 속에 더욱 기이하니 등불을 켜지 말아라!

영혼이 맑아져 감을 느끼겠으니

깨쳐짐에 도리어 서암의 중을 비웃노라!

> 茶烟消歇一龕澄, 著面精神細細凝.
>
> 可怪仙胎生濁界, 卻驚溫性抱寒氷.
>
> 天姿自潔寧依月, 暝暈愈奇莫照燈.
>
> 漸覺心神淸似濯, 喚惺還笑瑞菴僧. (동상 제15수)

또 절구는 다음과 같다.

강가의 하얀 바위에 앉았노라니

처마밑에 푸른 등불 어른어른

이 내 몸 어버이 계시는 터에

바람 부는 배에 함부로 오르지 못하네.

> 白石江頭坐, 靑燈屋下留.
>
> 吾身有親在, 不敢上風舟. (「阻風宿江村」, 『하서집』 권1)

그의 「이진암제문(祭李晉菴文)」[11]은 변려체가 섞여 있는데 완전(宛轉)하여 읽을 만하다. 그의 부모의 묘지비(先墓誌碑)[12]는 정이 간절하고 글이 정밀하여 「상강천문(瀧崗阡文)」[13]과 견줄 만하다.

중년 이후로 두루 내직·외직의 명망 있는 벼슬을 거쳤기 때문에 시문을 많이 지을 수가 없었다. 판서에 이른 뒤에는 벼슬하기를 즐겨하지 않았다. 그가 정승을 제수받음에 이르러서는 지금 임금께서 몸소 상부(相

---

11) 원제는 「제외구이상공문(祭外舅李相公文)」으로 『하서집』 권8에 실려 있다.

12) 원제는 「선비묘지」와 「선고영역표지(先考塋域標誌)」로 『하서집』 권8에 실려 있다.

13) 유림록 주 2 참조.

符)를 내려주셨는데 그는 울면서 이를 받아 곧 다시 바치고 진땅에 몸을
굽히고서 그만 두기를 애걸하였다. 끝내 정승으로 나가지 않고, 오래지
않아 병으로 세상을 떠났다.

그는 효행이 있어 양친의 상에는 다 3년 동안 시묘를 살았다.

내직으로 호조판서를 맡아서는 서울의 시전상인(市廛商人)의 예수가
(預授價)를 막았는데, 시인들이 처음에는 자기들 재물이 풍족하지 못함
을 괴롭게 여기다가 나중에는 포채(逋債)14)를 면하게 되자 모두 이를 기
뻐하였다.

그가 형조판서를 맡아서는 출금령(出禁令)을 막았기 때문에 아전들이
그것을 이용해서 농간을 부릴 수가 없었다. 평안감사로 재직할 때 관아
의 돈을 한푼도 사적으로 쓰지 않았다.

그는 평생 여색을 가까이 하지 않고 30년 동안 홀아비로 지냈는데 몸
소 양식과 땔감을 가지고 아침 저녁으로 내주었으며, 괴로움으로 못이
박힐 지경이 되어도 개의치 않았다. 평소에 발을 드리우고 출입을 삼갔
으니 그가 올린 상소문에서 "세상에 처하기는 손님과 같이 하였고, 집에
있을 적에는 중과 같이 했다."라고 했으니, 참으로 자신을 잘 평한 말이
라 하겠다.

부인은 정승 이천보의 따님으로 고질병을 앓아서 거의 자식을 생산하
지 못할 정도였는데 늦게야 아들 진구(鎭球)를 얻었다. 조진구는 진사가
되어 바야흐로 문학과 행실이 드러나고 있으니 사람들은 그의 심덕(心
德)의 소치라고 말한다.

그가 충청감사가 되어서는 큰 옥사를 처리하되 판결을 극히 공평히
하니 지방 사람들이 다투어 말하기를, "조공이 없었다면 우리는 모두 어
육(魚肉)이 되었을 것이다."라고 했다.

그가 죽자 임금께서 그의 효성을 표창하여 정려문(旌閭門)을 세우게
했다. 그의 과체시 한 구절에

---

14) 포채(逋債): 포흠을 져서 누적된 부채.

　　서상의 밝은 달 아래 서로 손잡고 맹세하니
　　제가 서방님을 저버리는 날 서방님도 저를 저버리리다.
　　　西廂明月執手約, 吾負郎時郎負吾.

라 했으니 식자들이 그의 심사를 엿볼 수 있다고 했다.

이미(李瀰)

　　함광헌(含光軒) 이미(李瀰: 1725~1779)는 본관이 덕수(德水)이며, 자
는 중호(仲浩)인데, 벼슬은 이조참판·부제학을 지냈다. 시재(詩才)가 고
화경발(高華警拔)하며 다음과 같은 시구가 있다 .

　　다리에 눈이 쌓여 손은 찾아오지 않는데
　　매화꽃 피어 달이 주렴 속을 엿보는구나.
　　　峒客不來橋有雪, 梅花未老月窺簾.

　　가을이 지나 외기러기 바람에 날리고,
　　달밝은 밤 뉘집에서 피리 소리 들리는가?
　　　秋盡長風吹獨鴈, 月明淸笛在誰家.(「十月十五夜, 與子承仁則對月有吟」, 『含
　　　　　光軒稿』)

7언율시 전편은 다음과 같다.

　　머나먼 강남 땅 유자·귤 자라는 곳,
　　그리운 그대는 아니 보이고 길만 길게 뻗어 있네.
　　국화 피는 구월에 아직도 나그네로
　　기러기 떠난 삼경에 홀로 누에 오르겠지.
　　밤새워 구름은 바다끝에서 일고,
　　찬 산에 낙엽은 비 내리는 가을에 지리라.
　　낙사(洛社) 신시(新詩) 한가로운 줄 알겠으니

한강 머리에서 서풍에 흥을 붙이네.

> 迢遞江南橘柚州, 思君不見路空修.
> 黃花九月還爲客, 遠鴈三更獨上樓.
> 竟夜雲生天際海, 寒山木落雨交秋.
> 新詩洛社知多暇, 興入西風漢水頭.

7언절구는 다음과 같다.

일손이 황혼에 비로소 한가로우니
사내는 앞서고, 아낙은 뒤따라 호미 메고 돌아오네.
삽살이 검둥개 나란히 꼬리 흔들며,
땅거미 지는 울타리 옆에서 맞이하누나.

> 事到黃昏始放閒, 男前婦後荷鋤還.
> 白狵蒼犬齊搖尾, 迎在疎籬暝色間.(「村家雜咏 二」,『함광헌고』)

그는 사람됨이 풍류가 있고, 남을 해치는 말을 입밖에 내지 않았다. 매양 시객들이 모여 필묵과 술잔이 어우러진 사이에서 목을 뽑아 이장길(李長吉)의 장편 시를 읊는데, 그 상쾌하기가 진(晉)나라 선비에 못지 않았다. 젊어서『유본초(儒本草)』를 지었는데 그것은 골계적이고 시원한 맛이 있어 볼 만하다.

권헌(權攇)

장수(長水)현감을 지낸 권헌(權攇: 1713~1770)은 자가 중약(仲約)이고, 호가 진명(震溟)인데 그의 시문은 굉사(宏肆)·준황(雋煌)하다. 시를 들어본다.

귀인의 새 집 시냇가에 서 있고,
미인의 옛 무덤 활짝 핀 꽃을 마주하네.

> 貴主新菴臨野水, 美人高塚對繁花.15)(「出漢北門」,『진명집』)

66

용양의 옛 진에선 한가로이 피리를 불고,
운송하는 새 배에는 제각기 깃발을 꽂았네.
　龍驤舊鎭閒吹角, 海運新船各樹旗.16) (「望洋亭, 同金亞使讌集」, 『진명집』)

복사꽃 지는 날에 술잔 앞에서 병든 몸 일으키니,
제비는 찾아 오는데 나그네로 봄이 가누나.
　樽前病起桃花落, 客裏春歸燕子飛.17) (「禎卿見過」, 『진명집』)

7언율시 전편은 다음과 같다.

꾀꼬리 아리땁고 버들 푸르른데 마음은 어찌 서글픈가?
술을 따라 그대에게 권하노니 그대는 사양하지 마오!
엄자릉18)은 뜻이 높아 녹봉도 가벼이 여겼고,
가생19)은 재주가 날카로워 맑은 시절에 통곡했다네.
꽃 피는 계절 시름에 돌아가는 꿈이 희미한데,

---

15) 시의 원문은 다음과 같다. "羸驂緩去逐春華, 漢北門前日欲斜. 貴主新菴臨野水, 美人高塚對繁花. 山鷄畏獵深移樹, 洞鹿尋溪獨下沙. 來去誰能知閱世, 陌頭銅狄入摩挲."

16) 시의 원문은 다음과 같다. "東得高樓百尺危, 倚來旌蓋望天陲. 龍驤舊鎭閒吹角, 海運新船各樹旗. 日下亭臺紅欲斂, 江晴島嶼翠還疑. 正須橫槊詩堪就, 不用靑娥手裏巵."

17) 시의 원문은 다음과 같다. "旅館相逢未授衣, 湖亭物色靜郊扉, 淸罇病起桃花落, 故國春殘燕子飛. 衰老難禁知己少, 宦情無那與時違. 只應妻子相望久, 草綠江南願早歸."

18) 엄자릉(嚴子陵): 후한 시대의 은사인 엄릉(嚴陵)으로 그는 어렸을 때 광무제(光武帝)와 함께 공부했다. 후에 광무제가 황제가 되자 그는 성명을 바꾸고 은거하였다.

19) 가생(賈生): 한나라 문제(文帝) 때의 학자 가의(賈誼)로 문제에게 치안책(治安策)에 관한 상소를 올려 말하기를, 통곡할 일이 한가지요, 눈물을 흘릴 일이 두 가지라 하였다. 후에 식견이 있는 선비가 세상을 한탄하는 전고로 쓰인다.

지는 꽃에 병든 몸 일으키니 이별이 안타깝네!
나 또한 강호에 낚싯대 드리운 손이 되어
조만간 일엽편주에 몸 실어 범려[20]를 따르리라!

　　鶯嬌柳綠意何悲, 酌酒與君君莫辭.
　　嚴子志高輕美祿, 賈生才銳哭淸時.
　　愁來芳草迷歸夢, 病起殘花足別離.
　　我亦江湖垂釣客, 扁舟早晚逐鴟夷.[21] (「餞吳員外兼送滄洲丈人之南」, 『진명
　　　　　　　　　　　　　　　　　　　　　　　　　　　집』)

7언절구는 다음과 같다.

붉은 바위 자색 벼랑 열두 겹인데
은쟁반에 거꾸로 쏟아 옥부용을 이룬 듯.
창공에 구름과 물 다림질한 듯 평평한데
바닷빛은 태극봉보다 높구나.

　　紫壁丹崖十二重, 銀盤倒瀉玉芙蓉.
　　天空雲水平如熨, 海色高於太極峯. (「太極峯」, 『진명집』)

5언율시는 다음과 같다.

이월 봄바람에 얼음도 풀리고,
시냇가 모래톱에 봄볕이 따사롭네.
친구는 말 몰아 떠나고,
방초는 관문 나서면 푸르리라.
길은 양산 골짜기를 두르고,

---

20) 범려(范蠡): 월나라 재상으로 구천을 도와 오나라를 멸한 뒤 오호로 떠나갈 때
　　이름을 치이로 바꾸어 배를 타고 갔다.
21) 『진명집(震溟集)』에는 '來'가 '深'으로, '夢'이 '路'로 되어 있다.

68

무협의 물결에 비가 떨어지네.
광릉에는 갈 수가 없으니
아름다운 기약 어긋나기 쉽구나!

　二月春氷罷, 川沙野日和.
　故人策馬去, 芳草出關多.
　路繞梁山峽, 雨連巫峽波.
　廣陵不可往, 佳約易蹉跎.[22)](「送子寧南歸」, 『진명집』)

　이런 등의 시편은 성당(盛唐) 시인의 구기(口氣)와 흡사하다. 평생에 저술이 많았는데 매양 사고(私稿)를 한 짐 가지고 다녔다.

　그는 사람됨이 청고(淸苦)하였는데 일마다 능하였다. 외숙이 충청감사로 있을 때 그는 백씨인 참봉 권선(權揎)과 함께 걸어서 서울로 가다가 감영을 지나게 되었는데 공문(公門)임을 혐의하여 들어가지 않았다. 그는 음직으로 형조와 광흥창(廣興倉)의 낭관을 역임했는데 아전을 단속함이 엄했고, 법을 받들어 지킴이 근실했다. 고을을 맡아 있을 때에는 아전들은 두려워했지만 백성들은 편안하게 여겼으며, 자신을 매우 검약하게 처신하여 마치 포의(布衣)인 양 고을살이를 했다.

　참봉 권선 또한 학문에 힘쓰고, 부모를 섬김에 정성을 다했다. 막내아우인 첨지(僉知) 권건(權揵)도 청수(淸修)한 선비이다.

이광려(李匡呂)

　참봉 이광려(李匡呂: 1720~1783)는 자가 성재(聖載)인데 고사록(高士錄)에 실려 있다. 시문을 잘하고, 옛것을 좋아하고 박학하였으며, 성균관에서 명망이 자자하였다. 과시(科詩)는 매양 고시체(古詩體)를 본떠 지었는데, 시를 제출하기만 하면 고관(考官)의 큰 칭찬을 들었다.

오광운(吳光運)

---

22) 『진명집』에 경련과 미련은 위 시와는 매우 달리 되어 있다. "遠徼通慈峽, 寒江注石坡. 只應舊父老, 相見惜蹉跎."

참판 오광운(吳光運: 1689~1745)은 자가 영백(永伯)이요, 호는 약산 (藥山)인데 처음의 호는 죽음(竹陰)이었다. 벼슬은 이조참판 · 대제학을 지냈다. 시에 빼어난 재주가 있었다. 시를 들어본다.

풍악 소리 거리마다 바람이 살풋 불고,
꽃이 핀 집집마다 보슬비 내리네.
　笙歌九陌風微轉, 花樹千門雨細來.

옷은 황죽(黃竹)의 비에 젖고,
말은 벽도화(碧桃花)의 봄에 매어놓았네.
　衣沾黃竹雨, 馬繫碧桃春.

최성대(崔成大)

최성대(崔成大: 1691~1761)는 자가 사집(士集)이요, 벼슬은 예조참의 · 지제교(知製教)를 지냈다. 당상관(堂上官)에 오르면 지제교의 직함을 띠지 않는 법인데 그가 특별히 지니고 있는 까닭은 문망(文望) 때문이 다. 그의 시는 당조(唐調)가 있다. 시를 들어본다.

서낭당엔 밤마다 귓것이 내리고,
산촌 저자에선 아침마다 맥국23) 사람을 만나네.
　叢祠夜降荒林鬼, 山市朝逢貊國人.(「嘉春途中」, 『杜機集』 권1)

7언절구는 다음과 같다.

개성의 여인은 맵시도 꽃다운데,
트레머리 분단장하고 얼굴 반쯤 가렸네.
해저문 옛 궁터에 투초 가는데

---

23) 맥국(貊國): 지금의 춘천의 옛이름.

나비는 쌍쌍이 은비녀에 오르네.

開城少婦貌如花, 高髻新粧半面遮.

日暮廢園鬪草去, 雙雙蝴蝶上銀釵.(「松京詞」,『두기집』권3)

강가에 찬비 뿌려 나그네 뱃전이 어둡고

외로운 돛 멀리 가을 구름에 오르네.

돌아갈 마음 기러기 소리 기다리지 못해

벌써 푸른 물결 쫓아 밤낮으로 흐르네.

寒雨江楓暗客舟, 孤帆遠上白雲秋.

歸心不待聞新鴈, 已逐滄波日夜流.(「江行雨泊」,『두기집』권1)

『두기집(杜機集)』이 있어 간행되었는데 두기는 그의 호이다.

임정(任珽)

임정(任珽: 1694~1750)은 자가 성방(聖方)이요 호는 치재(巵齋)요 벼슬은 이조참의이니 참판 임수간(任守幹)의 아들이다.[24] 과시(科詩)에 뛰어났는데, 그의 아우 임담(任璹)과 임업(任璞)도 모두 과시를 잘하여 제목에 맞게 지어내는 점에서는 아주 흡사했으나 그 지취에 있어서는 임정에 미치지 못했다. 이들 모두가 한 시대의 본보기로 되었다. 그는 과시를 잘 평가하여 판서 김한철(金漢喆)과 승지 유건기(兪健基)와 함께 평을 잘하는 자로 당대에 손꼽혔다. 서울 선비들이 하과(夏課)[25] 때가 되면, 알고 모르고 간에 꼭 원고를 보내 평가를 받고자 했다. 그는 마음에 드는 시를 얻으면 반드시 한 본을 베껴 두어 큰 두루마리를 이루었다.

그의 일가들도 모두 글을 잘했다. 족제 임성(任城)은 자가 성진(聖振)

---

24) '임수적(任守迪)의 아들'인데, 착오가 생긴 듯하다.

25) 하과(夏課): 글공부하는 선비들의 여름 일과로 작문을 주로 하는데 추석 직전에 끝남.

인데 과장(科場)에서 이름을 날렸다. 그의 「탕춘대(蕩春臺)에서 노닐다」
는 연구시(聯句詩)는 이러하다.

　　화안한 모래 흰 바위 저러하니,
　　취하여 드러눕고 노래하며 노닐기를 내 맘대로 하노라.
　　　明沙白石皆如許, 臥醉行歌任所爲.

　그 족질 임희증(任希曾)은 자가 효언(孝彦)인데 그의 「세검정(洗劍
亭)」시는 이러하다.

　　소매 사이로 꽃이 고와 술잔은 넉넉한데,
　　단청 누각 영롱하여 푸른 물굽이를 굽어보네.
　　태평성대엔 본디 병기 씻을 일 없으니,
　　봄바람 가득 안고 난간에 기댄 나그네.
　　　巖花映袖酒杯寬, 朱閣玲瓏俯碧灣.
　　　盛代元無兵可洗, 春風贏得客憑欄.

　시어들이 모두 절로 청초하다. 임성은 벼슬이 대간(臺諫)에 이르렀고,
임희증은 벼슬이 참판에 이르렀다.
　임정은 촉체(蜀體)를 잘 썼는데 여러 응시자들이 이름을 가리고 그에
게 평가받게 되었는데, 그는 유동원(柳東垣: 혹은 壽垣이라 한다.―원주)의
글에 이르러서는 낯빛을 변하여 이르기를, "이것은 심상길(沈尙吉)의 글
과 흡사하니 누가 지은 것이냐?" 하였는데, 뒷날 유씨는 처형을 당했다.
대개 심상길의 과시는 억양이 변화가 심하고 의장(意匠)이 상도(常道)를
벗어나 있었는데, 일찍이 신임옥사(辛壬獄事)때 불행히 죽었던 것이다.

이의현(李宜顯)

　이의현(李宜顯: 1669～1745)은 자는 덕재(德哉)요 호는 도곡(陶谷)이며
문집이 세상에 전한다. 정승 이세백(李世白)의 아들이더니, 그도 또한 이

72

어서 정승의 자리에 올랐다.

이양천(李亮天)

이양천(李亮天: 1716~1755)은 자는 공보(功甫)요 감사 이덕영(李德英)의 손자다. 어려서 아버지를 여의고 형 이보천(李輔天)과 더불어 힘써 글을 익혀 사우들의 중망을 얻었다. 과거에 급제하여 옥당에 들어가서, 반대당의 우두머리를 공격하다가 마침내 귀양을 갔는데, 풀려 돌아와 문득 젊은 나이로 죽었다. 고문(古文)을 주력하여 세련된 간결함이 있었고 속기(俗氣)를 훨씬 벗어난 바가 있었다. 그의 시구들은 이러하다.

물소리 콸콸 반딧불 흐르고
장마에 버섯이 돋아 고목이 향기롭다.
　鳴泉浸草流螢化, 積雨蒸菌古樹香.

황량한 못에 물이 차서 가재들은 죽어 있고
옛 담장에 서리 내려 줄사철나무 붉어졌네.
　荒池水冷蝦蟆死, 古壁霜侵薜荔紅.

이들은 모두 아름다운 시구다. 그의 형 이보천 또한 조용하고 깨끗한 성품으로 글도 잘했는데, 벼슬하지 않은 채로 포의(布衣)로 늙었다.

이사중(李思重)

침랑(寢郞)26) 이사중(李思重: 1698~1733)은 자가 사고(士固)요 호는 안소(安素)니, 감사 이만직(李萬稷)의 손자요 내 재종숙이다. 글재주가 풍족하여 과거 문체의 각체를 두루 잘했으며, 성품이 낙천적이고 선비를 아껴서 선비라는 말을 듣는 사람은 누구나 서로 격려했는데, 그는 오십이 못 되어 죽었다. 그의 시에

---

26) 침랑(寢郞): 능참봉(陵參奉).

　　몸은 그윽한 골짜기에 봄 시내 따라 들어가고
　　꿈은 봉우리에 불등(佛燈)과 더불어 걸려 있네.
　　　　幽壑身從春水入, 高峯夢與佛燈懸.

이라 한 것은 놀랍고 빼어나다. 그의 아우 이사홍(李思弘)은 자가 사의
(士毅)인데 호걸스런 뜻이 있었다. 황경원(黃景源)에게 고문을 배웠는데,
고질병이 있어 사십이 못되어 죽었다. 그의 시에,

　　소 타고 달 아래 나그네 서 있네.
　　　　有客騎牛月中立.

라 하니, 이 한 구절만으로도 그의 시의 경지를 짐작할 만하다.

이규식(李奎軾)

　　이동자(李童子)는 내 넷째아우 이규식(李奎軾)으로 자는 숙첨(叔瞻)이
요 아명은 성상(星祥)인데, 열네살에 일찍 죽었다. 얼굴은 둥글고, 눈이
별처럼 빛났으며, 반듯한 입에 오똑한 콧날, 훤칠한 이마를 지녔었다. 부
형을 섬김에 지극히 어질었으며 친환(親患)에는 손가락을 자르는 효성
을 보였으며, 그의 글재주는 천재가 있었다. 말을 배우자 바로 문자를
알았고, 글자를 알자 바로 의리를 터득하였으며, 겨우 열살 때에 능히
주역의 큰 뜻에 통하여 산가지로 치는 점을 이해하고, 음률을 분별할 줄
도 알았다. 지필을 대하면 곧바로 시문을 이루었는데 모두 원숙하여 어
린아이의 생경한 어투가 전혀 없었다. 12, 3세에 학교에 입학하여 시험
을 보는데 긴 붓대를 잡고 써 나감에 신속하고도 단정하여, 수염이 희끗
한 사람들이 다 둘러서서 보고는 서로들 혀를 내둘렀다. 일찍이, 문 밖
거리에 나가 서 있는데, 이익보(李益輔)라는 대감이 초헌을 멈추고 묻기
를, "뉘 집 아이냐? 실로 준수하고 아름다운 아이로구나!" 하였다 한다.
죽음에 다다라서 『주역』 건괘(乾卦)를 외웠다. 이 아이에게는 이런 영특
한 일이 많았다. 그 시에 이런 것들이 있다.

74

다리 서쪽 길에 누가 말을 세워 두었는고
한 그루 나무 골목 북쪽 담장에 꽃이 피었네.
何人立馬橋西路, 獨樹花發巷北墻.(「偶吟」,『樂齋稿』)

절구에는,

취한 사람 깬 사람 한가로이 앉았는데
깊은 밤 난간에는 북두성이 비꼈네.
내 끼인 달 뜰에 가득 봄도 저무는데
지는 꽃 붉은 비 소리도 없이 지나네.
半醒半醉人閒坐, 深夜欄干北斗橫.
煙月滿庭春欲老, 落花紅雨過無聲.(「偶吟」,『낙재고』)

라 하였고, 또 이르기를,

화단에 새로이 해당화 벌어
두견새 찾아와 오경을 우네.
잠 깨어 창문 열고 내다보니
흐릿한 달빛만 봄 뜨락에 가득하네.
花階新坼海棠英, 杜宇來啼夜五更.
睡罷小齋開戶看, 滿庭春月不分明.(「春詞」,『낙재고』)

라 하였고,

달빛 속에 몇 가구 초가집,
닭 울음에 아련한 새벽 꿈.
數村月色裏, 殘夢鷄聲中.

이라 하였으니, 모두가 맑고 깨끗한 소리다.

이성(李珹)

이성(李珹: 1735~1773)은 자가 덕휘(德輝)요 연평부원군 이귀(李貴)의 후손인데, 이름을 이루지 못하고 겨우 서른을 넘기고 죽었다. 시가 아주 빼어난 가락이 있었는데, 그의 시구들은 이러하다.

절벽에 늙은 나무 세월을 잊었고
가을 연못은 맑아 성정이 드러났네.
　　巖阿樹老忘年月, 秋水潭空見性情.

버드나무 너머 빈 못에는 바람에 물결이 일고
꽃 피기 전 한식철에는 비가 자주 뿌리네.
　　柳外空塘風亂颺, 花前寒食雨頻來.

차운 산 그림자, 텅 빈 시내에 말이 건너고
고목나무 그루터기 잔설 속에는 갈가마귀 우네.
　　空溪馬渡寒山影, 殘雪鴉啼古木墟.

나그네 보내는 새벽길에 달빛이 지고
닫혀진 문 봄풀이 일시에 푸르르네.
　　送客晨程殘月落, 閉門春草一時生.

절구는 다음과 같다.

강가에 여린 버들 머얼리서 한들한들,
그대 집에 다다르니 물이 반은 사립에 잠겼네.
한 그루 복사꽃 핀 데 몸져 누운 사람,
우중에 찾아왔다 우중에 돌아가네.
　　江干柔柳遠依依, 及到君家水半扉.

一樹桃花人臥病, 雨中相訪雨中歸.

이윤영(李胤永)

이윤영(李胤永: 1714~1759)은 자가 윤지(胤之)요, 호가 단릉(丹陵)으로, 판서 이태중(李台重)의 형이요, 부사 이기중(李箕重)의 아들이다. 교양이 있고 물욕이 적었으며 골동품 모으기를 좋아하니, 책으로는 『십삼경주소(十三經註疏)』와 이십일대사(二十一代史)를 갖추었고, 기물로는 남전옥(藍田玉)에 단주연(端州硯), 송대의 선화(宣和) 연간의 화로27)를 얻어 가지고 있었다.

그의 집은 서울의 서쪽 반송지(盤松池) 가에 있었는데, 연못 가까이 정자를 세우고, 선비 오찬(吳瓚)·김상묵(金尙默)·이인상(李麟祥) 등 7, 8인과 더불어 문회(文會)를 만들었다. 그리하여 겨울 밤엔 얼음덩이를 잘라내어 그 속에 촛불을 두고 이름하여 '빙등조빈연(氷燈照賓筵)'이라 하였고, 여름에는 연꽃을 병에 꽂아두고 벗들을 불렀다. 그는 그림을 잘 그리고 전각에도 능했다.

그는 산수에 취미가 있어 고을살이하는 아버지를 따라 단양 관아로 가서 수석이 좋은 곳에 '우화정(羽化亭)'을 세웠다. 근 오십에 포의(布衣)로 생을 마쳤는데, 죽음에 임하여 거리낌 없는 모양이 세속을 살다 간 사람 같지를 않았다. 문집을 남겨 단릉고(丹陵稿)라 하는데, 이런 시가 있다.

산을 가노라니 나무 열매 사슴과 나눠 먹고
물가에 자노라니 갈대꽃 백구와 어울렸네.
　山行木實分蒼鹿, 水宿蘆花渾白鷗.

심낙수(沈樂洙)

심낙수(沈樂洙: 1739~1799)는 자가 경문(景文)이요, 정승 심지원(沈之

---

27) 이윤영이 이 화로를 얻게 된 이야기는 영괴록에 실려 있다.

源)의 후손이요 내 매제인데, 문과를 하여 지금 교리(校理)로 있다. 삼대
가 다 일찍 아버지를 여의었는데, 빼어난 재주가 있어 자력으로 문예의
경지에 이르렀다. 과문(科文)을 일찍이 이루어서 수단을 쓰지 않고도 연
달아 급제를 했다. (뒤에 벼슬은 참의에 그쳤다.―원주)

두 아들28)이 있어 모두 글재주가 있었는데, 둘째아들 심노암(沈魯巖)
은 풍채가 깎아 만든 것 같았다. 고율시(古律詩)는 극히 심오하고 강건
하여 대가의 솜씨가 있었으니 이런 시구가 있다.

중이 지팡이 들어 가리키는 곳엔 검은 구름
비는 내려 영변의 철옹성.
　僧筇遙指雲浮黑, 雨在寧邊鐵甕城.(「檀君臺」,『悌田遺稿』1책)

심환지(沈煥之)

심환지(沈煥之: 1730~1802)는 자가 휘원(輝遠)이요, 교리 심태현(沈泰
賢)의 손자니, 지금 이조참판으로 있다. 그는 글재주가 있어 지은 시구
들이 볼 만한 것이 많다. 얼굴에 권골(權骨)이 많고 어깨는 뫼 산(山)자
모양에 금도(襟度)가 소탈하고 배알이 곧아서 사대부의 기풍이 있었다.

일이 있으면 마음을 쏟아 마침내 다 마치고야 그만두는 성미니, 가히
자기 마음을 저버리지 않는 사람이라 할 만하다. 영조 때에 금주령을 범
한 일로 하여 북병사 윤구연(尹九淵)을 일률(一律)29)로 다스렸다. 그는
금부도사로 윤구연을 압송하여 함경도에서 서울에 이르렀다. 윤구연이
처형을 당한 후 그는 윤구연을 달아 맨 바로 그 거리로 가서 조문을 하
였다. 이 이야기를 들은 사람들은 모두 그를 의롭게 여겼다.

무오년간에 지은 시의 한 연(聯)은 이러하다.

가벼이 읊조리며 한잔을 마신 뒤에

---

28) 심노숭(沈魯崇)과 심노암(沈魯巖)이다.
29) 일률(一律): 사형에 해당하는 죄.

백화 난만한 가운데 오똑이 앉았네.

微吟一盃後, 高坐百花中.

또한 좋은 구절이라 할 만하다.

〔보유〕심환지는 호가 만포(晩圃)이며 이조판서를 역임하고 문형에 참여했다가 으뜸으로 병조판서에 천거되고, 영의정으로 지금 임금님(純祖)이 등극할 때 원상(院相)[30]이 되었으며, 정승 노릇한 지 다섯해 만에 죽으니 시호는 문충공(文忠公)이다.

이민보(李敏輔)

이민보(李敏輔: 1720~1799)는 자가 백눌(伯訥)이요 호가 풍서(豊墅)로, 월사(月沙) 이정귀(李廷龜)와 백주(白洲) 이명한(李明漢)의 후손이요, 지촌(芝村) 이희조(李喜朝)의 손자이며 대사간을 지낸 이양신(李亮臣)의 아들이다. 우리나라에서 근세의 사대부가로 사계(沙溪)의 문원공가(文元公家)와 관동(館洞)[31]의 월사 자손가와 장동(莊洞)[32]의 청음(淸陰) 자손가와 회동(會洞)[33]의 임당(林塘) 정유길(鄭惟吉) 자손의 가문을 대대 갑족(甲族)으로 치고 있다. 사계(沙溪)의 김씨는 신라 일천년간 왕 노릇을 했고 고려에서는 여덟 명의 평장사(平章事)를 배출했으며, 우리 조선에서는 황강(黃岡) 김계휘(金繼輝) 이후로 여러 명인이 나왔는데 배와(金坯窩) 김상숙(金相肅) 가문이 그것이다.

---

30) 원상(院相): 임금 죽은 뒤 26일 동안, 졸곡(卒哭)이 마치기 이전의 세자를 대신하여 정무를 맡아보던 승정원의 임시 벼슬.

31) 관동(館洞): 지금의 서울 종로구 명륜동 성균관 앞의 마을을 이름. 월사 이정귀의 종가가 있었음.

32) 장동(莊洞): 지금의 서울 종로구 효자동·창성동에 걸쳐 있는 마을. 처음에는 장의동(壯義洞)이라 하다가 줄여 장동이 됨. 이곳에 세도를 한 안동 김씨들이 살고 있었기 때문에 안동 김씨를 장동 김씨로 부르기도 한다.

33) 회동(會洞): 지금의 서울 중구 회현동 일대의 마을 이름. 동래 정씨의 세거지로, 중종 때 영의정을 지낸 정광필(鄭光弼)의 집터가 있음.

판서 이민보는 음직으로 진출하여 현재 정경(正卿)에 올랐으며 부인과
해로하고 두 아들34)이 모두 문과에 급제했으며, 한 아들은 고을 수령으
로 나가 있으니 이러한 복록(福祿)은 드문 것이다.

그는 성품이 낙천적이고 소탈하고 인자하며, 서독(書牘)은 인정에 곡
진하다. 어려서부터 명리를 쫓아다니지 않았으며, 음직으로 나가 처음
개령(開寧)의 원님으로 있을 때 백성들이 생사당(生祠堂)을 세웠고, 성
주(星州)·상주(尙州) 등 고을의 목사를 역임했다. 노경에 이르러 사대
부가의 후세에 전할 글들은 그의 솜씨를 기다렸으니 거의 밀려서 넘칠
지경이었다. 그는 근력이 또한 왕성했지만, 몸은 가냘프고 약해 보여 겨
우 중간 체격에 못 미칠 정도였다. 남과 사귀는 정이 두터워 누구나 그
를 보고 미워하는 사람이 없었다.

문장은 훈고가(訓詁家)의 체재로 평범하여 스스로 쓰는데 알맞을 뿐이
었는데, 만년에 당하여 문원에 노숙한 거장이 하나도 없어 그가 드디어
문단을 장악하게 되었으니, 이 또한 운이 좋은 때문이 아닌가 한다. 지
금 임금(정조) 정사년(1797)에 그는 나이 82세35)로 아들의 임지인 안악
(安岳)에 가 있으며, 두 아들은 좋은 벼슬자리에 올라 있다.

임경주(任敬周)

임경주(任敬周: 1718~1745)는 자가 직중(直中)으로 문예가 숙성했는
데 어린 나이에 완전히 이루지 못하고 요절하였다. 그가 쓴 「굴씨전(屈
氏傳)」36)은 세련되고 깔끔해서 볼 만하다. 임씨 가문은 세상에 문학으로
유명하니, 아버지 판관 임적(任適), 백부 참봉 임선(任選), 숙부 임일(任
逸)은 모두 문필로 빼어났다. 그리고 형 임명주(任命周)는 문과에 급제
하여 정언(正言)을 지냈는데 경륜(經綸)과 사무(事務)에 뛰어난 재주가
있고, 형 임성주(任聖周)는 학술과 문장이 세상을 누를 만했으며, 아우

---

34) 이시원(李始源)과 이조원(李肇源)이다.
35) 『정조실록』 정조 23년(1799) 1월 6일조의 졸기(卒記)에 나이 80세였다고 했다.
    본문이 착오로 생각된다.
36) 『청천자고(淸川子稿)』 권3에 실렸다.

80

임정주(任靖周)는 문학과 식견이 높았고, 누이 신씨(申氏) 부인37)은 학식과 문사가 남자 형제들과 견줄 만했다. 신씨 부인은 평생토록 경전이 아니면 읽지 않았는데, 「경서강의편(經書講義篇)」 및 「제백형문(祭伯兄文)」이 인아 친족의 집에 전한다.

이태석(李泰錫)

이태석(李泰錫)은 자가 자첨(子瞻)이요 호가 행음(杏陰)인데, 종실로 폐족이 된 집 아들이다. 시문이 고초 아정(孤峭雅靚)하여 읽을 만하고 외울 만하였다. 그의 시를 들어본다.

　비 갠 산 푸르른데 백조 고기를 물고 날며,
　석양 연못 맑은데 바위 옆에 국화가 피어 있구나.
　　白鳥得魚霽山碧, 黃花出石夕潭淸.

　해 지는데 갈가마귀 숲을 향해 날고,
　말은 찬 구름 밟고 두 언덕 사이로 들어가네.
　　鴉翻落日歸千樹, 馬踏寒雲入二陵.

모두 경구(警句)다. 그는 연좌된 때문에 포의(布衣)로 일생을 마쳤다.

변일휴(邊日休)

변일휴(邊日休: 1740~1778)는 자가 일민(逸民)으로 한미한 집안에서 태어나 불우하여 진사에 올랐다가 젊은 나이에 통영(統營)에서 객사했다.38) 재주와 정서가 풍부하게 솟아났는데 그의 시는 다음과 같다.

　세상에 웅장해 보이는 세병관(洗兵館)39)

---

37) 호는 윤지당(允摯堂)으로 규수록에 나와 있다.
38) 이덕무의 『청비록(淸脾錄)』에 변일민의 사적이 자세히 나온다.

두 처마끝 사이 아득하여 서로 보이질 않네.
용호의 병풍 둘러친데 모란 수놓은 의자
중앙에 높이 앉으신 대장군일세.

　人間雄傑洗兵館, 兩角相間杳不分.
　龍虎屏風牡丹榻, 正中高坐大將軍.

앞바다에 대포 우뢰처럼 울리는데
수채(水寨) 열려 반갑게 손잡고 맞이하네.
백척의 다락배 어느 진(鎭)의 장수인가
붉은 융복에 우립 쓰고 문안들러 오셨구나.

　前洋砲響震如雷, 把手相迎水寨開.
　百尺樓船何鎭將, 紅衣羽笠問安來.

성조(聲調)가 놀랍고 기발하다.

윤창(尹昶)

윤창(尹昶)은 자가 서중(舒仲)이요 스스로 자기 문집의 이름을 추계(秋溪)라 붙였으며, 지금 군수로 있다. 그는 영의정 윤지인(尹趾仁)의 증손으로, 어려서 부모를 여의고 가난했는데 문장을 힘써 공부하여 시를 잘했으며 과문(科文)에 두루 능통했다. 당시 명문 대가의 후예로 과문을 익힌 사람 가운데 그를 능가하는 이가 없었다. 여러 차례 성균시(成均試)와 발해시(發解試)[40]에 올라 드디어 진사가 되었으나 끝내 문과에 급제하지는 못했다. 아들 윤행직(尹行直)은 문과에 급제하여 벼슬에 올라 지금 명관으로 있다. 윤창의 시를 들어본다.

---

39) 세병관(洗兵館): 지금의 경남 통영에 있던 누관(樓觀)으로 조선 시대 목조 건축임. 원래 임진왜란의 종전을 기념하기 위해 세웠던 것임. 현재 보물 293호로 지정되어 있다.

40) 발해시(發解試): 지방에서 뽑혀 올라와 중앙에서 보는 시험.

맑은 물 하얀 돌 천연의 그림이요,
노란 국화 붉은 단풍 가을이 봄인 듯.
　清流白石天然畫, 黃菊丹楓秋是春.

보리싹 바늘처럼 밀은 움이 트는데,
풀에 핀 꽃 나무에 핀 꽃과 다투네.
　大麥如針小麥芽, 草頭花競木頭花.

그의 시가 공교하고 정치함을 볼 수 있다. 칠십 이후에 영평도위(鈴平都尉)의 종통(宗統)을 승계하여 품계를 뛰어올라 영은군(鈴恩君)에 봉해졌다.

이훤(李烜)

종실(宗室)인 순의군(順義君) 이훤(李烜)은 시에 능했다. 그의 시를 들어본다.

사람이 한가하니 마굿간에 매인 말도 하염없이 서 있고,
넓은 하늘 구름 위로 기러기 마음껏 날아가네.
　人閑櫪馬無心立, 天闊雲鴻盡意飛.

화려한 누각 물 사이로 솟았고
푸른 산 두 강언덕 옆이로다.
　畫閣中流出, 靑山兩岸邊.

안장 지운 말 봄 경치 쫓고,
옷과 수건엔 귤 향기 두르네.
　鞍馬隨春色, 衣巾帶橘香.

맑은 시 백조 나는 옆에서 얻고,

흰머리 청춘이 지나간 후에 많아지네.

淸詩白鳥飛邊得, 白髮靑春去後多.

시어가 평담(平淡)하고 원숙(圓熟)하다.

홍계우(洪啓祐)

홍계우(洪啓祐)는 자가 계응(季膺)이요 호는 월남(月南)으로 벼슬은 군수를 지냈다. 글을 잘하고 글씨를 잘 썼는데, 서법이 정치하여 갈구리 같았고, 경전을 탐구했다. 그는 사람됨이 굴찍한 장자였다. 그의 시를 들어본다.

검푸른 산 돌아가는 백로 외로운 구름에 점찍고,

고목나무에 갈가마귀 황혼에 서서 바라보네.

蒼山歸鷺孤雲占, 古木叢鴉落日看.

굴찍하기가 그의 인품과 같다.

조정(趙曔)

조정(趙曔: 1719~?)은 자가 인서(寅瑞)로 벼슬은 이조참의를 지냈다. 그는 이조판서 조상경(趙尙絅)의 아들이며, 판서 조돈(趙暾)과 판서 조엄(趙曮)이 그의 형들인데, 조엄과는 쌍둥이이다. 과문을 힘써 전공하여 성균관에서 과시(科詩)로 이름이 났으며, 편지 글씨는 순화각체(淳化閣體)[41]를 익혔으며, 인품이 질박하고 검소하였다. 그의 시를 들어본다.

산들바람에 제비 오동나무 등걸에 앉았고,

---

41) 순화각체(淳化閣體): 송나라 순화(淳化) 3년(992)에 역대의 법첩(法帖)을 모아 만든 순화각첩의 서첩에서 비롯된 서체. 순화각첩은 청나라 건륭 연간에 다시 잘못된 것을 바로잡아 새겼음. 여기에는 왕희지(王羲之)와 왕헌지(王獻之)의 글씨가 수록되어 있는데, 법첩의 모범으로 여겨진다.

가랑비에 사람들 실버들 늘어진 마을로 들어가네.

　微風燕坐枯梧幹, 細雨人歸垂柳村.

뒷구가 자못 살아 움직이는 것 같다.

홍자(洪梓)

홍자(洪梓: 1707~1781)는 자가 양지(養之)로 벼슬은 참판(參判)을 지
냈다. 그의 시는 맑고 깨끗했으며, 글씨도 잘 썼다. 얼굴이 단아하여 마
치 아름다운 부인 같았다. 그의 시를 들어본다.

이자(李子)의 그윽한 집 수목도 맑은데

장미꽃에 이슬이 구슬처럼 떨어지네.

　李子幽居樹木淸, 薔薇花重露初零.

시어가 아름다운 시이다.

정경순(鄭景淳)

정경순(鄭景淳: 1721~1795)은 자가 시회(時晦)이며, 정승을 지낸 양파
(陽坡) 정태화(鄭太和)의 후손으로, 벼슬은 음직으로 판서에 올랐다. 어
려서 아버지를 여의고 힘써 과부(科賦)를 익혀서 성균관에서 이름을 크
게 날렸다. 풍골이 기걸차며 정사에 밝았고, 인품이 진중하여 선비들의
신망를 받았다. 그의 시구를 들어본다.

시서(詩書)는 씨를 뿌려도 좋으니

복숭아꽃 오얏꽃만 예뻐하지 말라.

　詩書堪下種, 桃李莫爲顔.

이는 자못 음미할 만하다.

그의 동생 정지순(鄭持淳)은 벼슬이 부사에 이르렀는데, 과시(科詩)로

성균관에서 이름이 났고 글씨를 잘 썼다. 훤칠한 키에 훤한 얼굴로, 그 또한 선비들의 신망을 받았다. 정경순의 형 정원순(鄭元淳)이 한림으로 요절하여 그가 문호를 유지해 나갔다. 그는 젊어서 매양 추수함에 교외에서 타조하는 것을 살필 때면 밭머리에 오도카니 앉아서 과부(科賦)를 짓는데 날마다 한편씩 지었다. 성균관 시험에서 그와 판서 홍양호(洪良浩: 처음 이름은 良浩임.)가 서로 장원을 차지하여 당시 사람들이 '정홍(鄭洪)의 체'를 본받았다. 중년에 대과를 통해 진출하는 데는 막혔지만, 명망으로 차례를 밟아 판서에 오른 것이며 샛길로 올라간 것은 아니었다. 노년에 자제들이 지은 과부(科賦)를 보고 그것을 내치면서 "이것도 부(賦)라고 할 수 있느냐?"라고 하고서는 스스로 부 한편을 지었다. 자제들이 웃으며 "이것은 고체(古體)라, 요즘에는 맞지 않습니다."라고 하였다. 방이 나오자 자제들의 부는 높은 등수로 합격했다. 그런데 그가 지은 부를 남에게 평가해 보도록 했는데, 별로 쳐주지 않았다고 한다.

김상정(金相定)

김상정(金相定: 1727~1788)은 자가 치오(稚五)요 벼슬은 문과를 거쳐 승지를 하였다. 시문을 지을 때에는 괴롭게 읊조렸고 그 문세는 심각하고 예리하였다. 젊어서 대제학감으로 기대를 받았으나 과거에 오르는 데 순탄치 못하였다. 그의 시를 들어본다.

난간에 기대어 보니 향나무는 크고
안석에 기대니 배꽃이 드리웠네.
　　憑軒香木大, 隱几梨花低.

그의 아들 김기응(金箕應)은 지금 현령으로 있는데 또한 문사(文辭)에 뛰어나며 용모에 재상의 기골이 보인다.

김순택(金純澤)

김순택(金純澤: 1714~1787)은 자가 유문(孺文)으로 문사를 잘하고 경전에도 통하였는데, 벼슬은 부사를 지냈다.

이운영(李運永)

이운영(李運永: 1722~1794)은 자가 운지(運之)로 단릉(丹陵) 이윤영
(李胤永)의 아우이다. 그는 성격이 기이한 것을 좋아하였고 범속한 데서
벗어나, 노년에는 양륜거(兩輪車)를 타고 다녔다. 팔푼체(八分體)를 잘
쓰고, 시문에 뛰어났다. 그가 지은 시에,

보리는 좋은 날 비에 푸르러 가고
배나무 흰 꽃 동남풍 바람에 날리네.
大麥回青辰日雨, 老梨飄白巽方風.

라는 것이 있는데, 시어가 아름답고 대구가 정묘하다.

안석경(安錫儆)

안석경(安錫儆: 1718~1774)은 자가 숙화(叔華)요, 벼슬은 참봉을 지냈
으며 호는 삽교(霅橋)이다. 승지를 지낸 안후(安垕)의 손자요, 참판을 지
낸 안중관(安重觀)의 아들로서 원주에 살면서 문명을 날렸다. 그의 경구
(警句)에 이런 것이 있다.

버드나무에 가는 바람, 봄술은 방울지고
살구꽃에 고운 달 새벽 강이 높구나.
楊柳微風春酒滴, 杏花纖月曉江高.

땅에 가득찬 먼지는 높이 나는 새가 살피고
하늘에 바람과 이슬은 들꽃이 알아주네
滿地塵埃高鳥見, 渾天風露野花知.

그는 또한 남의 앞날을 잘 미루어 짐작했다.

이용휴(李用休)

이용휴(李用休: 1708~1782)는 자가 혜환(惠寰)[42]으로 문사가 높고 굳세다.

조귀명(趙龜命)

조귀명(趙龜命: 1693~1737)은 자가 석여(錫汝)요 호는 동계(東溪)로 벼슬은 교관을 지냈다. 사람됨이 청수(淸修)하고 글을 잘했다. 글은 극히 묘리가 있었으며 이취와 의기는 매우 소동파를 닮았다. 뜻을 세우고 글을 꾸미는 것이 경박하고 진부한 태를 완전히 씻었다. 그 득의한 곳은 왕왕 사람을 기쁘게 하여 정신이 들게 만들었다. 당시의 문장가들 중에 나란히 겨룰 만한 사람은 조귀명과 황경원(黃景源) 두 사람뿐이었다. 한 번 보면 곧바로 문장이 활달하지 못한 훈고체의 모양과 다름을 알 수 있었으니, 조귀명은 수려하고 명랑한 면에서 뛰어나고 황경원은 아담하고 호탕한 면에서 앞섰다. 요컨대 근세에는 이런 수준의 작품이 없다.

조귀명은 영조가 입학할 때에 장명(將命)으로 뽑히었는데, 장명이란 세자가 입학할 때에 선비로서 박사·대제학에게 명을 전달하는 사람이다. 글하는 선비로서 최고의 뽑힘이었는데 장명을 지내면 곧 발탁되어 과거에 급제하게 된다. 근세 장명으로서 오직 조귀명만이 급제하지 못했다. 그는 잦은 병치레 때문에 글을 지으며 세월을 보냈다. 일찍이 말하기를, "나의 벗으로서 나를 7, 8분 알아주는 사람은 치회(穉晦)뿐이다." 하였는데, 치회는 그의 종제 정승 조현명(趙顯命)이다. 조귀명은 시는 잘하지 못해서 시를 지으면 아름다운 말은 부족하지만 또한 결코 범속하지는 않다. 그의 족조(族祖) 조최수(趙最壽)는 호가 후계(後溪)인데 문집이 세상에 전한다. 그는 시에 장기가 있었는데 그 쓰는 법은 어렵고 기굴한 것을 좋아하여 치우치고 난삽한 기운이 많았다.

최홍간(崔弘簡)·최홍정(崔弘靖)

---

42) 혜환(惠寰): 이용휴의 자가 아니라 호이다.

최홍간(崔弘簡)과 최홍정(崔弘靖)은 모두 부제학을 지낸 최창대(崔昌大)의 아들이다.[43] 모두 음직으로 벼슬을 하였고 고문에 능했으나 최홍간이 나았다고 한다.

조현명(趙顯命)

조현명(趙顯命: 1690~1752)은 자가 치회(穉晦)요 호는 귀록산인(龜鹿山人)으로 벼슬은 영의정을 지냈다. 몸은 크고 네모난 얼굴에 눈은 길게 찢어지고 광채가 났다. 사람됨은 의기가 온전하고 장기(長技)는 호걸스러운 데 있었으며, 흉금은 소탈하고 원대하며 정신은 빼어나고 운치가 있었다.

당시 재상 반열 가운데 신선 풍골을 가진 이로는 정승 신만(申晩)이 있었고, 신준한 골상을 가진 이로는 판서 구윤명(具允明)이 있었고, 괴걸스런 신수를 가진 이로는 병조판서 김성응(金聖應)이 있었고, 빼어난 풍모를 가진 이로는 판서 이철보(李喆輔)가 있었고, 아려한 얼굴을 가진 이로는 판부 이익정(李益炡)이 있었고, 용맹스럽고 고운 얼굴빛을 가진 이로는 정승 조재호(趙載浩)가 있었다. 조재호는 조현명 형의 아들이다. 그러나 호기스럽고 소탈한 금도는 모두 조현명에 미치지 못한다.

그는 초서를 잘 썼는데 매양 맑은 아침날에 큰 간폭에다가 초서를 휘갈기고 큰 주발에 화주 한 사발을 마시고는 반쯤 취기가 오르면 좌우를 돌아보면서 하는 말이, "우리 백형은 술을 잘하시고 중형은 여색을 좋아하고 나는 초서를 잘 쓴다."고 하였다.

그의 편지글은 굳세고 호탕하여 김석주(金錫冑) 이후에 제일인이었다. 그의 성품은 청렴하고 검소하여 가산을 돌보지 않았다. 나는 서울의 노인 장문욱(張文郁)으로부터 이런 말을 들었다.

"내가 일찍이 도감의 서자적(書字的)으로 무신년 난리 때 도순무사를 따라 토벌하러 나갔었다. 처음 안성에 진을 쳤을 때에 황혼에 비바람이 섞여 치고 있었는데 진 밖에서 급히 보고하기를 자객이 들어왔다고 하

---

43) 최창대의 아들은 최수신(崔守身)이고 최홍간·최홍정은 손자이다.

니 온 진중이 진동하였다. 그때 도순무사는 오명항(吳命恒)이고, 종사관
은 박문수(朴文秀)와 정승 조현명이었다. 오명항과 박문수는 태연히 담
소를 나누며 그대로 있었고 조현명은 급히 말에 올라 신지(信地)⁴⁴⁾에 나
가 서는데 말을 탈 때에 칼을 뽑아 명주 겨울옷의 옷자락을 잘라 겸인
에게 주면서 하는 말이 '네가 살아 돌아가면 이 옷을 우리 집에 전하여
초혼장을 지내도록 하라'고 했다. 자객은 얼마 있다가 잡혔는데 소론으
로 역당에 가담한 이하(李河)였다. 난이 평정되자 이하의 처자는 적몰되
었다."

또 장문욱이 말하기를, "정승이 평소에 충의를 쌓아두고 있지 않았으
면 어려운 때를 당해서 어찌 이와같이 명명백백하게 행동할 수 있었겠
는가." 하고 덧붙였다.

사람들이 말하기를, 소론은 모두 역당과 통한다는 소문이 있지만 그가
만약 내통해서 알고 있었다면 어찌 이와같이 곧바로 나라 위해 몸을 바
치려 하였겠는가? 정승의 시문은 모두 호기가 있고 소원한 맛이 있었다.
그의 시를 들어본다.

가을도 다했는데 술잔 앞엔 아직 낙엽이요
누각 높아 머리 위에 바로 은하가 흐르네.
　秋盡樽前猶落葉, 樓高頭上是明河.

하늘 거리 열두 길에 동풍이 에돌고
금원에 나는 꽃 비단옷에 지누나.
　天衢十二東風轉, 禁苑飛花落錦袍.

이들 시구는 저절로 질탕하여 읊조릴 만하다. 그의 벼슬과 공업이 다
높은데도 특별히 문원록에 붙인 까닭은, 일반 문인들이 쇠퇴한 풍기에서
스스로 벗어나지 못해 이처럼 타고난 천성의 호기로 아름다운 것만 도

---

44) 신지(信地): 군대의 주둔지나 관할구역을 가리키는 말.

리어 같지 못한 것을 애석하게 여겨서이다.

김재로(金在魯)

정승 김재로(金在魯: 1682~1759)는 자가 중례(仲禮)요 호는 청사(淸沙)이다. 정신이 또렷한 얼굴에다 키는 크고 파리하였는데 곱사등이었다. 청나라 사신이 관상을 보고는 금귀몰니형(金龜沒泥形: 금거북이 진흙에 빠진 형)이라 하였다. 영조가 일찍이 어떤 일로 진노한 적이 있었는데, 그가 간쟁(諫諍)하고자 하여 뵙기를 청하였다. 임금이 들라 명하니, 그는 짐짓 정전(正殿)의 문을 어루만지면서 서성거렸다. 임금이 까닭을 묻자 그는 몸이 쇠약해진 때문이라고 대답하였다. 임금이 비로소 목소리를 부드럽게 하고 쇠병(衰病)에 대해 물었다. 그는 이런저런 이야기를 하며 임금의 기색이 편안해지기를 기다린 후에 조용히 간쟁하니 바로 윤허를 내렸다. 그의 기민함이 대개 이와 같았다.

병신년(1776) 청나라에서 보낸 칙서 가운데에 '卡'[45]이란 글자가 들어 있었다. 조정에서 옥당(玉堂: 弘文館) 심유진(沈有鎭)에게 물었으나, 그는 자학(字學)으로 세상에 알려진 사람인데도 무슨 글자인지 알지 못했다. 괴원(槐院: 承文院)의 한 늙은 서리(書吏)가 말하기를, "십여년 전에[46] 청에서 온 칙서 가운데에 이 글자가 있어서 김정승에게 물은 적이 있었습니다. 김정승 또한 자학을 잘하였으나 풀지 못하여 판서 홍계희(洪啓禧)에게 묻게 하였는데(후에 계희는 관직을 追削당하였으니 그의 관작과 성을 빼버림이 마땅하다―원주), 홍계희는 '이 글자는 『홍무정운(洪武正韻)』[47]에 있는데, 그 뜻은 원포(園圃)를 지키는 원두막을 가리키는 글자

---

45) 卡: 음은 '잡', 뜻은 '지키다' 또는 '지키는 곳(警備所)'.

46) 김재로는 1740년부터 네 차례에 걸쳐 10여년간 영의정을 지냈으며 죽기 1년 전인 1758년에 영의정을 그만두었으니, 실제로는 적어도 17, 8년 이전의 일이다.

47) 『홍무정운(洪武正韻)』: 명나라 태조 홍무(洪武) 8년(1375)에 악소봉(樂韶鳳) 등이 사성(四聲)의 체계를 북경 음운을 표준으로 삼아 고쳐 펴낸 운서(韻書). 세종 때 이를 풀이한 『홍무정운역훈(洪武正韻譯訓)』이 간행된 바 있다.

이며 그 음은 마침 잊어버렸다.'고 합디다."라고 하였다.

신유한(申維翰)

신유한(申維翰: 1681~1752)은 자가 주백(周伯)이요 호는 청천(靑泉)으로 문과에 급제하여 현감을 지냈으며, 문집이 세상에 전한다. 영남 사람이다. 그의 글은 난삽함을 좋아하는데, 통신사를 따라 일본을 다녀와서 지은 『해유록(海游錄)』은 일본의 풍토에 대한 가장 상세한 기록이다. 그의 시는 풍운(風韻)을 주로 하는데, 세상에서 전하는바 그가 지은 「작고석탕참(作誥釋湯憸)」48)이란 제목의 글은 곧 부(賦) 작품이다. 이 부는 매우 난삽하여 고과에서 떨어졌다. 고관(考官)인 최석정(崔錫鼎)이, "이 부는 보통 솜씨가 아니다."라 하고, 타처(打處)를 닦아내게 하고는 글을 따라 비점(飛點)을 찍어 내려가니 전편에 가득찼다. 큰소리로 한번 읽어보고 곧 장원으로 뽑았다. 타(打)라는 것은 배척하여버리는 것이니 깎아버리는 것이요, 비점이라는 것은 칭찬하여 취하는 것이니 상주는 것이다. 이 부는 지금도 과거에 응시하는 사람들에게 모범이 되고 있다.

그의 「촉석루(矗石樓)」란 제목의 시에,

천지간에 나라에 보답한 삼장사(三壯士)49)요

---

48) 작고석탕참(作誥釋湯憸): 『서경』 「중훼지고(仲虺之誥)」의 사실을 제재로 한 글. 「중훼지고(仲虺之誥)」는 중훼가 지은 고(誥: 백성에게 告示하는 글)로서, 그 내용은 탕(湯)임금이 무력으로 하(夏)나라의 걸왕(桀王)을 정벌할 수밖에 없었던 정당성을 석명(釋明)하는 것이다. '탕참(湯憸)'의 '참(憸)'은 참덕(憸德)으로, 탕임금이 요순(堯舜)처럼 선양(禪讓)을 통해서가 아니라 무력을 통해 왕이 된 것을 스스로 덕이 옛 성현에 미치지 못해서라 부끄러워하는 것임. 그러나 오늘날 이 「중훼지고」는 동진(東晉) 때 사람 매색(梅賾)의 위찬(僞撰)으로 알려지고 있다.

49) 삼장사(三壯士): 임진왜란 때 진주성 싸움에서 장렬하게 전사한 최경회(崔慶會)·김천일(金千鎰)·고종후(高從厚)(또는 黃進) 세 사람을 가리킴. 또는 경상우도초유사로 진주에 와서 「삼장사(三壯士)」 시를 지었던 김성일(金誠一)과 조종도(趙宗道)·이로(李魯)(또는 郭再祐·姜希悅) 등을 가리킨다고도 한다.

강산에 길손 머무는 높은 누각.
天地報君三壯士, 江山留客一高樓.

이라 한 구절은 인구에 회자되며,

깊은 골목 닭이 우니 새벽달 지고
먼 마을 두런거리는 소리에 등불 하나 붉구나.
深巷鷄鳴孤月黑, 遠村人語一燈紅.

라 한 것도 또한 아름다운 구절이다.

정내교(鄭來僑)

정내교(鄭來僑: 1681~1757)는 자가 윤경(潤卿)이요 호는 완암(浣巖)이다. 벼슬은 찰방(察訪)을 지냈고, 경성(京城)의 여항인(閭巷人)이다. 시문이 고고(高古)하며 호건(豪健)하여 힘이 있다. 그의 시를 들어본다.

시원한 여름 바람에 금강의 물결 넘실대니
배를 탄 이순상(李巡相)50) 그 의기(意氣) 어떠한가.
순상의 깃발 배송(拜送)하니 하늘 북쪽으로 떠나가고
역참의 정자 돌아오는 길에 빗소리 후드득.
南風浩蕩錦江波, 巡相乘舟意若何?
拜送旌麾天北去, 驛亭歸路雨聲多.(「巡相李公德重, 瓜遞上京, 送至錦江」,
『浣巖集』 권3)

아득한 들길 얼마나 긴지
콩잎 막 돋아나고 보리는 누렇구나.

---

50) 이 시는 순상(巡相) 이덕중(李德重)이 임기가 만료되어 서울로 올라가는 것을 전송하면서 지은 것이다. 순상은 관찰사(觀察使)를 말한다.

강동(江東)을 지나고 나니 산비가 급히 내려
청노새 등 위에서 취한 잠 서늘하다.

　漫漫野路去何長, 豆葉初舒大麥黄.
　過盡江東山雨急, 青驢背上醉眠凉.(「路中口占,　示洪上舍雲章象漢」, 『완암집』 권1)

주군은 춤을 추고 변군은 노래하는데
어슴푸레 땅거미 이 즐거움 어찌할까.
높은 누각 취해 내려 각자 말을 타고 가니
계곡 어귀 흐르는 물에 낙화(落花)가 어지럽네.

　朱君起舞卞君歌, 暝色蒼然奈樂何.
　醉下高樓各騎馬, 洞門流水落花多.(「武溪洞, 又賦」, 『완암집』 권1)

안개 속에 취하여 임진나루 건너고
말 위에서 웃으며 송악산을 맞이하네.

　霧中醉渡臨津水, 馬上笑迎松岳山.(「臨津途中」, 『완암집』 권2)

재상은 옥 불주(拂麈) 한가로이 부치고,
대장군은 청총마 타고 이르렀네.

　玉麈揮來閒宰相, 青驄騎到大將軍.(「清風堂小集, 次柏堂翁韻」, 『완암집』 권2)

비바람 부는데도 말 타고 이르르니
복사꽃 오히려 사람 기다려 피어나네.

　風雨卻能騎馬至, 桃花猶自待人開.(「雨中尋清潭, 一宿而還」, 『완암집』 권3)

위의 시들은 모두 힘이 있고 빼어나 외울 만하다.

홍세태(洪世泰)

여항의 시는 국조(國朝) 이래로 유하(柳下) 홍세태(洪世泰: 1653~1725)를 으뜸으로 치는데 정내교 또한 그에 못지 않으니, 홍세태는 충담(沖澹)과 왕양(汪洋)에서 뛰어나고 정내교는 호방(豪放)과 고고(高古)에서 뛰어나다. 홍세태의 「송도(松都)」 시에,

강감찬은 산하의 기운을 다하였고
정몽주는 해와 달에 이름을 내걸었네.
山河氣盡姜邯賛, 日月名懸鄭夢周.

라 한 것이나 「의림지(義林池)」 시에,

이시미는 새끼를 안고 깊은 곳에 누워 있고,
마름은 뿌리를 이어 얕은 곳에 자라나네.
蛟龍抱子深中臥, 菱芡連根淺處生.(『柳下集』권1)

라 한 것 등은 인구에 회자된다.

홍세태는 자가 도장(道長)으로 벼슬은 감목관(監牧官)을 지냈는데 창랑(滄浪)이란 호를 쓰기도 한다.

충주(忠州)에 사는 채희범(蔡希範)은 문과를 거쳐 찰방(察訪) 벼슬을 지냈는데 과문(科文)을 잘하였다.

경성에 사는 이덕남(李德楠)은 과시(科詩)를 잘하여, 시문을 숭상하는 재상가에 출입하였다.

김이곤(金履坤)

김이곤(金履坤: 1712~1774)은 자가 후재(厚哉)요, 호는 봉록(鳳麓)이다. 벼슬은 현령을 지냈고 문집이 세상에 전한다. 시문을 잘했는데, 글이 간결하고 예스럽다. 그의 시에,

뜬구름 아득하고 바다엔 파도가 이는데

취하여 통곡하다 깨어서 노래하니 그 한이 어떠한가.

봄이 다 간 장안(長安)에서 말 타고 나와 보니

금관성(錦官城) 밖 떨어진 꽃 많구나.

　浮雲莽蕩海生波, 醉哭醒歌恨若何.

　春盡長安騎馬出, 錦官城外落花多.

라 한 것은 참으로 왕용표(王龍標)51)의 구기(口氣)가 있는 작품이다. 시명(詩名)이 경성에 자자하였으며, 북동(北洞)에 살면서 시사(詩社)를 만들었는데, 그는 팔표기(八驃騎) 중 한 사람이다.

그의 동생 김이복(金履復)은 음직으로 당상에 올랐는데, 과부(科賦)를 잘하고 절구와 율시 또한 어느 정도 한다.

김이곤과 가까운 인물로는 이보행(李普行)과 홍낙명(洪樂命)이 있다. 이보행은 제학(提學) 이의철(李宜哲)의 조카로서 자가 이보(易甫)인데 글을 잘했다. 홍낙명은 자가 자순(子順)인데, 판서 홍상한(洪象漢)의 아들이며 영의정 홍낙성(洪樂性)의 동생으로 글을 잘했다. 이보행은 참판을 지냈고 홍낙명은 판서를 지냈다. 이보행은 이조참판(吏曹參判)으로 사국(史局)52)에 들어가서 밥을 먹을 때에 찬그릇이 서너 가지뿐이라 그 검약함이 가상하다고들 하였다.

이명계(李命啓)

이명계(李命啓: 1714~?)는 자가 자문(子文)으로 벼슬은 현감을 지냈는데 제술관(製述官)으로 일본을 다녀왔다. 부친은 이강(李鋼)이며, 과문을 잘했다. 이명계와 같은 일단의 무리 가운데 글을 잘하는 사람들을 초림(椒林)의 팔재사(八才士)라 부른다. 산초[椒]는 맛이 매운데, 이 매운

---

51) 왕용표(王龍標): 왕창령(王昌齡). 당대(唐代) 시인으로 자는 소백(少伯). 천보(天寶) 7년(748)에 용표위(龍標尉)로 좌천된 일이 있어 왕용표(王龍標)라 일컬어짐. 변새시(邊塞詩)와 칠언절구(七言絶句)에 뛰어났음.

52) 사국(史局): 예문관(藝文館)·춘추관(春秋館)의 별칭. 또는 실록청(實錄廳), 일기청(日記廳)을 가리키기도 함. 여기서는 후자에 해당하는 듯하다.

것[烈]을 나타내는 우리말 '얼얼하다'가 얼(孼)과 음이 같아서 그렇게 부르는 것이니, 이명계가 얼족 집안이기 때문이다. 그의 시구(詩句)에, "산사의 배꽃 분명하여 푸르스름한 이내에 녹아들지 않네(山寺梨花不入嵐)"라 한 것은 또한 뛰어난 구절이다. 모습이 꼿꼿하고 수염이 길어 마치 신선 검객 같았다. 이 때에 얼족 집안 출신으로서 문원(文苑)에 재주가 있으면서도 형법에 걸린 자들이 예로부터 또한 민멸되지 않고 전해 내려오니 범엽(范曄)53)이나 사영운(謝靈運)54)과 같은 무리가 바로 그들이다. 나라의 법이 중하고 악을 징계하는 의리가 엄하긴 하지만 인재를 어여삐 여기는 뜻이 이와 어긋나는 것은 아니라고 하겠다.

최익남(崔益男)

최익남(崔益男: 1724~1770)은 초명이 충남(忠男)인데, 사람들이 "남(男)55)에겐 효(孝)가 마땅하지 충(忠)은 합당치 못하다."고 비웃자 이에 이름을 익남으로 고쳤다. 사대부 집안으로 벼슬은 옥당(玉堂)을 지냈는데, 의금부의 옥사(獄事)에서 장사(杖死)당했다. 그는 얼굴이 잔나비 같았고 몸이 가볍고 날랬으며 재주가 민첩하면서도 능숙하여 당시에 제일이었다. 시는 운치(韻致)가 기발(奇拔)하여 살아 있는 것 같고 녹아 있는 것 같아서 글자마다 생동하여 맑은 음향과 날카로운 기상이 어느 시에나 그렇지 않은 것이 없었다. 하룻밤새에 칠언율시 수십편을 짓는데 글자 하나 고치지 않아도 작품이 다 빛이 났다고 한다. 그의 시구에,

해 저물어 돌아가는 길 노랗게 물든 잎 가득하고

---

53) 범엽(范曄): 남북조시대 송(宋)나라 사람. 자는 울종(蔚宗). 범태(范泰)의 서자(庶子)임. 경사(經史)와 문장, 예서(隷書)와 음률(音律)에 뛰어났고 『후한서(後漢書)』를 편찬했다. 역모를 꾀하다가 죽임을 당하였음.

54) 사영운(謝靈運): 남북조시대 송나라 시인. 사환(謝瑍)의 서자임. 진(晉)의 거기장군(車騎將軍) 사현(謝玄)의 손자로서 강락공(康樂公)의 작위를 이었으므로 사강락(謝康樂)이라 불렸음. 역모를 꾀하다가 죽임을 당하였음.

55) 남(男)은 아버지에 대해서 아들을 일컫는 말이다.

닭 우는 새벽에 손을 떠나 보내는데 하얀 연기 피어오르네.

　日暮歸家黃葉滿, 鷄鳴送客白煙生.

소나무 듬성듬성 소슬한 밖으로 달이 떠오르고
꽃이 져서 그윽한 가운데에 봄이 지나가네.

　松疎月出蕭森外, 花落春歸窈窕中.

파릇한 모래톱 몇 차례 비 끝에 맑은 안개
저녁 노을에 산 한쪽 기슭 붉은 살구꽃.

　芳洲晴煙幾番雨, 斜陽紅杏半邊山.

이라 한 것들은 모두 매우 기발한 것들이다.

이봉환(李鳳煥)

이봉환(李鳳煥: ?~1770)은 자가 성장(聖章)이요 호는 우념(雨念)이다. 구원(九畹) 이춘원(李春元)[56]의 서얼 후손으로 벼슬은 현감을 지냈다. 그의 칠언율시는 정밀하고 엄하여 들어가는 글자 하나라도 구차하게 놓여진 것이 없었으니 근세의 절조라 하겠다. 그러나 기미(氣味)가 초쇄(焦殺)하고 풍운(風韻)이 번거롭고 급하여, 교묘한 생각의 예봉(銳鋒)이 수단은 비록 뛰어나지만 기교가 각박 첨예한 데에 흘러 한번 바뀌어 입에 급히 올리면 산초 열매가 혀를 얼얼하게 하는 것 같고, 눈을 가리게 되면 시큼한 바람이 눈동자를 쏘는 듯하니, 결코 중화(中和)에 맞는 성정의 표출이 아니다. 그가 창시한 이 시체(詩體)는 오직 그 자신만이 잘하고 다른 사람들은 그저 호랑이를 그리려다 개를 만들어놓은 꼴이 되고 말 뿐이었다. 이른바 초림(椒林)의 유파가 다 봉환체(鳳煥體)를 따르

---

56) 이춘영(李春英)의 착오인 듯하다. 이봉환은 이춘영의 5대손으로 되어 있다. 따라서 여기서 이춘원은 이춘영의 착오로 생각된다. 이춘영(1563~1606)은 자는 실지(實之), 호는 체소재(體素齋), 본관은 전주. 성혼(成渾)의 문인이다.

지 않는 이가 없었으니, 재질이 넉넉한 사람은 졸(拙)함을 알아서 감출 정도가 되고, 힘이 모자라는 사람은 비쩍 마르고 비틀거려 말이 조리에 닿지 않고, 괴벽(怪僻) 기괴하여 마치 귀신이 울고 도깨비가 웃는 듯하다. 아마도 서얼들의 억울한 기운이 그 괴이한 빛을 솟구치게 한 것이 아닌가 한다. 그의 칠언율시 전편을 들어본다.

> 대판성 안의 동편 원당(願堂)57)
> 붉은 난간 푸른 기와에 들보는 계수나무.
> 산이 개어 새벽에 금은(金銀)의 기운을 보겠고
> 바다가 따스하니 가을에 귤과 유자 노랗게 익는다.
> 방사(方士)의 시서(詩書)는 원래 꾸며낸 소리요
> 신인(神人)의 구리기둥은 극히 황홀하구나.
> 구주(九州: 중국) 밖에 이런 아름다움이 있으니
> 비단옷으로 밤길 다니는 격 조화가 수고만 했구나.
>
> > 大阪城中東願堂, 朱欄綠瓦桂爲梁.
> > 山晴曉識金銀氣, 海暖秋聞橘柚黃.
> > 方士詩書元傅會, 神人銅柱極蒼茫.
> > 九州以外鋪舒麗, 衣繡宵行造化忙.

그가 통신사를 따라 일본을 다녀올 때 지은 것이다. 그의 시구에,

> 갓 피어난 꽃 모양 갖춰 봄 이슬에 젖고
> 가는 달 빛을 뿌려 먼 종소리 따라 흩어지네.
>
> > 初花具體滋春露, 纖月垂芒散遠鐘.

버들빛 이윽이 이내에 젖어 하늘거리고

---

57) 원당(願堂): 본원사(本願寺)를 가리킴. 대판성(大阪城) 안에 있는 이 절은 조선 통신사 일행이 머무는 관사로 쓰였다.

살구꽃 온통 눈을 뿌려놓은 듯.
　柳色久應煙淡蕩, 杏花都是雪鋪舒.

성안의 꽃 사방에 이내 속에 아득하고
지는 해 서산에 한 필쯤 길어졌네.
　城花四曠煙中遠, 山日西望匹許長.

라 한 것들은 모두 기발한 구절들이다. 칠언율시 외에는 뛰어난 작품이
알려져 있지 않다. 산문은 지리하고 자질구레하며 뜻이 모호하니 시에
훨씬 못미친다.

남옥(南玉)

　남옥(南玉: 1722~1770)은 자가 시온(時蘊)이요 호는 추월(秋月)이며,
벼슬은 문과에 급제하여 고을 수령을 지냈다. 그의 형 남중(南重)과 동
생 남토(南土) 또한 모두 과부(科賦)를 잘했지만 그의 과부는 참으로 신
출귀몰하였다. 통신사를 수행하여 일본을 다녀왔는데, 그의 시에,

쓸쓸한 변방 마을 오랜 사행길에 수고롭고
영가대58) 아래 화려한 배들 늘어서 있네.
서리 찬 성루(城壘)에 국화가 시들었고
낙엽 진 숲엔 붉은 감 매달렸네.
왜놈 아이 새벽 비 잦아든다 기뻐 말하고
미인은 파도가 드세다고 시름겨워하네.
한 물결에 남북으로 갈라지니 자주 돌아봐야지
외로운 밤 침상에 귀뚜라미 울 때야 어찌 참으랴.

---

58) 영가대(永嘉臺): 동래부 남쪽 20리 부산진변(釜山鎭邊)에 있었던 대. 관찰사 권
　분(權盼)이 1614년에 축조했는데, 그가 영가(安東) 사람이므로 영가대(永嘉臺)
　라 이름한 것임.

서리 맑고 물이 마른 뒤 한번 웃고
달이 이지러지도록 심지 돋우며 이야기하네.

　寥落邊村久息勞, 永嘉臺下列仙艘.
　霜深廢壘黃花病, 葉盡疎林晩柿高.
　蠻子喜言微曉雨, 美人愁思極層波.
　一波南北須頻見, 可耐床蟲獨夜號.
　一笑霜淸水涸後, 千言燈炧月殘時.

라 한 것들은 그 섬세하고 각박함이 또한 봉환체의 테두리를 벗어나지
못하고 있다.

노긍(盧兢)

청주 사람 진사 노긍(盧兢: 1738~1790)은 자가 여림(如臨)이요 호는
금석(今石)이다. 과장(科場)의 일에 연루되어 귀양 갔다가 풀려났다. 술
을 좋아하고 곤궁하게 살다가 죽었다. 총명하여 한번 보면 바로 기억하
고 두세번 읽으면 반드시 다 외웠다. 사람을 만나면 낮과 밤이 다하도록
이야기를 하였다. 과책(科策)·과시(科詩)·과부(科賦)를 잘하였으며, 드
디어는 고시문(古詩文)에까지 손길이 미쳤으니, 이는 기력이 있고 의장
(意匠)에 힘써서 지어 얻은 것이었다. 그가 과장의 일로 죄에 빠진 것을
경계해서 고을 사람들이 말하기를, "남에게 미움받은 것이요, 그의 죄는
아니다."라 하였다. 그의 칠언절구에,

엷은 구름 성긴 버들 모두 가을을 알리고
가만히 연못을 보니 물기운이 그윽하네.
물총새 고기를 채는데 자주 맞추지 못하고
높이 날았다 다시 연잎에 앉는다.

　淡雲疎柳共爲秋, 靜看池塘水氣幽.
　靑鳥掠魚頻不中, 高飛還坐碧蓮頭.

라 한 것이나, 칠언율시에,

> 시름겨운 눈을 들어 잠시 떠보니
> 집 앞의 경치 기꺼워하며 시기할 줄 모르네.
> 지난 가을 큰 병에도 죽지 않아서
> 오늘 밤 큰 술잔 또 재촉하네.
> 좋은 꽃 나무 가득 피게 하려고
> 황혼에 작은 눈 먼저 내렸네.
> 봄의 신 모두 거두어가지 아니하고
> 남겨두어 친구에게 끊어가도록 하였다네.
>> 愁眉望眼暫時開, 一笑堂前未覺猜.
>> 大病昨秋能不死, 深盃今夜又相催.
>> 將教錦樹千花發, 先試黃昏小雪來.
>> 不被東皇收拾盡, 陽春分與故人裁.

라 한 것은 풍조(風調)가 유동(流動)하다.

심익운(沈翼雲)

심익운(沈翼雲: 1734~1782?)은 자가 붕여(鵬汝)로 문과에 급제하여 벼슬에 나아갔는데, 집안은 청평도위(青平都尉: 沈益顯)를 계승한 자손이었는데 선계(先係)를 고친 일[59]로 명교(名教)에 죄를 지었다. 또 형 심

---

[59] 본래 심익운(沈翼雲)의 아버지 일진(一鎭: 重殷의 아들)은 효종의 부마였던 청평위(青平尉) 심익현(沈益顯)의 양자인 사순(師淳: 益昌의 아들)의 양자로 들어갔는데, 심익운이 문과에 장원급제한 후 사순의 생부 익창의 일로 벼슬길에 지장을 받게 되었다. 심익창(沈益昌)이 영조가 왕세제(王世弟)로 있었던 경종(景宗) 때에 왕세제를 음해하려다 죽임을 당한 환관 박상검(朴尙儉)의 일에 연루된 역적이었기 때문이다. 이에 일진은 사순과의 양자 관계를 끊어 봉사(奉祀)하지 않고 자신의 생부를 사순 대신 청평위 심익현의 양자로 만들어 사당에 신주를 들였다. 이 과정에서 일진은 혈서(血書)를 쓰고 심익운은 단지(斷指)까지 하

상운(沈翔雲)의 죄에 연좌되어 서인(庶人)으로 폐출되었다. 이들 형제는 글을 잘 지었고 시와 편지글도 잘했다. 심익운의 시는 생동하고 기운이 넉넉하여 요즘의 뒤틀리고 어긋난 말들과는 같지 않았다. 그의 오언고시 한 수를 들어본다.

소가 먹다 남긴 여물통에
개떼들 달려들어 핥는구나.
요 개들 핥지 마라
이건 소가 먹다 남긴 것이다.
개들은 듣고도 못 들은 척
꼬리 흔들며 계속 핥아대는구나.
이를 보고 길게 탄식하노니
개나 소나 다 같은 부류로구나.
　　飯牛置空桶, 羣犬來舐之.
　　語犬且莫舐, 此是牛之餘.
　　聽之若無聞, 搖尾舐不休.
　　見此起長歎, 犬牛誠一流.

〔보유〕 안우(安祐)는 여항인으로 벼슬은 주부(主簿)를 지냈는데, 문장으로 사대부가(家)에 이름이 났다. 그의 글을 보면 주사를 부려 죄를 불러들인 것 같으니, 성질은 거칠었지만 글은 격앙(激仰)한 것이 볼 만하였다.

김인겸(金仁謙)

김인겸(金仁謙: 1707~1772)은 자가 사안(士安)이요 호는 퇴석(退石)인데, 고사(高士)인 김창복(金昌復)의 아들이다. 사람됨이 지모와 식견이 있었으며, 서얼의 처지에 있으면서도 몸가짐이 공손하고 마음 씀씀이가

였지만, 이 일이 더욱 물의를 일으켰다.

고상하여 사람들이 함부로 업신여기지 못하였다. 총명하여 한번 보면 종
신토록 잊어버리지 않았다. 평상시에는 글을 읽지 않고 시를 짓지 않아
도 시를 지었다 하면 곧 원숙하였으니, 참으로 천재에서 나온 것이다.
그의 「대마도(對馬島)」 시를 들어본다.

종려 줄기 대 잎사귀 푸르게 드리워져
낙조 무렵 그 모습 더욱 기이하네.
남방의 새 사행의 의장을 처음 보고는
놀라 지저귀며 높은 가지로 날아오르네.
  棕絲篁葉綠垂垂, 光景逾奇落照時.
  蠻鳥初看牙纛影, 驚呼飛上最高枝.

한겨울에 귤·유자 노란 열매 달려 있고
적도(赤島)[60]의 구름 멀리 푸른 하늘과 이어졌네.
  玄冬橘柚垂黃實, 赤島雲烟際蒼穹.

그는 진사(進士)로서 제술관(製述官)의 소임을 맡아 일본을 다녀왔으
며, 벼슬은 고을 수령을 지냈다.

남유두(南有斗)

당시에 남유두(南有斗)란 사람이 있었으니, 호는 초부(樵夫)이다. 그의
시를 들어본다.

황혼에 한가로이 길을 가다 고목을 만나고
맑은 시내에 지팡이 짚고 돌아가는 구름 바라보네.
  落日閒行逢老木, 淸溪扶杖望歸雲.

---

60) 적도(赤島): 일본 땅에 대한 이칭.

한 해도 저무는데 사립문엔 월색이 깃들고
밤 깊은데 산속 누각에 솨하는 소나무 소리.
　歲晏柴門留月色, 夜深山閣自松聲.

박경행(朴敬行)

박경행(朴敬行: 1710~?)은 경성의 여항인으로 아버지 박도욱(朴道郁)과 함께 문장을 잘했다. 그는 중시(重試)에 합격하였고 벼슬은 현감을 지냈다. 그의 시를 들어본다.

빗방울 듬성듬성 시냇물 몸을 펴 건너고
꽃이 진 가지를 생각에 잠겨 바라보네.
　雨稀細澗平身渡, 花落空枝默想看.

병풍에 그려진 연꽃 물방울 뚝뚝 지는 듯하고
유리잔은 옛날 생각에 깊고도 깊구나.
　菡萏屛如新滴滴, 琉璃盞憶舊深深.

이희관(李羲觀)

이희관(李羲觀: 1753~?)은 문과에 급제하여 벼슬은 고을 수령을 지냈는데, 시는 반상제(泮庠製)[61]에서 이름을 울렸고 경학에 공부가 있었다.

김상겸(金相謙)

김상겸(金相謙)은 벼슬은 봉사(奉事)를 지냈는데 김상숙(金相肅)의 서출(庶出) 동생이다. 그의 율시 한 연(聯)을 들어본다.

고기 문 해오라비 안개 낀 나무에 앉아 있고

---

61) 반상제(泮庠製): 반상은 성균관의 별칭. 반상제는 성균관에서 유생들에게 보이는 시험.

풀을 뜯던 소 비 내리는 산에서 음메하고 우네.

含魚鷺坐寒煙樹, 吃草牛鳴白雨山.

그의 「내입진(乃入秦)」[62]이란 제목의 정시(程詩: 科詩)를 들어본다.

부귀가 긴 소매 속에 달렸는데
춤추는 뒷사람 어찌 앞사람에 양보하랴.[63]

富貴出入長袖裏, 後舞何讓前舞人.

그는 특별히 익히지 않았는데도 반초서(半草書)를 잘하여 흡사 당 태종(唐太宗)의 서법과 비슷하였다.

성대중(成大中)

성대중(成大中: 1732~1812)은 자가 사집(士執)이요 호는 청성(靑城)이다. 문과에 급제하여 지금 벼슬은 교서관(校書館)의 교리(校理)로 있다. 찰방 성효기(成孝基)의 아들로서 사람됨이 낙천적이고 이야기하기를 좋아하여 말하는 품새가 날카로웠다. 친구와의 사귐이 돈독하여 곤궁하건 출세하였건 거의 태도를 바꾸지 않았으며 협사의 풍모가 있었다. 명류(名流)와 고인(高人)을 좋아하여 용렬한 사람이나 속된 손은 치지도 않았으며, 이 때문에 견문이 명류들의 영향을 받아 절로 높아졌다. 용모가 아름다웠으며 문채(文采)가 환히 빛났다. 시문을 잘했으며 서화의 재주가 있었는데, 그림은 즐겨 그리지 않았지만 글씨는 자기 글을 썼다.

---

62) 내입진(乃入秦): 전국시대 범수(范雎)와 채택(蔡澤)이 유세가(遊說家)로서 진나라에 들어가 연속해서 경상(卿相)의 지위를 얻어 공업(功業)을 이루고는 때를 알고 물러난 일을 제재(題材)로 한 것임.

63) 사마천(司馬遷)이 『사기(史記)』「범수채택렬전(范雎蔡澤列傳)」에서 범수와 채택을 평하면서 "소매가 긴 자는 춤을 잘 춘다(長袖善舞)"고 한 말을 응용한 것임. 원래 이 말은 『한비자(韓非子)』에서 나온 것으로 자재(資材)가 넉넉한 자는 성공하기 쉽다는 뜻인데, 범수와 채택이 바로 그러한 사람이라는 말임.

일본 통신사의 서기로 가서 낭화(浪花)·강호(江戶)64)의 사이에서 행초(行草) 수만폭을 써댔으니, 이로써 행초가 아름답고 난숙하게 되었다. 대개 일본 사람들이 오로지 성서기(成書記)의 재주와 글씨를 좋아했기 때문이다. 시는 유려하고 문은 화려함이 넘쳐 요컨대 초쇄(焦殺)·요괴(拗乖: 뒤틀리고 어긋남)한 말들을 깨끗이 씻어버렸다. 그의 문장 가운데 「유송년전(柳松年傳)」은 「규염객전(虯髥客傳)」에 필적하고, 「오지암기(五知菴記)」는 구양수와 소식의 소서(小序)들과 흡사하였다.

나이 스물둘에 진사가 되고 스물다섯에 문과에 급제하였으니, 과문을 깊이 전공하지 않았어도 모두 행문(行文: 科文)으로 과거에 합격한 것은 글을 엮는 묘리를 알았기 때문이다. 급제할 때 포천의 살던 집에서 서울로 들어왔는데, 과거 응시자들이 머무르던 회현방에 있던 임시 거소에서는 시험 보는 날 날이 새어 과거를 보는 춘당대의 금문 밖에 차례로 들어가는데, 와보니 문이 이미 닫혀 있었다. 하는 수 없이 배회하다가 막 돌아가려는데 마침 문을 열라는 명령이 내려와서 시험 볼 수 있었고 마침내 합격했던 것이다.

그는 비록 글을 잘했지만 어린 나이에는 글이 아직 익숙하지 않았고 또 과문을 별로 공부하지 않았다. 이에 대해 어떤 사람은, "그 아버지가 남겨둔 응보를 받은 것이다."고 하니, 대개 그의 아버지가 합격했던 증광과 초시의 책문(策文)이 현실의 폐단을 특별히 구함에 있어 경륜을 드러내는 것이었는데 속어를 인용한 "진상은 한 꿰미 인정은 한 바리(進上一串, 人情一馱)"라는 말은 과거 응시자들의 신어(新語)가 되어 사람들이 모두 칭찬하여 떠들썩했던 것이다. 그의 아버지는 글이 조리가 넉넉하면서도 담담하였는데, 그는 글이 문사(文辭)가 넉넉하면서도 무르익었으니 비록 작은 제목이라도 부연을 잘하고 곡절이 풍부하였다.

내외의 관직을 두루 역임하여 오래도록 녹봉이 끊어지는 일이 드물었다.

---

64) 일본의 지명. 낭화(浪花)는 대판(大阪)의 다른 이름이고 강호(江戶)는 덕천(德川)막부가 있던 지금의 동경(東京)이다.

규장각의 외각에서 근무할 때[65] 시문으로 늘 임금의 칭찬을 받아 "성대중은 글의 규범을 잘 지켜 나간다."는 말을 들었다. 세상에 전하는 말로는 성대중의 아들 성해응이 검서관으로서 그 동생 성해운(成海運)의 응제시를 올리니, 임금이 친히 검토하고 크게 칭찬하여 웃으며 말하기를, "흡사 너의 아비의 솜씨를 빌린 것 같다."고 하였다 한다.

성효기는 평소에 헤아림이 당시나 그 죽은 뒤에도 맞지 않은 것이 없었다. 그는 평생토록 비록 기이한 계책을 좋아했지만 그러나 성실하지 않은 것이 없었으니, 그러므로 모두 정확하게 맞았던 것이다. 그래서 식자들은, "그의 영명함이 참으로 삼국시대 주공근(周公瑾: 周瑜)에 비견할 만하다."고들 하였다.

이진(李璡)

이진(李璡: 1736~?)은 자가 진옥(進玉)으로 벼슬은 현감을 지냈다. 그의 시는 신고(辛苦) 각박(刻薄)하기를 힘써 말과 소리가 모두 초쇄(焦殺)하며 뒤틀리고 어긋났지만, 음미해 보면 매우 공교한 바가 있었다. 그는 귀머거리였지만 당시 한쪽 요인(要人)들이 세상에서 소용되는 글들을 모두 그의 손을 빌려서, 이 때문에 조정의 인사들과 통하여 명성을 떨쳤다. 그의 시는 또 일반적인 시체와 달리 허장성세를 주로 하여 사람들이 처음에는 놀라 눈이 휘둥그레지지만 끝내는 점차 빠져들어갔다. 대개 이 시체는 이봉환(李鳳煥)이 창시하고 이진의 아버지 이명계(李命啓)가 옆에서 거들었는데, 이진 등에 이르러서 모두 동조하여 큰 조류를 이루게 되었다. 그러나 재주가 약한 사람들은 늘 입술을 우물거리며 슬피 읊조리지만 말이 어근버근하여 글을 이루지 못하고 마침내는 그저 묵지(墨池)에 붓방아를 찧기만 할 뿐이었다. 이진은 재주가 자못 넉넉하여 능히 성취할 수 있었던 것이다. 어떤 사람들은 이 시체를 가리켜 초림체

---

65) 검서관으로 있을 때임. 정조가 규장각을 설치하고 검서관이란 직책을 두었는데 이는 대개 서족(庶族) 출신으로 재주가 있고 글 솜씨가 있는 사람으로 보임하였다.

(椒林體)라 한다. 그의 시를 들어본다.

서리 앉은 기와지붕 유리처럼 반짝이고
나뭇잎과 거미줄 반공에 매달렸네.
　天霜瓦屋極明潤, 木葉蛛絲相伴懸.

등넝쿨 담장 옆 달은 파초에 가리고
초가집 서편 다듬이질 귀뚜라미 소리에 어울린다.
　芭蕉月隱藤墻側, 蟋蟀砧多草屋西.

그의 과체시(科體詩)「요평중출산(姚平仲出山)」[66]이란 제목의 시에,

청노새 소년 장군 태우고 떠났더니
신묘한 가운데 이 일이 감추어졌구나.
　青驢馱出少年將, 神鬼冥冥祕此事.

이는 자못 말이 평순(平順)하다.

윤가기(尹可基)·박제가(朴齊家)·이덕무(李德懋)

윤가기(尹可基: ?~1801)는 자가 증약(曾若)으로 이산(尼山) 윤씨[67] 가문의 서파(庶派)이며 음직(蔭職)으로 벼슬을 지냈다.

박제가(朴齊家: 1750~1805)는 자가 재선(在先)이요 호는 초정(楚亭)으

---

66) 요평중(姚平仲): 송나라 사람. 자는 희안(希晏). 18세 때에 서하(西夏)와 싸워 큰 공을 세웠으나 후에 청노새 타고 청성산(靑城山) 대면산(大面山)에 들어가 조정의 부름에도 응하지 않았다. 건순 연간(乾淳年間)에 비로소 나와 장인관도원(丈人觀道院)에 이르렀다. 당시 사람들이 서수대장(西陲大將)이라 일컬었다.

67) 이산(尼山) 윤씨: 이산은 노성(魯城)의 별칭. 지금의 충남 논산군에 속해 있음. 이곳에 소론의 명문인 파평 윤씨 가문이 대대로 살아 그 가문을 이렇게 부른 것이다.

로, 승지를 지낸 박평(朴玶)의 서자이다.

　이덕무(李德懋: 1741~1793)는 자가 무관(懋官)이요 호는 청장관(靑莊館) 또는 아정(雅亭)이다. 이들은 함께 시문과 글씨의 재주로 지금(정조) 조정에 내각(內閣: 奎章閣) 검서관(檢書官)으로 뽑힌 바 있으며 모두 현감을 지냈다. 모두 이진(李瑱)의 시법(詩法)을 본받았다. 윤가기의 시를 들어본다.

　　고갯마루 뜬구름 어디로 돌아갔는고
　　천상의 문성(文星)을 어찌할 것인가.
　　嶺頭春雲歸來些, 天上文星奈若何?

이것은 어떤 사람의 만시(輓詩)이다. 또 다른 시를 들어본다.

　　향 사르고 어리석게 앉았으니 가슴엔 막힌 것 없고
　　술 마시고 슬프게 노래하니 자취가 진세와 뒤섞이네.
　　燒香癡坐胸無滯, 縱酒悲歌跡混塵.

박제가의 시를 들어본다.

　　어느 집 베갯머리에 기장밥이 익어가는고[68]
　　등불 하나 가물가물 단풍잎 흔들거리듯.
　　誰家小枕黃粱熟, 即事寒燈赤葉搖.

　　검은 모자에 붉은 관복 위의도 거룩하니
　　중원의 병부상서 석성(石星)[69]이로고.

---

68) 한단지몽(邯鄲之夢)의 고사와 관련된 내용. 노생(盧生)이 한단에서 도사 여옹(呂翁)의 베개를 빌려 기장밥을 짓는 사이에 부귀영화의 꿈을 꾸었다는 것.

69) 석성(石星): 明나라 사람. 자는 공신(拱宸). 명(明) 신종(神宗) 만력(萬曆) 연간에 병부상서를 지냈다. 후에 옥사(獄死)했다.

110

안광이 아래로 갓신코에 머무니
소리(小李) 장군70) 옆에서 시립하여 섰구나.

　烏帽朱裳老典刑, 中原兵部石公星.
　眼光卻在靴頭轉, 小李將軍側立停.

이덕무의 시를 들어본다.

깊은 숲 어느 곳에 꾀꼬리 앉았는가
모습은 보이잖고 소리만 들려오네.
한낮에 옷이며 안장 온통 푸른 물이 드는데
능금꽃 분처럼 사람을 향해 환하네.

　樹深何處坐黃鸎, 不露其身只送聲.
　日午衣鞍都綠影, 柰花如粉向人明.

목장승 벼슬하는 양 머리에 관을 쓰고
돌부처 사내이건만 입에서 연지 뿜네.

　松堠何官頭戴帽, 石佛雖男口噴紅.

나열(羅烈)

　나열(羅烈: 1731~1803)은 자가 자회(子晦)요 호는 주계(朱溪)로, 벼슬은 도정(都正)을 지냈고 교관(敎官) 나삼(羅蔘)의 아들이다. 나삼은 경학(經學)을 익히고 과책(科策)을 잘했으며 참의(參議) 나만갑(羅萬甲)의 후손이다. 나열은 동생 나걸(羅杰)과 함께 시문으로 문단에 이름을 나란히 하였으며 모두 글씨를 잘 썼다.

박지원(朴趾源)

---

70) 명나라 장군 이성량(李成梁)의 아들인 이여송(李如松)을 가리키는 듯하나 확실하지 않음.

박지원(朴趾源: 1737~1805)은 자가 미중(美仲)이요 호는 연암(燕巖)이며, 참판(參判) 박사유(朴師愈)[71]의 아들이다. 그의 글은 재기가 넘치고 수사와 착상이 뛰어나 한번 붓을 들면 잠깐 사이에 천여 행이 도도하게 흘러나왔다. 그의 「허생전(許生傳)」과 『열하일기(熱河日記)』는 왕왕 사람의 턱이 빠지도록 웃게 만든다. 유생(儒生)으로서 연경(燕京) 사행(使行)에 끼여 갔는데, 이 때 상사(上使)는 도위(都尉) 박명원(朴明源)이었다. 당시에 건륭(乾隆)황제는 열하에 머무르고 있었는데, 그곳은 변방의 땅인 밀운성이었다. 그는 사신을 따라갔다가 『열하일기』 5권을 짓고 뒤에 5권을 증보하였는데, 글을 아주 거침없이 휘갈겨 자못 연의소설(演義小說)의 구기(口氣)를 지니고 있어 서울 도성에서 회자되었다.

목만중(睦萬中)

목만중(睦萬中: 1727~?)은 자가 유선(幼選)으로 문과 중시(重試)에서 장원급제하였고, 지금 벼슬은 도정(都正)이며 글을 잘 짓는다. 그의 시를 들어본다.

찬 수풀 위로 청산이 울툭불툭
안개 사이로 붉은 해 솟아오르네.
　青山散落寒林上, 紅日飛騰宿霧中.

아이들 보리밥 먹으니 한식(寒食)날 따로 없고
문무 벼슬아치 모습 석상에 있구나.
　兒孫麥飯無寒食, 文武衣冠有石人.

석양 무렵 화각(畫角)에 붉은 담요 따스한데
시월이라 국화꽃에 가을비 서늘하네.

---

71) 원문에는 '愈'자가 '缺'로 표시되어 있다. 또 박사유는 벼슬을 지낸 바 없으며, 참판은 박지원의 조부인 박필균(朴弼均)이 지냈다.

斜陽畫角紅毹暖, 十月黃花白雨寒.

송악산 동남쪽에 한 집을 이루었으니
임금이 일찍이 육룡거(六龍車) 머물던 곳.72)
이제는 전각 뒤 천년 고목에
고려 상원(上苑)73)의 갈가마귀 날아드네.

　　松岳東南自一家, 君王曾住六龍車.

　　至今殿後千年木, 飛返高麗上苑鴉.

북관의 밤 삭풍에 서리 날리고
시월 공산에 나뭇잎 드물구나.
장사들 태평세월이라 전란이 없으니
두만강변 일곱 고을 보라매 사서 돌아오네.

　　關霜夜逐北風飛, 十月空山木葉稀.

　　壯士時平無戰伐, 江邊七邑買鷹歸.

안시진(安時進)

용궁현(龍宮縣)에 사는 안시진(安時進)은 장님이지만 시문에 능했다.
그의 「여름날 잠에서 깨어(夏日睡起)」 시를 들어본다.

처마끝에 뜨거운 해 느릿느릿 걸려 있고
낮잠 깨어 침상에 기대 점심 먹을 때
큰 잎은 바람 맞아 부채인 양 혼들리고
성긴 구름 사이로 여우비는 실같이 가늘구나.

---

72) 지금의 개성에 있었던 목청전(穆淸殿). 이성계가 나라를 차지한 후 새로 건축
　　을 하고 머물렀던 건물이다. 후에 태조의 사당으로 사용되기도 하였음.

73) 상원(上苑): 임금의 정원, 동산. 고려의 궁궐터 동산에 있던 갈가마귀가 이태조
　　가 머물렀던 목청전에 날아든다는 말.

누런 보리 골라 따는 건 가난한 사람들
붉은 앵두 맛보는 건 어린 아이들
먹고 살기 참으로 어려우니 취해나 볼까
앞 마을 새로 빚은 술 누구 주려오?

　茅簷暖日太遲遲, 睡起憑床午飯時.
　大葉迎風搖學扇, 疎雲漏雨細如絲.
　揀黃摘麥貧人事, 取赤嘗櫻小竪爲.
　活計誠難謀一醉, 前村新釀爲阿誰.

「화열촌을 지나며(過和悅村)」 시를 들어본다.

마을 앞 다다라 말이 문득 멈췄네
내 이제 화열(和悅)이란 그 이름 빌리어
조정의 반열(班列)에선 시기하는 틈새 없게 하고
백성들 집집마다 싸우는 일 없게 하면
어찌 처첩간에 입술 비쭉이는 일 있겠는가.
응당 죄에 걸려 귀양가고 벌받는 일도 드물리니
상하 모두 이렇게 하게 할 수 있다면
그제서야 비로소 태평한 줄 알리라.

　行到村前馬卻停, 吾今必欲借其名.
　屬之鵷班無嫌隙, 移得人家不鬪爭.
　寧有反脣妻與妾, 應希抵罪竄而刑.
　倘敎上下皆如此, 然後方能知太平.

사적은 아득하여 봄날 밤 꿈같으나
애환(哀歡)은 갑작스레 바람에 지는 꽃같구나.

　事蹟悠悠春夜夢, 悲歡忽忽落花風.

삼장사는 그 이름 우주에 드날리고

거문고 타던 한 여인 전란에 몸을 던졌네.74)

宇宙流名三壯士, 干戈捐質一琴娥.

그의 「안령설(鞍嶺說)」을 들어본다.

"용궁현75)의 동쪽에 재가 있는데 이름에 안장 안(鞍)자가 들어가 있다. 그 옆에 또 마을이 있는데 이름에 말 마(馬)자가 들어가 있다. 이미 말안장[鞍: 鞍嶺]이 있는데 또 말[馬]이란 이름을 얻은 것에는 깊은 뜻이 있는 것 같지만, 그러나 말은 가지 않고 말안장은 움직이지 않으니 누가 그 위에 앉을 것이며 또 몰 수 있겠는가? 작년에 내가 마산(馬山)에서 안령을 넘어가려는데76) 말과 안장을 얻지 못하여 소 등에 자리를 얹어 타고 가니, 나무하는 아이가 나를 가리켜 이렇게 노래했다.

'마산의 나그네 말도 없어서, 소를 타고 가는구나. 안령을 넘는데 안장도 없어서, 자리 끝에 앉았구나.(馬山之客無馬兮! 騎牛而過. 踰鞍嶺而無鞍兮! 據席之端.)'

이곳은 실로 조화옹(造化翁)의 소유이니 네가 어찌 감히 취하겠는가?"

이재운(李載運)

이재운(李載運)은 대흥(大興)77) 사람으로 남인의 서계(庶系)이다. 문장으로 진사에 오르고 벼슬은 예빈시 참봉(禮賓寺參奉)을 지냈다. 그가 지은 『해동화식전(海東貨殖傳)』은 참으로 용문(龍門)78)의 수단이라 하겠다. 문장은 기세가 왕양(汪洋)하고 문채(文彩)가 용솟음치며 견식이 넓고 빼어나며 모방하여 본뜬 흔적이 없고, 한 구절의 말도 대우(對耦)를

---

74) 이 시는 진주 촉석루를 두고 지은 것인데, 원문의 일금아(一琴娥)는 곧 논개를 가리킨다.

75) 용궁현(龍宮縣): 지금의 경북 예천군에 있는 고을 이름. 현재 용궁면.

76) 지금 예천군 용궁면에 마산리란 지명이 있으며 그 옆에 안령이 있다.

77) 대흥(大興): 지금의 충남 예산군 대흥면.

78) 용문(龍門): 『사기(史記)』의 저자 사마천(司馬遷)을 가리키는 말. 용문은 중국의 지명인데, 사마천이 태어난 곳이다.

일삼지 않으면서 또한 격조(格調)를 어기어 거친 것이 없다. 미수(眉叟) 허목(許穆)의 글이 비록 고건(古健)하기는 하나 변통이 부족하며 지나치게 메마른 데 비해, 『해동화식전』은 변화가 무궁하며 붓끝이 굉장하고 빛이 나 근세 백년 사이에 이러한 작품이 없다. 요사이 연암 박지원이 비록 기굴(奇崛)스런 명가(名家)로 일컬어지지만 이재운의『해동화식전』에 견주면 대우(對偶)가 난삽 기괴한 면에서 손색이 있다고 하겠다.

이덕효(李德孝)

결성(結城)의 아전 이덕효(李德孝)는 시에 능하였다. 그의 오언절구를 들어본다.

> 술에 취해 느지막이 돌아왔더니
> 아이가 부축해 맞아들이네.
> 어디서 마셨는진 알지 못하고
> 잔에 어린 달빛만 생각이 나네.
> 醉酒歸來晚, 兒童扶入門.
> 不知何處飮, 惟記月盈樽

4. 곤재록(梱材錄)

'상장(相將)'이라 하지 않고 '장상(將相)'이라 하는 것은 경중을 두어서 그렇게 말한 것이겠는가? 인(仁)·지(知)·용(勇) 세 가지 덕이 갖추어진 다음에 비로소 장수가 될 수 있으니, 장수란 그렇게 어려운 것이다. 우리 나라는 장수가 문관(文官)에 의해 관할되니, 명나라 직제(職制)와 비슷하다. 이에 무신의 발호하는 어지러움을 면하였으나 장수의 재목이 스스로 드러나지 않았던 것은 이 때문이다. 지금은 세상이 태평한 지 오래되니, 중군(中軍)1)이 혁혁한 공을 세운 사례가 더욱 적막하다. 그러나 하늘이 인재를 냄에 어찌 그치는 일이 있겠는가? 그들 중 가장 **빼어난** 인재를 뽑아서 곤재록(梱材錄)을 쓴다.

장붕익(張鵬翼)

장붕익(張鵬翼: 1646~1735)은 자(字)가 운거(雲擧)요, 응교(應敎)를 지낸 장차주(張次周)의 아들이다. 옛 관례로는 대장이 행차할 때 말 뒤를 따르는 사람은 겨우 몇명뿐이었다. 장붕익이 훈련대장이 되자 비로소 군뢰(軍牢)로 건장한 자 수십 인을 배열시켰는데, 행렬을 이루어 옹위하고 행진하여 기러기 날개 모양을 이루었다. 그 후로 지금까지 계승되어 오고 있다.

구선행(具善行)

그 후에 판서를 지낸 구선행(具善行: 1709~?)이 있었으니 그는 자가 문중(文仲)이요, 판서와 대장을 지낸 구성임(具聖任)의 아들이다. 구성임은 모습이 괴걸하고 성품이 소박하고 진실하였다. 영조에게 지우(知遇)

---

1) 중군(中軍): 고대에 전쟁을 할 때 군사를 좌·중·우 삼군으로 나누었는데, 그 가운데 중군은 주장이 거느리는 정예한 군대이다.

를 입어 만년에 무과에 급제하고 빠르게 진급하여 중임을 맡은 지 오래 되었다. 구선행은 영특하고 용맹함으로 사람들에게 인정을 받았고, 아량이 있었다. 『주역』을 깊이 학습하여 『성경(星經)』2)과 점치는 데 통하였다. 비좁은 방에 거처하며 적막을 견뎌내는 것이 처녀와 같았다. 무관 가문의 자식으로서 대장의 임무를 맡아 문을 나가서 요로(要路)와 결탁하는 것이 드물었지만 또한 그들을 거스르지도 않았다.

아침·저녁으로 식사의 반찬은 사치스럽게 하지 않았고, 담박한 음식을 며칠 동안 먹은 다음에 비로소 큰 고기반찬을 갖추어 한두 끼 나누어 먹으면서 집안 사람들에게 말하기를, "기름진 음식을 포식하면 사람에게 유익하지 못하고, 먹어도 맛이 없다. 담박한 음식을 오랫동안 먹다가 가끔 기름진 음식을 먹으면 맛도 별나고 사람에게 해롭지도 않다."라고 하였다. 그의 종제(從弟) 중에 시기심이 많은 사람이 있어 늘 안달복달하였으나 판서는 한번도 상대하지 않았다. 그 종제가 구선행의 직책을 대신하여 그가 임명한 서리(胥吏)를 모두 다 바꾸었으나, 구선행은 종제의 직책을 대신 맡게 되자 종제가 임명한 서리를 그대로 두었다.

나의 아버지가 일찍이 전내 제관(殿內祭官)으로 뽑히고, 구선행 또한 시위숭반(侍衛崇班)으로 뽑혔다. 이때 행사가 종일토록 계속되었는데, 옛 관례에 모시는 신하들이 오래 서 있게 되면 자주 물러나 잠시 쉬었다. 나의 아버지 역시 때때로 밖으로 물러나왔는데, 구선행을 보니 홀로 총전립(驄氈笠)을 쓰고 군복을 입고 오랜 시간 동안 꼿꼿이 자기 자리에 서 있었다. 나의 아버지가 그가 오래 서 있는 것을 위로하여 함께 나가서 잠깐 쉴 것을 청하였다. 판서가 말하기를, "나는 무신(武臣)이니 문신(文臣)과는 다릅니다. 어찌 수고롭다고 말하겠습니까? 나갈 수 없지요." 하였다. 그가 조심하여 근신하는 것이 모두 이와 같았다.

구선행이 금위대장으로서 일찍이 영조가 남단(南壇)3)에 행차할 때 배

---

2) 『성경(星經)』: 중국 고대의 별자리 모양에 관해 기록한 책. 『한서(漢書)』와 『신당서(新唐書)』 예문지에 제목이 나오는바, 지금은 모두 전해지지 않음.

3) 남단(南壇): 남방토룡단(南方土龍壇). 오방토룡제(五方土龍祭)를 지내는 제단의 하나로 서울 남산의 남쪽 기슭, 한강 북쪽에 있었음. 오방토룡제란 기우제를 열

행하였다. 재숙(齋宿)4)을 하는데, 삼경(三更)에 갑자기 호랑이가 들어왔다고 진중(陣中)이 떠들썩하였다. 임금이 선전관을 시켜 살피게 하니, 얼룩말이 빠져나와 날뛰며 다닌 것이었다. 말이 진졸에게서 빠져나간 처음에 구선행이 명령하여 그 기마병의 화살통을 줍게 하였는데, 화살 끝에 대개 사졸의 이름이 쓰여 있는 것이 관례이다. 선전관이 임금에게 사실을 보고하였으나, 임금은 그래도 말이 아니라고 생각하였다. 땅에서 주운 화살을 임금께 올려서야 비로소 임금은 말이 달아난 것임을 분명히 알았다. 구선행이 미리 헤아리고 멀리 내다보는 것이 모두 이와 같았다.

또 그는 지방 강역(疆域)을 잘 알아서, 우리나라 팔도의 지도를 그리도록 하였다. 그 지도가 지금도 전하는데, 아주 상세하게 되어 있다. 그가 지은 시에 다음과 같은 것이 있다.

세상 일에 머리는 모두 희어졌고
인정은 푸른 눈동자5) 잃어버렸네.
문을 닫고 눈 내리는 섣달을 지내며
애오라지 홀로 여생을 위로하노라.

世事頭渾白, 人情眼失靑.
杜門經臘雪, 聊自慰殘齡.

김영수(金永綬)

김영수(金永綬)는 통제사(統制使)로 있다가 죽었다. 앞서 제주목사(濟

한번 지냈어도 비가 오지 않을 때, 열두번째로는 정3품 지위에서 제관을 내어 동·서·남·북, 중앙의 다섯 토룡단에서 각각 한날 한시에 기우제를 지내는 것을 말함.

4) 재숙(齋宿): 임금이 나라의 제사를 행할 때 그 전날 밤에 재소에 나와 묵으면서 재계하는 것.

5) 푸른 눈동자: 다른 사람을 반겨하는 표정을 가리키는 말. 진(晉)나라 때 완적(阮籍)이 반가운 사람이 찾아오면 푸른 눈동자(靑眼)로 맞이하고 반갑지 않은 사람은 흰 눈동자(白眼)로 맞이하였다고 한다.

州牧使)로 있을 때 종매(從妹)가 역당(逆黨)의 부인이 된 것으로 연좌되어 귀양 간 지 여러 해 만에 사면을 받아서 비로소 다시 충청도 병사(兵使)로 임명받았다. 성(城)을 쌓음에 당하여 군법으로 역인(役人)들을 부리는데 달고 괴로움을 역인들과 똑같이 하였다. 역인들이 먹지 않으면 김병사도 또한 먹지 않으니, 일꾼들이 좋아하고 떠받들어 힘을 다하였다. 통제사로 옮겨가서 해선(海船)을 타고 훈련을 할 때 이무기가 길을 막고 있으니, 포를 쏘도록 해서 잡았다. 큰 솥에 삶아 여러 군사들에게 나누어 주었다. 군사들이 감히 입에 가까이 하지 못하다가 김영수가 큰 사발로 먹자, 여러 군사들이 비로소 그것을 먹었고, 모두 그 맛이 좋다고 하였다.

정여직(鄭汝稷)

그 때에 대장으로 정여직(鄭汝稷: 1713~1776)이 있었는데 세상에서 많이 그 재주와 지략을 일컬었다. 총융청 서리(摠戎廳書吏)인 김덕항(金德恒)이라는 사람이 일찍이 정여직의 집안에서의 행실을 칭송하기를, "소인(小人)이 조만사(早晚使)로서 매일 아침 대장의 문전에서 기다리는데, 대장이 이른 아침에 반드시 가묘(家廟)에 배알하니 이는 참으로 무관의 집안에 드문 일이다."라고 하였다. 조만사란, 아침·저녁으로 여러 부하들이 미처 모여들지 못한 시각에 한 아전이 대신 근무하는 것을 가리킨다. 바로 정여직이 총융사(摠戎使)를 할 때였다.

이형원(李亨元)

충청도 관찰사 이형원(李亨元: 1739~1798)은 문과에 올라 승지를 지내고, 지금 임금(正祖) 계축년(1793)에 가선대부참판(嘉善大夫參判)을 거쳐 이 직책을 맡게 되었다. 임자년(1792)에 호서(湖西)에 크게 흉년이 들어 곳곳마다 환위경(萑葦警)6)이 많이 들렸다. 천안에 사나운 도적 무리

---

6) 환위경(萑葦警): 환위의 경보(警報). 환위란 잡초·갈대 따위인데, 그 속에 도적 떼가 많이 숨어 있다가 나타나기 때문에 도적떼의 출현을 이렇게 말한 것이다.

가 있는데, 괴수는 사인(士人)이었다. 이형원이 염탐하여 알고서도 일부러 모르는 체하고 순행하다가 천안에 이르자, 아전을 보내어 그 사인에게 말을 전하기를, "그대가 학생들을 잘 가르친다고 들었소. 내게 아이들이 있어 마침 순영에 데리고 왔으니 그대가 순영에 와서 가르쳐 주기를 바라오."라고 하였다. 그 사인이 과연 감사의 처소에 뵈러 왔는데, 감사는 뒷수레에 태워 감영으로 돌아왔다. 대개 몸소 염탐하여 살피려 함이었다. 감영에 머무른지 여러 날 만에 감영 밖으로 놀러나가게 한 다음에 건강한 군사들을 매복시켰다가 잡아들여서 다스리니 과연 도적의 괴수였다. 당시에 이 일이 온 도내에 소문이 퍼져, 어떤 사람들은 그의 지략을 칭찬하기도 하고, 어떤 사람들은 그가 지나치게 술수를 부렸다고 헐뜯었다. 안목을 갖춘 자가 공정하게 평한다면 이러하다. "이 사람은 문신(文臣) 중에서 장수의 지략을 크게 지닌 사람이다. 만약 군사를 내어 이 도적을 잡으려 했다면 그 비용이 얼마며, 사람을 다치지 않는다는 것도 보장할 수 없으며, 반드시 잡을 수 있다는 것도 기약할 수 없는데, 이렇게 한즉, 항아리 속의 자라를 잡듯 이야기하며 웃는 사이에 조처하였으니, 참으로 이는 도구와 방법을 갖춘 것[7]이다."

전에 나의 방조(傍祖) 감사공(監司公: 李萬稷)이 오명항(吳命恒)과 광주부윤 자리를 교대하고 돌아와서 집안 사람에게 말하기를, "세상이 혹시 불행해진다면 오명항은 마땅히 원수(元帥)가 될 것이다. 내가 몇가지 일을 보니, 그가 문관 중에서 장수의 지략을 지닌 자임을 알 만하다."라고 하였다. 무신년(1728)에 이르러 출병할 때에 오명항이 순무사(巡撫使)가 되어 반란을 평정하였다.

이형원은 또한 재물을 모으는 데 능하였는데, 쓸 때에는 평소에 모르는 사람이라도 어렵고 가난하다면 널리 베풀기를 많이 하였다고 한다. 그는 큰 키에 수염이 좋고, 모습이 깎아 만든 것 같았다. 그는 통제사

---

7) 원문은 조도절충(俎刀折衝): 절충준조(折衝尊俎)와 같은 말. 충(衝)은 전차(戰車)이니 절충이라 함은 적군을 격퇴시키는 것을 말하고, 준조(尊俎)는 술잔과 고기 그릇이니 연회에 사용되는 기물이다. 이는 『안자(晏子)』에 나오는 말로, 무력을 사용하지 않고 연회 자리에서 담판으로 이기는 것을 뜻한다.

이재항(李載恒)의 손자요, 대장 이국현(李國賢)의 종자(從子)요, 종실(宗室) 밀산군(密山君)의 후예다. 그는 행초(行草)를 잘 썼는데, 자획(字畫)은 창고(蒼古)하고 유려하였다. 서찰에 더욱 뛰어났으니, 정승 조현명(趙顯命)과 판서 윤헌주(尹憲柱)의 서찰과 더불어 우열을 가리기 힘들다.

〔보유〕 후에 평안감사를 지냈고, 경상도 감사는 부임하지 않았으며 서도로 귀양 가서 죽었다.

5. 서가록(書家錄)

윤순(尹淳)

윤순(尹淳: 1680~1741)은 자가 중화(仲和)이며, 벼슬은 이조판서·대제학을 지냈다. 호는 백하(白下)이다. 오음(梧陰) 윤두수(尹斗壽)의 후손으로 평양감사 윤훤(尹暄)의 현손이고 문과에 올라 지평을 지낸 윤세희(尹世喜)의 아들이다. 일찍이 고아가 되었는데, 그는 형인 판서 윤유(尹游)와 입신양명하여 옛날 가문의 명성을 드높였다. 그의 글씨는 천부적인 재질로 획과 결구가 매우 아름다워 마치 봉황이 춤추고 구슬이 찬란하게 빛나는 듯하니, 우리나라 100여년간의 글씨 가운데 으뜸이다.

대개 우리나라의 글씨로 말하면, 신라에 있어서는 김생(金生)이 천지자연의 조화에 짝하여, 명나라의 어사 고양겸(顧養謙)이 평하기를 "왕희지(王羲之)나 종요(鍾繇)[1]의 서법이 아니면서 도리어 종요나 왕희지보다도 뛰어난 점이 있다."고 하였다. 고운(孤雲) 최치원(崔致遠)도 글씨로 이름을 날렸는데, 서체가 안진경(顏眞卿)과 유공권(柳公權)[2]의 서법을 닮았으니, 대개 당나라 시대의 유파이다. 고려의 유명한 글씨는 모두 안진경과 유공권을 따랐다. 우리 조선에 이르러 안평대군 이용(李瑢)이 서가들 가운데 우뚝 모습을 드러냈는데, 정신이 표일하고 획이 굳세어 살이 붙은 팔뚝을 내려서 써낸 것이 아닌 듯하다. 서체는 송설(松雪: 趙孟頫)이다. 석봉(石峯) 한호(韓濩)에 이르러 서체가 비로소 종요와 왕희지

---

1) 종요(鍾繇: 151~230): 삼국 위(魏)나라 사람. 자는 원상(元常). 한(漢) 말기에 시중(侍中)을 지냈고, 위나라에서 태부(太傅)를 역임.(고사록 주 2 참조)

2) 유공권(柳公權: 778~865): 당(唐)나라 사람. 자는 성현(誠懸). 벼슬이 태자태보(太子太保)에 이르렀음. 해서(楷書)에 능했으며 결구가 힘이 있고 법도가 근엄했다. 세상에서 '안근유골(顏筋柳骨)'이라 칭했음.

를 본받으면서 어느 정도 자신의 별법을 보완하여 원법(圓法)이 적고 방법(方法)이 많아 정제되어 굳세고도 아름다웠으니, 한체(韓體)라 이름하였다. 감주(弇州) 왕세정(王世貞)3)은 평하여 "성난 사자가 바위를 후벼 파는 듯, 목마른 말이 샘물로 내닫는 듯하다."고 하였다. 이 서법은 지금도 사자관(寫字官)들이 일체의 외교문서를 작성하는 서체로 쓰이고 있는데, 진법(晉法: 왕희지의 서법)과 비슷하면서도 불분명한 태를 씻어냈고, 홍무법(洪武法)4)과 유사하면서도 힘써 싸우는 듯한 기세는 없다. 그런데 사대부들은 아직도 송설체를 본받고 있었다. 학사(學士) 박태유(朴泰維)의 글씨가 출현함에 이르러서야 차츰 안진경과 유공권의 서법에 영향을 받았다. 그러나 김생·안평대군·한석봉은 글씨로 우리나라의 세 인물로 정립되어 있다.

윤순은 비로소 순전히 왕희지의 서첩인 『유교경(遺敎經)』 『황정경(黃庭經)』을 본받았는데, 그가 임모해 낸 것은 어느 것이 왕희지의 글씨이고 어느 것이 백하의 글씨인지 분별할 수 없을 정도였다. 그의 서법은 방법이 적고 원법이 많아서 사람을 감동시키는 것이 전적으로 그 자태에 있었다. 그 서법이 구결을 위주로 하기 때문에 필획의 힘은 많이 드러나지 않고 있다. 어떤 사람은 백하는 석봉과 견줄 만하다고 하고, 어떤 사람은 그는 석봉에 미치지 못한다고 한다. 요컨대 그는 획법에 있어서는 석봉에 미치지 못하나 글자의 태도는 더 낫다. 세상에 전하는 이야기에 의하면, 백하는 "처음으로 글자 쓰기를 배우는 아이가 처음 글씨를 쓰는데 하늘 천자의 모양을 다 이루면 명필이 될 것이요, 반쯤 이루면 과장(科場)의 명지(名紙)는 충분히 써낼 수 있을 것이요, 전혀 이루어내

---

3) 왕세정(王世貞: 1526~1590): 명(明)나라 사람. 자는 원미(元美), 호는 봉주(鳳洲), 감주산인(弇州山人). 벼슬은 남경형부상서(南京刑部尙書)에 이름. 이반룡(李攀龍)과 함께 '후칠자(後七子)'의 영수로 문단을 이끌었음. 당대 관각문학의 위미한 문풍에 반대하여, "문필서한 시필성당(文必西漢, 詩必盛唐)"이라 주창하였음.

4) 홍무법(洪武法): 홍무는 명 태조 주원장의 연호로 홍무법은 이 때 유행한 동기창체(董其昌體)를 말함.

124

지 못하는 아이는 까마귀나 그릴 붓(塗鴉筆)에 그칠 것이다."라고 하였다고 한다.

봉사(奉事) 김상겸(金相謙)이 말했다. 비국(備局)의 서리 차규(車逵)가 와서 말하기를, 회상컨대 옛날 영조 때 판서 구성임(具聖任)에게 특별히 통제사를 제수하고 통영(統營)의 폐막(弊瘼)을 보고하도록 명했다. 구성임이 통영에 도임하고 6개월 만에 비로소 장계를 올렸는데 대략 여섯 사람의 등짐 분량이나 되었다. 임금이 삼정승에게 명하여 품의하여 3일 안에 회계(回啓)5)를 올리라고 하였다. 당시 영의정은 이광좌(李光佐)였고 좌의정은 민응수(閔應洙)였으며 우의정은 송인명(宋寅明)이었다. 이 정승은 종일토록 장계를 살펴보다가 정신이 피로해 그만두니 처리된 장계가 한 짐 분량에 가까웠다. 민정승은 처음부터 감당하지 못해 3일 기한 중에 2일이 되었을 때 송정승이 비로소 열람하게 되었다. 그는 급히 패(牌)를 내어 예조판서 윤순을 들어오게 하는 한편, 장계 가운데 예제(例題)로 처리할 만한 것을 가려내어 담당 아전에게 주어 예제하게 하고 다만 긴요한 것들만 자신의 눈을 거치게 하였다. 이 때에 3일의 기한이 이미 닥쳐왔다. 중사(中使)6)가 연달아 회계를 빨리 하도록 재촉하였다. 송정승은 윤판서에게 가서 계문(啓文)을 쓰도록 시키면서 한편으로는 눈으로 살펴보고 한편으로는 입으로 부르는 것이었다. 윤순의 붓대를 곁에서 바라보니 마치 구름이 흘러가는 듯하였다. 그날 신시(申時)에 이르러 다섯 짐 분량의 장계에 대한 회계를 마쳤다. 윤순이 처음 붓대를 잡았을 때 매번 문서의 글을 살펴본 후에 송정승 앞으로 보냈는데, 좌우에게 원장(原狀)과 대조해 보게 하니 하나도 틀림이 없었다. 송정승이 말하기를 "예조판서의 붓이 아니면 누가 이 화급함에 부응할 수 있었으리요."라 하니, 윤순이 답하기를 "대감의 눈이 아니라면 어느 누가 이 화급함에 부응할 수 있었겠습니까?"라 하였다 한다. 회계가 임금에게 바쳐지자 모두 받아들여졌고 각하된 것이 없었다.

---

5) 회계(回啓): 임금의 물음에 심의하여 올리는 문서.
6) 중사(中使): 임금이 보낸 심부름꾼.

판서 강세황(姜世晃)의 종손 강이병(姜彝炳)이 말하기를, "백하가 형조 판서로 있을 때, 손에 장첩(狀牒) 한 장을 뽑아들고 이 장첩을 쓴 사람을 빨리 불러오라고 하였다. 아전이 아뢰기를 '이 장첩을 쓴 사람은 바로 사부가(士夫家)의 도령인 강모입니다'라고 하였다. 백하가 감탄하여 말하기를 '이 아이의 글씨가 이루어지면 나보다 못하지 않을 것이다'라 하였다." 강모는 바로 강세황이니 과연 명필이 되었다.

백하의 글씨가 세상에 유행된 이후로 사대부·여항·시골 사람들이 모두 휩쓸려 추종하지 않는 자가 없었다. 그래서 시체(時體)라 이름하였는데, 과거장의 글씨는 이 서체가 아니고는 내놓을 수 없었다. 이리하여 『유교경』과 『황정경』 두 서첩은 우리나라에서 값이 오르게 되었다. 이광사(李匡師)체가 나온 이후에 비록 그 습속이 조금 분산되었으나, 그러나 한 시대를 휩쓸었던 여파로 말미암아 그 영향력이 아직 우리나라 전지역을 감싸고 있다. 이광사체는 굴강하여 비록 소동파와 미불(米芾)[7]의 글씨를 익혔어도 그 근본은 『난정첩(蘭亭帖)』과 『성교서(聖敎序)』에서 나온 것으로 윤순과 대동소이하다.

사인(士人) 정극검(鄭克儉)은 자가 모(某)로 대간(大諫) 정순검(鄭純儉)의 동생이다. 키가 크고 풍채가 좋았으며 글과 글씨가 일찍이 이루어졌다. 책의 제목으로 쓰여진 글씨는 아직도 후진들에게 모범이 될 만하다. 30세가 못되어 요절하였으며 자손이 없다. 정극검은 윤백하의 친척으로 그에게 글씨를 배웠다. 그가 말하기를 "윤순는 노재상인데도 아직 유생의 사각관(篩角冠)을 쓰고, 유생의 3폭 창옷(暢服)을 입고 있다. 때때로 집안의 뜰을 배회하면서 시구를 읊조리기도 하는데, 바라보면 마치 속세의 재상이 아닌 듯하다."라 하였다.

윤순은 조정에 들어가서 소론인데도 역신 김일경(金一鏡)의 당과는 노선이 달랐다. 변려문과 과체를 잘하였는데, 변려문은 후배들이 다투어

---

7) 미불(米芾: 1051~1107): 송(宋) 나라 사람. 자는 원장(元章), 호는 녹문거사(鹿門居士). 소식(蘇軾)·황정견(黃庭堅)·채양(蔡襄)과 더불어 사대가로 칭해짐. 미남궁(米南宮)이라고도 함.

전했는데, 굳건하여 맛이 있었다. 집이 정릉동에 있었는데 동네가 도성 서소문 아래였으므로 호를 백하라고 하였다. 그의 형 판서 윤유도 또한 글씨를 잘 썼는데, 편지에 쓰여진 반행(半行)은 백하보다 낫다고 말해지 기도 한다. 대개 오음(梧陰) 윤두수의 후손은 글씨를 잘 쓰는 자가 많았 는데, 비록 글씨를 못 쓰는 사람도 다른 가문의 글씨 잘 쓰는 사람과 맞 먹을 정도였다. 백하의 일가 사람인 판서 윤득화(尹得和)도 한때 글씨 잘 쓰는 것으로 이름을 날려 공사(公私)의 금석문자(金石文字)를 많이 썼다.

같은 시기에 진신(縉紳)으로 참판 홍봉조(洪鳳祚)는 금석문자로 이름 이 있었는데, 그의 글씨는 살[肉]이 많다. 그의 조카인 참판 홍자(洪梓) 도 금석문자로 이름이 있었으며, 찰한(札翰)이나 시전(詩箋)에 쓴 반행 (半行)과 진초(眞草)는 생동감이 넘치고 농려하여 더욱 뛰어나다.

봉조하(奉朝賀) 남유용(南有容)은 금석문자로 이름이 있었으며, 그의 아우 현감 남유정(南有定)도 또한 글씨를 잘 썼다. 그들 형제의 필체는 그 증조인 판서 호곡(壺谷) 남용익(南龍翼)에게서 유래한 것이다. 호곡 은 촉체(蜀體)를 썼는데 글자는 야위고도 획이 굳세고 모양이 표일하여 지난 시대의 명수들과 겨룰 만하였다. 남유용의 아버지 남한기(南漢紀) 는 동돈령부사(同敦寧府事)를 지냈고 글씨를 잘 썼는데, 역시 호곡체이 면서 필세(筆勢)가 힘차기로는 호곡보다 뛰어났다.

시직(侍直) 김치만(金致萬)도 금석문자를 썼는데, 사람됨이 담박하고 고상하여 벼슬아치 티가 나지 않았다. 두 아들을 두었는데, 큰아들은 자 의(諮議)·지평(持平)을 지낸 김종후(金鍾厚)요, 작은아들은 영의정을 지 낸 김종수(金鍾秀)인데, 이들 또한 각자 글씨에 재주가 있었다.

『파한집(破閒集)』에 말하기를 "김생의 필법은 기묘하여 진·위(晉魏) 의 사람들이 미칠 수 있는 바가 아니다. 고려조에서는 오직 대감국사(大 鑑國師) 탄연(坦然)과 학사(學士) 홍관(洪灌)이 글씨로 이름을 날렸다. 「청평이자현제문(淸平李資玄祭文)」은 중 혜소(惠素)가 찬하고, 대감국사 가 글씨를 쓰니, 세상에서 삼절(三絶)이라 하였다. 평자가 말하기를 '쇠 를 늘여 힘줄을 만들고 산을 잘라 뼈를 만든 듯하여 힘은 수레를 뒤엎

을 만하고 날카로움은 종이를 뚫을 것 같았다'라 하였다." 고려조 이후
로는 안평대군·한석봉·윤백하·이원구(李圓丘)가 앞사람이 갔던 길을
이었다고 할 수 있다.

이광사(李匡師)

이광사(李匡師: 1705～1777)는 자가 도보(道甫)며, 호는 원구(圓丘)이
니, 경성 밖 원구 아래에서 살았기 때문이다. 판서 석문(石門) 이경직(李
景稷)의 현손이며, 판서 서곡(西谷) 이정영(李正英)의 증손이며, 이진검
(李眞儉)의 아들이다. 집안이 대대로 청렴으로 알려진 명족인데, 당파에
치우쳐 역족(逆族)이 되었다. 그는 이에 연루되어 진로가 막혔다. 의금부
에 갇히게 되었는데, 그는 우러러보며 통곡하여 말하기를, "뛰어난 재주
를 품고 있으니 원컨대 목숨을 살려주기를 바랍니다."라 하였다. 영조가
가긍히 여겨 그것을 허락하여 마침내 신지도(薪智島)로 유배되었다. 오
랜 유배 생활을 하다가 그곳에서 늙어 죽었다.

대개 그의 글씨를 놓고 윤백하와 서로 우열을 다투는데, 어떤 사람은
이광사가 낫다고 하고, 어떤 사람은 윤백하가 낫다고 한다. 그는 글씨를
윤백하에게서 배웠는데 서법은 약간 다르다. 윤백하는 전적으로 구결을
위주로 하고 이광사는 전적으로 획을 위주로 하였다. 윤백하는 방법보다
원법을 즐겨 구사하고, 이광사는 원법보다 방법이 많다. 윤백하의 글씨
는 자태가 좋고 이광사의 글씨는 기세가 좋다. 윤백하는 이왕(二王: 왕
희지와 왕헌지)을 꼭 닮았으며, 이광사는 『난정첩(蘭亭帖)』과 『성교서
(聖敎序)』를 근본으로 하면서 소동파와 미남궁(米南宮)을 배합했다. 윤
백하는 비록 초서라 하더라도 옹용(雍容) 단적(端的)한데, 이광사는 비
록 해서의 글자라도 반드시 우울한 심기를 떨치듯 삐딱하다.

연기(燕岐) 원으로 있는 황운조(黃運祚)는 말하기를, "세상 사람들이
많이 이광사 글씨의 이 경악할 만한 면을 헐뜯는데, 내 생각으로는 그의
기걸한 기질로 액운이 쌓임을 만났으니 반드시 편안하지 못한 심기가
붓끝에서 울려나온 것일 것이다."라 하였는데, 이 말이 옳은 것 같다. 하
나의 획을 긋고 하나의 글자를 씀에 울림이 기세가 등등하고 빼어나지

않은 것이 없으니, 이는 진실로 은갈고리나 쇠줄 같아 용이 날고 호랑이가 뛰는 듯한 기상이 바탕에 있다. 윤백하의 글씨는 득의작이 아닌 경우는 다른 사람의 글씨와 섞여 있으면, 그 가늘면서 파쇄한 것이 구별해내기 어렵다. 이광사의 글씨는 득의작이 아닌 것이라도 비록 다른 글씨와 섞어 놓았을 때, 일견해서 문득 집어낼 수 있다. 그의 글씨는 획이 툭 트이면서 필세가 꺾여지는 특징이 있다.

당시에 병풍·족자·비지 및 서첩 등을 써달라는 요구가 이광사에게 집중되었다. 그의 집에서는 날을 택해 서장(書場)이 서게 되었다. 장이란 저자를 말한다. 소매에 명주와 종이를 넣고 앞으로 나아오는 자가 담장을 쌓고 마루에 찰 정도였고, 그는 하루 종일 붓을 휘둘렀는데 붓놀림이 마치 몰아치는 찬바람에 소나기가 내리듯 일대 장관이었다. 응수하다가 피곤해지면 간혹 제자 가운데 글씨를 자신과 흡사히 쓰는 자에게 대신하게 하고 자신의 인장을 찍기도 하였다. 이 때문에 가짜 작품도 세상에 많이 돌아다니게 되었다.

그가 신지도에서 귀양살이할 때는 섬의 진장(鎭將)이 글씨를 얻어서 서울에 올라가 후한 값을 얻었다. 어떤 사람이 귀양살이하는 그의 벽장 속에 좋은 벼루와 기이한 술잔 등이 가득한 것을 보고 괴이하게 여겨 그 까닭을 물으니, 그는 대답하기를 "진장이 항상 이런 것으로 내 글씨를 사간다."라 하였다. 「필결(筆訣)」을 남겨 세상에 많이 전한다. 그는 또한 그림도 잘 그렸으며 문장에도 뛰어났다. 또 어떤 사람이 전하는 말로는 "도보가 글씨를 쓸 때에 노래하는 사람을 세워 두고, 노랫가락이 우조(羽調)일 경우에는 글씨도 우조의 분위기로 썼으며, 노랫가락이 평조(平調)일 경우에는 글씨에도 평조의 분위기가 서려 있었다."고 한다. 그러한즉 그의 글씨는 기(氣)를 숭상한 것이 아닌가 한다.

대체로 우리나라의 글씨는 김생이 으뜸이어서 견줄 데가 없다. 그 다음은 안평대군인데 호가 비해당(匪懈堂)이고 자가 청지(淸之)이다. 그 다음은 한석봉이다. 그의 제자로 판서를 지낸 죽남(竹南) 오준(吳竣)도 글씨로 이름을 날렸다. 그러나 한석봉의 원기(元氣)에는 미치지 못한다. 그 후로는 윤백하·이원구 등 이들 4, 5인만이 단군 갑자 이래로 오늘날에 이르는 만년 가까운 시간에 우뚝 서 있다. 김생의 글씨로 세상에 전해지는 것은 단지 나무와 돌에 새겨져 있는 몇점이 있으며, 간혹 고찰(古刹)에 전하는 금자경(金字經)도 김생이 손수 쓴 것이 많다고 한다. 그런데 금자경 조각들은 어느 것이나 안진경과 유공권의 서체가 많은데, 김생의 글씨가 전적으로 원법이었으니 그 김생의 글씨라고 전해지는 것들은 참으로 김생의 글씨라 확신하기 어렵다.

〔보유〕 도보(道甫) 이광사가 처음 북쪽 변방으로 유배 갔을 때 서녀(庶女)를 낳았는데, 이름을 주애(珠愛)라 하였다. 아이가 세살 적에 그 어머니가 죽었다. 도보가 섬으로 유배지가 옮겨지게 되자 그 아이도 따라와 자라서 섬사람에게 시집을 갔다. 주애는 어려서부터 총명해서 홀로 이광사 글씨의 묘법을 전수받아서 전서의 획이 빼어난 경지에 이르렀다. 이광사는 일찍이 "내 재주를 전해받은 것은 주애이다. 영익(令翊)은 그 애만 같지 못하다."라 말했다고 한다. 이영익은 광사의 아들로 또한 글씨를 잘 쓰는 것으로 이름이 났다. 주애는 또 따로 여공(女工)을 익혀서 바느질과 자수 솜씨의 묘함이 서울에서 만든 솜씨보다도 뛰어났다. 오직 말씨에만 섬 사투리가 약간 섞여 있었다고 한다. 아버지가 죽자 주애는 더욱 곤궁해져 갯가의 여자가 되고 말았다. 그 여자의 편지 글씨가 세상에 돌아다녀서, 섬에 유배간 사람들이 간혹 그것을 보았다고 한다. 청성(靑城) 성대중(成大中)은 말하기를, "일찍이 이명희(李命羲)에게서 서첩을 보았는데, 이영익과 이주애가 함께 쓴 것으로 이주애가 과연 나았다."라 하였다. 이명희 역시 이광사에게서 글씨를 배운 사람이다.

이의병(李宜炳)

이의병(李宜炳: 1683~?) 은 자가 문중(文仲)이며 호가 오정(梧亭)으로 벼슬은 현감(縣監)을 지냈는데 글씨를 잘 썼다. 글씨의 획이 굳세고 세련되어 서가의 대가라고 이를 만하다. 그는 사람됨이 용모가 보잘것없었으며 사무에 서툴렀다. 세상을 마칠 때까지도 마음씀이 오직 글씨에 있었으며 집안에 먹을 양식도 없었다. 나이가 들어서 현감 벼슬에 그쳤다. 그 이전에 진사로서 성균관에 머문 것이 여러 해였는데, 사람들이 많이 술과 안주를 대접하고서 글씨를 써달라고 청하면 써주지 않은 적이 없었다. 그의 서체는 종요와 왕희지를 본받았다.

서명균(徐命均)

서명균(徐命均: 1680~1745)은 자가 평보(平甫)로 영의정을 지냈다. 그는 해서를 잘하여 백하 윤순과 명성을 다투었으며, 서법은 이왕(二王)을 숭상했는데, 그는 근엄하기로는 윤순보다 나았지만, 생동감은 윤순보다 못하였다. 소장(疏章)을 직법 쓰는 일이 많았는데 받아들여졌고 각하되는 일이 없었다. 막내아들 서무수(徐懋修)도 해서를 잘 썼는데 가정 내에서 배워 살(肉)이 많은 편이었다. 사람됨이 청수하고 식견이 있었으며 벼슬은 부사(府使)를 지냈다.

조명채(曺命采)

참판 조명채(曺命采: 1700~?)는 해서를 잘 썼는데 시체(時體)를 본받았으며, 공정(工程)은 서명균에게 미치지 못하나 생기(生氣)는 나은 듯하다. 소론(少論)의 비석이나 판액은 조명채의 글씨를 많이 받았다. 중국 산해관에 있는 거인(擧人) 서소신(徐紹新)의 집에 두 개의 족자가 걸려 있는데, 하나는 윤순의 글씨이고 하나는 조명채의 글씨라 한다. 이 사실은 교리(校理) 심낙수(沈樂洙)가 쓴 『연행기(燕行記)』에 있다.

신희(申曦)

현감 신희(申曦)도 역시 글씨로 이름을 날렸다.

정지순(鄭持淳)

부사 정지순(鄭持淳)은 자가 자경(子敬)으로 글씨를 잘 썼다. 글자를 쓴 것이 청고(淸高)하나 공력을 많이 들인 것은 아니다.

홍양한(洪良漢)

홍양한(洪良漢: 1724~1802)은 이름을 양호(良浩)로 고쳤으며 자는 한사(漢師)인데, 지금 이조판서를 거쳐 평양감사로 있다. 그는 글자를 쓴 것이 자못 고법(古法)을 익혔다. 과부(科賦)를 잘 했으며, 또한 시문에도 능했다. 그의 시에 "황화 밖의 인끈이여, 가는비 가운데 방울 소리(印綬 黃花外, 鈴聲細雨中.)"라 한 것은 언어가 굳세고 미려하다. 「필결(筆訣)」을 지었다.

이덕(李橞)

경기 인천부에 사는 종친 신계군(新溪君)은 성명이 이덕(李橞)이다. 그는 글자를 쓰는 것이 힘이 있고 굳세지만 공력을 많이 들인 것은 아니다. 요컨대 비범한 글씨이다. 종친 가운데 서평군(西平君) 이요(李橈)가 있는데 지위는 일품으로 촉체를 잘 써서 필명을 떨쳤다. 왕실의 문자를 많이 써서 작위가 오르고 상을 많이 받아, 이로 인해 영조의 지우를 입어 마침내 종친의 수반에 올랐다.

조윤형(曺允亨)

조윤형(曺允亨: 1725~1799)은 자가 치행(稚行)이며 호가 송하(松下)이다. 글씨로써 음직에 나아가 성주목사(星州牧使)을 거쳐 공조참판에까지 올랐다. 해서에 정통했는데 실은 팔푼(八分)에 장기가 있었다. 획법은 굳세고 예스러웠으며 자태가 매우 빼어났으니 중랑(中郞) 양빙(陽氷)의 류이다. 해서는 대체로 시체(時體)를 본받았으며, 초서는 전적으로 이광사를 본받고 있다. 어려서부터 이광사에게 글씨를 배웠는데, 해서는 정묘하나 풍운(風韻)이 모자란다. 지금 서원(書苑)에서 주도권을 잡고 있다. 본래 벼슬하지 않은 채 늙었는데 지금 임금의 특별한 지우를 입게 되었다. 모든 공관의 금석과 편액은 모두 그의 글씨이다. 임금의 포상을 연이어 받아 아경(亞卿: 참판)에까지 올랐다. 조씨는 이름 있는 가문으로 명필이 많았는데 그는 그 중에도 빼어난 사람이다.

그의 일가 조윤성(曺允成)은 이조참판 조명교(曺命敎)의 아들로 편지 글과 과문을 잘했다. 그는 풍채와 기골이 빛이 났다. 어린 나이에 진사가 되었는데, 훈련대장 장붕익(張鵬翼)의 말(馬)을 범한 일이 있었다. 장붕익은 괘씸히 여겨 그의 신수(身手)와 용력(勇力)을 영조에 아뢰어 특별히 권무(勸武)로 발탁하도록 했다. 권무라는 것은 유가의 자제를 이끌어 무과에 응시하도록 하는 것이다. 임금의 독촉이 지엄하자 조윤성은 한번에 한하여 문과에 응시할 것을 청하였으나 합격하지 못하고 마침내 무과로 나아가 겨우 병사(兵使)에 그쳤다.

장태소(張泰紹)

장붕익의 아들 장태소(張泰紹)는 벼슬이 총융사(摠戎使)에 이르렀는데 역시 초서를 잘 썼으며, 순화각첩(淳化閣帖)8)의 체를 본받았다. 같은 시절 무인(武人) 박선(朴銑)은 해서를 잘 썼는데 시체를 본받았으며, 획이 굳세고 법이 정연하여 한 시대에 뛰어났다.

엄한붕(嚴漢朋)

엄한붕(嚴漢朋, 1685~1759)은 자가 도경(道卿)이고 호가 만향재(晚香齋)로 비변사의 서리이다. 그의 글씨는 안진경과 유공권의 서법을 꼭 닮았는데, 뼈대가 굳세고 힘차며 신은 침중하고 강하다. 특히 초서와 예서에 뛰어났으며 쌍구곽전(雙鉤廓塡)9)을 잘하여 손수 고금의 서법을 임모하여 『집고첩(集古帖)』이라 불렀는데, 이로부터 널리 세상에 명수로 알려지게 되었다. 당시의 여항인들은 비갈의 글씨를 다투어 그에게서 받아갔다. 그 사람됨이 약지 못하여 남을 섬기는 것을 일삼지 않는 듯했으니, 대개 글씨에만 전심해서 성품이 소활했기 때문이다. 사대부 집안에서 그의 글씨를 많이 수장하고는 진기하게 여기고 즐겼다. 고려의 글씨는 고비(古碑)에 쓰인 안진경과 유공권의 체가 많은데, 그러나 엄한붕의 운치와 자태를 갖춘 것만 같지 못하다.

이태(李泰)

---

8) 순화각첩(淳化閣帖): 문원록 주 40 참조.
9) 쌍구곽전(雙鉤廓塡): 탁본을 뜨는 것.

같은 시기의 이태(李泰)는 세상에서 서얼이라고 하기도 하고 참판 이 현록(李顯祿)의 노비라고도 한다. 이참판 집에서 길러져 청풍(淸風) 이권중(李權中)의 사수(寫手)10)가 되었다. 그의 글씨는 거의 신이 천재에 통한 것이어서, 방법과 원법, 골육과 풍신이 모두 인간이 미칠 수 있는 바가 아니었다. 더욱 사람을 놀라게 할 만한 것은 종요·왕희지·안진경·유공권·소식·미불·조맹부·문징명(文徵明)11)·동현재(董玄宰: 董其昌) 등의 서체를 쓰면 꼭 닮지 않음이 없는 것이다. 어떤 사람이 그가 과장에 들어가 시권(試券)을 쓰는 것을 보았는데, 사람들이 한체(韓體)로 써달라고 하면 한체로 쓰고, 시체로 써달라고 하면 시체로 써주니, 한바탕 붓을 휘둘러 5, 6인의 시권을 각기 다른 체로 써주었다. 그러나 획법은 붓을 세우지 아니하고 뉘어서 쓰기를 좋아하며, 붓쓰기를 획마다 그림을 그리듯 붓을 써서 붓놀림이 혹 가는 획을 여러 번 하여 큰 획을 만드니 탄묵(炭墨)을 가지고 짙은 먹빛을 내는 법 같았다. 이것은 서가의 법문에서 아주 멀리 벗어난 것이다. 또 그의 신속한 것은 경각간에 여러 줄의 전편을 이루니, 어떤 사람은 서마(書魔)가 붙어서 그러한 것이라고 말한다. 세상에는 그의 글씨가 많이 전해지지 않는데, 더러 감추어진 그의 글씨를 보면, 천재·인공이 감추어진 것을 볼 수 있으니 본조(本朝)에서 오직 비해당만이 상대하여 논해질 수 있을 것이다.

김좌승(金佐承)의 서법은 시체와 흡사하면서도 약간 무게가 있으며, 해서와 초서가 모두 웅건하다.

이송로(李松老)는 판서 홍상한(洪象漢) 집안의 사수이며, 임자(林梓)는 정승 신사철(申思喆) 집안의 사수인데, 모두 사자관(寫字官)의 부류로 시체로써 명지(名紙)를 잘 썼다.

이수몽(李守夢)은 판서 김시묵(金時默)의 노(奴)12)로 글씨를 잘 써 진

---

10) 사수(寫手): 서수(書手). 글씨를 전문으로 쓰는 사람. 과거장에서 글씨를 대신 쓰는 일을 하기도 했다.

11) 문징명(文徵明: 1470~1559): 명(明) 나라 사람. 호는 형산거사(衡山居士). 글씨와 그림에 모두 뛰어났으며, 오문파(吳門派)라 칭해짐.

12) 구체적 사정은 알 수 없으나 겸인이 아닌가 추정된다.

사에 합격했다. 김금몽(金金夢)은 아명으로 행세했던 서울의 시전 상인이다. 이들은 모두 명지 글씨를 잘 써서 세상에 이름을 날렸는데, 실제로도 명필이다.

공주에 사는 무공으로 첨지(僉知) 벼슬을 한 김하현(金夏鉉)이 있는데, 이는 아명으로 촉체를 잘 썼다. 청주(淸州)에 사는 정수강(鄭壽崗)은 난정체를 잘 썼는데, 모두 과장에서 사수 노릇을 했으나 실제로도 뛰어난 솜씨였다. 정수강은 벼루를 새기는 솜씨도 뛰어났다.

김진상(金鎭商)

김진상(金鎭商: 1684~1755)은 자가 태백(太白)이며, 호가 퇴어(退漁)로 벼슬은 부제학을 지냈다. 그는 해서에 있어서 김생체(金生體)를 잘 썼으며, 팔푼체는 더욱 잘 썼다. 그는 어린 나이에 문과에 급제했는데, 광남군(光南君) 김익훈(金益勳)의 후손으로 오인(午人: 남인)과 소론의 배척을 받아 마침내 벼슬길에서 용퇴했다. 경의 지위에 이르러 한달에 한번도 띠를 두르고 입조하지 않으니 세상에서는 이로 인해 그를 중시하게 되었다. 노론의 비지는 그에게 몰렸다. 당시 비문의 경우는 정승 이의현(李宜顯)과 도암(陶菴) 이재(李縡)의 문장을 구하였고, 글씨의 경우는 그의 글씨를 구하였으므로, 이들 세 사람의 궤 안에는 다른 집안에서 부탁한 지본(紙本)들이 쌓여 제대로 응수할 겨를조차 없었던 것이 거의 3, 40년이나 되었다. 그는 또 시문도 잘 하였는데, 벼슬에서 물러나서는 명산을 유람하는 일이 많았다. 나의 아버님(李思質)께서 일찍이 그가 서울에 와 있다는 말을 들으시고, 우리 집이 입동(笠洞)에 있을 때로, 그를 가서 만난 적이 있었다. 나는 한권의 책을 아버님의 소매 속에 넣어 드리면서 그에게 제목 글씨를 받아 줄 것을 부탁드렸는데, 그는 곧바로 팔푼체로 써서 주었다. 그의 마음이 소탈하여 소년이라고 가벼이 여기지 아니함이 이와 같았다.

대개 문원공(文元公) 김장생(金長生)의 자손 가운데 필재(筆才)를 가진 자가 매우 많았는데, 찰방(察訪) 김비(金棐)도 촉체로 이름을 떨쳤다. 우리 종가(宗家)에 책의 제목을 쓴 그의 글씨가 전하는데 참으로 은철과 같이 굳센 필획이다. 그리고 약간 뒤에 죽천(竹泉) 김진규(金鎭圭)의 해서와 팔푼, 근래에는 배와 김상숙의 종요체, 울산(蔚山) 현감 김우(金愚)의 팔푼체, 금산(錦山) 현감 김두열(金斗烈)의 전서가 있는데 모두 세상에 이름을 날린 글씨이다. 과거 시험장의 사수를 감당할 만한 사람은 거의 집집마다 가득 차 있을 정도이다.

김상숙(金相肅)

김상숙(金相肅: 1717~1792)은 자가 계윤(季潤)이며 호가 배와(坯窩)로 벼슬은 군수를 지내고 첨지(僉知)로 마쳤는데 고사록(高士錄)에 보인다. 해서와 반행을 잘 썼으며, 세해(細楷)에 특히 장기가 있었다. 작은 글자는 전적으로 종요법을 본받았다. 해서가 나온 이래로 종요와 왕희지가 가장 뛰어났는데, 그동안 왕희지체를 본받는 이는 많았으나 종요체는 배와가 처음이었다. 그의 집안의 자제들에게 들으니, 배와가 일찍이 말하기를, "큰 글자는 비록 뛰어난 솜씨를 지녔더라도 종요체를 본받기 어렵고, 작은 글씨만은 본받을 수 있다."라 했다고 한다. 이광사도 "김배와의 세해는 나도 미칠 수 없다."라고 했다. 배와의 세해는 완전히 법도와 자태가 뛰어나며, 또 그의 반행은 어슥비슥 기고 울뚝불뚝하다고 할 수 있는데, 해서의 획으로 초체를 쓴 것은 나이가 들면서 더욱 격이 한 단계 높아졌다. 비서(祕書) 성대중(成大中)은 "글씨도 유식과 무식으로써 높고 낮음이 나뉘어지는데, 김상숙의 글씨는 유식으로 뛰어난 것이다."라고 하였다.

그에게는 서벽(書癖)이 있었는데, 벽이 한번 오면 밤낮도 잊고, 붓을 잡고 있는 것이 한두 달 계속되었으며, 그 벽이 가라앉으면 붓과 벼루를 가까이하지 않는 것이 역시 한두 달이었다. 평소에 글씨 쓰기를 좋아하여 휴지 조각이라도 뒷면까지 글씨로 가득 채워 조금이라도 하얗게 비어 있는 자리가 없은 다음에야 그만두었다. 그리고 자기 손으로 맨 붓이 아니면 사용하는 일이 드물었으니, 성품이 검소해서 그러했던 것이다. 그가 글자를 쓰는 것을 보면 획 하나하나 그을 때는 느리게 쓰는 것 같으면서도 구결은 매우 빨랐다. 일찍이 우리 집에서 어느 가을날 밤 초경부터 닭이 울 때까지 반행서의 큰 글자를 썼는데 몇 속(束)의 장지(壯紙)를 가득 채웠으며, 그 빠르기가 비바람이 지나가는 것과 같아 한 장관을 이루었다. 또 「필결(筆訣)」이 있다.

황간(黃澗)의 원으로 있을 때, 감영으로 가는 길에 나무 아래에서 잠깐 쉴 때 이속에게 묻기를 "종이와 붓을 가지고 왔는가?"라 하니, 한 아전이 평소에 그의 글씨를 흠모하는 자가 있어 나와서 말하기를, "소인은 항상 종이와 붓을 휴대하고 다닙니다."라 하고 곧 장지를 펼치고 새 붓을 내놓았다. 그는 붓을 휘둘러 순식간에 몇 속의 종이를 다 쓰고는 곧바로 말을 타고 길을 떠났다. 그의 서벽이 나타난 것이다. 그의 풍류는 진인(晉人)과 견줄 만하다고 하겠다. 비(碑)를 쓸 때는 여러 체로 쓰곤했는데, 어떤 때는 종요와 왕희지체로, 어떤 때는 안진경과 유공권체로 썼으며, 더러는 김생체나 한석봉체로 쓰기도 하였다. 내가 그의 집안 사람에게 묻기를 "비문을 쓰는 데 당해서 별다른 이야기가 있습니까?" 하니, 말하기를 "비록 부귀한 집의 비석이라도 좋은 비단이나 포목으로 글씨의 폐백을 받지 아니하고 다만 문방(文房)에 소요되는 것만 받으셨습니다. 일찍이 어느 절의 비문을 쓰게 되었는데, 두세 명의 사미승이 나무 찬합 몇개를 가지고 왔다. 하나에는 초피좌반(椒皮佐飯), 목이고(木茸餻), 송기떡(松皮餠), 석이채(石茸菜), 더덕과 도라지구이를 담고, 하나에는 마른 고사리, 말린 다래, 말린 머루, 말린 오미자를 담았으며, 하나에는 한 말 정도 되는 백청밀(白淸蜜)을 담았다. 아버지께서 평소의 식성이 과채(果菜)를 좋아하셨기 때문에 당신도 모르게 웃으면서 그것을 받으신 적이 있습니다." 하였다.

그는 평생 글씨 쓰는 데에 전념하였으나 글씨에 관한 이야기는 한마디도 하지 않았다. 글씨를 구하고자 하는 사람들이 많이 몰려들어 비단과 종이가 벽장에 가득 꽂혀 있었으며, 미처 부응하지 못하는 경우가 많아서 끝내 글씨를 얻지 못한 채 죽는 자도 있을 정도였다. 그의 형인 정승을 지낸 김상복(金相福)도 글씨를 잘 썼는데 공력(功力)이 부족하였다.

김이도(金履度)는 자가 계근(季謹)인데, 대신(大臣) 김이소(金履素)의 동생으로 종요와 왕희지의 글씨를 익혀 요즘 명성을 얻었다.

김상숙의 종요체는 서찰이나 시전 및 소해(小楷)에 적합했는데, 사람들이 다투어 본받아, 이를 가리켜 직하체(稷下體)라 했다. 직하(稷下)라 한 것은 그가 서울 사직동(社稷洞)에 살았기 때문이다.

이한진(李漢鎭)

이한진(李漢鎭: 1731~?)은 자가 중운(仲雲)으로 전서(篆書)를 잘 썼는데, 골기(骨氣)가 부족하였다. 한때 명관(名官)들이 많이 그의 전서를 요청해서 공가에 쓰이는 데 이바지했다.

유환덕(柳煥德)

유환덕(柳煥德: 1729~?)은 자가 화중(和仲)으로 문과에 올랐으며 서얼이었다. 전서와 팔푼을 잘 해서, 명관의 요청에 이바지했다. 그는 그림도 잘 그렸는데 그리는 법이 유묘(幽渺)하여 필묵의 속된 먼지를 초연히 벗어났다.

윤동섬(尹東暹)

윤동섬(尹東暹: 1710~?)은 자가 덕승(德升)으로 판서를 지냈으며 팔푼서를 잘 썼다. 왕실의 팔푼서는 거의 그의 글씨이다. 그와 종형제간인 윤동석(尹東晳)은 음직으로 판서에 올랐으며 팔푼서를 잘하여, 어떤 사람은 윤동섬보다 뛰어났다고 한다.

송문흠(宋文欽)

송문흠(宋文欽: 1710~1752)은 자가 사행(士行)이며 음직으로 현감을 지냈다. 호는 한정당(閒靜堂)으로 문집이 있어 간행되었으며, 그에 대해서는 유림록(儒林錄)에 실려 있다. 그는 팔푼서과 전서를 잘 썼는데 팔푼서는 굳세고 아름다워 근세의 으뜸이라고 할 만하다. 시문이 어린 나이에 성취되어 반상제(泮庠製)에서 여러 차례 장원을 하였다. 그의 일가인 옥천(沃川) 원을 지낸 송수연(宋守淵)이 나에게 전하기를, 인천부사

를 지낸 송진흠(宋晉欽) 어른 댁에서 한정당을 만난 것을 기억하는데 눈
동자는 별과 같고 입술은 붉었다고 한다. 눈빛은 서쪽 하늘의 태백성과
같았으며 눈자위는 가늘고 길었고, 키는 보통 사람보다 약간 작았으나
살찐 모습이 적당하였으며, 상서로운 빛이 다른 사람에게 비칠 정도였다
고 한다. 노경에 이르기 전에 죽었다. 그의 팔푼서는 글자 배열의 법이
묘하고 살이 많은 편이지만 풍골에는 해롭지 않다.

이인상(李麟祥)

이인상(李麟祥: 1710~1760)은 자가 원령(元靈), 호가 능호(凌壺)이며
또 뇌상관(雷象觀)이라고도 한다. 진사가 되어 음직으로 현감을 지냈다.
그는 재능이 많아서 시문·전서·팔푼서·편지 글씨에 뛰어났으며, 그
림을 잘 그렸고 도장석(圖章石)도 잘 새겼다. 우리나라 전서의 대가로는
미수(眉叟) 허목(許穆)을 치는데, 그의 획은 철획법(鐵畫法)으로 삼엄하
기가 옛날 진한(秦漢) 이전의 법과 같았다. 허목의 전서 이후로는 이인
상의 전서와 팔푼이 허목의 전서와 백중하다고 할 만한데, 이인상은 역
량은 약간 모자란 듯하지만 조화에 있어서는 오히려 나은 데가 있다. 전
서에 있어서 허목과 이인상이 대등한 것은 해서에 있어서 한석봉·윤백
하·이원구의 경우와 같다.

이인상은 그림의 붓끝이 유묘하고 깎아지른 듯 삼엄하며, 화법이 초탈
하고 시원하며 고금 화가의 자취를 일소하였다. 그의 전서·팔푼과 회화
는 비록 옛날의 명수라 하더라도 그와 대적할 만한 이가 많지 않으며,
도장은 힘을 들인 것이 가지런하여 천기(天機)가 저절로 흐른다. 전서와
팔푼, 회화와 도장이 모두 신품(神品)의 경지에 있다. 그의 시는 엄하고
청신하면서도 파리하고 섬세하다. 편지 글씨는 성글고 비스듬하여 아취
는 넉넉하나 법도는 크게 부족하다. 그러나 그의 편지 글씨의 서법은 당
시 명류(名流)들 사이에서 크게 일컬어져 한편에서 그 체를 다투어 배
워, 원령체(元靈體)라 하였다. 그 가운데 제대로 본받지 못한 것은 자획
이 모호하고 어지러워 무슨 글자인지 거의 분별하지 못할 정도이다. 대
저 이인상은 기이한 재주를 지닌 자로 사귀는 대상은 명류뿐이었고 섬

기는 사람도 명족이어서, 그 당대 명망이 그에게 경도되어 그의 부족한
부분도 본보기로 삼았던 것이다. 그런데 실상은 시와 해서는 평범하여
다른 사람보다 약간 나을 뿐이다. 그의 지체는 정승을 지낸 백강(白江)
이경여(李敬輿)의 대수가 먼 서족이다. 그의 부친 이최지(李最之)는 현
감을 지냈는데, 도장 새기는 일을 잘했다. 그 아들과 비교하면 규모가
더욱 시원스럽고 솜씨는 더욱 정밀했다.

이인상의 뒤로는 금산(錦山) 원을 지낸 김두열(金斗烈), 홍준(洪峻)과
김광옥(金光玉)이 모두 도장을 잘 새기는 것으로 세상에 이름이 났다.

강세황(姜世晃)

강세황(姜世晃: 1713~1791)은 앞의 고사록(高士錄)에 실려 있다. 해서
와 초서와 팔푼서를 잘 썼다. 해서와 초서는 시원하고 그윽하여 바라보
면 마치 미인의 아름다운 모습 같다. 팔푼서도 자연스럽고 유려하고 질
탕하며, 초서는 경향(京鄉)에 두루 퍼져 귀천을 막론하고 벽에 걸 정도
였다. 또 그림도 잘 그렸으며 시문에도 능했다. 그는 사람됨이 고결하고
소탈하였으며, 그의 그림과 초서는 동류들 가운데 뛰어났다. 태학사(太
學士)13)의 아들로 오래 침체해 있었는데 많은 재능으로 요로에 있는 사
람의 보살핌을 받아 마침내 뽑혀서 가문을 빛냈다. 그러나 사람들이 아
첨하고 비굴한 것으로 손가락질하지 않았으며, 그 높은 절개를 스스로
감추지도 않았다. 나이가 이미 60을 넘어서 영조 말년에 노인과(老人科)
를 베풀었을 때 그는 한번 과거를 보아 바로 합격하여 20여년을 보내니,
조정에서 가장 고령으로 벼슬하는 사람이 되었다. 추천하고 밀어주는 사
람이 없었지만 자연히 이조의 참판까지 올랐다. 중년에 그림 그리는 일
을 그만두었는데 말년에 다시 그림을 구하는 이들에게 부응하곤 하였다.
만년의 그림은 필력이 떨어졌는데, 오래지 않아 세상을 떠났다. 해서와
초서의 서법은 명나라의 동현재(董玄宰: 董其昌)에 가깝다.

---

13) 태학사(太學士): 대제학(大提學)의 별칭인데, 강세황의 아버지 강현(姜鋧: 1650
~1733)이 대제학을 역임한 바 있다.

황운조(黃運祚)

황운조(黃運祚: 1730~?)는 자가 사용(士用)이며 호가 도곡(道谷)인데, 지금 연기(燕岐)의 원으로 있다. 판서를 지낸 추포(秋浦) 황신(黃愼)의 후손이며, 부윤을 지낸 지소(芝所) 황일호(黃一皓)의 현손이다. 추포의 부친인 황대수(黃大受)는 주서(注書) 벼슬에 있으면서 명종에서 선조로 교체될 즈음에 '덕홍군 제3자'의 가운데 삼자(三字)를 갖추어 쓴 삼자(參字)로 쓴 사람이다. 황운조는 해서를 잘 썼는데 획이 매섭고 법이 정연하였다. 이왕(二王)을 모사하는 데 특히 뛰어났다. 서첩을 보고 그 남은 필적을 본뜨는데 조아비(曹娥碑)를 모사하면 또 하나의 조아비요, 『성교서(聖敎序)』를 임모하면 또 하나의 성교서를 이루니, 역시 한 재주라 할 만하다.

어려서부터 배와 김상숙과 함께 연습하고 공부하여 이 때문에 자법이 서로 흡사하다. 도곡이 획이 매서운 것으로 뛰어나다면, 배와는 자태가 빛나는 것이 뛰어나다. 도곡은 글씨 쓰는 데 많은 노력을 쏟고 있었으므로 나는 종이를 얼마나 쓰는가를 물은 적이 있다. 그는 대답하기를 "근래 경관(京官)이 된 1년만을 말하면 50여 개의 비와 기타 공사(公私)의 편액·병풍·족자·서첩을 썼는데, 아침부터 밤에 이르도록 잠시도 붓을 멈추지 못했으며, 공사(公事)가 아니면 하루도 그만둘 수가 없어 피곤함이 극도에 달하면 때때로 붓을 꺾고 싶었지만 그렇게 할 수 없었다."고 하였다. 또 "그대의 천재적 글씨 솜씨는 일찍이 어떤 조짐이 나타났는가?" 하고 물으니, 그는 "우리 집은 대대로 글씨를 잘 쓰셨는데 집안 어른이 내가 어렸을 때의 글씨를 보고는 문득 글씨로 이름을 날리겠구나 하셨습니다. 그 외에는 특별한 조짐은 없었다."라 하였다. 무릇 재능을 지닌 사람은 반드시 그 장기를 과장하게 마련인데, 그는 자기 글씨에 대해서 언급하는 일이 없었다. 어떤 사람이 그의 글씨를 칭찬하면 "내가 무슨 글씨를 쓰느냐?"라 하였다.

지금 연기 원으로 있은지 몇년에 이 고을 경내의 지역 인사들의 집에는 거의 모두 황사또의 글씨를 소장할 정도였다. 그가 감영에 들어가면 번번이 상관들이 그가 떠나는 것을 만류하고 반드시 낮에서 밤까지 글씨를 받았다. 동헌의 책상에는 글씨를 청한 사람들의 지본이 좌우에 겹겹이 쌓여 있다고 한다. 사람됨이 지혜롭고 강직했으며 검소하고 간결하여 원님으로 있을 때에 아전과 백성들이 감히 속이는 일이 없었으며, 또한 그가 그들을 괴롭히는 일도 없었다. 그가 나에게 말하기를, "정승 동고(東皐) 이준경(李浚慶)은 사람의 관상을 잘 보아 맞추지 못함이 없었는데, 주서공(黃大受) 상을 보고는 반드시 재상이 될 것이라 하였다. 주서공이 일찍 세상을 떠나 주서 벼슬에 그치고 말았는데, 영조 때 경연에서 아룀에 미쳐 재상의 직을 추증받으니, 200년 후에 동고가 관상 본 것이 비로소 징험된 셈이다."라고 하였다. 그는 또 일찍이 "대개 사람은 일찍 이루어지면 반드시 일찍 죽게 마련인데 이것은 다른 까닭이 아니라 극에 달하면 변하기 때문이다."라 하였고, 또 "무릇 기예는 50 이후에야 비로소 성숙하게 된다. 어려서 그럴 수도 있지만 비록 성숙했다 하더라도 유장하고 심원한 맛은 없다."라 하였다.

그는 항상 천고의 명필 일곱 사람을 손꼽아 정막(程邈)[14]·종요(鍾繇)·왕희지(王羲之)·왕헌지(王獻之)·안진경(顏眞卿)·유공권(柳公權)·조맹부(趙孟頫)를 들었으며, 우리나라에서는 세 사람을 꼽아 김생(金生)·안평대군 이용(李瑢)·석봉 한호(韓濩)를 들었다.

황운조가 연기 원으로 있을 때의 일이다. 이광섭(李光燮)이 충청병사로 부임하였는데 그는 전서·팔분·그림·통소와 양금을 잘 하였다. 이한진(李漢鎭)은 전서와 통소를 잘 하였고, 김홍도(金弘道)는 그림을 잘 그렸는데, 연풍현감으로 있었다. 이한진이 서울로부터 병영에 놀러오고 김홍도가 연풍에서 왔기에 병사는 몸소 연기로 초청하는 편지를 보내 황운조를 불렀으나 그는 오지 않았다. 이에 병사가 격문으로 오게 하니 그는 어쩔 수 없이 나아갔다. 그러자 병사가 공적인 격식을 그만두게 하니, 각자 편복으로 둘러앉아 자기의 재주를 마음껏 펼쳤다. 전서와 그림

---

14) 정막(程邈): 진(秦)나라 사람. 자는 원잠(元岑). 예서(隷書)의 창시자로 전자(篆字)의 방원을 변형시켜 예서 3천자를 만들어 진시황에게 바쳤다 한다.

142

은 그리기 어렵기 때문에 종일토록 겨우 10여 장에 그쳤으나, 글씨는 쓰기를 비바람같이 하니 황운조는 수백 장의 종이에 써내려갔다. 병사는 그를 취하여 쓰러지게 하고자 하여 자리의 손들로 하여금 연달아 큰 잔으로 술을 권하게 하였으나 그는 본래 주량이 커서 저녁이 되도록 끄떡없이 있다가 날이 저물자 횃불을 밝히고 연기로 돌아갔다. 이 모임을 이름하여 서원아집(西原雅集)이라 하였다. 이병사는 신축·임인년에 위엄을 떨친 팔도절도사의 후예이다. 그 때 나이가 30여세였다.

〔보유〕황운조는 훗날 정조의 지우를 입어 인천부사를 거쳐 당상(堂上)인 돈령부 도정(敦寧府都正)에까지 올랐다.

이서(李漵)

이서(李漵: 1662~1723)는 자가 징지(澂之)이며 호가 옥동(玉洞)이다. 남인의 대족(大族)으로 찰방(察訪)을 지냈다. 해서와 초서를 잘 하였으며, 글씨가 크게 기력이 있다. 초서는 신라와 고려는 시대가 멀어 살필 수가 없으나, 조선에서는 고산(孤山) 황기로(黃耆老)와 봉래(蓬萊) 양사언(楊士彦)이 이름을 떨쳤다. 황기로의 글씨는 획이 굳세고 운용이 신묘해서 거의 조화와 짝할 만하다. 편지 글씨는 초서는 식암(息菴) 김석주(金錫胄)와 대장(大將) 유혁연(柳赫然)과 정승 조현명(趙顯命)이 모두 촉체(蜀體)로 비쩍 마르고 딱딱하고 굳세고 기이하여 한 시대에 으뜸이다. 김식암과 조정승은 다른 글씨를 잘 한다는 말은 듣지 못했으나, 유대장은 해서를 잘 써서 지금 한성부의 옛 판문의 편액에 작은 글씨로 경조부(京兆府)라고 씌어 있는 것이 바로 그의 글씨이다.

촉체(蜀體)란 조맹부의 서법을 가리킨다. 그러나 촉체의 뜻이 어디에서 온 것인지는 사람들이 잘 모르고 있다. 황운조에게 들으니 "조맹부의 서법은 동파로부터 온 것인데, 동파가 촉 땅의 사람이기 때문에 촉체라 이름한 것이다."라 하였다.

유혁연의 시를 들어본다.

사나운 바람 눈을 몰아 밤은 깊어가는데

찬 기운 장군의 병석까지 스며드네.
아침에는 억지로 일어나 활을 당기니
아직도 천산에서 큰 사냥할 마음 있네.

獰風驅雪夜將深, 寒透將軍病臥衾.
朝來强氣彈弓坐, 猶有天山大獵心.

학사는 어찌 이리 늦게 왔는가
장군은 취하여 잠들려 하네.
문을 나서 말에 올라 떠나는데
석양에 빗방울 성글게 날리네.

學士來何晩, 將軍醉欲眠,
出門上馬去, 疎雨夕陽邊.

6. 화주록(畫廚錄)

조영석(趙榮祏)

조영석(趙榮祏: 1686~1761)은 자가 종보(宗甫)요 호가 관아재(觀我齋)로, 벼슬은 도정(都正)을 지냈는데, 참판 조영복(趙榮福)의 형이다. 그는 그림의 솜씨가 빼어나고 절륜하여 필획이 하나같이 정밀하고 아름다웠으며 구도는 범속함을 일소하였다. 필획과 구도 외에도 신운(神韻)의 정채 또한 찬란하고 빛났다. 대개 화가는 두 파로 나뉘어지는데, 하나는 속칭 원법(院法)이라 일컫는 것으로, 곧 관의 수요에 쓰이는 화원(畫員)의 화법이다. 다른 하나는 유법(儒法)으로, 신운을 위주로 하며 필획의 세련을 돌보지 않는다. 원화(院畫)의 그림 외에는 대체로 유화(儒畫)에 속한다. 원화의 폐단은 신채(神采)가 빠져서 진흙으로 만든 모형 같게 되며, 유화의 폐단은 모호하고 어지러워 간혹 '먹돼지[墨猪]' '칠까마귀[塗鴉]'같이 된다.

조영석의 그림은 원법(院法)을 가져다 유화의 정채를 펼쳐내었으며, 포서(鋪敍) 또한 식의(識意)를 갖추고 있어 물체 하나 형상 하나까지도 모두 조화를 그대로 뽑아냈다. 그림은 수백년을 전한다 하였는데, 우리 동방을 보면 신라와 고려는 전하는 것이 없고 우리 조선에 이르러서는 안견(安堅)·이정(李楨)·변량(卞良) 및 종실인 석양정(石陽正)의 대[竹] 그림, 허주(虛舟) 이징(李澄), 선비 윤두서(尹斗緖)와 그 아들 진사 윤덕희(尹德熙)의 말[馬] 그림, 평양 사람 조세걸(曺世傑)의 신선, 진재해(秦再奚)의 영정 등이 모두 온나라에 이름을 떨쳤다."고 한다.

조영석에 이르러서 비로소 크게 갖추어 우뚝 선 것 같다. 조영석은 또한 지금 시속의 물상을 묘사하는데 꼭 닮게 그렸다. 일찍이 그가 그린 소폭의 그림을 본 적이 있는데, 오동나무 아래에서 젊은 한 아낙이 다듬이질하는 모습을 그린 것이요, 또 하나는 경강(京江)에 용산길에서 벙거지를 쓴 사람이 땔나무 실은 말을 몰고 가는 것이었다. 또 우리 집에 소폭의 그림이 있는데, 나귀 타고 가는 시체(時體) 사람 모양의 복식을 그린 것으로 신운이 조금도 어긋남이 없으니 참으로 신품이다. 그는 사람됨이 세속에 초연해서 그림을 내놓은 것이 드물어 세상에 전하는 것이 많지 않다.

정선(鄭敾)

정선(鄭敾: 1676~1759)은 자가 원백(元伯)이며 호가 겸재(謙齋)로 벼슬은 양천(陽川)현감을 지냈다.[1] 그림으로 세상에서 '정겸재(鄭謙齋)'라고 일컫거나 혹은 '정양천(鄭陽川) 그림'이라고 일컬었으니, 그림의 거장이었기 때문이다. 그의 그림은 생동하여 원기(元氣)가 있었다. 붓놀림은 거친 기운을 띤 듯했으나, 화폭 가득찬 그림이라 할지라도 한 점의 붓 흔적이나 먹 자국도 없었다. 일국의 그림의 요구에 응해서 종이나 비단에 그린 것이 얼마나 되는지 알지 못할 정도다. 당시에 시로는 이사천(李槎川), 그림으로는 정겸재가 아니면 치지도 않았다. 겸재는 그림이 당시에 으뜸이었으니, 원기뿐만 아니라 그 원숙함도 당할 수 없었다. 그림을 구하는 사람들에게 부응하는 일을 이루 다 감당할 수 없으면 간혹 아들에게 그림을 대신 그리게도 하였는데, 아들의 그림은 언뜻 보아 아버지의 솜씨와 구별할 수 없을 정도였으나 원기와 원숙함은 겸재의 그림에 미치지 못하였다. 그는 어떤 물(物)이든지 잘 그렸다. 당시 어떤 사람이 살이 50개나 되는 합죽선(合竹扇)에다가 겸재의 「금강산도(金剛山圖)」를 그려 받고는 손에 쥐는 기품(奇品)으로 지니고 있었다.

심사정(沈師正)

---

1) 양천(陽川)은 현감(縣監)이 아니라 현령(縣令: 종5품)이다. 지금의 서울 강서구 가양동에 현아(縣衙)가 있었다. 정선은 64세(1739)부터 69세(1744)까지 양천현령으로 근무했는데, 이 때 서울과 그 주변 풍경을 그린 「경교명승첩(京郊名勝帖)」이 전한다.

　심사정(沈師正: 1707~1769)은 자가 이숙(頤叔)이며 호가 현재(玄齋)인데, 집안의 불미스러운 사건[2]으로 여러 대에 걸쳐 벼슬길에 나가지 못하였다. 그는 그림을 잘 그렸는데 특히 새와 곤충을 잘 그렸다. 당시에 어떤 사람은 심현재의 그림이 제일이라고 추숭했고, 어떤 사람은 정겸재의 그림이 제일이라고 추숭했는데, 그림이 온 나라에 두루 알려진 것 또한 서로 비슷하였다. 그의 그림은 정신을 숭상했다.

　그의 서종형(庶從兄) 심사하(沈師夏)는 호가 송계(松溪)인데, 산수를 잘 그렸으며, 화법이 정세 농려(精細濃麗)하였으나 요절하였다.

최북(崔北)

　최북(崔北: 1712~?)은 자가 칠칠(七七)이며 호가 호생관(毫生館) 또는 삼기재(三奇齋)이다. 한미한 가문 출신으로 혹은 경성의 여항인이라고도 한다. 그는 그림을 잘 그렸는데, 화법이 근력(筋力)을 위주로 하였기 때문에 가느다란 필획으로 대강 그림을 그려도 갈고리 모양이 아님이 없었다. 이 때문에 자못 거칠고 사나운 분위기를 풍기었다. 특히 메추라기를 잘 그려서 사람들은 그를 '최메추리[崔鶉]'라고 불렀다. 일찍이 호랑나비를 그린 적이 있었는데 보통 나비와는 달랐다. 그 까닭을 물어보니, 대답하기를 "깊은 산속 궁벽한 골짜기의 사람 닿지 않은 곳에는 여러 가지 모양의 나비들이 있다."고 했다. 또한 그는 초서를 잘 썼는데, 반행(半行)의 서체는 완준 기절(婉雋奇絶)하였다. 그는 성품이 칼끝이나

---

2) 심사정의 조부인 심익창(沈益昌)이 숙종 25년(1699)에 단종 복위를 경축하는 증광시에서 과거 부정사건으로 파방(罷榜)되고 10년간 곽산(郭山)에 유배되었다. 이 사건으로 인해 심사정의 아버지인 심정주(沈廷冑: 1678~1750)는 출사의 길이 막혔으며, 심사정 또한 과거를 통한 벼슬길을 포기하고 어려서부터 그림에 힘을 쏟았다. 더구나 유배에서 풀려난 심익창은 소론(少論)인 김일경(金一鏡)과 공모하여 왕세제(王世弟)로 추대된 영조를 제거하려는 데 가담하였다가 영조 즉위와 더불어 극형을 받게 되었다. 이후 심사정은 출사를 완전히 포기하지 않을 수 없는 형편이 되었다. 아버지 심정주 또한 당대에 권경(權儆)과 더불어 포도 그림의 쌍벽으로 알려질 정도로 그림에 능한 인물이었다.

불꽃 같아서 조금이라도 뜻에 어긋나면 곧 욕을 보이니, 사람들이 모두 못쓸 독(毒)이어서 고칠 수 없다고 지목하였다. 늘그막에는 남의 집에서 기식하다가 죽었다.

강세황(姜世晃)

강세황(姜世晃)은 앞의 고사록(高士錄)에 나와 있다. 그의 그림은 담결 (淡潔)함과 번려(繁麗)함 이 두 가지를 모두 겸비하고 있다. 채색을 잘 사용했으며, 정선·심사정과 나란히 일컬어진다. 정밀하고 세밀한 그의 붓놀림은 더욱 생동감이 있다. 영조의 어용(御容)을 모사한 이후로 손을 놓고 그림을 그리지 않다가 노년에 다시 금기를 풀고 그림을 구하는 사람에게 응하였다. 중국에 사신 가는 상사(上使)로 연경에 갔을 때[3] 청나라 황제가 그림을 그리도록 명하였는데, 그림을 보고는 혀를 내두르며 말하기를 "천하의 명화(名畫)다."라고 하면서 진기한 비단과 물품을 상으로 많이 주었다. 그의 아들 강인(姜偵)도 그림을 잘 그렸다. 대개 강세황은 인문(人文)이 기이한데, 문 가운데 그림과 글씨가 기이하니 요컨대 삼절(三絕)에 해당한다고 하겠다.

장경주(張景周)

장경주(張景周: 1710~?)는 도화서의 화원으로 벼슬은 지사(知事)에 이르렀다. 어용(御容)을 모사할 때면 주필을 맡아 했는데, 초상화 그리는 법이 정세했기 때문이다. 영조 때의 문관·무관·종친과 벼슬이 높은 사람의 초상화는 모두 그의 손에서 나왔다. 그가 맨처음 작은 유지(油紙) 조각에 얼굴을 모사해 그린 것을 모두 하나의 책으로 모아 그의 집안에다 두었다고 한다. 장경주 이전에는 조세걸과 진재해가 초상화를 모두 잘 그렸는데, 진재해는 숙종의 어용을 그렸다고 한다.

변상벽(卞相璧)

---

3) 1784년 그의 나이 72세 때 건륭제 80세 천추연(千秋宴)을 축하하는 사절단에 부사(副使)로 참가하였다.

148

변상벽(卞相璧)은 도화서의 화원이다. 그림을 잘 그렸는데, 그가 그린 고양이는 살아 있는 고양이와 다를 게 없을 정도여서 사람들이 모두 그를 '변고양이[卞猫]'라고 불렀으므로, 상벽(相璧)이라는 이름을 아는 사람이 매우 드물었다.

황징(黃徵)

선혜청(宣惠廳)의 서리 황징(黃徵)은 호가 대치(大癡)인데, 대치라는 호로써 행세했다. 산수·화초·영모에 자못 능했지만 솜씨는 미숙한 편이었다.

현극(玄極)

공주에 사는 현극(玄極)은 호가 중묘재(衆妙齋)인데, 평민의 아들이다. 산수와 각종 대상을 그렸는데 모두 화법을 갖추고 있다. 스스로 말하기를 "처음에는 백성의 집안인 탓으로 종이와 붓이 없어서 송곳으로 모래에 획을 그어 그림을 그렸다. 강경(江鏡)의 선비 조함(趙涵)의 집에 찾아가 그에게 화법을 지도받고, 또 『개자원화보(芥子園畵譜)』를 보고서야 비로소 그림을 그리게 되었다."고 하였다. 현극의 그림은 법도가 갖추어져 있으나 난숙한 경지에 이르지는 못하였다. 40살이 못 되어 요절했는데, 그림이 간혹 사대부 집안의 벽에 붙어 있다. 애석하도다! 이삭은 팼으나 열매를 맺지 못한 격이라 하겠다.

조함(趙涵)

조함(趙涵)은 현주(玄洲) 조찬한(趙纘韓)의 후손으로 자는 양이(養而)인데, 재주가 많고 시문에 자못 능했다. 좌우 두 손으로 동시에 초서를 써 내려가도 격식에 어긋남이 없었으니, 이는 다른 사람이 도저히 미치지 못할 재주이다.

유덕장(柳德章)

유덕장(柳德章: 1694~1774)은 호가 수운(岫雲)이며 판서 유진동(柳辰소)의 후손이다. 유진동도 그림을 잘 그렸는데, 유덕장에 이르러 대 잘 그리는 것으로 일세에 이름이 났다. 유덕장의 대 그림은 널리 유행하여 정선과 심사정의 산수화에 비견될 정도였다. 단지 먹 색깔이 너무 기름진 경향을 띠고 있어서 대를 그리는 화가에게 얼마간 비난을 받기도 하였다.

이인상(李麟祥)

이인상(李麟祥)은 앞의 서가록에 나와 있다. 그의 그림은 화가들의 자취를 일소하고 꼿꼿한 자태와 파리하면서도 강단 있는 정신으로 화가의 최고 경지에 이르렀다고 한다.

윤용(尹愹)

당시에 윤용(尹愹: 1708~1740)이 있었는데, 말을 잘 그렸던 윤덕희(尹德熙)의 아들이다. 윤용은 젊어서 과시(科詩)로 이름이 있었는데, 경발한 시어가 매우 많았다. 산수를 잘 그렸으나 요절하였다.

허필(許佖)

허필(許佖: 1709~1761)은 자가 여정(汝正)이며, 호가 연객(烟客)으로 그림을 잘 그렸다. 그는 노년에 성균관에 머물면서 진사가 되었는데, 성균관 유생들의 부채는 허필의 그림이 아니면 손에 잡지 않았다. 담배 피우기를 좋아해 연객(烟客)으로 호를 삼았다. 성균관 유생은 팔도에서 뽑혀 올라온 수재였지만 허필의 문장과 그림이 그 가운데에서 으뜸이었다.

김윤겸(金允謙)

찰방(察訪) 김윤겸(金允謙: 1711~1775)은 자가 극양(克讓)이며 호가 진재(眞宰)이다. 그는 사람됨이 소탈하고 호탕하고 그림을 잘 그렸는데, 그림의 품격이 산뜻하고 그윽하면서도 기력이 있었다.

정철조(鄭喆祚)

정언(正言) 정철조(鄭喆祚: 1730~1781)는 호가 석치(石癡)인데, 죽석(竹石)과 산수를 잘 그렸으며 벼룻돌을 깎는 벽(癖)을 가지고 있었다. 벼루를 깎는 사람들은 으레 칼과 끌을 갖추고 있는데 각도(刻刀)라고 한다. 정철조는 패도(佩刀)만을 가지고 벼루를 깎는데 마치 밀랍을 깎아내는 것 같았다. 그는 돌의 품질을 따지지 않고 돌을 보기만 하면 곧 깎기 시작해 순식간에 완성해내었다. 쌓인 벼루가 책상에 가득하게 되었는데, 구하는 사람이 있으면 곧 주어버렸다.

이윤영(李胤永)

단릉산인(丹陵山人) 이윤영(李胤永: 1714~1759)은 문아함이 있으면서 성품이 맑았는데, 앞의 문원록에 나와 있다. 그는 그림을 잘 그렸으나 무르익지 못하고 요절했다. 이윤영의 서자 이희산(李羲山)도 자못 그림에 능했다.

이상에서 거론한 사람들은 모두 그림에 바탕을 두지 않았으면서도 필획의 운용이 우연히 그림에 부합되기도 하고, 그려낸 것이 사물의 본 모습을 잘 본뜬 것이다. 요컨대 법도는 아직 갖추어지지 않았으나 신운을 숭상하니, 이른바 유화파(儒畫派)이다.

김홍도(金弘道)

김홍도(金弘道: 1745~?)는 자가 사능(士能)이며 호가 단원(檀園)으로, 도화서(圖畫署)에서 입신하여 지금 현감으로 있다.4) 그림이 일가를 이루었는데 말을 더욱 잘 그렸고 특히 시속의 모습을 잘 그려서 세상에서는 속화체(俗畫體)라 일컬었다. 대개 정신이 법도 가운데에서 자유로이 훨훨 날아다닐 정도였다. 지금 임금의 어용(御容)을 그리는 데 참여했다

---

4) 김홍도가 충청도 연풍현감으로 부임한 것은 1791년 12월이었고, 1795년 정월까지 재임했다.

가[5] 은혜를 입어 현감에 제수되었다. 당시 화원의 그림은 서양의 사면
척량화법(四面尺量畵法)을 새로이 본받고 있었는데, 그림을 완성하고 나
서 한쪽 눈을 감고 보면 기물들이 반듯하고 입체감이 있어 보였으니 세
속에서는 이를 가리켜 책가화(冊架畵)[6]라고 한다. 반드시 채색을 칠했으
며, 당시 상류층의 집 벽에 이 그림으로 장식하지 않은 사람이 없었다.
김홍도는 이러한 재주에 뛰어났다.

김후신(金厚臣)

김후신(金厚臣)도 역시 화원인데, 호는 불염자(不染子)이며 화원 중에
서 그림을 잘 그린다고 일컬어진다.

---

5) 1791년 그의 나이 47세 되던 해에 정조의 어진 제작에 참여했다. 당시 주관화사
   는 이명기(李命基)였고, 수종화사는 허감·한종일·김득신·신한평·이종현이
   었으며, 김홍도는 동참화사였다.
6) 책가화(冊架畵): 책거리 그림. 책장과 장식장을 곁들인 기물을 도식적으로 그린
   그림. 궁중 장식화 계열로서 전문적인 화원에 의해 그려진 것과 민간 수요에
   의해 제작된 것으로 구분된다.

152

7. 과문록(科文錄)

　과체시(科體詩)는 전하는 말에 따르면, 그 법식은 국초에 태학사 변계량(卞季良)이 창시했다고 한다. 제3구를 입제(入題), 제4구를 포두(鋪頭), 제5구를 포서(鋪敍)라 한다. 그 다음을 회제(回題)라 하고, 목이 회제(回題)에 이르러서 회제 아래로 이어진다. 한 편은 20구에 이르며, 혹은 17·18·19구인 경우도 있다. 근세에 들어와 고법이 완만하다고 생각하여 반드시 긴요한 말로 배치하여 촉급하게 하였으니, 이를 시체(時體)라고 한다. 제2구와 제5구는 반드시 대우(對偶)를 쓰며, 구법(句法)은 때때로 고조(古調)를 써 고장편(古長篇)같이 한다. 과시법은 내구(內句)의 위 두 자가 반드시 평성(平聲)이며, 외구(外句)의 위 두 자가 반드시 거성(去聲)·측성(仄聲)이어야 한다. 고조에서는 이러한 법을 사용하지 않는다. 대체로 과시에서 압운하는 법은 반드시 제목 중의 글자에서 따오는데, 한 편 안에서는 반드시 하나의 운목으로 써야 한다. 같은 시행에서 4·5·6·7자는 같은 성조로 쓰는 것을 피하여 읽어 보면 자연스러워 높낮이가 같은 것처럼 해야 한다. 비유하자면 속악(俗樂)의 삼현(三絃)과 같으니, 또한 저절로 유려하여 사람을 감동시킨다.

　과려(科儷)의 법식은 제5구를 초항(初項)이라 하며, 두 개의 장구를 이어나간 다음에 있는 구를 이항(二項)이라고 하며, 두개의 장구를 이어나간 다음에 있는 구를 강제(降題)라 하며, 그 아래에 있는 두세 개의 구를 허도(虛道)라고 한다. 과려문(科儷文)은 단구 한 구에 장구 두 구를 섞는 것이 법식이다. 다만 제2구와 제3구는 단구로 되는데, 승두단구(承頭短句) 혹은 흠유복념(欽惟伏念)이라 하며, 단구와 장구가 위아래로 이어져 절을 이루는 것을 상의하상(上衣下裳)이라고 부른다. 구의 끝자는 평성의 상성운(上聲韻)의 염법(簾法)[1]을 쓴다.

---

1) 염법(簾法): 시에서 고저의 율격을 맞추는 것. 평성과 측성이 적절히 배치되어 성률미를 살린다. 원래 율시에서 발달했으며 다른 시형식에도 적용되는 것이

과부법(科賦法)은 제3구를 입제(入題), 제4구를 파제(破題)라 하고, 그 이하는 과시법(科詩法)과 같고 마지막 구를 의론(議論)이라고 한다. 제4구와 5구는 산운(散韻)으로 압운하는데, 상성과 평성을 섞어 쓴다. 잠명송(箴銘頌)의 과체(科體)는 그 법식이 옛날의 사자법(四字法)과 같은데, 다만 부연하는 것이 조금 많다.

과책법(科策法)은 글을 처음 시작하는 부분을 허두(虛頭)라 하고, 이어서 중두(中頭), 그 다음을 축조(逐條)·당금(當今)·구조(救措)·구폐(救弊), 마지막을 편종(篇終)이라고 한다. 위의 각 부분은 각기 10여 행을 진술한다. 삼경(三經)에서 문의하는 것을 의(義)라 하고, 사서(四書)에서 문의하는 것을 석의(釋疑) 혹은 의심(疑心)이라고도 한다. 허두(虛頭)와 중두(中頭)가 있고 혹은 개자(蓋字)라 이름하는 부분이 있고 편종이 있으며, 글은 7, 80행에 이른다. 삼경(三經)이란 『역경』 『시경』 『서경』이요, 사서란 『논어』 『맹자』 『중용』 『대학』이다. 시부(詩賦)와 삼경(三經)의 양의(兩疑)는 소과에서 나온다. 여문(儷文)은 표(表)이다. 표·책·잠·명·송(表策箴銘頌)은 대과에서 나오며, 부(賦)는 양과(兩科)에서 같이 나온다.

이러한 과문의 법식들은 단지 우리나라 삼천리 안에서만 행해질 뿐이요, 한 발자국 밖을 나가 다른 나라 사람들이 우리나라 과문을 보게 되면 무슨 말인지조차 모를 것이다. 나라의 문사들이 말을 배울 때부터 벌써 과문을 시작하여 머리가 하얘질 때까지 그것을 익히고 있다. 이런 속에서 고문을 배우는 경우란 마치 수다한 고기 눈깔 가운데 진주 하나가 돋보이는 것과 같다. 이 바로 여기에다 죽도록 머리를 썩히고 있는 것이다. 한쪽 구석진 나라에서 방언으로 말하면서 문자를 익혀 글이 되지도 않는 것을 하고 있으니, 탄식할 만하지 않은가? 그렇지만 과문 가운데도 훌륭한 솜씨가 있다. 훌륭한 솜씨의 천재와 인공은 사라지게 내버려둘 수 없으니, 이에 특별히 드러내어 과문록을 쓴다.

신광수(申光洙)

신광수(申光洙: 1712~1775)는 자가 성연(聖淵)이요 호가 석북(石北)으로, 만년에 문과에 급제하여 벼슬이 승지(承旨)에 이르렀다. 그의 시는

있다.

신기(新奇)를 표출하고 제목의 뜻을 드러내기를 힘써서 호상 헌활(豪爽軒豁)한 구를 힘써 지었다. 의장(意匠)이 신묘하였고, 문채(文采)가 찬란하여 읽어 보면 사람을 고무시키니, 참으로 과장(科場)의 기재(奇才)라 하겠다. 그의 「악양루에 올라 병마가 관산에 있음을 탄식함(登岳陽樓歎戎馬關山)」을 들어본다.

선비로 만리 뱃길에 오르니
동정호 넓은 물에 가을 물결 일어난다.
　青袍一上萬里船, 洞庭如天波始秋.

꽃피는 봄 고향 땅에 눈물 흘렸거늘
어디메 강산 나의 시름 아닌 곳 있으랴?
　春花故國濺淚餘, 何處江山非我愁.

위와 같은 여러 구가 인구에 회자되고 있다.

이재(李縡)

도암(陶菴) 이재(李縡)의 「이태백의 혼령을 대신하여 죽지사를 전함(代李太白魂誦傳竹枝詞)」이라는 제목의 시에 다음과 같은 경구가 있다. "건곤(乾坤: 천지)은 늙지 않고 달은 길이 떠오르는데, 적막 강산에 백년 인생이로다.(乾坤不老月長在, 寂寞江山今百年.)" 등의 많은 구가 세상에 전한다. 도암의 자손이 과거에 합격하여 베푼 잔치에 광대가 와서 부채를 치며 유생 모양으로 이 시를 외우니, 도암이 빙그레 웃었다고 한다.

순안(順安) 원을 지낸 홍낙연(洪樂淵)이 도암에게 과시에 대해 물은 적이 있었는데, 공이 말하기를 "세상에서는 건곤(乾坤)으로 시작하는 구를 찬미하지만, 사실은 '용루(龍樓)에 밝은 달 시름겨워 잠 못 드는데, 천문 만호에 가을 기운 가득찼도다(龍樓明月悄無寐, 秋滿千門萬戶裏.)'의 구가 더 낫다."고 했다.

김석주(金錫胄)

과부(科賦)는 식암(息菴) 김석주(金錫胄)를 치는데, 그의 명구로 "가을 바람 수국(水國)에 불어오니 고향 생각 강호에 가득하구나"(秋風動於水國, 歸思滿於江湖)는 과부객(科賦客)이 모두 외우고 있다. 장령(掌令)을 지낸 임징하(任徵夏)의 「사호석(射虎石)」이란 제목의 글에서 "장군이 사냥하다가 밤중에 돌아오는데 숲속 바위 호랑이로 보였네.(將軍獵而夜歸, 石爲虎於中藪.)"는 명구로 알려져 있다. 개성인 이환룡(李煥龍), 청주인 진사 김석여(金錫汝), 문관 김치구(金致九), 진사 이현문(李顯文), 문의(文義)인 문관 오대곤(吳大坤), 관동인 문관 남옥(南玉) 등이 있다.

「부절을 훔쳐 공자에게 줌(盜符與公子)」을 들어본다.

    그 분은 커다란 덕을 끼쳤건만
    나는 하찮은 수고밖에 하지 않았네.
    향말로 날아서 들어가니
    왕의 꿈이 화서(華胥)보다 높구나.
      人旣有此大德, 我不過於微勞.
      飛香襪而闖入, 王夢高於華胥.

이 과부(科賦)의 의경과 사조(辭藻)는 거의 신묘한 조화의 경지에 이른 것이다.

조태억(趙泰億)

과려(科儷)의 법식은 동문(同文)의 세계에 가장 필요하니, 과체(科體)로 지목할 수 없다. 그 법식은 근세 사람 조태억(趙泰億: 1675~1728)에게 가장 잘 갖추어져 있다. 그는 자가 대년(大年)으로 벼슬이 정승에 이르렀으나, 역으로 몰려 관직이 삭탈되었다. 그의 글귀를 들어본다.

    서호에 사액 내려

육신의 충절을 기리더니
남한(南漢)에 사당 세워
삼학사의 정렬을 드러냈네.
　西湖賜額, 獎六臣之危忠.
　南漢起祠, 表三士之貞烈.

심상길(沈尙吉)

심상길(沈尙吉)의 글귀를 들어본다.

임금 하자의 무고를 통촉하셨거늘,
아! 적자로서 입추의 땅도 없구나.
　迨宸鑑燭點玉之誣, 嗟血胤無立錐之地.

이광덕(李匡德)

판서 이광덕(李匡德: 1690~1748)은 자가 성뢰(聖賚)인데, 그의 글귀를
들어본다.

눈이 있어도 구주의 크기를 모르니
너의 생애 가련하고,
이마 어루만지며 깃발 지키고 있었으니
내 쇠함 말해 무엇하리요?
　有眼昧九州之大, 汝生可憐.
　撫頂見七尺之長, 吾衰何說?

호혈에서 창을 휘둘러
오십국의 산천 평정하였거늘,
용정에서 깃발 머물러
22년 세월이 문득 흘렀구나.
　虎穴橫戈, 五十國之山川略定.

龍庭駐節, 卄二年之光陰奄過.

유동빈(柳東賓)

문관 유동빈(柳東賓: 1720~?)의 과려체는 자골어(刺骨語)[2]가 많다. 그
의 구를 들어본다.

옹희의 덕화가 저절로 드러나니
조정의 의론 따르고 어기는 것과 무관하고
존몰의 감회 바야흐로 깊으니
앞 말의 득실 논할 게 무엇인가?
　雍熙之化自彰, 非緣廷議之從違.
　存沒之感方深, 何論前言之得失?

이일제(李日躋)

참판 이일제(李日躋: 1683~?)는 자가 군경(君敬)인데, 과표(科表)에
비상한 재주가 있었으니, 그의 재주는 전적으로 인사(人事) 상에 있었다.
사람들이 말하고 싶은 것을 형용한 것이 도리어 그 사람이 입으로 말하
는 것보다 더 나았으며, 문장 또한 능란하고 예리하여 과표 중에서 가장
능수로 꼽혔다. 그의 「한신이 회음후에 봉해진 것에 사례함(韓信謝封淮
陰)」이라는 제목의 글을 들어본다.

병졸의 대열에서 몸을 일으켰기에
공명을 이룰 즈음에 처신이 어두웠네.
옛날 무섭(武涉)과 괴철(蒯徹)의 감언을 듣고도
오히려 거절하였거늘
지금 한수 방성의 기름진 땅에 처하여
어찌 괴롭게 배반을 하였을까보냐?

---

2) 자골어(刺骨語): 글이 뼈를 찌르는 듯한 말. 날카롭게 정곡을 지적했다는 의미.

158

只緣起行伍之間, 全昧處功名之際.

昔當武涉蒯徹之甘言, 尚能拒也.

今居漢水方城之饒地, 何苦叛耶.

비록 한신으로 하여금 말하게 하더라도 여기에서 벗어나지 못할 것이다.

남주관(南胄寬)

근래 문관 남주관(南胄寬: 1724~?)이 「한나라가 퉁소를 불어 초나라 군사를 흩어 보냄(漢賀吹簫散楚兵)」이라는 제목으로 월과(月課)에서 장원으로 뽑혔는데, 명작으로 알려졌다. 그 첫구를 들어본다.

복종하지 않은 자 없었으니
동에서, 서에서요
북에서 남에서라
주나라 의관 하나로 정해지고,
피리 소리 울려라
원망하는 듯 사모하는 듯
흐느끼는 듯 호소하는 듯
초나라 진지 온통 비었네.
　無不服, 自東自西, 自北自南, 周衣一定.
　有吹簫, 如怨如慕, 如泣如訴, 楚壘四空.

초항(初項) 이하의 구를 들어보면 다음과 같다.

해하의 진영에
포위당한 지 3일에 이르러
적병들 흩어져
사방으로 가버렸네.

70번 싸워
일찍이 패한 일 없던 영웅이
이에 이르러 마침내 곤경에 놓였으니
저 8천명
함께 서쪽으로 건넜던 용사들
온통 죽음이 잇따랐네.
바람 부는 장막에선
우미인 너를 어찌할꺼나 하는 노랫소리 흘러나오고
구름 쌓인 성벽에는
어찌 초나라 군사 많은가 하는 탄식의 말이 있었네.
철퇴로 천하를 도모하는 일 일으켰더니
이제 옥피리 가락 달빛 아래 울리는구나.
쓸쓸히 초나라의 음향 들려오니
누구보고 들으라는 것인가?
소리소리 고향 생각
사람을 슬프게 하누나.
구강(九江)에 낙엽 지는 원한 사무치니
몇 곡조 창자를 에이고
팔년 객지에서 향수의 격정으로
일시에 모두 머리를 돌리누나.
과연 귀를 기울여 듣더니
서로 더불어 갑옷 버리고 달아나네.
흐느끼고 목메이는 소리
가을 군영 달빛 아래 가득하고,
삼삼오오로 달아나는
그림자 새벽 하늘 별빛 아래 흩어지네.
뉘 알았으리, 진루의 피리 소리
끝내 초막(楚幕)의 기쁨 불렀을 줄.
고향 하늘 아득한데

160

날아가는 기러기 소리 반쯤 섞이고,
전쟁터 구름 음산한데
길 떠나는 말의 울음 진동하네.
피리소리 미처 끝나지 않았는데
바람결의 곡조 두세 가락
남은 자 얼마런고?
휘하의 병사 28명이라네.
처연히 중동(重瞳)에서 눈물 떨어지는데
이어서 사방에 슬픈 노래 일어나네.

　顧當垓營, 圍之三之日.
　奈無敵兵, 散而四之方.
　幸使七十戰, 未嘗北之雄.
　至此卒困, 猶彼八千人.
　與渡西之衆, 以死相隨.
　風吹帳中, 縱傳奈若虞之曲.
　雲屯壁上, 尙有何多楚之憂.
　幸以金椎倡海內之謀, 迺有玉簫吹月下之擧.
　簫簫送楚竹之響, 爲誰聽之?
　聲聲若越枝之思, 令人悲耳.
　添九江落木之恨, 數聲斷腸.
　激八年懷土之情, 一時回首.
　果然側耳而聽, 相與棄甲而逃.
　咽咽嗚嗚, 響滿秋營之月.
　三三五五, 影散曉天之星.
　誰知秦樓鳳吹之音, 終致楚幕烏蜚3)之喜.
　吳天空闊, 半雜歸鴈之聲.
　陣雲蒼茫, 爭動班馬之響.

---

3) 순임금이 역산(歷山)을 노닐다가 까마귀 나는 것을 보고 어버이를 생각한 고사.

吹之未了, 風中之曲兩三,

餘者幾何? 麾下之騎廿八.

凄然下重瞳之哀淚, 繼以起四面之悲歌.

　책문(策問)은 식암 김석주가 종장으로 손꼽힌다. 근세에 문관 이맹휴(李孟休)의 양역책(良役策), 포암(圃巖) 윤봉조(尹鳳朝)의 급제 때의 책문, 월곡(月谷) 오원(吳瑗)의 양지책(良知策), 문관 이정박(李廷璞)의 급제 때의 책문, 찰방 성효기(成孝基)의 양역책(良役策), 진사 노긍(盧兢)의 사적으로 지은 책문 등이 세상에 이름이 나 있다. 부제학 심확(沈錐)은 역모에 연루되어 죽음을 당하였는데, 책문을 잘 하였다.

　석의(釋疑)는 나의 외종조이신 문정공(文貞公) 권변(權忭)이 종장으로 손꼽힌다. 북도 사람 장달성(張達星)은 얼굴이 내시 같은데, 과부(科賦)와 석의(釋疑)를 모두 잘 했다. 석의에 있어서는 한번 붓을 들면 글이 이루어지는데, 10편이면 10편 모두 법도에 맞았다. 부제학 정지검(鄭志儉) 또한 석의를 잘 했다.

　〔보유〕의(義)는 문관 이현급(李賢伋: 1711~?)이 근세의 종장이다. 그가 지은 의(義) 가운데 「이월초길(二月初吉)」이라는 제목의 글이 과유(科儒)들 사이에 회자되고 있다.

8. 방기록(方伎錄)

최천약(崔天若)

최천약(崔天若)은 동래(東萊) 사람인데, 얼굴이 괴걸스럽고 수염이 많으며 키가 크다. 그는 쇠붙이와 돌·나무 등에 조각을 잘하는 것으로 세상에 이름이 났는데, 어떤 사람이 "그는 환술(幻術) 할 줄 안다."고도 한다. 나라의 일에 공로가 많은 것으로 여러 번 은혜를 입어 무공(武功) 2품직에 발탁되었다. 나는 어려서 입동(笠洞)[1] 이판서 댁에서 최천약을 만난 적이 있었다. 그는 자신에 대해 이런저런 이야기를 다음과 같이 들려주었다.

"나는 본래 동래(東萊)에서 평민의 자식으로 태어났는데, 어려서 둔하여 재주가 없었다. 열살 무렵에 들판에 나갔다가 보니, 사람들이 논에 복사가 쌓인 것을 제거하는데 모래를 등에 지고는 밖으로 져내어 힘만 들고 공은 적었다. 내가 긴 막대 두 개를 빈 섬에 묶게 하여 두 사람이 그것을 들고 모래를 운반하게 하니, 한번에 거의 네댓 짐을 나를 수 있었다. 어른들께서 모두 나를 칭찬하였다.

내가 스무살 무렵에 서울에 올라와 무과에 응시했지만 합격하지 못했다. 마침 신해년(1731)의 큰 흉년을 만나서 노자는 떨어지고 오갈 데가 없이 곤란해서 어느 약국에서 쉬고 있었다. 약국 사람이 마침 좀 먹은 천궁(川芎)[2]을 버렸다. 나는 무심코 패도를 꺼내 큰 천궁 하나에 산과 꽃·새를 조각하였는데, 천궁 생김새대로 새겨 손이 가는데 따라 모양이

---

1) 입동(笠洞): 지금의 서울 종로 2가, 3가, 관철동, 관수동에 걸쳐 있던 마을 이름. 갓전이 있었던 데에서 갓전골이라고 함.
2) 천궁(川芎): 미나리과에 딸린 여러해살이풀로, 그 뿌리는 중요한 한약재로 사용된다.

이루어졌다. 또 다른 천궁에다가는 용 모양을 조각하였는데 진짜 용과 다름이 없었다. 나 자신도 마음속에 놀랍고 이상하게 생각되었다. 약국 사람이 보고서 혀를 내두르면서 말하기를, "당신 여기 좀 앉아 있으시오. 제가 서평군(西平君: 李橈) 대감께 가서 알리겠소."라고 하였다. 약국 사람이 간 지 얼마 있다가 서평군이 불러서 가서 보니, 부채에다가 천궁 두개를 달아놓고 부치면서 말하기를, "내가 중국의 조각품을 보았지만, 천연 그대로 새긴 것은 너에게서 처음 보았다."라 하였다. 곧바로 호박(琥珀)을 꺼내 사자를 새기도록 하면서 사자 그림 화본을 보여주는 것이었다. 나는 칼을 놀려 하나하나 꼭같이 새기니, 서평군이 무릎을 치면서 말하기를, "이 사람은 공수반(公輸般)3)이다."라고 하고는 집에 머물러 두고 등(燈)을 만들게 하였다. 그 때는 4월 초파일 현등절(懸燈節)이 가까웠다. 내가 그 전에 있던 등들을 보고 본떠서 만드는데 그 솜씨가 절묘하였다. 서평군은 가장 잘 된 것을 골라 대궐로 들여보냈다. 등을 다 만들자 상으로 50냥을 주면서 집에 내려갔다가 곧바로 다시 서울로 돌아오라고 했다.

　나는 그 분부대로 이내 올라왔다. 내가 돌아오기를 벌써 기다리고 있어 대궐에 나가 차비문(差備門)에 대령하였다. 영조가 편전(便殿)4)으로 들어오게 하고 자명종을 꺼내는데, 바늘이 하나 떨어진 것이었다. "서울의 장인들이 아무도 손을 쓰지 못하는데, 네가 이것을 고칠 수 있겠느냐?"라 하였다. 나는 그것을 한번 보자 방안이 떠올라 바로 은을 다듬어 바늘을 만들어 꽂으니 부절(符節)을 맞춘 것 같았다. 영조가 찬찬히 보고서는 "천하의 뛰어난 수교(手巧)로다."라 하며, 하교하기를 "너는 이 자명종을 본떠서 만들 수 있겠느냐?"라 하였다. 나는 자명종의 생김새를 두루 살펴보고 생각이 또한 잘 떠올라서 즉시 엎드려 "평생 처음 당해 보는 일이지만 구조를 훤히 알겠습니다."라고 아뢰었다. "숯이 얼마나

---

3) 공수반(公輸般): 춘추시대 노(魯)나라의 장인(匠人). 나무를 깎아서 까치를 만들었는데 너무나 잘 만들어서 그 까치가 날아갔다고 한다.

4) 편전(便殿): 임금이 평상시에 거처하며 사무도 보는 건물. 차비문은 편전으로 들어가는 입구에 있는 문.

164

들겠느냐?" 하여, "20섬이면 족하겠습니다."라 하였다. 임금이 웃으며 40
섬을 더해 주었다. 자명종을 다 만들자 숯은 과연 거의 다 들었다."

이에 임금이 참으로 타고난 예지를 지닌 줄 알 수 있었다고 한다. 자
명종이 우리나라에서 만들어진 것은 최천약으로부터 비롯되었다. 그는
그 후로 나무와 돌에 칼을 잡고 새기면 물이 콸콸 흐르듯 이루어졌다.
여러 번 북경 사행을 따라가 중국 사람의 솜씨를 보았지만 자기보다 더
나은 솜씨는 보지 못했다 한다.

개성부(開城府)에서 포은(圃隱)의 비를 세우는데, 이 때 최천약이 각자
(刻字)를 하였다. 영조가 그 탁본을 보고 말하기를 "천약이 새긴 것이로
구나!"라고 하였다.

최천약이 일찍이 산릉(山陵)의 역사(役事)에 가는데 폭우가 내려 냇물
이 막히니, 그는 지게를 타고 건넜다. 지게[支架]란 나무꾼이 등에 지는
나무로 만든 기구의 우리나라 말이다. 그가 일찍이 조관(朝官)을 따라
입대(入待)하였는데, 영조가 방판(方板)의 음식을 주라고 명하고 말하기
를 "천약이 만약 한 사람의 한 손으로 음식을 들어 나갈 수 있다면, 방
판의 그릇들을 모두 상으로 주겠다."고 하였다. 방판이란 장방형의 널판
으로 만든 것의 속명인데, 음식물을 올려놓으면 무거워서 여러 사람이
들어야 한다. 최천약은 금방 의사를 내어 먼저 그릇 몇개를 가지고서 술
을 마시고 종종걸음으로 나가 밖에다 두고, 또 종종걸음으로 들어와 그
릇 몇개를 가지고 나갔다. 이러하기를 두세 차례 하니 방판의 그릇이 반
이나 비었다. 임금이 크게 웃으며 말하기를, "지혜가 보통 사람을 능가
하는구나."라 하고, 즉시 방판의 그릇을 내려주었는데, 은그릇 약간에다
나머지는 모두 유기 그릇이었다고 한다.

최천약이 말하기를 "내가 금석과 나무를 대하면, 의장(意匠)이 먼저
서고 비로소 손이 따라 내려간다. 붓을 잡고 그림으로 그려내지는 못하
지만, 칼을 잡으면 무슨 물건이든지 그대로 새기지 못하는 것이 없으니,
어떻게 해서 그러한지를 알지 못한다. 내가 능히 할 수 없는 것은 오직
송광사의 능견난사(能見難思)5)를 본뜰 수 없는 것이니, 이는 목우유마
(木牛流馬)6)를 움직일 수 없는 것과 같다."고 하였다. 능견난사란 나무

바리때 다섯을 5층으로 쌓아 둔 것이다. 무릇 그릇을 층층이 포갤 때 위로 놓여진 것은 아래로 놓여지지 못하고, 아래로 놓여진 것은 위로 놓여지지 못하는 법이다. 그런데 이 능견난사는 위아래로 놓여지는 층을 바꾸어도 모두 들어갈 수 있다고 한다.

달문(達文)

달문(達文)이란 사람은 성씨를 알지 못하는데, 서울 종루 거리의 걸인이다. 의협을 숭상했으며, 얼굴이 크고 이마가 넓었고 입이 커서 주먹이 들락거렸다. 그는 늘그막에도 상투를 틀지 않고 총각 머리를 하였으며, 온통 기운 옷을 입고 성한 옷이 없었다. 매일 밤에 각전(各廛)의 상직(上直)을 보았는데, 각전 주인들은 다투어 달문을 찾아서 상직을 시키면 마음을 놓았다. 서울의 전사(傳舍)[7] 주인들 또한 달문을 다투어 불러다가 각 고을 사람들이 보관한 귀중한 물화들을 맡아서 지키게 하였다.

달문은 서울 저자에 앉아 있었으나, 8도에 통하는 큰 장사치로 막중한 상권을 잡은 자라도 그의 말을 받들어 그 말대로 쫓지 않은 것이 없었다. 대개 전적으로 신의를 가지고 일을 처리했기 때문이다. 비록 큰 장사치와 통하였지만, 물화 하나라도 가까이 하지 않고 자기 몸은 매양 걸인 무리에게서 벗어나지 않았다. 나이가 더욱 늙어서는 어디로 갔는지 알지 못하였다. 영남으로 내려가 여관에 고용되어 있다고도 한다. 그는 용모가 질박하고 말수가 적어 자기의 재능을 자랑하지 않았다고 한다.

---

5) 능견난사(能見難思): 불기(佛器)의 일종. 중국 원나라에서 보조국사에게 선물로 주었다는 전설이 있다. 지금도 송광사에 보존되어 있으며, 전남 유형문화재 제19호로 지정되어 있다.

6) 목우유마(木牛流馬): 군량을 운반하기 위한 도구로, 제갈량이 제작한 것이다.

7) 전사(傳舍): 여각(旅閣)을 가리킴.

9. 기절록(氣節錄)

조돈(趙暾)

판서 조돈(趙暾: 1716~?)은 자가 광서(光瑞)로 판서 조상경(趙尙絅)의 맏아들이요, 판서 조엄(趙曮)과 참의 조정(趙晵)의 형이며 충정공(忠定公) 조경(趙璥)의 종형이고, 부제학 윤심형(尹心衡)의 사위다.

일찍이 증광문과(增廣文科)에 급제하여 함경감사에 이르렀는데 교대하는 감사 조명정(趙明鼎)과 관사의 일로 다투고는 임금 앞에서 다시는 벼슬하지 않겠다고 맹세하였다. 후에 일품(一品) 판서에 이르렀으나 끝내 출사하지 않았다. 임금의 엄한 견책을 받았으나 지조를 바꾸지 않았고, 또 비록 요직을 제수받았으나 역시 지조를 바꾸지 않았다. 당대에 그의 강직하고 확고함으로 추앙하지 않는 이가 없었다. 그는 서울에서 생장하였는데 말년에 양주(楊州) 백석촌(白石村)으로 가서 자유롭게 지냈다. 그는 사람됨이 소탈하고 곧았으며 결단성이 있었고 얼굴 생김새는 깎아 만든 듯하였으며 언어는 진솔하였다. 나이 70이 넘어 봉조하(奉朝賀)의 직품을 여러 해 띠고 있었다.

윤상후(尹象厚)와 윤양후(尹養厚)는 윤심형의 두 아들인데 어려서부터 영리(營利)에 밀착하여 요로에 잘 통했다. 조돈이 사람을 대하여 문득 "두 윤씨는 반드시 그 아버지의 청절을 망칠 것이다."라고 말했는데, 두 윤씨가 끝내 오원(奧援)의 실패[1]를 당했으니, 사람들이 다 조돈의 선견지명과 사사로움이 없는 마음에 감복했다.

조돈은 자녀들이 모두 당로자와 혼인을 하게 되었는데, 당로자가 죄책을 당한 경우에도 사람들은 추호도 그에 대해서는 의심하지 않았다. 사

---

1) 오원(奧援)의 실패: 세력을 가진 사람의 도움을 받아 힘쓰는 것을 가리키는 일.

람들은 모두 그를 '조봉조하'라 부르고 이름을 부르지 않았다. 그는 타고
난 기질이 있어 한마디라도 뜻에 맞지 아니하면 종신토록 잊지 않았으
며, 한가지 일도 마음에 거슬리면 천금이라도 흙처럼 여겼다.

그의 문호가 전성할 때에 경제(京第)를 짓고자 하여 미리 목공에게 값
을 치러주었다. 그런데 그의 위세가 사라지게 되자 목공은 소홀히 대하
여 거행하지 않았다. 조돈이 서울로 와서 그것을 살펴보고 집터에 말을
세우고는 급히 불을 질러 모든 재목과 기와를 태워버리고 또한 목공에
게 따지지 않았다. 그는 성질이 나면 잠시도 누르지 못하였으니, 돌아보
면 이러한 일들이 많았다. 그가 봉조하로 있을 때 첨추(僉樞) 홍장한(洪
章漢)의 집에 들러 정승 조현명(趙顯命)의 풍채에 대해 재미나게 이야기
를 하여 "오늘날 이런 분은 드물다."고 하였으니, 그가 당론에 치우치지
아니하였음을 볼 수 있다.

서독(書牘)과 행초체(行草體)를 잘 써서 아주 운치와 정신이 넘쳤으며,
화조도(花鳥圖)를 잘 그렸는데, 그와 친숙한 사람이 아니면 이 사실을
알지 못한다.

이문원(李文源)

이문원(李文源: 1740~1794)은 진암(晉菴) 이천보(李天輔)의 양자이고
이국보(李國輔)의 아들이다. 사람됨이 질박하고 곧았으며 기개가 있었
다. 선비 어용등(魚用登)이 일찍이 여관에서 그를 만났는데 이문원이 먼
저 여관에 들어왔다가 어용등을 보고 이야기하기를, "그대의 행동거지를
보니 흡사 우리 동네 사람 같다. 어판윤의 자질(子姪)이 아닌가? 나는
곧 동촌(東村) 이교리 문원이오."라고 하였다. 어용등이 돌아가서 이문원
의 소탈하고도 젠체하지 않는 성격을 이야기하였다.

그는 동복(同福)현감을 지낸 이규량(李奎亮)과 이종형제간인데 이문원
에 대해 전하기를 "자못 지혜가 있다."고 하였다.

이문원은 술마시기로 조관(朝官) 중에서 으뜸이었는데 임금 앞에 출입
하면서 대담하게 말을 하고 영합하는 태도가 적었으며, 높은 고관들과
다투다가 성질이 나면 당직하던 곳에서 사모(紗帽)를 밟아 부수었다. 병

168

이 들어 죽음이 임박할 즈음 조금 나아 차도가 있을 때 수어사(守禦使)로 들어가 임금을 뵙고 영결하여 말하기를, "신은 곧 죽게 되었습니다. 원컨대 아첨하는 신하를 가까이하지 마옵소서." 하고 돌아가는 길에 매제인 판서 서유방(徐有防)을 보고 말하기를, "그대들은 모두 아첨하는 자들이다. 나는 그대가 매제이기 때문에 와서 영결을 하니, 원컨대 그대는 남에게 잘 보이려고 하는 태도를 고쳐라." 하고 집에 돌아와 오래지 않아 죽었다.

〔보유〕 천성이 검소하여 질그릇을 세숫대야로 쓰고 여러 아들들과 한 상에서 식사를 하되 고기 반찬을 둘 이상 놓지 않았으며, 고추조림을 최고의 반찬으로 여겼다고 한다. 그의 기절이 가히 경박한 시속(時俗)을 누를 만하다.

김치직(金致直)

김치직(金致直)은 자가 인지(人之)로 남대(南臺)를 지낸 김종후(金鍾厚)의 원족의 얼자이다. 그는 힘이 세고 우직했으며 김종후에게 글을 배웠다. 김종후의 아우 김종수가 정승으로 일을 맡아볼 때 김치직을 거두어 군교에 보임했다. 그가 묵묵히 특별한 예를 갖추지 않으니 사람들이 그 이유를 묻자 그는 대답하기를, "저들이 나를 보통 사람으로 대접을 하는데 내가 어찌 남다르게 보답을 하겠습니까?"라고 했다. 상공이 이 말을 듣고 더욱 예의를 갖추어 대접했다. 이에 감치직이 날마다 잘못을 지적하는 말을 하면 김종수는 그대로 따랐다.

김정승이 엄한 견책을 받아 영해(嶺海) 땅으로 귀양을 가게 되었는데, 그 때에 김치직의 아내는 중병이 들어 있었다. 김정승이 말하기를, "네가 나를 따라갈 수 있겠느냐?" 하니, 김치직이 승낙하고 말하기를 "졸지에 행장을 꾸리자니 하루 뒤에나 떠나겠습니다. 하루에 수백리를 달리면 삼일 내에 중간에서 만날 수가 있을 겁니다."라고 했다. 김정승이 중간에 이르러 김치직이 따라오지 못함을 한탄하니, 종자 두 사람이 다 말하기를, "죽을 죄인을 누가 따라오려고 하겠습니까?"라고 했다. 김정승이 말하기를, "치직은 의리가 있는 자이니 반드시 올 것이다." 하고 자기의 예비로 끌고 가던 말을 남겨두게 하고는 "치직은 가난한 사람이니 반드시 형편없는 말을 끌고 올 것이다. 우리가 말을 몰아 두 역참도 지나기 전에 필시 이 말을 만날 것이다."라고 말했다. 두 역참을 달렸을 무렵 치직은 말이 있는 역참에 과연 도착했다. 치직은 "밤이 이미 깊었으나 잠을 자지 않고 가면 귀양지에서 만날 수 있을 것이다." 하고 밥을 재촉하여 길을 떠나려 하였다. 객점 사람들이 힘써 만류하기를, "이곳은 강원도 깊은 산골짜기입니다. 호랑이와 승냥이도 날이 밝아야 사람을 피하는데 당신은 어쩌자고 몸을 아끼지 않소."라고 했으나 그는 말하기를, "나는 의리상 대감을 저버릴 수 없소. 죽더라도 무엇을 꺼리겠소." 하고 옷을 떨치고 나왔다. 그 객점에 수염이 뻗치고 머리가 덥수룩한 한 총각 아이가 함께 가자고 나서면서 말하기를, "당신의 모습을 보니 건장하고 나 또한 건장한 사람이니, 둘이 가면 맹수라도 물리칠 수 있을 것이오." 라고 했다. 둘이 같이 떠나 새벽에 상공이 머무는 처소에 들어갈 수 있었다. 김치직이 말에서 내려 총각에게 말하기를, "일이 급하여 자네가 누구인지 알 겨를이 없었다. 이제 이야기해 보세."라고 하니, 총각이 비로소 서로 한참 쳐다보다가 말하기를, "나는 경성 남대문 밖에 사는 아무요, 당신은 곧 김 아무 아니요?"라고 했다. 김치직 또한 그 총각이 곧 서울서 씨름할 때 같이 놀던 친구임을 깨달았다. 이에 이렇게 길을 나서게 된 경위를 자세히 이야기하니, 총각은 말하기를, "어허! 이야말로 하지 않을 수 없는 일이겠소. 나는 대감을 모르니 이제 떠나겠소."라고 했다. 김치직이 전대의 돈을 기울여 그에게 주니, 총각은 다만 100전만 받고 말하기를, "내가 노자도 보태주지 못하면서 도리어 길 떠나는 사람의 돈을 받는군요. 어찌 많이 받겠습니까?" 하고 즉시 그 돈으로 술을 사서 서로 마시고 나머지는 객점 사람들에게 나누어 주고 돌아갔다. 김치직이 들어가 대감을 뵈니, 아침식사를 마치고 거마를 차리다가 말하기를, "이제야 같이 가게 되었구나."라고 했다.

며칠이 걸려 큰 고개 아래 다다랐다. 눈이 쌓이고 얼음이 꽁꽁 얼었는데 김정승이 어떻게 할 줄 몰랐다. 김치직이 시골 사람의 지게를 대령하여 김정승이 지게 위에 앉고 김치직은 그것을 짊어지고 두 종자가 그를 부축하였는데, 그 가운데 한 사람은 수어청(守禦廳) 서리(書吏) 박지번(朴之蕃)이다. 박지번은 김정승의 겸인으로 서리에 보임되었으나 김정승을 위하여 스스로 사임하고 수행하였다. 박지번은 서울에서 생장한 사람이라 본래 험악한 생활을 알지 못하여 험난한 길을 가장 견디지 못했다.

큰 고개를 넘어 평해(平海)2) 유배지에 당도하였다. 양식이 떨어져 곤란한 형편이었는데, 누군가 사립문을 두드리는 것이었다. 김치직이 나아가 대답하니, 그 사람이 "나는 영해부 이방 아무개요. 나는 전번 원 임(任)모씨의 이방으로 있었는데, 임사또는 원래 선물을 받지 않는 사람입니다. 사람들이 혹 선물을 보내오면 곧 사천(沙川) 김대감에게 보냈는데, 관속들이 돌아와 전하기를 '대감님 댁이 꼭 야인의 집과 같더라.'라고 하여 제가 마음으로 흠모하였습니다. 그런데 이 대감께서 멀지 않은 곳으로 귀양 오셨다는 소리를 들었으니, 한번 뵙기를 원합니다."라고 했다. 김치직이 들어가 김정승에게 아뢰니 김정승이 말하기를, "바야흐로 극형(極刑)에 처한 몸이니, 감히 이방을 만날 수 없다."라고 했다. 이방이 서글픈 표정을 지으며 말하기를, "제가 돈을 가지고 왔으니 정성을 표시하고자 합니다." 하니, 김치직이 말하기를 "만나는 것도 허락하지 않는데 돈을 받으시겠소?" 하니 이방이 낙심하여 돌아갔다. 때마침 김정승 집안의 하인이 와서 끼니를 거르지 않게 되었다.

하루는 관아의 아전이 급히 전하기를 "금오영의 말이 달려와서 온 고을에 후명(後命)3)이 내려왔다는 말이 들끓습니다."고 했다. 김치직이 박지번과 함께 들어가 김정승에게 후사를 조치할 것을 청하였다. 금오영의 말이 고을에 들어온 지 반나절이 지났는데도 적소의 집에 도착하지 않았다. 김치직이 김정승에게 아뢰기를, "이는 후명을 내린 것이 아니라 귀양지를 옮기라는 것 같습니다. 만약 후명을 가지고 온 사람이라면, 금오영 아전들은 모두 대감을 일찍이 섬기던 사람들이니 필시 미리 나와서 영결을 할 것입니다. 지금도 오래도록 오지 않으니, 아마도 말을 달려온 나머지 지쳐서 쉬는 것일 겁니다."라고 했다. 김정승이 웃으며 말하기를 "그럴까. 그럴 리가 있겠나."라고 하였다. 날이 저물자 금오영 사람이 왔는데 과연 귀양지를 거제도로 옮기라는 명이 내린 것이었다. 김정승이 듣고 즉시 밤에 발행하니, 금오영에서 온 사람이 말하기를, "우리들이 본디 대감에게 과단성이 있는 줄 알기 때문에 잠깐 쉬느라고 적소에 곧 오지 않았습니다. 그렇지 않았다면 우리가 머뭇거릴 수 있었겠습니까?"라고 했다.

거제로 가는 사이의 관문 길은 얼음과 눈이 덮인 큰 고갯길보다 험하였다. 김치직과 박지번은 말을 타고 걷고 하여 김정승을 돌보았으니 매우 괴롭고 힘들었다. 오래지 않아 김정승은 용서를 받고 돌아왔다.

10. 우예록(寓裔錄)

(우예(寓裔)란 다른 나라 사람으로 우리나라에 와서 산 사람의 자손을 말한
다. 우(寓)자는 『춘추(春秋)』에 나오는 우공(寓公)[1]의 의미이다.— 원주)

나의 선친이 한성서윤(漢城庶尹)을 지낼 때 영조가 명나라 사람의 후
손의 호적을 수집해 올리라는 명을 내린 일이 있었다. 그래서 한성부의
아전이 구성(九姓)의 보첩(譜牒)을 바쳤는데, 그 중의 이씨는 영원백(寧
遠伯)[2] 이성량(李成梁)[3]의 후손이고, 전씨는 상서(尚書) 전락(田樂)[4]의
후손이며, 진씨는 제독(提督) 진린(陳璘)[5]의 후손으로 되어 있다.

(1) 이여송(李如松)의 후손

숭정(崇禎) 이후[6]에 조선 땅으로 두 이씨가 망명해 왔는데, 그 다른

---

1) 우공(寓公): 제후로서 나라를 잃고 망명하여 다른 나라에 의탁해 살고 있는 경
　우를 말한다.
2) 영원백(寧遠伯): 영원은 명나라 때 요동성(遼東省) 흥성현(興城縣)에 설치했던
　둔위명(屯衛名).
3) 이성량(李成梁): 명나라 사람. 자는 여혈(汝絜). 만력(萬曆: 1571~1620) 초에 요
　동좌도독(遼東左都督)을 역임했다.
4) 전락(田樂): 명나라 임구(任丘) 사람으로 자는 동주(東洲). 성품이 침착하고 군
　세면서 지략에 뛰어나서 해적 영소(永邵)를 물리쳐서 큰 공을 세우고 송산(松
　山) 일대 천여리를 회복했으며, 태자태보(太子太保)·병부상서(兵部尚書) 등을
　역임함.
5) 진린(陳璘): 명나라 옹원(翁源) 사람으로 자는 조작(朝爵). 호광귀주총병관(湖廣
　貴州總兵官)을 지낸 바 있으며, 임진왜란 때에 명나라 원군의 장수로 와서 활
　약한 바 있다.

하나는 제독 이여송(李如松)의 후손이다. 장정옥(張廷玉)7)이 편찬한 『명
사(明史)』에 의하면 이여송의 큰아들 세충(世忠)은 후손이 없고, 둘째아
들 현충(顯忠)은 부총병(副總兵)이고, 현충의 아들 존조(尊祖)는 벼슬이
지휘(指揮)라고 하였다.

조선의 성대중(成大中)이 지은 「광녕이공묘지(廣寧李公墓誌)」에는 요
계총독중군부장(遼薊總督中軍副將) 이성충(李性忠)은 이자성(李自成)의
난에 순국했는데, 형의 아들 이준조(李遵祖)와 함께 죽었다고 했으니, 이
성충은 이여송의 아들이다.

이성충의 아들 응조(應祖)는 난을 피해서 응인(應仁)이라 개명하고 27
살에 압록강을 건너왔다. 반씨(潘氏) 한 사람, 묵씨(墨氏) 두 사람과 함
께 왔는데, 묵씨 한 사람은 도중에 죽었다. 조정에서 벼슬을 주려고 하
자 그는 사양하며 "나라가 깨지고 집안이 망했는데 어찌 벼슬을 하겠습
니까?" 하고는 반씨·묵씨와 함께 회양(淮陽)8)의 산 속에 숨어 살았다.
종신토록 자기 나라 말을 고치지 않고, 숭정(崇禎)황제가 돌아간 날이면
산에 올라가 통곡을 하였다. 97세에 세상을 마쳤는데 아들 셋을 두었으
니, 태선(泰善)·태명(泰明)·태기(泰基)요, 손자는 동석(東錫) 등 13명이
있었다.

이태명의 아들 동화(東華)는 훤(萱)을 낳았는데, 영조 갑술년(영조 30
년, 1754)에 이훤은 비로소 임금에게 알려져 무과에 올랐다. 태안(泰安)
군수로 있을 때에 제문을 갖추어 화양(華陽) 만동묘(萬東廟)9)에서 조제

---

6) 숭정 이후: 숭정(崇禎)은 명나라의 마지막 임금 의종(毅宗)의 연호. 숭정 이후란
   곧 명나라가 멸망한 뒤라는 뜻.
7) 장정옥(張廷玉): 1672~1755. 청나라 사람. 자는 형신(衡臣). 강희(康熙) 연간 진
   사에 올라 보화전태학사(保和殿太學士)를 지냈으며, 『명사(明史)』를 편찬하는데
   마지막 주편을 담당했다.
8) 회양(淮陽): 회양은 강원도의 북쪽 지역에 있던 고을 이름으로 행정 구역이 개
   편되면서 철원(鐵原)으로 편입되었음. 성대중이 지은 묘지명에 의하면 이응조
   의 묘가 회양부 서쪽 장미산(長彌山)에 있다고 하였다.
9) 만동묘(萬東廟): 이조 숙종 43년(1717)에 임진왜란 때 도와준 명나라 신종(神宗)

(助祭)를 하였는데, 그 제문에 "명나라 제독 신 이여송의 5세손 조선국 배신 태안군수 이훤은 감히 신종 현황제(神宗顯皇帝)와 의종 열황제(毅宗烈皇帝)에게 조제를 하옵니다."라고 하였다.

이훤의 아들 광우(光遇) 또한 무과에 올랐다. 지금 임금 4년(1780)에 북경의 이홍문(李鴻文)이라는 자가 그 세보(世譜)를 보내와서 임금이 곧 이광우를 불러들여 세보를 대조해 보았는데 총독공(總督公) 및 헌충(憲忠)의 이름 밑에 모두 순국하여 자손이 없다고 기록되어 있다. 이는 대개 숨긴 것일 것이다.

내가 보건대, 존(尊)·준(遵) 등으로 이름 글자가 많이 어긋나 있는데, 이 또한 난리 때문이 아닌가 한다. 그 후 지금 임금이 또 친히 「이제독사당기(李提督祠堂記)」를 짓고, 서울에 제독사(提督祠)를 건립하라고 명하여 그 집을 이훤에게 하사했다. 임금이 지은 기문(記文)을 보면, "이여송(李如松)이 우리 나라에 원병을 거느리고 왔을 때 일찍이 금씨(琴氏) 여자를 취하여 시첩을 삼았는데, 이윽고 아들을 두었다. 공의 손자 이응인(李應仁)이 또한 공의 유훈(遺訓)으로 중국에서 우리나라로 옮겨와 살았다."고 하였다. 근래에 이훤은 원(源)으로, 광우는 효승(孝承)으로 개명했는데, 임금의 명령에 따라 중국 일가들의 항렬을 따른 것이다. 이원은 지금 경상좌병사(慶尙左兵使)가 되었고, 이효승은 평양중군(平壤中軍)을 거쳐 훈련원정(訓鍊院正)이 되었다. 이는 무반으로 최고의 선택을 받은 것이니, 모두 임금이 특히 제수하였다.

(2) 전락(田樂)의 후손

상서 전락(田樂)의 후손 또한 병자호란 후에 우리나라로 왔는데, 지금은 무인가의 대족이 되었다. 서울 새문밖에 살고 있는데, 병사(兵使) 등 이름난 무인이 계속해서 나오고 있다.

· 의종(毅宗)을 위하여 세운 사당. 송시열(宋時烈)의 유명(遺命)으로 청주 화양동에 지었으며, 매년 3월 9일에 제사지낸다.

(3) 진린(陳璘)의 후손과 그밖의 한인들

제독 진린(陳璘)의 자손에 대해서는 사는 곳이나 이름·지위 등을 아직 들은 바 없다. 이 밖에 훈련도감에 한인 아병(牙兵)10) 몇 초(哨)11)가 있는데, 근위대장이 친히 거느리는 병사로 오직 그 자손만이 그 자리를 세습하니, 대개 병자호란 후 들어온 명인의 후예이다. 처음에 효종이 심양(瀋陽)에 볼모로 있다가 돌아올 때에 데리고 온 명나라 사람들은 모두 대궐 담장 밖에 둘러 살게 하였는데, 이들은 군문(軍門)에 소속되어 급료를 받았으나 역(役)은 없었다. 그들은 절강성(浙江省) 사람들이 많아 동대문 밖에서 고기잡는 것을 업으로 삼아 일상적인 일이 되었다. 간혹 큰 고기를 바쳐서 성의를 표하면 임금이 기쁘게 받아들였다. 효종이 승하한 이후로도 명나라 사람의 자손들은 군문에서 급료를 계속해서 받았으며, 드디어는 군문에서 고기 잡는 임무를 담당하게 되었다. 이름은 아병(牙兵)이라 하였으나 기술은 포쏘기요, 생업은 고기잡이였다. 앙망(央網)12)을 만드는 것은 아병 집에서 계속 하는 일로 그것이 경강(京江)에 두루 퍼져 고기잡는 이기(利器)가 되고 있다. 그런데 아병은 훈련도감에 속한다.

나는 일찍이 아병의 초관(哨官)으로 있는 방씨(方氏)를 만났는데, 사람이 질박하고 성품이 무거워 자못 경박한 기운이 적었다. 그들의 두목은 모두 병졸에서 올라간 것이라고 한다. 아병의 집안들은 모두 서울 동촌(東村)에 살고 있으며, 그들 조상 가운데 귀족이 많은 듯하나 알아볼 도리가 없다.

인천에 매씨(梅氏) 장교가 있는데, 자기 스스로 임진왜란 이후 들어온 명인 후예라고 한다. 내가 "지금 혹시 북벌(北伐)하는 일이 있다면 그대는 과연 즐겁게 나아가겠는가?" 하고 묻자, 그가 개연히 대답하기를 "윗

---

10) 아병(牙兵): 대장의 휘하에 있는 친위 병사를 가리키는 말.
11) 초(哨): 군편제에 있어 하급단위로 1초는 100명 가량임.
12) 앙망(央網): 고기잡는 그물의 일종인 듯하나 자세히 알 수 없음.

대의 무덤과 처자식을 버리고라도 나는 실로 달갑게 북쪽으로 향하겠소."라고 하니, 사람의 마음이 고국땅을 그리는 것은 이와 같은 것이다.

(4) 강세작(康世爵)과 그 후손들

회령(會寧)에 강성촌(康姓村)이 있어 모두 강세작(康世爵)을 조상으로 한다. 강세작은 명나라 요동군관(遼東軍官)이었는데, 요양(遼陽)이 청나라에 함락될 때 그는 우리나라로 건너와 회령에 살다가 늙어서 죽었다. 약천(藥泉) 남구만(南九萬)과 서계(西溪) 박세당(朴世堂)이 모두 그의 전을 지었는데, 박세당이 지은 전은 대략 다음과 같다.

강세작은 사람됨이 악착스럽지 않고 평범한 사람과는 유가 달랐다. 글을 약간 알고 술을 좋아하여서 아는 사람과 자리를 같이 하게 되면 곧 술을 내놓으라 하면서 말하기를, "내가 평생 의롭지 않은 일은 하려고 하지 않아서 남에게 달라고 하는 일이 없었다. 그러나 오직 술은 능히 근심을 잊게 하는 물건이기에 내가 매양 그것을 찾는다."고 하였다. 수령들이 혹 그를 생각해서 초대하면, 그가 자리를 같이 하여 언제나 기쁨을 잃지 않았으며, 곤궁하여 애걸하는 태도를 짓지 않았다. 또 능히 사람의 재주가 있는지를 알아서, 말을 하면 일찍이 그렇지 않은 적이 없었다. 그의 집에서 경작하고 있는 밭에 대해 고을에서 승냥이 꼬리(狼尾)를 세(稅)로 바치라고 한 일이 있었다. 그가 밭으로 가서 막을 치고 오래 지켜본 다음 고을에 나아가 말하기를, "고을에서는 밭의 소출을 보아 세를 매겼는데 지금 밭에 승냥이가 없으니, 내가 어떻게 세금을 바치겠는가?" 하니, 고을에서 마침내 추궁할 수 없었다.

한번은 밤에 고기를 잡는데 다른 고기잡이가 하류에 그물을 쳐 막아 고기가 위로 올라오지 못하였다. 그가 나뭇잎을 많이 가져다가 물에 던져 나뭇잎이 흘러내려가 아래쪽의 고기그물을 막아서 그물이 무너져버렸다. 그래서 그의 그물에 고기가 많이 걸렸다.

내가 북평사(北評事)로 있을 때 그를 만나 보았는데, 그 때 나이가 육십여세요 수염과 머리털이 온통 하얬으며 우리말을 하는데 잘 알아들을

수가 없었다. 그가 웃으며 말하기를, "내가 중국을 떠난지 40년이 돼서
이미 중국말을 잊어버렸고, 또 동국말을 배웠으나 말을 제대로 못하니,
나야말로 이른바 한단학보(邯鄲學步)13)라고 할 것입니다." 하였다. 그는
또 말하기를, "나는 명나라가 망해 영영 다시 부흥하지 못할 줄 압니다.
한나라는 4백년 만에 망해서 비록 소열(昭烈)14)황제처럼 어진 분으로도
다시 부흥하지 못했으며, 당나라나 송나라는 모두 3백년 만에 망했고,
명나라 또한 3백년 만에 망했으니, 하늘의 큰 운수를 누가 능히 거스를
수 있으리요? 오랑캐가 천하를 차지하고 있습니다! 오랑캐는 바야흐로
강성하고 중국인은 피폐가 극도에 다다라서 부자 형제간에도 죽음을 구
해줄 여력이 없으니, 비록 영웅 호걸이 있다 하여도 대항할 수 없는 것
입니다. 오륙십년, 혹 백년을 기다렸다가 오랑캐의 형세가 조금 약해지
고, 중국인이 휴식을 얻어 울분이 쌓이고 치욕의 나머지에 일어나서 쫓
아내기를 원나라가 망할 때와 같이 될 터이니, 과거의 그러한 자취에서
알 수 있다."고 하였다. 그는 또 탄식하며 말하기를, "나는 열너댓살 때
부터 벌써 집에서는 효도를 하고 나라에는 공을 세우고자 뜻을 두었는
데, 지금 내가 나라에 충성을 바치지 못하고 집에 효도를 하지 못했다."
고 했다. 그는 우리나라 여자를 얻어 아들 둘을 낳았고 손자를 두었다고
한다.

　근래 종성부사(鐘城府使) 이동욱(李東郁)이 강세작전(康世爵傳) 후서
(後敍)에 대략 쓰기를, "강세작이 함경도 사람들에게 말하기를, '오랑캐
가 말을 타고 북방을 침범한다면 어떻게 막겠는가?' 하니, 사람들이 말
하기를, '읍성(邑城)에 집결해 막지요.' 하였다. 그가 웃으며 말하기를,
'육진은 모두 성이 낮은데, 성안에 남녀를 결집시키는 것은 스스로 잡혀

---

13) 한단학보(邯鄲學步): 한단의 걸음걸이를 배웠다는 뜻으로, 남의 흉내만 내다가
　　이것도 저것도 아닌 줏대 없는 인간이 됨을 비유하는 말. 춘추전국시대 연(燕)
　　의 한 젊은이가 조(趙)의 서울 한단에 가서 그곳 사람들의 걸음걸이를 배우려
　　다가 자신의 본래 걸음걸이를 잊어버리고 기어서 고국으로 돌아왔다는 우언으
　　로『장자(莊子)』추수(秋水)편에 나온다.
14) 소열(昭烈): 촉한(蜀漢)의 시조인 유비(劉備)의 시호.

가도록 하는 것이다. 강 밖에 산골짜기가 험하여 오랑캐가 들어올 수 있
는 곳은 몇 군데에 불과하다. 요새 입구마다 보졸(步卒) 수백, 수천 명만
배치하면 오랑캐 10만 명이 오더라도 통과할 수가 없을 것이다. 이 때
기병이 오랑캐의 배후로 우회해서 출동하여 곧바로 오랑캐의 소굴을 치
면 오랑캐가 돌아가지 못하고 궤멸할 것이다. 이것이 북방에서 적을 막
는 좋은 계책이다.'고 하였다." 한다.

심평사(沈評事)가 지은 전(傳)에 의하면, 회령의 강씨(康氏)가 자못 번
성하여 한두 사람은 늘 서울에서 녹을 먹고 있어 역말을 타고 오고가고
한다고 한다.

(5) 명승(明昇)의 후손

홍주(洪州)와 청양(青陽) 두 고을에는 명씨(明氏) 성의 사람들이 많이
살고 있는데 문관도 더러 있으나 대체로 품족(品族)15)이 많다. 이들은
곧 홍무(洪武)황제가 우리나라로 보낸 위하왕(僞夏王) 명승(明昇)16)의
후예라 한다. 내가 홍주목사 임육(任焴)을 통해 홍주의 명씨 족보를 빌
려 보니, 그 서문에 이렇게 나와 있다.

명씨는 계통이 후직(后稷)으로부터 나와 맹명(孟明)17)에 이르러서 처
음으로 명(明)을 성으로 하였다. 명승소(明僧紹)가 『남사(南史)』에 입전

---

15) 품족(品族): 품관(品官)의 지체에 속하는 집안을 일컫는 말. 품관은 좌수(座首)
    ·별감(別監) 따위의 9품 이외의 직을 말함.

16) 명승(明昇): 1355~?. 중국인으로 십세에 아버지 하왕(夏王) 옥진(玉珍)를 계승
    하여 황제라 참칭하였는데, 명 태조에게 패하여 항복하고 귀의후(歸義侯)에 봉
    해졌다. 1372년 18세로 명 태조에 의해 한주(漢主) 진우량(陳友諒)의 아들 이
    (理)와 함께 남녀 27인을 거느리고 고려에 귀화, 이듬해 총랑(摠郎) 윤희종(尹
    熙宗)의 딸과 결혼, 개경에 살았다. 본문에서 위하왕(僞夏王)이라 한 것은 하왕
    (夏王)으로서 공인을 받은 것이 아니기 때문에 위자(僞字)를 붙인 것이다.

17) 맹명(孟明): 춘추시대 진(秦)나라 사람. 이름은 시(視)로 백리해(百里奚)의 아
    들.

(立傳)되어 있고, 당대에는 명숭엄(明崇儼)이 있어 방기(方伎)에 능통했
으며 참정(參政)으로 드러났고, 명호(明鎬)는 송대에 사공(事功)으로 드
러났고, 명우겸(明于謙)은 원대에 문학으로 이름을 떨쳤다. 원나라 말엽
명옥진(明玉珍)은 수주(隨州)의 초야에 있던 사람으로 졸지에 삼파(三
巴)18) 지역을 차지하고 국호를 하(夏)라 하였는데, 그 아들 명숭(明昇)에
이르러서 명나라에 항복했다. 명태조는 귀의후(歸義侯) 명숭 및 한촉(漢
蜀)의 항복한 왕 진리(陳理)를 조선으로 내보내고 조칙을 내려 군졸이나
상인으로 삼지 말라고 하였다. 우리나라 태조가 명숭에게는 화촉군(華蜀
君), 진리에게는 평한군(平漢君)의 작록을 하사하였다.

선조가 명(明)·진(陳) 두 성씨의 후손들을 침학(侵虐)하지 말라는 교
지를 내린 일이 있다. 명숭의 후손 중 명극겸(明克謙)은 진사가 되고, 그
아들 광계(光啓)가 문과로 올라 현달하였다. 명씨 성은 본관을 화촉(華
蜀) 혹은 송도(松都)나 연안(延安)으로 쓰는데, 송도는 명숭이 개성의 흥
국사(興國寺), 지금은 훈련청이 된 곳에 살았던 때문이고, 연안은 태종이
명숭의 사당을 연안에 세우도록 한 때문이다.

족보의 서문을 쓴 이는 하왕(夏王)의 13세손인 전 은계찰방(銀溪察訪)
명정구(明廷耇)이고, 새로 증보한 족보의 서문을 쓴 사람은 하왕의 15세
손인 명건(明健)이다. 족보에는 명숭에게 아들 넷이 있었으니, 그 이름은
의(儀)·현(俔)·준(俊)·신(信)이라고 적혀 있다.

『지봉유설(芝峯類說)』에는 홍주에 진(陳)씨가 많이 산다고 하였는데,
지금 알아보니 홍주에 진씨 집안은 드러난 것이 없다고 한다.

전호겸(田好謙)

「명나라 향학생(鄕學生) 조선국 절충장군 행용양위부호군(折衝將軍行
龍驤衛副護軍) 광평(廣平) 전호겸(田好謙) 묘지명」은 가선대부 원임(原
任) 사헌부대사헌 겸(兼) 성균관 좨주 박세채(朴世采)가 찬한 것인데, 이

---

18) 삼파(三巴): 파자(巴字)가 든 세 고을로 곧 파군(巴郡)·파동(巴東)·파서(巴
西)의 지역을 일컫는 말로 지금은 사천성(泗川省)에 속해 있다.

글을 대략 뽑아 옮긴다.(李喜朝가 지은 행장도 참고했다.─ 원주)

전호겸은 자가 손우(遜宇)로 중국 광평부(廣平府) 계택현(鷄澤縣) 풍정리(馮鄭里) 사람이다. 그의 증조 제(悌)는 생원(生員), 조부 응양(應揚)은 병부상서(兵部尙書), 아버지 윤해(允諧)는 이부시랑(吏部侍郞)이며, 어머니 순덕 장씨(順德張氏)는 장사(長史)의 지현(知縣) 천두(天斗)의 따님이다. 그는 만력(萬曆) 경술년(1610) 5월 13일생으로 키가 훤칠하고 풍채가 단정하고 묵직했으며, 독서를 해서 향학생(鄕學生)으로 뽑혔다. 도독(都督) 황룡(黃龍)이 가도(椵島)에 관부을 설치하고[19] 건주위(建州衛)의 오랑캐 세력을 견제할 즈음, 그가 마침 어떤 일이 있어 그곳에 이르렀다. 숭정 병자년(1636, 인조 14)에 청의 군대가 가도를 습격하여 점령하였는데, 이 때 청의 장수가 그의 용모가 비상한 것을 기이하게 여기고 풀어주었다. 이에 그 무리 10여 명과 함께 빈몸으로 구걸하면서 평안도 병영에 이르렀다. 전호겸이 땅바닥에 글자를 써서 병사에게 뜻이 통해져 드디어 훈련대장 구굉(具宏)의 처소에 보내졌다. 구굉이 땅바닥에 앉히고 술과 건포를 주니 그는 홀로 꼿꼿이 서서 마시려 하지 않고 "이는 나 호겸이 편안한 바 아니다."고 말하였다. 구굉이 자리로 맞아서 빈주(賓主)의 예로 대접하였다. 얼마 지나 구굉이 그가 성실하고 믿음직한 사람인 줄 알고 막하에 두고 스스로 따르게 하였다. 인조가 세 번이나 그를 불러다 보았다고 한다.

구굉의 조카 구인후(具仁垕)가 이어서 훈련대장이 되었는데, 갑신년(1644, 인조 22) 3월 11일 심기원(沈器遠)이 모반한 사건이 일어났다. 구인후가 장차 대궐에 들어가려 하면서 군사를 모으는데, 남만(南蠻)에서 표류해온 사람 박연(朴淵)을 시켜 전호겸을 불러 그가 거느린 금할한인

───────────────

19) 도독 황룡이 가도에 관부를 설치하고…: 가도(椵島)는 압록강 부근에 있는 섬으로 이조 때에 감목관(監牧官)을 두고 말을 사육하던 지역이다. 1621년 후금이 요동(遼東) 지방을 공격하자 명나라의 요동도사(遼東都事) 모문룡(毛文龍)은 쫓겨서 국경을 넘어 우리 지역에 들어와 주둔하였다. 이에 후금군이 압록강을 건너와 이들을 공격하므로 우리 조정에서는 모문룡에게 부대를 가도로 옮겨 주둔하도록 하였다. 이 때문에 조선·명·후금 사이에 말썽이 많았다.

(幹轄漢人) 및 항복한 왜군을 거느리고 와서 호위하도록 했다. 대개 박연은 무진년(1628, 인조 6)에 바다에서 표류해 온 자이고, 왜군들은 임진년(1592)에 귀화한 자들로 이들은 모두 훈련원에 소속돼 있었는데, 전호겸이 이들을 통솔했던 것이다. 전호겸은 이들 무리들과 훈련대장의 가동 60여 명을 거느리고 대궐 밖을 돌며 호각을 불어 군대를 일으켰다. 이때 시각이 이미 사경이었다. 인하여 궁성을 수호한 지 14일 동안이었다. 훈련대장이 대궐 안을 지킬 때에 전호겸은 대장을 호위했다. 이와같이 하기를 근 한 달 만에 반란이 평정되었다. 전호겸은 원종공신(原從功臣)으로 기록되었다.

효종이 즉위하여 변장(邊將)20)으로 제수하려 하자 그는 동국말을 모른다는 이유로 사양하였다. 지금 임금 을축년(1685, 숙종 11)에 그의 나이가 76세인데 특별히 부호군(副護軍)에 제수됐다. 그가 어렸을 때 관상 보는 이가 말하기를, "이 아이는 수를 못할 것이다. 수를 하게 되면 반드시 고향을 떠나게 될 것이다."라고 했다고 한다. 대신이 그가 돈독 근신하여 쓸 만하다고 하였지만 벼슬에 나아가지는 못하였다. 이듬해 죽으니, 양주(楊州) 수락산(水落山) 서쪽 기슭에 있는 향화리(向化里) 서편 언덕에 장사지냈다.

그는 높은 지위에 있는 사람들에게 지우를 받았는데, 특히 동평위(東平尉) 정재륜(鄭載崙)과 절친하였다. 그가 일찍이 말하기를, "먼 이역땅에 의탁해 살면서 다행히 조정의 변란의 때에 공을 세워 평생 녹을 먹었다. 장가를 들어 자손들이 길이 동국 사람이 되게 되었으니, 그 무슨 바램이 있겠습니까? 다만 죽어 북망산천에서 썩어서 중국 사람인 줄 알지 못하리니 감회가 없지 않습니다. 공께서는 어찌 이 점을 생각해주지 않으렵니까?" 하였다 한다. 그는 천성이 총명하고 여러 책을 두루 보았는데, 특히 사서(四書)에 정통하였다. 수없이 죽을 고비를 넘기면서 책 한권을 암송하는데 한 글자도 틀리는 일이 없었으며, 생(栍)를 뽑아21)

---

20) 변장(邊將): 변방의 일정한 지역의 국경 수비를 맡은 장수. 첨사(僉使)·만호(萬戶)·권관(權管) 등의 총칭임.

외우도록 시험해 보았는데, 금방 유창하게 외우는 것이었다. 그의 평소에 힘쓴 공을 알 만하였다. 중국인으로 우리나라에 온 자들 가운데는 허탄한 사람들이 많았는데, 유독 그만은 독실 순수하여 매사에 온순하고 겸손하게 행동하였다. 그는 영의정 신경진(申景禛)과 익헌공(翼憲公) 정태화(鄭太和)와 잘 지냈는데, 그가 죽자 신경진의 손자 신여철(申汝哲)과 구인후의 손자 구일(具鎰)이 장사지내는 일을 보살펴 주었다.

신묘년(1711, 숙종 37) 3월 임금이 그가 우리나라로 오게 된 사정을 듣고, 8월 29일 전호겸의 아들 정일(井一)과 성일(成一), 손자 만추(萬秋) 등을 경덕궁(慶德宮) 융무당(隆武堂)에서 불러 보았다. 정일 등이 나와 엎드리니, 임금이 얼굴을 들라 하고 활쏘기를 시험하였다. 그들에게 각각 활과 화살을 하사하고, 특별히 만추를 별군직(別軍職)에 임명하니, 실로 특별한 대우였다.

전만추(田萬秋)

참봉 박익령(朴益岺)이 찬한 「조선국 절충장군행용양위부호군 안동진영장겸토포사(安東鎭營將兼討捕使) 전만추(田萬秋) 행장」을 뽑아 소개하면 이러하다.

영조 18년 임술년(1742), 관동(館洞)의 전씨 집에서 명나라 고(故) 병부상서 전공의 유상(遺像)에 치제(致祭)를 드리니 특별한 예우였다. 며칠 후 전치우(田致雨)가 그 선친의 행장을 지어줄 것을 부탁하였다. 공의 휘는 만추(萬秋)이고 자는 여숙(汝肅)이다. 조부가 호겸(好謙)인데, 전씨가 동국 사람이 된 것은 호군공(護軍公) 호겸으로부터였다. 조부는 아들 넷을 두었는데, 그 중 유일(有一)은 유업(儒業)을 닦아 호군(護軍)을 지냈으며, 을축년(1685, 숙종 11년) 8월에 회동(灰洞)에서 공을 낳았다. 공은 성장하여 삼산(三山) 이병상(李秉常) 학사(學士)와 함께 송명규

---

21) 생을 뽑아[抽栍]: 생은 우리말로 찌, 즉 가늘고 길쭉한 물건을 말함. 추생(抽栍)이란 강경(講經)에 있어, 각 편의 첫머리를 찌에다 써놓은 것을 임의로 뽑게 하여 그것을 외우도록 한 것을 말한다.

(宋命奎)에게 수학하였다. 공은 뒤늦게 무예를 익혀 계사년(1713, 숙종
39) 무과에 올랐으며, 을미년(1715, 숙종 41)에 숙종이 별군직을 제수하
였다.

지금 임금 을사년(1725, 영조 1)에 남해현령(南海縣令)에 임명되었는
데, 관찰사가 포계(褒啓)[22]하여 통정(通政)의 지위에 올라 오위장(五衛
將)에 제수되었으며, 상토진첨사(上土鎭僉使)·보성군수(寶城郡守)·맹
산현감(孟山縣監) 등을 지냈다. 경신년(1740, 영조 16) 병조판서 김성응
(金聖應)을 인견했을 때, 영조가 "전만추는 명나라 상서의 현손인데 조
정에서 특별히 거두어 쓰는 일이 없고, 또 청망(淸望)[23]을 허용하지 않
으니, 나는 심히 이상하게 여긴다. 이제부터는 병·수사(兵水使)의 자리
도 줄 수 있겠다."고 하였다. 이에 병조에서 우림장(羽林將)으로 추천하
였으며, 안동영장(安東營將)으로 임명되어 임지에서 죽으니, 임금이 듣
고서 깜짝 놀라 말하기를 "애석하도다. 그 사람됨이 신령스러우면서 준
걸차서 위급할 때에 쓸 만한 그릇이었는데……" 하였다. 장단(長湍) 화
장산(華藏山)의 원통리(元通里) 북쪽 언덕에 장사지냈다. 공은 아산(牙
山) 장씨(蔣氏)를 부인으로 맞았는데, 부인 또한 중국 학사(學士)인 장완
(蔣琬)의 후손으로 슬하에 4남 1녀를 두었다. 아들들은 시우(時雨)·치
우(致雨)·득우(得雨)·창우(昌雨)다.

시우는 요절하여 자식이 없고, 치우는 무과에 올라 별군직·홍양현감
(興陽縣監)을 지냈으며, 득우도 무과에 올랐는데 임금이 조상을 생각하
는 은전을 많이 내려주어 별군직·고원군수(高原郡守)를 지냈다. 또한
이들 치우·득우 형제는 모두 특별히 총부도사(摠府都事)를 제수받았다.
대보단(大報壇)[24] 제사일에 득우 형제와 치우의 아들로 시우의 양자가

---

22) 포계(褒啓): 각 도의 관찰사 또는 어사가 정사를 잘한 지방 수령을 드러내기
   위해 임금에게 올리는 글.

23) 청망(淸望): 청환(淸宦)의 자리에 추천받는 것. 이 청환은 학식이 높고 문한(文
   翰)이 빼어난 사람에게 돌아가는 것이 원칙이었으며, 청환을 거쳐야만 뒷날 높
   은 지위에 오를 수 있었다.

24) 대보단(大報壇): 명나라 태조·신종·의종을 제사하던 곳. 숙종 30년(1704) 창

된 현룡(見龍)이 별군직을 제수받았다. 임신년(1752, 영조 28)에 현룡이 무과에 장원을 했다. 임금이 선전관의 행수(行首)[25]인 구선복(具善復)에게 명하여 선전관을 모두 모이게 하고서 날괴(捋魁)를 베풀어 임금의 자리 앞에서 두드리니 특별한 대우였다.

김충선(金忠善)

대구(大丘)의 녹촌(鹿村)에는 임진왜란 때 항복한 왜인으로 선조로부터 김충선(金忠善: 1571~1642)이라는 이름을 하사받은 사람이 있었는데, 그 자손들이 지금 그 근방에 많이 살고 있다. 지금 임금(정조)에 이르러 김충선의 자손들이 예조에 글을 올려 은전(恩典)을 받고자 하였다. 당시 예조판서는 오재순(吳載純)이었는데, 내가 오판서의 종제인 오재신(吳載紳)을 통해 김충선의 행적을 얻어 볼 수 있었으니, 그 대략은 다음과 같다.

김충선은 임진왜란 때 가등청정(加藤淸正)의 선봉장이었는데, 당시 나이가 22살이었다. 평생 중원 문물을 흠모하여 조선을 공격함이 불의하다고 여겼는데, 자청하여 동국(東國)으로 출정하였다. 우리나라의 풍속을 보고서 마음속으로 좋아하여 병사 김응서(金應瑞: 후에 景瑞로 개명함—원주)에게 편지를 보내 귀화하고 싶다는 뜻을 알리고, 3천 명의 군사를 이끌고 왔다. 증성(甑城) 싸움[26]에서 전공을 세우고, 이여송(李如松) 휘하에 소속되었다. 도산(島山)의 전투[27]에서 김경서가 군율을 위반하여 이제독이 장차 목을 베려고 하였다. 김충선이 왜적의 머리를 베어 바쳐 김

덕궁 안에 설치하였다.

25) 행수(行首): 동일한 집단의 우두머리를 지칭함.

26) 증성(甑城) 싸움: 증성은 임진왜란 때 왜군이 울산 지역에 방어를 위해 쌓았던 성. 1597년 12월 조·명 연합군이 포위하여 이곳에서 치열한 공방전이 벌어졌다.

27) 도산(島山)의 전투: 정유재란 때 지금 울산에 있는 도산성(島山城)에서 왜군과 싸운 전투. 조·명 연합군의 반격에 밀린 왜적은 도산에 축성하였는데, 여기에서 일대 격전이 벌어져 왜군과 명군의 희생이 많았다.

경서의 죄를 속하기를 청하고, 이에 밤중에 적군의 성채를 넘어가 수백 왜적을 베고 김경서의 목숨을 용서받았다. 그 당시 감사에게 편지를 보내 조총법(鳥銃法)을 가르치기를 원하니, 조정에서 조총도감(鳥銃都監)을 설치하고 김충선을 감조관(監造官)으로 삼았는데, 그가 총 만드는 법과 쏘는 법, 화약 만드는 법을 모두 가르쳤다.

이괄(李适)이 난을 일으킬 때 사람을 보내 함께 반란하기를 청하자 김충선이 크게 꾸짖고 사자를 죽이니, 이괄이 대로하여 말하기를, "일이 성공하면 너의 집을 멸하겠다."고 했다. 이괄의 장수 서아지(徐牙之) 또한 항복한 왜인인데 이괄이 패하자 도망하였다. 서아지가 날래고 용맹하여 잡을 수가 없어서 조정에서 은밀히 김충선에게 잡으라는 명을 내리자, 그가 꾀를 써서 잡아 바쳤다. 조정에서 서아지의 전토(田土)를 하사하자 그는 상소를 올려 사양하니, 이에 그 전토는 군문(軍門)의 둔전(屯田)으로 되었다. 그가 오랫동안 북방의 경비를 맡고 만기가 되어 돌아오니, 선조가 불러보고 친히 글씨를 써주며 포상하였다. 그리고 다시 임지로 나갔다가 뒤에 또 인조의 어필을 하사받았으니, 지금까지 그 글씨가 전한다.

병자호란 때 쌍령(雙嶺) 전투28)에서 김충선이 의병을 일으켜 영남군(嶺南軍)을 따라서 오랑캐 군사를 많이 죽이니 거의 만 명에 이르렀다. 이 때 영남군의 화약고에 불이 나 군대가 전멸함에 그는 형세가 고단하여 자립할 수 없었다. 남한산성을 향해 가던 중 임금이 성에서 내려왔단 말을 듣고 통곡하고 적병의 벤 코와 머리를 담은 주머니를 버리고 영남으로 돌아갔다. 70여 살에 이르도록 대구 녹촌에 살았으며, 가선대부(嘉善大夫)의 작위를 받았다. 그는 묘자리를 스스로 잡았는데, 지금까지 무덤의 나무를 범하는 자가 있으면 반드시 재앙을 당한다고 한다. 묘비는 유심(兪杺)이 찬했다.

---

28) 쌍령(雙嶺) 전투: 쌍령은 지금의 경기도 광주읍에 있는 지명으로, 광주읍에서 동으로 16km 거리에 있는 크고 작은 두 개의 고개를 말한다. 병자호란(1634) 때 경상좌병사 허완(許完)과 경상우병사 민영(閔泳)이 군사를 거느리고 올라와, 이곳에서 청군과 격전하였음.

김충선의 당호(堂號)는 모화(慕華)이고, 왜명은 사야가(沙也可)인데, 대대로 왜국에서 관작을 받았다. 우리나라에 올 때 호적을 가지고 왔는데, 그의 외조는 평수철(平秀喆)이고, 김충선이란 이름은 임금이 내려준 것이고 김해를 본관으로 했다. 그는 평생 왜국에 관한 일을 말하지 않았다. 부사(府使) 홍춘점(洪春點)의 딸과 결혼하여 자녀를 많이 두어 그 후손이 매우 번창하다. 그가 저술한 시문이 많은데 그 사이에 불에 타는 재앙을 겪어, 지금까지 전하는 것은 사직할 때 올린 상소와 편지글, 약간의 저술 3권이 그 집에 보관되어 있다.

영조 임진년(1772)에 그의 무덤에 있는 상석(床石)과 비석 등의 돌에서 땀이 흘러 삼일 동안이나 멈추지 않았다. 그의 자손들이 이상하게 여겨 제문을 지어 고하니, 물방울이 비로소 멎었다. 그의 큰아들은 특별히 천거되어 훈련정(訓鍊正)을 지냈다고 한다.

우리나라는 팔도에 귀화한 사람들이 많이 있는데, 생각건대 건국 직후에 야인(野人)으로 우리나라에 들어와 사는 사람들과 임·병 양란에 들어와 잔류한 병사의 후손일 것이다. 결성(結城)29)의 바닷가의 한 면은 전부가 귀화촌(歸化村)으로 여진 종족이다. 연전에 그들 여러 사람들이 돈을 모아서 고을 아전에게 뇌물로 바치며 그 명목을 '향화례(向化禮)'30)라고 하였는데, 근래에는 향화(向化)란 이름을 피하여 전례전(前例錢)이란 이름으로 바꾸었다고 한다.

---

29) 결성(結城): 지금의 충청남도 홍성군(洪城郡)에 속한 고을 이름.
30) 향화례(向化禮): 향화례는 귀화하는 절차로 예의를 표시한다는 의미로 붙여진 말임.

11. 역관록(譯官錄)*

이추(李樞)

숭록대부(崇祿大夫)의 품계에 오른 이추(李樞: 1675~?)는 자가 두경(斗卿)으로, 30년 동안 청한(淸漢) 역관의 우두머리로 있었다. 그는 사람됨이 공명 청렴하고 독후하였다. 재물을 가볍게 여기고 베풀기를 좋아하여 자손을 위한 계책은 세우지 않았다.

숙종(肅宗) 때 가장 오래 벼슬하였는데, 숙종이 일찍이 말하기를, "나는 이추의 청렴하고 근실함을 잘 아노라."라 하였다. 사대부들은 이추를 호칭할 때 관명으로 부르고 이름으로 부르지 않았다. 오랫동안 사역원의 장으로 있었는데, 그를 원망하는 사람이 없었다. 북경(北京) 사람들 또한 그를 관명으로 부르고 이름으로 부르지 않았다. 숙종이 병환이 있었는데, 이추가 자문(咨文)을 가지고 가서 공청(空靑)1)을 강희제(康熙帝)의 내부(內府)에서 구해온 일이 있었다. 청의 칙사(勅使)를 맞이할 때면 으레 300명의 군졸로 호위하여, 삼도(三道)의 군졸이 아주 고달팠다. 이추는 저쪽 사신(使臣)에게 말하여 그 일을 폐지하도록 했다.

『명사(明史)』에 인조반정(仁祖反正)에 관한 기사가 실려 있는데, 그 말이 사실에 어긋난 것이 많았다. 옹정제(雍正帝) 때 여러 번 사신을 파견하여 바로잡아 줄 것을 청했는데, 임금이 이추를 파견하여 사행을 수행

---

* 이 역관록(譯官錄)에서는 역관과 함께 의학(醫學)에 관계된 인물을 다루고 있다. 원래 이 일들은 중인(中人)이 맡았던 일 가운데 대표적인 것이어서 '의역중인(醫譯中人)'이란 말이 쓰이기도 했다. 그래서 의학에 관계된 인물까지 다룬 것으로 여겨진다.

1) 공청(空靑): 금동광에서 나는 푸른 빛의 광물. 물감·약재로 쓰인다. 숙종 43년(1717)에 숙종이 눈병이 나서 중국에서 수입해 쓴 일이 있다.

하도록 하였다. 건륭(乾隆) 무오년(1738) 마침내 잘못을 바로잡은 『명사』를 인쇄하여 보급하였는데, 이 일을 주선하는 데 이추의 힘을 입었다 한다. 건륭 병인년(1746)에 책문(柵門)을 물리자는 의론이 나자[2] 이추는 이미 늙은 몸인데도 가마를 타고 가서 그 의론을 중지시켰다.

전후 30번이나 북경에 갔는데, 주청(奏請)을 허락받은 일이 여섯 차례, 진주(陳奏)를 성사시킨 것이 아홉 차례, 전대(專對)를 맡은 것이 열 차례였다. 조정에서 사직(司直) 한 자리를 사역원에 두어 영구히 이추가 맡도록 했다. 이추에 관한 일은 김경문(金慶門)이 지은 『통문관지(通文館志)』에 실려 있다.

김경문(金慶門)

자헌대부(資憲大夫)의 품계에 오른 김경문(金慶門: 1687~1737)은 자가 수겸(守謙)이다. 숙종 임진년(1712)에 청나라 사신 오라총관(烏喇摠管) 목극등(穆克登)과 백두산 정상에 양국의 국경을 정할 때에 김경문이 김지남(金指南)과 함께 특별히 파견되어 접반하여 상대하는 데 바르게 분변하니 목극등이 능히 다투지를 못하였다.

봉황성(鳳凰城)에 난두(欄頭)[3]의 분쟁이 있었다. 난두란 청나라 제왕(諸王) 중에 사납고 교활한 놈으로 내탕고의 은을 밑천으로 고거(雇車)의 이익을 독점하여 피해가 한둘이 아니었다. 우리나라에서는 폐지할 것을 청하였으나, 난두의 도당들이 세력을 믿고 아우성을 쳤다. 김경문이 사관(査官)에게 나아가 힘껏 다투니 사관이 크게 깨닫고 그 도당들을 추

---

2) 원래 청에서는 봉황성 쪽에 책문을 설치하고, 책문으로부터 압록강까지 100리를 빈 땅으로 두어 조선인과 청인의 접촉을 금지해 왔는데, 이해 윤3월에 청나라측에서 책문을 압록강 쪽으로 훨씬 접근시키고, 그 사이의 공한지(空閑地)를 개간하려고 하였다.

3) 난두배(欄頭輩): 숙종 16년(1690)에 출현한 요동의 거호(車戶) 12인. 요동과 봉황성 사이의 청부 운송업을 독점하였으니, 곧 조선측의 화물 수송을 이들이 전담하였던 것이다. 뒤에는 책문 무역에도 참가하였고, 조선 쪽 상인들과 결탁하여 불법 무역을 행하였다.

방하고 그 폐단을 고쳤다. 이때 국경의 금지가 해이해져 상인들이 간사한 짓을 많이 하였다. 김경문이 깊이 염려한 나머지 글을 지어 논했는데, 뒤에 과연 업신여기는 자문(咨文)을 보내온 일이 있었다.[4] 우리나라에서 김경문을 파견하여 진주사(陳奏使)와 함께 가게 했는데, 마침내 장사치의 출입을 금하고 단련사(團練使)[5]를 혁파하고, 고거운폐법(雇車運幣法)[6]과 제강출책법(諸綱出柵法)[7]을 정하였다. 청나라에서 경원(慶源)의 강 북쪽에 둔(屯)를 설치하고,[8] 의주(義州) 건너편에 진(鎭)을 두려 하였는데, 김경문이 여러 차례 자문을 받들고 가서 극력 변론하여 철회시켰다. 김경문이 죽자, 재상 조현명(趙顯命)이 탄식하기를, "나라에 위급한 일이 있으면 누구를 보낼 것인가?" 하였다.

김경문이 언젠가 전장(田莊)을 산 적이 있었는데, 그것을 판 사람이 살 곳을 잃었다는 말을 듣고 문서를 돌려주고는 값을 회수하지 않았다.

---

4) 조선과 청의 책문 무역에서 조선측 상인들이 청상과 난두에게 빚을 많이 지자, 이들이 봉황성장과 중국 조정을 충동하여 빚의 상환을 조선 조정에 요구한 사건이 일어났다. 특히 중국 황제가 조선 조정에 자문을 보내 특별히 감면을 허락하자 조선 측에서는 이를 중국이 조선을 업신여기는 것으로 생각했다.

5) 단련사(團練使): 원래 변방의 방어를 맡던 종3품 관리. 우리나라의 공물은 연경까지 다 보내는 것이 아니라 심양에다 일부를 분납하는데, 심양에 갔다가 돌아오는 인마를 감독하는 일을 맡는다. 이들은 돌아오는 길에 책문에서 중국 상품을 구입하여 무역을 하였다. 단련사 후시라고 한다.

6) 고거운폐법(雇車運幣法): 조선의 중국에 대한 공물은 모두 말로 수송하는데, 짐을 싣지 않고 여분의 말을 가지고 가는 것을 여마(餘馬), 사신이 돌아올 때 물자를 수송하기 위해 보내는 말을 연복(延卜)이라 한다. 이들은 모두 관마(官馬)이나, 이것이 사상(私商)들의 상행위에 악용되었으므로, 물자 수송을 전담하는 수레를 세내어 사용하는 법을 정한 것이다. 영조 4~5년 사이에 있었다.

7) 제강출책법(諸綱出柵法): 여러 행렬이 동시에 책문을 통과하는 법. 조선 쪽의 사신이 중국에서 돌아올 때 단련사와 난두, 상인들이 사신을 먼저 책문을 통과시키고, 남아서 밀무역을 마음대로 하였으므로, 이를 막기 위해 모든 사행의 수행원은 동시에 책문을 통과하도록 한 것이다.

8) 숙종 40년(1714) 청측에서 경원(慶源) 훈융진(訓戎鎭) 건너편에 군사를 두고 토지를 개간하려고 한 일을 말한다.

또한 의전(義田)을 마련하고 가난한 일가들을 구제하였다고 한다.

대저 역학(譯學)이나 의학(醫學)에 모두 학(學)이란 말이 붙는 것은, 글을 알아야 배울 수 있기 때문이다. 사람이 글을 알면 지식이 생기는 법이니, 사역원(司譯院)이나 내의원(內醫院)에 속하는 사람 중에 지식이 있는 사람이 많다. 역관은 두 나라가 교제하는 사이에 처하니, 그 사람이 영리하여야만 그 임무를 맡을 수 있다. 사람들 가운데서 간웅(奸雄)이 자라는 것도 역인(譯人)들 사이에서 쉽게 나타나니, 재주 있는 사람이 아니면 실로 역학이나 의학은 배울 수 없기 때문이다. 의학과 역학은 참으로 인재의 큰 창고인데, 사대부들은 역관 벼슬을 멀리하기 때문에 그 방면의 사람을 들을 수 없으니, 매우 한탄스러운 일이다.

우리 가문에 근래 사역원 제조(提調)를 지낸 재상이 나와서 조카인 이영재(李寧載)를 시켜서 사역원의 『통문관지』를 구하도록 편지를 보냈다. 영재가 이추와 김경문 두 사람의 사적을 『통문관지』에서 추려서 제시하고 "『통문관지』는 역관 김경문이 지은 것으로, 인조 14년 병자(1636)부터 지금 임금 5년(1781)에 이르기까지 남과 북으로 외교 사절과 문서에 대한 기록이 상세하게 수록되어 있다."고 하였다. 이로 본다면 김경문은 비단 사업이 통역에만 그치는 것이 아니었고 문장 또한 훌륭했던 것을 알 수 있다.

홍순언(洪純彦)

우리나라 중엽의 인물인 역관 홍순언(洪純彦)의 이야기가 세상에 전한다. 그가 연경에 갔다가 천금(千金)으로 한 기생을 구해서 만나보았더니, 실은 진신(縉紳)의 딸이었다. 그 여자가 울면서 "나는 강남(江南) 사람으로, 만리 먼 곳에 벼슬살이하는 아버지를 따라왔다가 부모님은 다 돌아가시고 나 혼자만 남아 여자 한몸으로 반장(返葬)할 계책이 없습니다. 내 몸을 팔아서 비용을 얻으면, 응당 죽음을 각오하고 돌아가서 깨끗이 지키고자 합니다. 그러한즉 오직 오늘 하루만 보겠습니다."라고 하였다. 홍순언이 문득 절을 하고 말하기를, "나는 구석진 땅의 하찮은 사람으로 어찌 감히 중국 대부의 딸을 더럽히겠는가?" 하고, 이내 천금을 주고 옷을 떨치고 돌아왔다. 그 후에 또 연경에 갔는데, 그 여자는 상서(尙書) 석성(石星)의 계실(繼室)이 되어 있었다. 그 여자가 사람을 보내 만나기를 청하면서 "내 부모를 장례지내고 결혼을 할 수 있었던 것은 누구의 덕택인가?"라 하고, 석상서에게 힘껏 권하여 왜군을 치는 군사를 조발하도록 하였다. 또 한 수레 가득 비단을 선물하였는데, 비단에다 모두 '보은(報恩)'이란 글자를 수놓았다. 홍순언이 돌아와 집을 샀는데, 그 마을의 이름이 '보은방(報恩坊)'으로 불려지게 되었다. 뒷날 '보' 자의 음이 '고(高)'로 바뀌었는데, 지금 서울 소공주동(小公主洞)에 있는 '고은당동(高恩堂洞)'이 바로 그곳이라고 한다.

어떤 선배의 문집을 보니, "홍순언이 국무(國誣)를 변증하는 일을 당해서 누차 사신을 따라 명나라에 가서 그 일이 드디어 바로잡혔다. 홍순언은 이 공로 때문에 당성군(唐城君)에 봉해졌다."고 하였으니, 이야기로 전하는 것과 문자로 전하는 것이 이와 같다. 당성군 또한 역관 중에서 특출한 사람이다.

유찬홍(庾纘洪)

홍세태(洪世泰)의 『유하집(柳下集)』에 사역원 판관(判官) 유술부(庾述夫)의 전(傳)이 있다. 유술부의 이름은 찬홍(纘洪)이고, 호는 춘곡(春谷)인데, 시를 잘했고 술을 좋아하였으며, 생김새는 무척 크고 말쑥하였다. 아홉살 때 병자년(1636) 난리를 만나 오랑캐 땅으로 잡혀 들어가 오래 머물게 되었는데, 그곳의 한 여자가 억지로 가까이 하려 하였다. 그는 짐짓 남자의 일을 모르는 척하여 끝내 응하지 않았다. 귀국한 뒤의 일인데, 숙사(塾師)가 조로 나누어 글을 외우게 하고 장차 상을 주려 하였다. 술부는 동명(東溟) 정두경(鄭斗卿)을 찾아가서 『초사(楚辭)』를 배울 것을 청하였다. 정공은 성품이 소탈하여 가르치기를 간략하게 하였다. 술부는 몇번 읽어보고 훈장을 찾아가 배송(背誦)하였는데, 한 글자도 틀리지 않으니, 그 자리에 모였던 사람들이 깜짝 놀랐다. 바둑을 잘 두어, 일수기(一手碁)인 덕원군(德源君)과 대적할 만하였다. 「유술부전」은 대략 이와 같다.

임준원(林俊元)

정내교(鄭來僑)의 『완암집(浣巖集)』에 자소(子昭)인 임준원(林俊元)의 전이 실려 있는데, 대략 이러하다. 임준원은 위인이 빼어나고 시원스러웠으며, 기개가 있고, 좋은 풍신에다 언변이 능란했다. 귀곡(龜谷) 최기남(崔奇男)에게서 시를 배웠는데, 자못 시를 잘하였다. 집이 내수사(內需司) 하리(下吏)로 일어나 재산이 수천금에 이르렀다. 이에 탄식하기를, "충분하다."고 하고 즉시 그만두고 집에서 지내면서 시인들과 어울려 매일 술자리를 벌였다. 술자리 모임이 몇 차례 지나자 홍세태의 궁핍한 살림을 알고, 호의를 갖고 베풀기를 좋아했다. 가난하여 시집 가고 장가가지 못하는 사람들은 반드시 임준원을 찾곤 하였다.

임준원이 육조(六曹)거리를 지나가다가 보니, 악소(惡少輩)가 여자를 구박하여 울리는 것을 보고 자초지종을 물어보니 빚독촉이었다. 임준원은 곧장 그 빚을 갚아주었다. 여자가 임준원의 이름을 물었으나 알려주지 않고 가버렸다. 최기남이 죽었을 때 임준원은 마침 북경에 가 있었다. 상가에 앉아 있는 사람들이 "임준원이 없으니, 어찌할까?" 하며 탄식하는데, 얼마 지나지 않아 관목(棺木)을 실어온 사람이 있었다. 물어보니, 임준원이 집안 사람에게 최귀곡의 후사를 미리 부탁해 놓았던 것이다. 임준원이 죽자, 한 늙은 과부 하나가 스스로 찾아와 바느질 일을 했으니, 곧 육조거리에서 만났던 바로 그 여자였다. 임준원이 죽은 뒤 유하(柳下)가 여항시(閭巷詩)를 모아 『해동유주(海東遺珠)』란 이름으로 엮어 간행했는데, 유찬홍과 임준원의 시가 많이 수록되어 있다.

김성기(金聖基)

정내교는 또 금사(琴師) 김성기(金聖基)의 전(傳)을 썼는데, 대강의 내용은 이렇다. 김성기는 상방(尚房)9)의 궁인(弓人)인데, 거문고를 배우고 나서 활 만드는 일을 집어치웠다. 또 퉁소와 비파를 잘하여 거문고와 함

---

9) 상방(尚房): 왕과 왕비의 의복을 만들고 궁궐 내의 보물 등을 관장하는 관서.

께 오묘한 경지에까지 들어갔다. 새 악보를 내놓으면 한때 이름이 있었다. 궁노(宮奴) 목호룡(睦虎龍)이 신임무옥(辛壬誣獄)을 고변(告變)한 공으로 동성군(東城君)에 봉해져 당시에 권세가 떨쳤다. 한번은 목호룡이 잔치를 베풀고 김성기에게 거문고를 연주하도록 청했으나 응하지 않았다. 목호룡은 노하여 협박하기를, "오지 않으면 앞으로 좋지 않을 것이다." 하였다. 김성기는 비파를 뜯고 있다가 내던지며 심부름 온 자에게 꾸짖기를, "내 나이 이제 칠십이다. 네가 협박한들 어찌 하겠느냐? 호룡이 고변을 잘한다 하니, 왜 나를 고변하지 않는가?" 하니, 목호룡이 기가 꺾여 연회를 파했다 한다.

백광현(白光炫)

정내교의 『완암집』에 또 「백태의전(白太醫傳)」이 있는데, 대강의 내용은 이렇다. 백광현(白光炫)은 소가(小家)의 자식으로 태어났는데, 키가 크고 수염이 좋았으며 눈에는 광채가 돌았다. 대포(大布)철릭을 입고 찌그러진 갓을 쓰고는 남에게 아쉬운 소리를 하고 다녔다. 사람들이 혹 업신여기고 놀리기도 하였으나 백광현은 웃으며 성내지 않았다. 말의 병을 잘 고쳤는데, 오로지 침으로 다스렸고 한방서(漢方書)에 의존하지 않았다. 의술이 익숙해지자 그 치료법을 사람에게 적용해 보았는데 왕왕 신통한 효험을 보았다. 동네를 돌아다니면서 남의 종기를 돌봐 준 적이 많았는데, 지식은 더욱 정밀해지고 침술은 더욱 신통해졌다. 정근(疔根)10)은 고방(古方)에 치료법이 없는 증세인데, 대침을 써서 환부를 찢고 독기를 제거하여 죽어가는 사람을 되살려놓기도 하였다.

어떤 때는 침을 너무 지나치게 써서 사람이 죽기까지 하였으나, 효험을 보아 살아난 사람이 많아 그의 집 문전이 장터와 같았다. 백광현은 더욱더 의술에 게으리하지 않아 온 나라에 신의(神醫)로 이름이 났다. 숙종초에 어의(御醫)로 선발되었는데, 효험을 보여 곧 가자(加資)되어 현감(縣監)을 지내고 높은 품계에 이르렀다. 그러나 환자의 귀천을 묻지

10) 정근(疔根): 얼굴에 생기는 악창.

않고 청하면 곧 가고 가면 반드시 의술을 다해 성심껏 보아 좋아진 후에야 그만두었다. 몸이 늙고 귀하다고 해서 거절하는 법이 없었으니, 그의 천성이 원래 그랬던 것이다. 오늘날 세상에서 정저(疗疽)를 수술하는 법은 백광현으로부터 시작된 것이다. 그의 아들 홍령(興岭)이 의업을 이어 다소 능하다는 명성이 있으며, 제자 박순(朴淳) 역시 종기의 치료로 이름이 났다. 그러나 모두 백광현의 수준에는 미치지 못한다고 한다. 요사이 쌀밥을 붙여 고름을 빼내는 방법 또한 백광현이 처음 만들어낸 것이다.

김석주(金錫胄)

우리나라에는 어의(御醫)로 뽑혀 약원(藥院)에 들어가는 데 두 가지 길이 있다. 하나는 '본원원(本院員)'이니 그 의원은 모두 의업(醫業)을 세습하여 대대로 약원의 직임을 맡는 경우이다. 두번째는 '의약동참(議藥同參)'이란 것으로, 사대부로부터 미천한 사람에 이르기까지 재능이 있으면 모두 보임될 수 있다. 이 때문에 '동참'의 경우 인원은 적지만 기술이 좋다. 세상에 전하기를, 식암(息菴) 김석주(金錫胄)는 정승에 이르도록 '동참'의 직을 겸하고 있었다.

명의(名醫) 유상(柳瑺)은 감사(監司)의 얼자(孽子)인데 동참으로 숙종의 천연두를 치료한 공으로 높은 품계에 올랐으며, 아직도 명의로 세상에 이름이 남아 있다. 전하는 이야기에 판서 윤혜교(尹惠教)가 경기감사(京畿監司)로 있을 당시 훗날 정승을 지낸 아들 윤동도(尹東度)가 어린 나이였는데, 천연두를 앓아 위중한 상태였다. 이에 유상을 불러 보이니, 유상이 "자초용(紫草茸)11) 몇근이 있다면 살려낼 수 있을 터인데, 어디서 얻을 것인가? 이외에는 달리 방도가 없다."고 하였다. 판서가 사방으로 사람을 보내 구했다. 양근(楊根)의 저리(邸吏)가 찾아와 말하기를, "고을 백성 중에 지초(芝草) 장수하는 사람이 지초를 캐가지고 서울로 들어왔다가 팔지 못하고, 지초 묶음을 저가(邸家)에다 버리고 갔습니다.

---

11) 자초용(紫草茸): 지치의 싹. 두창·종창·악창에 쓴다.

그래 그 지초 묶음을 헤치고 살펴보니, 장마 중에 여러 개의 자초용이 싹이 나서 이에 바치러 온 것입니다." 하였다. 싹을 따 보니 자초용이 여러 광주리가 되었다. 유상이 탄식하기를, "인력(人力)이 아니로다." 하고 달여서 여러 번 씻기니 과연 소생했고 딱지도 잘 떨어졌다. 윤동도는 노경에 재상에 올랐는데, 얼굴의 마마자국이 두꺼비 등과 같았다.

김석주의 집안은 감사 김징(金澄)과 틈이 있어 김징은 이 때문에 벼슬 길이 막혀 죽었다. 김감사의 부인은 과부가 되어 여러 해 고질병을 앓았는데, 의원이 "인삼 근이나 써야 치료할 수 있을 것"이라고 하였다. 김징에게는 두 아들이 있었는데, 하나는 뒤에 정승을 지낸 김구(金構)이고 하나는 참판을 지낸 김유(金楺)였다. 김석주가 우연히 두 수재(秀才)의 인물됨을 보고 자기와 친하게 지내는 약국 주인을 불러, "자네는 김씨 집과 친한 터이니, 나의 인삼을 가지고 가서 너의 인삼이라 말하고, 김씨 집에서 인삼을 구하러 오면 근수를 따지지 말고 달라는 대로 모두 주어라." 하였다. 대개 약국 주인은 정승 잠곡(潛谷) 김육(金堉)이 가난했던 시절에 김정승을 후하게 대접한 사람이었다. 김정승은 뗄감 파는 소를 타고 교외로부터 서울로 들어올 때면 늘 그 약국에 머물렀고, 밤이면 행장에서 관솔을 꺼내 켜고, 대동법(大同法)의 계책을 계획하곤 하였다. 김정승이 귀하게 되자 약국 주인은 잠곡의 집을 관리하는 일을 맡았다.

잠곡은 이름이 육(堉)인데, 선혜청(宣惠廳)에 대동법을 설치하여, 온 나라가 오늘에 이르도록 그 은혜를 입고 있다. 잠곡은 김석주의 조부이다. 식암은 이름이 석주(錫胄)로서 벼슬이 정승에 이르렀고 청성부원군(淸城府院君)에 봉해졌다. 약국 주인은 또한 김징 집안과 친하게 지내던 터였는데, 그 집안이 망할 지경에 이르렀어도 변하지 않고 도와주곤 하였다.

하루는 김구가 사천(沙川)의 시골집으로부터 걸어서 약국을 찾아와 "친환(親患)에 인삼을 써야 하니, 인삼을 좀 빌려달라."고 하였다. 약국 주인이 인삼을 내어주고는 김석주에게 그 사실을 알렸다. 김석주는 계속 인삼을 내어 약국에 비치하게 하고, 한편으로 몰래 병의 기록을 구해 오게 하여 그 기록을 보고 좋아하며 말하기를, "이 병은 허로(虛勞)12)에서 온 병이라 치료할 수 있겠다. 너는 인삼을 계속 대주고, 또 계속해서 쌀과 소금·기름 등속을 대어주라." 하였다. 몇해를 지나자 병이 나아 완전하게 되었다. 부인이 울면서 두 아들에게 "아버지에게는 원수요 어머니에게는 은인인데, 아들이 갚고자 할 때 어떻게 하겠는가?" 하였다. 두 아들은 어머니의 속뜻을 알지 못하고 대답하기를, "원한은 가볍고 은덕이 크다면, 원한은 놓아두고 은덕을 갚아야 할 것입니다." 하였다. 부인이 "의리가 그렇다. 너희들은 너의 어미의 병을 낫게 한 사람을 아는가? 온나라를 두고 말하더라도 누구의 재력(財力)과 누구의 의기가 능히 우리 집을 살려낼 수 있겠느냐? 일찍이 듣자 하니, 약국 주인이 청성 집안과 친하다고 하니, 반드시 청성이 모르는 중에 계책을 쓴 것일 게다. 남편이 벼슬이 막혔던 것은 죽인 것과 다르고, 내가 살아난 것은 죽을 사람을 살린 것이다. 너희들이 장차 김씨에 대한 원한을 갚지 못하게 되었으니, 이 때문에 내가 우는 것이다." 하였다. 두 아들이 약국 주인을 찾아가 알아보니 과연 그러했다. 두 아들이 돌아와 그 사실을 말씀드리고 또한 울면서 "어머님께서 생각하신 바가 참으로 의리에 그러합니다." 하였다.

김석주가 죽은 뒤 그의 집안이 남인(南人)으로부터 화(禍)를 당했는데,13) 김징의 두 아들이 이미 집정(執政)을 하고 있었으므로 힘껏 구제하여 화가 그쳤다. 후세에 정승을 지낸 김재로(金在魯)는 곧 김구의 아들이요, 병판(兵判) 김성응(金聖應)은 청성 집 사람이었다. 이 두 사람이 만나 대대로 내려오던 혐의를 씻었다.

세상에 또 전하기를, 김석주가 일찍이 의정 윤지완(尹趾完)을 보고 말하기를, "명년에 공이 반드시 각기병을 앓을 것이다. 급히 나를 찾아오면 치료할 수 있고, 조금이라도 지체하면 죽을 것이다." 하니, 윤정승이

---

12) 허로(虛勞): 원기가 모자라는 것.

13) 김석주가 서인(西人)으로 숙종 초기에 남인 세력을 제거할 때 그 수단이 지나치게 음험하고 잔혹하였으므로, 1689년 기사환국(己巳換局) 때 남인이 집권하자 김석주의 집안을 아주 철저히 몰락시킨 일을 말함.

웃으며 "내 다리는 튼튼하다. 명년 일을 어찌 미리 알 수 있단 말인가." 하였다. 김석주가 "잊지나 말라."라고 하였다. 그 때가 되자 과연 통증이 일어나 예사롭지가 않았다. 급히 김석주를 맞이하니, 김석주가 소매 속에 약을 여러 첩 넣어가지고 와서 복용하게 하고는 "그때 미리 치료했더라면 독을 제거하여 병을 앓지 않았을 터인데, 공이 웃기에 감히 억지로 권하지 못했다. 이제 다행히도 조기에 치료하게 되었지만, 병으로 한 쪽 다리를 잃는 것은 어쩔 수 없는 일이다. 그러나 목숨에는 관계가 없다." 하였다. 그 약을 먹었더니 통증은 가라앉았으나, 종지뼈가 상해 한 쪽 다리가 종신토록 못쓰게 되었다. 그래서 당론(黨論)에 치우쳐 윤공을 배척하는 자들이 모두 그를 '독각정승(獨脚政丞)'이라고 손가락질했다. 김석주가 의술에 신통한 것이 대개 이와 같았다.

신만(申曼)

세상에 또 전하기를, 주촌(舟村) 신만(申曼: 1620~1669)은 정승 상촌(象村) 신흠(申欽)의 형의 손자다. 모부인(母夫人)이 병자호란 때 강화도에서 순절(殉節)한 일이 한이 되어 종신토록 은거했는데, 조정에서 벼슬을 내렸다. 두 송문정공(宋文正公: 宋時烈과 宋浚吉)의 고제자(高弟子)로서 의술이 신묘했다. 한번은 그의 아버지가 한질(寒疾)을 앓아 땀을 못내 괴로워하고 있었다. 그가 아버지를 모시고 산으로 올라가 갑자기 "호랑이가 나온다." 하고 고함을 치니, 아버지가 얼른 달아나 집으로 들어갔다. 땀이 나서 병이 낫게 되었다.

그가 한 병자를 보니 허로병에 걸려 있었다. 그는 약을 쓰지 말도록 하고, 다만 뱃노래를 잘 부르는 사람을 불러와 마루 위에서 한바탕 부르게 하였다. 노래가 한창 흥겨워지자 마루 조각 하나가 솟아나 춤추는 모양을 지어서 그가 그것을 태워버리라 하고 "이 뱃조각이 빌미가 된 것이다."라 했다. 그 사람은 병이 즉시 나았다.

어떤 사람이 오랫동안 심장과 비장이 허한 병을 앓고 있었다. 신만이 진맥을 하고는 인삼을 황토에 섞어 물에 달여 먹이니 효험을 보았다. 다른 사람에게 말하기를, "심장이 약한 것은 인삼의 귀중한 이름만 빌렸고

198

비장에는 황토를 쓰는 것인데, 실제는 단지 황토만 쓴 것이다. 인삼이 어찌 쉽게 얻을 약인가? 심장은 또한 약으로 다스릴 수 없는 것이니, 그 이름을 빌려 저절로 심장의 병을 진정시키도록 한 것이다."라 하였다. 의원의 뜻만으로 약이 되는 것에 이런 것들이 많다.

신대규(申大規)

신만의 손자는 이름이 대규(大規)이고 자는 모(某)이며, 벼슬은 현감을 지냈다. 형 신대래(申大來)는 유림록(儒林錄)에 나와 있다. 대규는 의술에 능하여 당대에 이름을 날렸다. 한 상제의 과로 증세를 치료한 적이 있는데, 수십 첩 탕제(湯劑)를 먹게 하되, 한 첩을 먹을 때마다 전복 하나를 넣었더니, 병이 완전히 나았다. 그가 말하기를, "이 병은 영양실조에서 온 증세다. 소식(素食)을 그만두고 고기를 먹으면 절로 나을 터인데, 상제가 고기를 먹으려 하겠는가? 때문에 약을 빌려 고기를 먹게 한 것이다."

내가 소년 시절에 병을 앓은 적이 있었는데, 의원이 '음허(陰虛)'라고 하였다. 아버님께서 그를 찾아가 물어보았더니, 그가 크게 웃으며, "자네 집에 소 염통과 양을 몇벌 구할 수 있겠는가? 여러 말 할 것 없고 속히 고기나 먹이게." 하였다. 마침내 약을 쓰지 않고 고기만 먹고서도 저절로 효험이 있게 되었다.

나의 어린 아들이 두어 살 때 경풍(驚風)을 앓아 설사증이 아주 심하였다. 내가 가서 물어보았더니, 그가 말하기를, "인삼 5돈을 쓰면 치료할 수 있다." 하고는, 전갈관음산(全蝎觀音散)에다 첫째 첩에는 인삼 1돈을 넣고, 두번째 첩에는 인삼 2돈을 넣고, 세번째 첩에는 좁쌀 미음에다 인삼 2돈을 넣어 먹게 하되, 하루에 두번 먹도록 처방을 내는 것이었다. 곁에 있던 사람이 약이 너무 과도하다고 걱정하였으나, 그는 굽히지 않고 약을 쓰게 하였다. 써 보았더니 곧 차도가 있었다.

신대규는 당초에는 약을 쓰면 적중하지 않은 적이 없었는데, 말년에는 영험이 줄어들었다. 그러나 증세를 파악하면 흔들리지 않고 능히 병의 경중을 알았으니, 요컨대 대방가(大方家)의 노숙한 솜씨라 할 것이다.

이명(李溟)

영남 용궁현(龍宮縣)에 이명(李溟)이란 사람이 있었는데 나이 팔십여세에 경종조(景宗朝)에 사인(士人)으로 의약동참(議藥同參)에 참여하여 역말을 타고 올라왔다. 그는 약을 씀에 있어서 다른 약즙을 다른 약에 적셔서 함께 끓여서 사용하여 명의로 이름을 날렸다.

조한숙(趙漢淑)

온양(溫陽)의 조한숙(趙漢淑)은 벼슬이 진위(振威)현령을 지낸 사람인데, 또한 명의로 이름을 날렸다. 매일 환자의 증세를 파악한 뒤 몇 첩의 약을 썼는데, 만약 약이 맞으면 그 약을 그대로 쓰고, 맞지 않으면 다시 증세를 파악하여 약을 쓴다. 그래야 증세에 맞출 수 있으니 이를 이름하여 문안약(問安藥)이라 하였다. "고방(古方)엔 첩수는 많으나 약재는 적게 했는데, 나는 고방에 따라서 서너 가지 처방재를 합해서 쓰는데 첩을 적게 만든다. 그런데 시속의 의원들은 이 묘리를 알지 못하고 번번이 비웃어 '잡탕(雜湯)'이라고 한다." 하였다. 조한숙은 그의 유명한 선조인 포저(浦渚) 조익(趙翼) 상공(相公) 때부터 대대로 의업을 연구하였고, 조한숙의 부인도 또한 의술에 이해가 있었다. 그의 아들 아무개 역시 명의로 이름이 있었다.

신창(新昌)의 이도온(李道蘊)이란 사람도 노련한 의사로서 조한숙과 함께 이름을 떨쳤다.

허준(許浚)

내국(內局) 의원 양평군(陽平君) 허준(許浚: ?~1615)은 『동의보감(東醫寶鑑)』을 저술하였고, 판관(判官) 양예수(楊禮壽)도 모두 신의(神醫)로 이름을 후세에 전했다. 근래의 지사(知事) 허조(許稠) 또한 이름이 있다. 호남(湖南)의 임정(任珽)은 오로지 인삼과 부자(附子)만 써서 왕왕 죽어가는 사람을 살리는 재주가 있었으나 또한 부작용이 많아서 세상에서 그를 인정하는 것과 반대하는 것이 반반이었다.

광주(廣州)의 정노인 또한 명수였다. 한 서울 사람이 한열통(寒熱痛)을 앓아 1, 2년이 가도록 낫지 않고 날로 위중했다. 정노인에게 물으니, "이는 틀림없이 더위먹은 증세이니, 삼복에 열을 입은 것이다." 하였다. 환자 집안의 사람이 한참 곰곰 생각하더니, "여름에 이불을 종일 햇볕에 말리고는 그대로 개어 두었다가 가을이 되어 꺼내 덮은 일이 있습니다." 하자, 정노인이 "이것이 빌미가 된 것이오." 하고는, 청서육화탕(淸暑六和湯)에다 인삼을 더해 쓰도록 했다. 몇 첩 만에 씻은 듯 나았다.

12. 양수령록(良守令錄)

옛말에 "천재가 아니고는 할 수 없는 것에 세 가지 있다."라 했는데,
태학사가 되어 글을 쓰는 일, 대장이 되어 전략을 세우는 일, 큰 고을의
수령이 되어 백성을 다스리는 일이 그것이다. 백성들의 삶에 이로운가
해로운가 하는 것은 전적으로 수령들이 잘하느냐 못하느냐에 달려 있다.
지금 세상에 고을을 잘 다스리는 자에 대해서 두 가지 호칭이 있는데,
하나는 순리(循吏)라 하는 것이니, 사람 마음에 바탕을 두어서 다스리는
경우요, 또 하나는 능리(能吏)라 하는 것이니, 술책을 써서 백성을 다스
리는 경우이다. 마음에 바탕을 두는 것은 정성으로 하는 일이니, 그 뒤
에 끼치는 폐단이 적고, 술책을 쓰는 경우 패도(覇道)로 하는 일이니, 뒤
에 끼치는 폐단은 아주 심하다. 순리에 해당되는 경우가 자못 옛이름에
값할 만하다.

이름난 선비와 대부 중에 감사 김진옥(金鎭玉)과 나의 종증조할아버지
감사 이만직(李萬稷), 판서 조정만(趙正萬), 나주목사(羅州牧使)를 지낸
정각선(鄭覺先)·정혁선(鄭爀先) 두 사람 등이 이름을 떨쳤으며, 근세에
우윤(右尹) 한덕필(韓德弼), 나의 족종조(族從祖)인 이수보(李秀輔)인데
벼슬이 도정(都正)에 이르렀으며 감사공(監司公)의 맏아들이다. 삭녕(朔
寧)의 원인 안상집(安商楫) 등은 모두 다 잘 다스리는 것으로 이름이 났
다.

한지윤(韓址胤)

감사(監司) 한지윤(韓址胤)은 십여 주현(州縣)을 역임하였는데, 용모가
침착하고 굳세 보였다. 그는 한 고을이 제대로 다스려지게 되면 즉시 떠
나가서 몇년을 머물지 아니했다. 형조참의(刑曹參議)로 오랫동안 있었는
데 우리 집에 들렀을 때 나의 아버지께서 그에게 "옥송(獄訟)에 당해서

시비(是非)를 환히 알 수 있는가?"를 물었더니, 그는 이렇게 대답하였다. "나는 큰 옥사(獄事)를 처리한 것이 가장 많았으나 한 옥사에 대해서도 오히려 시비를 분명히 알기 어려웠다. 그러나 마음속으로 헤아려 그럴 수밖에 없을 때 판결을 내렸다." 그는 장략(將略)이 있는 것으로 추천을 받아 의주부윤(義州府尹)을 지냈다.

이수보(李秀輔)

나의 족조(族祖)인 이수보(李秀輔)는 아전과 백성을 다스림에 부지런하고 성의를 다하였으며, 한결같이 게으름이 없었고, 모든 일에 주도면밀하여 물샐틈이 없었다. 내가 지나는 길에 상주(尙州)를 들른 적이 있었는데 공(公)이 그 고을을 떠난 지 30여 년이나 되었는데도 고을 사람들이 아직껏 원집[院宇]을 여러 곳 가리키며 "이 집은 이공(李公)이 우리 백성들을 위해 창건한 것입니다."고 하였다. 안산군(安山郡)은 경기도의 피폐한 고을로, 그 폐단은 백성들에게 여러 가지로 거두어들이는 데 있었다. 공은 하나로 통합하여 전부(田賦) 중에서 쌀로 내게 하였다. 그리고는 여러 사람들에게 후한 값을 쳐주어서 각종 물건을 조달하게 하기를 선혜청(宣惠廳)의 대동법(大同法)처럼 하였다. 군민들은 하나같이 쌀로 바치면서 편안히 여겼으며, 공물(貢物)을 징수하는 것도 여러 사람을 거치지 않기 때문에 때에 맞추어 마련할 수 있었고, 시인(市人)도 후한 값을 받기 때문에 가격이 적당했다. 안산(安山) 고을은 오늘에 이르도록 이 방도에 덕을 입고 있다. 공의 정력은 특출했다. 평양(平壤) 원으로 있을 적에 문서를 처리하느라고 수십일 동안이나 눈을 붙이지 않았는데도 피곤해하지 않았으며, 성주목사(星州牧使)로 부임했을 때는 학질로 오한이 났는데도 의관을 바로하고 앉아서 공사를 보았다.

이만직(李萬稷)

집안에서 전하는 말에, 공의 아버지인 감사공(監司公: 李萬稷)이 처음 임피현(臨陂縣)[1]에 부임할 적의 일이다. 신관(新官)의 위의(威儀)를 차리고 과천(果川) 땅 여우고개[狐峴]를 넘어가는데, 중도에서 웬 벙거지를 쓴 놈이 건장한 말을 몰아 달려들어 행차에 부딪히고 달아났다. 길라 잡이가 그 자를 붙잡으려 하는데 공은 말에서 내려 고갯마루에 앉아, 길라잡이를 꾸짖으며 벙거지 쓴 그 자를 그냥 지나가도록 내버려두라고 꾸짖는 것이었다. 벙거지를 쓴 그 자는 말을 몰아 겨우 고개를 내려가더니 말에서 떨어졌다. 공은 하인을 시켜 살펴보게 하였더니, 그 자는 입에서 내종(內腫)의 고름을 뿜어내며 죽어가고 있었다. 좌우(左右)의 사람들이 모두 혀를 내둘렀는데, 공이 말하기를, "알기 어려운 것이 아니다. 지위가 높고 낮고 사람이 많고 적고를 가리지 않고 그처럼 마음에 아무 거리낌없이 하는 것은 실성하지 않고서야 어찌 그러겠는가? 그의 병에 대해서 내가 헤아릴 수 없지만, 정상적인 것과 비정상적인 것은 눈앞에 나타난다. 사람이 어찌 정상적인 것과 비정상적인 것을 구분해 보지 못하겠는가?"라고 하였다.

공이 광주부윤(廣州府尹)으로 있을 때, 비바람이 부는 밤에 홀연히 공주(公州) 사람인 비장(裨將) 한기(韓杞)를 불러서 "창고로 가서 문을 열고 도둑을 잡아오라."고 했다. 한기가 창고에 들어가 보니 도둑이 보이지 않아 조금 높은 쌀섬을 치우자 도둑이 그곳에 엎드려 있었다. 대개 아침나절 창고 문을 열 때 들어갔던 것인데, 사람들은 그것을 알지 못했던 것이다. 공은 어떻게 도둑이 든 줄 알았을까? 어떤 사람들은 "공이 평소에 점치는 것을 익혔기 때문이다."라고도 하였다. 도정공(都正公) 이수보(李秀輔)와 감사(監司) 한지윤(韓址胤)은 다 엄하게 다스리는 법으로 주법을 삼았다.

조진헌(趙鎭憲)

한산(韓山) 원을 지낸 조진헌(趙鎭憲), 판서(判書) 정경순(鄭景淳)과 순안(順安) 원을 지낸 홍낙연(洪樂淵), 홍주(洪州) 원을 지낸 임육(任煜) 등은 모두 잘 다스리는 수령의 으뜸 자리에 있었다. 조진헌이 한산고을을 떠나 돌아가는 길에 우리 집에 들렀는데, 그 때 그 고을에 위법 사항

1) 임피(臨陂)현: 지금의 전라북도 익산에 속한 고을 이름.

이 발견되었다. 그는 즉시 군례(軍隸)에게 분부하여 주관한 아전을 잡아 오게 했더니, 과연 부리나케 잡아가지고 돌아왔다. 이미 원님의 자리에서 떠났는데도 호령(號令)이 바람을 이는 듯하였으니, 그 평상시의 기강을 알 수 있겠다. 고부군(古阜郡)을 맡아 다스릴 적에는 온갖 폐해를 방지하였으며, 두민(蠹民)·호리(豪吏) 들을 제어했다. 한산군(韓山郡)을 맡아 다스릴 적에는 그 고을에 명관대가(名官大家)의 노속들이 장터를 설치고 다니는 일이 있어, 잡아 엄하게 벌을 주었는데도 감히 그 일로 명관(名官)이 노여워하지 못했다. 또 그가 신계현(新溪縣)을 맡아 다스린 후로 그 고을 사람들이 "조사또는 신명(神明)한 수령이다."라고 오래도록 칭송했다. 그가 선혜청(宣惠廳)의 낭관으로 있을 적에는 금지하는 명령을 내리면 곧 금해졌으며, 경사(京司)의 아전들이 조관(朝官)들을 보면 겨우 머리나 숙이는 정도였는데, 선혜청의 서리들은 그를 보면 숙이고 조심스럽게 걷느라 겨를이 없을 정도였다. 또한 선혜청의 하례들은 돈을 계산할 때 꿰미에 남아 떨어지는 것은 곧잘 훔치곤 하였는데 조낭관의 하례들은 감히 그런 짓을 하지 못했다.

정경순(鄭景淳)

판서(判書) 정경순(鄭景淳: ?~1795)은 음직으로 판서까지 이르렀는데, 다스림에 있어 강직하고 밝았으며, 여러 고을을 거쳤는데 그때마다 고을 사람들이 그의 정사를 칭송하였다.

홍낙연(洪樂淵)

순안(順安)의 원을 지낸 홍낙연(洪樂淵)은 다스림에 있어 자애롭고 맑아서 백성들의 요역(徭役)을 많이 방지하였으니, 백성들이 떠나는 말을 가로막고 머물러 있기를 원했다.

임육(任焴)

홍주(洪州) 원을 지낸 임육(任焴) 또한 자애롭고 맑게 하기를 힘써서 아전이 포흠을 진 관곡을 상환하도록 독촉하는데, 그 아전의 창고 맡은 소임을 떼어버리지 않고, 제 수단대로 맡겨놓았더니 드디어 포흠진 것을 충당해 놓았다. 그리고 이속을 다루기를 심히 엄하게 하지 않았는데도, 그들은 농간을 부리지 못하였다.

조경(趙璥)

충정공(忠定公) 조경(趙璥: 1727～1787) 또한 행정에 능해서 그가 광주부윤(廣州府尹)으로 있을 때에 광주 고을은 환곡(還穀) 관리가 문란하였는데 그가 맡아서는 잘 정비하였다. 충청도(忠淸道) 감사가 되어서는 급한 옥사에 임해서, 여러 마을에 죄수가 가득찼는데 그가 한번 보고서는 모두 풀어주니 여러 마을 사람들이 조대감이라 칭송하였다.

원경렴(元景濂)

원경렴(元景濂)은 여러 차례 큰 고을을 맡아보았는데, 정사를 잘하였고 위엄을 세워 매섭게 다스리니 교활한 아전들도 손을 내저었다. 승지(承旨) 황간(黃榦)이 일찍이 원경렴에게 "고을 다스리는 데에 무엇으로 선무(先務)를 삼아야 합니까?"라고 물으니, 그는 "먼저 장부나 서찰 따위를 거두어 버려야 한다. 이것을 놓아두면 모든 일이 다 폐해지고 막힌다."고 하였는데, 황승지(黃承旨)가 실제 경험해 보고서는 과연 그렇더라고 하였다.

이태연(李泰淵)

우리 가문과 우윤(右尹) 한덕필(韓德弼)의 가문은 모두 공주(公州) 땅에 세거(世居)하였는데 대대로 지방 행정에 밝은 것으로 이름이 있었다. 나의 고조부 평안감사 이태연(李泰淵)은 당론(黨論)이 일어난 처음에 당해서 과격한 입장을 좋아하지 않았다. 조정에 있기가 편치 않기 때문에 외직에 많이 나가 있었는데, 실제로 목민(牧民)의 정사를 잘하였다. 또한 총명함도 남보다 뛰어나서 경상감사가 되어 새재[鳥嶺]를 넘어갈 적에 한 고을의 공문서가 관인(官印)이 거꾸로 찍혀 있는 것을 보고서는 거기에 제첩(題牒)하기를 "관인을 거꾸로 찍어놓았으니 일의 체모에 옳지 않다."라 하였다. 그는 선정을 하여 비석이 아직도 서 있으니 광주(廣州) 사천(沙川)의 큰 길가에 '부윤(府尹) 이공(李公) 태연(泰淵)은 지성으로 백성을 사랑하고 어질고 밝아 선정을 한 비석(府尹李公某至誠愛民仁明善政碑)'이라 새겨져 있고, 이 비석 아래에는 비전(碑田)이 있는데, 비석지기가 경작하고 있다. 수원(水原) 읍내에도 큰 비가 서 있는데 "청렴과 개결로 세상에 떨쳤고 덕망과 은덕으로 사람을 감동시켰으니, 한 조각 돌에 아름다움을 드러내 천추에 사모하는 뜻을 부치노라. 이태연은 치적이 제일이다."라고 새겨져 있다.

김상량(金相良)

감사 김진옥(金鎭玉)의 손자 김상량(金相良)은 음직으로 지사(知事)에 이르렀다. 중년에는 오래도록 망에 임금의 낙점(落點)2)을 받지 못했는데, 오래되어서야 황주목사(黃州牧使)에 부망(副望)으로서 낙점을 받았다. 그래서 입시를 하게 되자 임금이 성명을 묻고는 깜짝 놀라 말하기를, "나는 너를 김기대(金器大)로 잘못 알고 낙점을 하였다. 나가서 일을 잘 보아라." 하였다. 임금이 매번 말하기를, "관작(官爵) 또한 임금이 마음대로 할 수 있는 것이 아니다."라고 하였는데, 참으로 성인이 경험해 보고 하신 말이다. 임금은 바로 영조(英祖)다.

이 일은 송(宋)나라 신종(神宗)의 일과 서로 비슷한데, 송나라 증조(曾慥)의 『고재만록(高齋謾錄)』3)에 "원풍 연간(元豐年間: 1078~1086)에 왕기공(王岐公)4)이 아뢰기를 "술객(術客)이 왕안례(王安禮)5)가 명년 이월

---

2) 낙점(落點): 관리를 임명하는 절차로서 이조(吏曹)나 병조(兵曹)에서 후보자 삼인을 갖추어 올리는 것을 '삼망(三望)' 혹은 '망(望)'이라 하며, 임금이 그 가운데 마땅한 사람의 이름 위에 점을 찍는 것을 낙점이라 한다. 부망(副望)은 삼인 중에 두번째 추천되는 것을 말함.

3) 『고재만록(高齋謾錄)』: 송나라의 증조(曾慥)가 1권으로 편찬한 책. 조정의 법제와 사대부의 언행을 기록한 것임.

4) 왕기공(王岐公): 송(宋)나라 왕규(王珪). 자는 우옥(禹玉). 철종(哲宗) 때 기국공(岐國公)에 봉해짐.

에 집정(執政)이 될 것이라 합니다." 하니, 신종이 화를 내며 말하기를,
"벼슬을 내리는 것은 내 손에 달렸으니 특별히 그를 지연시킬 것이다."
라 하였다. 그 다음 해 봄에 왕안례가 과연 우승상(右丞相)에 제수되니,
왕규(王珪)가 "폐하는 정말 지난번의 일을 잊으셨습니까?" 하니 신종이
묵묵히 있다가 한참 뒤에 "내가 그만 깜빡 잊었노라."고 하였다.

---

5) 왕안례(王安禮): 송(宋)나라 사람. 왕안석(王安石)의 동생. 자는 화보(和甫), 벼
   슬은 한림학사(翰林學士)에 이르렀다.

13. 효우록(孝友錄)

(충신(忠臣)은 혹 법도를 품어 입근(立懂)¹⁾한 것이니, 효우(孝友)는 병이(秉
彝)의 본성에서 나온 것이 아니라면 어찌 능히 그럴 수 있겠는가?—원주)

홍낙연(洪樂淵)

순안(順安) 원을 지낸 홍낙연(洪樂淵)은 자(字)가 연지(淵之)인데 영안
위(永安尉) 홍주원(洪柱元)의 후손이다. 벼슬은 현령(縣令)에 이르렀는데
그 효행(孝行)은 정문(呈文)²⁾에 나타나 있다.

권선(權揎)

권선(權揎)은 자가 백검(伯儉)으로 수초당(遂初堂) 권변(權忭)의 손자
다. 그는 과문(科文)에 힘써 진사에 합격하여 참봉에 제수되었다. 아버지
참봉공(參奉公)은 성품이 준엄하고 매서워, 자제들을 단속하는 데 추호
라도 지나치는 법이 없었으나 그는 한결같이 승순(承順)하고 조금도 원
망하는 기색이 없었으며, 동기간에도 또한 화평하기를 힘썼다.

이홍재(李洪載)

참판 이홍재(李洪載: 1727~1794)는 자가 사심(士深)으로 지금 참판
벼슬에 있다. 아우 하나가 어질고 우애가 돈독하여, 온 집안일을 그에게
맡겨놓고 잘하는지 잘못하는지를 묻지 않았다. 사람들이 혹 너무 부드럽
다고 말하였으나 그는 전혀 개의치 않았다.

---

1) 입근(立懂): 용맹을 세워 위엄을 보임을 뜻하는 말.
2) 정문(呈文): 하급관청에서 상급관청에 보내는 공문서. 주로 동일한 계통의 관청
사이에서 행하는데, 한 면에 다섯 줄을 쓰는 것이 보통이며 상문(詳文) 또는 신
문(申文)이라고도 한다.

14. 여력록(膂力錄)

윤광신(尹光莘)

병사(兵使) 윤광신(尹光莘)은 판서 윤동형(尹東衡)의 아들이며 수초당 (遂初堂) 권변(權忭)의 외손자다. 그는 날래고 용맹스러움이 특출한 때 문에 원래 문학세가이지만 정신별천(廷臣別薦)에 들어가 무신(武臣)으로 뽑히게 되었다. 당시에 "장비(張飛)가 다시 태어났다."라고 명성이 자자 했는데, 소문이 과장되었지만 실상이 없지도 않다.

윤병사는 나의 아버지와 매우 가까운 인척으로 소시에 한 방에 같이 거처하였다. 그 때 한칸 남짓한 방에 네 사람이 각기 네 모서리에 앉고 병사는 방 가운데 서 있었다. 네 사람이 모두 병사의 옷깃을 잡으려 하 였으나 바람이 돌고 번개가 번쩍이듯 하여 끝내 어느 누구도 손 한번 댈 수가 없었다고 한다. 나의 아버지께서 늘그막에 이르도록 이 이야기 를 하였다.

권씨(權氏) 댁의 늙은 여종이 말하기를, "한산(韓山)과 이성(尼城)[1] 사 이의 거리는 100리가 넘는데, 한산에는 권씨댁이 있고 이성에는 윤씨댁 이 있었다. 윤병사는 눈길에 나막신을 신고서 하룻밤과 하루 낮 동안에 이성과 한산을 왕래하였다."고 한다. 윤병사는 키가 크고 수염이 좋으며 고리눈으로서, 앞에서 보면 진짜 장군으로 보이지만, 등 뒤에서 바라보 면 생기가 없어 겨우 보통 사람과 비슷했다. 사람이 우직하고 욱하는 성 미가 있어, 마침내 분별을 잃고 잡아들이라는 명을 거역한 죄에 빠져 의 금부에서 장살(杖殺)되었는데, 그 뒤에 억울함이 밝혀졌다.

---

1) 이성(尼城): 노성(魯城)의 별칭. 노성은 지금 파평 윤씨가 세거하고 있으며, 지 금의 충청남도 논산군에 속해 있음.

210

김유행(金由行)

　삼척부사(三陟府使)를 지낸 김유행(金由行)은 자가 여용(汝勇)으로, 정
승을 지낸 문곡(文谷) 김수항(金壽恒)의 손자이다. 그는 용맹이 남보다
뛰어났고 골상(骨相)은 아주 단단하며 땅딸해 보였는데, 팔 크기가 써까
래만 하고 뼈마디가 딱 달라붙어 마치 쇠무릎지기〔芋膝〕나 대마디 같았
다. 스스로 말하기를, "내가 배를 타고 한강을 건넜더니 배가 물에 많이
잠겨 그 흔적이 무거운 짐을 실은 것과 같았다."라 하였다. 그 당시에
용력을 견주어 보면 능창군(綾昌君)은 힘은 김유행에 미치지 못하였으
나 용기만은 그보다 뛰어났다고 한다.
　세상에 이런 이야기가 전한다.
　"김유행은 술주정이 있어 마음에 불평한 것이 있으면 문득 술을 핑계
로 힘을 부려서 고관이나 명사들이 걸핏하면 곤욕을 치렀다. 한 재상이
양주목사(楊州牧使)로 있을 때, 김유행이 마음에 틀어진 것이 있어 하루
는 술김에 소를 타고 관문(官門)에 들어가서 화민자지(化民刺紙)[2]를 바
치고 뒤따라 소를 채찍질해 곧바로 동헌(東軒)에 들어갔다. 그는 한손으
로는 소의 고삐를 치켜들고 무릎 사이에 소를 끼고 조르니 소가 부들부
들 떨며 땀을 흘렸다. 그리고 위층 계단으로 뛰어오르니 목사가 놀라 내
아(內衙)로 달아났다. 그는 곧 안반(按板)을 휘둘러 바람을 일으키기를
마치 부채질하는 것 같았다. 안반이란 떡을 치는 큰 판이다. 목사는 내
아로부터 몰래 말을 타고 서울로 도망해 가서 욕을 면했다."고 한다.
　그의 성품은 소탈하고 곧으며 부풀리기를 좋아하고 남에게 간격을 두
지 않았으며 주량(酒量) 또한 컸다. 그가 팔만 걷어올리면 사람들은 금
방 장사(壯士)인 줄을 알 만했다. 나는 그를 상정승(尙政丞) 댁에서 만난
일이 있는데, 공(公)은 눈썹을 치켜들고 큰소리로 말하기를, "내가 아까
나갔다가 욕을 보고 돌아왔다. 아까 나가서 모(某) 전가(銓家)에 들러 선

---

　2) 화민자지(化民刺紙): 화민은 조상의 산소가 있는 사람이 그 고장의 수령에 대해
　　'자기'를 일컫는 말. 자지는 요즈음 명함에 해당되는 것.

혜청(宣惠廳)의 낭관(郎官)에 차임해 주기를 청했더니, 전가는 냉담하게
거절했다. 그 사람이 지금은 비록 신세가 좋으나 그 아버지는 우리 종대
부(從大父)인 몽와상공(夢窩相公: 金昌集)이 자벽(自辟)[3]하여 선혜청(宣
惠廳)의 낭관(郎官)으로 출신한 자이다. 내 지금은 빈곤하여 선혜청의
낭관을 구걸하지만 저 사람이 망령되이 자존하기를 이같이 한단 말인
가?"라 하였다. 그의 곧은 마음과 쾌활한 말은 결코 속세의 악착스런 무
리들과는 같지 않다.

구칙(具侙) · 구간(具侃)

공주(公州)의 무인(武人) 구칙(具侙) · 구간(具侃) 형제는 모두 벼슬이
병사(兵使)에 이르렀다. 그들 네댓 형제는 함께 무과(武科)에 올랐고, 용
력이 있었으나 이 두 형제가 가장 힘이 세어 모두 소나 말을 통째로 들
어올릴 수 있었다 한다. 그들은 공주의 의랑촌(義朗村)에 살았는데, 부산
(父山)의 긴 계곡 가운데 한 기다란 산기슭이 우뚝 솟아 계룡산(鷄龍山)
을 남쪽에서 대면하고 있었다. 풍수들이 무력국(武力局)으로 일컫는 곳
이다.

그 마을 사람이 이런 이야기를 전한다.

"구칙(具侙)이 일찍이 마당에서 마철을 박고 있는데, 마침 소나기가
내려서 말의 네 다리를 들고 마루 위로 옮기는데 망아지를 던지듯 했다.

또 일찍이 전주(全州)에 가다가 좁은 길에서 어떤 커다란 소가 미쳐
날뛰며 길을 막아 행인들은 모두 산으로 올라가 피하였다. 구간이 곧장
나아가 소의 두 긴 뿔을 잡으니 소가 떠받으며 날뛰자, 그는 곧장 땅에
다 뿔을 숙였다. 소는 반신이 거의 땅에 닿아 땀을 흘리고 헐떡이며 빠
져나오지 못했다. 소를 들어 땅에 패대기치니 소는 똥오줌을 싸며 숨이
끊어질 지경이었다.

구간이 선전관(宣傳官)으로서 이사성(李思晟)을 잡아들이라는 밀지(密
旨)를 받았는데, 이사성은 곧 무신란(戊申亂) 때 역적의 우두머리로, 오

---

3) 자벽(自辟): 장관(長官)이 자의로 관원을 추천하여 임명하는 일.

획(烏獲)4)과 같은 힘이 있다는 이름이 있었으며, 당시 평안도 병사로 있었다. 구간은 말고삐를 잡으며 이리저리 생각해본즉, 만약 이사성이 차고 있는 칼만 제거한다면 거의 잡을 수 있겠다 하고, 말을 달려 안주병영(安州兵營)으로 들어갔다. 그가 이사성을 보니, 과연 은장도를 차고 있었다. 이사성이 말하기를, "친구는 무슨 일로 왔는가?" 구간이 대답하기를 "나는 명(命)을 받들고 평양(平壤)으로 가다가 그만 차고 있던 칼을 떨어뜨렸으니 그대의 칼을 좀 빌려주길 바라오." 하니 이사성이 칼을 풀어서 주었다. 구간은 비로소 오랏줄을 풀어서 재빨리 그의 두 손을 뒤돌려 묶어 꿇어앉히고 말하기를, "잡아오라는 명령이 있었다." 하니, 이사성이 낯빛을 변하지 않고 말하기를, "어찌하여 술수를 썼는가?" 하면서도 또한 스스로 힘으로 견줄 수 없음을 알았다. 구간은 즉시 함여(檻輿)5)에 가두고 복명하였다."

내가 약관(弱冠) 때에 구간을 만난 적이 있는데, 이 일을 구임실(具任實) 집에서 들려주었다.

구간은 얼굴이 넓적하고 수염이 길었으며 검푸른 얼굴빛에 몸집이 헌걸찼다. 손가락은 거칠고 컸으며 손에 난 털은 마치 곰이나 호랑이의 뻣뻣한 털과 같았다. 형제들은 오래도록 별군직(別軍職)6)에 있었는데, 별군직이란 임금을 가까이에서 모시는 별궐장(別蹶張)7)을 이른다. 지금에 이르도록 구씨의 자손들은 대부분 무관(武官)으로서 용력이 있으나, 구칙과 구간에게는 크게 미치지 못하고 있다.

공주의 금강(錦江) 포전(浦田)에는 밭에 모두 보리를 심었는데, 도리깨로 보리를 타작하는 것이 밭일 중에서 가장 힘든 일이었다. 당시에는 보

---

4) 오획(烏獲): 진(秦)나라 때의 장사(壯士).

5) 함여(檻輿): 죄인을 호송할 때 쓰는 수레인데, 함거(檻車)라고도 함.

6) 별군직(別軍職): 임금의 시위(侍衛)와 적간(摘奸)하는 일을 맡은 무직. 병자호란 때 세자의 시위군관(侍衛軍官)으로 따라갔던 군관에게 붙인 이름인데, 나중에는 대전(大殿) 호위의 일을 맡았다.

7) 별궐장(別蹶張): 궐장(蹶張)은 쇠뇌를 당기는 것을 가리키는데, 여기서 별궐장은 임금을 호위하는 임무를 맡은 자.

통 하루 삯으로 세 때 밥과 술에다가 보리 서 말을 주었다. 구칙이 일찍이 보리 타작마당을 지나다가 서너 명 분의 음식을 먹어치우고는 옷을 걷어붙이고 도리깨질을 하는데 보릿짚이 하늘을 덮어 비오는 듯하였다. 날이 저물어 따져보니 사오 인이 타작한 분량이나 되었다. 주인이 입을 딱 벌리고 말하기를, "장군(將軍)에게는 보리 20말을 보수로 드리겠다." 고 하였다.

윤희동(尹僖東)

병사(兵使) 윤희동(尹僖東)은 별천문관(別薦文官)인데, 그의 집안은 벌열(閥閱)에 속했다. 그는 수염이 좋으며 날래고 억세어, 세상에서 장사라 일컬었다.

나의 동생인 참의(參議) 이규위(李奎緯)는 한림(翰林)으로서 임금을 가까이 모시고 있을 때, 영조(英祖)가 친히 윤병사의 무력(武力)을 시험하는 것을 보았다. 청룡도(青龍刀)를 휘두르게 하니 그가 이리저리 많이 휘둘렀는데도 숨소리조차 변함이 없었다. 청룡도는 무게가 82근 나가는 관왕묘(關王廟)의 관도(關刀)와 같은 것으로 무기고에 꽂혀 있던 것이었다. 임금이 말하기를 '장사로다.' 하고 곧이어 하교(下敎)하기를 "선조(先朝)의 무신(武臣) 유충걸(柳忠傑)이 대궐의 계단 아래에서 몸을 솟구쳐 올라 서까래를 손으로 잡았는데, 그 대궐은 곧 이 명정전(明政殿)이었다. 네가 언월도(偃月刀)[8]를 쉽게 휘두르는 것을 보니 유충걸에게 견줄 만하겠구나." 하였다.

김진세(金鎭世)

수원(水原)에 사는 김진세(金鎭世)는 문원공(文元公) 김장생의 후손으로 세상에서 신이한 용력(勇力)이 있다고 말한다. 그는 평상시에는 힘이 없어 보였고, 얼굴이나 모습이 맥없어 보였다. 한번 용력이 솟구쳐 나오

---

8) 언월도(偃月刀): 긴 자루의 끝에 폭이 넓고 뒤로 젖혀진 칼날을 붙인 무기. 관우(關羽)가 잘 사용하였으므로 일명 관도(關刀)라고도 부른다.

면 공중으로 몸을 날려 커다란 호랑이도 꺼꾸러뜨릴 수 있었다. 그러나 포의(布衣)로 일생을 마쳤다. 그는 대가(大家)집의 자손이라 집안 사람이나 신임하는 사람들은 직접 보지 않은 사람이 없었다 한다.

15. 풍천록(風泉錄)

(풍천(風泉)이란 명나라 조정의 옛 일에 감동한 것이다.—원주.)

장춘(張春)

소현세자(昭顯世子)가 심양(瀋陽)에 있을 적에 사서(司書) 신유(申濡)는 『일록(日錄)』에 다음과 같이 적었다.

장태복(張太僕)은 이름이 춘(春)인데, 명나라 조정에서 태복 겸 병비도(太僕兼兵備道)의 벼슬을 하였다. 임신년(壬申年: 1632) 대릉하(大凌河)가 포위되었을 적에, 장춘(張春)이 병사(兵士) 2만 명을 거느린 채 사로잡혔다. 한(汗)이 항복을 받아내려고 하였으나 장춘은 끝내 굽히지 않았다. 한이 그의 절의를 높이 사서 하나의 거처를 마련하여 예우(禮遇)해 주었다. 연회(宴會)가 있을 적에 그를 나오게 하여 같이 앉아서 먹는데, 그가 다리를 쭉 뻗고 욕을 하면서 한참 동안 먹지 않으니, 한이 다시 부르지 않았다. 장춘은 방에 들어앉아 수년 동안 문을 나서지 않았으며, 아침마다 북쪽을 향해 네 번 절할 뿐이었다. 한이 다시 그를 불러보려고 하였지만 목을 빼고 문을 열고 말하기를, "차라리 목을 베어가라! 나갈 수 없다."고 하니, 한도 또 억지로 강요하지 않았다.

한번은 소현세자가 그의 방에 이르렀는데, 장춘이 말하기를, "귀국(貴國)이 이 지경에 이른 것은 힘이 약해서이니, 귀국의 수치가 아니라 곧 대국의 수치이다."라 하고는 그 이후로 병을 핑계대고 다시 우리나라 사람을 보지 않았다. 그가 거처하는 곳에는 단지 한족(漢族) 승려 사오 명과, 한족(漢族) 아이 두어 명을 두어 심부름을 시키고 글을 배우도록 했다. 그는 "나는 고요함으로써 곧게 지키어 원기로 돌아갈 것이요, 인간사에 관여하지 않으리라.(吾欲以靜貞守 歸于元氣 不當接人事也)"라고 글을 써놓았다. 그가 거처하는 방은 쓸쓸하여 이불과 복건 및 몇권 책 이

외에는 아무것도 없었다. 그는 70살이 넘어서도 육류를 들지 않아 늙어 병이 더욱 심하여 목숨이 거의 끊어질 지경이었다. 그의 전(傳)이 장정 옥(張廷玉)1)의 『명사(明史)』에 갖추어 실려 있다.

최회저(崔回姐)

동평위(東平尉)의 『만록(漫錄)』에 다음과 같은 사실이 나온다.

최회저(崔回姐)는 산동성(山東省) 청주부(青州府) 수광현(壽光縣) 사람 인데, 그 현(縣) 사기창(四基倉)의 수재(秀才) 장구소(張九簫)의 처(妻)이 다. 숭정(崇禎) 임오년(1642)에 청나라 사람에게 잡혀, 을유년(1645)에 소현세자를 따라 우리나라에 왔다. 매양 명왕조가 망할 즈음의 이상한 일들을 이야기하는데, "백구(白狗)가 산에서 내려와 사람처럼 서서 '하늘 이 어지럽도다. 하늘이 어지럽도다.'라고 말하여 사람들이 그 개를 찾아 갔으나 보이지 않았다."고 하고, 또한 "남자가 어떤 사람의 집에 날아와 서 스스로 신선(神仙)이라 하고 차를 달라 하여 마시고는 다시 날아가 버렸는데, 그 나는 것이 마치 놀란 오리가 휙하니 지나가는 것 같았다." 고 하고 "집의 닭머리 깃이 세 가닥으로 땋여 있었다."고도 하였다. 최회 저의 아버지 운보(雲溥)가 홍통현(紅通縣)의 지현(知縣)으로 있다가 집 에 돌아와서 그를 낳았으므로 회(回)라고 이름을 지었다 한다. 그림에 능하고 수(繡)를 잘 놓았으며, 사람이 밝고 슬기로워 사리를 모르는 것 이 없어 우리나라 사람이 미치지 못할 바가 많이 있었다.

유저(柔姐) · 긴저(緊姐)

당시 우리나라로 온 여자로 또 유저(柔姐)와 긴저(緊姐)가 있다. 긴저 는 명나라 재상(宰相)의 후처로서 용모가 빼어났고 화장을 잘하였으며, 사족(士族)의 풍모가 있었다. 유저는 수를 잘 놓았는데 죽을 때 화장해

---

1) 장정옥(張廷玉): 명나라 연안인(延安人)으로 자는 여광(汝光), 호는 석초(石初). 만력 때 진사에 올라 청(清)에서도 벼슬함. 칙명(勅命)을 받은 지 60년(乾隆 4 년) 만에 『명사(明史)』를 완성함.

달라고 유언하였다. 유저와 긴저 두 사람 모두 궁중에 있었다.

굴저(屈姐)

굴저(屈姐)[2]는 소주부(蘇州府)의 소주현(蘇州縣) 사람이다. 그는 궁녀(宮女)로서 심양(瀋陽)에 잡혀 있다가 소현세자를 따라서 우리나라에 와서 상기(尙記)[3]라는 여관(女官)에 제수되었다. 뒤에 그는 임창군(臨昌君) 이혼(李焜)의 집에 나와 있다가 죽어서 고양시(高陽市) 대자동(大慈洞) 임창군의 선산에 묻혔으며, 임창군이 묘지명(墓誌銘)을 지었다. 굴저가 스스로 말하기를, "7세에 뽑혀서 궁중에 들어와 효순 유태후(孝純劉太后)[4]를 모셨는데 청나라 군대가 북경(北京)에 들어와서 나는 세자관(世子館)으로 보내졌다."라 하였다.

명나라 말엽에는 여자가 용모가 빼어나면 모두 고을 수령들에게 빼앗긴 바 되어, 권귀가(權貴家)에 뇌물로 바쳐지곤 하였다. 굴저의 어머니는 굴저를 낳자마자 죽이려 하였으나 외조모(外祖母)가 그를 거두어 길러서 죽음을 면했다. 굴저는 일찍이 청나라 구왕(九王)[5]의 군중(軍中)에 사로잡혀 있었다. 구왕은 둥근 모자에 짧은 상의를 입고서 면사(面紗)를 드리우고 앉아 있었는데, 앉은 모양새가 매우 기걸(奇傑)스러웠다. 굴저가 업신여겨 말하기를, "남자도 면사를 하는가?" 하였다. 대개 면사는 중국에서 세속 부녀자들이 하는 치장이다. 굴저는 요금수(擾禽獸)[6]를 잘

---

2) 굴저(屈姐): 굴저에 대한 이야기나 그녀의 묘지명은 정재륜(鄭載崙)의 『한거만록(閒居漫錄)』에 기록이 남아 있다. 저자인 이규상(李奎象)도 대부분 이 기록에 의거하여 기술한 것으로 보여지는데, 굴저가 구왕을 비꼰 일화나, 임종에서 북벌을 이야기한 것은 특색을 지니는 부분이다.

3) 상기(尙記): 궁중의 내명부(內命婦) 가운데 종6품의 벼슬.

4) 유태후(劉太后): 명나라 회종황제(懷宗皇帝)의 생모(生母)다.

5) 구왕(九王): 청나라 태조 누루하치(奴爾哈赤)의 제14자로 이름은 다이곤(多爾袞: 1612~1650). 북경에 입성하여 이자성(李自成)의 농민반란군을 진압하고 순치제(順治帝)를 맞아왔다. 순치제가 어려서 그가 섭정왕(攝政王)으로서 실권을 장악했으며 예친왕(睿親王)에 봉해졌다.

6) 요금수(擾禽獸): 새나 짐승을 길들여서 재주를 부리게 하는 법.

하였는데, 그의 제자 중에 진춘(進春)이라는 여자가 그 재주를 전수받았
다. 굴저는 임종에 "훗날 다행히 북벌(北伐)하는 일이 있게 되면 내가
그것을 볼 것이니, 나를 서쪽 길에 묻어주면 좋겠다."고 유언을 하였다
한다.

16. 영괴록(靈怪錄)

공자는 괴력난신(勇力亂神)을 말하지 않았다 하였고, 또한『중용(中庸)』
에는 "귀신의 덕은 거룩하구나!"라 하였으니, 그 덕을 기록하지 않았다면
또한 어떻게 경원(敬遠)할 수 있겠는가? 이에 영괴록(靈怪錄)을 짓는다.

오달성(吳達聖)

영조 임신년(1752)에 온 건륭제(乾隆帝) 칙사(勅使)의 부사(副使) 오달
성(吳達聖)은 곧 한인인데, 배와(坯窩) 김상숙(金相肅)이 자기 맏사위 마
전(麻田) 현감 이구영(李耉永)에게서 오달성에 대한 이야기를 듣고 나에
게 전해준 것이다.

"오부사는 임진년(1592)에 순사(殉死)한 사람 이경류(李慶流)의 후신
이라 한다. 이경류는 병조좌랑(兵曹佐郎)으로 임진왜란 때 조방장(助防
將) 변기(邊璣)의 종사관(從事官)이 되었는데, 상주(尙州)에서 전사했다.
그의 혼이 자기 집으로 돌아와 모습을 드러내지는 않고 보통 때처럼 말
하니 그 집에서 그의 부인방에 한 영좌(靈座)를 설치하여 두었다. 매일
자기 어머니 방에 아침 저녁으로 문안을 드리는데 그 어머니가 매양 죽
을 당시의 모습을 보여달라고 하였다. 혼은 그때마다 만류하면서 말하기
를, '어찌 차마 못볼 형상을 꼭 보시려 합니까?'라 하였다. 어머니가 굳
이 요청하니, 혼은 마침내 칼에 맞은 형상을 드러내니, 어머니는 통곡을
하며 기절하고 말았다. 혼이 힘껏 간호하여 어머니가 이윽고 소생하고는
'이런 때문에 네가 모습을 보이려고 하지 않았구나!'라 말하였다.

혼은 영좌에서 자기의 외아들 이제(李穧)에게 글을 가르쳤다. 마침내
급제하여, 벼슬이 대구 쉬(大丘倅)1)에 이르렀다. 그 아들이 마마에 걸려

---

1) 쉬(倅): 쉬는 원래 큰 고을의 부관을 가리키는 말인데 흔히 우리나라에서는 수
령을 가리키는 말로 쓰였다.

증세가 심했다. 의원이 말하기를, '동정호의 귤을 써야 되는데, 멀어서 가져올 수가 없다.'라 하니, 혼은 '내가 응당 가져오겠다.'라 하고는 잠시 뒤에 귤 10여 개를 따가지고 왔다. 그것을 쓰니 병세가 나아졌다.

하루는 혼이 집안 사람들에게 작별을 고하면서 '나는 장차 다른 곳으로 가서 화신(化身)할 것이다. 또 아무 해 재생할 것인데, 응당 중원 강남 땅에 태어날 것이다. 뒤에 고국을 찾아와 풍물을 한번 구경할까 하노라.'고 했다고 한다. 혼은 이내 떠나갔다. 혼이 있을 때에는 제사지낼 때 영험이 기이했지만 혼이 떠나버린 후로는 영험이 전혀 없었다고 한다. 그의 자손들이 이 사적과 강남 땅에서 재생하리라는 말을 기록하여 사당 안에 보관해 두었다. 오부사가 우리나라에 왔을 때 햇수를 따져보니 꼭 들어맞았다. 자손들은 중국 사신이 묵는 집에 들어가 오부사를 만나려고 많은 사람들에게 의론하여 보았다. 사람들이 곧 국법에 금하는 일을 범할 수 없을 뿐만 아니라 일이 황탄한 일에 가깝다고 적극 말리기에 마침내 그만두었다.

오부사는 매양 우리나라를 도와주었고, 폐해를 준 관행들을 제거한 것이 한둘이 아니었다. 그가 의주(義州)에 도착했을 때 지은 시는 이러하다.

> 길을 따라 푸른 솔 아침 해 떠 있고
> 산등성이 높고 낮고 온통 밭두둑이어라.
> 봄바람 솔솔 불어 길을 재촉하니
> 어느덧 다다랐구나 동남 제일 땅에.
> 　挾路蒼松曉日浮, 山坂高下盡田疇.
> 　春風靄靄催行客, 纔到東南第一州.

김상숙은 근엄한 선비인데 자기 사위의 말을 전해준 것이 이와 같았다. 그 혼이 집에서 했던 일과 자식에게 글을 가르치고, 귤을 구해다 병을 낫게 한 일이나 제사지낼 때 영험을 보인 일 등은, 나의 당숙 정랑공(正郎公) 이사정(李思正)도 또한 병조좌랑 이경류의 후손인 참판 이해중

(李海重)에게서 직접 들었다고 한다.

권적(權禰)

나의 외재종조(外再從祖父)인 판서 권적(權禰: 1675~1755)은 당시 한
림(翰林)으로서 연산(連山)에 있었는데, 전염병에 걸렸다. 집안 사람들이
그의 가슴 사이에 온기가 남아 있기에 하루 낮과 밤이 지나도록 발상
(發喪)을 하지 않았다. 이내 소생하여 죽을 찾으며 말하기를, "내가 잠들
어 얼마나 지났는가?"라 하였다. 집안 사람이 그가 죽어서 한참 있다가
소생하였다고 말했더니, 그는 다음과 같이 이야기하는 것이었다. "이상
하다! 내가 아까 병으로 잠이 들어, 꿈에 한 저승 차사(差使)가 나를 몰
아 염라부(閻羅府)에 들어갔는데 염라대왕이 앉은 옆에 판관들이 시립
하고 서 있는 것이 세상에서 이야기하는 바와 같았다. 판관이 문서를 점
검하면서 말하기를, '한림 권 아무는 잘못 잡아왔다. 빨리 되돌려보내도
록 하고, 다시 아무 땅 권 아무를 잡아오도록 하라.'라 하였다. 저승 사
자는 다시 나를 몰아 길을 가는데, 어머니가 길 옆에 서 있는 것을 보았
다. 나는 너무도 기뻐서 어머니를 붙들고 눈물을 흘리니, 어머니가 말씀
하시기를 '너는 빨리 돌아가라. 오래 있으면 육신이 썩을 것이다.'라 하
였다. 나는 소매를 잡고 차마 떠나지 못하니 어머니는 '너는 수명이 70
을 넘길 것이요, 지위도 응당 높이 이를 것이다. 그런 줄만 알고 여기
오래 있지 말라.' 하고는 큰 냇물에 밀어제쳤다. 나는 깜짝 놀라 땀을 후
줄근하게 흘리고 곧 소생하였다." 급히 사람을 권 아무의 집으로 보내보
니, 과연 권씨 선비가 권판서가 소생한 그 시각에 죽었다고 하였다. 내
가 서울 낙동(駱洞) 권판서 댁에 찾아가 권판서에게 이 일을 물어보니,
그가 답하기를, "정말 있었던 일이다. 그러나 일이 황탄하게 들리는데
어찌 상세히 얘기하겠는가?"라 했다.

이성중(李成中)

판서 이성중(李成中: 1706~?)이 평안감사로 있을 때, 북쪽 변경 성보
의 장수가 구리로 만든 작은 화로(小爐) 한 개와 기다란 뿔잔(長角盞)

한 개를 가지고 와 바치면서 다음과 같이 말하였다.

"소인(小人)이 일이 있어 회령(會寧) 운두산성(雲頭山城) 황제총(皇帝塚) 아래 민촌에 갔다가 이 두 가지 기물(器物)을 보았습니다. 한 백성이 말하기를, '제가 우연히 황제총에 갔다가 소나기를 만나서 나무 아래에서 머물러 자게 되었습니다. 밤이 깊어 비가 그치고 달은 밝은데, 무덤 곁을 보니, 마치 임금과 신하들처럼 차례로 앉아 웃고 이야기하는 소리가 낭자하게 들리는 것이었습니다. 저는 깜짝 놀라고 괴이쩍게 여겨서, 날이 밝아옴에 미쳐 가 살펴보니, 곧 잔디 위에 앉았던 흔적이 분명하였고, 이 두 가지 기물이 있었습니다. 그래서 가지고 와 보관해 두었습니다.'라 하였습니다. 소인이 두 기물을 살펴보니 모두 글자가 쓰여 있어 매우 이상해서 곡식을 주고 바꾸어 왔습니다. 소인에게 두었자 쓸데없고 옛 물건으로 생각되기에 가지고 와 바치는 것입니다." 이감사가 그 기물들을 잘 닦고 씻어서 자세히 살펴보니, 뿔잔은 무소뿔로 둥글게 만든 것인데 송나라 학사 채경(蔡京)이 칙명을 받아 명(銘)을 지어 직접 썼다는 글씨가 있었으며, 화로에는 '선화(宣和)'[2]라는 글자가 새겨져 있었다. 화로에 불씨를 담아두면, 한 달 남짓 꺼지지 않았다. 그런데 다리 하나가 약간 기울었기에 장인을 불러 은으로 때우게 하여 약간 높였다. 은으로 때운 뒤로부터 불씨가 오래 가지는 않았으나 그래도 여러 날을 갔다. 화로와 뿔잔이 이판서의 집으로부터 선비 이윤영(李胤永)의 집으로 팔려가게 되었다. 배와 김상숙(金相肅)이 또한 그 두 기물을 보았다. 이윤영의 집엔 옛 물건을 많이 수장하여 남전(藍田)의 옥도 있었는데 그것은 아롱져 눈이 부실 지경이었다 한다. 그의 아들 이희천(李羲天)이 잘못되어 처형당했다. 세상에서는 옛 물건을 지니고 있어 그런 재앙을 불렀다고 말한다.

운두산성엔 황제총이 있는데, 그 곁에 모시는 신하들의 묘가 줄지어 있다. 첩첩산중에 10리나 툭 트인 벌이 있고, 그 앞으로 큰 연못이 있어서 경치가 아주 좋았다. 그 지방 사람들이 간혹 장사를 지내면 반드시

---

2) 선화(宣和): 송 휘종(徽宗)의 연호. 1119~1125년.

재앙을 만났기에 감히 장사지내지 못하였다. 청(淸)의 오라총관(烏喇摠管)3) 목극등(穆克登)이 백두산을 조사하러 나왔을 때, 황제총 옆을 발굴해서 선화제의 지석을 발견하고 봉분을 훨씬 크게 쌓아주었다. 어사(御史) 홍낙인(洪樂仁)이 황제총 근처에서 축성을 감독하다가 고전(古錢)이 든 항아리 하나를 얻었는데, 모두 선화통보(宣和通寶)여서 조정에 장계로 보고하였다. 그 지방 사람들이 말하기를 두만강 북쪽 10리쯤에 또 황제총이 있는데, 이것은 흠종(欽宗)의 묘 같다고 전한다.

김용경(金龍慶) · 오찬(吳瓚)

판서 윤급(尹汲)이 사신으로 가서 옥하관(玉河館)에 묵었는데 꿈에 참판 김용경(金龍慶)을 보았다. 김용경이 윤급의 앞날의 운수에 대해 말하기를, "그대는 벼슬이 병조판서에 그칠 것이다."라 하고, 이 밖에도 여러 가지를 말하였다. 윤급은 명망이 매우 높았고, 풍채가 또한 대단히 훌륭했으나 나이 70이 넘어서 갑자기 실족하여 끝내 병조판서에서 그치고 말았다. 대개 김용경은 사신으로 갔다가 옥하관에서 죽은 사람이다.

자가 평서(平瑞)인 내 아우 이규위(李奎緯)가 대간(大諫) 서명천(徐命天)의 집안 사람의 이야기를 들려주었는데 이러하다. "서명천이 삼수(三水)로 유배 갔는데, 꿈에 정언(正言) 오찬(吳瓚)을 보았었다. 오찬이 말하기를, '내가 북쪽 땅에 귀양 와서 죽어 번민해 온 것이 오래되었다. 지금 그대의 상소한 말에, 오찬의 혼이 변방 밖에 떠도는데, 이름은 충신의 명부에[丹籍]에 올라 있다라 하였으니, 이야말로 내 감회가 맺힌 곳이다. 그대는 응당 이곳에서 오래 있지 않을 것이다.'라 하고는 이에 수심에 잠긴 모습으로 작별하는데 그 모습이 매우 우뚝해 보였다. 스스로 '나는 오경부(吳敬夫)다.'라 하였다 서명천이 꿈에서 깨어 오래지 않을 것이라는 말이 기억되었는데 얼마 안 있어 반제(頒禘)의 명을 받게 되었다."

---

3) 오라총관(烏喇摠管): '오라'는 부락 이름. '총관'은 벼슬 이름. 지금의 길림성(吉林省) 영길현(永吉縣) 북쪽 송화강(松花江) 동쪽 지역.

오찬은 삼수에 유배 가서 죽었다. 김용경과 오찬 모두 고향 산으로 반장(返葬)하였지만 혼이 아마도 죽은 곳에 남아 있었던 것 같다.

김성자(金聖梓)

서흥(瑞興) 원을 지낸 김안묵(金安默)이 자기 아버지 청주(淸州)목사를 지낸 김성자(金聖梓)가 강서(江西)에서 벼슬살이할 때의 일을 다음과 같이 전해주었다.

"강서의 객사는 동헌과 매우 가까웠다. 그때 경차관(敬差官)[4]인 한사직(韓師直) 어른이 동헌으로 와 한참 동안 이야기한 뒤에 객사로 나가 잠을 자게 되었다. 한밤중이 되었을 때, 객사에 불이 켜지고 시끄러운 소리가 들렸다. 나의 부친이 무슨 일인지 물어보니 대답하기를, '괴이한 일이 생겼는데, 어떻게 처리할지 알지 못하겠습니다.'라고 하는 것이었다. 나의 부친이 놀라 일어나 가서 살펴보니, 객사의 큰문이 활짝 열려 있고, 기생이 잠든 채로 한길 남짓 가로로 떠 있었는데, 문설주에 걸려서 마루 밖으로 나가지 못했다. 급히 사람을 시켜 기생을 안아내려 청심환을 먹이니, 한참 뒤에야 비로소 소생하였다. 기생에게 그 연유를 물어보았지만, 어찌하여 그렇게 되었는지 알지 못하였다. 조금 뒤에 담장 밖에서 울며 떠드는 소리가 들렸다. 관속 두 명을 보내 알아보게 하니, '담장 밖 호장(戶長)의 집에 팔십 노모가 있어, 방안에서 잠을 자는데 갑자기 방문이 열리면서 공중으로 떠서 나와 큰 홰나무 위에 걸렸습니다. 그래서 방금 끌어내리느라 이러한 소란이 있었습니다.'라 하였다. 시각은 벌써 닭이 울고 점점 밝아오고 있었다. 곡소리가 그쳤기에 형편을 알아보았더니, 노모를 끌어내린 다음 물을 뿌리고 약을 먹이는 등 여러 가지로 조처를 하니 곧 잠에서 깨어났고 그 어미에게 그 영문을 물어보았더니, 역시 멍하니 알지 못하였다고 한다. 그제서야 기생을 뜨게 만들었던 요사한 기운[沴氣]이 호장의 집에 달려가 달라붙었음을 깨달았다. 객사

---

4) 경차관(敬差官): 중앙에서 지방에 어떤 문제가 발생했을 때 조사하고 처리하기 위해 임시로 파견한 벼슬아치.

에 전에 귀신이 있는가 물어보니, 객사의 아전이 전에는 아무 일이 없었다고 대답했다. 이 뒤로도 별일이 없었다. 한사직은 '커다란 집을 텅 비워두었기에 저절로 귀신이 엿본 것이다.'라 했다. 그 뒤로는 객사에 사람들이 들어가기를 조심스러워했다고 한다."

금평도위(錦平都尉)

영조 말년부터 사대부집 묘정(墓庭)에 석인(石人)을 세우지 않았던 것은 금평도위(錦平都尉)의 집안 일에 연유하는 것 같다. 배천(白川) 원을 지낸 족형(族兄) 이규명(李奎明)이 이야기한 것이 다음과 같다.

"금평도위가 일찍이 자기 아버지 산소에 가서 성묘하였는데, 매번 돌아올 때면 번번이 서글피 얼굴이 펴지지 않았다. 하루는 집안 사람에게 이르기를, '내가 이상한 꿈을 꾼 지 오래되었다. 요즈음에는 아버지 산소에 가기만 하면, 더 자주 이 꿈을 꾸게 되니, 이는 어찌된 영문인지 모르겠다. 대개 꿈에서 매번 부모님께 절하면, 부모님께서는 문득 타이르시기를 "내가 묘 앞에 제수를 받을 때면 번번이 묘 앞의 석인에게 제수를 빼앗기니, 너는 빨리 석인을 넘어뜨려버려라." 하신다. 처음엔 우연이겠거니 생각하였는데, 요즈음엔 가기만 하면 번번이 이 꿈을 꾼다.'라 하였다. 이내 산지기도 와서 같은 꿈을 꾸었다고 하는 것이었다. 그래서 바로 석인을 제거하였다."

금평도위와 친척 관계에 있는 집이 배천에 있었기에 족형이 직접 그 이야기를 들었다고 한다.

묘향산의 노승

선비 김기서(金箕書)는 바로 판서(判書) 안윤행(安允行)의 계외손(繼外孫)이다. 그가 어머니 안씨의 말을 다음과 같이 전해주었다.

안판서의 조부 해주목사(海州牧使) 안순(安純)이 제생(諸生)으로 묘향산을 놀러갔었다. 유람하다가 한 깊은 암자에 이르러 노승 한 분을 만났는데, 풍골이 거대하였다. 밤이 깊어지자, 노승은 안순에게 다음과 같이 말하였다.

"내가 발자취를 감춘 지 오래되었다. 이제 조만간 죽게 될 터인데, 다행히도 마침 이야기를 할 만한 식견을 지닌 조대(措大)5)를 만났다. 그대는 이괄(李适)을 아시오? 이괄에겐 비장(裨將)이 있었는데, 바로 나요. 나는 가장 그의 심복이었다. 이괄이 거사를 하기 이전에 매번 뒷간에 가서 번번이 남몰래 괴롭게 한숨을 쉬며 혀를 차는 것을 보았다. 내가 하루는 측간 가까이에서 묻기를 '무슨 일로 이처럼 고민하십니까?' 이괄이 대답하기를, '네가 내 마음을 헤아려보라.' 내가 말하기를 '김류(金瑬)와 이귀(李貴)를 두려워하십니까?' 이괄이 '그들은 어린 애송이들이다! 두려워할 만한 자는 정충신(鄭忠信)이다.' 내가 '전령(傳令)6) 하나에 달려 있으니, 사로잡아 오기는 손바닥을 뒤집듯 쉽습니다.' 이괄이 '말해보라!' 내가 '즉시 전령을 내어 시급한 군무가 있으니, 성화같이 달려오도록 하라라 하면, 정충신은 반드시 곧 일어나 우리에게 달려올 것입니다. 그가 우리에게 오면 즉시 한 역사를 시켜 때려 죽인다면 무슨 어려움이 있겠습니까?'라 하였다. 이괄이 머리를 흔들며 말하기를, '정충신을 속이기 쉽지 않을 것이다.' 내가 말하기를 '묘계를 어찌 시험해보지 않습니까?' 하니, 이괄이 한참 동안 있다가 '시험해보도록 하지.' 하고는 곧장 나를 파견하였다.

나는 안주(安州) 부원수(副元帥) 병영에 들어가 명령을 전하였다. 정충신은 곧장 행장을 차리고 말을 불러 준비케 하고는 곧 떠나려고 하면서 비장을 불렀다. 일단의 장교(將校)들이 들어와 만류하기를, '부원수가 얼마나 중대한 위치인데, 전령 하나로 임소(任所)를 떠나십니까?'라 하였다. 정충신은 크게 꾸짖어 물리치면서, '도원수(都元帥)의 명령을 누가 감히 어기겠는가?'라 하고는 소매를 떨치며 말에 올랐다. 이에 여러 장수와 군사들이 칼을 뽑아들고 말을 둘러싸면서, '"소인들에겐 죽음이 있을 뿐입니다. 맹세컨대 부원수님이 병영 밖으로 나가도록 내버려두지 않겠습니다.'라 하였다. 부르짖는 소리가 물끓듯 하고, 칼날빛이 햇빛에 번

---

5) 조대(措大): 선비를 지칭하는 말.
6) 전령(傳令): 군사적 명령을 전하는 것.

뜩였다. 정충신은 크게 소리쳐 말하기를, '군중의 마음이 이러하니, 혼잣 몸으로 뚫고 나갈 길이 없도다!'라 했다.

나는 비로소 정충신의 계략에 넘어간 것을 알았다. 곧장 급히 말을 몰아 병영을 빠져나와 말 위에서 생각해보니, 이괄은 필시 실패할 것이라, 이괄에게 가는 것은 곧 죽는 길이라고 생각하고, 드디어는 말을 달려 멀리 도망쳤다. 집안 사람들과 이별하지도 못하고, 산에 들어와 머리 깎고 중이 되어 팔도를 두루 돌아다녔다. 이젠 시일도 흘렀고 일도 변하였으니, 이야기한들 거리낄 것이 있겠는가."

안순이 다시 암자를 찾았는데 "그 노승은 벌써 세상을 떴다."고 하였다.

안판서는 그의 성과 이름을 알려주었는데, 김기서의 어머니 안씨 부인이 잊었다고 한다.

오대곤(吳大坤)

문의현(文義縣) 매포(梅浦)에 사는 예조랑(禮曹郞) 오대곤(吳大坤)은 문인으로 단아한 사람이었다. 그가 증조모(曾祖母)의 일을 다음과 같이 말해주었다.

"증조모가 돌아가신 후에, 조모(祖母)가 비로소 우리 집안에 시집 왔으므로 직접 증조모를 뵙지는 못했었다. 증조모의 제삿날을 당하여 집안에 특별한 일이 생겨 제사지내기를 중지하려 하였다. 제사 전날 밤, 조모의 꿈에 증조모가 나타나 말하기를, '내가 너의 시어머니다. 집안에 일이 있다면, 내 제사는 묘전에 베풀 수 있지 않느냐? 내 몸종 아무로 하여금 묘소에 대신 지내도록 해라.'라 하였다. 조모가 꿈을 깨어 그 얼굴과 복색을 조부께 이야기하니, 과연 증조모의 평상시 모습이었다. 여종 아무는 시집올 때 새로 데리고 온 종이었다. 다음날 밤, 이에 묘제를 지냈다. 이후로 가법(家法)을 정하였으니, 종가에 특별한 일이 있으면 다른 자손의 집에서 지방(紙榜)을 써놓고 제사를 지냈다. 나의 조부와 아버지는 모두 우암(尤菴) 송시열(宋時烈)과 수암(遂菴) 권상하(權尙夏)의 문인이니, 반드시 의론하여 정하였을 것이다."

황은(黃檃)의 부인

단양(丹陽) 원을 지낸 황은(黃檃)의 부인 송씨는 판서 송창(宋昌)의 후손이다. 4살 때 갑자기 유모에게 이르기를, "나는 꿈에 남대문 밖 아무 집에 가서 제사를 받아먹고 온다."고 했다. 해마다 이날이면 반드시 이러하였는데, 지금 예순살이 됨에 이르도록 한결같이 이날 밤이면 제사를 받아먹는 꿈을 꾸었다. 나이가 좀더 든 뒤에 남대문 밖 그 집을 찾아가니, 바로 무변 아무의 집에서 이날에 과연 친기(親忌)를 지내고 있었다. 피차간에 놀랍게 여기더니 서로 내왕하며 가깝게 지냈다고 한다.

송상기(宋相琦)

세상에 전하기를, 회덕의 판서 송상기(宋相琦: 1657~1723)는 어린 나이부터 매해 그날이 되면 꿈을 꾸었는데, 꿈에서 번번이 어떤 사람의 집에 가서 제사를 받아먹는 것이었다. 판서가 죽은 그해에 미쳐서 해남(海南)에서 한 나그네가 찾아와 명함을 올렸다. 그는 송판서에게 좌우 사람들을 물리게 하고, 울면서 다음과 같이 알려주었다.

"저의 친기가 아무 날인데 올해 제삿날에는 꿈에 선친께서, '나의 후신은 바로 판서 아무이다. 매번 판서의 혼이 와서 제사를 받아먹었는데 올해는 목숨이 다하여 판서의 혼이 오지 않을 것이다. 너는 모름지기 판서를 찾아뵙도록 하라.'라 했습니다. 그러므로 돌아가신 아버님의 말씀에 따라 이렇게 찾아뵈었습니다. 그러나 일이 허탄하고 망녕된 데 가깝기에 가만히 아뢰는 것입니다."라 했다. 대개 송판서는 이날 꿈에 제사를 받아먹지 않아서 마음속으로 괴이쩍게 생각했다. 그의 말을 듣고 나서 자기가 평생 꾸었던 꿈과 금년의 꿈을 모두 이야기해 주었다. 그로부터 마음이 매우 울적하게 지내다가 과연 이 해에 세상을 떠났다.

송판서의 자손들에게 물어보니, 과연 이러한 일이 있었다고 한다.

홍응성(洪應盛)

화순(和順) 원을 지낸 홍응성(洪應盛)이 이야기한 것이 다음과 같다.

"내가 곱사병을 앓은 지 오래되었다. 중년 들어 꿈에서 여러 사람들을 따라 동대문밖으로 나가 한 부군당(府君堂)7)을 지나게 되었다. 여러 사람들은 단지 신상(神像)을 구경만 하고 절을 하지 않았다. 나는 홀로 주신(主神)에게 절을 하지 않아서 될 것인가 하고 생각하여 곧 절을 하였다. 그러자 부군신이 와서 이르기를, '내가 여러 사람들의 무례함을 분히 여겼는데 그대가 홀로 절함에 미쳐서는 매우 흐뭇했다. 그대의 후의에 보답코자 하는데, 소원이 무엇이냐?'라 하였다. 나는 '곱사병을 없애준다면 더없이 다행이겠다.'라 하였다. 부군신은 곧바로 내 등을 어루만지더니 손톱으로 한 혈(穴)을 찌르고 말하기를, '이곳에 쑥뜸을 뜨면 곧 효과가 있을 것이다.'라 했다. 나는 손톱으로 찌르는 데 놀라서 이내 꿈에서 깨었다. 의원을 불러서 등에 뜸을 떠달라고 하니 의원은 '비록 혈에 뜸을 뜨기는 하지만 효험을 보지는 못할 것이다. 여러 해 묵은 병이라 무슨 도움이 있겠는가?'라 하였으나 내가 간청하기를 그치지 아니하였다. 의원이 마지못해 응낙하고서, 옷을 들추어 등을 보고는 깜짝 놀라면서, '누가 주홍색으로 혈(穴)에 점을 찍어놓았다. 이 혈이 맞구나!'8)라 했다. 그 혈(穴)에 쑥으로 삼칠장을 하였더니, 곧바로 등이 펴졌다. 지금은 완전한 사람이 된 지가 여러 해 되었다고 했다."

한원진(韓元震)의 어머니

남당(南塘) 한원진(韓元震)은 자기의 선고와 선비의 묘지를 모아 만들었는데 그 내용을 간추리면 다음과 같다.

선비께서는 함양 박씨로 아버지가 도정을 지낸 박숭부(朴崇阜)요 어머니는 파평 윤씨로 이조참판 윤집(尹鏶)의 따님이다. 선비께서는 용모가 단정하고 온후했으며 성질이 너그럽고 신중하여 함부로 말하거나 웃지 아니하고 오직 길쌈과 바느질하기에 부지런하였다.

선비께서 아직 결혼하기 전에 역질에 걸려 거의 위태로운 지경이 되

---

7) 부군당(府君堂): 각 관서나 민간에서 받드는 신을 모시는 집.
8) 점혈(點穴): 뜸질할 부위에 먹으로 점찍어 놓는 것을 말함.

었다. 꿈에 한 관리가 한좌랑이라고 칭하는데 용모와 거동이 매우 훌륭해 보였다. 그가 밖으로부터 와서 마루 위에 앉아 준엄한 소리로 꾸짖는 것이었다. 그러자 갑자기 웬 귀신 모양을 한 것이 방문에서 나와 달아났다. 그 관인이 선비께서 누워 있는 방안으로 들어와서 맑은 물을 가져다가 몸 위에 두루 뿌리니 갑자기 정신이 상쾌해짐을 깨달았다. 그리하여 회생할 수 있었다. 꿈 속에서의 일을 부모에게 아뢰니, 부모가 크게 신기하게 여겨 나이가 들어 배필을 구하는데 꼭 한씨에서 찾아 드디어 한씨에게 출가하게 되었다. 아버지는 휘가 유기(有箕)요, 벼슬하지 않았다. 선비께서는 지감(知鑑)이 있었다. 원진이 아이 때에 과문으로 급제하기를 기대하고 힘썼다. 선비께서 말씀하기를, "너는 응당 당세에 명성이 있을 것이다. 그러나 끝내 출세할 수는 없을 것이다." 하고, 계진(啓震)을 가리켜서 말하기를, "이 아이는 응당 문장으로 과거에 올라 현달하게 될 것이다."라고 했다. 후에 그대로 맞았다.

조완(趙岏)

병사 조완(趙岏)은 병사 조동점(趙東漸)의 아들이다. 일에 연루되어 제주에 유배 갔는데 그때 목사 김영수(金永綏)가 죄수를 관리하기를 심히 엄히 했다. 매달 초하룻날을 당하여 죄수를 점고(點考)하는데 마침 날씨가 얼어붙도록 추워 조완이 털모자를 쓰고 들어갔다. 김영수가 크게 성을 내고 사람들에게 털모자를 벗겨 찢어버리게 했다. 조완이 분을 이기지 못하고 드디어 병들어 누워 위독하였다. 그가 관리로 서울로 가는 관인을 만나 부탁하기를, "우리 집은 대흥에 있는데 그대가 돌아올 때에 우리 집안 사람들을 찾아 내가 모월 모일에 죽을 것이라고 말해 달라."고 하였다. 그 관인은 웃고 믿지 않았다. 이윽고 그 관인이 서울로부터 돌아오다가 대흥 지경에 이르러 한낮에 주막에서 쉬고 있었다. 꿈에 조완이 평상시처럼 말하기를, "나는 지금 곧 죽을 것이다. 그대가 우리 집에 가서 알려주지 않겠는가?"라고 하였다. 관인이 크게 놀라 잠에서 깨어 바로 조완의 집에 가서 제주를 떠나올 때의 말과 꿈 이야기를 하였다. 조완 집안 사람들이 드디어 그 관인과 함께 제주에 가서 운구를 해

왔다. 조완이 죽은 것은 과연 그가 말한 그날이었다.

조완이 임종에 당해서 집 주인에게 말하기를, "나를 따라온 자는 오직 겸인 한 사람이다. 그 겸인은 사람됨이 정직하지 않으니 염습을 그의 손에 맡겨서는 안된다." 하고 또 겸인에게 말하기를, "나는 죽고 나서도 네가 만약 착하게 마음 먹지를 않는다면 반드시 너를 겁줄 것이다."라고 했다.

죽은 날 저녁 주인집의 아직 시집 가지 않은 딸이 홀연히 눈을 부릅 뜨고 주먹을 휘두르며 남자 소리를 내어 말하기를, "나는 조병사다. 그대는 나의 신령함을 모르느냐. 속히 겸인놈을 잡아들여라."고 했다. 겸인이 뜰 가운데로 기어오니, 귀신이 말하기를, "너는 감히 내 수의 속에 넣어둔 것을 몰래 많이 훔쳐서 좋은 물건을 많이 가져갔구나. 내가 너를 죽이고 싶으나 천리길을 따라온 일을 생각하니 차마 바로 죽이지 못하겠다. 빨리 여러가지 물건들을 돌려보내고 불태워라." 하니, 그 겸인이 땀을 흘리며 감히 올려다보지 못하였다. 겸인의 몸 속에 감추어둔 물건을 찾아내니 과연 징험이 되었다. 이에 온 고을 사람들이 크게 놀랐다.

귀신이 말하기를, "김목사는 통탄할 일이로다. 옛날 같이 놀던 일을 생각하지 못하다니! 털모자를 쓴 것이 무슨 그리 큰일이라고 여러 사람 앞에서 나를 욕보이는가. 여러 사람 앞에서 나를 욕보이는가." 하고 눈물이 비가 오듯 쏟아졌다. 어떤 사람이 말하기를, "귀신이 목사를 몹시 원망하는데 어찌 목사를 겁주지 않는가?" 하자, 귀신이 말하기를, "명리(命吏)[9]인데 감히 모멸할 수 있겠는가?"라고 하였다. 김목사가 그 이야기를 듣고 요물이라고 생각하여 위엄을 떨치고 나아가 그 처녀에게 형벌하려고 하였다. 그 처녀를 보니, 말하고 행동하는 것이 완연히 하나의 조완이었다. 자신도 모르는 사이에 한탄을 하며 나가서 앞에 가서 위로하고 또 사과를 하니, 귀신이 말하기를, "사또는 너무나 야박합니다." 하고 어릴 때의 일을 이야기하는 것이었다. 그 이야기는 모두 김목사 혼자만이 아는 일이었다. 조완은 평상시 밥을 먹을 때에 숟가락으로 사발에

---

9) 명리(命吏): 왕명을 받은 관인이기 때문에 준엄하다는 의미를 내포하고 있음.

232

반을 그은 후에 먹었으며 또 각혈을 하곤 했다. 이날 저녁 그 처녀 또한 밥그릇을 반을 긋고 먹었으며 각혈을 하는 것이었다. 귀신이 떠나가자 그런 짓을 다시 하지 않았다.

이미 운구를 하였는데도 귀신은 떠나지 않고 말하기를, "나의 유배 기한이 아직 차지 않았다. 돌아갈 때가 있을 것이다."라고 하였다. 하루는 귀신이 말하기를, "나는 이제 떠나가겠다. 타고 갈 것이 없으니 작은 되만한 배를 하나 만들어 그 위에 비단 돛을 달아달라."라고 하는 것이었다. 주인이 그 말과 같이 한 다음 또 술과 음식을 갖추어 그를 전별하였다. 귀신이 배불리 먹고 취하자 이윽고 비단 돛이 저절로 움직여 파도를 타고 나는 듯이 떠나갔다. 보는 사람들이 눈물을 흘렸다. 돛이 아득하여 거의 보이지 않게 되었는데 홀연히 돌아와 말하기를, "처음에 내가 유배 올 때에 나의 아내가 오래 못 살 줄 알고 이별하며 하나의 속곳을 주었다. 내가 시렁 위에 갈마 두었는데 지금 내가 잊어버리고 갔다. 부인의 속곳은 함부로 할 수 없으니 이 배에 싣고 가야겠다."라고 했다. 또 말하기를, "내가 북병사를 마치고 돌아오다가 철령 위에서 모씨를 만났다. 그 때 영조(英祖)가 그 사람을 면직시켜 서인으로 만들고 벙거지를 쓰고 가도록 명령하였다. 나는 비록 무인으로 취향이 다른 사람이지만 마음에 그를 딱하게 여겨 내 금단립을 벗어 그에게 주었다. 지금까지 잊을 수가 없다. 듣자하니 그의 아들 또한 이곳에 유배 왔다고 하는데 보지 못함이 슬프다. 그 아들 또한 나를 알아볼 수 있을까." 말이 끝나자 배가 다시 움직였다. 이때 주인집 딸은 정신을 잃고 땅에 넘어졌다가 배가 보이지 않게 되자 이에 벌떡 일어났다. 사람들이 다시 무슨 말을 물어보았으나 다시는 조완이 아니었다.

다음날 해남에서 온 사람이 있었는데 그가 말하기를, "어제 저녁 배가 떠난 곳에서 보니 작은 배가 비단돛을 달고 부인의 속곳을 싣고 제주로부터 와서 물가에 배를 대더라."라고 했다.

17. 규열록(閨烈錄)

깊은 규방에서 아름다운 행실을 숨기고 있는데, 다른 사람이 잘 알 수 있겠는가? 일가 친척이 아니고는 올바르게 쓰기 어렵다. 지금 기록하는 부녀자들의 사적의 내용은 대부분 나의 내외 친척의 일이다.

여흥 민씨(驪興閔氏)

진사 이만창(李晩昌)의 부인 여흥(驪興) 민씨(閔氏)는 여양부원군(驪陽府院君) 민유중(閔維重)의 따님이요, 도암(陶菴) 이재(李縡)의 어머님이다. 일찍 지아비의 상을 당하고, 힘써 아들 도암을 가르쳐 학문에서 성취하도록 하였다. 매일 밤 도암이 책을 읽으면, 부인은 면화를 길쌈하는 것을 가지고 서산(書算)[1]을 삼아 글 읽는 횟수를 세었다. 도암이 관례를 하고 나서, 서울에 들어가 성 바깥 애오개(阿要峴)[2] 집에서 비로소 과문(科文) 공부를 시작했다. 그 때 대제학 윤봉조(尹鳳朝) 형제가 와서 만나니, 부인이 기뻐 말하기를, "아이의 처소에 벗이 있어 찾아오니 또한 즐겁지 아니한가?"라고 하였다. 그 때에 농암(農巖) 김창협(金昌協)이 사람들을 많이 가르치고 있었다. 누군가가 도암에게도 배우기를 청해보라고 권한 적이 있었다. 부인은 이를 만류하며 말하기를, "말세의 풍속에 제자는 폐단이 많으니, 꼭 찾아갈 필요는 없다."고 했다. 이는 유식한 군자의 식견이라고 하겠다. 그 밖의 품행과 견식 또한 여사(女士)의 빼어난 것이었다. 그 사적은 도암의 선지(先誌)[3]에 갖추어져 있다.

민씨(閔氏)

---

1) 서산(書算): 옛날 글을 읽을 때 읽는 횟수를 셈하는 도구.
2) 애오개(阿要峴): 지금의 서울 아현동 지역.
3) 제목은 「선비묘지(先妣墓誌)」로 『도암집(陶菴集)』 권46에 실려 있다.

판서 이주진(李周鎭)의 부인 민씨(閔氏)는 정승 민진원(閔鎭遠)의 따님이다. 사리를 알고 도량이 있었으며, 대가집에서 자랐으나 본래 교만하거나 인색함이 없었으니, 수십 집이 그의 도움을 받아 밥을 지어먹을 수 있었다. 덕행이 있었으나 애석하게도 규방에 묻혀졌다. 이판서의 병이 위급함을 당하여 뜰에서 치성을 드렸는데, 그릇에 쌓아둔 돈이 밤이 지나 아침에 이르고 보니 없어져버렸다. 집안 사람들이 범인을 찾아내려고 하니, 부인이 이를 말리며 말하기를, "궁한 사람이 훔쳐갔는데, 찾아서 무엇하겠는가?"라 했다. 드디어 남편의 상을 당해서 곡을 하고 있는데, 먼 동네 사는 일가가 여종을 보내어 안부를 물어왔다. 집안 사람이 손을 저으며 말하기를, "지금이 어느 때냐?"라 했다. 부인이 곡하며 말하기를, "먼 동네 가난한 집에서 일부러 하인을 보내 위문을 하러 왔는데, 얼굴도 보지 못한 채 그대로 돌아가게 한다면 어찌 인정이라 하겠는가? 내 가까이 와서 나를 보고 돌아가도록 하라." 했다. 미망인으로 있은 지 여러 해에 친척 남자를 보지 않았다. 부인은 일찍이 한 가난한 친족의 혼사를 지낸 적이 있었는데, 몸소 분별하고 지휘하여 수고하기를 꺼리지 않았다. 판서 또한 인품이 중후하였다. 한 가난한 친족이 그 집의 바깥채에 살고 있었는데, 부인의 조카가 빼앗으려고 하였다. 판서가 이 일을 막으며 말하기를, "비록 먼 데를 버리고 가까운 데를 취하는 것이 옳다고 하지만, 또한 가난한 사람에게서 빼앗아 넉넉한 사람에게 줄 수는 없다."고 했다. 예조판서로서 대보단(大報壇)의 역사를 감독하다가 불치병이 들었는데, 이는 지나친 과로에서 빌미가 된 것이다. 판서는 나에게 가까운 친척이 되기 때문에 그 부인의 행실을 잘 알게 되었다.

권처자(權妻子)

용궁현(龍宮縣)의 권처자(權妻子)는 선비 권요수(權堯壽)의 딸이다. 집안이 가난하여 나이가 스물한살이나 되도록 시집을 가지 못했다. 집 뒷동산에 올라가 나물을 캐다가 마을의 사내놈에게 겁탈을 당하게 되었는데, 힘껏 저항하여 몸을 더럽히지 않았다. 집으로 돌아와서 목매어 죽었다. 나의 아버지께서 마침 그 고을 원으로 있어 읍의(邑議)를 모아 당

(唐)나라 정요(貞曜)의 시호4)의 예에 의거해서 '정렬처자(貞烈妻子)'란 시호를 내려주었다. 장례 비용을 대주고 비석을 세웠으며 감영에 보고했다.

함평 이씨(咸平李氏)

순홍부사를 지낸 조상강(趙尙綱)은 부정(副正)과 부사(府使) 벼슬을 지냈는데 계실은 함평 이씨(咸平李氏)였다. 이씨는 평소 외롭고 가난한 고생을 두루 겪었으나 조금도 원망하는 뜻이 없이 화평한 기운이 보통 사람과 같았으며, 집안에 바느질이나 음식 등의 살림살이가 모두 질서정연하였다. 끝내 자식을 두지 못했는데, 전실 서씨(徐氏)의 손녀를 취하여 기르면서 끔찍이 사랑하면서도 편안하고 게으르게 두지 않아서, "바느질 얼른 하라."고 책망하였다. 조상강의 형인 판서 조상경(趙尙絅)은 매번 집안의 큰일을 당하기만 하면 으레, "순홍부인이 계시는데, 어찌 소홀히 할 염려가 있겠는가." 했다.

권씨(權氏)

나의 백부 이사휘(李思徽)는 자가 자유(子猷)로 벼슬하지 않고 세상을 멀리하여 임하(林下)에서 『중용(中庸)』과 『대학(大學)』을 읽은 것이 수십년으로 깨끗한 행실은 마치 얼음과 옥 같았다. 그 부인은 문순공(文純公) 권상하(權尙夏)의 손녀로서 우리 집에 시집 오셨을 때, 시부모의 상을 연달아 당하여서 백부님의 아우와 누이로 아직 장성 못한 이가 여섯이었다. 이들을 보살펴 길러내어 성인이 되게 한 것은 모두 부인의 힘이다. 우리 집안은 자못 부유했는데 부인은 혹시라도 재물에 인색하거나 비용을 아낀 적이 없어, 혼사를 끝내고 나니 집안이 텅 빌 지경이었다. 그래도 마음에 두지 않고 아까워하지 않았으니, 이는 실로 세상에서 뛰

---

4) 정요(貞曜)의 시호: 시호란 원래 나라에서 내려주는 법인데, 당나라 시인 맹교(孟郊)가 세상을 떠났을 때, 장적(張籍)이 사적으로 '정요선생(貞曜先生)'이란 시호를 붙여주었다. 이 경우는 지인(知人)들 사이에서 사적인 경우이므로 '사시(私諡)'라고 부른다.

어난 거룩한 일이다. 여섯 아우와 누이가 모두 나이 들어 노경에 이르자, 자손들과 더불어 늘상의 이야기를 할 적에, 한마디도 큰형수 큰형님에 대해 섭섭함이 있다는 말은 들은 적이 없었다. 부인의 정성과 사랑이 마음에 깊이 미치지 않았다면 어찌 능히 이와 같을 수 있겠는가? 집은 4대 종가이므로 부인은 정월부터 12월에 이르도록 아침부터 저녁까지 마음에 매이고, 손에 잡히는 것 치고 제수의 물건 아닌 것이 없었다. 우리 할아버지의 기제사인 경우는 반드시 만두와 약과를 올렸고, 내 할머니의 기제사의 경우에는 반드시 오징어를 올렸으니, 모두가 평소에 즐기시던 것이다. 사람들이 자손 중의 누구에 대해 일을 처리하는 재간이 있다고 칭찬하면, "사대부는 마땅히 독서에 힘써야 할 것이요, 나머지 일이야 일대로 처리하면 되지 않겠는가?"라고 말했다. 베풀어주길 좋아하여 다른 사람이 집에 오면 빈 입으로 돌아가는 경우가 드물었다. 백부의 큰아들 온양(溫陽) 원을 지낸 휘 규항(奎恒)이 일찍이 거처할 집을 세우려 하니, 백부가 신칙하여 말하기를, "우리 집은 기와를 이은 것이 50여 간이요, 짚으로 이은 것은 하나도 없다. 이는 '만초손(滿招損)'5)이니 네 집은 반드시 짚으로 이어라." 온양공이 감히 어기지 못했다. 온양공은 경학을 잘하고, 과문의 석의(釋疑)6)에 정통하여 어린 나이에 진사가 되었다. 아들은 지금 참판으로 있는 홍재(洪載)인데 다시 공명으로 가세를 드날렸다. 온양공의 두 아들과 두 사위가 모두 벼슬자리에 올랐으니, 사람들은 "여러 대 적덕이 이르게 한 것이다."라고 말하였다.

김씨(金氏)

권부인의 손자인 참봉 이경재(李景載)의 배필 광산 김씨(光山金氏)는 문원공(文元公)의 후예로 현감 김홍택(金弘澤)의 손녀요, 세마 김상봉(金

相鳳)의 딸이다. 김홍택은 큰 선비였고, 김상봉은 단아한 선비였다. 김씨는 평생 동안 우울과 낙심이 많았으나 근심하는 뜻을 드러내지 않고, 집안을 다스림에 재간이 있었다.

남씨(南氏)

권부인의 시가 쪽 일가로 동복(同福) 원을 지낸 이규량(李奎亮)의 배필은 의령 남씨(宜寧南氏)였다. 태학사 남유용(南有容)의 여동생으로 단정하고 정숙하여 부녀자로서의 재질이 있었다. 그 남편을 따라 같은 달에 죽어, 지금 임금이 정문을 내렸다.

임씨(任氏)

조원주(趙原州)는 이름이 상기(尙紀)요, 벼슬이 목사에 이르렀다. 그의 계실 임씨(任氏)는 아들 둘을 두었으니, 판서 조환(趙瑍)과 정승 조경(趙璥)이었다. 조경은 문장과 학식이 세상에 드문 사람이었는데, 그가 지은 대부인(大夫人) 묘지(墓誌)에 이와같이 나와 있다. "임씨 부인이 일찍이 한 상인에게서 설면자(雪綿子)[7]를 샀는데, 그 상인이 돌아가고 난 뒤, 천천히 그 숫자를 셈해 보니 한 첩이 더 와 있었다. 설면자의 한 첩은 근량은 가벼워도 그 값은 퍽 많아서 가히 수천 전에 이르렀다. 부인은 그것을 따로 보관해 두었다. 그 다음 해에 상인이 다시 물건을 팔러 오자, 부인은 따로 보관해 두었던 설면자를 꺼내 주었다. 상인은 절하며 인사하기를, "제가 설면자를 잃어버려 본전이 밑졌는데 어디서 잃어버렸는지 알지 못했습니다. 지금 찾았으니 부처님이 세상에 나오신 것입니다."고 하였다 한다. 조경이 관직이 높이 올라 의전이 매우 장중하였는데, 부인이 눈에 드러나지 않게 하고 말하기를, "무슨 덕으로 감당하겠는가?"라고 하였다. 나는 통가(通家)[8]의 자제로서 마루에 올라가 인사드

---

7) 설면자(雪綿子): 풀솜·명주솜.

8) 통가(通家): 옛날에는 다른 사람의 부인과 직접 대면할 수 없는 법인데, 특별한 인연이 있어, 안식구와 만날 수 있는 경우를 '통가(通家)'라고 함.

린 일이 있었는데, 부인은 이미 칠순에 이른 나이인데도, 근엄하고 엄숙하며 단정하여서 흐트러진 모습을 보이지 않았고, 거처하는 곳에는 사치스럽고 호화로운 물건이 하나도 없어 마치 가난한 선비의 집 같았다.

김성응(金聖應)의 모부인

그 무렵 판서 김성응(金聖應)의 모부인 또한 후덕하기로 세상에 알려졌다. 김판서는 대장의 자리에 있으면서 수십 년 동안 포도대장(捕盜大將)을 겸하여 맡고 있었다. 포도청은 으레 잔인한 형벌이 많았으며, 포도청 병졸은 모두 사납고 건장하여 살기를 띠고 있었다. 한 포졸이 나의 경제(京第)9)에 딸린 사람인데 매일 돌아와서 말하기를, "제가 날마다 대장의 이동(泥洞)10) 댁 바깥 동구에서 기다립니다."라고 했다. 왜 그렇게 했는가 물은즉, "대부인 분부가 '반드시 집안으로 들어오지 말고 여종의 말을 들을 때까지 멀리서 기다려라.'라고 했기 때문입니다."라고 했다. 대장이 포도대장을 겸임하게 되면, 대부인은 곧 이마를 찡그리며 말하기를, "어찌하여 빨리 바뀌지 않는가?"고 했다. 대부인은 나이 98, 9세에 세상을 떠났는데, 나는 그 성씨는 잊었다. 김판서 댁은 복록이 많아 자손들이 연이어서 높은 관직을 역임했다. 김판서는 눈이 크고 수염이 좋으며, 얼굴이 옥같이 깨끗했고 큰 키로 높은 말에 올라타고 옷은 주립(朱笠)에 취사포(翠紗袍)를 갖추어 입었다. 덕과 위엄 있는 용모가 사람들의 마음에서 돋보였다.

김부인(金夫人)

김부인은 배와 김상숙(金相肅)의 딸로서 판관 심저(沈著)의 아내이다. 부인이 어린 아기를 면치 못해서 그 어머니 윤부인(尹夫人)이 돌아가셨는데, 친정 윤씨 선산에 임시로 장사지내고 오래도록 김씨의 선산에 반

---

9) 경제(京第): 옛날 시골에 근거를 두고 있는 사대부 집에서 서울에 마련해 둔 집을 '경제(京第)'라고 불렀다. 향제(鄕第)와 대립되는 말이다.

10) 이동(泥洞): 지금의 종로구 운니동 자리.

장(返葬)을 못했다. 김부인의 남편 심판관이 대구판관을 마치고 서울로 돌아가게 되자, 김부인이 아우인 김기상(金箕常)에게 윤부인의 묘를 옮겨 김씨 선산에 돌아갈 수 있도록 하라고 했다. 그 때 아우 기상은 비로소 장성하였고 배와의 묘도 막 썼던 때문이다. 김씨의 선산은 결성(結城)에 있었고, 윤씨의 선산은 양주(楊州)에 있었다. 김기상이 서울에 올라와 묘를 옮기려 했으나, 심판관이 거리가 멀기 때문에 이장하는 것을 어렵게 여겼으며, 또한 지관이 이장을 하게 되면 필시 외손에게 해를 끼친다고 말하여 역사가 시작되자마자 중지되었다. 김부인은 어머니 산소에 몸소 나가 살펴본 다음 다시금 꼭 옮겨달라고 청하였으나, 바깥의 의론이 모두 따르지 않았다. 김부인이 근심이 쌓여 오랫동안 먹지 않고 말하기를, "지관이 어찌 사람의 화복을 알겠는가? 내외 합장은 고금의 상례인데 우리 부모는 어찌하여 300리 바깥으로 각기 묻혀 있는가? 나의 두 아우가 아직 어리고 내가 능히 이장할 수 없으니, 이는 자식된 도리를 다하지 못한 것이다."고 했다. 병이 생겨서 마침내 점점 더 위급해지니, 김기상과 심판관이 어쩔 수 없어 다시 이장의 일을 시작했다. 윤부인의 묘에는 큰 수화환(水火患)[11]이 있었다. 이에 결성으로 옮겨서 배와와 같이 합장을 했다. 뒤에 심씨가의 자손들에게 아무 탈이 없었다. 김기상의 아우 기서(箕書)가 나에게 이야기하기를, "나의 누님은 사리에 밝고 정신력이 비록 당찬 장부(丈夫)라도 더 나을 수 없었다. 그 밖에도 이와 같은 일은 많았다."고 한다. 심판관이 바야흐로 공주(公州)에서 관직을 맡고 있을 때였다. 공주는 큰 고을인데 김부인이 내아(內衙)에 있으면 고을 사람들이 꾸러미를 바칠 길이 없었다고 한다.

한씨(韓氏)

공주(公州) 도동(桃洞)의 어느 집 종 손노적(孫老積)은 조카 손상운(孫上雲)을 거두어 길렀다. 손상운의 처는 성이 한씨(韓氏)로 청주 금성(今城) 사람이었다. 시집 간 지 3년 되던 해에 나이가 19살이었는데 상운이

---

11) 수화환(水火患): 풍수설에서 묘자리가 불길하여 재앙이 생길 징조.

전염병에 걸려 거의 죽게 되었다. 한씨가 처음에 손가락을 자르니 피가 나오지 않아 다시 손가락 한마디를 잘라서 피가 비로소 나왔다. 상운의 입에 떨어뜨려 주었으나 이튿날 상운은 죽었다. 한씨는 나아가 나물을 캐고 곧 끊어진 손가락을 싸고 10여 일을 눈물 흘렸다. 한씨 또한 전염병을 앓으니, 노적이 죽을 주었으나 먹지 않고 말하기를, "저는 빨리 죽고 싶습니다."라고 하며 입을 다물고 열지 않았다. 7일 동안 굶은데다가 병이 겹쳐 드디어 죽었다. 노적이 통곡하며 말하기를, "평소에도 나를 잘 섬겼다."고 했다. 노적의 어머니는 젊어서 과부가 되었는데 백발이 되도록 수절하여, 마을에 이런저런 말이 없었다. 노적 또한 그 주인에게 충직하였다.

동쇠의 며느리

회동(檜洞)12)에 살던 동쇠의 며느리는 젊어서 남편이 죽자 수절하면서 동쇠를 잘 봉양하였고, 힘을 다하여 시아버지의 상을 마쳤다. 동쇠는 그 아들이 죽은 것을 잊고 지낼 정도였다. 이들은 모두 상민이면서도 능히 기꺼운 마음으로 뜻을 지켜 죽음을 보기를 마치 돌아가는 듯이 하였으니, 열녀들이었다. 동쇠의 며느리는 조저구(趙杵臼)13)의 열과 같으니 더욱 뛰어나도다.

합천(陜川)에는 염씨 열녀(廉氏烈女)가 있었다.

---

12) 회동(檜洞): 지금의 서울 회현동 자리.

13) 조저구(趙杵臼): 조(趙)나라의 공손저구(公孫杵臼). 조나라 조삭(趙朔)의 문객으로 조씨(趙氏) 일족이 대부(大夫) 도안가(屠岸賈)에게 멸족당할 때, 조삭의 유복자를 지키기 위해 조씨(趙氏)를 따라 죽지 않았고 위기에 빠진 조삭의 아들의 목숨을 건지기 위해, 다른 고아(孤兒)를 조씨의 고아로 위장하여 거짓 체포되어 함께 사형당했다. 여기서는 남편이 죽은 뒤, 시댁 식구를 위해 목숨을 바쳐 헌신한 여성의 열(烈)을 비유한 것으로 보인다.

18. 규수록(閨秀錄)

임윤지당(任允摯堂)

녹문(鹿門) 임성주(任聖周)의 누이 임씨는 경종 신축년(1721) 생으로 호는 윤지당(允摯堂)이다. 원주의 선비 신광유(申光裕)에게 시집 갔는데, 일찍이 홀로 되어 자식이 없으며, 지금 승지 신광우(申光祐)의 형수이다. 이학(理學)에 타고난 재주가 있어, 경전(經傳)을 익혀서 나이가 70이 가깝도록 매일 경전을 소리내어 읽는 것이 경생가(經生家)와 같았다. 저술을 하는 데는 경전에 대한 의문을 따지고 밝히는 일이 아니고는 쓰지 않았다. 경전의 뜻을 논의하는 데 있어서는 친정 오라비인 녹문(鹿門)과 운호(雲湖) 임정주(任靖周)와 왕복한 것이 많았다. 이는 부인이 원주에 살고, 녹문 형제는 공주에 살았기 때문이다. 다른 저술로는 집안의 제문과 정렬부녀(貞烈婦女)를 위해 지은 전이 있다. 나는 임씨 가문의 인척인 때문에 그 집안으로부터 부인이 이학과 글을 잘했던 것을 익히 들었다. 그 제문과 경의(經義)를 보니, 견식과 문장 솜씨가 스스로 일가를 이루고 있어서, 규방 사이에서의 시 한수 글 한편의 재주와 같은 것이 아니요, 바로 조대가(曹大家)[1]와 나란히 놓을 만하다. 그의 특이한 재주는 단지 부녀자의 숨겨진 덕으로 그칠 일이 아니므로, 규열록(閨烈錄)에 넣지 않고 규수록(閨秀錄)에 넣은 것이다.

그의 「척형명(尺衡銘)」[2]은 이러하다.

---

1) 조대가(曹大家): 동한(東漢) 시대의 여류학자인 반소(班昭). 반표(班彪)의 딸이며 반고(班固)의 누이동생으로 조세숙(曹世叔)의 처가 되었다. 박학고재(博學高才)하여 「여계(女誡)」 7편을 지었고, 반고가 편찬한 『한서(漢書)』를 완성하였다.
2) 척형명(尺衡銘): 척(尺)은 자, 형(衡)은 저울. 자와 저울을 비유해서 중용(中庸)의 실천적인 도리를 밝힌 글. 『윤지당유고(允摯堂遺稿)』 하편에 실려 있다.

"오! 위대하신 상제(上帝)께서 백성들에게 마음을 내려주셨도다. 그 마음이란 어떠한 것인가? 중정(中正)하여 치우침이 없도다. 온축한 그 체(體)는 중화(中和)이며 덕행(德行)이로다. 출현한 그 용(用)은 시의(時宜)요 용행(庸行)이로다. 오직 성인은 편히 처하는 바요, 오직 대중은 힘써할 바로다. 힘써 할 때 무엇을 따를 것인가? 너에게 저울과 자가 있도다. 가볍고 무겁고 길고 짧음 헤아리는 것은 너의 구실이로다. 오직 정하게 하고, 오직 한결같아야 진실로 어긋나지 않느니라. 정하지 않고 한결같이 않으면 양주(楊朱)가 아니면 묵적(墨翟)이 되도다. 삼과(三過)[3]와 누항(陋巷)[4]은 다 바로 '가운데를 얻었다'고 말한다. 네 눈이 이미 밝으면, 체와 용이 모두 갖추어지리라. 삼가하고 조심하며, 반드시 공경하고 반드시 경계하라."

그의 「심잠(心箴)」[5]은 이러하다.

"마음은 본래 허(虛)하니, 신묘(神妙)하여 헤아리기 어렵도다. 네 하고 싶은 대로 하면, 갈 데 없도다. 다잡으면 지켜지고, 버리면 잃게 되느니라. 성(誠)이 아니면 어찌 지켜지고, 경(敬)이 아니면 어찌 길러지겠는가. 본성의 발함은 희미하고, 형기(形氣)의 부딪침은 위태롭도다. 희미한 것은 확충하고 위태로운 것은 막을 것이로다. 기미를 미연에 막아내고 홀로 있을 때를 삼가는 것이 마음을 다스리는 원칙이다. 이 점을 생각하면 여기에 두고, 한 순간이라도 놓아버리지 말라. 능히 생각하면 성인(聖人)도 될 수 있고, 생각을 잃으면 광인(狂人)이 되기 쉽다. 무엇에 등 돌리고 무엇을 우러를까. 등 돌리고 우러름의 구분은 삼척동자도 알 것이다. 알면서도 행하지 않으면 이는 스스로 저버리는 것이다. 어렵다고 이르지

---

3) 삼과(三過): "三過其門不入." 직무의 일에 당하여 일에 부지런함을 비유함. 우임금이 치수(治水)를 할 때에 자기 집을 세 번이나 지나치며 들어가지 않았다고 한다. 『맹자(孟子)』 이루(離婁) 하에 이 사실이 언급되어 있다.

4) 누항(陋巷): 성인이 사는 곳을 지칭하는 말. 공자의 제자 안회가 누항에서 가난한 생활을 하고 있더라도 자기의 마음속의 즐거움을 추구하는 자세를 고치지 않는다고 하였다. 『논어(論語)』 옹야(雍也)편 참조.

5) 『윤지당유고』 하편에 실려 있다.

말고 행하기를 이처럼 하라. 마땅히 그 덕을 닦으며, 감히 혹시라도 쉬지 말라. 상제(上帝)께서 네게 다다라 있으니 네 마음을 분산시키지 말라. 능히 생각하고 또한 공경하는 데 오직 마음이 거울이로다. 하늘이 백성을 내심에 반드시 표준이 있으니, 이에 영대(靈臺)6)에 고하여 그 지극함을 공경하여 밝히리로다."

곽씨(郭氏)

사부(師傅) 곽시징(郭始徵)의 딸 곽씨는 진사 김철근(金鐵根)에게 시집 갔는데, 시문을 잘했다. 도암(陶菴) 이재(李縡)가 지은 김진사의 묘문(墓文)7)에, "계실 곽씨는 여사(女士)의 기림이 있었다."고 씌어 있다. 곽씨의 시를 들어 본다.

배와 밤 가을 되었다고 어찌 차마 딸 것인가.
서책이 벽에 가득하나 끝내 누가 알아줄까.
　梨栗當秋那忍摘, 圖書滿壁竟誰知.

남편의 갈명(碣銘)을 지었는데 이러하다.
"공은 휘가 철근(鐵根)이요, 자는 석심(石心), 호는 절우당(節友堂)인데, 본관은 광산(光山)이다. 무오년(1678) 윤5월 초5일에 태어났는데 어려서부터 총명하고 슬기로워 여덟 살에 능히 시를 지어, 서울의 선비들이 누구나 부러워하며 칭찬하였다. 또한 부모를 섬기는 효성이 지극했다. 기해년(1719)에 생원시에 합격하고, 신축년(1721)에 항의하는 소를 올려 군신의 대의를 밝혔다. 초취는 승지 한산(韓山) 이정익(李禎翊)의 따님이요, 후취는 왕자 사부인 서원(西原) 곽시징의 딸이니 곧 미망인이다. 무신년 10월 초4일에 세상을 떠나 전의현(全義縣) 북쪽 고도촌(高道

---

　6) 영대(靈臺): 인간의 행동과 감정을 주제하는 마음을 가리키는 말.
　7) 제목은 「생원김공묘표(生員金公墓表)」로 『도암선생집(陶菴先生集)』 권39에 실려 있다.

村)의 임좌(壬坐)의 언덕에 장사지냈다. 2남 1녀를 두었는데, 첫째아들은 득성(得性)이요, 둘째아들은 득운(得運)이니 숙부 박근(璞根)에게 양자로 갔고, 딸은 아직 결혼하지 않았는데, 모두 미망인의 소생이다. 미망인은 울며 기록하는데, 슬픔에 글을 꾸미지 못하는도다. 아아! 가지고 있어서 그 가진 것을 갖는 경우도 있고, 가지고 있어도 그 가진 것을 능히 갖지 못하는 경우도 있다. 가지고 있어서 그 갖는 것을 가지는 경우는 상(常)이요, 가지고 있어도 그 가짐을 갖지 못하는 경우는 변(變)이다. 말세에는 어찌하여 상(常)이 항상 드물고, 변(變)이 항상 많은 것일까? 공은 나라에서는 강상(綱常)의 절조를 세웠고, 집에서는 백행의 근원을 바로 했으니, 모두가 천성에서 근원하였으니 공이 가진 바탕이다. 일가를 대하기를 화목으로써 하였고, 자제를 가르치기를 의방(義方)8)으로써 하였으니, 가깝거나 멀거나 모두 좋아하는 마음을 얻었으며, 향당(鄕黨)에는 혹시라도 헐뜯는 사람이 없었으니, 공이 덕을 가지고 있어서다. 이러한 바탕을 가지고 이러한 덕을 가졌으니, 의당 그 수명과 그 지위와 그 복을 가져야 하겠거늘, 나이는 겨우 오십을 넘겼을 뿐이요, 지위는 일명(一命)도 얻지 못했고, 복 또한 다남자(多男子)를 누리지 못했으니, 이는 과연 가졌으면서도 능히 그 가진 것을 갖지 못한 경우가 아니겠는가? 이치에다 물어보건대 이치가 어찌 이같이 어긋날 것이며, 하늘에다 물어보건대 하늘이 어찌 이같이 이해하기 어려울까! 필시 진실로 헤아릴 수 없는 것이니 거듭 공을 위해 통석해 마지않는도다. 이에 명(銘)을 지으며 말한다. '나아가서는 공명(功名)을 세울 만하고, 물러나서는 풍성을 드리울 만하거늘, 마침내 드러나지 못했으니, 어인 일인고 저 하늘이여!'"

---

8) 의방(義方): 유교적인 처신의 방법으로서 의리를 지켜 방정하게 행동하도록 하는 것. '직내방외(直內方外)'와 관련된 뜻이다.

幷世才彦錄 原文(校註本)

原文 目次

原文 校註 일러두기

1. 原文은 『韓山世稿』(47권 26책) 가운데 이규상의 문집인 『一夢稿』(12권 7책)에 들어 있는 『幷世才彦錄』(3권)을 底本으로 삼고, 이 저본의 대본이 된 필사본을 대교하여 바로잡았다.

2. 필사본이나 刊行本에도 분명히 잘못되어 있다고 판단되는 것은 바로잡고, 그 사실을 주로 밝혔다.

3. 원본에 씌어 있는 略字나 俗字·古字 등은 현재 독자를 위해 가급적 正字로 바꾸었는데, 이 때는 註를 붙이지 않았다.

   (1) 略字나 俗字·古字를 正字로 바꾼 것.

   盖→蓋 劒→劍 㤼→怪 隣→鄰 挽→輓 脉→脈 寳→寶 秘→祕
   冰→氷 甞→嘗 踈→疏 脩→修 唇→脣 庵→菴 衛→衞 灾→災
   晋→晉 㝡→最 趍→趨 勅→勑 豊→豐 戱→戲 胷→胸

   (2) 古字나 俗字를 原典대로 쓴 것.

   歧·岐 裡·裏 幷·並 峯·峰 壻·婿 彦·彦 烟·煙 游·遊
   刱·刱

   (3) 筆寫 습관에 따라 차이가 구분하기 힘든 글자는 주를 달지 않고 原文에 맞는 글자로 바로잡았다.

   己·已·巳 歛·斂 采·采 戌·戌

4. 현대 독자가 읽기 쉽도록 석판본을 띄어 쓰고 문장부호를 달았다.

■ 韓山世稿 卷之二十九 一夢稿

幷世才彥錄

儒林錄

我東自箕子朝鮮・新羅立國, 而儒術無聞. 崔文昌・薛弘儒, 皆以文發迹. 高麗以禪立國, 以僧亡國. 麗末牧隱・圃隱, 始倡理學, 我朝全以儒立國. 自中葉, 黨論肇於學者, 今則各黨, 皆以理學爲盟主. 然湖西尙有理學, 京城・嶺南・湖南無聞, 西北亦貿貿於自古.

李陶菴縡, 字熙卿, 官判書, 諡文正. 相國翻孫, 驪陽府院君閔維重外孫. 幼而孤, 藉閔夫人義敎, 髫齡稱神童, 未及成人, 藉藉泮庠名. 早登第, 踐翰苑玉堂. 纔衣裾, 誣獄大起, 從父判書晚成殉焉. 自後引義不仕, 沒齒林下, 歸身道學. 學先下學, 敎授學者, 先小學. 門多京華之達者. 文章得天性, 明白爛燁, 從己見, 不蹈襲, 句罕用對偶法. 尤長碑板, 文疎處似司馬遷, 曲折多端似歐六一. 其考妣兩誌, 文直埒瀧阡文, 疏章似陸宣公. 當時碑板, 文非先生, 筆非金副學鎭商, 不用. 先生墓文之當撰, 使門生撮世系履歷, 至論斷處, 始自述. 任鹿門聖周曰: "先生日不暇於碑板, 請副以日課法." 先生生肅廟庚申, 庚申生, 多聞人, 世目以八庚申, 尹大提學鳳朝・洪大司憲啓迪・尹判書淳・徐領議政命均・趙豐原府院君文命・吳金城晉周・鄭進士錫敷・一先生. 先生五律: "山深子規畫, 風暖杏花天. 雨中春酒綠, 花裏草堂深." 不減王摩詰口氣.

朴黎湖弼周, 字尙甫, 官吏判, 逸進. 有文集.

金止菴亮行, 字子靜, 官吏參, 逸進. 文谷壽恒曾孫.

金洗馬漢祿, 字汝裕, 鶴洲弘郁後孫, 爲人偶儻.

閔蟾村遇洙, 字士元, 逸進大司憲. 兄翼洙, 字士衛, 官掌令, 逸進. 參贊趾

248

齋[1]鎭厚子, 驪陽府院君文貞公維重孫. 兄弟俱以經學言論自立, 於世道消長之際, 風裁整嚴, 有不可犯者.

韓南塘元震, 字德昭, 官掌令, 逸進. 學於寒水齋權文純公. 南塘以太極圖・人物・五常說, 講文純, 仍與同門李巍巖柬, 作長書相講. 一時湖中經士, 靡然從風, 末流分門, 幾成南北部. 文純有弟, 名尙游. 公官淸要, 出入判銓, 扶士論. 文純門人, 多一時人望. 時人推其最著者, 目以江門八學士. 南塘居最, 李巍巖柬公擧・尹屛溪鳳九瑞膺・李諮議頤根可久・玄洗馬尙璧彦明號冠峯・蔡諮議之洪君範・韓士人弘祚永叔・成師傅晚徵達卿, 爲八. 寒水齋在淸風黃江, 故稱江門. 南塘學路, 先上達, 故游其門者, 雖後進小生, 莫不融會於太極五行. 江門人達官, 又有李判書箕鎭, 徐判書宗伋, 李承旨度遠.

〔補遺〕黃江門人成徵厚, 字成仲(一云誠仲), 號梅峯, 尹焜, 字晦甫, 號泉西, 官司憲府持平, 文科. 李度遠, 字器甫. 韓弘祚, 字永叔, 屛溪祭文, 稱以韓斯文, 其非縣監, 明矣. 屛溪集南塘行狀曰: "梅峯成徵厚誠仲・巍巖李柬公擧・尹焜晦甫・烏山玄尙璧彦明・韓弘祚永叔, 皆同學江門, 一時以湖學稱." 按屛溪與蔡鳳巖之洪, 韓南塘元震, 抑爲八學士耶? 然朴壻傳江門後裔言曰: "先府君錄出諸公, 誠然."云. 此是參判再從兄所傳者, 與江門後裔言相孚. 甲子冬, 成陰城海應, 傳其大人靑城言曰: "尹焜, 入學士列, 成晚徵, 以嶺南人, 不得參湖學."云. ○元震, 嘗勉其兄啓震弟泰[2]震曰: "人生, 當隨才稟而進業, 願兄攻科文, 弟治財産. 我則修性理學." 後啓震登文科, 泰[3]震饒産業, 元震以逸進, 正宗朝, 贈吏曹判書, 諡文憲. 元震善堪輿術, 其子孫, 多世其業云.

李巍巖柬, 字公擧, 逸進, 官諮議・外臺. 世居溫陽. 其先武官, 其子頤炳, 亦有文操, 一子鼎炳, 武兵使.

〔補遺〕巍巖與南塘, 有人物・五常辨, 議論互相抵捂, 遂分湖洛學. 巍巖與陶菴諸公, 所見沕合, 爲洛學, 南塘居湖西結城, 故云湖學.

尹屛溪鳳九, 字瑞膺, 又號久菴, 官判書, 初進蔭, 年躋八十餘. 中年以後, 卜居德山伽倻[4]山下屛溪. 以舊學居尊官. 末年綰一邦書院之望, 文書去來

---

1) 석판본에는 '齊'자로 되어 있음.

2・3) '泰'자가 빠져 있는데, 『한국계행보』에서 찾아 넣었다.

者, 應接不暇. 門戶亦彬彬於晚歲. 從兄圃巖鳳朝, 任大提學, 從姪心衡, 以清名居副提學, 弟鳳五, 亦判尹, 皆肩隨於一時. 屛溪門生洪柱翼・金奎五・宋明輝泉谷宋東萊後孫, 能屬文, 博游藝. 有句曰: "寥落子規夜, 蒼深細雨山." 早年進士. 其兄尙輝, 亦游屛門, 有雅飭風.

宋櫟泉明欽, 字晦可, 官贊善, 逸進. 末年就徵, 言人所難言, 獲嚴譴. 公大人公, 嘗宰燕岐縣, 常以二兒挾衾, 教課甚謹. 及長, 長卽櫟泉公, 次名文欽, 官縣監, 未五十夭. 才行動世, 有文集, 善八分, 別有錄. 同春後孫.

宋雲坪能相, 字士能, 官持平, 逸進. 尤菴後孫.

〔補遺〕能相, 嘗遊妙香山, 至東臺寺, 暴死. 其平壤詩曰: "第一江山箕子國, 三千粉黛練光亭."

金渼湖元行, 字伯春, 號雲樓, 官祭酒, 逸進. 文谷曾孫, 爲農巖子崇謙字君山之繼子. 姿性磊落, 能詩文. 其詩曰: "沼江翠壁花千樹, 臥聽流鶯枕上過." 卽警句, 而亦可斟沖襟懷. 狀儀俊偉, 有風流, 苟出而需世, 是太平宰相氣宇云. 子履安, 字正禮, 善科詩, 書善書札. 寡言沈澹, 蔭牧使. 當宁, 用以山林人, 進祭酒・承旨・贊善, 不出仕. 門徒有沈定[5]鎭・李城輔二人. 沈字一之, 官僉知, 有霽軒集. 李今官經筵官, 東村人, 入居關東, 不出官.

權山水軒震應, 字亨叔, 官諮議, 逸進. 文純公尙夏曾孫. 美風姿, 善談論, 性坦蕩樂易. 除諮議, 進骨鯁疏, 卽竄濟州. 後解, 歸卒于家. 公少年時, 路宿光州吏人家, 吏少女, 窺而慕之. 久而病於慕, 吏人請備巾櫛之執, 公終斬之. 女竟病死・或言以是公厄於進途, 然公之正貞, 尙矣.

金監役砥行, 字幼道, 號密翁, 江都殉節文忠公仙源尙容之後孫, 監司盛迪之孫. 客寓公州, 固窮讀書. 以道臣薦, 筮初仕, 未幾歿.

尹進善東源, 字士精, 號一菴, 官進善, 逸進. 習禮習經傳.

〔補遺〕副率李喬年, 號艮谷, 集有一菴遺事曰: "沃面用瓦盆, 兩手掬水, 自頂順下, 未嘗亂洗. 荒年, 進粥謂傍人曰: '吾豈無飯資設粥? 爲有羨餘, 周給親戚之不足者.' 幼時操筆學書才短, 一日取筆訣, 潛玩而覺之, 遂善書. 嘗

---

4) 석판본에는 '俹'자로 되어 있음.

5) 석판본에는 '鼎'자로 되어 있음.

夏月往候, 對案看綱目, 繙閱不止, 少間幾了一冊. 玉堂擬講明史, 而長於文理者, 亦頗有疑處. 時東源, 適以工郞入闕內, 玉堂請講文義觸處, 坦然無礙. 堂僚謝曰: '素知深於經學, 而習史學, 且如是乎?'"

尹士人晚, 字器仲, 相國趾仁之曾孫. 篤於孝友, 力學習經傳, 姿性豪爽, 學止端雅, 張拱徐趨, 自不掩粹盎之色. 書法流麗.

金副率偉材, 字士弘, 官蔭副率. 光恩府院君鎭龜孫, 參判雲澤子. 家世斬伐於辛壬誣獄. 英廟朝誣獄始雪, 禍家子, 皆出以仕, 獨不渡漢江水於一生者, 金副率一人云.

金本菴鍾厚, 字伯高, 官蔭躋諮議, 止掌令. 父洗馬致萬, 淸高善筆. 曾祖相國構. 鍾厚與弟鍾秀, 志學於弱冠, 鍾秀進科程, 今相臣. 鍾厚攻經傳習禮學, 終身於沙川丙舍. 門生有任焴·李定載·李晩中, 能自拔身於科場之外, 皆鍾厚之力也.

李持平鳳祥, 字儀詔, 進士器之子, 忠文公頤命孫. 忠文公罹辛壬誣獄最酷, 當收司亡命, 英廟朝始出.

李知菴維, 字大心, 三十五天, 無官. 監司晩堅子, 相國翩孫, 陶菴從弟而爲門人. 性行倜儻, 有豪傑材. 雖馬上, 必跪坐, 好事者目之曰: "文危公," 註曰: "博學多聞曰: '文', 馬上跪坐曰: '危'" 陶菴誌墓曰: "君氣大才疎, 重交遊, 好議論, 親於己者, 過與之, 不附己者, 亦憎之, 人多畏而憚之."

任鹿門聖周, 字仲思, 監司義伯後孫, 蔭至府使. 耳後有聰明骨, 精習經禮書, 能文辭, 文藻婉轉悠揚, 令人可讀. 兄命周, 登第正言, 天, 有才幹, 善場屋文, 稱大手筆. 及第則明經, 一讀不忘, 推之雄經. 弟敬周, 少年逸才, 傳若干文. 弟靖周, 亦習經禮, 妹申氏婦, 學淹經傳, 善著述. 別有錄於閨秀錄.

金金溝弘澤, 字濟卿, 官蔭縣監. 沙溪文元公長生後孫, 滄洲文貞公益熙玄孫. 爲人瓌瑋, 多通經術, 恂恂然長者.

金洗馬相鳳, 字瑞羽, 官蔭洗馬. 沙溪文元公長生後孫, 金溝宰弘澤子, 李相國畲外孫. 弱冠文藝成, 援筆卽就各體. 中年痼脚病, 廢仕, 專經學. 爲人雅潔, 一時儕流, 推翹楚.

金判書用謙, 字濟大, 官蔭判書, 壽八十餘. 文谷壽恒孫, 圃陰昌緝子. 性度樂易坦率, 喜笑談, 窮晝宵吃吃不已. 言發不設畦畛城郛, 好面折, 亦雜藏

否語, 年少小生, 多苦之. 然久則不怨. 閱世故多年所, 而一不詈言, 議案者,
不爲刻削已甚之行, 如郭林宗故也. 博學書籍, 少不覽之書, 好聚書, 好古禮,
事爲多駭俗. 如服飾效曲禮, 多佩物, 行則鏗鏘喧聒. 宰三登, 日聚村民, 使
誦敎條書, 自起舞以示禮樂節. 嘗與諸名士談, 倏下拜, 左右驚問, 則答曰:
“此拜昌言” 行祭祀, 必責古禮於新進生. 年耆後, 欲出行, 不待騎, 或步出.
居第在白岳下, 在月夜, 輒以便服冠幘, 巡街路, 邏卒知金判書而不問之. 以
解律呂, 屢除太常官, 躋崇位, 皆自上中批. 臨逝, 略痛數日, 忽登樓, 盡出書
冊器玩, 見, 良久, 始還臥, 旋皐復, 到處不耐樹木之蔽前, 必斫去後已. 銀溪
驛前, 有穹林, 判書以平昌宰過之, 發官隷, 悉斫之. 號嘐嘐子.

宋文義文欽, 字士行, 官蔭文義縣監. 同春後孫, 櫟泉明欽弟, 無年夭. 不
以學問自居, 然通經學, 多才藝. 善詩文, 長技八分, 字細八分如貫珠. 當時
八文章, 有兩派, 文義居一, 以貌美, 亦目以八美人. 構所居小齋, 不須冶木
工, 而手自治之. 廢金鐵, 削棗木爲戶樞, 到身後四十餘年, 尙無弊云. 號閒
靜堂.

沈敎官潮, 字信夫, 官蔭敎官. 權文純門人, 窮居金浦, 老斫經傳. 有孫銖,
登第.

尹敎傳得觀, 字士賓, 蔭官敎傳. 少鳴泮庠詩, 老歸經傳.

宋判官可相, 字聖弼, 官蔭判官. 尤菴後孫, 校理疇錫孫. 判官窮而潦倒於
祿仕, 然淹博書籍, 有雄辯.

俞掌令彦鏶, 字士精, 號大齋, 官逸掌令. 父正[6]直基, 以淸修名搢紳. 弟議
政彦鎬. 掌令居陽城, 不仕於世.

申進士大來, 字泰甫, 公州人, 舟村曼之孫. 居貧篤工. 弟大規, 名於岐黃,
官報恩縣監.

李學官夢鯉, 京城閭巷人. 自稚齡, 持學問, 浣巖鄭來僑有傳. 世傳學官每
過金判書取魯家門街, 拱手徐趨, 雖當蒼黃, 不變尺寸. 判書有悍奴介衰, 倚
門消日, 日見學官狀, 不勝忿嘲, 旋蹴之. 學官默默徐整衣冠, 不較. 而明日
復拱趨, 介衰唶然歎曰: “眞有道人.” 遂出拜納交. 日往省學官家, 敬服終身.

6) ‘正’자는 衍文이거나 관직을 나타내는 말의 한 글자가 누락된 듯함.

學官, 微品極選職. 時相愛其人, 特縻, 未幾夭.

李正郎象靖, 字景文, 牧隱先生之裔, 居安東. 嶺南人. 士有文藻, 必通經傳. 正郎登第, 善文力學, 嶺人推巨擘先生. 金石文, 多請其手.

成察訪孝基, 字百源, 官察訪. 副提學以文之庶後孫. 聰明穎脫, 博學多識, 不居於學而自合於學. 天性明於計策, 揣摩擬依, 無不有中. 慮精而不違俗, 策奇而不泥古, 眞救時之良才, 經世之大匠. 惜乎! 淪落於馬曹也. 晚年著四禮集說. 其警詩曰: "東崗月出思人坐, 南國秋生有鴈來." 嘗指昴星曰: "自淸帝甲申後, 昴七點, 一點移紫微7)垣." 推驗果然. 有孝友, 家極貧, 末年祿仕, 起門戶. 子大中, 貌美而聰明, 有文識, 早年登第. 經日本華國之役, 備奎章閣外班. 其詩繁麗, 其贈日本僧曰: "門前煙水浩漫漫, 滿岸紅梅春雨寒. 試向山僧留後約, 碧桃花發更來看." 七律句曰: "冠裳照水文章爛, 笳角臨風律呂飛."

申士人韶, 字成仲, 號涵一齋, 參判思建子. 自少志學, 通經傳, 治禮學, 早夭. 貌美才多, 與宋文義文欽居八美人目.

朴參奉新源, 字景明, 武兵使星錫庶子. 星錫秉春秋義, 被尤菴獎. 新源明眸丹脣, 身長, 眞仙人劍客樣. 邃於數學, 通禮學. 在弱冠, 一日忽逃家, 半年忽自歸曰: "爲脫喧囂, 携易入俗離山, 讀數月, 能他心通明, 見山外百里事. 未幾, 忽思家, 遂還來." 作卜筮, 無不神通奇中, 世多傳. 有臨科人, 問卜, 使呼字. 一人曰: "竹字." 曰: "竹無實, 當不中." 一人曰: "爲字." 曰: "人號爲, 僞也. 當不中." 榜出皆落. 尤善於算, 倣望海島法, 算近舍山川步數, 無不合. 當時達官, 多從遊, 薦爲禮賓參奉.

金士人敎行, 字伯三, 天姿安詳, 有孝行. 人一見, 自知其學問, 愷悌人.

〔補遺〕尹屛溪集, 載金砥行幼道書曰: "葛山從兄敎行, 德行甚高, 其平日, 以代加通德階超高, 誡子勿用銘旌題主. 其生時號惟勤堂, 而請記於暘谷韓元震, 以此堂號, 加以處士, 何如?" 答曰: "遺命勿書通德者, 亦見伯三高處也. 號是師生間所構者, 書題主銘旌, 以此宜矣."

李掌令養源, 字浩然, 號陶溪, 居公州定安. 官掌令, 尹一菴東源門人. 美

---

7) 석판본에는 '薇'자로 되어 있음.

風儀, 博聞見, 性坦率無拘束.

李秉漸, 牧隱後裔, 三門外李氏庶族. 長於禮學.

〔補遺〕李秉漸, 副提學秉泰之庶從弟也. 少時著幅巾, 副學命毀之. 蓋國俗, 庶孼不敢著幅巾故也. 自是杜門讀書. 好談論, 善文辭, 工筆翰·才長於禮學. 所著有禮服考九卷.

李參判宜哲, 字原明, 號文菴, 官參判. 提學陶菴高弟[8]. 性迂於世務, 而邃經術, 綴文亦紆餘. 所著當時典故, 有累十卷成書, 有可觀.

朴諭善聖源, 字士洙, 號謙齋, 官諭善. 臺諫時, 多鯁言. 陶菴高弟, 長經學.

尹知敦光紹, 字稚承,[9] 號素谷, 官知敦寧. 臺諫煌子, 逸掌令舜擧之玄孫. 爲人聰明秀拔·嘗參經筵, 英廟詢某文字出處, 諸臣皆未能對, 光紹遽進曰: "在某卷幾板." 命準果然, 上奇之. 一日凡進問典故者屢次, 上連下褒敎, 諸臣無聊, 皆懷不平心. 光紹輕銳不恤他, 以是, 後蹭蹬仕路云. 官亞卿後幾年白鬚, 來宿余鄰洞李司諫家, 鄕人見其寢具, 則不有衾, 披衣臥枕一木枕. 其在家, 簡約亦如此云. 長文學, 主經術, 習儀文度數, 世指目以博學强記. 嘗宰沃川, 治最第一. 政尙嚴, 持身儒雅, 多識儒術, 儘一代翹楚云.

安木川鼎[10]福, 長經術, 抱經綸[11]志, 善文辭.

武官武兼宣傳官趙鼎夏, 字汝新, 公州中山村人. 家世鄕生之單寒生. 自得師, 力學經傳, 性鈍木强, 人一己百, 果通大旨於六藝. 學習不售, 遂趨武擧中第. 屢干經濟策於宰相, 皆不省之. 有一銓官, 憐其志, 充一材官. 上直, 輒負周易, 徹晝夜讀之, 鄰署武官, 訕目以趙周易, 又曰: "趙固執." 差假都事, 假都事, 緹騎郞也. 屢疾馳兩湖, 脾消肉, 偉幹長髯, 有壯士風. 嘗旅宦於余京第, 非公事, 卽讀周易. 一日夜, 整衣冠, 不交睫, 曉出軒, 綴泣及曙. 問之則曰: "客過親忌日, 故哀情自不能已."云. 同周旋於一室者, 五六年, 而未或見一語及財色鄙俗說, 坐輒跪坐. 精於製作, 每欲造自擊杵而不果, 造小弩,

---

8) 석판본에는 '第'자로 되어 있음.

9) 석판본에는 '繩'자로 되어 있음.

10) 석판본에는 '廷'자로 되어 있음.

11) 석판본에는 '論'자로 되어 있음.

能射蠅.

李副率喬年, 字仲壽, 號艮谷. 尹東源門人, 弱冠登上庠, 明經術, 入桂坊, 薦官副率. 工詩善草隷, 有文集四卷.

宋判書煥箕, 字子東, 號性潭, 尤菴後孫也. 居懷德. 方以山林, 帶監役・經筵官・南臺・祭酒・吏議・禮曹參判・大司憲. 當宁(正宗) 丁巳, 以吏判兼輔養官進, 參元子初講小學, 其日卽廻鄉廬. 善居鄕, 不干官府, 不侵鄉民, 所居不蔽風雨. 頗能書.

朴近齋胤源, 字永叔, 今監役, 後差元子講官, 以李秉模薦, 不膺. 蓋秉模以宰予贊夫子之語, 媚虜淸故也.

金持平斗默, 字而運, 後改正默, 號過齋, 光城府院君萬基後孫. 習經學, 正宗朝被選南臺, 旋削. 當宁朝因臺疏復逸.

高士錄

金坯窩相肅, 字季潤, 官歷蔭假注書・郡守, 終僉知. 當宁庚戌, 特下褒尙之教, 因蹟折衝資付僉知. 年七十六卒. 自禰祖直八代, 皆文蔭山林達官. 坯窩爲人明直而勁, 儉約而溫, 疎於世務而精於大義. 經學文藻天性也. 詩文皆自己出機軸, 不踏襲古人一法門, 讀之有味. 善細楷, 創效鍾繇體, 世名曰: "稷下體." 別具錄. 中年門闌隆爀, 掌通塞者, 欲擬侍從官, 語坯窩家人. 坯窩出握其掌曰: "君若不擬吾華班, 請盟於掌." 仍發街語之重盟. 銓官駭而强笑起去, 而止其擬. 坯窩到老, 說此事曰: "吾初不自知而爲此, 到今思之, 尙能遠害之故耶?" 論大官枉罹死者曰: "匪人殺人, 乃官殺之也." 語富貴之逼人曰: "一不幸近家, 將奈何!" 仍擊壁咄咄. 早年成進士, 自一命至四品, 未或求官一開口. 四入金剛山, 評山曰: "山非純白, 乃白苔之罩也." 性疎營生, 借居丙舍, 到卒. 到老, 躬執身內瑣事, 所用物不借人. 以勤習字, 自束筆用之, 久精其工, 冠於一國衆工. 非秦漢前書不看, 讀周易・論語・道德經, 融會貫通. 其他詩・書・莊子・馬史, 亦多夜誦者. 處事執大義, 邊幅之飾一毫不效. 嘗仍詼諧曰: "莫重於祭禮, 而精粗家所謂 '天三地四, 左餠右麪.'之說, 吾不知也. 祭當虔誠致敬而已." 其玩視下士如此. 坯窩嘗束筆時, 一名官喝道來訪, 坯窩曰: "不見君久矣, 今作官人乎!" 名官曰: "吾間釋褐, 今以玉

堂作太僕官." 坏窩笑曰: "善哉!" 束筆自若. 人問: 作字別有法乎?" 答曰:
"無他神奇, 惟以作字要敬爲四字符. 從小字習到大字, 活法; 從大字習到小
字, 死法. 未必能書, 先習冊, 字劃劃要敬, 則自然精工, 雖下才, 可用自家."
云. 其詩曰: 年老讀書飲食同, 未能咀嚼吞逾嚨, 酸醶甘苦雖全味, 氣味溫溫
在腹中. 仲子箕書, 自童年善畫. 坏窩少許人, 人問箕書畫, 則曰: "名畫."云.
淸國之不立太子, 始於康熙. 康熙曾立太子, 名礽. 礽以康熙久在位, 至發五
十太子之怨, 故康熙賜死. 礽字仍爲淸國大禁忌. 辛丑, 我國請冊封英廟爲世
弟, 上使李相公健命, 副使尹尙書陽來, 書狀兪相拓基. 奏聞, 書英廟潛邸封
號延礽字, 請之禮部. 卻曰: "礽字不可犯奏." 三使不得已取東音, 改奏城字,
使還馳啓. 尹尙書傳說於其孫壻, 卽坏窩也. 當宁初, 請英廟諡於淸, 忘書潛
邸君號以礽字. 坏窩傳辛丑事, 驗問於年老譯官, 又搜出文跡於伊時譯官家.
其時當事大臣白于上, 使發之後, 撥馬, 改字於使行之中路, 事得無事. 坏窩
練習典章, 此亦稽古之效.

李參奉匡呂, 字聖載, 爲人好奇好古. 善詩, 尤長科詩, 可讀.

金尙古堂光遂, 判書東弼之子, 官蔭·性好古, 買第, 爲取庭中之古松, 重
價買取.

姜判書世晃, 字光之, 號豹菴. 以白身, 近六十, 登老人科第, 壽至七十八,
官判書. 善丹靑, 善書半行·八分, 尤善詩文, 三技皆才氣溢發也. 畫則承英
廟聖敎絶筆, 老復畫. 以上行人, 入燕京, 供奉乾隆帝畫, 賞異錦. 性樂易耿
介, 雖村翁野客, 請書畫, 立副之. 一國家家, 幾盡付豹菴書於屛壁. 在盛年,
蹋木屨, 自安山往來京城, 老居京城南山下, 花木泉石, 不有宰相態. 其詠卽
事句曰: "全家十口衰强弱, 一室三郞吏禮兵."者, 精緻可詠.

任葵菴昌周, 字興甫, 任鹿門聖周從弟. 篤攻程文, 不進士第. 寓西江, 固
窮處約, 年過七十, 素履不渝. 嘗當妻喪, 子欲先借用貴家服, 葵菴止之曰:
"力未能償, 何可爲之?"其操守如此. 同硏友多騫騰, 一未更造其室.

金士人昌復, 字子春, 淸陰文正公尙憲庶曾孫, 文忠公壽恒庶從子, 文縣監
壽能子.(金同知光燦側室良家子).[12]　早育正室諸子, 以是嫡庶渾長, 不自有別.

---

12) 이 대목은 원래 원문과 같이 되어 있었는데, 내용으로 보아 주로 처리했음.

昌復十三四歲, 出門遊, 鄰童呵之曰:"庶孼何敢乃爾!"昌復歸問其庶, 自是不往人所. 弱冠占公州杜谷地, 往隱, 治園池田畝, 讀書終身. 綱目最熟. 其嫡從兄三淵公昌翕贈詩曰:"人皆劫劫惱塵勞, 獨也田廬兀坐牢. 天稷耕耘推爕理, 歧黃運氣晰絲毫. 薦祀園栗璠盤大, 享客池鱗雪膾高. 顧笑維楊抛業者, 丈夫焉用馬喂曹."子仁謙有詩[13]才, 經日本華國之役. 見文苑錄.

尹副提學心衡, 字景平, 號臨齋. 少年登第, 入玉堂. 辛壬誣獄後, 引義不仕, 至終身. 世言:"禁府卒尹應敎葛屨利."云, 蓋朝官入詔獄, 例履葛屨, 及脫, 例給獄卒故也. 天性任天眞, 而忠厚冲淡. 余邂逅雙洞趙尙書第, 對多時, 副學貌端而豐厚. 衣麤布, 擧措氣像, 無毫分矜持巧僞, 默默寡言. 前置陶盆, 盛濁白酒滿盆. 世言:"尹嗜濁白酒, 一飮斗酒."云. 文亦任眞, 足於自書, 書頗遒美, 善札翰. 治生疎闊, 一生未足喫著云.

議政金煜, 字光仲, 亦淸修守約, 屢進鯁言於宸陛. 余嘗遇過於京街, 金乘軺, 面癯多骨, 身可中身, 眉帶愁苦色, 目視甚端不縱觀.

金侍直致萬, 字會一, 官侍直. 蔭參判希魯子, 議政構孫, 議政李世白外孫, 判書洪錫輔壻也. 長身瘦貌, 眞山澤之癯. 足文辭, 善楷半行, 心如貌豁, 城郛畦畛. 對之, 坦平樂易, 不知名利機關之爲何物. 文人鄭來僑著高隱子傳, 卽致萬也. 家大人嘗鄰居小公洞, 侍直來往余家. 家大人借其先世筆題目禮說見失. 侍直嗟咄然, 又借他冊, 不有芥滯. 禮說竟復得, 還送. 侍直不以文藻自居, 亦不以學行標榜, 而姿行天然有道, 獨立於塵埃. 若求對於幷世, 則與金坏窩相肅・尹副學心衡, 汤然一流人. 侍直仲叔相國在魯, 受英廟知遇, 任樞要, 近三十年, 末遭臺臣李彥世酷駁, 相國一門, 無不被捃[14]摭, 獨其伯參判家, 不罹一字及, 世皆謂侍直與其兩子鍾厚・鍾秀之自靖所致也. 侍直生平, 官不過侍直, 伯子鍾厚, 以山水抄選, 官諮議・南臺. 季子鍾秀進文科, 經大提學, 致上相, 居骨鯁於當宁朝. 善半行, 又著淸白名, 當宁特賜祭於侍直. 鍾秀之自持於立朝者, 世傳:"鍾厚陶鑄之力居多."云.

文苑錄

---

13) 석판본에는 '詩'자가 빠져 있음.
14) 석판본에는 '据'자로 되어 있음.

李槎川秉淵, 字一源, 官蔭右尹, 年躋八十餘. 長身好鬚髥, 容貌瓖[15]偉, 不似詩人之儇捷姿. 詩得天性, 斤量重而造語奇崛, 直承上祖牧隱之音. 我朝大匠蘇齋·芝川·湖陰·簡易·三淵如干家, 而三淵後槎川一人. 名亦溢世並時, 雖兒童走卒皆曰: "李三陟詩." 三陟槎川官也. 其詩曰: "黃昏立馬高麗國, 流水聲中五百年." 又曰: "躑躅洞深多大木, 貔貅穴古有長毛." 其曰: "夾岸風涼夏木繁, 維舟石壁晚潮痕. 納鞋便覓樓臺去, 鞍馬隨他自入村." 其曰: "花落驢磨樹, 巾斜客俯池."者, 警句雋篇也. 有問公工詩何以然, 笑曰: "獨多作故工." 無事, 晨輒吟數首律, 著詩過一萬三千餘首, 而抄集一卷只刊行. 公居京白岳山下, 卽北洞. 北洞多詩畫人, 詩以槎川爲宗匠, 其下列八驃騎, 南永春肅寬·金新溪履坤·金都事時敏輩卽其人. 公全稿黃參判昇源久借不還, 公孫婦承旨顯永夫人督索, 方置公家. 丙辰嶺伯李泰永, 以刊板次携其文集, 下去嶺營云."

李晉菴天輔, 字宜叔, 官議政, 月沙文忠公廷龜之後孫, 判書大提學明漢之玄孫. 長身美鬚, 眼大耳小, 面蒼黑而形癯. 平生疎脫, 不修邊幅, 性度豪儁, 言議凌快. 詩天才警拔, 文多妙理, 以未專工, 故未熟. 其警拔句曰: "空山道意靈芝晚, 圓沼天光太極停." 曰: "高林露氣晨梳髮, 曲檻泉聲夜誦經." 曰: "秋聲簷角鷹鈴製, 夜色溪心蟹火圓." 至大僚, 淸儉不事産業, 盥面常用陶甌, 嘗居草土, 有不得已出街, 達官喝道曰: "坐!" 卽坐, 傴僂如百姓. 居儒生時, 騎瘦馬, 無傔夫, 代女僕, 以藁索作馬轡. 一友在蔭州牧, 有失意事, 當致書, 具職啣某名, 蓋視疎遠之意. 相公答書亦直書大匠職啣, 不言之中, 自顯崇隆潦倒之別. 當相位, 方薦備堂, 備郎請書其名, 則相公半臥忽起曰: "我忘其名, 而其人居南山下, 容貌如許." 備郎曰: "某宰歟?" 相公大笑曰: "然!" 卽書其名. 當國恤, 諸大臣在直急造素角帶, 他大臣招匠進帶匝腰, 較長短, 語剌剌. 李相聳進肩受匝帶, 不問一語, 其豁達不曲拘, 皆此類. 族弟文輔, 字尙綱, 早夭, 其詩曰: "缺月空山宿, 寒溪老樹聽."句, 膾炙人口. 當時世目八文章, 吳瑗·李天輔·南有容·黃景源·李德壽·趙最壽·趙龜命·林象元. 先是, 肇建八文章名品者, 李山海·崔慶昌·白光勳·崔岦·宋翼弼·

15) 석판본에는 '環'자로 되어 있음.

李純仁・河應臨・尹卓然. 載尤菴所述宋龜峯碣.

黃江漢景源, 字大卿, 官判書[16]・大提學, 號江漢, 芝川廷彧後孫, 監司璿從子. 以名家, 家世中替. 判書弱小倜伉, 天性有文章才, 又以力學文, 出純然古文, 渾厚有氣力, 時時有字句生梗, 然不足爲疵. 少年讀書經於廣州村舍, 脫網巾掛壁, 勤攻三冬, 及春出外. 衣染燈焰者, 著手如粉塗. 日課科表百餘首, 而七八十以後畢篇於朝飯前, 飯後恒出遊. 弱冠成進士, 古文名大耀. 貌娟好, 與宋文欽・洪梓, 居八美人目. 年及筮仕, 東西銓并擬淸職於一時. 登第, 歷盡淸宦. 年老踰七十, 多老妄, 功名亦沮. 其文有皇明陪臣傳, 述我東人之立義於明亡後者也. 取義皎然, 文章[17]粹雅, 足成千載之信史云. 詩不及文, 而亦雅麗. 其句曰: "鴉帶夕陽啼古木, 鴈含秋意渡江雲.""荒城失守鴉司堞, 石佛無心草履身." 頗嫋娜. 當時東村派, 吳月谷文最熟而無餘味, 才分之高, 李晉菴當第一, 於詩文俱未多作, 脈絡多破碎. 南雷淵文勁古, 然太縛束. 惟泯泯古意行之霈然者, 黃江漢一人也. 一世惟趙東溪龜命文爲敵手. 趙文疎而法露, 江漢密而跡泯. 秀不及趙, 渾旺勝之. 江漢但有命意之胡亂, 字句之孤陋, 記事則熟手段, 而議論則生口氣. 最是慣用文字, 十文幾五書慷慨泣下・曰初・曰先是等語也. 碑誌, 則莫不引重於自家, 職名・地名, 輒易古官名古州名, 是鄕諳歟? 陪臣傳必傳無疑. 每卷首弁考序者, 意指糊塗, 傳本之行世, 多其人之換易出入者, 甚礙識者之眼. 以其下筆則成章, 章必渾然古文. 雖拈其瑕者, 卻自愛之無已. 書牘半行及小楷字體, 略倣洪武法者, 亦溢才氣, 雖未入筆家格, 人多賞玩.

吳月谷瑗, 字伯玉, 海昌都尉泰周繼子, 陽谷判書斗寅孫, 金農巖昌協外孫. 官大提學, 爲人無畦畛. 操筆成文, 文不加點, 平易圓熟. 自少時然. 弟瓚, 字敬夫, 淸修文墨. 爲正言, 疏斥黨相, 竄北, 卒. 子載純, 字文卿, 亦持淸修, 今官吏判・大提學. 月谷弱冠, 對良知良能之策問居魁. 其詩曰: "圓荷池靜空樽臥, 垂柳溪長去馬停."

南雷淵有容, 字德哉, 官大提學・奉朝賀. 壺谷文憲公龍翼曾孫, 都正・同

---

16) 석판본에는 '官'자로 되어 있음.

17) 석판본에는 '字'자로 되어 있음.

敦寧漢紀子. 都正有清介名. 雷淵年過七十餘, 諡文淸. 爲人不汲汲於仕宦.
爲文刻意造語, 篇出無不有錘爐手段. 其詩曰: "酒氣橫蒼壁, 詩聲出白雲."
者, 亦淘洗語也. 都正書瘦勁遒美. 雷淵與弟有定亦善行草.

李判書德壽, 字仁老, 官判書·大提學·耆司. 號西堂, 又號藥溪. 金三淵
書曰: "李仁老方讀莊子千遍, 未知究竟如何也!" 文章有氣力. 其堂姪今淸牧
樂培, 倜儻士也, 言判書文勝詩. 其詩曰: "海也曾魁二百人, 阿山庭擢亦靑
春. 英才異質皆塵土, 歲暮荒村老此身." 海山其弟與子, 德海·山培云.

李判書匡德, 字聖賚, 官判書·大提學, 眞望之子, 白軒相公景奭之後孫.
作詩, 文藻矯峭, 意致精妙, 殆甲一世. 善儷. 爲人亦刻削凌邁, 貫穿華顯, 晚
道忽低回. 其詩曰: "峯多得失雲過外, 花不分明月隱中." 又曰: "安石榴開箇
箇尖, 斜陽照雨見纖纖. 碁朋坐睡琴娥去, 一樹梧桐碧滿簾." 儘是奇絶. 其自
詠詩曰: "堯舜其君管葛臣, 當年志氣亦超倫. 生逢蕩蕩平平世, 獨作奇奇怪
怪人. 蓼草香中噴黜賈, 石榴花下泣飢民. 歸來淨掃茅簷臥, 一局殘碁又送
春."

尹大提學鳳朝, 字鳴叔, 號圃巖. 文科, 中年罣文網, 低徊宦路. 及躋正卿
·太學士, 猶稀束帶之立. 文長於勁而有骨, 詩亦如之. 善科儷·科策, 健而
有味, 可讀. 其作成川降仙樓記, 齊整神奇, 法度手段, 高出近世文章, 近於
李白沙栗谷神道碑. 余自仁川鄭相羽良家得其畫像, 油紙片本, 面長, 面骨
多, 雙眸如星. 虬髯疎長, 眉蹙憂愁, 望之玉立. 蓋畫員張景周出畫本, 一世
宰相畫幀, 莫不出張手. 張家集其草本, 鄭家自張得尹判書本云. 判書從子副
提學心衡, 有淸名峻節, 見高士傳. 其詩句曰: "花裏錦城春雨露, 柳邊江樹
畫樓臺." 又曰: "小閣褰簾獨莞爾, 蒼波叩枻欲何之."

李奉朝賀秉常, 字汝五, 官判書·太學士, 入卜相. 名善儷文, 登第居淸流.
容貌端雅, 有骨格, 持已淸約. 余弱冠造公家, 時公帶大提學, 年七十後. 臥
擁布被, 戴半垢毛冠, 几案服飾如寒士. 側置印櫃數十, 羃塵絲. 門有館隸數
人. 所居京城新門外冷井洞, 房軒前有小茅亭, 扁曰少歇亭. 公與言, 忠愛淡
泊, 儘名宰相. 公有族弟副提學秉泰, 淸白同於陵子, 亦善儷文. 族姪判書台
重, 亦重於淸流, 當時與黃參判梓及金副學時粲[18]爲三名流. 韓山武人李義
瑞曰: "尙書讁內浦時, 吾携二大魚進. 尙書招廚人作主客饌, 饌已, 還餘魚,

260

吾難干囑, 自後不進見云." 台重, 字子三, 有經綸才, 解醫術, 負重望於搢紳.
據辛壬誣獄之義理, 自玉堂至亞卿, 不出仕, 始黁除拜. 在平安監司時, 盡散
俸於窮族貧交, 分付閻卒曰: "招入來客." 每日卒大聲市街曰: "客進." 雖素
昧乞客之進, 必留三日, 給二十兩錢送之, 有別求物, 皆副之. 公州柳生鎭輝,
路由平壤, 雪淹數日, 閻卒觬逆旅, 招之, 柳不應之. 同舍有一鄕生, 問柳曰:
"吾往博川官家, 阻門狼狽, 還. 已盡行費, 進退維谷. 本不識平監, 而旣得閻
招, 可進見否." 柳曰: "門雖入, 安望監司之款曲? 雖得數日費亦幸, 第入
見." 鄕生自言居木川, 卽隨卒入, 俄而官隷來給米肉於店主曰: "善待客." 三
日鄕生隨出來, 謂柳曰: "監司給二十兩, 又給雜物, 吾告催歸. 下直歸出, 路
頌不已."云. 洪順安樂淵, 經平壤兼官, 言余曰: "平壤冊房, 連列草舍數十間,
問吏隷, 則曰: '此李使道留客行廊, 建而毀不可, 故尙留.' 工庫留立匕, 匕幾
百餘柄云." 使道方言觀察使也. 判書子弟輩, 言客常滿非穩云, 則判書笑曰:
"平壤監司, 歲俸二十四萬錢. 吾給客錢如水, 而計半年不滿萬, 尙患錢多, 科
外施民, 是要譽, 買田, 田多爲汝輩災, 不若散之國之窮者也." 判書多子, 每
家食, 會諸子食, 一盤盛俗名蔑置魚煮醬一沙盆, 各以匕掬喫, 曰: "家人多,
具美饌難, 而雖可具, 非身之福, 汝輩努力甘食云." 五子, 子復永蔭判書, 得
永文科承旨. 英廟朝有官人淸白一世, 皆推李副學秉泰, 而其外無甚過人者,
宰執中趙相顯命, 曁其姪相臣載浩·李相天輔·兪相拓基·李相宗城, 皆兼
謹於財. 當兪·李時, 有全州倅, 別造桑木邊竹三臺扇, 遺若干長老宰相於例
遺之外. 兪時居楊州, 李時居長湍, 相送人京邸人處, 問其却受與否, 則曰:
"兪相却之, 李相亦却之, 宰相中惟兩人不受."云. 兪相字展夫, 李相宗城字子
固. 與兩趙李相天輔家貧, 僅繼衣飯. 公州鄕生林尙浚者, 嘗造李相長湍居,
時承旨權一衡, 以傳諭事來留, 以村孤且親, 同宿李相家. 一日李請權別宿他
家曰: "今夜親忌日祭, 而家稍淨於吾房, 故將過祭於吾房也." 過祀後, 請權
及林生, 食餕餘, 權以王人, 特設盛盤, 藥果·煎果·八梢魚·石決明·乾雉
等遠方之物, 甚殷器數. 惟餠與湯炙之之時物, 鮮小而不豐, 餠則只進俗稱權枚
者. 權問曰: "敢問遠物何豐, 而近且時者, 何疎單? 且士夫家祭, 例用高明層

18) 석판본에는 '燦'자로 되어 있음.

蒸餅, 而公家初見權枚之薦. 抑公家別有祭儀乎?” 李相曰: “吾家亦用士夫例, 而今吾則僑居孤鄉, 家無主饋老成人, 與其委於强效婢僕, 無寧任渠輩慣手常餅, 故用權枚. 遠物則以吾位忝高, 故例餽皆預儲, 時物則家貧, 故未盡辦. 此不過稱家有無”云. 權唯唯曰: “於禮然”云.

趙忠定公璥, 字景瑞, 初名玫, 官議政. 卒上命不待狀賜謚. 號荷棲. 有集刊行. 銳頭長身, 星眸秀頸, 面多骨, 端麗如美婦人, 精神內蘊, 有計慮, 解物情. 文才詩藻, 思深力勁, 而多妙理. 十歲作詩曰: “扁舟繫廣津, 疎雨落秋江. 汀空不見人, 白鳥下雙雙.” 及長, 詩之警句曰: “詩朋後到鶯先喚, 花意初濃雨一來.” 梅花詩曰: “明珠欲解情何極, 暝笛將吹恨有餘.” 梅花詩全篇曰: “茶烟消歇一龕澄, 著面精神細細凝. 可怪仙胎生濁界, 卻驚溫性抱寒氷. 天姿自潔寧依月, 暝暈愈奇莫照燈. 漸覺心神淸似濯, 喚惺還笑瑞菴僧.” 又絶句曰: “白石江頭坐, 靑燈屋下留. 吾身有親在, 不敢上風舟.” 其祭李晉菴文, 雜儷體宛轉, 可讀. 其先墓誌碑, 情懇文精, 圬瀧崗阡文也. 中年後歷遍內外名官, 不能多著詩文. 至判書後, 不樂仕, 及拜相, 當宁親手授相符, 璥涕泣受, 仍還獻, 伏身泥雨, 哀乞解相, 竟不行相, 不久, 病逝. 有孝行, 考妣喪, 皆結廬墳側, 過三年, 內職行戶曹上卿, 防市人之預授價, 市人初苦其財之不饒, 未免逋債, 咸晏然歡之. 行刑曹上卿, 防出禁令, 吏不得夤緣作奸. 爲平安監司, 不私官錢一文. 平生不狎女色, 三十年鰥居, 自執米薪, 計於朝夕, 苦惱至生瘿, 不恤也. 平居垂簾簡出入. 其上疏曰: “處世如客, 在家如僧.”者, 眞自評之善也. 室李議政天輔女, 嬰痼疾, 幾無育, 晚擧一男鎭球, 成進士, 方著文行, 人以謂公心德之致云. 公爲忠淸監司, 按大獄極平反, 鄉人爭曰: “靡趙公, 我輩盡魚肉.”云. 公卒, 上命旌閭其孝. 公程詩句曰: “西廂明月執手約, 吾負郎時郎負吾.” 識者謂可見公心事云.

含光軒號, 姓李, 貫德水, 名瀰, 字仲浩, 官吏曹參判 · 副提學. 詩才高華警拔, 有句曰: “峒客不來橋有雪, 梅花未老月窺簾.” 又曰: “秋盡長風吹獨鴈, 月明淸笛在誰家?” 全篇七律曰: “迢遞江南橘柚州, 思君不見路空修. 黃花九月還爲客, 遠鴈三更獨上樓. 竟夜雲生天際海, 寒山木落雨交秋. 新詩洛社知多暇, 興入西風漢水頭.” 七絶曰: “事到黃昏始放閒, 男前婦後荷鋤還. 白狵蒼犬齊搖尾, 迎在疎籬暝色間.” 爲人有風流, 口無傷人害物語. 每會騷

262

客, 筆架酒鎗交錯之間, 引聲咏李長吉長篇, 疎郎無減晉人士, 少著儒本草, 亦自滑稽雋爽, 可觀.

長水縣監權撼, 字仲約, 號震溟, 詩文宏肆雋煌. 有句曰: "貴主新菴臨野水, 美人高塚對繁花." 又曰: "龍驤19)舊鎭閒吹角, 海運新船各樹旗." 又曰: "樽前病起桃花落, 客裏春歸燕子飛." 七律全篇曰: "嬲嬌柳綠意何悲, 酌酒與君君莫辭. 嚴子志高輕美祿, 賈生才銳哭清時. 愁來芳草迷歸夢, 病起殘花足別離. 我亦江湖垂釣客, 扁舟早晚逐鴟夷." 七絶曰: "紫壁丹崖十二重, 銀盤倒瀉玉芙蓉. 天空雲水平如熨, 海色高於太極峯." 五律曰: "二月春氷罷, 川沙野日和. 故人策馬去, 芳草出關多. 路繞梁山峽, 雨連巫峽波. 廣陵不可往,20) 佳約易蹉跎." 如此等作, 恰似盛唐人口氣. 平生多著述, 每以一擔私稿自隨. 爲人淸苦而能事事. 舅爲忠淸監司, 公與伯氏參奉名揎, 步往京師, 過監營, 嫌公門不入. 公蔭歷刑曹郎·廣興倉郎, 束吏嚴, 奉法謹. 爲縣官, 吏憚而民安, 自奉甚約, 居縣官如布衣. 參奉公亦力學, 事父母有純誠. 其季僉知公㨗, 亦淸修士.

李參奉匡呂, 字聖載, 見高士錄. 善詩文, 好古博學, 藉藉名泮庠. 程詩, 每效古詩體爲之, 詩出, 輒被考官之大獎.

吳參判光運, 字永伯, 號藥山, 初號竹陰. 官吏曹參判·提學. 詩有雋才, 其詩曰: "笙歌九陌風微轉, 花樹千門雨細來." 又曰: "衣沾黃竹雨, 馬繫碧桃春."

崔成大, 字士集, 官禮曹參議·知製敎, 陞堂上去啣, 而崔特帶者, 以文望也. 詩有唐調. 其詩曰: "叢祠夜降荒林鬼, 山市朝逢貊國人." 七絶曰: "開城少婦貌如花, 高髻新粧半面遮. 日暮廢園鬪草去, 雙雙蝴蝶上銀釵." 又曰: "寒雨江楓暗客舟, 孤帆遠上白雲秋. 歸心不待聞新鴈, 已逐滄波日夜流." 有杜機集, 刊行. 號杜機.

任埏, 字某, 號某, 官吏議, 參判守幹子. 長於科詩, 弟璉·璞21), 俱長科

19) 석판본에는 '壤'자로 되어 있음.
20) 필사본에는 '住'자로 되어 있음.
21) 석판본에는 '璞'자로 되어 있음.

詩, 其酷勘題, 意旨猶不及珽, 俱爲體法於一時. 參議善考科詩, 與金判書漢喆·兪承旨健基, 推當時善考. 京城士當夏課, 勿論知不知, 必送考, 參議得入意詩, 必謄置一本, 成巨軸. 參議門族皆有文, 族弟珹, 字聖振, 擅場屋名. 遊蕩春詩聯句曰: "明沙白石皆如許, 臥醉行歌任所爲." 其族姪希曾, 字孝彦, 洗劍亭詩曰: "巖花映袖酒盃寬, 朱閣玲瓏俯碧灣. 聖代元無兵可洗, 春風嬴得客憑欄." 語自楚楚. 城官臺省, 希曾官亞卿, 珽善書蜀體, 諸擧子, 藏名考詩於任, 任至柳東垣(或云壽垣), 作變色曰: "此恰似, 沈尙吉作, 誰人作也?" 後柳伏法. 蓋沈之程詩, 抑揚頓挫, 意匠非常, 而曾不考終於辛壬寃獄者也.

李宜顯, 字德哉, 號陶谷, 文集行于世. 相國世白子, 宜顯又繼相職.

李亮天, 字功甫, 監司德英孫也. 少孤, 與兄輔天力文, 多士友望, 登第入玉堂, 攻黨人魁, 竟竄, 解歸旋夭. 爲古文, 修潔拔俗, 詩句曰: "鳴泉浸草流螢化, 積雨蒸菌古樹香." 又曰: "荒池水冷蝦蟆死, 古壁霜侵薜荔紅."者, 皆佳語也. 兄輔天, 亦靜潔有文, 老布衣.

李寢郎, 諱思重, 字士固, 號安素, 監司萬稷孫, 余再從叔也. 文才贍足, 遍程文之各體, 賦性樂易愛士, 士有名者, 無不相推, 未五十而卒. 詩曰: "幽壑身從春水入, 高峯夢與佛燈懸." 調警絶. 有弟, 諱思弘, 字士毅, 有豪傑志, 學古文於黃景源, 抱痼疾, 未四十夭. 其詩曰: "有客騎牛月中立." 一隻語, 卽片臠也.

李童子, 余第四弟奎軾, 字叔瞻, 小名星祥者也, 十四歲夭, 面圓星眸, 方口準直, 頂露伏犀骨. 事父兄, 極仁愛, 親病斫指, 其文才, 天才矣, 學語卽識字, 識字已透義理, 甫十歲, 能通易大指, 解占布算, 辨律呂, 操紙筆, 立就詩文, 皆圓熟, 絶無梗澁童囈語, 十二三歲, 入庠庭, 就試詩, 握長管, 書端精迅速, 蒼髥皆圍觀相詑. 嘗露立門, 街有宰執李益輔, 停軺, 問, "誰家兒? 眞俊麗人."云, 臨死誦乾卦, 多有靈異事. 其詩曰: "何人立馬橋西路, 獨樹花發巷北墻." 絶句曰: "半醒半醉人間坐, 深夜欄干北斗橫. 烟月滿庭春欲老, 落花紅雨過無聲." 曰: "花墢新坼海棠英, 杜宇來啼夜五更. 睡罷小齋開戶看, 滿庭春月不分明." 曰: "數村月色裏, 殘夢鷄聲中."者, 皆瀏浣音也.

李生珹, 字德輝, 延平府院君貴後孫, 不及成名, 纔踰三十夭. 詩有逸調,

264

其句曰: "巖阿樹老忘年月, 秋水潭空見性情." 曰: "柳外空塘風亂颭, 花前寒食雨頻來." 曰: "空溪馬渡寒山影, 殘雪鴉啼古木墟." 曰: "送客晨程殘月落, 閉門春草一時生." 絶句曰: "江干柔柳遠依依, 及到君家水半扉. 一樹桃花人臥病, 雨中相訪雨中歸."

李生胤永, 字胤之, 號丹陵, 判書台重兄, 府使箕重之子, 文雅寡慾, 好聚古奇物, 書具十三經註疏·二十一代史, 器用得藍田玉·端州硯·宋宣和[22]火爐, 家在京西盤松池上, 臨池構亭, 與士人吳瓚·金尙默·李麟祥七八人, 作文會. 冬夜鑿冰塊, 置燭冰中, 號曰冰燈照賓筵, 夏挿蓮花瓶中, 招友生, 能繪畫, 刻印石. 耽山水, 隨父丹陽官衙, 構羽化亭於水石佳處. 近五十, 以布衣終, 臨化, 翛然不似烟火中人, 有文集, 曰丹陵稿. 其詩曰: "山行木實分蒼鹿, 水宿蘆花渾白鷗."

沈樂洙, 字景文, 相國之源後孫, 卽余妹壻, 文科今校理. 以三代孤兒, 有逸才, 自力遊藝. 程文早成, 不由關節而連中科第(後官止參議), 有兩子, 皆有文才, 季子魯巖, 風骨戍削, 古律詩極奧健, 有大家手段, 其詩句曰: "僧節遙指雲浮黑, 雨在寧邊鐵甕城."

沈煥之, 字輝遠, 校理泰賢孫, 今吏曹參判, 有文才, 製句多可觀. 面多權骨山字肩, 疎襟直腸, 有士大夫風節. 有事注心, 竟遂乃已, 可謂不負心人. 英廟朝, 以犯酒禁, 拿北兵使尹九淵, 用一律. 沈輝遠以禁都, 押尹自北道至京, 尹抵法後, 輝遠卽弔其懸街所, 聞者皆義之. 戊午年間, 一聯曰: "微吟一盃後, 高坐百花中."者, 亦佳句也.

〔補遺〕相公, 號晚圃, 歷吏判, 參文衡, 首薦兵曹判書, 以領議政爲當宁院相, 作相五載卒, 謚文忠.

李敏輔, 字伯訥, 號豐墅, 月沙·白洲後孫, 芝村孫, 大諫亮臣子. 我朝近世士大夫家, 世世以沙溪文元公家, 館洞月沙子孫家, 莊洞淸陰子孫家,[23] 會洞鄭林塘子孫家爲甲族. 沙溪金, 新羅一千年王, 高麗八平章, 我朝黃岡後諸名人, 金坏窩家是也. 李判書敏輔蔭仕, 方躋正卿, 夫人偕老, 兩子文科, 一

____
22) 원문에는 '化'자로 되어 있음.
23) 석판본에 '家'자가 없으나 문맥상 '家'자가 있어야 함.

子郡宰, 福祿罕及. 判書爲人樂易慈良, 書牘曲盡人情. 自少不逐逐於名利, 出蔭路, 初宰開寧, 民立生祠, 累牧星州‧尙州. 及暮年, 士大夫家傳後文字, 待李伯訥判書手者, 殆輻湊. 筋力亦旺, 身輕而貌弱, 僅中人樣. 與人交情款恰, 見者莫有忤. 文則訓詁家體裁, 平平適於自用. 當晚年, 文苑無一老匠熟手, 判書遂執柄, 其亦福運所致也. 當宁丁巳, 判書年八十二, 方赴其子安岳任所, 兩子敭名塗.

任敬周, 字直中, 文藝夙成, 而早年未成名而夭. 所著屈氏傳, 雅潔可觀. 任氏世著文藻, 父適判官, 伯叔選參奉, 季叔逸, 文筆俱超群. 兄命周, 文科正言, 才長於經綸事務, 兄聖周, 學術文章壓世, 弟靖周, 文識邁人, 妹申氏婦, 學識文辭, 均諸兄弟. 平生非經傳不讀. 有經書講義篇及祭伯兄文, 傳于姻族.

李泰錫, 字子瞻, 號杏陰, 罪廢宗室之子. 有詩文孤峭雅靚, 可讀可誦. 詩曰: “白鳥得魚霽山碧, 黃花出石夕潭淸.” 又曰: “鴉翻落日歸千樹, 馬踏寒雲入二陵.” 警句也. 坐竄, 布衣終.

邊日休, 字逸民, 寒家子, 落拓, 登進士, 客天於統營. 才情溢發, 其詩曰: “人間雄傑洗兵館, 兩角相間杳不分. 龍虎屛風牡丹榻, 正中高坐大將軍.” 又曰: “前洋砲響震如雷, 把手相迎水寨開. 百尺樓船何鎭將, 紅衣羽笠問安來.” 聲調警拔也.

尹昶[24], 字舒仲, 自號稿曰秋溪. 今官郡守, 議政趾仁之曾孫. 少孤貧, 力攻文辭, 善詩律, 遍程文藝. 當時以大家後習程文者, 無過於昶.[25] 屢鳴泮庠與發解, 遂成進士, 然終不登第. 有子, 名曰行直, 登第, 今通籍[26]名官. 舒仲詩曰: “淸流白石天然畫, 黃菊丹楓秋是春.” 曰: “大麥如針小麥芽, 草頭花競木頭花.” 可見其工緻也. 七十後以繼鈴平都尉嗣孫, 超資封鈴恩君.

宗室順義君, 名烜, 能詩. 詩曰: “人閑櫪馬無心立, 天闊雲鴻盡意飛.” 曰: “畫閣中流出, 靑山兩岸邊.” 曰: “鞍馬隨春色, 衣巾帶橘香.” 曰: “淸詩白鳥飛邊得, 白髮靑春去後多.” 語平淡圓熟.

24‧25) 석판본에는 ‘昹’자로 되어 있음.

26) 석판본에 ‘藉’자로 되어 있음.

洪啓祐, 子季膺, 號月南, 官郡守. 能文善書, 書法堅緻如鉤索, 習經傳. 爲人偃蹇長者. 詩曰: "蒼山歸鷺孤雲占, 古木叢鴉落日看." 偃蹇如其人.

趙畋, 字寅瑞, 官吏議, 吏判尙絅子, 判書暾判書曒, 兩兄也, 與曒雙生子. 力攻程文, 鳴科詩於泮庠. 書牘習淳化閣體. 爲人多質尙儉. 其詩曰: "微風燕坐枯梧幹, 細雨人歸垂柳村." 細雨句, 頗流動.

洪梓, 字養之, 官參判, 詩澹淸, 善書, 顔端厚如美婦人. 其詩曰: "李子幽居樹木淸, 薔薇花重露初零."者, 佳語也.

鄭景淳, 字時晦, 陽坡鄭相太和之後孫, 官蔭判書. 早孤, 力學科賦, 大鳴泮庠, 風骨特立, 善吏治. 爲人端重, 負士流望. 其詩曰: "詩書堪下種, 桃李莫爲顔."者, 頗有味. 弟持淳, 官府使, 以科詩鳴泮庠, 善書. 長身頎面, 亦負士流望. 判書兄元淳, 以翰林夭, 判書持門戶. 當少年, 每秋檢打租於郊外, 兀然坐田頭, 輒課科賦日一篇. 泮庠製, 與洪判書良浩, 舊名良漢, 相冠榜魁, 時人效鄭洪體. 中年早停大科, 以物望節次進入座, 非進於曲逕也. 老來, 閱子弟泮庠賦, 斥之曰: "是賦乎?" 卽自作一賦, 子弟輩笑曰: "是古體, 不利於今." 及榜出, 子弟賦輒參高等, 判書賦考於人, 輒不取之云.

金相定, 字穉五, 文科承旨. 爲詩文, 苦吟刻峭. 少負太學士望, 登第蹭蹬. 其詩曰: "憑軒香木大, 隱几梨花低." 其子箕應, 今縣令, 亦優於文辭. 身貌, 有宰相骨氣.

金純澤, 字孺文, 長於文辭, 通經傳, 官府使.

李運永, 字運之, 丹陵胤永弟. 好奇脫俗. 老來, 乘兩輪車而行. 書八分, 優詩文. 其詩曰: "大麥回靑辰日雨, 老梨飄白巽方風."者, 語佳對精.

安錫儆[27], 字某, 官參奉, 號雪橋. 承旨墀孫, 參判重觀子. 居原州, 擅文名. 有警句曰: "楊柳微風春酒滴, 杏花纖月曉江高." 又曰: "滿地塵埃高鳥見, 渾天風露野花知." 又善推人前程.

李用休, 字惠寰, 文辭高強.

趙龜命, 字錫汝, 號東溪, 官敎官. 爲人淸修而善文. 文極有妙理, 理趣意氣, 酷描東坡. 立意綴藻, 一洗膚率陳餕態. 其得意處, 往往怡人神解. 當時

---

27) 석판본에는 '璥'자로 되어 있음.

文家, 方駕而齊鑣者, 趙龜命・黃景源而已. 一見, 便知其非帖帖訓詁[28]貌
樣. 趙以秀朗勝, 黃以雅浩勝. 要之, 近世無此等作. 趙選英廟入學將命, 將
命者, 世子入學時, 以儒士傳命於博士・大提學者也. 爲文士極選, 過將命,
卽擢及第科. 近世將命, 惟龜命不上第. 龜命多羸病, 爲文自遣. 嘗曰: "友而
知我七八分者, 稺晦也." 稺晦, 其從弟相國顯命也. 龜命不善詩, 爲詩乏婉孄
語, 然亦多不俗凡. 龜命族祖最壽, 號後溪, 有文集行世. 長於詩, 法尙聱倨,
多局澁氣.

崔弘簡・弘靖, 皆副學昌大子. 俱蔭官, 皆能古文, 而弘簡勝云.

趙顯命, 字稺晦, 號歸鹿山人, 官領相. 身長方面, 眼長而燁有光. 爲人全
意氣, 長技在豪傑, 襟疎而期遠, 神俊而韻拔. 當時宰執, 神仙風骨, 有申相
國晩, 神俊骨相, 有具判書允明, 魁梧身手, 有金兵判聖應, 升騰容儀, 有李
判書喆輔, 雅麗顏形, 有李判府益炡, 猛麗容光, 有趙相國載浩. 載浩, 顯命
兄子. 然豪氣疎襟, 皆不及顯命. 顯命善草書, 每淸朝, 大簡紙, 揮草書, 進一
大椀火酒, 乘半酣, 顧左右曰: "吾伯兄善於酒, 仲兄善於女色, 吾善於草書."
札翰, 遒勁豪宕, 金淸城後一人也. 性淸儉, 不事家産. 余聞京城老人張文郁
言曰: "文郁曾以都監書字的, 隨戊申都巡撫征討. 初結陣安城時, 黃昏風雨
交作, 陣外熒報, 刺客入擧, 陣驚惶. 都巡撫, 吳命恒也. 從事官, 朴文秀・趙
相國也. 吳朴談笑自若, 趙急上馬, 立信地, 當上馬, 拔佩刀, 斷明紬冬衣裾,
授傔人曰: "若生歸, 傳此衣吾家, 以爲招魂之葬." 刺客俄擒之, 卽逆黨少論
李河. 事平, 河孥籍. 文郁曰: "相公非有忠義之素積蓄, 臨急難, 豈若是光明
耶." 人言, 少論盡通逆黨消息, 而相國若通知, 卽豈如是立決殉國耶. 相國詩
文, 俱有豪氣而疎. 其詩曰: "秋盡樽前猶落葉, 樓高頭上是明河." 又曰: "天
衢十二東風轉, 禁苑飛花落錦袍." 自跌宕可誦. 相國官業崇高, 而特附於苑
者, 惜不能自拔於頹波, 而反不如其藻華之自見天姿之豪耳.

金相在魯, 字仲禮, 號淸沙. 面有精神, 身長, 癯, 傴僂. 淸使相曰: "金龜
沒泥形." 英廟嘗有震怒事, 金欲諍, 請對. 上命入, 金故捫殿戶而低徊. 上問
故, 金對衰病. 上始怡聲, 問衰病. 金對多語, 俟上色康, 後微諍之, 上卽賜

---

28) 석판본에는 '詁'자로 되어 있음.

兀. 其機警多如此. 丙申, 清勅中有卡字. 朝廷問玉堂沈有鎭, 沈以字學聞世, 而不知. 有槐院老書吏曰: "十餘年淸勅有此字, 問金相. 金相亦善字學, 金不解, 使問洪判書啓禧(後啓禧追削官, 當去其爵姓.), 洪曰: '此在洪武正韻, 其義守圃假家之字, 其音適忘之'云."

申維翰, 字周伯, 號靑泉, 文科縣監, 有集行世. 嶺南人. 文尙螯牙, 經日本華國之役, 所著海游錄, 最詳日本風土. 詩主風韻, 世傳維翰所著科題曰作誥釋湯懟者, 卽賦作也. 賦甚螯牙, 入考見落. 考官崔錫鼎曰: "是賦, 非等閒手." 命抌打處, 隨下飛點於滿篇, 朗讀一番, 卽置壯元. 打者, 斥棄之, 筆削也, 飛點者, 賞取之, 筆褒也. 此賦尙爲式於賦擧子. 其題蠹石樓曰: "天地報君三壯士, 江山留客一高樓."之句, 膾炙人口. "深巷鷄鳴孤月黑, 遠村人語一燈紅."者, 亦佳句.

鄭來僑, 字潤卿, 號浣巖. 官察訪, 京城閭巷人. 詩文高古, 豪健有力. 其詩曰: "南風浩蕩錦江波, 巡相乘舟意若何? 拜送旌麾天北去, 驛亭歸路雨聲多." 又曰: "漫漫野路去何長, 豆葉初舒大麥黃. 過盡江東山雨急, 靑驢背上醉眠凉." 又曰: "朱君起舞卞君歌, 暝色蒼然奈樂何. 醉下高樓各騎馬, 洞門流水落花多." 又曰: "霧中醉渡臨津水, 馬上笑迎松岳山." 又曰: "玉塵[29]揮[30]來聞宰相, 靑驄騎到大將軍." 又曰: "風雨卻能騎馬至, 桃花猶自待人開."者, 皆遒雋可誦. 閭巷詩, 國朝以來, 當推洪柳下世泰爲魁, 而來僑相甲乙, 世泰以沖澹汪洋爲勝, 來僑以豪放高古爲勝. 世泰松都詩曰: "山河氣盡姜邯贊, 日月名懸鄭夢周." 義林池詩曰: "蛟龍抱子深中臥, 菱茨連根淺處生."者, 膾炙人口. 世泰, 字道長, 官監牧官, 一號滄浪.

忠州有蔡希範, 文科察訪, 善科文, 京城有李德楠, 善科詩, 出入於宰相之尙文家.

金履坤, 字厚哉, 號鳳麓, 官縣令, 有文集, 行于世. 善詩文, 文簡古. 其詩曰: "浮雲莽蕩海生波, 醉哭醒歌恨若何. 春盡長安騎馬出, 錦官城外落花多."者, 恰有王龍標口氣. 詩名藉藉京城, 居北洞, 爲詩社, 八驃騎之一. 弟金

---

29) 석판본에는 '塵'으로 되어 있음.

30) 『浣巖集』에는 '談'으로 되어 있음.

履復, 蔭升堂上, 善科賦, 亦能染指於律絶.

履坤所親, 有李普行, 提學宜哲從子, 字易甫, 善文. 洪樂命, 字子順, 判書象漢子, 議政樂性弟, 善文. 李官參判, 洪官判書. 李以吏曹參判, 入食盤於史局, 饌器三四器, 儉約可尙云.

李命啓, 字子文, 官縣監, 經日本製述官. 父鋼,[31] 善科文. 命啓一隊人善文者, 稱椒林八才士. 椒之味烈, 烈字意諺言與孼音同, 蓋命啓門閥是孼也. 命啓詩句, "山寺梨花不入嵐"者, 亦警語也. 形竦髯長, 如神人劍客, 同時孼門閥, 有才文苑, 而罹刑法者, 古亦不泯傳, 若范曄·謝靈運之類是也. 邦國之憲重, 癉惡之義嚴, 而憐才之意, 幷行不悖云.

崔益男, 初名忠男, 人笑, "男可孝不合忠." 乃改益男. 家世士大夫, 官玉堂, 杖死王獄. 顔若猿猱, 體輕儇, 才敏鍊, 當時第一. 詩韻警拔, 若生若熟, 字字生活, 瀏淲之響, 尖利之鋒, 無詩不然. 一夜遽累十篇七律, 字不加點, 篇盡照爛云. 其詩句曰: "日暮歸家黃葉滿, 鷄鳴送客白煙生." 又曰: "松疎月出蕭森外, 花落春歸窈窕中." 又曰: "芳洲晴煙幾番雨, 斜陽紅杏半邊山."者, 皆警甚.

有李鳳煥, 字聖章, 號雨念, 九畹李春元之孼後孫, 官縣監. 詩之七律精刻, 入裏一語不苟措, 近世絶調. 然氣味焦殺, 風韻繁促, 巧思銳鋒, 手段則高強, 而巧流於刻銳, 轉爲急口, 則椒粒辣舌, 遮眼則酸風射眸, 決非中和之陶寫. 鳳煥創是體, 惟己能之, 他人則畫虎不成. 所謂椒林一隊, 莫不景從於鳳煥體, 材富者, 僅藏拙, 力弱者, 枯槁彳亍, 語不成理, 幽怪孤詭, 如鬼哭魅笑. 無乃積枳之氣, 騰其光怪耶? 鳳煥全篇七律曰: "大阪[32]城中東願堂, 朱欄綠[33]瓦桂爲梁. 山晴曉識金銀氣, 海暖秋聞橘柚黃. 方士詩書元傅會, 神人銅柱極蒼茫. 九州以外鋪舒麗, 衣繡宵行造化忙."蓋鳳煥經東槎役也. 其句曰: "初花具體滋春露, 纖月垂芒散遠鐘." 又, "柳色久應煙淡蕩, 杏花都是雪鋪舒." 又, "城花四曒煙中遠, 山日西望匹許長."者, 皆奇句. 七律外, 無聞佳

作. 文則支離零碎, 旨意轉迷, 不及詩遠矣.

南玉, 字時蘊, 號秋月, 官文科外縣. 兄弟曰重曰土, 俱善科賦, 玉之科賦, 神出鬼沒. 經東槎役. 其詩曰: "寥落邊村久息勞, 永嘉臺下列仙艘. 霜深廢壘黃花病, 葉盡疎林晚柿高. 蠻子喜言微曉雨, 美人愁思極層波. 一波南北須頻見, 可耐床蟲獨夜號." 其句曰: "一笑霜淸水涸後, 千言燈炧月殘時." 其纖刻, 亦不出鳳煥範圍中.

淸州人進士盧兢, 字如臨, 號今石. 坐科場事, 竄而解. 嗜酒, 窮約死. 聰明, 一覽輒記, 數三讀, 必盡誦. 逢人, 終晝夜, 言談. 善科策科詩科賦, 遂泛濫於古詩文, 有氣力務意匠得作34)者. 風其陷科累者, 州人35)曰: "忤人也, 非其罪云." 七絶曰: "淡雲疎柳共爲秋, 靜看池塘水氣幽. 靑鳥掠魚頻不中, 高飛還坐碧蓮頭." 七律曰: "愁眉望眼暫時開, 一笑堂36)前未覺猜. 大病昨秋能不死, 深盃今夜又相催. 將敎錦樹千花發, 先試黃昏小雪來. 不被東皇收拾盡, 陽春分與古37)人裁." 風調流動.

沈翼雲, 字鵬汝, 文科進. 家承靑平都尉繼子派, 以先係改易事, 負名敎罪. 又以兄翔雲, 累坐廢. 兄弟能文, 善詩善札翰. 翼雲詩, 淋漓紆餘, 不似今之拗乖語. 其五古曰: "飯牛置空桶, 羣犬來舐之. 語犬且莫舐, 此是牛之餘. 聽之若無聞, 搖尾舐不休. 見此起長歎, 犬牛誠一流."

〔補遺〕安祐, 閭巷人, 官主簿, 以文名士夫家. 見其文, 則以使酒速戾, 性似狂濫, 文則激仰可觀.

金仁謙, 字士安, 號退石, 高士昌復子. 爲人有計慮知識, 處地庶孼, 而持身恭處心高, 故人莫敢侮. 聰明, 一過目, 終身不忘. 平居, 不讀書不吟詩, 而吟詩, 輒圓熟, 寔天才. 其對馬島詩曰: "棕絲篁葉綠垂垂, 光景逾奇落照時. 蠻鳥初看牙蘖影, 驚呼飛上最高枝." 又曰: "玄冬橘柚垂黃實, 赤島雲烟際蒼穹." 以進士經日本製述官, 官縣官.

當時有南有斗, 號樵夫. 其詩曰: "落日閒行逢老木, 淸溪扶杖望歸雲." 又

---

34) 석판본에는 '作'자가 빠져 있음.

35) 석판본에는 '州人' 뒤에 '作'자가 더 들어 있음.

36) 문집에는 '堂'자로 되어 있음.

37) 문집에는 '故'자로 되어 있음.

曰: “歲晏柴門留月色, 夜深山閣自松聲.”

有朴景行, 京城閭巷人. 父道郁, 與景行, 俱文章. 景行中重試, 官縣監. 其詩曰: “雨稀細澗平身渡, 花落空枝默想看.” 又曰: “菡萏屛如新滴滴, 琉璃盞憶舊深深.”

李義38)觀, 文科縣官. 詩鳴泮庠製, 有經學工夫.

金相謙, 官奉事, 金坵窩庶弟. 其律聯曰: “含魚鷺坐寒煙樹, 吃草牛鳴白雨山.” 其程詩乃入秦題曰: “富貴出入長袖裏, 後舞何讓前舞人.” 不習而善半草, 恰有唐太宗書法.

成大中, 字士執, 號靑城. 文科, 今官校書館校理. 察訪孝基之子. 爲人樂易, 善談論, 談鋒多崢嶸. 篤於故交, 殆窮達不易, 有俠士風. 好名流高人, 若庸人俗客, 不之數, 以是聞見擩染自超然. 容光娟好, 文采照耀. 善詩文, 有書畫才, 畫則不屑爲, 書則自家言. 膺日本書記, 當浪花江戶之間, 揮灑殆數萬幅行草, 以是行草濃麗爛熟. 蓋倭人, 專愛成書記才筆故也. 詩流麗, 文溢華, 要之一洗焦殺拗乖之語. 其文柳松年傳, 可垎虮豰客傳, 五知菴記, 恰似歐·蘇小序. 年二十二進士, 二十五及第, 不甚攻程文, 而皆以行文中科者, 由識妙理於綴文也. 及第時, 自抱川家居, 入京, 會賢坊僑所, 則科日39)已曉, 比入科所, 春塘臺禁門外, 則門已閉. 徘徊將出之際, 適會開門令, 遂入赴, 竟中科. 大中, 雖善文, 早年, 則文未熟, 且罕攻科文. 或曰: “其父不食之報也.” 蓋其父中增廣科初試之策者, 以經綸之見於別救弊也, 若‘進上一串, 人情一馱’之引用諺語者, 爲擧子輩新語, 人皆嘖嘖者也. 其父, 爲文理有餘而淡, 大中, 爲文辭有餘而濃, 雖小題目, 善敷演, 成曲折. 歷內外職, 久罕祿之絶. 方直奎章閣外班, 以詩文恒被上褒曰: “大中恭趨道轍.” 世傳大中子海應, 以檢書官, 進其弟海運應製詩, 上親考大褒, 發天笑曰: “似倩汝父手.” 孝基, 平生揣摩, 無不中於當時及身後. 平生雖好奇計, 然無不誠實, 故皆鑿鑿有中. 識者曰: “其英明, 眞三國周公瑾者流云.”

李璲, 字進玉, 官縣監. 詩務辛苦刻削, 語響皆焦殺拗乖, 然味之, 甚有工

---

38) 석판본에는 ‘喜’자로 되어 있음.

39) 석판본에는 ‘目’자로 되어 있음.

綴. 耳聾, 而當時一邊要人需世之文, 皆倩璉手, 以是通朝士, 權聲名熾. 其詩又異於凡常, 專門於恫疑虛喝, 故人, 初則瞠, 末乃駸駸焉入, 蓋李鳳煥創是體, 璉父命啓羽翼之, 至璉輩, 無不推波助瀾. 然才弱之人, 恒囁吻悲吟, 語戞戞不成篇, 竟止於搗筆墨池而已. 璉才稍富, 故能成就. 或者目曰椒林體. 其詩曰: "天霜瓦屋極明潤, 木葉蛛絲相伴懸." 又曰: "芭蕉月隱藤墻側, 蟋蟀砧多草屋西." 科體題姚平仲出山曰: "青驢駄出少年將, 神鬼冥冥祕此事." 此稍平順語也.

有尹可基, 字曾若, 尼山尹氏家庶派, 官蔭. 有朴齊家, 字在先, 號楚亭, 承旨珤庶子. 有李德懋, 字懋官, 號青莊館, 又號雅亭. 俱以詩文與筆, 選當宁朝內閣檢書官, 皆縣監. 俱來李璉法. 尹詩曰: "嶺頭春雲歸來些, 天上文星奈若何?" 挽人者也. 又曰: "燒香癡坐胸無滯, 縱酒悲歌跡混塵."也.[40] 朴詩曰: "誰家小枕黃粱熟, 卽事寒燈赤葉搖." 又曰: "烏帽朱裳老典刑, 中原兵部石公星. 眼光卻在靴頭轉, 小李將軍側立停." 李詩曰: "樹深何處坐黃鸝, 不露其身只送聲. 日午衣鞍都綠影, 柰花如粉向人明." 又曰: "松堆何官頭戴帽, 石佛雖男口噴紅."

羅烈, 字子晦, 號朱溪, 官都正, 教官蓼子. 蓼, 習經學, 善科策, 參議萬甲後. 烈與弟杰, 齊名於文家詩苑, 俱善寫字.

朴趾源, 字美仲, 號燕巖, 參判師愈[41]之子. 文溢才氣, 藻思多才, 一筆俄頃, 千行滔滔. 其許生傳·熱河日記, 往往解人頤. 以儒生充赴燕行人, 時上使朴都尉明源. 時乾隆皇, 巡住熱河, 卽密雲邊陲. 趾源隨使臣往, 著熱河日記五卷, 後增五卷, 多舞文, 頗有演義口氣, 膾炙都城.

睦萬中, 字幼選, 文科重試魁, 今官都正, 善屬文. 詩曰: "青山散落寒林上, 紅日飛騰宿霧中." 又曰: "兒孫麥飯無寒食, 文武衣冠有石人." 又曰: "斜陽畫角紅毹暖, 十月黃花白雨寒." 又曰: "松岳東南自一家, 君王曾住六龍車. 至今殿後千年木, 飛返高麗上苑鴉." 又曰: "關霜夜逐北風飛, 十月空山木葉稀. 壯士時平無戰伐, 江邊七邑買鷹歸."

---

40) 문맥으로 보아 '也'자 앞에 글자의 누락이 있는 듯함.

41) 석판본에는 '愈'자가 '缺'로 표시되어 있어 보충했음.

龍宮縣安時進, 瞽而能詩文. 其夏日睡起詩曰: "茅簷暖日太遲遲, 睡起憑床午飯時. 大葉迎風搖學扇, 疎雲漏雨細如絲. 揀黃摘麥貧人事, 取赤嘗櫻小豎爲. 活計誠難謀一醉, 前村新釀爲阿誰." 過和悅村詩曰: "行到村前馬卻停, 吾今必欲借其名. 屬之鷦班無嫌隙, 移得人家不鬪爭. 寧有反脣妻與妾, 應希抵罪竄而刑. 倘敎上下皆如此, 然後方能知太平." 又曰: "事蹟悠悠春夜夢, 悲歡忽忽落花風." 又曰: "宇宙流名三壯士, 干戈捐質一琴娥." 其鞍嶺說曰: "龍宮縣之東有嶺, 名曰鞍, 嶺之側有村, 馬其名也. 旣有鞍, 又得馬名之者, 如有深意, 而馬不行, 鞍不動, 孰[42]能據且御之? 昨年, 余自馬山, 欲踰鞍嶺, 而鞍馬不得, 掛席牛背, 騎而行. 樵童目而歌之曰: '馬山之客無馬兮, 騎牛而過. 踰鞍嶺而無鞍兮, 據席之端.' 此實造化翁之所有, 汝何敢取之哉?"

李載運, 大興人, 午人庶派, 以文參進士, 官禮賓參奉. 其所著海東貨殖傳, 眞龍門手段也. 文氣汪洋, 藻瀾動盪, 見識超博, 倣擬無痕, 一句語不事對耦, 而亦不違格莽鹵. 許眉叟文, 雖古健, 而欠變通, 多偏枯, 貨殖傳, 變化無窮, 筆端宏燁, 近百年無此作. 邇來朴趾源燕巖, 雖稱奇崛名家, 較載運貨殖傳, 朴之所遜, 有欠於對偶澁怪矣.

結城吏李德孝, 能詩. 其五絶曰: "醉酒歸來晚, 兒童扶入門. 不知何處飮, 惟記月盈樽."

---

42) 석판본에는 '誰'자로 되어 있음.

■ 韓山世稿 卷之三十

梱材錄

不曰相將, 而將相者, 抑有輕重而然耶? 仁智勇三德備, 然後始可爲將, 將其難矣. 我邦將管於文臣, 恰似皇明制職. 此免跋扈之亂, 而有將材者, 不自見, 亦由此矣. 今則世昇平已久, 尤寥寥於中權之赫赫者. 然天之生材, 豈其熄哉? 撮其翹楚, 作梱材錄.

張鵬翼, 字某, 應敎次周子. 舊規, 大將出門, 馬後陪者, 僅若干人, 鵬翼爲訓鍊大將, 始排列牢子, 勇健者數十人, 列擁而行, 如鳫翅樣. 今則承襲於其後, 後有具判書善行, 字文仲, 判書大將聖任之子, 聖任貌魁傑, 而性質實. 結知英廟, 晚中武擧, 驟躐, 大任者久. 善行英猛射人, 有雅量. 習周易, 通卜筮星經. 處隘室, 耐寂寞, 若處子. 以將門子, 處將任, 然罕出門, 結要津, 亦不忭之. 朝夕饌不侈食品, 經淡食數日, 始備大肉, 一二時分啖家人, 曰: "飽厚味不益人, 食亦无味, 淡食之久時, 喫膏粱味, 別不害人." 從弟有猜忍者, 吃吃長時, 判書一不較. 從弟代判書職, 必易判書所除吏胥, 判書代從弟職, 一任從弟之除吏. 余大人嘗差殿內祭官, 判書亦差侍衛崇班, 時有事終日. 舊例, 侍臣久立, 則屢少退暫休. 余大人亦時時退外, 見判書, 獨戴驄氈笠具戎服, 長時植立位次. 余大人勞其久立, 請同出小休, 則判書曰: "吾武臣異於文臣, 班勞何敢言? 不可出." 其小心謹愼, 皆此類. 判書以禁衛大將, 嘗陪英廟幸南壇. 夜齋三更中, 陣中忽警虎入, 上使宣傳官察之, 乃駁馬之逸騰也. 馬逸於陣卒之初, 善行命拾其騎卒之箙矢, 矢端蓋書卒名例也. 宣傳官復命, 上猶慮其非馬, 進遺地箭, 始上快知其馬, 善行之先幾慮遠, 皆類此. 又周知地疆方域, 命畫我國八道地方, 其本尙傳, 頗多詳細. 嘗有詩曰: "世事頭渾白, 人情眼失靑, 杜門經臘雪, 聊自慰殘齡."

金永綏, 卒於統制營. 先以濟州牧, 坐於從妹之爲逆黨婦者, 顧恤罪謫多年, 始復除忠淸道兵使. 當築城, 以軍法用役人, 甘苦齊役人, 役人不食, 兵使亦不食, 役人莫不愛戴盡力. 及遷統制使, 當海船習操, 有潭蛟梗路, 命砲射之, 烹大鼎, 分諸軍, 軍莫敢近口, 永綏喫大椀, 諸軍始食之, 皆稱其美味. 同時大將有鄭汝稷, 世多稱其才略. 摠戎廳書吏金德恒者, 嘗稱汝稷家行曰: "小人以早晚使, 每早, 待大將門, 則大將早朝必謁家廟, 此誠將門之罕有云." 早晚使者, 朝暮衆下隷, 未及會之時, 一吏代立之役也. 時汝稷帶摠戎使.

忠淸道觀察使李亨元, 由文科, 歷承旨. 當宁癸丑, 嘉善參判, 方帶是職. 壬子湖西大飢, 處處多聞芁葦警. 天安有猾賊, 魁卽士人也. 亨元詗知之, 佯若不知者然. 及行部, 至天安, 遣吏傳訊於賊士人, 曰: "吾聞公善敎塾生. 吾有少輩, 方率來營中, 願公來吾營敎之." 賊士人, 果入謁監司所, 監司載後車入營, 蓋躬欲詗察. 留營有日後, 使出遊營外, 埋伏健軍, 卽擒入之治之, 果賊魁. 時此事播一道, 或贊其籌略, 或疵其太舞術. 以具眼者, 公評, 則曰: "此, 文臣中, 有大抱負於將略者. 若發軍捕此賊, 則其費幾何? 其不傷人, 亦未可保, 其必擒又未可期, 而此則, 談笑處之, 如甕中捉鼈. 眞是俎刀折衝手段也." 昔余傍祖蔭監司公, 當交代廣州官吳命恒, 歸語家人曰: "時世脫不幸, 吳當爲元帥. 吾觀數事, 可知其文官中將略云." 及戊申用兵, 吳以巡撫使, 平逆亂云. 亨元又能聚財, 而用財雖素昧, 人若窮貧, 則廣施遺夥然云. 亨元長身, 好髥風骨戌削云. 統制使載恒之孫, 大將國賢之從子, 宗室密山君之後. 亨元善行草, 字畫蒼古流麗. 尤長於書札, 與趙相顯命・尹判書憲柱書札, 可伯仲.

〔補遺〕 後經箕伯, 不赴以嶺伯, 卒於西謫.

書家錄

尹淳, 字仲和, 官吏判・大提學, 號白下. 梧陰尹斗壽之後, 箕伯暄玄孫, 文科持平世喜子. 早孤, 淳與兄判書游, 立揚伊昔之袞, 揚門戶. 淳書天才, 畫法搆結, 極其媚嫵, 殆若鸞舞珠燦, 冠東國百餘年之筆. 蓋東國筆在新羅金生侔造化, 皇明顧御史養謙評曰: "非王非鍾, 還有高於鍾王者." 崔孤雲又以書擅名, 體肖顔柳, 蓋唐世流派也. 高麗名書, 皆襲顔柳, 逮至我朝安平大君瑢, 首出書家, 神逸畫勁, 殆非肉腕下書出, 體則松雪. 及乎韓石峯濩書, 則始體鍾王, 略補自家別法. 圓法少而方法多. 整齊遒美, 名曰韓體. 王弇州評

曰: "怒猊抉石, 渴驥奔泉, 玆法在今寫字官, 供一切交鄰之書契, 似晉法而
掃糢糊之態, 似洪武法而無力戰之氣. 然士大夫, 尙體松雪書. 及朴學士泰維
書出, 稍稍染顏柳體. 然金生·安平大君·韓石峯洽合東國之三才鼎立. 尹
白下始純模於遺敎經·黃庭經, 其模臨帖者, 莫辨何者王何者尹. 其法, 方法
少, 而圓法多, 動人者全在姿態, 則法主搆結. 由是畫力不多見矣. 或者曰:
"白下可埒43)於石峯." 或者曰: "白下不及石峯." 要之, 白下畫法不及石峯,
而態度則有餘矣. 世傳, 白下曰: "始學字兒, 初畫盡成天字樣者, 成名筆, 半
成者, 足書科場名紙, 不成者, 止塗鴉筆云." 金奉事相謙曰: "備局書吏車逵
來言曰: '記昔英廟朝, 特除統制使於具判書聖任, 命啓統營弊瘼. 具到營六
朔,44) 始呈狀啓. 凡六人之負. 上命三公稟議回啓於三日內. 時李光佐爲領
相, 閔應洙爲左相, 宋寅明爲右相. 李閱狀終日, 精神弊弊而止. 除狀近一負,
閔初不堪當. 三日盈二日期. 宋始閱, 急出牌, 使禮判尹淳進來, 出狀之可例
題者, 授該吏例題, 只以關緊者閱宋眼. 時三日已屆, 中使連催回啓. 宋進尹
使書啓, 一邊眼閱, 一邊口呼, 旁觀尹之筆管, 如雲流, 日到申, 五負狀畢啓.
尹始掜管, 驗每啓, 書行後, 進宋前, 左右準原狀, 無一相左. 宋曰: "非禮判
之筆, 誰能副此急也?" 尹曰: "非相公之眼, 誰能副此急?"云. 啓入達上, 皆
留中, 不下. 姜判書世晃從孫彛炳曰: "白下判刑曹時, 手拔一狀牒曰: '速招
書狀人來.' 吏告曰: '書狀者卽士夫家童子姜某.'云. 白下歎曰: '此童筆成,
無減於我.'" 姜某者, 卽姜判書, 果成名筆. 當白下筆之行世, 士大夫閭巷鄕
曲人, 無不靡然景從, 名曰時體. 場屋筆, 非此體, 無以自立. 於是遺黃兩經
價, 重於一國. 李匡師體出後, 雖小分其習, 然歐一世之餘, 故流風尙籠罩左
海一域. 李體崛强, 雖習蘇·米, 然本出蘭亭·聖敎, 與尹大同小異. 鄭士人
克儉,45) 字某, 大諫純儉之弟, 長身偉標, 夙成文與筆, 筆留冊卷題目者, 尙
可式於後生, 未三十夭, 無後. 克儉以姻家子爲尹白下弟子學習, 其言曰:
"尹白下爲老宰相, 尙冠儒生簛角冠, 服儒生三幅暢服, 有時徘徊庭階, 吟哦

---

43) 원문에는 '捋'자로 되어 있음.
44) 석판본에는 '判'자로 되어 있음.
45) 석판본에는 '謙'자로 되어 있음.

詩句, 望之如非塵埃宰相."云. 尹入朝以小論, 岐異於逆臣金一鏡之黨, 善儷文科體, 儷文競傳後曹, 健而有味. 居在貞陵洞, 洞是都[46]城西小門下, 故號白下. 兄判書游亦善書. 書牘之半行, 或言勝於白下云. 大抵梧陰之後, 多善書. 雖其拙者, 亦班乎他族之能書人. 白下族人尹判書得和, 亦擅一時能書名, 多書公私金石. 同時縉紳洪參判鳳祚, 書金石, 洪筆多肉. 其從子洪參判梓書金石, 而札翰詩箋之半行眞草, 流動濃麗尤拔萃. 南奉朝賀有容, 書金石, 其弟縣監有定亦善書. 奉朝兄弟筆派來, 自其曾祖, 號壺谷, 官判書, 名龍翼, 壺谷蜀體字瘦而畫勁態逸, 足蹟上世名手. 奉朝父漢紀, 官同敦寧, 善書, 亦壺谷體, 而遒勁尤勝於壺谷. 金侍直致萬, 書金石, 爲人沖淡高雅, 無仕宦家氣味. 有兩子, 官諮議持平, 名鍾厚, 伯也, 官議政, 名鍾秀, 季也, 亦各有書才. 破閒集曰: "金生筆法奇妙, 非晉魏人所及, 麗朝唯大鑑國師, 學士洪灌擅筆, 淸平李資玄祭文, 僧惠素撰國師書, 世謂三絶. '評曰: 引鐵爲筋, 摧山作骨, 力可伏軶, 利堪穿札.'" 麗朝後, 安平大君·韓石峯·尹白下·李圓丘可軼前轍.

李匡師, 字道甫, 號圓丘, 以居京城外圓丘之下. 判書號石門景稷, 號西谷判書正英之玄曾孫, 眞儉子. 家世淸顯, 爲少論之王謝, 陷於偏黨, 變爲逆族. 匡師坐是, 廢進路. 及入王獄, 匡師仰而哭曰: "抱絶技, 願以是贖生." 英廟哀而允之. 遂配薪智島, 久而老死謫中. 蓋其書相上下尹白下. 或曰: 李勝, 或曰: 尹勝. 書學於尹, 而法小異. 尹專主搆結, 李專主畫. 尹圓法勝於方, 李方法多於圓. 尹書多態, 李書多氣. 尹酷肖二王, 李本蘭亭聖敎序, 而雜東坡米南宮. 尹雖草書, 雍容端的, 李雖楷字, 必拂鬱橫斜. 黃燕岐運祚曰: "世多疵李書之可驚可愕者, 而吾意, 則以其奇氣羈[47]積厄, 必不平之鳴, 鳴於筆." 斯言得之耶. 措一畫排一字, 無非悍豪而秀拔. 眞是銀鉤鐵索, 龍飛虎跳底氣像. 尹書之不得意者, 混在他筆, 似難卜其纖碎. 李書雖不得意者, 雖雜置他筆, 一見便拈出. 李畫之軒豁頓挫也. 當時屛簇碑誌書帖之求, 萃於圓丘. 圓丘第選日立書場. 場者市名也. 袖絹紙前進者, 堵立充堂. 道甫終日揮筆, 筆

---

46) 석판본에는 '郡'자로 되어 있음.

47) 석판본에는 '羅'자로 되어 있음.

如驟風急雨, 一壯觀也. 酬應疲, 則或以弟子之善書恰似己者, 代之, 押己之
圖書, 以是贗本亦多行世. 及竄島, 島之鎭將求書, 入京賣得厚紙. 人見謫客
壁莊滿華硯奇盃之屬, 怪問其由, 答曰: "鎭將常以是購我書也." 有筆訣, 多
傳之者. 道甫亦善畫能文章. 又人傳言曰: 道甫作書時, 立歌人於前, 當歌之
羽調, 書像羽調氣. 當歌之平調, 書像平調氣, 然則其書所尙氣耶. 大抵東國
書, 金生尙矣, 不可擬. 其次安平大君, 號匪懈堂, 字淸之. 其次韓石峯. 石峯
弟子吳竹南判書竣, 亦擅書名. 然不及於韓之元氣. 其後惟尹白下·李圓丘
四五人, 卓立於檀君甲子到今近萬年間耳. 金生書傳世者, 只數本, 木石描刻
者, 而或傳古刹金字經多. 金生手筆云, 而金字經片, 每多顏柳體. 金生書專
是圓法, 則其傳金生筆者, 不保眞金生筆也.

〔補遺〕道甫初配北邊. 生庶女, 名珠愛. 三歲而母死. 道甫移配島中, 女隨
而長養嫁作島民婦. 珠愛夙慧獨能傳其妙, 篆畫亦超悟. 匡師嘗曰: "傳吾才
者, 珠愛也. 令翊[48]不如也. 令翊[49]匡師子, 亦以善書名. 珠愛又傍習女工針
線組繡, 妙勝京製. 惟言語微帶島音. 匡師死珠愛益貧悴爲浦女. 書片紙流入
人間, 謫於島者, 或見之. 成靑城大中曰: "嘗見其書帖於李命羲, 令翊與珠
愛同書者, 而珠愛果勝之." 命羲亦學書於匡師者也.

李宜炳, 字文仲, 號梧亭, 官縣監, 善書, 書畫遒健淬礪, 可謂書家大家. 爲
人貌寢且闊於事務, 終世用心, 猶在於書. 家無儋石, 年老官止縣監. 以前進
士居泮館者多年. 人多具酒饌進勸, 仍請書無不書與, 書體尙鍾王.

徐命均, 字平甫, 官領相, 善楷書, 與尹判書爭名. 法尙二王, 然謹嚴則多
於尹. 流動則遜於尹. 疏章多手寫多留中, 不下. 季子懋修, 亦善楷書. 法家
庭而肉色似多. 爲人淸修有識, 官府使.

有參判曺命采善楷書. 體時體. 工程不及於相公. 生氣似勝. 少論碑板, 多
受曺筆. 山海關徐擧人紹新家, 掛兩簇, 一尹白下筆, 一曺筆. 事在沈校理樂
洙燕行記. 有申縣監曎, 亦擅筆名. 有鄭府使持淳, 字子敬, 善書. 作字淸高,
而未甚下工夫. 洪良漢改良浩, 字漢師, 今吏判. 箕伯, 作字頗習襲古法, 善
科賦, 亦泛濫詩文, 有氣力. 有詩曰: "印綬黃花外, 鈴聲細雨中." 語遒麗, 著

48·49) 원문에는 '翼'자로 되어 있음.

筆訣. 京畿仁川府, 居宗班新溪君, 名櫶, 作字力勁, 然不有工夫, 然要之非
凡筆. 宗英又有西平君, 名橈, 位一品以善蜀體, 擅筆名, 多書朝家文字, 進
爵秩賞, 因受知於英廟, 竟管宗室之首班.

曺允亨, 字稚行, 號松下, 以書進蔭. 歷星州牧, 陞工曹參判, 精於楷法. 其
實八分長技, 畫法勁古, 態度英拔, 中郞陽氷者流也. 楷法大體時體, 草書全
效李圓丘, 自少學書於匡師, 楷法精妙而乏風韻. 方執耳於書苑, 本以老布
衣, 結殊遇於當宁. 凡公家之金石扁額, 一切皆允亨筆. 連承袞褒. 至躋亞卿.
蓋曺是名族而多名筆, 允亨其秀者也. 其族允成, 吏曹參判50)命敎子, 善札翰
與科文, 風骨魁燁, 早年成進士. 嘗犯乘馬於訓鍊51)大將張鵬翼馬前, 張嗛
之, 白其身手勇力於英廟, 特命勸武. 勸武者, 引儒家子赴武擧者也. 上督之
嚴, 允成請限一文科, 而不中, 竟出靺鞨科, 僅至兵使而止.

鵬翼子泰紹, 官摠戎使, 亦善草書, 效淳化閣帖體. 同時, 武人朴銑, 善楷
字體時體, 畫勁法整. 翹楚於一時.

嚴漢朋, 字道卿, 號晚香齋, 備邊司書吏也. 書酷肖顏柳法. 骨崛强而神沈
毅, 尤工草隸. 善雙句廓52)塡. 手模古今書法, 號集古帖. 自是曠世名手. 當
時閭巷人碑碣爭求其門. 其爲人沌沌若不事事人. 蓋專心於筆之故也. 性疎
傲. 士大夫家, 多藏其書珍玩之. 高麗筆多古碑之顏柳體, 然不若漢朋之具韻
態也.

同時有李泰者, 世稱庶孼, 或稱李參判顯祿奴. 養畜李參判家, 爲李淸風權
中寫手. 其書殆通神於天才, 方圓法骨肉風神俱, 非人所及. 其可驚人者, 書
鍾・王・顏・柳・蘇・米・趙孟頫・文徵明・董玄宰, 無不酷肖. 人見其入
科場書試券, 人請書韓體, 書韓體, 書時體, 書時體, 一場揮灑五六人券於各
體. 畫法不竪筆, 力臥筆. 畫畫如畫, 用筆或累細畫, 至大畫如用炭墨, 飭濃
墨之法. 此出筆家法門之絶遠. 又其神速頃刻而成屢行全本. 或曰: "憑書魔
而然."云. 世不多傳其書, 見其往往有藏字, 天才人工. 在國朝, 惟匪懈堂可

---

50) 석판본에는 '判書'로 되어 있음.

51) 석판본에는 '練'자로 되어 있음.

52) 석판본에는 '廊'자로 되어 있음.

相論. 有金佐承, 書法似時體, 而稍持重. 楷草俱雄健. 有李松老, 洪判書象漢家寫手. 有林梓, 申宰相思喆家寫手. 俱寫官族, 而以時體善寫名紙. 有李守夢, 金判書時默奴, 以善寫中進士. 金金夢以小名行世, 市人之族, 俱善名紙書名世, 其實名筆也. 公州有武功爵僉知金夏鉉, 其小名也. 善蜀體. 淸州有鄭壽崗, 善蘭亭體, 皆寫手於科場, 而實則名手. 壽崗善刻硯.

金鎭商, 字太白, 號退漁. 官副提學, 筆善金生體. 於楷字尤善用八分書. 副學早年登第, 以光南君益勳後孫, 被齮齕於午人少論, 遂勇退進路. 至卿月一不束帶立朝, 世以此重之. 老論碑誌輻湊於其手. 當時碑文則求李相宜顯與李陶菴縡之文, 筆則求退漁之書. 三家几案積人家紙本, 不暇酬應者, 殆三四十年餘. 退漁又能文詩, 旣擺脫仕官, 多遊名山. 余家大人, 嘗聞退漁入京, 當吾家僑笠洞, 時往見焉. 余納一冊於大人袖, 請受退漁題目. 退漁卽以八分書, 給之. 其樂易, 不卑少年如此. 大抵文元公子孫, 最多筆才故, 金察訪棐以蜀體擅筆法. 余宗家傳其筆於冊題目者, 眞銀鐵畫也. 稍後有金竹泉鎭圭, 楷與八分. 近日退漁外, 有金坏窩相肅鍾繇體, 金蔚山愚八分, 金錦山斗烈篆字, 皆名世之筆. 若可堪場屋寫手者, 幾家家戶戶之充.

金相肅, 字季潤, 號坏窩, 官郡守, 終僉知, 見高士錄. 善於楷字牛行, 而細楷特長技. 細字全描鍾繇法, 自楷創鍾王首出, 而王體多效之. 鍾體則始於坏窩. 聞坏窩家子弟言, “坏窩嘗曰:‘大字雖巧手, 莫效於鍾體, 惟細字可效之.’ 云.” 李匡師曰:“金坏窩細楷, 吾所不及也.” 坏窩細楷, 全以法度姿態爲勝. 又其牛行杈牙奇古, 以楷畫而行草法, 老來尤長一格. 成祕書大中曰:“書亦以有識無識判高下. 坏窩書以有識爲勝.” 坏窩有書癖, 癖出時, 罔晝夜搦筆者一二朔. 及癖之止, 不近筆硯, 亦一二朔. 平生愛書, 俗所謂休紙片牘, 背滿匝書, 無片白後已. 非自束筆, 鮮用之, 性儉約然也. 觀其寫字時, 則寫畫時, 似遲, 寫結構時, 甚速. 嘗於余家當秋夜, 自初更至鷄鳴時, 書牛行大字, 盈數束壯紙. 其疾如風雨之過, 一壯觀也. 有筆訣, 以黃澗倅, 入監營路次, 小憩樹下, 詢吏隷曰:“有持筆紙來乎?” 吏人素慕倅之書者, 進曰:“小人常帶紙筆行.” 卽展壯紙新筆. 倅揮灑頃刻, 盡數束紙, 旋上馬去. 其癖之發, 風流可埒[53]晉人. 寫碑多各體, 或鍾王, 或顏柳, 或金生, 或韓體. 余問其家人曰:“當書碑, 有異聞乎?” 曰:“雖貴人家石, 不受錦布潤筆幣, 只受文房需.

嘗臨一伽藍碑本, 數三沙彌進數三木器, 一盛椒皮佐飯・木茸饎・松皮餠・
石茸荣・沙蔘, 桔梗煎炙.54) 一盛乾薇蕨・乾獼猴桃・乾山葡萄・乾五味子.
一盛白淸蜜幾一斗. 家翁素性好果荣, 故不覺開笑而受之云." 坯窩一生攻書,
而一語未有及書. 人求書者騈集, 絹紙滿揷壁案, 多未副, 至有終身者. 兄相
公相福, 善書而少工夫. 金履度, 字季謹. 大臣履素弟, 方習鍾王書, 負時名.
坯窩鍾體宜書札詩箋及小楷. 人爭效之. 目曰稷下體. 稷, 坯窩居京社稷洞故
也.

李漢鎭, 字仲雲, 能書篆, 乏骨氣. 一時名官, 多倩其篆, 供公家之進.

柳煥德, 字和仲, 文科, 庶孽, 能篆字八分, 多供名官之倩手, 又能畫. 畫法
幽渺, 超然於筆塵墨垢.

尹東暹, 字某, 官判書, 善八分. 朝家八分, 幾盡尹筆. 其從東晳, 蔭判書,
善八分. 或謂勝於東暹.

宋文欽, 字士行, 蔭縣監, 號閒靜堂, 有集刊行. 見儒林錄. 善八分及篆. 八
分遒美, 爲冠近世. 詩文成於早年. 屢壯元泮庠製. 其一家宋沃川守淵, 傳於
余. 尙記邂逅於宋仁川晉欽丈第閒靜, 星眸朱脣, 眸光如西上長庚. 眼眶細而
長, 身長差小中人, 而纖穠適中. 符彩映人. 年未老而逝. 其八分法, 妙排字
肉多, 而不妨於風骨.

李麟祥, 字元靈, 號凌壺, 又曰雷象觀, 進士, 蔭縣監. 麟祥多才藝, 善詩文
篆八分書牘書, 善畫善刻圖章石. 我國篆巨擘推許穆眉叟者, 許畫鐵畫法. 森
若古秦漢前法. 許篆後麟祥篆八分直伯仲. 許篆力量或似略遜而造化反有勝
處. 穆麟祥一般於篆法. 若楷字之於韓石峯・尹白下・李圓丘也. 麟祥書畫,
幽渺峭森. 畫法穎脫灑落, 亦掃古今畫家磎逕. 其篆八畫, 雖古名手, 不多敵.
圖章人力齊整, 天機流動, 篆八畫圖章俱居神品. 其詩峭神而瘦纖. 其書牘書
疎佚而欹斜騷雅有餘, 典則太不足. 然書牘法大噪, 當時名流, 一隊爭襲其
體. 名曰: 元靈體. 其不善效者, 字畫模糊雜亂, 殆不卞何字. 大抵麟祥以奇
才, 所交惟名流, 所事惟名故, 傾倒一世並與, 其不足處爲矜式也. 實則詩與

53) 석탄본에는 '㨾'자로 되어 있음.
54) 석판본에는 '炙'자로 되어 있음.

楷書, 平平僅逾人耳. 門閥白江李相公敬輿之遠代庶族, 麟祥父最之, 官縣監. 又善刻圖章, 比其子, 則規模尤軒豁55), 而手段尤精熟. 其後金錦山斗烈・洪峻・金光玉, 皆善刻圖章, 名於世.

姜世晃, 見高士錄. 善楷草八分. 楷草瀟灑窈窕. 見之如美人嫣然. 八分亦自流麗佚宕. 草書遍於中外. 貴賤之付壁, 又善丹靑能詩文. 爲人耿介樂易. 其畫其草高出流輩. 以太學士子, 沈淪者久, 以多才藝, 被當路憐, 竟拔拭家門. 然人不以詔卑指目, 其高介自有不掩. 年已過六十, 英廟末年, 設老人科, 判書一見科, 卽中第. 過二十餘年, 壽最高, 入仕路, 人無推汲, 而自然躋春曹長官, 中年止畫, 末年復副求人. 末年畫筆力低徊, 不久而逝. 楷草法近明之董玄宰.

黃運祚, 字士用, 號道谷, 今官燕岐倅, 秋浦判書愼之後, 芝所府尹一皓之玄孫. 秋浦父大受以注書, 當明宣授受之際, 具書參字於德興君第三子之三字者也. 運祚善楷書, 畫悍而法整, 描二王特善. 臨帖模遺跡, 描曹娥碑, 則亦一曹峨碑, 模聖敎序, 則亦一聖敎序, 亦一才. 自少與金坯窩同硏習工夫, 以是字法恰相似. 黃以畫悍勝, 金以態燁勝, 道谷積工夫於書. 余問費幾紙, 答曰:“只言近作京官一年, 書五十餘碑, 其他公私扁額屛簇書帖, 自朝入夜, 分不停筆者, 非公事日□不撤. 困憊極時, 欲折筆而不可得云.”問:“天才有何書兆?”答曰:“家世能筆, 長者見吾兒時書, 輒曰:‘可擅筆名.’外, 此別無書兆”云. 凡負藝人, 必誇張其長技, 而黃未. 或及其書, 人贊其書, 輒曰:“吾何書?”云. 今莅燕衙, 數年而還,56) 燕一境人士家, 幾盡蓄黃使君筆. 其入監司營, 輒以上官留燕倅行, 必窮晝夜受書. 衙舍几案置人請書紙本, 累累於左右云. 爲人慧而剛, 儉且簡. 居官, 吏民莫敢瞞, 亦無苦其剝己也. 士用語余曰:“東皐李相國浚慶, 善相人, 無不中, 相注書先祖曰:‘必做相.’注書公早捐世, 止注書. 逮英廟筵對, 至贈相職, 二百年後東皐之相始驗.”云. 士用嘗曰:“大凡人早成, 則必早死, 此無他, 極則變故也.”又曰:“凡藝技五十以後, 始成熟. 早而熟, 未必然, 雖熟, 無長遠味.”云. 士用常拈千古名筆七人曰:

---

55) 석판본에는 ‘割’자로 되어 있음.

56) 석판본에는 ‘環’자로 되어 있음.

"程邈·鍾繇·王羲之·王獻之·顔眞卿·柳公權·趙孟頫." 我東拈三人曰: "金生·安平大君瑢·韓石峯濩."云. 士用在燕衙時, 李光燮爲忠淸兵使, 李善篆八畫洞簫洋琴. 李漢鎭善篆洞簫, 金弘道善畫, 官延豐. 李自京來兵營, 金自官來, 兵使親燕岐折簡招. 燕岐不赴. 兵使檄進之. 燕岐不得已進, 則兵使除公禮, 各以便服團集, 各肆技能. 篆畫畫難, 故終日僅十餘紙, 書則寫如風雨. 燕岐揮屢百紙. 兵使欲醉倒燕岐, 使座客連勸巨觥, 燕岐素寬酒戶, 故竟夕自若, 日暮執炬還燕岐. 名曰西原雅集. 兵使辛壬立懂八節度後. 時年三十餘云.

〔補遺〕黃後受知正廟, 官仁川府使, 陞堂上敦寧府都正.

李溆, 字某, 號玉洞. 午人大族, 官察訪, 善楷法草書, 書大有氣力. 草書羅麗遠不可攷. 我朝黃孤山耆老, 楊蓬萊士彦擅名. 黃畫剛, 運神殆侔造化. 書牘草法, 金息菴錫胄, 柳大將赫[57]然, 趙相公顯命, 皆以蜀體瘦勁遒奇, 冠於一世. 息菴·趙相公, 未聞他書之善, 柳大將善楷. 今之漢城府舊板門額小字曰: 京兆府者, 是也. 蜀體者, 趙孟頫之書法也. 然莫究蜀意之何從. 及聞黃燕岐則曰: "趙法從東坡來, 東坡是蜀人故名, 蜀體"云. 赫[58]然詩曰: "獰風驅雪夜將深, 寒透將軍病臥衾. 朝來强氣彈弓坐, 猶有天山大獵心." 又曰: "學士來何晚, 將軍醉欲眠. 出門上馬去, 疎雨夕陽邊."

畫廚錄

趙榮祏, 字宗甫, 號觀我齋, 官都正, 參判榮福兄也. 畫技超群絶倫, 筆畫無不精麗, 排置一掃俗冗, 畫與排置之外, 神韻精彩, 燁燁奕奕. 蓋畫家有兩派, 一俗稱曰院法, 卽畫員之供國畫者法也, 一曰儒法, 以神韻爲主, 筆畫之整疎不顧. 畫於院者外, 率居儒畫. 院畫之弊, 沒神采如泥塑, 儒畫之弊, 模糊胡亂, 或如墨猪塗鴉. 都正之畫, 以院法行儒畫之精采, 鋪敍又具有識意, 一物一像, 咸侔造化. 傳曰: "畫傳數百年." 則我東羅麗無傳. 國朝安堅·李楨·卞良·宗室石陽正竹, 李澄, 號虛舟, 尹士人斗緖, 及其子進士德熙馬, 平壤人曺世傑神仙, 秦再[59]奚人之影幀, 俱名一國. 至都正, 始似大備獨立.

57·58) 석판본에는 '爀'자로 되어 있음.

284

又描今俗物狀, 酷肖之. 嘗見小幅畫, 一少婦搗衣梧桐下, 又京江龍山路, 戰笠人驅載柴馬. 又余家有小幅, 騎驢時人樣, 服飾神韻, 毫無爽, 眞神品. 趙爲人超然, 畫罕出, 世無多傳.

鄭敾, 字元伯, 號謙齋, 官陽川縣監, 以畫世稱鄭謙齋, 或稱鄭陽川畫, 以畫之鉅匠故也. 畫淋漓有元氣, 然用筆似帶粗氣. 然雖滿紙之畫, 不有一點筆痕墨暈, 應一國畫, 不知幾紙絹之揮灑. 當時詩非李槎川, 畫非鄭謙齋, 不數之. 謙齋畫冠當世, 元氣外, 其熟不可當也. 副求不勝支當, 或代其子畫. 其畫瞥見, 不能卞父手. 然元氣與熟, 不及謙畫. 各物盡善, 時人以五十竹摺扇受謙畫金剛山圖, 爲把之奇品.

沈師正, 字頤叔, 號玄齋, 杫家累不仕宦. 善畫, 尤善鳥蟲. 當時, 或推沈玄齋畫第一, 或推鄭謙齋畫第一, 畫遍一國者, 亦相似也, 畫尙精神. 玄齋有庶從兄師夏, 號松溪, 善畫山水, 法精細濃麗, 早夭.

崔北, 字七七, 號毫生館, 又號三奇齋. 生寒微, 或曰京城閭巷人. 善畫, 法主筋力, 雖細畫草畫, 莫不鉤索狀也, 以是頗有粗厲容, 尤善畫鶉, 人稱崔鶉. 嘗畫蝴蝶, 異凡蝶, 問之, 則曰: "深山窮谷, 人不見處, 有許多蝶形云." 又善草, 其半行婉雋奇絶. 北性如刀鋒火焰, 小忤意, 輒辱之人, 咸目以妄毒, 不治生, 老寄人家, 至死.

姜世晃, 見高士錄. 豹菴畫淡潔繁麗, 兩兼之. 善用丹青, 齊稱謙齋·玄齋. 其精細用筆者, 尤飛動. 模英廟御容後, 封手絶畫. 老來復解禁應求者, 以上使赴燕都, 淸皇命畫, 見畫嘖嘖曰: "天下名畫." 多賞異錦名物. 其子僞, 亦善畫. 大抵判書人文奇異, 文中畫, 書又奇異, 要之三絶之居.

張景周, 圖畫署官員, 至知事. 摸御容, 輒主筆, 以精畫像法也. 英廟文武宗親官高人畫像, 皆出張手. 其最初本小油紙片摸容者, 皆集一冊, 置其家. 前張有曺世傑·秦再60)奚, 皆善畫像, 秦畫肅廟御容云.

卞相璧,61) 圖畫署員也. 善畫, 而其畫猫, 與生猫無異, 人皆呼卞猫, 知相

59) 석판본에는 '舟'자로 되어 있음.
60) 석판본에는 '舟'자로 되어 있음.
61·62) 석판본에는 '尙璧'으로 되어 있음.

壁62)名者甚鮮.

宣惠廳書吏, 有黃徵, 號大癡, 以大癡行世, 頗能於山水花草翎毛, 然手未熟.

公州有玄極, 號衆妙齋, 而良家子, 畫山水各物, 咸備畫法. 自言初以百姓家無筆紙, 以針畫沙作畫. 到江鏡趙士人涵家, 受趙指授畫法, 又見芥子園畫譜, 始逐畫. 涵之畫, 法度俱備, 未及爛熟, 未四十夭, 畫或付士大夫壁. 惜哉! 秀不實也.

趙涵, 玄洲諱續漢之後, 字養而, 多才, 頗能詩文, 人所不及者, 以左右手書左右草書, 無點畫違格也.

柳德章, 號岫雲, 判書辰仝之後孫. 判書善畫, 至德章, 以善畫竹名一世. 其竹盛行, 垿鄭沈山水畫, 但帶墨色之太膩, 少詆於竹家云.

李麟祥, 見書家錄. 其畫一掃畫家蹊逕, 直以勁姿癯神爲畫家上乘別品云.

時有尹愹, 善畫馬之德熙子. 愹早擅科詩名, 極多警語, 善畫山水, 早夭.

許佖63), 字某, 號煙客, 善畫. 佖64)老居泮齋, 成進士. 泮齋生扇, 非煙客畫, 不把, 以嗜煙草號煙客. 泮齋生莘八道才, 而煙客文與畫, 冠其中.

金察訪允謙, 字克讓, 號眞宰. 爲人疎宕, 善畫, 品格瀟灑窈窕, 而有氣力.

鄭正言喆祚, 號石癡, 善畫竹石山水, 癖痼刻硯石. 刻硯人例具刀錐, 名曰刻刀. 喆祚只以佩刀刻硯, 如刌蠟, 勿論石品, 見石輒刻, 頃刻而成, 貯硯滿案, 有求輒與.

丹陵山人李胤永, 有文而性淸, 見文苑錄. 善畫, 而未及熟, 夭. 胤之擘子羲山, 頗能畫.

以上皆不本於畫, 畫或偶合畫, 畫或善摸物像. 要之法度未具, 所尙神韻, 所謂儒畫派也.

金弘道, 字士能, 號檀園, 發跡於圖畫署, 今縣監. 畫成家, 則尤善繪馬, 尤善摸時俗貌樣, 世稱俗畫體. 大抵精神翩翩於法度中, 參摸當宁御容, 蒙恩除縣監. 當時院畫創倣西洋國之四面尺量畫法, 及畫之成, 瞬一目看之, 則凡物無不整立, 俗目之曰冊架畫. 必染丹靑, 一時貴人壁, 無不塗此畫, 弘道善此

63·64) 석판본에는 '泌'자로 되어 있음.

技.

金厚臣, 亦院員也, 號不染子, 亦稱畫員之良.

科文錄

詩, 俗傳國初太學士卞季良. 創科詩法, 第三句曰入題, 第四句曰鋪頭, 第五句曰鋪敍, 其下曰回題, 項至回題, 承回下. 一篇止二十句, 或十七八九句. 近世謂古法緩, 必以肯緊進而促之, 名曰時體. 第二句第五句, 必對偶, 句法或以純古調做去, 如古長篇. 科詩法, 內句上二字, 必平聲, 外句上二字, 必去仄聲, 古調不用此法. 凡科詩押韻, 必出題中字, 限一篇, 必押一韻. 忌四字五六七字一聲之同, 讀之自然, 若合宮商, 譬如俗樂之三絃, 亦自瀏浣動人. 科儷文法, 第五句, 曰初項, 連二長句, 後有句, 曰二項, 連二句長句, 後有句, 曰降題, 其下數三句, 曰虛道. 乃科儷法, 短句一句, 間長句二句, 惟第二第三, 連短句, 名曰承頭短句, 曰欽惟伏念, 短句長句連上下, 句節成一句, 名曰上衣下裳. 句之終字, 用平上韻簾法. 科賦法, 第三句, 曰入題, 第四句, 曰破題, 其下同科詩法, 而終曰議論, 四五句押散韻, 混上平聲. 有箴銘頌科體, 體如古四字法, 惟敷衍稍多. 科策法, 初起文曰虛頭, 曰中頭, 曰逐條, 曰當今, 曰救措, 曰救弊, 曰篇終, 每目中數十餘行. 問疑於三經, 曰義, 問疑於四書, 曰釋疑, 或稱曰疑心. 有虛頭·中頭, 或名曰蓋字, 有篇終, 文行不下七八十行. 三經, 易·詩·書, 四書, 論語·孟子·中庸·大學. 詩賦兩疑, 出小科. 儷曰表, 表·策·箴·銘·頌, 出大科, 賦通出兩科. 此文法, 只可行於我國三千里封疆, 出他邦一步外, 人見我國科文, 必不知何等語, 一國文士, 學語而始科文, 至白紛而習之, 其間習古文法, 則僅如衆魚目之一珠, 是終身乾沒者. 一偏邦之方言, 習文字而不文字, 可勝歎哉? 然科文中自有善手, 其善手, 天才人工, 有不可泯滅, 遂表而出之, 爲科文錄.

申光洙, 字聖淵, 號石北, 晚歲登文科, 至承旨. 其詩務出新奇, 著題意, 務爲豪爽軒豁句. 意匠神通, 文藻爛燁, 讀之鼓舞人, 眞科場之奇才. 其登岳陽樓歎戎馬關山題曰: "靑袍一上萬里船, 洞庭如天波始秋. 春花故國濺淚餘, 何處江山非我愁."等, 多句膾炙於人口. 李陶菴題代李太白魂誦傳竹枝詞, 其警句曰: "乾坤不老月長在, 寂寞江山今百年."等, 多句世傳. 伶人當陶菴子孫科慶筵, 擊扇像儒生, 誦此詩, 陶菴微哂. 洪順安樂淵, 嘗問公科詩, 公曰: "世美乾坤句, 而其實曰: '龍樓明月悄無寐, 秋滿千門萬戶裏.'勝之云."

賦, 世推金息菴錫冑, 名句曰: "秋風動於水國, 歸思滿於江湖." 賦客無不誦. 任掌令徽夏題射虎石曰: "將軍獵而夜歸, 石爲虎於中藪."爲名句. 松都人李煥龍, 淸州人進士金錫汝, 文官金致九, 進士李顯文, 文義人文官吳大坤, 關東人文官南玉, 題盜符與公子曰: "人旣有此大德, 我不過於微勞. 飛香襪而闖入, 王夢高於華胥." 科賦意與藻, 殆至神化之境.

儷體, 最近於同文之用, 遠不可以科體目之也. 體最備於近世趙泰億, 字大年, 官相, 逆削. 其句曰: "西湖賜額, 獎六臣之危忠. 南漢起祠, 表三士之貞烈."沈尙吉句曰: "迫宸鑑燭點玉之誣, 嗟血胤無立錐之地."李判書匡德, 字聖賚句曰: "有眼昧九州之大, 汝生可憐. 撫頂見七尺之長, 吾衰何說?" 又曰: "虎穴橫戈, 五十國之山川略定. 龍庭駐節, 廿二年之光陰奄過." 文官柳東賓儷體, 多刺骨語. 其句曰: "雍熙之化自彰, 非緣廷議之從違. 存沒之感方深, 何論前言之得失?"李參判日躋, 字君敬, 表才異常, 其才全在於人事上形容人所欲言, 反勝其人之口. 文亦尖利自有, 科表中第一能手. 其韓信謝封淮陰曰: "只緣起行伍之間, 全昧處功名之際. 昔當武涉蒯徹之甘言, 尙能拒也. 今居漢水方城之饒地, 何苦叛耶?" 雖使信言, 不過如此. 近日文官南胄寬, 題漢賀吹簫散楚兵爲壯元於月課爲名作. 其首句曰: "無不服, 自東自西, 自北自南, 周衣一定. 有吹簫, 如怨如慕, 如泣如訴, 楚壘四空."自初項曰: "顧當垓營, 圍之三之日. 奈無敵兵, 散而四之方. 幸使七十戰, 未嘗北之雄. 至此卒困, 猶彼八千人. 與渡西之衆, 以死相隨. 風吹帳中, 縱傳奈若虞之曲. 雲屯壁上, 尙有何多楚之憂. 幸以金椎倡海內之謀, 酒有玉簫吹月下之擧. 簫簫送楚竹之響, 爲誰聽之? 聲聲若越枝之思, 令人悲耳. 添九江落木之恨, 數聲斷腸. 激八年懷土之情, 一時回首. 果然側耳而聽, 相與棄甲而逃. 咽咽嗚嗚, 響滿秋營之月. 三三五五, 影散曉天之星. 誰知秦樓鳳吹之音, 終致楚幕烏蜚之喜. 吳天空闊, 半雜歸鴈之聲. 陣雲蒼茫, 爭動班馬之響. 吹之未了, 風中之曲兩三, 餘者幾何? 麾下之騎廿八. 凄然下重瞳之哀淚, 繼以起四面之悲歌."

288

策問, 金息菴錫胄爲宗匠. 近世李文官孟休良役策, 尹圃菴鳳朝及第策, 吳月谷瑗良知策, 李文官廷璞及第策, 成察訪孝基良役策, 盧進士兢私作策, 名于世. 副學沈鏶, 逆伏法, 善策.

釋疑, 余外曾祖權文正公諱怌爲宗匠. 北道人張達星,⁶⁵⁾ 貌如宦, 善科賦及釋疑, 釋疑, 則一筆成章, 十篇十中科. 副學鄭志儉, 亦善釋疑.

〔補遺〕 文官李賢伋爲近世宗匠, 其義題二月初吉者, 膾炙科儒.

方伎錄

崔天若, 東萊人, 貌魁多鬚身長, 以善雕刻金石木名世. 或曰: "會幻術." 以多勞國役, 屢恩, 擢至武功二品職. 余少時遇天若於笠洞李判書家, 天若曰: "余東萊民家子, 少魯鹵無才技. 十餘歲出田野, 見人去沙之沈田, 人負沙出外, 勞而少功. 余教兩長木中繫空石, 兩人擔沙出, 一擔幾四五負. 長老皆讚. 余二十後赴京, 武擧不中, 時值辛亥大無. 行具盡, 進退難愁, 歇一藥局. 局人適棄蠡川芎. 余偶拔佩刀, 彫大芎一頭, 像山岳卉禽, 畫與芎勢, 隨手成功. 又刻一頭芎龍形, 與眞龍無異. 余心自驚怪. 局人見之, 吐舌曰: '請君少坐. 吾將告西平君大監.' 局人往, 少時, 西平君招之, 往見, 則扇懸兩芎頭搖之曰: '吾閱中原雕刻, 其天然之刻, 始見於汝.' 卽出琥珀, 使刻狻猊, 示狻猊畫本. 余揮刀, 箇箇肖形. 西平君擊節曰: '此公輸般.' 留家, 使造燈. 時近四月八日懸燈節. 余見前燈, 輒移法絶妙. 西平攝其絶品, 進大內, 造畢, 賞錢五十兩, 使余歸家, 卽復來京. 余依其分付爲之, 則已自大內待來, 卽進現伏差備門外. 英廟使進便殿, 出自鳴鐘落一釘者曰: "京城匠手, 皆莫敢措手. 汝能改釘否?" 余一見, 卽入意匠, 卽鍊銀釘, 釘之如合符. 英廟諦視曰: "天下良工." 仍下敎曰: "汝效鑄此鐘乎?" 余周覽鐘勢, 意亦順匜, 卽伏對曰: "平生初當刀刻役, 而意思則洞然." 命定冶⁶⁶⁾炭, 天若曰: "二十石足矣." 上笑, 加四十石. 冶畢, 炭果僅足, 天若始知天縱之聖. 自鳴鐘之成於我國, 始於天若. 自其後把刀於金木石, 則如水之沛然. 屢隨北京行, 見中原手, 無蹤

---

65) 석판본에는 '成'으로 되어 있음.
66) 석탄본에는 '治'자로 되어 있음.

天若者. 開城府立圃隱碑時, 天若刻之. 英廟覽模本, 下教曰:"天若刻乎!"
嘗赴山陵役, 暴雨阻大川, 天若乘支架以渡. 支架者, 樵人擔背之木具諺名
也. 天若嘗隨朝臣入對, 英廟命給一方板飲食曰:"天若若一人手挾出一板飲
食, 當賞一板之器皿."方板, 以木片粧一方長器之俗名, 以盛飲食, 重可挾數
人. 天若瞥出意思, 先持數器飲酒, 趨出置外, 又趨進擎出數器. 數三廻, 已
盡半板器. 上大笑曰:"智出凡人."卽盡賜板器銀器若干, 盡鑰器云. 天若曰:
"吾當木石金, 意匠先立, 手始隨下, 把筆不能成畫, 把刀無不物形之曲盡, 吾
亦不自知何然也. 吾之所不能, 惟松廣寺, 能見難思之莫效, 則木牛流馬之莫
動移也云." 能見難思者, 安五木鉢於五層. 凡層器, 自上入者, 莫下入, 自下
入者, 莫上入. 惟能見難思者, 易上下層皆入云.

達文者, 失姓氏, 京城懸鐘街之乞人也. 尙義俠, 貌廣顙, 大口納拳出入.
年老, 不椎髻而丱角, 衣百結而不完服. 每夜, 充各廛上直, 廛人爭尋達文而
上直, 則心晏然. 京城傳舍主, 亦爭招達文, 守直各州人重貨之積. 達文坐京
市, 通八道大賈握重權, 承達文言, 無不從其言. 蓋全以信義行事故也. 雖通
大賈, 然一貨不近, 己措身, 則每不離乞人叢. 年益老, 不知所之. 或曰:"下
嶺南爲逆旅雇云."貌椎朴, 言寡, 不伐能云.

■ 韓山世稿 卷之三十一

氣節錄

趙曒, 字光瑞, 判書尙絅伯子, 判書曤·參議暚兄, 忠定公璥從兄, 副學尹心衡女壻. 早登增廣文科, 至咸鏡監司, 與交代監司趙明鼎, 爭官事, 誓於上前不復作官. 後至一品判書, 竟不出仕. 雖遭嚴譴, 不變操, 雖除要津, 亦不變操, 一世莫不推其剛確. 生長京城, 晚自放於楊州白石村. 爲人坦直勇決, 面貌戌削, 言語眞率. 年過七十, 職帶奉朝賀者多年. 尹象厚·養厚者, 心衡兩子, 自少慣賭榮利通關節. 曒對人輒曰: "兩尹, 必敗乃父淸節." 兩尹終迕奧援之敗, 一世尤伏曒先見無私. 曒子女, 無不結姻當路, 當路當伏[67)]法, 人莫以纖芥疑曒, 人皆呼趙奉朝, 不名之. 曒負性氣, 一言不合, 終身不忘, 一事拂意, 千金視土. 在其門戶全盛時, 欲營京第, 預給價木工, 當其勢去, 木工慢視, 不擧行. 曒入京審之, 立馬第墟, 急發火, 燒盡材瓦, 亦不詰木工. 其性氣發, 不暫按住, 顧瞻多此類. 以奉朝過洪僉樞章漢家, 娓娓說趙相顯命風采曰: "今世, 罕此等人可見." 其不有黨論. 善書牘行草體, 極有才, 致精神, 能畫花鳥, 然不習之人不知.

李文源, 晉菴天輔之繼子, 國輔之子, 爲人質直偶儻. 士人魚用登, 嘗遇逆旅, 文源先入舍, 見用登話曰: "見君行止, 似吾洞人, 非魚判尹子姪乎? 吾卽東村李校理文源." 用登歸傳其坦蕩不矜持. 李同福奎亮與文源爲姨兄弟, 論文源曰: "頗有智." 文源飮酒冠朝士. 然出入上前敢言, 少迎合態, 與大官較長短, 發怒踏破紗帽於直廬. 病將死, 少間, 以守禦使入覲殿下進訣曰: "臣將死, 願上勿近諂佞臣." 歸路見其妹壻徐判書有防曰: "君輩, 皆諂佞人. 吾以妹壻故來訣, 願君改媚嫵態." 歸家未久逝.

〔補遺〕天性儉素, 盥器用瓦盆, 諸子同飧一盤, 食不重味, 以醬和苦椒爲上饌云. 其氣節可鎭薄俗.

---

67) 석판본에는 '服'자로 되어 있음.

金致直, 字人之, 金南臺鍾厚之遠孼. 有膂力樸直, 學文於南臺. 及南臺弟相公秉政當朝, 收致直補軍校, 致直默不自異, 人問, 答曰: "彼以衆人待之, 我何別報?" 相公聞而加禮貌, 於是致直, 日進矯非語, 相公一一從之. 相公獲嶺海嚴譴, 時致直有妻病重. 相公曰: "若能從我乎?" 致直諾曰: "猝治行李, 稍後一日發, 日馳數百里, 三日可及中路." 相公到中路, 恨致直不及, 從者二人皆曰: "死罪人, 孰肯來?" 相公曰: "致直立義者, 必來." 使較其己馬之副馬曰: "致直貧者, 必掣馬劣. 驅馬不過兩站, 必遇." 馬馳兩站, 遇致直抵站. 夜已深, 不宿夜則可遇謫地. 催食將行, 逆旅人力挽曰: "此乃江原道絶峽, 虎豺天明避人, 公何不自愛?" 致直曰: "吾義不負相公, 雖死何憚?" 拂衣出. 有一店小突鬅蓬頭而總角者, 偕出曰: "看公貌健, 吾亦健, 兩人行, 可格猛獸." 而及行天明, 入相公旅次. 致直下馬, 問總角曰: "事急, 未暇知汝誰, 可言之." 總角始相視, 良久曰: "吾京城南大門外某, 公是金某." 致直亦覺某是京城角觗時舊伴. 乃詳道其行之始末, 總角曰: "嗟哉! 是不可不爲事. 吾眛相公, 從此辭." 致直傾橐錢與之, 總角只受百錢曰: "吾不賭行, 反受行者賭, 豈在多?" 卽沽酒飮主客, 餘散店人歸去. 致直入見相公, 畢飯整駕曰: "行始同矣." 過數日, 抵大嶺下, 雪積冰嚴, 相公計未出. 致直進村人, 負木架, 相公坐架上, 致直負之, 兩從人扶之, 一從人, 守禦廳書吏朴之蕃也. 是相公傔人, 補書吏, 爲相公自辭任隨行. 生在京華, 素不知行儉, 最不堪顚仆. 及踰嶺抵平海謫所, 糧絶飢迫, 聞人叩扉. 致直出應, 有人曰: "我寧海府吏房某. 吾爲前倅任某氏吏房, 任倅元不受饋. 人或有饋, 卽饋沙川金相公. 府隸歸傳, '相家如野人家,' 吾甚艶聞. 卽聞此相公謫不遠地, 願一見." 致直入告, 相公曰: "方在極律, 不敢見?" 吏房悵然曰: "吾持錢來, 欲表情誠." 致直曰: "見尙不許, 肯納錢." 吏房憮然辭歸. 適相公家使來, 不闕食. 一日府吏, 急傳, "緹騎馳入一府沸言後, 命降. 致直與之蕃, 入請相公處置後事. 緹騎入府半日, 不來謫舍, 致直白相公曰: "是非後命, 似移謫. 若後命人, 則緹吏皆相公曾所服事者, 必來預訣. 今久不來, 必驅馳餘倦睡." 相公笑曰: "其然, 豈其然?" 日昃, 果傳移謫巨濟. 相公聞卽夜發行. 緹騎曰: "吾素知相公勇決, 所以少睡, 不入謫舍, 不然, 吾何自支?" 巨濟路間關, 甚於嶺路冰雪. 致直·之蕃, 騎且步, 護相公, 極困苦. 未久, 相公蒙宥歸.

寓裔錄(寓裔者, 他國人來我國者子孫也. 寓春秋寓公之意也.)

家大人, 帶漢城庶尹時, 英廟命, 集明人後孫戶籍, 府吏呈九姓牒.[68] 曰李
卽寧遠伯成梁後, 曰田卽田尙書樂後, 曰陳卽陳提督璘後. 崇禎後, 朝鮮落兩
李, 一提督如松後. 張廷玉明史, 如松子世忠無後, 第二子顯忠副總兵, 顯忠
尊祖爵指揮云. 朝鮮成大中, 著廣寧李公墓誌, 曰: "遼薊總督中軍副將性忠,
殉于李自成亂, 與兄子邁祖死." 是如松之子. 性忠子應祖, 避難改名應仁, 二
十七, 渡鴨綠水, 與潘姓一人, 墨姓二人俱, 一墨道死. 朝廷欲官, 應仁辭曰:
"國破家亡, 何以官爲." 與潘·墨, 潛淮陽山中. 終身不改華音. 崇禎諱辰,
輒上山哭. 九十七終, 生三男泰善·泰明·泰基, 孫東錫等十三人. 泰明男東
華生萱, 英廟甲戌, 萱始得上聞, 登武科, 宰泰安邑. 具狀助祭于華陽萬東廟
曰: "皇[69]朝提督臣如松五世孫, 朝鮮國陪臣泰安郡守李萱, 敢助祭于神宗顯
皇帝·毅宗烈皇帝." 萱子光遇, 又登武科, 令[70]上四年, 燕京李鴻文者, 送其
世譜, 上亟命徵入光遇, 引對譜. 於總督公及憲忠, 幷誌殉難無祠, 蓋祕之也
云. 愚按尊邁等名, 字多相乖, 亦亂離之故也. 其後當宁, 又御製李提督祠堂
記, 命建提督祠於京城, 以其第賜萱. 御製有曰: "如松(曰公)之來援也, 嘗取
琴氏女, 爲侍姬, 旣而有子. 公之孫應仁, 又以公遺訓, 自中土徙居我邦云."
近日, 萱改名源, 光遇改名孝承, 以上命, 從華宗行也. 源今爲慶尙左兵使,
孝承爲平壤中軍, 爲訓鍊正, 武之極選, 皆以上特除.

田尙書子孫, 亦來於丙子後, 今爲武家大族, 居在京城新門外, 連出梱帥名
武.

陳提督子孫, 居住名位, 姑不及聞. 此外訓鍊都監, 有漢牙兵數哨, 近衞大
將之親兵. 而惟其子孫, 世襲其額, 皆盡丙子後明人後裔也. 初孝廟質瀋時,
所帶來明人, 皆環大內垣外居之, 附料於軍門而無役. 其人多浙江人, 業漁魚
於東大門外, 爲常事, 或進其大魚, 表誠於獻芹, 則上嘉而受. 及上昇遐, 明

---

68) 석판본에는 '牒'자로 되어 있음.

69) 필사본에는 '皇'자로 되어 있었는데 '皇'자를 '明'자로 고치라는 표시가 있다.

70) 석판본에는 '今'자가 검열로 빠져 있음.

人子孫, 亦襲料於軍門, 遂當軍門漁魚之任. 名曰牙兵, 技則習砲, 業則捕漁. 造史網者, 牙兵家長物, 遍其製於京江, 爲漁手利器, 牙兵屬訓鍊都監. 余嘗見其哨官方姓人, 質多性重, 頗少輕儇氣. 其頭目, 皆以其兵伍超陞云. 牙兵姓族, 皆居京城東村, 其祖上似多貴族, 而姑無由問知. 仁川有梅姓將校, 自言壬辰後明人後裔, 余問曰: "今倘有北伐之兵, 若果樂赴否?" 慷慨對曰: "棄墳墓妻子, 吾實甘心北首." 人情之懷土, 如是矣.

會寧有康姓村, 皆祖康世爵. 世爵皇明[71]遼東軍官, 遼陽陷淸, 世爵東渡, 寓會寧, 老死. 南藥泉九萬, 朴西溪世堂, 皆作傳. 朴世堂傳略曰: "世爵爲人, 不齷齪, 類非庸人. 粗識字, 性喜酒, 所與識者, 輒索酒曰: "吾平生不欲作非義事, 故於人無所求, 然惟酒能忘憂, 吾每覓之." 爲州郡者, 憐而延之, 世爵與之, 無所失歡, 然未嘗爲困窮乞憐態. 能知人才否, 言之, 未嘗不如其人. 所居田作, 郡嘗稅狼尾. 世爵之田, 縛木棚, 候視久, 乃詣[72]郡言: "郡稅, 視田所出, 而田今無狼, 吾安得輸稅?" 郡卒無以責之. 嘗夜漁, 他漁者, 網塞下流, 魚不得上. 世爵多取木葉投水, 葉流下, 擁他漁網而潰之, 世爵網大收魚. 余在北評事, 遇世爵, 年時六十餘, 鬚髮盡白, 爲方言, 不能了了. 笑曰: "吾去中國, 四十年, 旣忘中國語, 又習東國語, 不成, 吾眞所謂學步邯鄲者也." 又曰: "吾知明亡, 不能復興. 漢四百年亡, 雖昭烈之賢, 不能復. 唐與宋, 皆三百年亡, 明亦三百年亡, 天之大數, 誰能違之? 虜其有天下乎! 虜方强, 而中國人困弊極, 父子兄弟, 救死不給, 雖有英雄豪傑, 莫能抗也. 俟五六十年或百年, 虜勢少衰, 中國人得休息, 奮積恥餘, 起而逐之, 如元氏之亡, 其已然之跡可知也." 又嘆曰: "吾年十三四時, 已有志在家而孝, 在國如有所樹立, 今吾忠不成於國, 孝不成於家." 世爵娶東婦, 生二子, 有孫云. 近日鐘城府使李東郁, 題世爵傳後敍, 略曰: "世爵語北人曰: '有虜騎來, 槍北方, 何以禦?' 人曰: '聚邑城, 禦之.' 世爵笑曰: '六鎭城卑, 聚士女城中, 是自遺擒. 江外山谷險阻, 虜入者纔數處, 隘口各置步卒數百千人, 則虜十萬騎, 不能過

---

71) 필사본에는 '皇明'으로 되어 있었는데, '皇'자를 빼라는 '削除' 도장이 찍혀 있는 것으로 보아 '皇明'을 '明國'으로 고친 것 같다.

72) 석판본에는 '諸'자로 되어 있음.

也. 轉騎迤出虜後, 直擣虜巢穴, 虜不還則覆, 此北方禦敵之長籌,'云." 沈評
事傳曰: "會寧之康, 頗繁衍, 一二人, 常付料京司, 乘驛往來云矣."

洪州·靑陽兩州縣, 多明姓人, 間有文官, 率多品族, 卽洪武皇帝送東之僞
夏王明昇之裔也. 余因洪州倅任焗, 借見洪之明氏族譜, 序曰: 明系出后稷,
及孟明, 始姓明. 明僧紹立傳南史, 在唐有明崇儼, 著方伎參政, 明鎬著事功
於宋, 明于謙鳴文學於元. 元末明玉珍, 以隨州布衣, 奄有三巴, 國號夏, 至
其子昇, 降于皇明太祖, 出送歸義侯昇及漢蜀降王陳理于朝鮮, 詔使, 不做軍
不做民. 我太祖賜明昇華蜀君, 陳理平漢君爵祿. 宣廟朝教旨, 勿侵兩姓裔,
明之後明克謙進士, 其子光啓以文科顯. 明姓或書籍以華蜀, 或書松都, 或書
延安. 松都明昇居於松都興國寺, 今爲訓鍊廳之故也, 延安我太宗朝, 命建明
昇祠于延安之故也. 譜序之作者, 夏王十三世孫, 前銀溪察訪, 明廷耆也. 新
增譜序作者, 夏王十五歲孫明健也. 譜曰: 明昇四子, 曰儀·倪·俊·信. 芝
峰類說曰: "洪州多陳氏." 今問, 洪州陳族無聞.

皇明73)鄉學生朝鮮國折衝將軍行龍驤衛副護軍廣平田公好謙墓誌銘, 嘉善
大夫原任司憲府大司憲兼成均館祭酒朴世采撰抄略(又入行狀, 李喜朝文). 好謙
字遜宇, 中朝廣平府之鷄澤縣馮鄭里人. 曾祖悌生員, 祖應揚兵部尙書, 父允
諧吏部侍郎. 母順德張氏, 知長史縣天斗之女. 生萬曆庚戌五月十三日, 長身
頎然, 風儀凝重. 讀書習擧, 爲鄉學生, 黃都督龍開府椵島, 扼建虜, 好謙適
因事至島. 崇禎丙子, 虜襲島覆之, 會虜將奇君狀貌非常釋焉. 遂與其徒十餘
人, 裸身行乞, 至平安兵營. 兵使好謙, 畫地書字, 以通意, 遂送訓鍊大將具
宏所. 命席地與酒鱐, 君獨却立不肯飲曰: "此非好謙所安." 具延坐待以賓主
禮. 久知誠信士, 置帳下以自從, 仁祖三召見. 宏從子仁垕, 繼爲大將, 甲申
三月十一日, 沈器遠謀叛, 仁垕將赴闕聚軍, 使南蠻漂人朴淵, 招好謙, 率其
斡轄漢人及降倭自衛. 蓋淵戊辰漂海來到者, 倭壬辰年歸化, 俱屬訓局, 而好
謙領之. 好謙與其衆及大將家僮六十餘, 隨闕外吹角起軍, 時已四更, 因護宮
城, 十四日. 及大將直闕內, 好謙從焉. 如是者幾一朔, 賊平, 錄原從勳. 孝廟
卽位, 欲除一邊將, 君以不解方言辭, 今上乙丑, 年七十六, 命特授副護軍.

---

73) 주 71과 같음.

君兒時, 相者曰: 是於不壽, 壽則必離鄉乎. 因大臣言, 君敦謹可用, 未及官. 明年終, 葬楊州水落山西面向化里庚向原. 君多爲我將相所知, 尤善東平尉鄭公, 嘗言: "遠託異域, 幸蒙朝廷大造, 廩食終身. 室家子孫, 長爲東土之人, 其何望之? 惟骨朽北邙, 無以知中朝人, 無不慨然. 公盍圖之云?" 性聰明, 通書籍, 尤精熟四書, 萬死餘, 背誦沒秩, 不缺隻字, 抽栍命試, 應口如流, 平日用力可知. 華人東來者, 多誕怪, 好謙獨醇謹和粹, 一以溫順, 謙恭自持. 好申領相景禛·鄭翼憲太和. 其沒, 申孫汝哲, 具孫鎰, 爲經紀. 辛卯三月, 上聞田好謙東來時事. 八月二十九日, 命好謙子井一·成一, 孫萬秋等, 引見慶德宮隆武堂. 井一等趨入伏地, 上命擧顏, 仍令試射, 各賜弓矢, 特令萬秋, 差別軍職, 誠異數也.

朝鮮國折衝將軍行龍驤衞副護軍安東鎭營將兼討捕使田公萬秋, 參奉朴益岭撰行狀文抄曰: 英廟十有八年壬戌, 致祭于皇明故兵部尙書田公遺像於館洞田氏家, 廣典也. 數日, 田君致雨, 乞狀其先大夫. 公諱萬秋, 字汝肅. 祖好謙, 田氏之爲我東人, 自護軍公好謙始. 有四子, 曰有一, 儒業行護軍, 乙丑八月, 生公于灰洞. 長與三山李學士秉常, 同受業於塾師宋公命奎, 公晚事決拾, 登癸巳武科. 乙未, 肅廟授別軍職, 今上乙巳, 拜南海縣令, 道臣褒啓, 升通政, 付五衞將, 拜上土僉使, 寶城郡守, 孟山縣監. 庚申騎判金聖應引見時, 上曰: "萬秋皇[74]尙書之玄孫, 朝廷別無收用之事, 且不許淸望, 予甚怪焉." 自玆, 雖閫任亦可授. 騎曹擬羽林將, 拜安東營將, 卒于任. 上聞愕然曰: "惜哉, 其爲人, 公[75]神骨雋偉, 有緩急可用之器." 葬長湍華藏山元通里坐壬原. 聚牙山蔣氏, 亦中朝學士琬之後孫. 四男一女, 曰時雨·致雨·得雨·昌雨. 時雨夭無子, 致雨武科別軍職興陽縣監. 得雨武科, 上多下念, 先之恩綸, 授別軍職, 拜高原郡守, 又兄弟特除摠府都事. 大報壇祭祀日, 得雨兄弟及致雨子繼時雨後見龍, 授別軍職. 壬申見龍, 試藝居魁, 上命行首宣傳官具善復, 令宣傳官廳齊會, 施坿魁, 搥於御幄前, 異數也.

---

74) 필사본에는 '皇明'으로 되어 있었는데, '皇'자를 빼라는 '削除' 도장이 찍힌 것으로 보아 '皇明'을 '明朝'로 고친 것 같다.

75) 여기의 '公'자는 衍文으로 빠져야 할 듯하다.

大丘鹿村, 有壬辰降倭, 賜姓名金忠善, 於宣廟朝者. 其子孫, 多居鹿村近
處, 當宁朝, 忠善子孫, 呈書于禮曹, 祈蒙恩典, 時禮判吳判書載純. 余因吳
判書從弟載紳, 得見忠善行跡, 則略曰: 忠善, 壬辰年爲淸正先鋒將, 時年二
十二. 平生慕中原文物, 以攻朝鮮爲不義, 自請於倭, 出來東戰. 及見我俗,
心好之, 貽書兵使金應瑞(後改景瑞), 願歸化, 以三千兵自歸. 有甑城之戰功,
仍隷李如松麾下. 島山之役, 金景瑞違律, 提督將斬之, 忠善請贖倭首級, 乃
夜蹂寨, 擊倭斬數百級, 贖景瑞命. 貽書, 其時監司, 願敎鳥銃法, 朝廷設鳥
銃都監, 以忠善爲監造官, 盡傳鳥銃放銃, 造火藥法. 李适之叛, 遣人請同叛,
忠善大罵斬使. 适大怒曰: “事成滅爾家.” 适將徐牙之亦降倭, 适敗, 牙之遂
亡命, 驍虜莫能捕. 朝廷密令忠善捕之, 忠善設計捕獻, 賜牙之田里, 忠善疏
辭之, 乃爲軍門屯田. 忠善久戍北邊, 期滿還, 宣廟引見, 賜御筆褒之. 仍還
戍後, 更蒙仁祖御筆之賜, 至今傳之. 丙子虜亂, 雙嶺之戰, 忠善起義兵, 隨
嶺南軍, 多殺胡兵, 幾至萬. 會寧軍, 火起火藥庫, 軍盡殲, 忠善孤軍不自立.
向南漢而去, 聞大駕下城, 痛哭擲虜鼻首級囊, 而歸嶺南, 年至七十餘, 居大
丘鹿村. 爵嘉善, 其墓自占之, 至今有犯墓木, 則必有殃. 墓碑兪杺撰之, 忠
善堂號慕華, 倭名沙也可, 世有倭官爵. 持來戶籍, 其外祖平秀喆, 金忠善,
上賜之, 籍金海. 平生不言倭國事. 娶府使洪春點女, 多子女, 後孫甚繁衍.
忠善所著詩文多, 間經回祿災, 尙傳者, 辭職上疏及書札, 與若干著述三卷,
藏其家. 英廟壬辰歲, 其墓石床石碑諸石, 皆汗出, 三日不止, 其後孫等異之,
爲祭文告, 水始止. 其長子, 以別薦爲訓鍊正云. 我國八道, 多向化子孫, 意
初葉後野人內附者, 及壬丙亂留兵之後也. 結城濱海一面, 都是向化村, 是女
眞種. 年前, 賂會諸人錢於縣吏, 名曰向化禮, 近日避向化名, 改曰前例錢云.

譯官錄

爵階崇祿大夫李樞, 字斗卿, 三十年爲淸漢譯官首領. 爲人公淸篤厚, 疎財
善施與, 不爲子孫計. 立肅廟朝最久, 上嘗曰: “予知樞之廉謹.” 士大夫稱樞
官名而不名之. 久長譯院, 人無怨者. 燕人亦呼官而不名. 肅廟有患候, 樞持
咨, 求空靑於康熙內府而來. 延淸勑時, 例護三百軍, 困三道卒, 樞言彼使而
罷之. 明史載仁祖反正, 語多誣. 雍正時, 屢遣使, 請卜. 上輒遣樞隨使行, 乾

隆戊午, 竟頒卞誣印史, 周旋賴樞力. 乾隆丙寅, 有退柵議, 樞已老病, 以轎
往止其議. 前後赴燕三十行, 六竣奏請, 九準陳奏, 十膺專對, 朝家設司直一
員於譯院, 永付樞. 樞事具金慶門所著通文館志.

　爵階資憲大夫金慶門, 字守謙. 肅廟壬辰, 淸使烏喇摠管穆克登, 定兩國界
於白頭山頂. 慶門與金指南, 俱膺別遣, 儐接應對卞直, 穆不能爭. 鳳凰城有
攔頭訟. 攔頭者, 諸王桀黠奴,76) 資胳銀龍斷雇車利而害非一. 我朝請罷, 頭
黨倚勢咆喝. 慶門詣査官力爭, 査官大悟之, 流其黨而革其弊. 時邊禁弛, 多
商賈奸. 慶門深慮, 著書論之. 後, 果有慢呇, 我朝遣慶門偕陳奏使, 遂禁商
賈, 罷團練, 定雇車運幣法及諸綱同時出柵法. 淸人將設屯於慶源江北, 置鎭
於義州對岸. 慶門屢奉呇, 力爭而撤去. 慶門旣死, 相臣趙顯命歎曰: "國有
緩急, 誰可使乎?" 慶門嘗買莊, 聞其人失所, 還券不收價. 置義田, 濟窮族
云. 夫譯醫學, 皆名學者, 解文字, 始可學故也. 人解文字, 則知識生. 譯醫院
率多有識之人. 譯者處兩國宣語之間, 其人伶俐, 乃可任其事. 人之長奸雄,
亦易於譯, 非人之才, 固不可學譯醫. 譯醫眞人才府庫, 而士大夫遠譯官, 故
無以聞其人, 可勝嘆哉? 余門近出譯院提擧之宰相, 因家姪寧載探院之通文
館志. 爲書家姪, 略抄李金兩人事於志中, 示之曰: "通文館志者, 金譯慶門
之所著. 起我仁祖十四年丙子, 止當宁五年, 悉該南北朝聘奏呇之記." 然則
慶門又非但事業之止口舌掉耳, 實文采可尙也.

　世傳, 我朝中葉際, 有譯官洪純彦77)者, 赴燕, 以千金求一娼. 見之, 則實
搢紳女. 泣謂曰: "江南人旅宦萬里, 父母死, 只吾一女, 無以返葬計. 賣身得
費, 當決死歸潔. 然則只今日見." 純彦78)遽拜曰: "吾偏邦小人, 何敢浼中國
大夫女." 仍贈千金, 而拂衣歸. 後, 又入燕, 則女爲石尙書星繼室. 送人請見
曰: "吾葬親于歸. 伊誰之德?" 力勸尙書, 周旋發征倭兵. 贈錦帛盈車, 匠緞
皆繡報恩字. 純彦79)歸買第, 名其坊曰: "報恩坊." 後, 報音轉高, 今京城內
小公主洞內高恩堂洞, 是云. 及見先輩文集則記曰: "洪純彦,80) 當卞國誣,
隨使屢往來皇明,81) 事竟伸." 純彦82)因是勞封唐城云. 諺傳與文字如此, 則

---

76) 석판본에는 '好'자로 되어 있음.

　77·78·79·80) 석판본에는 '彦純'으로 되어 있음.

唐城君, 亦譯中特出者耳.

洪柳下集, 有譯院判官庾述夫傳, 名纘洪, 號春谷. 能詩嗜酒, 爲人碩大美白. 九歲, 丙子亂, 擄入胡, 久之. 胡女欲强淫, 述夫佯若不知男子事, 卒不應. 及歸國, 有塾師分曹受誦書, 將賞之. 述夫詣鄭東溟, 請學楚辭. 鄭公高簡, 敎之略. 述夫讀數回, 詣師背誦, 不錯一字, 一座大驚. 善碁, 敵一手碁德源君. 傳略如是.

鄭浣巖來僑集, 有林俊元, 字子昭. 傳略曰: "子昭雋爽, 有奇氣, 好神姿, 善談論. 學詩崔龜谷, 頗能詩. 家起於內司吏, 貨累千, 乃歎曰: '足矣.' 卽謝家居, 與詩客日作, 酒會數周. 洪世泰貧. 好義喜施, 窮不婚嫁者, 必歸子昭. 子昭過六曹街, 見惡少驅女哭. 問, 督債, 子昭立償. 問子昭名, 不告, 歸. 龜谷沒時, 子昭入燕. 座客歎曰: '林俊元不在, 何?' 未幾, 有輸喪棺者. 問之, 俊元託家人以龜谷之後事也. 子昭死, 有老寡婦自來, 執針線, 卽街上女. 子昭歿後, 柳下采里巷詩, 名曰海東遺珠, 刊而行, 庾·林之作, 多錄."

來僑又傳琴師金聖基. 傳略曰: "聖基, 尙方弓人. 學琴而棄弓. 又善洞簫琵琶, 與琴皆入妙. 製新譜, 名一時. 宮奴睦虎龍者, 告辛壬誣獄, 策勳東城君. 勢焰當時. 設宴請聖基奏琴, 而不赴. 虎龍怒脅曰: '不來, 將大何!' 聖基方鼓琵琶, 擲而罵使曰: '吾年七十, 何以汝懼. 虎龍善告變, 盍告變我?' 虎龍氣沮, 罷會云."

來僑集, 又有白太醫傳. 略曰: "白光炫, 小家子. 身長, 大好鬚髥, 目有光. 衣大布貼裏, 戴破笠, 從人丐貸. 人或侮戲, 光炫笑不怒. 善醫馬, 專用鍼, 不本方書. 手熟, 移人腫, 往往奇效. 周行閭里, 視人腫多, 知益精而鍼益善. 疔根有古方無治法者, 則用大鍼決裂, 疏毒, 轉死爲生. 或用鍼過猛, 或殺人, 而有效而活者衆, 故門如市. 光炫益爲醫不懈, 一國名神醫. 肅廟初選御醫, 奏效, 輒加資, 歷縣監, 至崇秩. 然病無貴賤, 有請卽往, 往必盡技誠, 見良後已, 不以老且貴爲辭, 天性然也. 今世疔疽決裂之法, 自光炫始. 其子興岭嗣其業, 粗有能聲. 弟子朴淳, 亦擅治腫名. 然皆莫及光炫云. 今之以粘米飯吸

---

81) 주 74와 같음.

82) 석판본에는 '彦純'으로 되어 있음.

腫汁之法, 亦創光炫."

我國御醫, 選入藥院, 有二道. 其曰本院員, 皆世醫, 世供院職者也. 其曰議藥同參者, 自士大夫至微賤, 有能者皆補也. 以是, 同參員少而技善. 世傳, 金息菴至議政, 常帶同參. 名醫柳瑺, 以監司孼子, 帶同參, 治肅廟重痘, 進崇秩, 以名醫, 尙留名. 世傳, 尹判書惠敎, 莅京畿監司時, 子相國東度, 在稚齡, 患痘危重. 招柳瑺見, 瑺曰: "有紫草茸數斤, 可活出, 顧何以得之. 外此, 無奈何." 判書四出人, 求覓. 楊根邸吏進曰: "郡民芝商, 採芝入京, 不售, 棄芝束於邸家, 歸. 披束考之, 箇箇生茸於積雨中, 仍納來." 摘之, 可盈數筐. 瑺歎曰: "非人力." 煮灌無數, 果甦, 善落痂. 及老登相, 面之痘痕殆如蟾背.

金息菴家, 結釁於金監司澄. 金以是枳死. 金監司夫人, 嫠居積年, 病痼. 醫謂: "用斤蔘, 可療." 監司兩子曰構, 議政; 曰樑參判. 息菴適見二秀才材貌, 招所親藥局主, 曰: "若親金家, 持吾人蔘, 言汝人蔘, 當金家求蔘, 不計數副急." 蓋藥局主, 當潛谷金相貧窶時, 厚待金相. 金相乘賣柴牛, 自郊入城時, 輒主藥局, 夜出松肪於行具, 布大同磨鍊籌. 及貴, 藥局主執潛谷管家之柄. 潛谷, 名堉, 建大同法於惠廳, 一域至今賴其惠. 潛谷, 息菴祖. 息菴, 名錫冑, 官相國, 封淸城府院君. 藥局主, 又親金監司家. 至其家板蕩, 不變周急. 一日, 金秀才構, 自沙川鄕廬步入藥局, 曰: "親病用蔘, 願貸蔘." 藥局主貸之, 報息菴. 息菴連出蔘, 置藥局, 使潛求病錄來, 見錄, 欣然曰: "是, 虛勞之可治者. 若副蔘陸續而又陸續逶米鹽及膏脂物." 經數年, 病快蘇完. 夫人泣謂兩子曰: "父怨母恩, 子欲報, 有取捨乎?" 兩子不知旨意, 對曰: "怨輕恩大, 則置怨而報恩." 夫人曰: "義理然矣. 汝知吾病之療乎? 論擧國, 何人財力, 何人義氣, 能活出吾家乎? 嘗聞藥局主親金家, 必淸城暗計之設. 所天之枳, 異於死; 吾之生, 死而生. 汝輩將不報金怨, 吾是以泣." 子詰藥局主, 果然. 兩子歸, 報, 亦泣曰: "慈母思量, 誠然乎義理." 息菴身後, 家遭午人禍, 金監司兩子已執政, 力救而禍止. 其後金議政在魯, 構子, 金兵判聖應, 淸城家人, 與議政相見, 消世嫌. 世又傳, 息菴嘗見尹議政趾完, 曰: "明年, 公必患脚病, 急見吾, 可治, 稍遲, 則死." 尹議政笑曰: "吾脚健, 明年事, 何以預知?" 息菴曰: "第勿忘之." 及期, 痛果發異常, 急邀息菴. 息菴袖藥多貼使服, 曰: "其時預治, 可消毒, 不病. 以公之笑, 不敢强勸. 今幸早治, 然病失一脚, 當然事. 生則無慮矣." 服其藥, 痛止, 而隤蓋膝骨下半脚, 終身無半膝. 偏論人斥尹公者, 咸目以獨脚政丞. 息菴之神於醫術, 多類此云.

世又傳, 舟村申公曼, 象村相公兄孫, 痛母夫人殉義江都虜亂, 終身自廢, 朝家獎以官. 爲兩宋文正高弟子, 神於岐黃術. 其大人患寒疾, 難汗. 公陪, 上山, 忽大叫曰: "虎出!" 大人忙走入第, 汗滴, 疾良. 見一病者, 涉療, 公言: "勿藥, 第招善棹歌者來, 使唱於軒上." 歌爛熳, 一片軒搖舞. 命焚曰: "此舟片爲祟也." 病卽良. 一人久患心脾泄, 舟村胗, 用人蔘, 和黃土, 煮水, 見差. 謂人曰: "心弱, 借人蔘重名, 脾用黃土, 其實單黃土, 人蔘何易得? 而心亦非藥可治, 借名自鎭心."云. 爲藥於醫意, 多類此.

舟村孫, 名大規, 字某, 官縣監. 兄大來見儒林錄. 大規善醫術, 名大噪一時. 治一喪人勞症, 使服屢十貼湯製, 每貼入一鰒, 病蘇. 申曰: "此, 素虛症也. 素止, 肉氣行, 則自良, 而喪人肯啖肉乎? 故假藥使服鰒"云. 余少年, 病, 醫謂陰虛. 家大人往, 問, 申大笑曰: "君可具牛心牛肚數部乎? 勿多言. 速飽肉." 遂勿藥, 自效於肉食. 余兒子, 數歲患驚風, 泄瀉症劇. 余往, 問, 申曰: "用蔘五錢, 可治." 以全蝎觀音散, 初貼入蔘一錢, 再貼二錢, 三次粟米飲入蔘二錢, 日再服. 傍人疑其太猛, 申不撓, 命亟用. 用之, 仍差. 申初起藥無不中, 末年少靈驗. 然執症, 則不撓, 能知病之輕重, 要之大方家宿手段.

嶺南龍宮縣, 有李溟, 壽八十餘, 景廟朝以士人參議藥同參, 召馹. 用藥, 多以他藥汁浸藥, 合湯用之, 擅名手名.

溫陽有趙漢淑, 官振威縣令, 亦擅名手名. 每日執症後, 用數貼藥. 若中, 則用其藥, 若不中, 則改執症, 用藥, 方可有中. 此名問安藥也. "古方貼多而材小・吾合古方, 數三方材而貼小. 俗醫不知妙理, 而輒笑曰: '此, 雜湯也.'"

趙振威, 自其名祖浦渚相公名翼, 世究醫業. 振威夫人, 亦解醫術, 其子某, 亦擅名手名. 新昌有李道薀, 以老醫齊趙振威名.

內局醫陽平君許浚, 著東醫寶鑑. 楊判官禮壽, 皆以神醫傳名. 近來知事許稠, 亦負名. 湖南有任珵, 專用人蔘・附子, 往往有起死才. 然亦多毒危, 世之取捨分半也.

廣州有鄭老人某, 亦名手. 京城人有寒熱, 痛一二年, 不差, 日就危. 問鄭老人, 則曰: "是, 必伏暑之自衣伏者." 病家思良久, 曰: "夏月曬衾終日, 仍

卽掩置, 入秋被之."云. 鄭老曰: "是, 祟也." 淸暑六和湯, 加人蔘, 用之若干
貼, 卽差完.

良守令錄

古諺曰: "非天才, 則不可做者, 三." 大學士之文, 大將兵之籌略, 大州牧
之治民, 是也. 生民利害, 全係守令之能不能. 今世善治邑者, 有二名, 一循
吏也, 因心爲治, 一能吏也, 用術治民. 因心者, 誠, 其後也, 弊鮮, 用述者,
覇, 後弊滋甚. 若循吏者, 稍古. 名士大夫, 有金監司鎭玉, 我從曾祖李監司
諱萬稷, 趙判書正萬, 鄭羅州覺先・鄭羅州爀先, 兩羅, 振酷名, 近世韓右尹
德弼, 余族從祖諱秀輔, 官止都正, 監司胤也. 安朔寧商楫, 皆擅善治名.

韓監司址胤, 歷十餘州縣, 容貌沈毅. 一郡治成卽去, 未嘗淹年. 久在刑曹
參議, 過余家, 大人, 問: "當獄訟, 能瞭然知是非乎?" 答曰: "吾歷大獄最多,
一獄之是非, 尙未瞭然. 皆臆中, 不得已決也." 薦有將略, 經義州府尹.

族祖諱秀輔, 治吏民, 勤勤誠意, 一味匪懈, 百事周密, 置水不漏. 余過尙
州, 在公之去官三十餘年, 州人, 尙指院宇屢處曰: "是, 李公之爲民建刱者
也." 安山郡, 畿輔弊邑, 其弊, 在民收斂之多方也. 公, 一統而出米於田賦中.
授厚價於多人, 使納各物, 如惠廳大同法. 郡民一出米, 晏然, 官貢, 徵不歷
多人, 故趁時辦, 市人以厚價, 故高歇相當. 郡至今賴之. 公, 精力絶人, 當平
壤宰, 不交睫治簿, 書數十日, 不困, 莅星州視公事, 正衣冠, 而遣痼疾出汗.

家傳, 公之考監司公, 初宰臨陂縣, 以新官儀, 到果川狐峴, 半上峴, 衝來
一戰笠漢, 馳高大馬. 縣前導隷, 欲擒之, 公, 下馬, 坐峴上, 叱縣隷, 任經過
戰笠漢. 漢馳馬纔下峴, 卽墜馬. 使隷, 觇之戰笠漢, 口噴內腫膿而死. 左右
莫不吐舌, 公曰: "不難知也. 勿論尊卑衆寡, 如此了不動心者, 非失性而何,
其病不可料, 其變常現前, 人豈可較變常者乎?" 公在廣州尹時, 風雨夜, 忽
招神將, 公州韓杞曰: "往倉庫, 開門搜盜來." 韓入庫盜無, 有剔起一米石之
稍高者, 則盜伏其中. 蓋從入於朝日門開時也, 人莫知. 公之知盜何以, 或曰:
"公素習卜筮故也." 都正公・韓公, 皆以嚴主治法.

有趙韓山鎭憲, 鄭判書景淳・洪順安樂淵・任洪州焴, 皆居最於治字牧.
趙韓山, 遞韓倅, 過余家, 見一郡物違法, 卽付郡隷, 急執主管吏趁來, 果火

速執還. 已遞官, 號令風生, 可知其常時紀綱. 治古阜郡, 杜百弊, 制蠹民豪吏數人. 治韓山郡, 郡有名官大家奴, 橫行市廛, 嚴刑之, 名官不敢怒. 治新溪縣, 縣人, 久而頌曰: "趙侯神明宰." 爲惠廳郎官, 令行禁止, 京司吏, 見官, 僅俯首, 趙郎官吏隸, 伏首足躡, 不遑小暇. 惠廳皂隸, 數錢, 輒偸於貫餘, 趙郎官隸, 莫敢售其術.

鄭判書, 蔭至判書, 治尙剛明, 多歷州郡, 人頌其政.

洪順安, 治主慈淸, 多防民徭, 將去民遮馬, 願留.

任洪州, 亦務慈淸, 督還吏負之官租, 不汰吏庫任, 任其拮据, 遂充其負. 視吏隸無甚嚴, 而莫有售其奸.

趙忠定璥, 亦長吏治, 尹廣州, 廣州耀糶紊亂, 忠定, 整亂繩之治, 爲忠淸道監司, 莅急獄, 滿數村囚, 忠定, 一見盡脫之, 數里人呼之趙爺.

有元景濂, 屢牧雄州, 善政事, 而杖威酷烈, 猾吏搖手. 承旨黃翰, 嘗問: "治州何術先務?" 元曰: "先收殺文簿書札, 留是則百事, 皆廢格." 經驗果然云.

我家與韓右尹家, 皆居公州, 世皆推以吏治之明. 我高祖平安監司諱泰淵, 當黨論之始, 不喜峻論, 故不安於朝, 多典外藩, 其實善於蒭牧. 又聰明絶人, 以慶尙監司, 踰鳥嶺, 見一縣公牒, 倒踏官印, 題牒曰: "倒踏印信, 事體未安." 監司公, 善治, 石碑尙立, 廣州沙川大路傍, 刻曰: '府尹李公某至誠愛民仁明善政碑.' 碑下有碑田, 碑直耕食. 水原邑內大碑曰: '淸介振俗, 德惠感人, 著美一片, 寓慕千秋, 府使李某, 治行第一.'

金監司鎭玉孫相良, 官蔭知事. 中間, 久未蒙天點於仕望, 久乃以黃州牧, 副望蒙點. 入侍, 上問姓名, 愕然曰: "予錯認汝以金器大, 落點. 往欽哉." 上每曰: "官爵, 亦非君上任爲." 儘乎聖人經歷言也. 上, 英廟也. 此事, 與宋神宗事, 相似, 宋曾慥, 高齋謾錄曰: "元豐中, 王歧公, 奏曰: "術者言, 王安禮, 明年二月, 作執政." 神宗怒曰: "除拜由朕, 特且遲之." 明春, 安禮, 果拜右丞, 珪曰: "陛下果忘之?" 上默然久曰: "朕偶忘."云.

孝友錄(忠臣或懷法而立懂, 孝友非因秉彝之性, 曷能然也?)

洪順安樂淵, 字淵之, 永安尉柱元之後. 官縣令, 其孝行見呈文.

權公揖, 字伯儉, 遂初堂諱忭孫也. 力科文, 由進士, 除參奉. 大人參奉公, 性度嚴厲, 檢子弟無毫末貸, 參奉公, 一味承順, 無一怨懟色, 處同氣, 亦務和平.

李參判洪載, 字士深, 官今亞卿. 有一弟盡仁愛, 擧家舍委之, 不問其辦不辦. 人或笑其太柔, 亦不恤也.

膂力錄

尹兵使光莘, 判書東衡子, 權遂初堂諱忭外孫. 驍勇絶倫, 以文學家, 入廷臣, 別薦擧武臣. 當時, 藉藉稱, '張飛復生.' 而名則過之, 實亦有之. 兵使於家大人, 爲切姻. 少時, 同處一房, 房纔一間, 四隅列四人, 兵使, 立其中. 四人, 欲執裾, 風旋電掣, 終不能加一手. 家大人, 到老尙傳. 權氏老婢曰: "韓山拒尼城, 過百里, 韓是權宅, 尼是尹宅. 兵使, 雪路着木履, 一夜一日, 往來尼韓."云. 長身美髯環目, 前望之眞將軍, 背後望無生氣, 僅班平人. 爲人愚狂, 竟以狂昏, 陷拿命之拒逆, 杖死王獄, 後申白.

金三陟由行, 字汝勇, 文谷相公壽恒之孫. 勇力絶人, 骨相磅磚短小, 臂大如椽, 骨節促附, 若芋附竹節. 自言, '乘船渡漢江, 舟之沈水痕, 如載重卜.' 較力當時, 自言綾昌君, 力不及三陟, 而勇過之. 世傳, "三陟, 使酒, 懷不平, 則輒託酒使力, 達官名流, 悉遭困辱. 一宰相, 爲楊州牧, 三陟, 有心嗛事, 一日, 乘醉騎牛, 入官門, 納化民刺紙, 隨後策牛, 直造東軒. 一掀牛鼻索, 兩脚挾牛, 牛戰汗, 飛躍上層階, 牧使, 見驚, 跳入內衙. 三陟, 卽擧按板, 揮風而颺之, 如便面. 按板者, 打餠之大板也. 牧使, 自內衙, 潛騎馬, 逃入京城, 免辱."云. 三陟, 性度坦直, 多誇張意, 所向人, 絶了無城郭, 酒亦量弘. 人見其揖臂, 便知其壯士. 余嘗進三陟尙政丞第, 公揚眉大言曰: "吾俄出見辱而歸. 俄出適某銓家, 要差惠郎, 則乃答冷語拒之. 此人, 雖顯爀, 其翁, 卽吾四寸大父, 夢窩相公, 自辟, 惠郎出身者也. 吾方貧困, 乞惠郎, 彼妄自尊如此耶?" 其直腸快言, 非齷齪等輩耳.

有公州武人, 具伏 · 具侃, 俱官兵使. 四五兄弟, 俱登武擧, 俱有力, 伏 · 侃最巨力, 俱擧全牛全馬. 居公州義朗村, 父山長谷中, 斗起一長麓, 面鷄龍於南. 地家, 稱武力局. 其里人傳: "伏嘗着馬蹄鐵於庭, 暴雨至, 擔馬四足,移軒上如擲駒. 嘗往全州, 當狹路, 有大特狂奔截路, 行人, 皆爬山辟易. 侃直前, 執牛兩長角, 牛觸而踶, 侃直降角於地, 牛幾陷半身於地, 汗喘不能拔. 侃拔之投地, 牛放屎溺, 窒氣息. 侃以宣傳官, 受密旨於拿李思晟, 思晟, 戊申逆魁, 名烏獲力, 時帶平安兵使. 侃跋馬周思, 則除思晟佩刀, 庶縛之, 馳入安州營. 見思晟, 果佩銀粧刀. 思晟曰: "故人, 何來?" 侃曰: "吾奉命往平壤, 遇落佩刀, 願借君刀." 思晟, 解與之. 侃始解絹帶, 亟反接, 使跪曰: "下拿命." 思晟, 不變色曰: "何詭計之設?" 亦自知不能角. 卽置檻輿, 復命." 余弱冠時, 見侃, 談此事於具任實家. 廣面長鬚, 蒼黑魁傑. 手指龐大, 指毛如熊虎勁毛. 兄弟, 長帶別軍職, 別軍職, 國家近侍之別蹶張也. 至今具氏子孫, 多材官勇力, 然不及伐·侃遠云. 公州錦江浦田, 皆種麥, 以木叉打麥, 勞苦第一於田役. 俗例一日, 具三時飯酒, 給三斗麥. 伐嘗過打麥場, 具食三四人供, 脫身擊叉, 麥稈蔽天如雨. 至暮辦, 四五人擊麥. 主咋口曰: "將軍, 酬二十斗麥."

尹兵使僖東, 別薦文官, 家閥門. 美鬚精悍, 世稱壯士. 余弟參議, 奎緯, 以翰林, 侍近班時, 伏覩英廟親試尹之武力. 使揮靑龍刀, 則左右屢揮, 氣息如常. 靑龍刀重, 等關王廟, 八十二斤挿武庫者也. 上敎曰: "壯士." 仍下敎曰: "先朝武臣柳忠傑, 踴身殿陛下, 環殿椽接手, 卽此明政殿也. 汝之平運偃月刀, 可埒[83]忠傑也."

水原居金鎭世, 文元公長生之後孫, 世傳有神勇力. 平居羸弱, 顔貌疲屓. 及其勇出力起, 飛身空中, 按倒大虎. 終於布衣. 金大家子, 其族人信士, 莫不目覩.

風泉錄(風泉者, 感皇[84]朝之舊事也.)

昭顯世子, 瀋陽留淹時, 司書申濡日錄曰: "張太僕名春, 皇[85]朝太伏兼兵備道. 壬申大凌河之圍, 春, 領兵二萬, 見擒. 汗, 欲降之, 終不屈. 汗, 嘉其義, 置一館禮遇. 有宴會, 出與座食, 春, 箕踞罵, 不食久之, 不復招. 春, 坐

---

83) 석판본에는 '捋'자로 되어 있음.

84·85) 석판본에는 '明'자로 나와 있으나, 필사본에는 '皇'으로 나와 있다.

一室, 不出戶數年, 每朝, 北向四拜而已. 汗, 欲復招見, 春, 引頸開戶曰: "取頭去! 不可出." 汗, 亦不强逼. 昭顯世子, 一至其室, 春曰: "貴國至此, 力弱所致, 非貴國之羞, 乃大邦之羞." 自後稱病, 不復見我人. 所居, 只有漢僧四五人, 漢兒二人, 備灑掃, 學文字. 書其文曰: '吾欲以靜貞守, 歸于元氣, 不當接人事也.' 室中蕭然, 布衾幅巾, 及數卷書外, 無物. 年過七十, 不食羶葷, 老病益甚, 氣息將絶. 全傳備載張廷玉明史.[86]

東平尉, 漫錄曰: "崔回姐, 山東省, 靑州府, 壽光縣人也. 同縣四基倉秀才, 張九簫妻也. 崇禎壬午, 略於淸人, 乙酉, 隨昭顯世子, 東歸. 每言明朝災異曰: "白狗, 自山而下, 人立言曰: '天亂! 天亂!' 人尋之不見." "有男子飛人家, 自稱仙人, 索茶喫復飛去, 其飛如驚梟, 決然而過," "家鷄頭髮, 編作三條." 姐父雲溥, 爲紅通知縣, 回家而姐生, 故名之. 姐能畵善綉, 爲人明透, 無事不解, 多有我國所不及者.

又東來, 柔姐·緊姐. 緊, 明朝宰相之後妻, 娟秀善粧梳, 有士族風. 而柔解刺綉, 遺言火葬. 柔·緊, 亦入宮中.

屈姐, 蘇州府蘇川[87]縣人. 以宮女, 略瀋陽, 隨世子東歸, 拜尙記女官. 後出臨昌君焜家, 死葬高陽大慈洞, 臨昌君先山內, 臨昌製誌. 屈氏, 自言, "七歲選入, 侍孝純劉太后, 淸入北京, 以姐歸世子館." 明季, 女子有才貌者, 皆爲邑倅奪, 賂權貴, 屈母生屈, 欲殺之, 外祖母, 取養不死. 屈氏, 曾獲置淸九王軍中. 九王, 圓弁短衫, 垂面紗而坐, 狀貌甚傑. 屈氏, 慢罵曰: "男子, 亦爲面紗乎?" 蓋面紗者, 唐俗婦女之粧也. 屈氏, 善擾禽獸, 有弟子, 進春, 頗傳其法. 屈氏, 將死曰: "後幸有北伐事, 我將見之, 願埋我西郊路."云.

靈怪錄

子不語怪力亂神, 又中庸曰: "鬼神之德, 其盛乎!" 不書其德, 亦何以敬遠之哉? 作靈怪錄.

---

86) 석판본에는 '吏'자로 되어 있음.
87) 석판본에는 '州'자로 되어 있음.

英宗壬申, 來乾隆帝勅使. 副使吳達聖, 卽漢人也. 金圦窩相肅, 傳其伯壻
李麻田耆永言於余曰:"吳副使是李先祖, 壬辰殉節人, 李公慶流之後身也.
李公以兵郎, 爲壬辰助防將邊機從事官, 死兵於尙州. 魂歸其家, 不見形而言
語如常, 其家設一靈座於其夫人房. 每定省大夫人所, 大夫人每請見其死時
形容, 魂每止之曰: '何必見不忍狀?' 大夫人力請之, 魂遂見形罹兵狀, 大夫
人痛哭氣塞. 魂力護, 叫甦曰: '如是故, 子不欲見形.' 魂在靈座, 敎其獨子稽
書, 遂至中第, 官大丘倅, 稽當痘患, 病重, 醫曰: '宜用洞庭橘, 而遠莫致之.'
魂曰:'吾當得來.'少須臾摘橘十餘至, 用之病良. 一日魂辭家人曰: 吾將往
他處化身, 又某年轉世當生中原江南地, 俾來故國觀風物云云.' 魂仍訣去.
魂在時祭祀時, 靈驗異常, 魂去後, 靈驗頓無. 子孫記其事蹟, 及轉身江南之
語, 藏祠宇中. 及吳副勅之來, 年紀的符, 子孫輩欲入勅館見吳勅, 議於多人,
則以邦禁之不可犯, 及事涉怪誕, 皆力禁之, 遂止之. 吳勅每事護我國, 除弊
非一, 其到義州詩曰: '挾路蒼松曉日浮, 山坂高下盡田疇. 春風靄靄催行客,
纔到東南第一州.'云." 圦窩謹嚴士, 而傳其壻言如此, 若其魂在家之事, 及敎
子書, 得橘藥之事, 及祭祀時靈驗之事, 則吾堂叔正郎公諱思正, 亦親聞於李
兵郎後孫參判海重云.

吾外再從大父權判書諱禰, 以翰林在連山遘厲死. 家人以其胸間有溫氣,
過一晝夜不發喪, 果甦索粥曰:"吾睡過幾時?"家人言其死久而甦. 判書曰:
"異哉! 吾俄病入睡, 夢, 一鬼差使驅吾入閻羅府, 王坐前侍判官, 如世俗傳
說. 判官驗文書曰: '誤執翰林權某來, 速回送, 更執某地權某來.' 鬼使復驅
吾出路, 見慈夫人立傍, 吾喜極泣, 慈夫人曰: '汝速回來, 久, 肉身易腐. 吾
扲祛不忍別, 慈夫人曰: 汝年當耆, 位當高, 只知此勿久立,' 仍推而擠大川,
吾驚而汗卽甦云." 急送人某地, 則果士人權裔死於判書之甦時. 余進京城駱
洞判書第, 問此事於判書, 則答曰:"信有此事, 而事涉怪誕, 何可詳說? 云
云."

李判書成中, 爲平安監司時, 北邊城堡將, 來獻一銅小爐一長角甖曰:"小
人以事往會寧雲頭山城, 皇帝塚下之民村, 見此二物. 民人言曰: '俺偶往皇
帝塚, 遭暴雨留宿樹下, 夜深雨止月明, 見塚傍若有君臣上下列坐, 言笑狼
藉, 俺驚怪及天曙往審, 則莎草上坐處分明, 而有此兩物, 故持來置之,' 小人

審兩物, 皆有文字, 深異之以粟易來, 置小人亦無用意古物, 故來獻云. 李剔洗詳察, 則罌是犀角全桶, 宋學士蔡京, 奉勅製銘親書, 爐則銘刻宣和字. 貯火則一貯過月餘, 以一足微仄, 招匠補銀箍分數高, 自補銀後, 火不久在, 然抵屢日. 自李判書家爐罌買歸李斯文胤永家, 金坏窩亦目見兩器, 李斯文家, 多蓄古物, 又有藍田玉瑞靄碎目, 其子羲天, 以耆棄市, 世傳古物爲崇云. 雲頭山城, 有皇帝塚, 傍列侍臣塚萬, 山中十里開野, 前有大荷池, 風水極好. 土人或入葬必遭殃, 故不敢入葬. 淸烏喇摠管穆克登, 審白頭山時, 掘皇帝塚傍, 得宣和帝葬誌, 大加塚土, 洪御史樂仁, 董築城皇帝塚近處, 得古錢一缸, 皆宣和通寶, 狀聞于朝. 土人傳豆滿江北十里許, 又有皇帝塚, 此似欽宗墓云.

尹判書汲使入玉河館, 夢覿金參判龍慶, 論前程曰: "君官止兵判." 此外言甚多. 尹負峻望, 風骨亦偉, 年過七十而忽蹭蹬, 竟止判書. 蓋, 金奉使, 卒玉河館. 余弟奎緯, 字平瑞, 傳徐大諫命天家人語曰: "徐謫三水, 夢見吳正言瓚曰: '我謫死北土, 抱悶者久, 今君疏曰: "吳魂遊塞外, 名在丹籍云." 此甚感結處, 君當不久於此地云." 仍愀然而別, 其狀魁然, 自呼曰: "吾吳敬夫云, 徐覺夢, 惡不久之語, 未久, 承頒禩之命." 吳謫卒於三水, 金·吳皆返葬故山, 而魂則果在於死所耶.

金瑞興安默, 傳其大人金淸州聖梓, 官江西時事曰: "江西客舍, 甚邇東軒, 時敬差官韓丈師直, 來東軒, 話久出宿客舍, 夜半, 客舍火張喧甚. 吾親問訊, 則答曰: '有怪事, 罔知所措云.' 吾親驚起往見, 則客舍大戶洞開, 有妓睡而橫浮一丈餘, 以有戶防不能浮出軒上, 急使人抱之, 灌淸心丸, 則良久始甦, 問其故, 不知何以致此, 俄頃聞墻外哭喧聲, 兩官送問, 則曰: '墻外戶長家, 有八十老母, 入睡房內, 忽然戶開, 浮出空中上, 在大槐上, 方挽下故如此云.' 時已鷄鳴漸曙, 哭止, 連問之, 則挽下老嫗灌藥, 多般旋卽覺睡. 問其故, 亦茫然不知云. 始覺妓浮之沴氣, 走着戶長家, 問客舍有怪鬼, 客舍吏 以本無雜頉爲答, 此後, 亦無事. 韓曰: '大舍空置, 自然有瞰鬼.' 從此愼入處云."

自英廟末年, 士大夫家, 墓庭不立石人者, 似緣錦平都尉家事. 李白川奎明族兄語曰: "錦平都尉, 嘗往省其親山, 每歸輒愀然不怡, 一日, 謂家人曰: '吾有異夢者久, 近日則往親山, 頻得是夢, 是何故也? 蓋夢每拜親, 親輒詔曰:

"吾當墓祭, 輒爲墓前石人所奪, 汝速仆石人云." 初謂偶然, 近日則往輒是夢.' 俄而山直, 又告是夢, 自是直去石人." 錦平都尉, 連家於白川, 兄親聞其言云.

金斯文箕書, 卽安判書允行繼外孫. 斯文, 傳安夫人語曰: "判書祖海州牧純爲諸生, 遊妙香山, 到一深菴, 遇一老僧, 風骨巨然. 夜深, 語海牧曰: '吾祕跡久矣, 今朝暮當死, 幸遇措大有識可語, 君知李适乎? 适有裨將卽吾也, 吾最其心腹. 當适擧事前, 每見适如厠, 輒暗叫苦咄咄. 吾一日, 直近厠問曰: "何事如此?" 适曰: "汝試揣吾心." 吾曰: "怕金鎏・李貴乎?" 曰: "孩兒輩, 可憂者, 鄭忠信." 吾曰: "在一傳令, 擒來如反手." 适曰: "試言之." 吾曰: "卽出傳令曰, '有時急軍務, 星火馳來.' 則鄭必疾馳同吾來, 來卽一力士椎殺, 何難之有?" 适搖首曰: "瞞不得鄭." 吾曰: "妙計何不施?" 良久, 适曰: "試爲之." 卽遣吾. 吾入安州副元首營傳令. 鄭卽裝束呼馬, 將出卽見裨將, 將校一隊入挽曰: "副帥何等重任, 而以傳令離所乎?" 鄭叱退曰: "都元帥令, 孰敢違?" 拂袖上馬. 於是, 諸將士拔劍擁馬曰: "小的等有死而已, 誓不放副元帥出營." 呼聲如沸, 劍色耀日. 鄭大呼曰: "軍情如許, 獨身無路穿出." 吾始覺見賣鄭計. 卽疾鞭出營, 馬上思之, 則适必敗, 往适卽死, 遂躍馬遁遠. 不辭家屬, 入山削髮, 周遊八道, 今則時移事變, 言之亦何妨! 及海牧復遊菴, 謂僧已逝云." 判書傳其姓名, 夫人忘之云.

文義梅浦居禮曹郎吳大坤, 文人端的者, 語其曾祖母事曰: "曾祖母下世後, 祖母始入吾家, 未承顏. 當曾祖母忌日, 家有故, 將停祭, 祭前夜, 夢, 曾祖母曰: '吾汝姑, 家有故, 則吾祭何不設於墓? 可使吾婢某, 替行於墓.' 覺而告其形服於祖父, 則果曾祖母平日也. 某婢嫁時新婢, 翌夜乃行墓祭, 自後定家法, 宗家有故, 則他子孫家, 設紙榜過祭, 吾祖先, 皆尤菴・遂菴門人, 必講定云."

黃丹陽壄夫人宋氏, 判書昌之後孫. 四歲忽謂姆曰: "吾夢往南大門外某家, 受祭而來." 年年是日, 必如此, 至今六旬之齡, 一樣夢是夜饗祭. 年長後, 尋南門外其家, 卽武弁某家, 在是日, 果行親忌. 彼此驚異, 相通訊問致款云.

世傳, 懷德宋判書相琦, 自妙年, 每有定日之夢, 夢輒往一人家受祭, 及判書卒逝之年, 海南一客訪來納刺, 請辟左右泣告曰: "親忌在某日, 今年祭日夢親曰: '吾後身, 卽某判書, 每魂來受祭, 今年則運訖, 判書魂不來, 汝須訪見判書云.' 故依亡親言, 雖來謁. 事涉誕妄, 所以密告云." 蓋判書是日夢不受祭, 心自怪之, 及聞是言, 於是說盡平生夢及今年夢, 心甚愀然, 果逝是年云. 問之判書子孫, 果有是事云.

洪和順應盛曰: "吾患曲背病久矣. 中年夢隨諸人, 出東大門外, 歷一府君堂. 諸人只見神象而不拜, 吾獨念不拜主神如何便獨拜, 府君神來, 謂曰: '吾慍諸人無禮, 及君獨拜, 甚感喜, 將報君厚意, 所願在何.' 吾曰: '除病背, 則幸甚. 神卽撫背以爪刌一穴曰: '艾灸此便差.' 吾驚其爪刌仍覺夢, 邀醫請灸背, 則曰: '雖有例灸穴, 元不見效, 積年病何益之有?' 洪請之不已, 醫强應之, 撩衣見背便驚曰: '何人以朱紅, 已點穴. 此穴.' 是遂艾三七壯, 隨卽伸背. 今爲常人, 亦有年云."

韓南塘元震, 集先考妣墓誌抄略曰: 先妣咸陽朴氏, 考都正諱崇阜, 妣坡平尹氏, 吏曹參判鑠之女. 先妣儀姿端厚, 性質寬重, 不妄言笑, 惟勤女工. 其未笄也, 遘厲幾危. 夢, 一官人, 稱以韓佐郞, 容儀甚偉. 自外來坐堂上, 厲聲呵之. 俄見一鬼形者, 出門走. 官人入臥內, 取淸水遍身揮[88]灑, 頓覺精神爽然, 因得回甦. 遂以夢中事告父母, 父母大異之, 年長擇對, 必於韓氏, 遂歸韓氏. 先府君, 諱有箕不仕. 先妣有藻鑑. 元震兒時, 程文冀得一第. 先妣曰: '汝當有時名. 然終不能出世.' 指啓震曰: '此兒, 當以文章登科, 貴顯.' 後皆略符."

趙兵使梡, 兵使東漸子也. 坐事配濟州, 時牧使金永綬, 管囚甚嚴. 當朔日考囚, 値天氣沍寒, 梡頂毛物而入, 金大怒, 使人摔裂之. 梡不勝憤恚, 遂臥病沈劇. 遇官人赴京者託曰: "大興吾家也. 爾歸時, 尋吾家人, 言吾以某月某日死." 官人笑而不之信. 旣而官人, 自京還, 至大興界, 午憩旗亭. 夢, 梡如平生言曰: "吾今則死矣. 爾不肯報吾家乎." 官人大驚覺, 直往梡家, 道來時言及夢事, 梡家人, 遂與其人, 入海返柩, 梡死, 果其所自言日. 梡將死, 謂主人曰: "我之來從者, 惟一傔, 而傔爲人不直, 襲歛不宜付渠手." 又謂傔曰: "吾死, 爾若懷心不善, 必懾汝." 死之夕, 主人家女子, 未笄者, 忽張目奮擧

作男子聲曰: "吾趙兵使也. 爾不知吾神乎? 速拿傔入." 傔匍匐庭中, 神曰:
"汝敢於吾斂衣中, 藏竊多取玩好去乎! 吾欲殺汝, 而念千里相從, 不忍便殺,
速還諸物而焚之." 傔流汗, 不敢仰視. 搜身邊所藏物, 悉驗, 於是, 大驚一州
人. 神曰: "金濟州可痛, 獨不念舊時遊乎! 毛物關何大事, 而衆辱我, 衆辱
我! 淚下如雨. 或曰: "神恨牧使, 甚矣, 何不懼彼?" 神曰: "命吏不敢侮也?"
金聞之以爲妖, 張威而出, 欲置女子於刑. 及見女子, 言動宛然一趙峴也. 不
覺咄嗟而前勞苦且謝. 神曰: "公太薄." 因言少時事, 皆金所獨知也. 峴平日
對食, 以匙劃盂半然後食, 又咯血. 是夕女子, 亦劃食咯血. 神去則不復也.
旣返柩, 神猶不去曰: "吾謫限未圓, 自有歸時." 一日, 神曰: "吾將行矣. 靡
所憑依, 可具舡如一小升, 張錦帆其上." 主人如其言, 且具酒食而餞之, 醉飽
已, 錦帆自動涉波濤若飛. 見者, 爲之流涕. 帆渺渺幾不見, 忽然而返曰: "始
吾之謫也, 吾妻知死, 別贈以一襦, 吾藏置架上, 今吾忘矣. 婦人之襦, 不可
褻也, 宜載于舟." 又曰: "吾之解北闕歸也, 遇某人於鐵嶺上, 時先大王, 免
其人爲庶命戴氊笠而行. 吾雖武夫而異趣者, 心憐之, 脫吾錦緞笠以與之. 至
今不能忘. 聞其子, 亦謫于此, 而不敢見悵矣. 彼亦能知吾否耶?" 言訖, 舟復
動. 是時, 主人女子, 昏倒于地, 舟不見, 乃蹶然而起. 人問復何言, 非復峴
也. 翌日, 有自海南來者言, "昨夕發舡處, 見一小舟錦帆, 載婦人襦, 來自濟
州, 泊於水滸."云.

閨烈錄

深閨潛光, 人孰[89)]知之. 非是姻婭族戚, 無以書之不誣. 今錄壺範, 多是
余內外族親云.

李進士名晚昌, 夫人驪興閔氏, 驪陽府院君維重之女, 陶菴諱縡之慈親. 早
年哭崩城, 力敎陶菴, 以至成就於學問. 每夜陶菴讀書, 夫人 以綿花之手治
者, 爲籌數之. 陶菴冠而入京城外阿要峴第, 始做科文, 時尹大提學鳳朝兄弟
來會, 夫人喜曰: "兒所有朋來, 不亦樂乎?" 時金農巖昌協, 多敎人. 人有勸

---

89) 석판본에는 '孰'자로 되어 있음.

陶菴請學者. 夫人挽之曰: "末俗弟子多弊, 不必赴." 此有識君子之見也. 其他操行見識, 無非女士之卓出者. 事具陶菴先誌.

李判書名周鎭, 夫人閔氏, 議政鎭遠之女. 識事理有度量, 生長綺紈, 元無驕吝, 待而擧火者, 數十家. 有德行, 惜乎埋沒於閨闥也. 當判書病危, 禱祀於庭, 器貯錢, 經夜及朝失錢. 家人欲究出, 夫人止之曰: "窮者竊去, 推之何爲." 及哭崩城, 遠洞一家, 送婢致訊. 家人揮之曰: "此何等時." 夫人哭謂曰: "遠洞貧家, 專伻寄慰, 不見面立還, 豈是人情. 近吾使見吾還去." 在未亡人者, 數年, 不見外親男子. 夫人嘗過一貧族婚家, 區劃指揮, 不憚勞屑. 判書亦重厚. 一貧族, 處其外舍, 夫人兄子欲奪出. 判書斷之曰: "雖可捨遠取近, 亦不可奪貧與泰." 以禮判, 敦匠於大報壇, 末疾, 竟崇於勞悴. 判書於余爲近戚, 故習知其內行.

龍宮縣權妻子, 士人堯壽女也. 家貧, 年二十一而未笄. 登家後山採菜, 爲村漢所暴劫, 力拒不汚. 歸家自縊死. 家大人爲倅, 會邑議, 依唐貞曜諡例, 諡曰: "貞烈處子." 給葬需, 立碑報營.

趙順興名尙綱, 官副正·府使, 繼室咸平李氏. 平居備嘗孤寒, 而無一毫怨尤意, 和氣如平人, 梱內酒醬針線, 皆井井有方. 卒無育, 取養前室徐氏孫女, 絶愛之, 而莫有逸惰曰: "速執女紅." 順興兄判書尙絅, 每當家間大事, 輒曰: "順興夫人在, 何疎虞."云.

余伯父諱思徽, 字子猷, 不仕謝世, 林下讀庸學, 數十年, 平生潔行如氷玉. 夫人, 卽權文純公尙夏之孫, 于歸我家, 旋哭舅姑, 伯父公弟妹, 未字者六人. 撫育至成人, 皆夫人力. 我家頗饒, 夫人, 未或吝財惜費, 及畢婚嫁, 家枵, 然任不恤, 此絶世盛德事. 六弟妹長而老, 與子孫燕語, 未或聞一語, 遺憾於伯嫂. 非夫人誠愛浹心, 豈能如是也? 家爲四世宗, 夫人, 自正月終十二月, 夙夜係心而執手者, 皆祭需之物. 若我祖考忌祭, 必薦饅頭·藥果, 若我祖妣忌祭, 必薦烏賊魚, 皆平日所嗜也. 人讚子孫有幹事材, 則曰: "士大夫當務讀書, 餘事事事."云. 喜施與人, 來家鮮返空口. 伯父胤溫陽倅諱奎恒, 嘗立庇身舍. 伯父勅曰: "吾家被瓦五十餘間, 不有一草蓋, 是滿招損, 汝房必覆茅." 溫陽公不敢違. 溫陽公, 長經學, 精科文釋疑, 成進士於早年. 子今參判洪載, 復以功名屬家世. 溫陽公兩子兩女壻, 皆登仕宦, 人謂: "屢世積德所致."云.

夫人仲孫, 參奉景載配光山金氏, 文元公之後, 縣監弘澤孫, 洗馬相鳳女. 縣監碩儒, 洗馬端士. 金氏平生多鬱悒佗傺, 然不露憂患意, 理家多才幹. 權夫人夫家族, 李同福奎亮, 配宜寧南氏, 太士有容之女弟. 端淑而有壼才, 先後同福死一月, 今[90]上朝旌閭.

趙原州名尙紀, 官牧使. 繼配任氏, 有二子, 判書瑋, 議政瓛也. 瓛文章學識, 間世人. 述大夫人墓誌曰: "夫人嘗買一商雪綿子, 及商歸後, 徐考其數, 則一貼誤添. 雪綿子一貼, 斤輕而價厚, 可直數千錢. 夫人別藏之. 商又到他年賣買, 出給別藏雪綿. 商拜賀曰: "吾失綿落本, 而不知落在何處. 今得, 一佛出世."云. 議政躋崇品, 官儀甚重. 夫人不使見眼曰: "何德以堪."余以通家子, 升堂拜, 則夫人已耆年, 而勤肅端整, 不見老惰形, 所居一無侈華物, 如寒士家.

時金判書聖應母夫人, 亦以厚德, 聞于世. 金判書, 帶大將, 屢十年, 兼管捕盜大將. 捕盜廳例, 多惡刑. 捕盜卒, 皆悍健帶殺氣. 一卒是余京第人. 每日歸謂曰: "卒日待大將, 泥洞宅外洞口."云. 問何以然, 則曰: "大夫人分付, '須勿入宅, 遠待聞婢子言.'"大將, 若管捕將, 大夫人, 輒蹙額曰: "何不速遞."云. 大夫人, 年九十八九歲, 諱世, 余忘其姓氏. 金家多福祿, 子孫連襲搢紳. 判書, 河目好鬚髥. 瓌貌長身. 御高大馬, 具朱笠翠紗袍. 德威之容, 卓出班心.

金夫人, 坏窩金公相肅之女, 判書沈公著室也. 夫人免襁褓, 母尹夫人卒. 權葬於尹氏墳山, 久未返葬金氏墳山. 金夫人所天沈判官, 遞大丘判官歸京. 金夫人請弟金箕常, 遷尹夫人墓, 還金氏山. 時箕常, 纔長成, 坏窩墓, 纔窆故耳. 金氏山, 在結城, 尹氏山, 在楊州. 箕常上京, 欲遷墳, 沈判官以久遠, 墓遷重難之. 且地師說, 遷山必貽外孫害. 遷役始而止. 金夫人親出審, 更請必遷. 外議皆不從. 金夫人憂懣, 久不食曰: "地師詎知人禍福. 內外合葬, 古今通行, 吾親如之何各葬三百里外. 吾兩弟尙未老成, 吾不能遷葬, 是匪人子職."病遂作浸浸危劇, 箕常·沈判官不得已復遷. 尹夫人墓, 則大有水火患. 乃運往結城, 與坏窩同穴, 後沈家子孫無恙. 箕常弟箕書, 爲余傳之曰: "吾

---

90) 주 70과 같음.

妹, 明理定力, 雖烈丈夫, 不能過也. 其他類是事多."云. 沈判官, 方官公州, 公大州, 金夫人處內, 衙人莫售苞苴之路云.

公州桃洞人奴孫老積, 收養三寸姪孫上雲. 妻姓韓, 淸州今城人也. 于歸三年, 年十九, 上雲遘厲濱死. 韓初斫指, 血不出, 再斫去一節指, 血始出. 滴上雲口, 翌日, 上雲死. 韓出採荣, 輒袖斷節指, 灑涕十餘日, 又患厲. 老積給粥, 則不食曰:"兒願速死."合齒不開口, 七日飢兼厲, 遂死. 老積哭曰:"平日善事吾."老積母, 靑年孀居, 白首守節, 里無雜談. 老積亦忠於其主.

檜洞有冬衰子婦, 靑年夫死, 守節善養冬衰. 竭力送舅喪. 冬衰忘其子死, 皆尋常百姓人, 能甘心守志, 視死如歸, 烈哉, 冬衰子婦, 如趙杵臼之烈, 尤可卓也. 陜川, 有廉烈女.

閨秀錄

任鹿門聖周妹任氏, 景廟辛丑生, 號允摯堂. 歸原州申士人光裕室, 早娶無育, 今承旨光祐兄嫂. 天才理學, 貫習經傳, 年近七十, 每日呷唔經傳, 如經生家. 著述, 則非經疑問證, 不有之. 經義論講, 則與兄弟鹿門與雲湖, 多往復. 蓋夫人居原州, 鹿門兄弟, 居公州故也. 他著述, 則家門內祭文與爲貞烈婦女立傳也. 余以任門之瓜葛, 故從其家, 習聞夫人理學與善文字. 見其祭文經義, 則見識文藻, 自成一家, 則非同於閨閤[91]間, 一詩一文之才, 直可與曹大家上下也. 其異才, 非直壺德之潛, 故不曰閨烈錄, 曰閨秀錄也. 其尺衡銘曰:"惟皇上帝, 降衷下民, 其衷惟何. 中正不偏, 蘊之爲體, 中和德行, 發之爲用, 時宜庸行, 惟聖所安, 惟衆所勉, 勉之曷遵, 有爾權度, 輕重長短, 洒汝職也. 惟精惟一, 允也不差, 不精而一, 非楊則墨, 三過陋巷, 日中之得, 爾目既明, 體用畢該. 兢兢業業, 必敬必戒."其心箴曰:"心兮本虛, 神妙莫測, 從爾所之, 罔有紀極, 操則存, 捨則亡, 非誠曷存, 非敬曷養. 性發則微, 形觸則危, 微者擴之, 危者遏矣. 防微謹獨, 治心之則, 念玆在玆, 毋放晷刻. 克念作聖, 罔念作狂, 孰背孰仰, 背仰之辨, 三尺猶知, 知而不爲, 是爲自棄. 莫云難哉. 有爲若是, 宜修厥德, 罔敢或息. 上帝臨汝, 無貳爾心, 克念且敬, 惟心是

---

91) 석판본에는 '閣'자로 되어 있음.

鑑. 天之生民, 必有其則, 式告靈臺, 敬明其極."

郭師傅始徵之女, 歸金進士鐵根, 能詩文. 李陶菴述進士墓文曰: "繼室郭氏, 有士譽."云. 郭氏詩曰: "梨栗當秋那忍摘, 圖書滿壁竟誰知?" 其著所天碣銘曰: "公諱鐵根, 字石心, 號節友堂, 系出光山, 生於戊午閏五月初五日. 幼而聰慧, 八歲能成詩, 洛下之士, 莫不艷稱, 且事父母至孝, 己亥中生員, 辛丑抗疏, 明君臣之大義. 初娶承旨韓山李禎翊之女, 後娶王子師傅西原郭始徵之女, 卽未亡人也. 卒于戊申十月初四日, 葬於全義縣北高道村壬坐之原. 生二男一女, 長得性, 次得運, 出後叔父璞根, 一女未筓, 皆未亡人出也. 噫! 未亡人, 泣而敍事, 哀不能文. 嗚呼! 有有而有其有, 有有而不克其有. 有而有其有, 常也. 有而不克其有, 變也. 季世何常之常小, 而變之常多也. 公於國植綱常之節, 於家正百行之源, 而皆根於天性, 則公之有其質也. 待宗族以敦睦, 敎子弟以義方, 親疏咸得其歡心, 鄕黨罔或有訾謫, 則公之有其德也. 有其質, 有其德, 則宜乎有是壽, 有是位, 有是福, 而年僅逾五十, 位不得一命, 福亦嗇多男, 是果非有而不克有其有者耶! 諉諸理, 理胡若是舛? 諉諸天, 天胡若是難? 必是固不可測者, 而重爲公痛惜者也. 仍以爲銘曰: '出可以樹功名, 處可以垂風聲, 而卒不彰, 奈何乎彼蒼.'"

■ 부록

幷世才彦錄 人名 해설

ㄱ

강세작(康世爵): 호는 초관당(楚冠堂). 회령 강성촌에 사는 강씨들의 조상. 명나라 말기의 요동 군관으로 요양(遼陽)이 청나라에 함락될 때 우리나라로 귀화해 회령에서 살다가 죽었다. 남구만과 박세당이 각기 그의 전을 지었다.

강세황(姜世晃): 숙종 39~정조 15(1713~1791) 자는 광지(光之), 호는 표암(豹菴), 시호는 헌정(憲靖), 본관은 진주. 영조 52년(1776) 기로과에 장원하고 정조 2년(1778) 문과에 장원하고 호조와 병조의 참판을 지냈다. 그림과 글씨에 뛰어났다.

강이병(姜彝炳): 본관은 진주로 강세황의 종손(從孫)이다.

강인(姜儐): 영조 5~정조 15(1729~1791) 자는 자천(自天), 본관은 진주로 강세황(姜世晃)의 아들로서 영조 48년(1772) 문과에 급제, 벼슬은 승지를 지냈다. 그림을 잘 그렸다.

곽시징(郭始徵): 인조 22~숙종 39(1644~1713) 자는 경숙(敬叔)·지숙(智叔), 호는 경한재(景寒齋), 본관은 청주로 곽지흠(郭之欽)의 아들이며 송준길·송시열의 문인이다. 음직으로 왕자 사부를 지내고 만년에는 공주에서 살았다.

곽씨(郭氏): 사부(師傅) 곽시징(郭始徵)의 딸로 진사 김철근(金鐵根)에게 시집을 갔는데 시문을 잘했다. 남편의 묘갈명을 지었는데 격조가 높다.

구간(具侃): 숙종·영조 때 공주 출신의 무인으로 무과에 급제하여 병사를 지냈다.

구굉(具宏): 선조 10~인조 20(1577~1642) 자는 인보(仁甫), 호는 군산(羣山), 시호는 충목(忠穆), 본관은 능성으로 구사맹(具思孟)의 아들이다. 김장생의 문인으로 선조 41년(1608) 무과에 급제, 인조반정에 가담하고, 병조판서와 훈련대장 등을 지냈다.

구선복(具善復): 숙종 44~정조 10(1718~1786) 자는 사초(士初), 본관은 능성으로 구성임의 종질이다. 영조 때 총융사·어영대장·훈련대장·병조판서를 지냈다.

구선행(具善行): 숙종 35(1709)~? 자는 문중(文仲), 본관은 능성으로, 구성임(具聖任)의 아들이다. 늦게 무과에 급제, 벼슬은 금위대장과 판서를 지냈으며, 우리나라 팔도의 지도를 그리도록 했다.

구성임(具聖任): 숙종 19~영조 33(1693~1757) 자는 백형(伯衡), 본관은 능성이다. 훈련대장과 병조·형조의 판서를 지냈고, 조관빈 등과 『속병장도설 (續兵將圖說)』을 편찬했다.

구윤명(具允明): 숙종 37~정조 21 (1711~1797) 자는 사정(士貞), 호는 겸산(兼山), 본관은 능성, 구택규(具宅奎)의 아들이다. 영조 19년(1743) 문과에 급제, 예조판서를 지냈고, 능은군(綾恩君)에 봉해졌다. 저술로 『증수무원록언해』가 있고, 저서로 『전률통보(典律通補)』가 있다.

구인후(具仁垕): 선조 11~효종 9 (1578~1658) 자는 중재(仲載), 호는 유포(柳浦), 시호는 충무(忠武), 본관은 능성으로 구사맹(具思孟)의 손자이다. 김장생의 문인으로 선조 36년(1603) 무과에 급제, 벼슬은 좌의정을 지냈다.

구일(具鎰): 광해군 12~숙종 21(1620 ~1695) 자는 중경(重卿), 본관은 능성이다. 인조 20년(1642) 진사시에 합격하고 현종 9년(1668) 무과에 급제, 벼슬은 한성부 판윤과 총융사를 지냈다.

구칙(具伉): 숙종·영조 때 공주 출신의 무인으로 무과에 급제하여 병사를 지냈다.

굴저(屈姐): 중국 소주부 소천현(蘇川縣) 여자다. 명나라 궁녀로 심양에 잡혀 있다가 소현세자를 따라와서 상기(尙記)라는 여관에 제수되었다. 뒤에 임창군 이혼(李焜)의 집에 있다가 70여세에 죽어 임창군의 선산(고양시 대자동)에 묻혔고, 임창군이 묘지명을 지었다.

권건(權楗): 경종 1~정조 18(1721~ 1794) 본관은 안동으로 권변(權忭)의 손자이며, 권헌의 막내아우이다. 청수한 선비였다.

권변(權忭): 효종 2~영조 2(1651~ 1726) 자는 이숙(怡叔), 호는 수초당(遂初堂), 시호는 문정(文貞), 본관은 안동으로 권양(權讓)의 아들이다. 숙종 15년(1689) 문과에 급제, 벼슬은 참판에까지 임명되었으나 부임하지 않았다.

권상유(權尙游): 효종 7~경종 4(1656 ~1724) 자는 계문(季文)·유도(有道), 호는 구계(癯溪), 시호는 정헌(正獻), 본관은 안동. 권상하의 아우로 숙종 20년(1694) 문과에 급제, 벼슬은 이조판서를 지냈다. 경종 1년(1721) 신임사화에 노론이라 하여 탄핵을 받아 삭직되었다.

권상하(權尙夏): 인조 19~경종 1 (1641~1721) 자는 치도(致道), 호는 수암(遂菴)·한수재(寒水齋), 시호는 문순(文純), 본관은 안동. 송시열의 문인으로, 유일로 좌찬성에까지 이르렀는데, 실제로는 부임하지 않았다. 문집으로 『한수재집』이 있다.

권선(權揎): 자는 백검(伯儉), 본관은 안동으로 권변(權忭)의 손자이며, 권헌의 백씨이다. 과문에 힘써 진사시에 합격하고 참봉을 지냈다. 효행이 있었다.

권씨(權氏): 이사휘(李思徽)의 부인으로 권상하(權尙夏)의 손녀이다. 4대 종가의 종부로 베풀기를 잘하여 적덕을 쌓아 가세를 드날리게 했다.

권일형(權一衡): 숙종 26~영조 35 (1700~1759) 자는 신경(信卿), 본관은 안동으로 권익문(權益文)의 아들이다. 경종 3년(1723) 문과에 급제, 벼슬은 병조참판을 지냈다.

권적(權樀): 숙종 1~영조 31(1675~1755) 자는 경하(景賀), 호는 창백헌(蒼白軒)·남애(南厓), 시호는 효정(孝靖), 본관은 안동이다. 숙종 39년(1713) 문과에 급제, 벼슬은 숙종 42년(1716) 한림을 지내고 예조판서에 이르렀다. 효성이 지극하여 정문이 세워졌고 문집으로 『창백헌집』이 있다. 그가 한림으로 있을 때(1716) 꿈에 염라부에 잘못 잡혀갔다가 살아나왔다는 일화가 있다. 문집으로 『창백헌집』이 있다.

권진응(權震應): 숙종 37~영조 51(1711~1775) 자는 형숙(亨叔), 호는 산수헌(山水軒), 본관은 안동으로 권상하의 증손이다. 벼슬은 유일로 진출하여 자의를 지냈고, 용모가 아름답고 담론을 잘했다. 문집으로 『산수헌집』이 있다.

권처자(權妻子): 용궁현에 살았으며 권요수(權堯壽)의 딸이다. 집안이 가난해서 21세가 되도록 시집을 가지 못했다. 뒷동산에 올라가 나물을 캐다가 겁탈을 당할 뻔했는데 힘껏 저항해서 몸을 더럽히지 않고 돌아와 목매어 죽었다. 정렬처자(貞烈妻子)란 시호를 주고 비석을 세웠다.

권헌(權攇): 숙종 39~영조 46(1713~1770) 자는 중약(仲約), 호는 진명(震溟), 본관은 안동으로 권변(權忭)의 손자이다. 23세에 생원이 되었고, 음직으로 장수현감을 지냈다. 시를 잘 지었으며, 문집으로 『진명집』이 있다.

금평도위(錦平都尉): 미상.

긴저(緊姐): 중국 여자로 1645년 소현세자를 따라왔다. 원래는 명나라 재상의 후처였는데 용모가 빼어나고 화장을 잘했다.

김경문(金慶門): 숙종 13~영조 13(1687~1737) 자는 수겸(守謙), 호는 소암(蘇巖), 본관은 우봉(牛峰), 김지남(金指南)의 아들이다. 숙종 38년(1712) 백두산 정계비를 세울 때 접반을 하면서 바르게 분변하여 공을 세우고 『통문관지(通文館志)』를 편찬했다.

김계휘(金繼輝): 중종 21~선조 15(1526~1582) 자는 중회(重晦), 호는 황강(黃岡), 본관은 광주이다. 명종 4년(1549) 문과에 급제, 벼슬은 예조참판을 지냈다.

김광수(金光遂): 숙종 22(1696)~? 자는 성중(成仲), 호는 상고당(尚古堂), 본관은 상주. 김동필(金東弼)의 아들로 음직으로 군수를 지냈다. 문장이 힘찼고, 고서화 등의 감식안이 높았다.

김광옥(金光玉): 영·정조 때 도장을 잘 새긴 인물이다.

김광찬(金光燦): 호는 운수거사(雲水居士), 본관은 안동으로 김상관(金尙寬)의 아들인데, 김상헌에게 입양되었고 김수항(金壽恒)의 아버지다.

김교행(金敎行): 숙종 38~영조 42(1712~1766) 자는 백삼(伯三), 호는 유근당(惟勤堂), 본관은 안동으로, 자질이 안온하고 효성스러웠다.

김구(金構): 인조 27~숙종 30(1649~1704) 자는 자긍(子肯), 호는 관복재(觀復齋), 시호는 충헌(忠憲), 본관은 청풍. 숙종 8년(1682) 문과에 장원하고 벼슬은 우의정을 지냈다. 필법이 힘차고 문장이 간결했다. 단종의 복위를 주장하여 단종을 추복(追復)케 했다.

김규오(金奎五): 영조 5~정조 13 (1729~1789) 자는 경휴(景休), 호는 최와(最窩), 본관은 함창으로 윤봉구의 문인이다. 영조 50년(1774) 진사시에 합격하고, 한평생 공부만 했다. 문집으로『최와집』이 있다.

김금몽(金金夢): 서울의 시전상인인데 명지(名紙)를 잘 써서 명필로 알려졌다.

김기대(金器大): 숙종 40~영조 51 (1714~1775) 자는 덕용(德容), 본관은 경주로 숙종 계비 인원왕후(仁元王后)의 조카이다. 영조 32년(1756) 문과에 급제, 도승지를 거쳐 한성부 좌윤을 지냈다.

김기상(金箕常): 김상숙(金相肅)의 아들로 김기서(金箕書)의 형이다.

김기서(金箕書): 김상숙(金相肅)의 둘째아들로 그림을 잘 그렸다.『계행보』와『만성대동보』에는 김상숙의 중형인 김상복(金相福)의 아들로 나와 있다.

김기응(金箕應): 김상정(金相定)의 아들로 현령을 지냈으며 문장에 뛰어났다.

김덕항(金德恒): 인조 27(1649)~? 자는 여형(汝衡), 본관은 선산으로 김국헌(金國獻)의 아들이다. 숙종 5년(1679) 문과에 급제, 벼슬은 목사를 지냈다.

김동필(金東弼): 숙종 4~영조 13 (1678~1737) 자는 자직(子直), 호는 낙건정(樂健亭), 시호는 충혜(忠惠), 본관은 상주로 김우석(金禹錫)의 손자이다. 숙종 30년(1704) 문과에 급제, 벼슬은 이조판서를 지냈다. 저서로『인접설화(引接說話)』가 있다.

김두묵(金斗默): 자는 이운(而運), 호는 과재(過齋), 본관은 광산인데, 뒤에 이름을 정묵(正默)으로 고쳤다. 정조 때 남대(南臺)에 뽑혔다가 곧 삭탈당했다.

김두열(金斗烈): 자는 영중(英仲), 호는 예원(藝園), 본관은 광주이다. 금산군수를 지낸 영조 때 사람이며, 글씨를 잘 썼는데 특히 전서를 잘 썼다.

김부인(金夫人): 판관 심저(沈著)의 부인으로 김상숙(金相肅)의 딸이다. 그 친정 어머니 윤부인의 묘를 윤씨 선산에서 그 아버지 김상숙의 묘로 합장하게 한 사리에 밝고 풍수설을 배격한 당찬 부인네였다. 판관이 공주에서 관직을 맡았을 때 김부인이 내아에 있으면 선물을 바칠 길이 없었다 한다.

김비(金棐): 광해군 5(1613)~? 자는 사보(士輔), 호는 묵재(默齋), 본관은 광산으로 김장생(金長生)의 아들이다. 벼슬은 찰방을 지냈다. 글씨를 잘 썼는데 촉체로 이름이 났다.

김상겸(金相謙): 본관은 광산으로 배와(坯窩) 김상숙(金相肅)의 서출 동생으로 벼슬은 봉사(奉事)를 지냈는데 시를 잘 지었고 반초서를 잘 썼다.

김상량(金相良): 본관은 광산으로 김진옥(金鎭玉)의 손자이다. 음직으로 지사(知事)에 이르렀는데, 영조 때 황주목사를 부망(副望)으로 낙점받았다.

김상묵(金尙默): 영조 2(1726)~? 자는 백우(伯愚), 본관은 청풍으로 김성채(金聖采)의 아들이다. 영조 42년(1766) 문과에 급제, 안동부사를 거쳐 대사간을 지냈다.

김상복(金相福): 숙종 40~정조 6 (1714~1782) 자는 중수(仲叟), 호는 직하(稷下)·자연(自然), 시호는 문헌(文憲), 본관은 광산으로 김상숙(金相肅)의 형이다. 영조 16년(1740) 문과에 급제, 벼슬은 영의정을 지냈다. 글씨를 잘 썼고 시문으로도 이름이 났다.

김상봉(金相鳳): 숙종 37(1711)~? 자는 서우(瑞羽), 호는 지애(芝涯), 본관은 광산이다. 벼슬은 음직으로 세마(洗馬)를 지냈다. 문예를 성취하여 온갖 문체를 이루어냈다.

김상숙(金相肅): 숙종 43~정조 16 (1717~1792) 자는 계윤(季潤), 호는 배와(坯窩)·초루(草樓), 본관은 광산으로 김원택(金元澤)의 아들이다. 영조 20년(1744) 진사가 되고, 군수를 거쳐 첨지중추부사를 지냈다. 글씨를 잘 썼으며, 그 체를 '직하체(稷下體)'라고 일컬었다.

김상정(金相定): 영조 3~정조 12 (1727~1788) 자는 치오(穉五), 호는 석당(石堂), 본관은 광산으로 김장생의 후손이다. 영조 47년(1771) 문과에 급제, 벼슬은 승지를 거쳐 대사간을 지냈다. 저서로 『석당유고』가 있다.

김석여(金錫汝): 청주 사람으로 진사시에 합격했고 과부(科賦)를 잘했다.

김석주(金錫胄): 인조 12~숙종 10 (1634~1684) 자는 사백(斯百), 호는 식암(息菴), 시호는 문충(文忠), 본관은 청풍으로 김육(金堉)의 손자이다. 현종 3년 (1662) 문과에 장원하고, 벼슬은 우의정을 지냈다. 청성부원군에 봉해졌다가 삭

탈당하기도 했었다. 과부(科賦)를 잘했고, 의약에도 밝아 정승에 이르도록 의약동참(議藥同參)의 직을 겸하고 있었다. 저서로 『식암집』과 『해동사부(海東辭賦)』가 있다.

김성기(金聖基): 자는 자호(子湖)·대재(大哉), 호는 조은(釣隱)·어은(漁隱)으로 영조 때 상의원(尙衣院)의 궁인(弓人)으로 퉁소·비파·거문고를 잘했다. 시와 창에 능했고, 시조 8수가 전한다.

김성응(金聖應): 숙종 25~영조 40 (1699~1764) 자는 군서(君瑞), 시호는 효정(孝靖), 본관은 청풍으로 김도영(金道詠)의 아들이다. 장붕익의 추천으로 벼슬을 시작하여 병조판서에 이르렀다. 풍채가 괴걸했다.

김성응(金聖應)의 모부인: 김성응은 판서를 지냈는데 그가 포도대장을 겸직하게 된 경우를 그 어머니는 좋아하지 않았다. 대부인은 98, 9세를 살았는데 복록이 많아서 자손들이 높은 관직을 역임했다.

김성자(金聖梓): 영조 때 청주목사를 지낸 인물로 김안묵(金安默)의 아버지다.

김성적(金盛迪): 인조 21(1643)~? 자는 중혜(仲惠), 본관은 안동. 김상용의 후손으로 김수민(金壽民)의 아들이다. 숙종 10년(1684) 문과에 급제 벼슬은 충청감사를 지냈다.

김수능(金壽能): 인조 22(1644)~? 자는 능지(能之), 본관은 안동으로 김광찬(金光燦)의 아들이다. 현종 14년(1673) 문과에 급제, 벼슬은 현감을 지냈다.

김수항(金壽恒): 인조 7~숙종 15

320

(1629~1689) 자는 구지(久之), 호는 문곡(文谷), 본관은 안동. 효종 2년(1651) 문과에 급제하고 벼슬은 영의정을 지냈다. 남인의 기사환국(己巳換局)으로 인해 유배되어 사사되었다. 노론(老論) 4대신으로 일컬어진다.

김순택(金純澤): 숙종 40~정조 11 (1714~1787) 자는 유문(孺文), 벼슬은 부사를 지냈다. 문장을 잘 지었다.

김숭겸(金崇謙): 숙종 8~숙종 26 (1682~1700) 자는 군산(君山), 호는 관복암(觀復菴), 본관은 안동, 김창협(金昌協)의 아들이다. 13세 때부터 시를 짓기 시작하였으며, 세상을 비판하는 시 300여 수를 지었다. 문집으로 『관복암시고』가 있다.

김시묵(金時默): 경종 2~영조 48 (1722~1772) 자는 이신(爾愼), 시호는 정익(靖翼), 본관은 청풍으로 효의왕후의 아버지, 김성응(金聖應)의 아들이다. 영조 28년(1750) 문과에 급제, 벼슬은 병조·호조·공조의 판서를 지냈다. 청원부원군(淸原府院君)에 추증되었다.

김시민(金時敏): 숙종 7~영조 23 (1681~1747) 자는 사수(士修), 호는 동포(東圃)·초창(焦窓), 본관은 안동이다. 김창흡의 문인으로 고시체의 독자적 경지를 이루었다. 의빈부 도사와 진산군수를 지냈다. 사천 이병연을 종장으로 하는 '팔표기'의 한 사람인데, 문집으로 『동포집』이 있다.

김시찬(金時粲): 숙종 26~영조 43 (1700~1767) 자는 치명(穉明), 호는 초천(苕川), 시호는 충정(忠正), 본관은 안

동으로 김성도(金盛道)의 아들이다. 영조 10년(1734) 문과에 급제, 벼슬은 부제학을 지냈다. 문집으로 『초천집』이 있다.

김씨(金氏): 참봉 이경재(李景載)의 부인으로, 본관은 광산이고 김상봉(金相鳳)의 딸이다. 집안을 잘 다스리는 재주가 많았다.

김안묵(金安默): 서흥부사를 지낸 인물로 김성자(金聖梓)의 아들이다.

김양행(金亮行): 숙종 41~정조 3 (1715~1779) 자는 자정(子靜), 호는 지암(止菴)·여호(驪湖), 시호는 문간(文簡), 본관은 안동으로 김수항의 증손이다. 유일로 진출하여 정조 때 형조참판에 이르렀다.

김영수(金永綬): 무관으로 제주목사와 충청병사를 지내고 통제사로 있다가 죽었다.

김용겸(金用謙): 숙종 28~정조 13 (1702~1789) 자는 제대(濟大), 호는 교교자(嘐嘐子), 본관은 안동으로 김수항의 손자다. 벼슬은 음직으로 정조 10년(1786) 공조판서를 지냈다. 음악에 조예가 깊었고 서책을 널리 읽었다.

김용경(金龍慶): 숙종 4~영조 14 (1678~1738) 자는 이견(而見), 본관은 경주로 김두정(金斗井)의 아들이다. 홍성 출신으로 숙종 44년(1718) 문과에 급제, 벼슬은 개성부유수를 지냈다. 영조 14년(1738) 진하 겸 사은부사로 청나라에 다녀오다가 풍윤(豊潤)에서 병들어 죽었다.

김우(金愚): 울산현감을 지낸 영조 때 사람으로 글씨를 잘 썼고, 특히 팔푼체를 잘 썼다.

김욱(金煜): 경종 3~정조 14(1723~1790) 자는 광중(光仲), 호는 죽하(竹下)·약현(藥峴), 본관은 연안이다. 정승을 지냈으면서도 맑은 덕을 닦고 검약하게 살면서 임금에게도 곧은 말을 자주 했다.

김운택(金雲澤): 현종 14~경종 2(1673~1722) 자는 중행(仲行), 호는 백운헌(白雲軒), 본관은 광산, 판서 김진귀의 아들이다. 1704년 문과에 급제, 형조참판에 이르렀다. 경종 2년(1722) 신임사화로 유배된 뒤, 목호룡의 반역을 꾀한다는 무고로 장살되었다. 뒤에 이조판서에 추증되고, 시호는 충정(忠貞)이다.

김원행(金元行): 숙종 28~영조 48(1702~1772) 자는 백춘(伯春), 호는 미호(渼湖)·운루(雲樓), 시호는 문경(文敬), 본관은 안동으로 김창협의 손자. 벼슬은 참의에 임명되었으나 사양했고, 이간(李柬)의 낙론(洛論)을 지지했다. 시와 문장을 잘했다.

김위재(金偉材): 자는 사홍(士弘), 호는 미암(迷菴), 본관은 광산, 김운택(金雲澤)의 아들로 음직으로 부솔(副率)을 지냈는데, 신임옥사로 집안이 참화를 입고, 영조 때에 화를 당한 집안 자제들이 모두 벼슬을 하였으나 오직 그만이 한강을 건너가지 않았다.

김유(金楺): 효종 4~숙종 45(1653~1719) 자는 사직(士直), 호는 검재(儉齋), 시호는 문경(文敬), 본관은 청풍으로 김징(金澄)의 아들이다. 숙종 25년(1699) 문과에 급제, 참판과 대제학을 지냈다.

김유행(金由行): 자는 여용(汝勇), 본관은 안동으로 김수항의 손자이다. 힘과 용맹이 뛰어났는데, 음직으로 삼척부사를 지냈다.

김육(金堉): 선조 13~효종 9(1580~1658) 자는 백후(伯厚), 호는 잠곡(潛谷), 초호는 회정당(晦靜堂), 시호는 문정(文貞), 본관은 청풍으로 김흥우(金興宇)의 아들이다. 인조 2년(1624) 문과에 급제, 벼슬은 영의정을 지냈다. 대동법(大同法)을 실시토록 했으며, 새 역법인 시헌력(時憲曆)을 시행토록 했고, 상평통보를 주조 유통케 하는 등 그의 경제학은 유형원에게 영향을 끼쳐 실학의 선구적 역할을 했다. 저서로 『잠곡유고(潛谷遺稿)』 『잠곡필담』 『해동명신록』 등등이 있고 편서로 『국조명신록』 외 다수가 있다.

김윤겸(金允謙): 숙종 37~영조 51(1711~1775) 자는 극양(克讓), 호는 진재(眞宰), 본관은 안동으로 김창업(金昌業)의 아들이다. 그림을 잘 그렸고, 벼슬은 음직으로 찰방을 지냈다. 풍속도에 뛰어났다.

김이곤(金履坤): 숙종 38~영조 50(1712~1774) 자는 후재(厚哉), 호는 봉록(鳳麓), 본관은 안동으로 김상용의 6대손이다. 음직으로 현감을 지냈다. 시문을 잘했는데, 문집으로 『봉록집』이 있다. 팔표기(八驃騎)의 한 사람이다.

김이도(金履度): 영조 26(1750)~? 자는 계근(季謹), 본관은 안동으로 김탄행(金坦行)의 아들이며, 김이소(金履素)의 동생이다. 정조 24년(1800) 문과에 급제했다. 관력은 미상인데, 왕희지와 종요의 글씨를 익혀 명성을 날렸다.

김이복(金履復): 김이곤(金履坤)의 동생인데 음직으로 당상관을 지냈다. 과부(科賦)를 잘 지었다.

김이소(金履素): 영조 11~정조 22 (1735~1798) 자는 백안(伯安) 호는 용암(庸菴), 시호는 익헌(翼憲), 본관은 안동으로 김탄행(金坦行)의 아들이다. 영조 40년(1764) 문과에 급제, 벼슬은 좌의정을 지냈다.

김이안(金履安): 경종 2~정조 15 (1722~1791) 자는 정례(正禮), 호는 삼산재(三山齋), 본관은 안동으로 김원행(金元行)의 아들이다. 과시를 잘하고 서찰을 잘 썼으며, 정조 5년(1781) 음직으로 충주목사를 지냈다. 시호는 문헌(文憲)이며, 문집으로『삼산재집』이 있다.

김익훈(金益勳): 광해군 11~숙종 15 (1619~1689) 자는 무숙(懋叔), 호는 광남(光南), 시호는 충헌(忠獻), 본관은 광산으로 김장생(金長生)의 손자이다. 음직으로 형조참판을 지냈다. 경신대출척을 일으켜 남인들을 사사(賜死)·유배·파면케 하는 데에 주동적 역할을 했다. 기사환국(1689) 때 투옥되어 고문을 당하고 죽었다.

김익희(金益熙): 광해군 2~효종 7 (1610~1656) 자는 중문(仲文), 호는 창주(滄洲), 본관은 광산, 김장생의 손자로 인조 11년(1633) 문과에 급제했다. 벼슬은 이조판서를 지냈다. 시호는 문정(文貞)이며, 문집으로『창주유고』가 있다.

김인겸(金仁謙): 숙종 33~영조 48 (1707~1772) 자는 사안(士安), 호는 퇴석(退石), 본관은 안동으로 김창복(金昌復)의 아들이다. 진사로서 영조 39년 (1763) 통신사 조엄의 제술관이 되어 일본에 다녀와『일동장유가(日東壯遊歌)』를 지었다. 이 가사는 국문학사상 유명한 작품이다.

김일경(金一鏡): 현종 3~영조 즉위 (1662~1724) 자는 인감(人鑑), 호는 아계(丫溪), 본관은 광산으로 김겸익(金兼益)의 손자이다. 숙종 28년(1702) 문과에 급제, 벼슬은 형조판서를 지냈다. 신임사화(辛壬士禍)를 주도하여 노론 4대신 등을 사사시키고 노론 탄압을 주도했다. 영조가 즉위하자 친국을 받고 참형당했다.

김재로(金在魯): 숙종 8~영조 35 (1682~1759) 자는 중례(仲禮), 호는 청사(淸沙)·허주자(虛舟子), 시호는 충정(忠靖), 본관은 청풍으로 김구(金構)의 아들이다. 숙종 36년(1710) 문과에 급제, 벼슬은 영의정을 지냈다. 저서로는『천의소감언해(闡義昭鑑諺解)』와『난여(爛餘)』가 있고 편서가 많다.

김종수(金鍾秀): 영조 4~정조 23 (1728~1799) 자는 정부(定夫), 호는 몽오(夢梧)·진솔(眞率), 본관은 청풍, 김치만의 아들로 영조 44년(1768) 문과에 급제, 좌의정을 지냈다. 시호는 문충(文忠)으로 벽파(僻派)의 영수이며, 문집으로『몽오집』이 있다.

김종후(金鍾厚): ?~정조 4(1780) 자는 백고(伯高), 호는 본암(本菴)·진재(眞齋), 본관은 청풍으로 김치만(金致萬)의 아들이다. 민우수(閔遇洙)의 문인으로, 벼슬은 학행으로 천거받아 자의에 이르렀다. 문집으로 『본암집』이 있고 『청풍세고(淸風世稿)』를 편찬했다.

　김좌승(金佐承): 글씨를 잘 썼는데, 해서와 초서가 웅건하다.

　김지남(金指南): 효종 5~숙종 44 (1654~1718) 자는 계명(季明), 호는 광천(廣川), 본관은 우봉이다. 현종 12년 (1672) 역과에 급제, 일본·청나라에 다녀왔고, 숙종 38년(1712) 청나라와 백두산 정계(定界)에 관한 협상을 할 때 접반 통역으로 참여했고, 『통문관지』 편찬에도 참여했다.

　김지행(金砥行): 숙종 42~영조 50 (1716~1774) 자는 유도(幼道), 호는 밀암(密菴), 본관은 안동으로 김상용의 후손이다. 윤봉구(尹鳳九)의 문인으로 공주에서 살면서 학문을 닦고, 벼슬은 감역을 지냈다.

　김진귀(金鎭龜): 효종 2~숙종 30 (1651~1704) 자는 수보(守甫), 호는 만구와(晩求窩), 본관은 광산이다. 김만기(金萬基)의 아들이며 인경왕후(仁敬王后)의 오빠. 숙종 6년(1680) 문과에 급제, 벼슬은 판의금부사에 이르렀고, 시호는 경헌(景獻)이다.

　김진규(金鎭圭): 효종 9~숙종 42 (1658~1716) 자는 달보(達甫), 호는 죽천(竹泉), 시호는 문청(文淸), 본관은 광산으로 김만기(金萬基)의 아들이고 인경왕후의 오빠이다. 숙종 12년(1686) 문과에 장원, 벼슬은 대제학과 공조판서를 지냈다. 문장에 뛰어났고 글씨와 그림에도 능했다. 저서로 『죽천집』이 있다.

　김진상(金鎭商): 숙종 10~영조 31 (1684~1755) 자는 태백(太白), 호는 퇴어(退漁), 본관은 광산으로 김익훈(金益勳)의 손자이다. 숙종 38년(1712) 문과에 급제, 벼슬은 부제학을 지냈다. 글씨를 잘 썼고 시문도 잘 지었다. 문집으로 『퇴어당집(退漁堂集)』이 있다.

　김진세(金鎭世): 본관은 광산으로 김장생의 후손인데 수원에서 포의(布衣)로 일생을 마쳤다. 신이한 용력이 있었다.

　김진옥(金鎭玉): 자는 백온(伯溫), 호는 유하(柳下)·온재(韞齋), 본관은 광산으로 김만균(金萬均)의 아들이며 송시열의 문인이다. 음직으로 강원도 관찰사를 지냈다. 순리(循吏)였다.

　김징(金澄): 인조 1~숙종 2(1623~1676) 자는 원회(元會), 호는 감지당(坎止堂), 본관은 청풍으로 김극형(金克亨)의 아들이다. 이식(李植)·송준길(宋浚吉)의 문인으로, 효종 3년(1652) 문과에 급제, 현종 11년(1670) 전라도 관찰사로서 부모의 회갑을 구실로 많은 뇌물받았다는 탄핵을 받고 배천에 유배되었다가 현종 13년(1672) 풀려났다.

　김창복(金昌復): 자는 자춘(子春), 본관은 안동으로 김수항의 서종자인 김수능(金壽能)의 아들이다. 공주 두곡(杜谷)에 은거하여 독서로 일생을 지냈다. 『일동장유가(日東壯遊歌)』를 지은 김인겸(金仁謙)이 그의 아들이다.

　김창집(金昌集): 인조 26~경종 2 (1648~1722) 자는 여성(汝成), 호는 몽와(夢窩), 시호는 충헌(忠獻), 본관은 안동으로 김수항(金壽恒)의 아들이며 김창협·김창흡의 형이다. 숙종 10년(1684)

문과에 급제, 벼슬은 영의정을 지냈다. 노론 4대신의 한 사람으로 신임사화 때 희생당했다. 저서로『몽와집』등이 있다.

김창집(金昌緝): 현종 3~숙종 39 (1662~1713) 자는 경명(敬明), 호는 포음(圃陰), 본관은 안동, 김수항의 아들이다. 1684년 생원시에 합격, 벼슬은 예빈시 주부를 지냈다.

김창협(金昌協): 효종 2~숙종 34 (1651~1708) 자는 중화(仲和), 호는 농암(農巖)·삼주(三洲), 시호는 문간(文簡), 본관은 안동으로 김수항(金壽恒)의 아들이다. 숙종 8년(1682) 문과에 장원, 벼슬은 청풍부사로 있다가 기사환국 때 아버지가 진도 배소에서 사사되자 영평(永平)에 은거하고, 대제학과 판서에 임명되었으나 사퇴했다. 유학의 대가로 문장에 능했고 글씨도 잘 썼다. 저서로『농암집』과『농암잡지』등 여러가지가 있다.

김창흡(金昌翕): 효종 4~경종 2(1653~1722) 자는 자익(子益), 호는 삼연(三淵), 시호는 문강(文康), 본관은 안동으로 김수항의 아들이며 창집·창협의 아우이다. 현종 14년(1673) 진사시에 합격하고 벼슬에는 나가지 않고 성리학 연구에 몰두 율곡 이후의 대학자로 명성을 떨쳤다. 저서로『삼연집』『심양일기(瀋陽日記)』『문취(文趣)』가 있고,『안동김씨세보』를 편찬했다.

김철근(金鐵根) 숙종 4~영조 4(1678~1728) 자는 석심(石心), 호는 절우당(節友堂), 본관은 광산이다. 8세에 능히 시를 짓고, 숙종 45년(1719) 생원시에 합

격하였으나 벼슬을 하지 못했다. 강상의 절조를 세우고 효성이 지극했다. 이재(李縡)가 묘지문을 지었다.

김충선(金忠善): 1571~1642. 귀화한 왜인으로, 왜명은 사야가(沙也可), 자는 선지(善之), 호는 모하당(慕夏堂) 또는 모화(慕華), 본관은 김해. 대구 녹촌(鹿村)에서 살았다. 그는 임진왜란 때 가등청정(加藤淸正)의 선봉장으로 왔다가 병사 김응서에게 3천 명의 군사를 이끌고 귀화해 왔다. 증성 싸움에서 전공을 세우고, 조총도감 감조관으로 총을 만드는 법, 쏘는 법, 화약 만드는 법을 가르쳤다. 병자호란 때는 의병을 일으키기도 했다. 가선대부의 작위를 받았다. 부사 홍춘점(洪春點)의 딸과 결혼, 자손을 많이 두었다.

김취로(金取魯): 숙종 8~영조 16 (1682~1740) 자는 취사(取斯), 시호는 충헌(忠獻), 본관은 청풍. 숙종 36년(1710) 문과에 급제, 벼슬은 호조판서를 지냈다.

김치구(金致九): 영조 4(1728)~? 자는 성범(聖範), 본관은 청풍으로 김병로(金秉魯)의 아들이다. 영조 42년(1766) 문과에 급제, 사간원과 사헌부에서 벼슬을 지냈다.

김치만(金致萬): 숙종 23(1697)~? 자는 회일(會一), 호는 고은당(高隱堂), 본관은 청풍으로 김희로(金希魯)의 아들이다. 경종 1년(1721) 진사시에 장원하여 시직(侍直)을 지냈다. 정내교가「고은자전」을 지었다. 해서와 반행서를 잘 썼다.

김치직(金致直): 자는 인지(人之), 본

관은 청풍으로 서얼 출신이다. 힘이 세고 우직했다. 김종수(金鍾秀)가 1772년 영해(嶺海) 땅으로 귀양갈 때 따라가 변치 않고 수발을 들어준 의협인이다.

김하현(金夏鉉): 공주에 살았으며, 무공으로 첨지 벼슬을 했는데 촉체를 잘 썼다.

김한록(金漢祿): 자는 여수(汝綏), 호는 한간(寒澗), 본관은 경주. 한원진의 문인으로 노론 벽파의 영수였다. 벼슬은 세마를 지냈다.

김한철(金漢喆): 숙종 27(1701)~? 자는 사적(士迪), 본관은 경주, 김용경(金龍慶)의 아들로 서산(瑞山) 출신이다. 영조 7년(1731) 문과에 급제, 벼슬은 형조판서를 지냈다. 과시를 잘 평가하였다.

김홍도(金弘道): 영조 21(1745)~? 자는 사능(士能), 호는 단원(檀園)·단구(丹邱)·서호(西湖)·고면거사(高眠居士)·첩취옹(輒醉翁), 본관은 김해이다. 강세황의 천거로 도화서 화원이 되고, 정조 15년(1791) 연풍현감이 되어 1795년 정월까지 재임했다. 해학과 풍자를 조화시킨 풍속화에 뛰어나서 세상에서는 그를 속화체(俗畫體)라고 불렀다.

김홍택(金弘澤): 자는 제경(濟卿), 본관은 광산이며 김익희(金益熙)의 현손으로, 벼슬은 음직으로 금구현감을 지냈다.

김후신(金厚臣): 호는 이재(彝齋)·불염자(不染子), 본관은 개성으로 도화서 화원으로 있었고, 벼슬은 찰방을 지냈다. 사실적인 화풍으로 산수·화초·영모 등을 잘 그렸다.

김희로(金希魯): 현종 14~영조 29(1673~1753) 자는 성득(聖得), 본관은 청풍으로 김구(金構)의 아들이다. 숙종 28년(1702) 진사가 되고, 음직으로 참판을 지냈다. 문필로 일가를 이루었다.

ㄴ

나걸(羅杰): 본관은 안정(安定)이며 나만갑(羅萬甲)의 5대손이다. 형 나열(羅烈)과 함께 시문으로 문단에 이름이 났으며 글씨를 잘 썼다.

나만갑(羅萬甲): 선조 25~인조 20(1592~1642) 자는 몽뢰(夢賚), 호는 구포(鷗浦), 본관은 안정(安定)이다. 광해군 5년(1613) 진사시에 합격하고 독서로 지내다가 1623년 문과에 급제, 벼슬은 형조참의를 지냈다. 저서로 『병자록(丙子錄)』과 『구포집』이 있다.

나삼(羅蔘): 본관은 안정(安定)으로 나만갑(羅萬甲)의 후손인데 경학에 밝았고 과책(科策)을 잘했다. 벼슬은 교관을 지냈다.

나열(羅烈): 영조 7~순조 3(1731~1803) 자는 자회(子晦), 호는 주계(朱溪)·해양(海陽), 본관은 안정(安定)이며, 나만갑(羅萬甲)의 5대손이다. 영조 29년(1753) 진사시에 합격하여 돈령부 도정을 지냈다. 아우 나걸(羅杰)과 함께 시문으로 이름을 떨쳤고 글씨를 잘 썼다. 『해양시집』이 있다.

남구만(南九萬): 인조 7~숙종 37(1629~1711) 자는 운로(雲路), 호는 약천(藥泉)·미재(美齋), 시호는 문충(文忠), 본관은 의령으로 송준길의 문인이다. 효종 7년(1656) 문과에 급제, 벼슬은 영의정을 지냈다. 문장과 서화에도 뛰어났다. 저서로 『약천집』 등이 있다.

남숙관(南肅寬): 숙종·영조 때 서울 백악산 아래 북동에 살았던 이로 시와 그림에 뛰어나고 사천(槎川) 이병연을 종장(宗匠)으로 삼은 팔표기(八驃騎)의 한 사람이다. 영춘현감을 지냈다.

남씨(南氏): 동복현감을 지낸 이규량(李奎亮)의 부인으로, 본관은 의령인데 남유용(南有容)의 여동생이다. 정숙하였고 남편을 따라 같은 달에 죽어 정문이 내려졌다.

남옥(南玉): 경종 2~영조 46(1722~1770) 자는 시온(時蘊), 호는 추월(秋月), 본관은 의령이다. 남도혁(南道爀)의 아들로 영조 29년(1753) 문과에 급제, 영조 39년(1763) 통신사 조엄의 제술관으로 일본에 다녀왔고, 벼슬은 군수를 지냈다. 과부(科賦)를 잘했다.

남용익(南龍翼): 인조 6~숙종 18(1628~1692)자는 운경(雲卿), 호는 호곡(壺谷), 시호는 문헌(文憲), 본관은 의령이다. 인조 26년(1648) 문과에 급제, 벼슬은 양관 대제학과 이조판서를 지냈다. 문장에 능하고 글씨를 잘 썼다. 저서로 『호곡집』 『기아(箕雅)』 『부상록(扶桑錄)』이 있다.

남유두(南有斗): 숙종·영조 때 사람으로, 호는 초부(樵夫)인데 시를 잘 지었다.

남유용(南有容): 숙종 24~영조 49(1698~1773) 자는 덕재(德哉), 호는 뇌연(雷淵)·소화(小華), 시호는 문청(文

淸), 본관은 의령으로 남한기(南漢紀)의 아들이다. 영조 16년(1740) 문과에 급제, 대제학과 봉조하를 지냈다. 문장과 시에 뛰어났으며, 글씨도 잘 썼다. 저서로 『뇌연집』과 『명사정강(明史正綱)』이 있다.

남유정(南有定): 경종 2(1722)~? 자는 낙재(樂哉), 본관은 의령으로, 남한기(南漢紀)의 아들이다. 벼슬은 현감을 지냈으며 글씨를 잘 썼다.

남주관(南冑寬): 경종 4(1724)~? 자는 백교(伯敎), 본관은 의령으로 남학조(南鶴祚)의 아들이다. 영조 38년(1762) 문과에 급제, 벼슬은 미상이다. 과부를 잘했다.

남한기(南漢紀): 숙종 1~영조 22(1675~1746) 자는 국보(國寶), 호는 기옹(寄翁), 본관은 의령으로 남정중(南正重)의 아들이다. 숙종 36년(1710) 진사시에 합격하고, 벼슬은 오위도총부 부총관을 지냈다. 문집으로 『기옹집』이 있다.

노긍(盧兢): 영조 14~정조 14(1738~1790) 자는 여림(如臨), 초자는 신중(愼仲), 호는 한원(漢源)·금석(今石), 본관은 교하이다. 영조 41년(1765) 진사가 되었는데, 과시를 잘했다. 1777년 사풍(士風)을 어지럽혔다는 죄로 위원(渭原)에 유배된 일이 있었다. 문집으로 『한원유고』가 있다.

노수신(盧守愼): 중종 10~선조 23(1515~1590) 자는 과회(寡悔), 호는 소재(蘇齋)·이재(伊齋)·암실(暗室)·여봉노인(茹峰老人), 시호는 문의(文懿), 본관은 광주이다. 중종 38년(1543) 문과에 장원, 벼슬은 영의정을 지냈다. 문장과 서예에 능했고 양명학도 깊이 연구했다. 저서로 『시강록(侍講錄)』과 『소재문집』이 있다.

ㄷ

달문(達文): 서울 종루의 걸인으로 의협인(義俠人)이다. 박지원의 「광문자전」, 홍신유(洪愼猷)의 「달문가」는 그를 주인공으로 한 글이다.

덕원군(德源君)→이서(李曙)

동쇠의 며느리: 젊어서 남편이 죽자 수절하면서 시아버지 동쇠를 잘 봉양하고 힘껏 상을 치렀다고 한다. 상민이면서도 열녀였다고 할 수 있다. 서울 회동에서 살았다.

ㅁ

명건(明健): 명승(明昇)의 후손으로 증보한 명씨 족보의 서문을 썼다.

명광계(明光啓): 중종 38~선조 25 (1543~1592) 자는 치회(稚晦), 호는 모암(慕菴), 본관은 서촉으로 명극겸(明克謙)의 아들로 개성 출신이다. 선조 9년 (1576) 문과에 급제, 1592년 평택현령으로 임진왜란이 일어나자 조헌(趙憲)의 의병과 합세하여 금산에서 왜군과 격전하다 죽었다.

명극겸(明克謙): 명승(明昇)의 후손이며 명광계(明光啓)의 아버지로 진사시에 합격했다.

명승(明昇): 공민왕 4(1355)~? 본관은 서촉(西蜀)으로 공민왕 21년(1372) 고려에 귀화하여 개성에서 살았다. 태종 때 화촉군(華蜀君)에 봉해졌다.

명정구(明廷耉): 효종 2(1651)~? 자는 노경(老卿), 명귀일(明貴日)의 아들이며 명승(明昇)의 후손으로 숙종 19년 (1693) 문과에 급제, 벼슬은 예조화랑을 지냈다. 은계찰방을 지냈다. 명씨 족보의 서문을 썼다.

목만중(睦萬中): 영조 3(1727)~? 자는 공겸(公兼)·유선(幼選), 호는 여와 (餘窩), 본관은 사천이다. 영조 35년 (1759) 문과에 급제, 대사간을 거쳐 판서에 이르렀다. 1801년 신유박해 때 영의정 심환지와 함께 천주교도에 대한 박해와 학살을 감행했다. 시문을 잘 지었다.

목호룡(睦虎龍): 숙종 10~영조 즉위 (1684~1724) 본관은 사천으로 목진공 (睦進恭)의 후손이며 신임사화의 고변자. 영조가 즉위(1724)하자 김일경(金一鏡)과 함께 체포되어 옥중에서 죽었다. 죽은 후 당고개에서 효수되었다.

묘향산의 노승: 이괄이 난을 일으킬 때 이괄의 비장으로 있다가 도망쳐 묘향산에서 중을 하다가 죽은 인물로 성명을 잃었다.

민씨(閔氏): 판서를 지낸 이주진(李周鎭)의 부인으로 민진원(閔鎭遠)의 딸이다. 부덕이 있었다.

민우수(閔遇洙): 숙종 20~영조 32 (1694~1756) 자는 사원(士元), 호는 섬촌(蟾村)·정암(貞菴), 시호는 문원(文元), 본관은 여흥이다. 김창협의 문인으로, 벼슬은 음직으로 대사헌을 지냈다. 글씨를 잘 썼으며 문집으로 『정암집』이

328

있다.

민유중(閔維重): 인조 8~숙종 13 (1630~1687) 자는 지숙(持叔), 호는 둔촌(屯村), 본관은 여흥(驪興), 인현왕후의 아버지. 효종 2년(1651) 문과에 급제하여 호조판서 겸 총융사 등의 요직을 거쳤으며, 경신대출척 이후 돈령부 영사가 되었고 금위영(禁衛營) 창설을 주도하였다.

민응수(閔應洙): 숙종 10~영조 26 (1684~1750) 자는 성보(聲甫), 호는 오헌(梧軒), 시호는 문헌(文憲), 본관은 여흥으로 민진주(閔鎭周)의 아들이다. 영조 1년(1725) 문과에 급제, 벼슬은 우의정에 이르렀다. 글씨를 잘 썼다.

민익수(閔翼洙): 숙종 16~영조 18 (1690~1742) 자는 사위(士衛), 호는 숙야(夙夜), 본관은 여흥, 민진후의 아들인데 유일로 진출하여 벼슬은 장령을 지냈다.

민진원(閔鎭遠): 현종 5~영조 12 (1664~1736) 자는 성유(聖猷), 호는 단암(丹巖)·세심(洗心), 시호는 문충(文忠), 본관은 여흥으로 민유중(閔維重)의 아들이고 인현왕후의 동생이다. 숙종 17년(1691) 문과에 급제, 벼슬은 좌의정을 지냈다. 노론의 영수였다. 문장에 능하고 글씨를 잘 썼다. 저서로『단암주의(丹巖奏議)』『연행록』『단암만록』등이 있다.

민진후(閔鎭厚): 효종 10~숙종 46 (1659~1720) 자는 정순(靜純), 호는 지재(趾齋), 본관은 여흥, 숙종 12년(1686)에 문과에 급제하여 벼슬은 개성유수를 지냈다. 문집으로『지재집』이 있다.

ㅂ

박경행(朴敬行): 숙종 36(1710)~? 자는 인칙(仁則), 본관은 무안, 경성의 여항인으로 아버지 박도욱(朴道郁)과 함께 문장을 잘 지었다. 영조 18년(1742) 문과에 급제하고, 벼슬은 군수를 지냈다.

박명원(朴明源): 영조 1~정조 14 (1725~1790) 자는 회보(晦甫) 호는 만보정(晩葆亭), 시호는 충희(忠僖), 본관은 반남인데 박사정(朴師正)의 아들이며 영조의 사위다. 금성위(錦城尉)에 봉해졌고, 네 차례나 사은사로 청나라에 다녀왔다.

박문수(朴文秀): 숙종 17~영조 32 (1691~1756) 자는 성보(成甫), 호는 기은(耆隱), 시호는 충헌(忠憲), 본관은 고령이다. 경종 3년(1723) 문과에 급제, 영남 암행어사로 명성을 떨쳤고, 병조판서를 지냈다.

박사유(朴師愈): 본관은 반남으로 참판을 지낸 박필균(朴弼均)의 아들이며 연암 박지원의 아버지이다. 요절했다.

박선(朴銑): 영조 때 무신으로 해서를 잘 썼는데 획이 굳세고 법이 정연했다.

박성석(朴星錫): 효종 1~숙종 35 (1650~1709) 자는 여정(汝晶), 본관은 밀양. 송시열의 문인으로 무과에 급제, 벼슬은 병사(兵使)를 지냈다.

박성원(朴聖源): 숙종 23~영조 33 (1697~1757) 자는 사수(士洙), 호는 겸재(謙齋)·광암(廣巖), 시호는 문헌(文憲), 본관은 밀양으로 이재(李縡)의 문인이다. 영조 4년(1728) 문과에 급제, 벼슬은 참판을 지냈다. 저서로 『겸재집』『돈령록(敦寧錄)』 등이 있다.

박세당(朴世堂): 인조 7~숙종 29 (1629~1703) 자는 계긍(季肯), 호는 서계(西溪), 시호는 문정(文貞), 본관은 반남이다. 현종 1년(1660) 문과에 급제, 벼슬은 공조·이조·형조의 판서를 지냈다. 실학의 선구로서 박물학의 학풍을 이룩했고 글씨를 잘 썼다. 저서로 『사변록(思辨錄)』『색경(穡經)』『산림경제(山林經濟)』가 있다.

박세채(朴世采): 인조 9~숙종 21 (1631~1695) 자는 화숙(和叔), 호는 현석(玄石)·남계(南溪), 시호는 문순(文純), 본관은 반남이다. 김상헌의 문인으로, 음직으로 좌의정을 지냈다. 글씨를 잘 썼으며, 저서로는 『남계집』『범학전편(範學全編)』을 위시하여 많이 있고, 편서로 『동유사우록(東儒師友錄)』 등을 비롯하여 다수가 있다.

박순(朴淳): 숙종·영조 때의 의사로 백광현의 제자인데 종기 치료로 이름이 있었다.

박신원(朴新源): 자는 경명(景明), 본관은 밀양으로 박성석(朴星錫)의 서자였다. 점을 잘 쳐서 달관들이 그를 추천, 예빈시 참봉을 시켰다.

박연(朴淵): 1595~? 귀화 화란인으로 1627년 제주도에 표착, 훈련도감에 예속되어 1636년 병자호란 때 구인후 휘하에서 홍이포의 제작법과 조종법을 지도했고, 하멜이 표착했을 때는 통역을 맡았었다.

박윤원(朴胤源): 영조 10~정조 23 (1734~1799) 자는 영숙(永叔), 호는 근재(近齋), 본관은 반남이다. 학행으로 추천되어 선공감 감역을 지냈으며, 문집으로 『근재집』이 있다.

박익령(朴益恰): 참봉을 지낸 인물로 「전만추행장(田萬秋行狀)」을 지었다.

박제가(朴齊家): 영조 25~순조 6 (1750~1806) 자는 차수(次修)·재선(在先)·수기(修其), 호는 초정(楚亭)·정유(貞蕤)·위항도인(葦杭道人), 본관은 밀양으로 박평(朴玶)의 서자이다. 19세 때 박지원의 문하에서 실학을 연구하고, 1776년 합작시집 『건연집(巾衍集)』이 청나라에 소개되고 우리나라 시문 4대가로 알려졌다. 1794년 무과에 장원, 영평현감을 지냈다. 저서로 『북학의(北學議)』『정유시고』『정유집』 등이 있다. 실학의 대가이기도 하다.

박지원(朴趾源): 영조 13~순조 5 (1737~1805) 자는 중미(仲美), 호는 연암(燕巖), 본관은 반남이다. 박사유(朴師愈)의 아들로 벼슬은 양양부사를 지냈다. 뛰어난 문장가이며 실학자로서 이용후생을 강조, 중국의 선진 문물을 배울 것을 주장했다. 박명원(朴明源)을 따라 청나라에 가서 보고 지은 『열하일기(熱河日記)』는 실학과 기행문의 명저이다. 저술로는 『연암집』이 있다.

박태유(朴泰維): 인조 26~숙종 36 (1648~1710) 자는 사안(士安), 호는 백석(白石), 본관은 반남으로 박세당의 아들이다. 숙종 7년(1681) 문과에 급제, 벼슬은 정언과 찰방을 지냈다. 글씨를 잘

330

썼다.

박평(朴玶): 숙종 26(1700)~? 자는 평보(平甫), 본관은 밀양으로 박태동(朴台東)의 아들이며, 박제가(朴齊家)의 아버지. 영조 11년(1735) 문과에 급제, 승지와 첨지중추부사를 지냈다.

박필주(朴弼周): 현종 6~영조 24 (1665~1748) 자는 상보(尙甫), 호는 여호(黎湖)·요계(蓼溪), 시호는 문경(文敬), 본관은 반남이다. 숙종 43년(1717) 송상기의 천거로 자의(諮議)가 된 후 이조판서를 지냈다. 저서로는 『여호집』 『독서수차(讀書隨箚)』 등이 있다.

백광현(白光炫): 숙종 초에 어의(御醫)로 선발되어 현감을 지냈다. 처음에는 말의 병을 잘 고치다가 정저(疔疽)를 수술하는 법을 개발하고, 종기 치료로 이름이 났다. 쌀밥을 붙여 고름을 빼내는 방법도 개발했고, 박순(朴淳)을 제자로 길러냈다. 정내교의 『완암집(浣巖集)』에 그를 입전(立傳)한 글이 있다.

백광훈(白光勳): 중종 32~선조 15 (1537~1582) 자는 창경(彰卿), 호는 옥봉(玉峰), 본관은 해미로 박순(朴淳)의 문인이다. 명종 19년(1564) 진사시에 합격, 참봉을 지냈다. 최경창·이달과 함께 삼당시인으로 불렸다. 명필로도 알려졌고, 문집으로 『옥봉집』이 있다.

변기(邊璣): 임진왜란이 일어날 때 조방장(助防將)을 지낸 무신이다.

변량(卞良): 본문에 대 그림을 잘 그렸다고 나와 있으나 그 인물에 대해서는 참고할 자료가 없다.

변상벽(卞相璧): 숙종 때의 화가로 자는 완보(完甫), 호는 화재(和齋), 본관은 밀양이다. 숙종 때 화원을 거쳐 현감을 지냈다. 고양이를 잘 그려 '변고양이'라는 별명이 붙었다.

변일휴(邊日休): 영조 16~정조 2 (1740~1778) 자는 일민(逸民)인데, 진사에 합격하였으나 젊은 나이에 통영에서 객사했다. 그의 시는 재주와 정서가 풍부하게 솟아났다.

ㅅ

서명균(徐命均): 숙종 6~영조 21 (1680~1745) 자는 평보(平甫), 호는 소고(嘯皐), 본관은 달성. 숙종 36년(1710) 문과에 급제하고 벼슬은 영의정을 지냈다.

서명천(徐命天): 숙종 46(1720)~? 자는 낙보(樂甫), 본관은 대구로 서종섭(徐宗燮)의 아들이다. 영조 27년(1751) 문과에 급제, 벼슬은 대사간을 지냈다.

서무수(徐懋修): 숙종 42(1716)~? 자는 중욱(仲勖), 호는 수헌(秀軒), 본관은 달성으로 서명균(徐命均)의 막내아들이다. 벼슬은 부사를 지냈다. 해서를 잘 썼다.

서아지(徐牙之): 이괄의 난 때 이괄의 장수인데 임진왜란 때 항복한 왜인이다. 날래고 용맹스러웠다. 김충선이 잡아 바쳤다.

서유방(徐有防): 영조 17~정조 22 (1741~1798) 자는 원례(元禮), 호는 봉헌(奉軒), 시호는 효간(孝簡), 본관은 달성으로 서효수(徐孝修)의 아들이다. 영조

48년(1772) 문과에 급제, 벼슬은 이조·병조의 판서를 지냈다. 저서로 『진안대군사기사적(鎭安大君祠基事蹟)』이 있다.

서종급(徐宗伋): 숙종 14~영조 38 (1688~1762) 자는 여우(汝愚), 호는 퇴헌(退軒), 본관은 달성. 숙종 45년(1719)에 문과에 급제하고, 벼슬은 예조판서에 이르렀다. 권상하의 제자이다.

서평군(西平君)→이요(李橈)

석양정(石陽正): 중종 36(1541)~? 이정(李霆)의 봉군명이다. 자는 중섭(仲變), 호는 탄은(灘隱), 세종의 현손으로 석양정에 봉해졌다가 뒤에 석양군(石陽君)이 되었다. 시·서·화에 뛰어났으며 대그림을 잘 그렸다. 임란 때 오른팔에 상처를 입어 한때 그림을 중단했으나 고친 후 화필이 더욱 능숙해졌다.

성대중(成大中): 영조 8~순조 12 (1732~1812) 자는 사집(士執), 호는 청성(靑城), 본관은 창녕으로 성효기(成孝基)의 아들이다. 김준(金焌)의 문인으로 영조 32년(1756) 문과에 급제, 영조 39년(1763) 일본통신사 조엄(趙曮)의 서기로 일본을 다녀왔으며, 벼슬은 부사(府使)를 지냈다. 순정문학(醇正文學)을 주장했다. 저서로 『청성집』이 있다.

성만징(成晩徵): 자는 달경(達卿), 호는 추담(秋潭), 본관은 창녕이다. 벼슬은 사부(師傅)를 지냈으며, 권상하의 문인으로 강문팔학사(江門八學士)의 한 사람이다.

성이문(成以文): 명종 1~광해군 10 (1546~1618) 자는 질부(質夫), 호는 은궤옹(隱几翁), 본관은 창녕. 선조 27년

(1594) 문과에 급제, 벼슬은 홍문관 부제학을 지냈다.

성징후(成徵厚): 자는 성중(成仲 또는 誠仲), 호는 매봉(梅峯), 권상하의 문인이다.

성해운(成海運): 본관은 창녕으로 성대중(成大中)의 아들이며, 성해응(成海應)의 아우이다.

성해응(成海應): 영조 36~헌종 5 (1760~1839) 자는 용여(龍汝), 호는 연경재(研經齋), 본관은 창녕, 정조 때 진사시에 합격하여 규장각 검서관을 거쳐 순조 3년(1803) 음성현감을 지냈다. 문집으로 『연경재집』이 있다.

성효기(成孝基): 숙종 27(1701)~? 자는 백원(百源), 본관은 창녕으로 성이문(成以文)의 서손이고 성대중(成大中)의 아버지다. 벼슬은 찰방을 지냈고 박학다식하였으며 책문을 잘 지었다. 만년에 『사례집설(四禮集說)』을 지었다.

송가상(宋可相): 자는 성필(聖弼), 본관은 은진으로 송주석(宋疇錫)의 손자이다. 벼슬은 음직으로 판관을 지냈으며 변론이 웅장했다.

송능상(宋能相): 숙종 36~영조 34 (1710~1758) 자는 사능(士能), 호는 운평(雲坪)·동해자(東海子), 본관은 은진, 송시열의 후손으로 한원진의 문인. 벼슬은 유일로 진출하여 장령을 지냈다.

송명규(宋命奎): 숙종 때 사람으로 이병상(李秉常)의 스승이다.

송명휘(宋明輝): 영조 33~정조 17 (1757~1793) 자는 경회(景晦), 호는 학천(學川)·강촌(綱村), 본관은 여산으로

윤봉구의 문인이다. 정조 11년(1787) 생원시에 합격하고 학문에만 전심했다. 저술로 『취정록(就正錄)』이 있다.

송명흠(宋明欽): 숙종 31~영조 44(1705~1768) 자는 회가(晦可), 호는 역천(櫟泉), 시호는 문원(文元), 본관은 은진이다. 이재(李縡)의 문인으로, 유일로 진출하여 찬선을 지냈다. 팔푼서(八分書)를 잘 썼으며, 저서로는 『역천집』이 있다.

송문흠(宋文欽): 숙종 36~영조 28(1710~1752) 자는 사행(士行), 호는 한정당(閒靜堂), 본관은 은진으로 송준길의 후손이고 이재(李縡)의 문인이다. 영조 9년(1733) 사마시에 합격, 음직으로 문의현감을 지냈다. 문장과 시에 뛰어나고 팔푼서를 잘 썼고 팔미인으로 지목되기도 했다. 문집으로 『한정당집』이 있다.

송상기(宋相琦): 효종 8~경종 3(1657~1723) 자는 옥여(玉汝), 호는 옥오재(玉吾齋), 시호는 문정(文貞), 본관은 은진으로 송규렴(宋奎濂)의 아들이다. 송시열의 문인으로, 숙종 10년(1684) 문과에 급제, 벼슬은 예조판서를 지냈다. 꿈에 해남의 어떤 사람 집에서 해마다 제사를 받아먹는 꿈을 꾸었다고 한다. 저서로는 『옥오재집』이 있다.

송상휘(宋尙輝): 본관은 여산으로 윤봉구의 문인이며, 송명휘의 형이다.

송수연(宋守淵): 송문흠의 일가인데 영·정조 때 사람이다. 옥천현감을 지냈다.

송익필(宋翼弼): 중종 29~선조 32(1534~1599) 자는 운장(雲長), 호는 귀봉(龜峰)·현승(玄繩), 시호는 문경(文敬), 본관은 여산이다. 서출로 벼슬은 하지 못했으나 이이·성혼 등과 교제하여 성리학을 논하고, 문장에도 뛰어나 이산해·최경창 등과 함께 팔문장의 한 사람으로 일컬어졌다. 저서로 『귀봉집』이 있다.

송인명(宋寅明): 숙종 15~영조 22(1689~1746) 자는 성빈(聖賓), 호는 장밀헌(藏密軒), 시호는 충헌(忠憲), 본관은 여산이다. 숙종 45년(1719) 문과에 급제, 벼슬은 좌의정을 지냈다.

송주석(宋疇錫): 효종 1~숙종 18(1650~1692) 자는 서구(敍九), 호는 봉곡(鳳谷), 본관은 은진으로 송시열의 손자이다. 숙종 9년(1683) 문과에 급제, 벼슬은 교리에 이르렀다. 저서로 『구화사실(搆禍事實)』이 있다.

송진흠(宋晉欽): 영·정조 때 사람으로 인천부사를 지냈다.

송환기(宋煥箕): 영조 4~순조 7(1728~1807) 자는 자동(子東), 호는 심재(心齋)·성담(性潭), 시호는 문경(文敬), 본관은 은진으로 회덕에 살았다. 산림(山林)으로 좨주(祭酒) 등을 거쳐 이조판서·우찬성을 지냈다. 문집으로 『성담집』이 있다.

신경진(申景禛): 선조 8~인조 21(1575~1643) 자는 군수(君受), 시호는 충익(忠翼), 본관은 평산으로 신립(申砬)의 아들이며 김장생의 문인이다. 음직으로 경원부사 등을 지내고, 인조반정에 참여해서 정사공신이 되고, 인조 18년(1640) 평성부원군(平城府院君)에 봉해지고 영의정에까지 올랐다.

신광수(申光洙): 숙종 38~영조 51 (1712~1775) 자는 성연(聖淵), 호는 석북(石北)·오악산인(五嶽山人), 본관은 고령으로 신호(申湖)의 아들이다. 영조 48년(1772) 기로정시에 장원, 돈령부 도정과 승지를 지냈다. 과시에 능했고 서·화에 뛰어나 문명을 날렸다. 「관산융마(關山戎馬)」는 그의 대표작으로 널리 애송되었다. 문집으로 『석북집』이 있다.

신광우(申光祐): 영조 2(1726)~? 자는 중유(仲裕), 본관은 평산으로 신보(申普)의 아들이다. 정조 1년(1777) 문과에 급제, 승지로 있었다.

신광유(申光裕): 본관은 평산으로 신보(申普)의 아들이며, 윤지당(允摯堂) 임씨(任氏)의 남편이다.

신대규(申大規): 본관은 평산, 신만(申曼)의 손자이며, 신대래(申大來)의 아우이다. 벼슬은 현감을 지냈는데, 의술에 능했다.

신대래(申大來): 자는 태보(泰甫), 본관은 평산으로 신만(申曼)의 손자이다. 진사에 합격하였고, 그의 아우 신대규(申大規)는 의술로 이름이 났다.

신만(申曼): 광해군 12~현종 10(1620~1669) 자는 만청(曼倩), 호는 주촌(舟村), 시호는 효의(孝義), 본관은 평산으로 신흠(申欽)의 종손(從孫)이다. 송시열의 문인으로 의술이 신묘했다.

신만(申晚): 숙종 29~영조 41(1703~1765) 자는 여성(汝成)·성백(成伯), 시호는 효정(孝正), 본관은 평산으로 신사철(申思喆)의 아들이다. 영조 2년(1726)

문과에 급제, 벼슬은 영의정을 지냈다.

신사건(申思建): 숙종 18(1692)~? 자는 경등(景謄), 본관은 평산으로 신담(申鐔)의 아들이다. 영조 12년(1736) 문과에 급제, 벼슬은 대사헌과 참판을 지냈다.

신사철(申思喆): 현종 12~영조 35 (1671~1759) 자는 명서(明敍), 본관은 평산으로 신단(申端)의 아들이다. 숙종 35년(1709) 문과에 급제, 벼슬은 호조·예조·공조·형조의 판서를 지냈다.

신소(申韶): 숙종 41~영조 31(1715~1755) 자는 성중(成仲), 호는 함일재(涵一齋), 본관은 평산으로 신사건(申思建)의 아들이다. 송문흠과 함께 '팔미인'에 들어 있다.

신여철(申汝喆): 인조 12~숙종 27 (1634~1701) 자는 계명(季明), 시호는 장무(莊武), 본관은 평산으로 신경진의 손자이다. 효종의 명으로 무예를 연마하여 무과에 급제, 훈련대장·형조판서를 지냈다.

신유(申濡): 광해군 2~현종 6(1610~1665) 자는 군택(君澤), 호는 죽당(竹堂)·이옹(尼翁), 본관은 고령으로 신기한(申起漢)의 아들이다. 인조 14년(1636) 문과에 장원, 벼슬은 예조참판을 지내고, 소현세자를 따라 심양에 다녀왔다. 글씨를 잘 썼다. 저서로 『죽당집』이 있다.

신유한(申維翰): 숙종 7~영조 28 (1681~1752) 자는 주백(周伯), 호는 청천(靑泉), 본관은 영해이다. 숙종 39년 (1713) 문과에 급제, 통신사의 제술관으로 일본에 다녀와서 지은 『해유록(海遊錄)』은 일본 풍토에 대한 가장 상세한

334

기록이다. 문장에 탁월하고 시에 걸작이 많다. 벼슬은 봉상시 첨정과 현감을 지냈으며, 저서로는 『청천집』과 『분충서난록(奮忠紓難錄)』이 있다.

신회(申曧): 글씨로 이름을 날렸는데, 벼슬은 현감을 지냈다.

심기원(沈器遠): ?~인조 22(1644) 자는 수지(遂之), 본관은 청송으로 심간(沈諫)의 아들이다. 권필의 문인으로 이귀 등과 인조반정에 공을 세우고, 벼슬은 좌의정을 지냈다. 1644년 회은군(懷恩君)을 추대하여 반란을 일으키려다가 구인후에게 발각되어 주살되었다.

심낙수(沈樂洙): 영조 15~정조 23(1739~1799) 자는 경문(景文), 호는 은파(恩坡), 본관은 청송으로 심형운(沈亨雲)의 아들. 영조 51년(1775) 문과에 급제, 수찬을 거쳐 제주목사를 지냈다. 그의 고율시는 심오하고 강건하였고, 문집으로 『은파산고(恩坡散稿)』가 있다.

심노숭(沈魯崇): 영조 38~헌종 3(1762~1837) 호는 효전(孝田), 본관은 청송으로 심낙수의 아들이다. 정조 사후에 노론 벽파가 집권했을 때 장기현으로 유배되고 그동안 『효전산고(孝田敬稿)』를 저술했다. 벼슬은 임천군수와 광주판관을 지냈다. 『대동패림(大東稗林)』을 편찬했다.

심노암(沈魯巖): 영조 42~순조 11(1766~1811) 호는 제전(悌田), 심낙수(沈樂洙)의 둘째아들로 풍채가 잘 생겼으며 고율시(古律詩)에 대가의 솜씨가 있었다. 저서로 『제전유고(悌田遺稿)』가 있다.

심사정(沈師正): 숙종 33~영조 45(1707~1769) 자는 이숙(頤叔), 호는 현재(玄齋), 본관은 청송으로 심정주(沈廷胄)의 아들이다. 정선의 문하에서 그림을 공부, 김홍도와 함께 조선 중기의 대표적인 화가가 되었다. 특히 새와 곤충 및 산수화에 뛰어난 솜씨를 발휘했다. 정선·조영석과 함께 삼재(三齋)로 일컬었다.

심사하(沈師夏): 호는 송계(松溪), 본관은 청송으로 심사정(沈師正)의 서종형인데 산수를 잘 그렸으나 요절했다.

심상길(沈尙吉): 본관은 청송으로 병사를 지낸 심진(沈榗)의 숙부이다. 경종 원년(1720)에 정인중(鄭麟重)·정우관(鄭宇寬) 등의 사건에 연루되어 웅천현에 유배되었다. 과시(科詩)를 잘 지었다.

심상운(沈翔雲): 영조 8~정조 즉위(1732~1776) 자는 봉여(鳳汝), 본관은 청송으로 심일진(沈一鎭)의 아들이다. 영조 48년(1772) 문과에 급제, 벼슬은 승지를 지냈는데, 이때 세손(世孫)을 음해하는 흉서를 올린 일로 탄핵을 받아 동생 익운과 함께 폐출되고 유배되었다가 정조가 즉위하자 친국을 받고 죽었다. 문장과 시를 잘했다.

심수(沈銖): 영조 19(1743)~? 자는 사적(士積), 본관은 청송이고 심조(沈潮)의 손자이며 심낙현(沈樂賢)의 아들이다. 정조 7년(1783) 문과에 급제했다.

심유진(沈有鎭): 경종 3(1723)~? 자는 유지(有之), 본관은 청송으로 심사검(沈師儉)의 아들이다. 영조 50년(1774) 52세로 문과에 급제, 영조 52년(1776) 대사헌이 되었다.

심익운(沈翼雲): 영조 10~정조 6 (1734~1782?) 자는 붕여(鵬汝), 호는 지산(芝山), 본관은 청송이다. 영조 35년 (1759) 문과에 장원, 벼슬은 지평에 이르렀다. 형 심상운에 연루되어 폐출되고 제주도에 유배되어 그곳에서 죽었다. 시를 잘 지었는데 생동감이 있다.

심익현(沈益顯): 인조 19~숙종 9 (1641~1683) 자는 가회(可晦), 호는 죽오(竹塢), 본관은 청송으로 심지원(沈之源)의 아들이다. 효종 1년(1650) 효종의 딸 숙명공주(淑明公主)와 결혼 청평위 (靑平尉)에 봉해졌다. 도총관을 지냈고 세 차례나 사신으로 청나라에 다녀왔으며, 글씨에 뛰어났는데 특히 촉체를 잘 썼다.

심저(沈著): 김상숙(金相肅)의 사위로 공주에서 판관을 지냈다.

심정진(沈定鎭): 영조 2~정조 19 (1726~1795) 자는 일지(一之), 호는 제헌(霽軒), 본관은 청송, 김원행의 문인으로 벼슬은 현감을 거쳐 오위장에 이르렀다. 문집으로 『제헌집』이 있다.

심조(沈潮): 자는 신부(信夫), 호는 정좌와(靜坐窩), 본관은 청송으로 권상하의 문인이다. 벼슬은 음직으로 교관을 지냈다.

심지원(沈之源): 선조 26~현종 3 (1593~1662) 자는 원지(源之), 호는 만사(晩沙), 본관은 청송으로 심설(沈偰)의 아들이다. 광해군 12년(1620) 문과에 급제, 벼슬은 영의정을 지냈다. 글씨를 잘 썼다. 저서로 『만사고(晩沙稿)』가 있다.

심태현(沈泰賢): 숙종 10(1684)~? 자는 여휘(汝彙), 본관은 청송으로 심속(沈涑)의 아들이며 심환지(沈煥之)의 아버지이다. 영조 1년(1725) 문과에 급제, 벼슬은 교리를 지냈다.

심확(沈錐): 숙종 28(1702)~? 자는 언로(彦魯), 본관은 청송으로 심수현(沈壽賢)의 아들이다. 영조 7년(1731) 문과에 급제, 벼슬은 참판을 지냈다. 책문(策文)을 잘했다.

심환지(沈煥之): 영조 6~순조 2(1730 ~1802) 자는 휘원(輝元), 호는 만포(晚圃), 본관은 청송으로 심진(沈鎭)의 아들이다. 영조 47년(1771) 문과에 급제, 벼슬은 영의정을 지냈다. 벽파의 영수로 신유박해 때 천주교인에게 무자비한 박해와 살육을 가했다. 순조 6년(1806) 관작이 추탈되었다. 글재주가 있어 시를 잘 지었다.

ㅇ

안견(安堅): 조선 세종 때의 화가로 자는 가도(可度)·득수(得守), 호는 현동자(玄洞子)·주경(朱耕), 본관은 지곡(池谷)이다. 화원으로 호군까지 지냈으며 「몽유도원도」를 그렸다. 산수화에 뛰어나 성현은 「청산백운도」를 최고의 작품이라 격찬했다.

안상집(安商楫): 삭녕의 수령을 지냈는데 백성을 잘 다스렸다.

안석경(安錫儆): 숙종 44~영조 50 (1718~1774) 자는 숙화(淑華), 호는 삽교(霅橋), 본관은 순흥으로 안중관(安重觀)의 아들이다. 원주에 살면서 문명을 날렸으며, 음직으로 참봉을 지냈다. 저서로 『삽교집』 『삽교만록』 등이 있다.

안순(安純): 안윤행(安允行)의 조부로 해주목사를 지냈다.

안시진(安時進): 예천 용궁현에 살았는데, 장님이면서도 시문에 능했다.

안우(安祐): 경성의 여항인으로 벼슬은 주부를 지냈다. 문장을 잘 지었으며 격앙한 점이 볼 만했다.

안윤행(安允行): 숙종 18(1692)~? 자는 성지(性之) 시호는 충헌(忠憲), 본관은 죽산으로 안상원(安相元)의 아들이다. 영조 16년(1740) 문과에 급제, 벼슬은 형조판서를 지냈다.

안정복(安鼎福): 숙종 38~정조 15 (1712~1791) 자는 백순(百順), 호는 순암(順菴)·한산병은(漢山病隱)·우이자(虞夷子)·상헌(橡軒), 시호는 문숙(文肅), 본관은 광주(廣州). 이익(李瀷)의 문인으로 목천현감을 지내고 광성군(廣成君)에 봉해졌다. 저서로 『동사강목(東史綱目)』 『순암집(順菴集)』 『상헌수필(橡軒隨筆)』이 있고, 편서로 『성호사설유선(星湖僿說類選)』 『열조통기(列朝統記)』 『임관정요(臨官政要)』 외 다수가 있다.

안중관(安重觀): 숙종 9~영조 28 (1683~1752) 자는 국빈(國賓), 호는 회와(悔窩)·가주(可洲), 본관은 순흥이다. 진사시에 합격하고 음직으로 현감을 지냈다. 문학·경제학에 조예가 깊었다. 저서로 『회와집』이 있다.

양사언(楊士彦): 중종 12~선조 17 (1517~1584) 자는 응빙(應聘), 호는 봉래(蓬萊)·완구(完邱)·창해(滄海)·해객(海客), 본관은 청주로 양희수(楊希洙)의 아들이다. 명종 1년(1546) 문과에 급제, 벼슬은 강릉부사·회양군수 등을 지냈다. 시를 잘 지었으며, 초서와 큰 글자를 잘 써서 조선 전기의 4대 서예가로 불렸다. 시집으로 『봉래시집』이 있다.

양예수(楊禮壽): ?~선조 30(1597) 의관(醫官)으로 자는 경남(敬南), 호는 퇴사옹(退思翁), 본관은 하음(河陰)이다. 박학하고 의술에 능하였다. 태의(太醫)를 지내고 『동의보감(東醫寶鑑)』 편집에 참여했고, 박세거(朴世擧)·손사명(孫士銘) 등과 『의림촬요(醫林撮要)』를 저술했다. 품계가 가의대부로 동지중추부사가 되었다.

어용등(魚用登): 영조·정조 때 인물로 이규량(李奎亮)과 이종형제간이다.

엄한붕(嚴漢朋): 숙종 11~영조 35 (1685~1759) 자는 도경(道卿), 호는 만향재(晩香齋), 본관은 영월로 엄의길(嚴義吉)의 아들이다. 비변사의 서리로 글씨를 잘 써서 많은 비갈을 썼는데, 한호 이후의 제일인자라는 칭송을 받았다. 시집으로 『만향재시초』가 있다.

여흥 민씨(驪興閔氏): 진사 이만창(李晩昌)의 부인이며, 민유중(閔維重)의 따님으로 이재(李縡)의 어머님이다. 일찍이 지아비를 잃고 아들을 훌륭하게 키워냈다.

오광운(吳光運): 숙종 15~영조 21 (1689~1745) 자는 영백(永伯), 호는 약산(藥山)·죽음(竹陰), 시호는 충장(忠章), 본관은 동복으로 오상순(吳尙純)의 아들이다. 숙종 45년(1719) 문과에 급제,

벼슬은 예조참판을 지냈다. 시와 문장에 뛰어났으며, 문집으로 『약산집』이 있다.

오대곤(吳大坤): 현종 15(1674)~? 자는 풍지(豐之), 본관은 보성, 오처환(吳處煥)의 아들로서 문의(文義)에서 살았다. 영조 2년(1726) 문과에 급제, 예조의 낭관을 지냈다.

오두인(吳斗寅): 인조 2~숙종 15(1624~1689) 자는 원징(元徵), 호는 양곡(陽谷), 시호는 충정(忠貞), 본관은 해주이다. 인조 27년(1649) 문과에 장원, 벼슬은 공조·형조의 판서를 지냈다. 저서로 『양곡집』이 있다.

오명항(吳命恒): 현종 14~영조 4(1673~1728) 자는 사상(士常), 호는 모암(慕菴)·영모당(永慕堂), 시호는 충효(忠孝), 본관은 해주로 오수량(吳遂良)의 아들이다. 숙종 31년(1705) 문과에 급제, 벼슬은 우의정을 지냈다.

오원(吳瑗): 숙종 26~영조 16(1700~1740) 자는 백옥(伯玉), 호는 월곡(月谷), 시호는 문목(文穆), 본관은 해주로 오두인(吳斗寅)의 손자이다. 이재(李縡)의 처질이며 문인으로, 영조 4년(1728) 문과에 급제, 공조참판을 지냈다. 문명이 높았으며, 문집으로 『월곡집』이 있다.

오재순(吳載純): 영조 3~정조 16(1727~1792) 자는 문경(文卿), 호는 순암(醇菴)·우불급재(愚不及齋), 시호는 문정(文靖), 본관은 해주로 오원(吳瑗)의 아들이다. 영조 48년(1772) 문과에 급제, 벼슬은 이조판서를 지냈다. 제자백가와 『주역』에 밝았다. 저서로 『주역회지(周易會旨)』『순암집』 등이 있다.

오재신(吳載紳): 영조·정조 때 인물로 오재순(吳載純)의 종제이다.

오준(吳竣): 선조 20~현종 7(1587~1666) 자는 여완(汝完), 호는 죽남(竹南), 본관은 동복으로 오백령(吳百齡)의 아들이다. 광해군 10년(1618) 문과에 급제, 벼슬은 예조·형조의 판서와 대사헌을 지냈다. 문장에 능하고 글씨를 잘 썼다. 「삼전도비문」을 썼으며, 저서로 『죽남당집』이 있다.

오진주(吳晉周): 숙종 6(1680)~? 자는 명중(明仲), 호는 무위재(無爲齋), 본관은 해주. 숙종 40년(1714)에 진사에 합격하고 벼슬은 공조정랑·금성현감을 지냈다.

오찬(吳瓚): 숙종 43(1717)~? 자는 경부(敬夫), 본관은 해주이다. 영조 27년(1751) 문과에 갑과로 급제했다. 벼슬은 정언을 지냈으며, 함경도로 귀양 가서 죽었다. 이윤영(李胤永) 등과 문회(文會)를 만들어놓았다.

오태주(吳泰周): 현종 9~숙종 42(1668~1716) 자는 도장(道長), 호는 취몽헌(醉夢軒), 시호는 문효(文孝), 본관은 해주로 오두인(吳斗寅)의 아들이다. 현종의 딸 명안공주와 결혼, 해창위(海昌尉)에 봉해졌다. 글씨를 잘 썼다.

원경렴(元景濂): 숙종 30(1704)~? 자는 성원(聖源), 본관은 원주로 원명설(元命卨)의 아들이다. 영조 33년(1757) 문과에 급제, 상주목사 등 여러 고을의 수령을 역임했으며, 아전들을 엄격하고 매섭게 단속하였다. 병조참판을 지냈다.

유건기(兪健基): 숙종 8(1682)~? 자

는 휴원(休元), 본관은 기계, 유명담(兪命聃)의 아들이다. 영조 1년(1725) 문과에 급제, 벼슬은 승지·대사헌·참판을 지냈다. 과시를 잘 평가했다.

유덕장(柳德章): 숙종 20~영조 50 (1694~1774) 자는 자고(子固)·성유(聖攸), 호는 수운(岫雲)·가산(茄山), 본관은 진주로 유성삼(柳星三)의 아들이다. 벼슬은 동지중추부사를 지냈고 묵화로 대를 잘 그렸다.

유동빈(柳東賓): 숙종 46(1720)~? 자는 인백(寅伯), 본관은 문화로 유종원(柳宗垣)의 아들이다. 영조 30년(1754) 문과에 급제했다. 과려체를 잘 지었는데 관력은 미상.

유동원(柳東垣): 숙종 14(1688)~? 자는 숙야(叔野), 본관은 진주이다. 영조 11년(1735) 문과에 급제, 판결사를 지냈다. 과시를 잘했다.

유상(柳瑺): 숙종 때 사람인데 감사의 서자로 명의였다. 숙종의 중궁의 천연두를 치료했다. 『청구야담』 『이향견문록』에 그의 일화가 실려 있다.

유심(兪杺): 김충선(金忠善)의 묘비문을 지은 사람이다.

유언집(兪彦鏶): 숙종 40~정조 7 (1714~1783) 자는 사정(士精), 호는 대재(大齋), 본관은 기계로 권상하·이재의 문인이다. 벼슬은 유일로 진출하여 이조 참의를 지냈다. 편서로 『오복명의(五服名義)』가 있다.

유저(柔姐): 중국 여자로 1645년 소현세자를 따라왔다. 수를 잘 놓았다

유직기(兪直基): 영의정을 지낸 유언호(兪彦鎬)의 아버지로 인품이 맑았다.

유진동(柳辰仝): 연산군 3~명종 16 (1497~1561) 자는 숙춘(叔春), 호는 죽당(竹堂), 시호는 정민(貞敏), 본관은 진주로 유한평(柳漢平)의 아들이다. 중종 26년(1531) 문과에 급제, 벼슬은 공조판서를 지냈다. 대그림을 잘 그렸고 글씨에도 뛰어나 남대문 현판 '崇禮門'을 썼다는 설도 있다.

유찬홍(庾纘洪): 인조 6(1628)~? 자는 술부(述夫), 호는 춘곡(春谷)으로, 사역원 판관을 지냈다. 시를 잘 지었고, 술을 좋아했으며, 바둑을 잘 두어 일수기(一手碁)인 덕원군(德源君)과 대적할 만했다. 그는 9세 때 병자년(1636) 난리를 만나 오랑캐 땅으로 잡혀갔다가 오래 머물다가 돌아왔다. 『해동유주(海東遺珠)』에 그의 시가 많이 수록되어 있다. 홍세태의 『유하집(柳下集)』에 그를 입전(立傳)해 놓았다.

유척기(兪拓基): 숙종 17~영조 43 (1691~1767) 자는 전보(展甫), 호는 지수재(知守齋), 시호는 문익(文翼), 본관은 기계이다. 숙종 40년(1714) 문과에 급제, 벼슬은 영의정을 지냈다. 당대의 명필이었고, 저서로 『지수재집』이 있다.

유충걸(柳忠傑): 자는 신백(藎伯), 호는 금사(錦沙), 본관은 진주로 유형(柳珩)의 아들이며 이항복의 문인이다. 광해군 10년(1618) 진사에 합격하고 공주에 은거하다가 인조반정 후 현감을 지냈다.

유혁연(柳赫然): 광해군 8~숙종 6 (1616~1680) 자는 회이(晦爾), 호는 야당(野堂)·필심재(筆心齋), 시호는 무민

(武愍), 본관은 진주로 유효걸(柳孝傑)의 아들이다. 인조 22년(1644) 무과에 급제, 벼슬은 훈련대장과 공조판서를 지냈다. 글씨와 죽화(竹畫)에 뛰어났다.

유환덕(柳煥德): 영조 3(1729)~? 자는 화중(和仲)이며, 본관은 문화로 유준모(柳俊模)의 아들이다. 서얼 출신으로 영조 31년(1755) 문과에 급제했다. 전서를 잘 썼으며 그림도 잘 그렸다.

윤가기(尹可基): ?~순조 1(1801) 자는 증약(曾若), 본관은 파평인데 이산(尼山) 윤씨의 서파였다. 박제가·이덕무와 함께 규장각 검서관으로 뽑혔으며, 음직으로 현감을 지냈다.

윤광소(尹光紹): 숙종 34~정조 10 (1708~1786) 자는 치승(稚承), 호는 소곡(素谷), 본관은 파평으로 윤순거의 현손이다. 영조 16년(1740) 문과에 급제, 벼슬은 지돈령부사(知敦寧府事)에 이르렀다.『속오례의(續五禮儀)』를 이종성(李宗城)과 같이 수찬했고,『명재연보(明齋年譜)』를 편찬했다.

윤광신(尹光莘): 본관은 파평으로 윤동형(尹東衡)의 아들이고 권변(權忭)의 외손자다. 무신으로 뽑혀 병사(兵使)를 지냈는데 키가 크고 수염이 좋으며 고리눈이어서 "장비(張飛)가 다시 태어났다."는 소리를 들었다. 잡아들이라는 명을 거역하여 의금부에서 장살되었다.

윤구연(尹九淵): 영조 때 북병사를 지낸 인물로 금주령을 위반하여 금부도사 심환지에게 압송당해서 사형을 당했다.

윤급(尹汲): 숙종 23~영조 46(1697~

1770) 자는 경유(景孺), 호는 근암(近菴), 시호는 문정(文貞), 본관은 해평으로 윤세수(尹世綏)의 아들이며 이재(李縡)·박필주(朴弼周)의 문인이다. 영조 1년(1725) 문과에 급제, 벼슬은 형조판서를 지냈다. 글씨에 뛰어나 윤상서체(尹尙書體)란 독특한 서체를 이룩했다. 저서로『근암집』등이 있다.

윤덕희(尹德熙): 숙종 11~영조 52 (1685~1776) 자는 경백(敬伯), 호는 낙서(駱西)·연포(蓮圃)·연옹(蓮翁), 본관은 해남으로 윤두서(尹斗緒)의 아들이다. 벼슬은 도사(都事)를 지냈다. 아버지의 화풍을 이어받았는데 말과 신선 그림에 뛰어났고 1748년 숙종 어진(御眞)의 감조관에 임명되었다.

윤동도(尹東度): 숙종 33~영조 44 (1707~1768) 자는 경중(敬仲), 호는 남애(南厓)·유당(柳塘), 시호는 정문(靖文), 본관은 파평으로 윤혜교(尹惠教)의 아들이다. 영조 21년(1745) 문과에 급제, 벼슬은 영의정을 지냈다.

윤동석(尹東晳): 경종 2~정조 13 (1722~1789) 자는 여숙(與叔), 호는 노운(老耘), 본관은 파평으로 윤면교(尹勉教)의 아들이다. 벼슬은 음직으로 판서를 지냈는데 팔푼서를 잘 썼다.

윤동섬(尹東暹): 숙종 36(1710)~? 자는 덕승(德升), 호는 팔무당(八無堂), 본관은 파평으로 윤현교(尹顯教)의 아들이다. 영조 30년(1754) 문과에 급제, 벼슬은 호조참판을 지냈다. 글씨를 잘 썼는데, 특히 금석문에 뛰어났다.

윤동원(尹東源): 숙종 11~영조 17

(1685~1741) 자는 사정(士正), 호는 일암(一菴), 본관은 파평이다. 벼슬은 유일로 진출하여 진선(進善)을 지냈다. 경사(經史)에 밝았으며, 저서로는 『일암유고』와 『삼체록(三逮錄)』이 있다.

윤동형(尹東衡): 현종 15~영조 30(1674~1754) 자는 사임(士任), 본관은 파평으로 윤덕교(尹德教)의 아들이며 윤증(尹拯)의 문인이다. 숙종 39년(1713) 문과에 급제, 벼슬은 한성부 판윤을 지냈다.

윤두서(尹斗緒): 현종 9~숙종 41(1668~1715) 자는 효언(孝彦), 호는 공재(恭齋)·종애(鍾厓), 본관은 해남으로 윤선도(尹善道)의 증손이다. 숙종 19년(1693) 진사시에 합격했다. 시문에 능했고 인물·산수·동물화를 잘 그려 현재(玄齋)·겸재(謙齋)와 함께 삼재(三齋)라 불렸다. 또한 시·서·화를 모두 잘해 삼절(三絶)로도 일컫는다.

윤두수(尹斗壽): 중종 28~선조 34(1533~1601) 자는 자앙(子仰), 호는 오음(梧陰), 시호는 문정(文靖), 본관은 해평이다. 이황의 문인으로 명종 13년(1558) 문과에 급제, 벼슬은 영의정을 지냈다. 문장과 글씨에 뛰어났다. 저서로 『성인록(成仁錄)』 『오음유고』가 있고, 『평양지(平壤志)』 『연안지(延安志)』 등을 편찬했다.

윤득관(尹得觀): 숙종 36(1710)~? 자는 사빈(士賓), 본관은 해평이다. 벼슬은 음직으로 교부(教傅)를 지냈는데 젊어서는 성균관에서 시로 이름이 났다.

윤득화(尹得和): 숙종 14~영조 35(1688~1759) 자는 덕휘(德輝). 본관은 해평으로 윤상명(尹商明)의 아들이다. 영조 1년(1725) 문과에 급제, 벼슬은 대사헌·예조참판을 지냈다. 글씨를 잘 썼다.

윤만(尹晩): 자는 기중(器仲), 본관은 파평으로 윤지인(尹趾仁)의 증손이다. 글씨를 유려하게 잘 썼다.

윤봉구(尹鳳九): 숙종 7~영조 43(1681~1767) 자는 서응(瑞膺), 호는 병계(屛溪)·구암(久菴), 시호는 문헌(文憲), 본관은 파평이다. 권상하의 문인이며 '강문팔학사'의 한 사람으로 호론(湖論)을 지지했다. 벼슬은 유일로 진출하여 판서를 지냈다.

윤봉오(尹鳳五): 숙종 14(1688)~? 자는 계장(季章), 본관은 파평으로, 윤명운(尹明運)의 아들이며 윤봉구의 아우이다. 영조 22년(1746) 문과에 급제, 벼슬은 판윤(判尹)을 지냈다.

윤봉조(尹鳳朝): 숙종 6~영조 37(1680~1761) 자는 명숙(鳴叔), 호는 포암(圃巖), 본관은 파평으로 윤명원(尹明遠)의 아들이다. 숙종 31년(1705) 문과에 급제, 벼슬은 대제학을 지냈다. 문장에 능하고 특히 소차(疏箚)를 잘 지었으며, 저서로는 『포암집』이 있다.

윤상후(尹象厚): 영조 3(1727)~? 자는 덕이(德而), 본관은 파평으로 윤심형(尹心衡)의 아들이다. 목사(牧使)로서 영조 48년(1772) 문과에 급제, 벼슬은 대사헌을 지냈다.

윤세희(尹世喜): 인조 20(1642)~? 자는 공도(公度), 본관은 해평으로 윤연(尹堧)의 아들이고 윤유(尹游)·윤순(尹淳)

의 아버지다. 숙종 8년(1682) 문과에 급제, 옥당을 거쳐 지평을 지냈다.

윤순(尹淳): 숙종 6~영조 17(1680~1741) 자는 중화(仲和), 호는 백하(白下)·학음(鶴陰), 본관은 해평으로 윤세희(尹世喜)의 아들이다. 숙종 39년(1713) 문과에 급제, 벼슬은 예조판서와 평안도 관찰사를 지냈다. 당대에 이름난 서예가이며, 문집으로 『백하집』이 있다.

윤순거(尹舜擧): 선조 29~현종 9 (1596~1668) 자는 노직(魯直), 호는 동토(童土), 본관은 파평, 윤황(尹煌)의 아들. 벼슬은 장령을 지냈다. 저서로 『동토집』과 『노릉지(魯陵志)』가 있으며, 문장과 글씨에 뛰어났다.

윤심형(尹心衡): 숙종 24~영조 30 (1698~1754) 자는 경평(景平), 호는 임재(臨齋), 시호는 청헌(清獻), 본관은 파평이다. 경종 1년(1721) 문과에 장원, 부제학을 지내고 예조참판에 이르렀다. 저서로 『임재유고』가 있다.

윤양래(尹陽來): 현종 14~영조 27 (1673~1751) 자는 계형(季亨), 호는 회와(晦窩), 시호는 익헌(翼獻), 본관은 파평이다. 숙종 34년(1708) 문과에 급제, 판서와 대사헌을 지냈다. 글씨와 시문에 능했다.

윤양후(尹養厚): 영조 5~정조 즉위 (1729~1776) 자는 유직(幼直), 본관은 파평으로 윤심형(尹心衡)의 아들로 심헌(心憲)에게 입양되었다. 영조 41년(1765) 문과에 급제, 벼슬은 부제학과 참판을 지냈다. 세손 정조의 대리청정을 반대하다가 유배되고, 정조가 즉위하자 투옥당

해 고문으로 죽었다.

윤용(尹愹): 숙종 34~영조 16(1708~1740) 자는 군열(君悅), 호는 청고(青臯), 본관은 해남으로 윤두서(尹斗緒)의 손자이며 윤덕희(尹德熙)의 아들이다. 영조 11년(1735) 진사시에 합격, 조부와 부친에 이어 그림을 잘 그렸다.

윤유(尹游): 현종 15~영조 13(1674~1737) 자는 백수(伯修)·백숙(伯叔), 호는 만하(晩霞), 시호는 익헌(翼憲), 본관은 해평으로 윤세희(尹世喜)의 아들이다. 숙종 44년(1718) 문과에 급제, 벼슬은 병조·형조·호조·이조·예조의 판서를 지냈다. 당대의 명필로 이름을 떨쳤다.

윤지완(尹趾完): 인조 13~숙종 44 (1635~1718) 자는 숙린(叔麟), 호는 동산(東山), 시호는 충정(忠正), 본관은 파평으로 윤지선(尹趾善)의 아우이다. 현종 3년(1662) 문과에 급제, 벼슬은 우의정을 지냈으며 청백리(清白吏)로 뽑혔다.

윤지인(尹趾仁): 효종 7(1656)~? 자는 유린(幼麟), 호는 양강(楊江), 본관은 파평으로 윤강(尹絳)의 아들이다. 숙종 20년(1694) 문과에 급제, 벼슬은 병조판서를 지냈다.

윤창(尹昶): 자는 서중(舒仲), 호는 추계(秋溪), 본관은 파평, 윤지인(尹趾仁)의 증손이다. 진사에 합격했으나 문과에 오르지 못했고 벼슬은 군수를 지냈다. 칠십 이후에 영은군(鈴恩君)에 봉해졌다. 그의 시는 공교하고 정치하다.

윤탁연(尹卓然): 중종 33~선조 27 (1538~1594) 자는 상중(尙中), 호는 중호(重湖), 시호는 헌민(憲敏), 본관은 칠

원으로 윤이(尹伊)의 아들이며 이황의 문인이다. 명종 20년(1565) 문과에 급제, 벼슬은 호조판서를 지내고, 칠계군(漆溪君)에 봉해졌다. 시문에 능했으며 송익필·최립 등과 함께 당시의 팔문장이라 불렸다.

윤행직(尹行直): 영조 36(1760)~? 자는 온수(溫叟), 본관은 파평으로 윤창(尹昶)의 아들이다. 정조 14년(1790) 문과에 급제했다.

윤헌주(尹憲柱): 현종 2~영조 5(1661~1729) 자는 길보(吉甫), 호는 이지당(二知堂), 시호는 익헌(翼獻), 본관은 파평으로 윤택(尹澤)의 아들이다. 숙종 24년(1698) 문과에 장원, 형조·호조의 판서를 지냈다. 서찰 글씨를 잘 썼다.

윤혜교(尹惠敎): 숙종 2(1676)~? 자는 여적(汝迪), 호는 완기헌(玩棋軒), 본관은 파평으로 윤진(尹搢)의 아들이다. 숙종 40년(1714) 문과에 급제, 벼슬은 이조판서를 지냈다.

윤혼(尹焜): 숙종 1~영조 1(1676~1725) 자는 회보(晦甫), 호는 천서(泉西), 본관은 파평으로 권상하의 문인이다. 학행으로 명릉참봉이 되고, 숙종 45년(1719) 문과에 급제, 벼슬은 지평에 이르렀다.

윤황(尹煌): 선조 5~인조 17(1572~1639) 자는 덕요(德耀), 호는 팔송(八松)·노곡(魯谷), 시호는 문정(文正), 본관은 파평이다. 선조 30년(1597) 문과에 급제, 벼슬은 대사간을 지냈다. 저서로 『팔송봉사(八松封事)』가 있다.

윤훤(尹暄): 선조 6~인조 5(1573~1627) 자는 차야(次野), 호는 백사(白沙), 본관은 해평으로 윤두수의 아들이다. 성혼(成渾)의 문인으로 선조 30년(1597) 문과에 급제, 벼슬은 평안도 관찰사를 지내고, 1627년 정묘호란 때 부체찰사로 전쟁에 패한 죄로 효시당했다. 저서로 『백사집』이 있다.

윤희동(尹僖東): 영조 때 무인으로, 별천 문관인데 병사를 지냈다. 힘이 장사였다.

이간(李柬): 숙종 3~영조 3(1677~1727) 자는 공거(公擧), 호는 외암(巍巖)·추월헌(秋月軒), 시호는 문정(文正), 본관은 예안이다. 권상하의 문인으로 '강문팔학사'의 한 사람이고 낙론(洛論)의 영수가 되었다. 글씨를 잘 썼으며, 벼슬은 유일로 진출하여 자의(諮議)와 세자익위사 익위를 지냈다.

이건명(李健命): 현종 4~경종 2(1663~1722) 자는 중강(仲剛), 호는 한포재(寒圃齋)·제월재(霽月齋), 시호는 충민(忠愍), 본관은 전주이다. 숙종 12년(1686) 문과에 급제, 벼슬은 좌의정을 지냈다. 노론 4대신의 한 사람으로 세제(영조) 책봉을 주청하고 책봉주청사로 청나라에 간 사이에 신임사화가 일어나 1722년 귀국하자 유배되어 사사되었다.

이경류(李慶流): 명종 19~선조 25(1564~1592) 자는 장원(長源), 호는 반금(伴琴), 본관은 한산으로 이증(李增)의 아들이다. 선조 25년(1592) 문과에 급제, 병조좌랑으로 상주 싸움에서 전사했다. 정문이 세워졌고 홍문관 제학에 추증되었다.

이경석(李景奭): 선조 28~현종 12 (1595~1671) 자는 상보(尙輔), 호는 백헌(白軒)·쌍계(雙溪), 시호는 문충(文忠), 본관은 전주로 덕천군(德泉君)의 6대손이다. 인조 1년(1623) 문과에 급제, 벼슬은 영의정을 지냈다. 문장과 글씨에 뛰어났으며, 「삼전도비문」을 지었다.

이경여(李敬興): 선조 18~효종 8 (1585~1657) 자는 직부(直夫), 호는 백강(白江)·봉암(鳳巖), 시호는 문정(文貞), 본관은 전주로 이수록(李綏綠)의 아들이다. 광해군 1년(1609) 문과에 급제, 벼슬은 영의정을 지냈다. 시문에 능하고 글씨에도 뛰어났다. 저서로 『백강집』이 있다.

이경재(李景載): 본관은 한산으로 벼슬은 참봉을 지냈다.

이경직(李景稷): 선조 10~인조 18 (1577~1640) 자는 상고(尙古), 호는 석문(石門), 시호는 효민(孝敏), 본관은 전주로 이유간(李惟侃)의 아들이다. 선조 39년(1606) 문과에 급제, 벼슬은 호조판서를 지냈다. 글씨를 잘 썼다.

이광덕(李匡德): 숙종 16~영조 24 (1690~1748) 자는 성뢰(聖賚), 호는 관양(冠陽), 본관은 전주로 이진망(李眞望)의 아들이다. 경종 2년(1722) 문과에 급제, 벼슬은 대제학을 지냈다. 시는 꾸밈이 높고 의미가 정묘하였으며, 특히 변려문을 잘했다. 저서로 『관양집』이 있다.

이광려(李匡呂): 숙종 46~정조 7 (1720~1783) 자는 성재(聖載), 호는 월암(月巖)·칠탄(七灘), 본관은 전주이다. 시를 잘 지었고 특히 과시를 잘했다. 벼슬은 참봉을 지냈다.

이광사(李匡師): 숙종 31~정조 1 (1705~1777) 자는 도보(道甫), 호는 원구(圓丘)·원교(圓嶠)·수북(壽北), 본관은 전주이며 이진검(李眞儉)의 아들이다. 영조 31년(1755) 나주 벽서사건에 연좌되어 회령과 진도에 유배되어 배소에서 일생을 마쳤다. 윤순(尹淳)에게서 글씨를 공부하였고, 진서·초서·전서·예서에 모두 능했으며, '원교체'를 이룩했다. 저서로는 『원교서결(圓嶠書訣)』 『원교집선(圓嶠集選)』 『동국악부(東國樂府)』 등이 있고, 글씨가 많이 있다. 한편 그의 아들 이긍익(李肯翊)이 찬술했다는 『연려실기술(燃藜室記述)』은 이광사가 편술한 것이 많이 포함되어 있는 것 같다.

이광섭(李光燮): 영·정조 때 무인으로 충청병사를 지냈다. 전서·팔푼서·그림·퉁소와 양금을 잘했다.

이광우(李光遇): 이훤(李萱)의 아들로 무과에 급제, 평양중군을 거쳐 훈련원정이 되었다. 이름을 효승(孝承)으로 고쳤다.

이광좌(李光佐): 현종 15~영조 16 (1674~1740) 자는 상보(尙輔), 호는 운곡(雲谷), 본관은 경주로 이항복의 고손이다. 숙종 20년(1694) 문과에 장원, 벼슬은 영의정을 지냈다. 글씨와 그림에 능했다. 저서로 『운곡실기(雲谷實記)』가 있다.

이교년(李喬年): 숙종 44(1718)~? 자는 중수(仲壽), 호는 간곡(艮谷), 본관은 전주, 윤동원(尹東源)의 문인이다. 벼슬은 부솔(副率)을 지냈으며, 시를 잘 지었고 예서와 초서를 잘 썼다. 문집 4권이 있다.

이구영(李耉永): 마전(麻田) 현감을 지낸 인물인 듯하다. 김상숙(金相肅)의 맏사위다.

이국보(李國輔): 본관은 연안으로 이문원(李文源)의 아버지다.

이권중(李權中): 청풍현감을 지낸 사람인 듯하다.

이규량(李奎亮): 동복현감을 지낸 이가 아닌가 여겨진다.

이규명(李奎明): 저자 이규상의 집안 형으로 배천(白川) 수령을 지냈다.

이규상(李奎象): 영조 3~정조 23 (1727~1799) 자는 상지(像之), 호는 일몽(一夢)·유유재(悠悠齋), 본관은 한산으로 이사질(李思質)의 장남이다. 평생을 포의로 지냈다. 학문과 시문 창작에 전념하여 『병세재언록』 이외에도 『기구이목삼관사(記口耳目三官事)』 『청구지(靑邱志)』 등의 저술이 있고, 서사시 「여사행(女史行)」이 있다.

이규식(李奎軾): 자는 숙첨(叔瞻), 아명은 성상(星祥)인데, 이동자(李童子)라고 불렸으며, 열네살에 죽었다. 시를 잘 지었다.

이규위(李奎緯): 영조 7~정조 12 (1731~1788) 자는 평서(平瑞), 본관은 한산으로 이사질(李思質)의 아들이다. 영조 39년(1763) 문과에 급제, 벼슬은 대사간을 지냈다.

이규항(李奎恒): 자는 수이(壽而), 호는 쌍취헌(雙翠軒), 본관은 한산으로 이사휘(李思徽)의 큰아들이며 이홍재(李洪

載)의 아버지이다. 일찍이 진사시에 합격하고 온양(溫陽)의 수령을 지냈다.

이기중(李箕重): 숙종 23~영조 37 (1697~1761) 자는 자유(子由), 본관은 한산이며 이희조(李喜朝)의 문인으로 사마시에 합격, 담양부사를 지냈다.

이기지(李器之): 숙종 16~경종 2 (1690~1722) 자는 사안(士安), 호는 일암(一菴), 본관은 전주, 이이명의 아들로 숙종 41년(1715)에 진사가 되고, 경종 1년(1721) 신임사화에 목호룡의 무고로 고문 끝에 죽었다.

이기진(李箕鎭): 숙종 13~영조 31 (1687~1755) 자는 군범(君範), 호는 목곡(牧谷), 시호는 문헌(文憲), 본관은 덕수. 숙종 43년(1717)에 문과에 급제하고 벼슬은 이조판서를 지냈다. 권상하의 제자이며, 문집으로 『목곡집』이 있다.

이낙배(李樂培): 이덕수(李德壽)의 당질로 본관은 전의이다. 청주목사를 지냈다.

이덕(李㯖): 종친으로 신계군(新溪君)인데 인천부에 살았다. 글씨를 비범하게 잘 썼다.

이덕남(李德楠): 영조 때 경성에 살던 사람으로 과시(科詩)를 잘해서 시문을 숭상하는 재상가에 출입했다.

이덕무(李德懋): 영조 17~정조 17 (1741~1793) 자는 무관(懋官), 호는 형암(炯菴)·아정(雅亭)·청장관(靑莊館)·영처(嬰處)·동방일사(東方一士), 본관은 전주로 이성호(李聖浩)의 아들이다. 박학다식한 실학자였으나 서출이라 크게 쓰이지 못하고 1779년 규장각 검서관이 되

어 박제가·유득공·이서구 등과 4검서
관으로 이름을 떨쳤다. 사옹원 주부를
지냈다. 글씨와 그림에도 뛰어났다. 저서
로 『청장관전서』가 있다.

　이덕수(李德壽): 현종　14~영조　20
(1673~1744) 자는 인로(仁老), 호는 서
당(西堂)·벽계(蘗溪), 시호는 문정(文
貞), 본관은 전의이다. 김창흡과 박세당
의 문인으로, 음직으로 이조판서와 대제
학을 지냈다. 문장에 능하고 글씨도 잘
썼다.

　이덕영(李德英): 효종 10(1659)~? 자
는 계향(季香), 본관은 전주, 이몽양(李
夢陽)의 아들이다. 숙종 20년(1694) 문과
에 급제, 벼슬은 황해감사와 호조참판을
지냈다.

　이덕효(李德孝): 홍주　결성(結城)의
아전인데 시에 능하였다.

　이도온(李道蘊): 충남　신창(新昌)에
사는 노련한 의사로 명의 조한숙(趙漢
淑)과 함께 이름을 떨쳤다.

　이도원(李度遠): 숙종 10(1684)~? 자
는 기보(器甫), 본관은 완산으로 이성석
(李聖碩)의 아들이다. 경종 3년(1723) 문
과에 급제, 벼슬은 한림과 승지를 지냈
다. 권상하의 제자이다.

　이동욱(李東旭): 영조 15(1739)~? 자
는 유문(幼文), 호는 소암(蘇巖), 본관은
평창으로 이광직(李光溭)의 아들이고 이
승훈(李承薰)의 아버지이다. 영조 42년
(1766) 문과에 급제, 참판과 의주부윤을
지냈다. 글씨를 잘 썼다.

　이만견(李晩堅): 현종 7(1666)~? 자
는 사동(士冬), 본관은 우봉이다. 숙종

25년(1699) 문과에 급제, 벼슬은 대사간
과 관찰사를 지냈다.

　이만성(李晩成): 효종　10~경종　2
(1659~1722) 자는 사추(士秋), 호는 귀
락당(歸樂堂), 본관은 우봉이다. 숙종 22
년(1696)에 문과에 급제하여 벼슬은 병
조판서를 지냈다. 저서로 『귀락당집』이
있다.

　이만중(李晩中): 김종후(金鍾厚)의 문
인.

　이만직(李萬稷): 한산 이씨로 감사까
지 지냈는데, 임피현감과 광주부윤을 거
쳤다.

　이만창(李晩昌): 이재(李縡)의 아버지
로 진사였으나 일찍 죽었다.

　이맹휴(李孟休): 숙종 39(1713)~? 자
는 순수(醇叟), 본관은 여주로 이익(李
瀷)의 아들이다. 영조 18년(1742) 문과에
장원, 영조 20년(1744) 예조정랑으로 『춘
관지(春官志)』를 편찬했다. 벼슬은 만경
현감과 한성부 주부를 지냈다.

　이명(李溟): 숙종 때 영남 용궁현에
살던 명의로 경종 때 80여세의 사인으로
의약동참(議藥同參)에 참여했다.

　이명계(李命啓): 숙종 40(1714)~? 자
는 자문(子文)으로 서얼 집안 출신이다.
이강(李鋼)의 아들로서 초림 팔재사(椒
林八才士)의 한 사람이다. 영조 30년
(1754) 문과에 급제, 벼슬은 현감을 지냈
다. 시를 잘 지었으며, 제술관으로 일본
에 다녀왔다.

　이명한(李明漢): 선조　28~인조　23
(1595~1645) 자는 천장(天章), 호는 백
주(白洲), 시호는 문정(文靖), 본관은 연

안으로 이정귀(李廷龜)의 아들이다. 광해군 8년(1616) 문과에 급제, 벼슬은 예조판서에 이르렀으며, 시와 글씨에 뛰어났다. 저서로 『백주집』이 있다.

이명희(李命羲): 이광사에게 글씨를 배운 제자이다.

이몽리(李夢鯉): 자는 재연(在淵)이다. 서울의 여항인으로 벼슬은 학관을 지냈다. 정내교(鄭來僑)가 그의 전(傳)을 지었다.

이문보(李文輔): 자는 상경(尙絅), 본관은 연안으로 이천보(李天輔)의 집안 아우이다. 일찍 죽었는데 시를 잘 지었다.

이문원(李文源): 영조 16~정조 18(1740~1794) 자는 사질(士質), 시호는 익헌(翼憲), 본관은 연안으로 이천보(李天輔)의 양자이고 이국보(李國輔)의 아들이다. 영조 39년(1763) 진사가 되고, 영조 47년(1771) 문과에 급제, 벼슬은 예조와 이조의 판서를 지냈다. 천성이 검소하고 기개가 있었다.

이미(李瀰): 영조 1~정조 3(1725~1779) 자는 중호(仲浩), 호는 함광헌(含光軒), 본관은 덕수로 이주진(李周鎭)의 아들이다. 영조 33년(1757) 문과에 급제, 벼슬은 이조참판과 부제학을 지냈다. 시재(詩才)가 있었다. 젊어서 『유본초(儒本草)』를 지었다.

이민보(李敏輔): 숙종 46~정조 23(1720~1799) 자는 백눌(伯訥), 호는 상와(常窩)·풍서(豊墅) 시호는 정효(貞孝), 본관은 연안으로 이희조(李喜朝)의 손자이다. 벼슬은 음직으로 형조판서에

이르렀다. 『충역변(忠逆辯)』이란 저술이 있고, 문집으로 『상와고(常窩稿)』가 있다.

이병모(李秉模): 영조 18~순조 6(1742~1806) 자는 이칙(彝則), 호는 정수재(靜修齋), 시호는 문숙(文肅), 본관은 덕수로 이연(李演)의 아들이다. 영조 49년(1773) 문과에 급제, 1778년 동지부사로, 1795년 진하사로 청나라에 다녀왔으며, 벼슬은 영의정에 올랐다. 문장에 뛰어나고 글씨를 잘 썼다. 『삼강행실도』와 『이륜행실도』를 편찬했다.

이병상(李秉常): 숙종 2~영조 24(1676~1748) 자는 여오(汝五), 호는 삼산(三山), 시호는 문청(文淸), 본관은 한산이다. 숙종 36년(1710) 문과에 급제, 벼슬은 공조판서와 대제학을 지냈다.

이병연(李秉淵): 현종 12~영조 27(1671~1751) 자는 일원(一源), 호는 사천(槎川), 본관은 한산이다. 김창흡(金昌翕)의 문인으로, 음직으로 삼척부사를 지냈다. 시에 뛰어나 '이삼척시'라는 일컬음이 있었다. 시집으로 『사천시초(槎川詩鈔)』가 있다.

이병점(李秉漸): 본관은 한산으로 이병태(李秉泰)의 서종제이다. 문장과 글씨를 잘 썼고, 예학에도 뛰어나 『예복고(禮服考)』 9권을 지었다.

이병태(李秉泰): 숙종 14~영조 9(1688~1733) 자는 유안(幼安), 호는 동산(東山), 시호는 문청(文淸), 본관은 한산. 경종 3년(1723) 문과에 급제, 벼슬은 부제학과 관찰사를 지냈다.

이보천(李輔天): 숙종 40~정조 1

(1714~1777) 자는 여익(汝翼), 본관은 전주이다. 이덕영(李德英)의 손자로 아우가 이양천(李亮天)이다. 힘써 공부하여 글을 잘했는데, 포의로 지냈다.

이보행(李普行): 숙종 44(1718)~? 자는 이보(易甫), 본관은 용인으로 이의철(李宜哲)의 조카이다. 영조 47년(1771) 문과에 급제, 벼슬은 이조참판과 대사헌을 지냈다. 글을 잘했다.

이봉상(李鳳祥): 자는 의소(儀韶), 호는 설천(雪川), 시호는 문경(文敬), 본관은 전주로 이기지(李器之)의 아들이다. 신임옥사에 화를 당할 때 망명했다가 영조 때 나와 지평을 지냈다.

이봉환(李鳳煥): ?~영조 46(1770) 자는 성장(聖章), 호는 우념(雨念), 본관은 전주로 이춘영(李春英: 1563~1606)의 5대손이다. 서얼 자손으로 홍봉한의 천거로 양지현감을 지냈고, 최익남의 옥사에 연루되어 고문을 받아 죽었다. 칠언율시를 잘 지어 근세의 절조라 했으며, 봉환체(鳳煥體)라는 시체를 갖추었다.

이사성(李思晟): ?~영조 4(1728) 무과에 급제하여 영조 3년(1727) 평안도관찰사 겸 병마절도사로 있으면서 삼부초장(三部抄壯)이라는 군제를 실시했고, 이듬해 이인좌의 난 때 이에 가담했다가 참형당했다.

이사정(李思正): 본관은 한산으로 이규상(李奎象)의 당숙이다. 정랑(正郎)을 지냈다.

이사중(李思重): 숙종 24~영조 9(1698~1733) 자는 사고(士固), 호는 안소(安素), 본관은 한산으로 이만직(李萬稷)의 손자인데 과거 문체를 잘했으나 오십이 못되어 죽었다.

이사질(李思質): 숙종 31~영조 52(1705~1776) 자는 호는 흡재(翕齋), 본관은 한산으로 이 책의 저자인 이규상(李奎象)의 아버지이다. 벼슬은 고양군수를 지냈다. 실학자로서 『정계만록(淨溪漫錄)』『훈음종편(訓音宗編)』이 있다.

이사홍(李思弘): 숙종 42~영조 18(1716~1742) 이사중의 아우로 자는 사의(士毅)인데 40이 못되어 죽었다. 황경원(黃景源)에게 고문을 배우고 호걸스러웠다.

이사휘(李思徽): 본관은 한산으로 이 책의 저자 이규상의 큰아버지이며, 이규항(李奎恒)의 아버지. 자는 자유(子猷)로 『중용』『대학』을 수십 번 읽었고, 적덕으로 가문을 세웠다.

이산배(李山培): 숙종 29(1703)~? 자는 사인(士寅), 본관은 전의로 이덕수(李德壽)의 아들이다. 영조 6년(1730) 문과에 급제, 벼슬은 가주서(假注書)를 지냈다.

이산해(李山海): 중종 33~광해군 1(1538~1609) 자는 여수(汝受), 호는 아계(鵝溪)·종남수옹(終南睡翁), 시호는 문충(文忠), 본관은 한산으로 이색(李穡)의 후손이다. 명종 16년(1561) 문과에 급제, 벼슬은 영의정을 지냈다. 서화에 능하고 선조조 팔문장 중의 한 사람이다. 저서로 『아계집』이 있다.

이상정(李象靖): 숙종 36~정조 5(1710~1781) 자는 경문(景文), 호는 대산(大山), 본관은 한산으로 목은 이색의 후손이다. 영조 11년(1735) 문과에 급제, 형조참의를 지냈다. 영남인들은 그를 거벽선생(巨擘先生)으로 받들었다. 문집으로 『대산집』이 있고 편서가 많다.

이서(李漵): 현종 3~경종 3(1662~1723) 자는 징지(徵之), 호는 옥동(玉洞)·옥금산인(玉琴散人), 본관은 여주로 이하진(李夏鎭)의 아들, 이익(李瀷)의 형이다. 벼슬은 찰방을 지냈고, 글씨를 잘 써서 해동의 명필로 일컬어졌다.

이서(李曙): 세종 31~연산군 4(1449~1498) 자는 정수(晶叟)로 세조의 셋째 아들이다. 덕원군(德源君)에 봉해졌다. 바둑을 잘 두어 일수기(一手碁)로 일컬어졌다.

이성(李珹): 자는 덕휘(德輝), 본관은 연안으로 이귀(李貴)의 후손인데 서른살을 넘기고 죽었다. 빼어난 가락의 시가 있었다.

이성보(李城輔): 김원행의 제자로 정조 때 경연관의 벼슬을 주었으나 관직에 나오지 않았다.

이성중(李成中): 숙종 32(1706)~? 자는 사득(士得), 본관은 전주로 이현모(李顯謨)의 아들이다. 영조 11년(1735) 문과에 급제, 벼슬은 이조·호조의 판서와 평안감사를 지냈다.

이세백(李世白): 인조 13~숙종 29(1635~1703) 자는 중경(仲庚), 호는 우사(雩沙)·북계(北溪), 시호는 충정(忠正), 본관은 용인으로 이정악(李挺岳)의 아들이다. 숙종 1년(1675) 문과에 급제, 벼슬은 좌의정을 지냈다. 저서로 『우사집』이 있다.

이송로(李松老): 판서 홍상한(洪象漢) 집안의 사수(寫手)였다. 명지(名紙)를 잘 썼다.

이수몽(李守夢): 판서 김시묵(金時默)의 겸인으로 글씨를 잘 썼고 진사시에 합격했다.

이수보(李秀輔): 한산 이씨로 숙종·영조 때에 지방 수령을 지냈다. 상주·안산·평양·성주목사 등을 지냈고, 돈령부 도정에까지 이르렀다.

이숙(李䎘): 인조 4~숙종 14(1626~1688) 자는 중우(仲羽), 호는 일휴정(逸休亭), 본관은 우봉, 송시열의 문인이다. 효종 때 문과에 급제하여 벼슬은 이조판서·우의정을 지냈다.

이순인(李純仁): 중종 38~선조 25(1543~1592) 자는 백생(伯生)·백옥(伯玉), 호는 고담(孤潭), 본관은 전의로 이황·조식의 문인이다. 선조 5년(1572) 문과에 급제, 벼슬은 이조참의를 지냈다. 이산해·최경창 등과 함께 당시의 팔문장으로 유명했다. 저서로 『고담일고(孤潭逸稿)』가 있다.

이시원(李始源): 영조 29~순조 9(1753~1809) 자는 경심(景深), 본관은 연안, 이민보의 아들이다. 정조 18년(1794) 문과에 급제, 벼슬은 이조판서와 예문관 제학을 지냈다. 청백리로 이름이 높았다.

이양신(李亮臣): 숙종 15~영조 15(1689~1739) 자는 원량(元亮), 본관은 연안으로 이희조(李喜朝)의 아들이다. 영조 3년(1727) 문과에 급제, 예조참의와 삼화부사를 지냈다.

이양원(李養源): 자는 호연(浩然), 호는 도계(陶溪), 본관은 경주인데, 공주 정안(定安)에서 살았다. 벼슬은 장령을 지냈으며 윤동원(尹東源)의 문인이다.

이양천(李亮天): 숙종 42~영조 31(1716~1755) 자는 공보(功甫), 이덕영(李德英)의 손자로 형은 이보천(李輔天)이다. 문과에 급제하고, 고문을 주력하여 세련되고 간결하였다.

이언세(李彦世): 숙종 27(1701)~? 자는 미중(美仲), 본관은 공주로 이성(李熖)의 아들이다. 영조 9년(1733) 문과에 급제, 벼슬은 정언(正言)을 지냈다.

이여(李畬): 인조 23~숙종 44(1645~1718) 자는 치보(治甫), 호는 송애(松厓), 시호는 문경(文敬), 본관은 한산이다. 숙종 6년(1680) 문과에 급제, 벼슬은 영의정을 지냈다.

이영익(李令翊): 영조 16~정조 4(1740~1780) 자는 유공(幼公), 호는 신재(信齋), 본관은 전주로 이광사(李匡師)의 아들이며 이긍익(李肯翊)의 동생이다. 글씨를 잘 썼다. 이광사의 『서결후편(書訣後篇)』을 대술(代述)했다.

이영재(李寧載): 본관은 한산이다.

이요(李橈): 숙종 10(1684)~? 종친으로 선조의 현손이며 서평군(西平君)에 봉해졌다. 경종 3년(1723) 동지 겸 진하사, 영조 1년(1725) 동지사, 영조 4년(1728) 진주사 등으로 청나라에 왕래하며 외교에 공을 세웠다. 촉체를 잘 써서 필명을 떨쳤다.

이용휴(李用休): 숙종 34~정조 6(1708~1782) 자는 경명(景命), 호는 혜환(惠寰), 본관은 여주. 이가환(李家煥)의 아버지로, 진사에 합격하고 음직으로 지중추부사에 이르렀다. 문사가 높고 굳셌다.

이운영(李運永): 경종 2~정조 18(1722~1794) 자는 운지(運之), 호는 옥국재(玉局齋), 본관은 한산으로 이윤영(李胤永)의 아우이다. 영조 35년(1759) 진사시에 합격하고, 음직으로 황간군수를 거쳐 돈령부 도정을 지냈다. 시문에 뛰어나고 팔푼체를 잘 썼다.

이유(李維): 자는 대심(大心), 호는 지암(知菴), 본관은 우봉으로 이만견(李晩堅)의 아들이며 이재(李縡)의 종제로 그의 문인이 되었다. 35세로 요절하여 벼슬길에 나가지 못했으나 행실이 기이하고 호걸스러웠고 '문위공(文危公)'이라는 별호가 있었다.

이윤영(李胤永): 숙종 40~영조 35(1714~1759) 자는 윤지(胤之), 호는 단릉(丹陵)·담화재(淡華齋), 본관은 한산으로 이기중(李箕重)의 아들이다. 글씨를 잘 썼으며, 산수와 인물을 잘 그렸고, 벼슬은 부사를 지냈다. 저서로는 『단릉유집(丹陵遺集)』이 있다.

이응인(李應仁): 명나라 장군 이여송(李如松)의 손자로 원래 이름은 응조(應祖)였는데, 27세에 압록강을 건너 우리나라에 들어와서 응인으로 고쳤다. 회양에서 숨어 살았다.

이의병(李宜炳): 숙종 9(1683)~? 자는 문중(文仲), 호는 오정(梧亭), 벼슬은 현감을 지냈는데 글씨를 잘 썼다.

이의철(李宜哲): 숙종 29~정조 2

(1703~1778) 자는 원명(原明), 호는 문암(文菴), 본관은 용인이다. 이재의 뛰어난 제자로 영조 24년(1748) 문과에 급제, 예조판서를 거쳐 홍문관 대제학에 이르렀다. 저서로 『문암집』과 『사서강의(四書講義)』 『주자전요(朱子典要)』 등 다수가 있다.

이의현(李宜顯): 현종 10~영조 21 (1669~1745) 자는 덕재(德哉), 호는 도곡(陶谷), 시호는 문간(文簡), 본관은 용인으로 이세백(李世白)의 아들이다. 숙종 20년(1694) 문과에 급제, 벼슬은 영의정에 이르렀다. 글씨를 잘 썼으며 문집으로 『도곡집』이 있다.

이이근(李頤根): 자는 가구(可久), 호는 화암(華巖)이다. 권상하의 문인으로 유일로 진출하여 자의와 사부(師傅)를 지냈으며 강문팔학사로 일컬어졌다.

이이명(李頤命): 효종 9~경종 2(1658 ~1722) 자는 양숙(養叔)·지인(智仁), 호는 소재(疎齋), 시호는 충문(忠文), 본관은 전주로 이민적(李敏迪)의 아들로 민채(敏采)에게 입양. 숙종 6년(1680) 문과에 급제, 벼슬은 좌의정을 지냈다. 노론 4대신의 한 사람으로 서학과 실학에 관심이 많았다. 저서로 『소재집』이 있다.

이이병(李頤炳): 본관은 예안이며 이간(李柬)의 아들로 문학과 조행이 있었다.

이익보(李益輔): 숙종 34~영조 43 (1708~1767) 자는 사겸(士謙), 본관은 연안으로 이우신(李雨臣)의 아들이다. 영조 15년(1739) 문과에 급제, 벼슬은 이조판서를 지냈다.

이익정(李益炡): 숙종 25(1699)~? 자는 명숙(明淑), 본관은 전주이다. 영조 12년(1736) 문과에 급제, 벼슬은 병조판서를 지냈다.

이인상(李麟祥): 숙종 36~영조 36 (1710~1760) 자는 원령(元靈), 호는 능호(凌壺)·보산자(寶山子)·뇌상관(雷象觀), 본관은 전주(全州)이다. 영조 11년(1735) 진사시에 합격, 음직으로 음죽현감을 지냈다. 시문·그림·글씨에 뛰어나 삼절(三絶)이라 일컬어졌다.

이일제(李日躋): 숙종 9(1683)~? 자는 군경(君敬), 본관은 전주로 이언순(李彦純)의 아들이다. 경종 2년(1722) 문과에 급제, 벼슬은 충청감사·참판을 지냈다. 과표(科表)에 뛰어났다.

이재(李縡): 숙종 6~영조 22(1680~ 1746) 자는 희경(熙卿), 호는 도암(陶菴)·한천(寒泉), 시호는 문정(文正), 본관은 우봉이다. 숙종 28년(1702) 문과에 급제, 벼슬은 대제학과 이조참판을 지냈다. 심성론에서 이간(李柬)을 지지하여 한원진의 호론(湖論)을 반박, 낙론(洛論)의 대표적 학자가 되었다. 저서로는 『도암집』이 있으며, 편서가 많다. 서화에도 능했다.

이재운(李載運): 예산 대흥 사람으로 남인의 서계였는데 진사시에 합격하고 벼슬은 예빈시 참봉을 지냈다. 문장에 뛰어났는데 『해동화식전(海東貨殖傳)』은 문채가 용솟음치고 근세에 뛰어났다고 한다.

이재항(李載恒): 현종 13~영조 1 (1672~1725) 자는 군망(君望), 본관은

전주이다. 숙종 32년(1706) 무과에 급제,
벼슬은 수군통제사를 지냈다. 글씨를 잘
썼다. 『이재항서첩』이 있다.

이정(李楨): 선조 11~선조 40(1578~
1607) 자는 공간(公幹), 호는 나옹(懶翁)
·나재(懶齋)·나와(懶窩)·설악(雪嶽),
본관은 전주로 이숭효(李崇孝)의 아들이
다. 화가 집안에서 태어나 13세 때 장안
사(長安寺)가 개수되자 벽화를 그렸다.
산수화·인물화를 잘 그렸고 글씨도 잘
썼다.

이정박(李廷璞): 영조 30(1754)~? 자
는 광옥(光玉), 본관은 광주(廣州)로 이
이홍(李以興)의 아들이다. 보성 출신으로
영조 50년(1774) 문과에 급제했으며 관
력은 미상이다. 책문(策文)을 잘했다.

이정병(李鼎炳): 본관은 예안이며 이
간(李柬)의 아들로, 벼슬은 병사(兵使)를
지냈다.

이정영(李正英): 광해군 8~숙종 12
(1616~1686) 자는 자수(子修), 호는 서
곡(西谷), 시호는 효간(孝簡), 본관은 전
주로 이경직(李景稷)의 아들이다. 인조
14년(1636) 문과에 급제, 벼슬은 한성부
판윤을 거쳐 이조·형조의 판서를 지냈
다. 글씨도 잘 썼으며 특히 전서·주서
를 잘 썼다.

이정익(李禎翊): 효종 6(1655)~? 자
는 붕거(鵬擧), 호는 애헌(崖軒), 본관은
한산으로 이필천(李必天)의 아들이다. 보
령에 살았고 숙종 10년(1684) 문과에 급
제, 벼슬은 승지와 부윤(府尹)을 지냈다.

이정재(李定載): 자는 지경(止卿), 호
는 주암(鑄菴), 본관은 한산이다. 김종후

(金鍾厚)의 문인인데 학행으로 이름이
있었다.

이제(李穧): 선조 22(1589)~? 자는
이실(而實), 본관은 한산으로 이경류(李
慶流)의 아들이다. 광해군 8년(1616) 문
과에 급제, 벼슬은 대구부사(大丘府使)를
지냈다.

이조원(李肇源): 영조 34~순조 32
(1758~1832) 자는 경혼(景混), 호는 옥
호(玉壺), 본관은 연안으로 이민보의 아
들이다. 정조 16년(1792) 문과에 급제,
벼슬은 판서를 지냈다. 전서(篆書)를 잘
썼다.

이종성(李宗城): 숙종 18~영조 35
(1692~1759) 자는 자고(子固), 호는 오
천(梧川), 시호는 문충(文忠), 본관은 경
주로 이태좌(李台佐)의 아들이다. 영조 3
년(1727) 문과에 급제, 벼슬은 영의정을
지냈다. 성리학에 밝고 문장과 글씨에도
뛰어났다. 저서로 『오천집』이 있다.

이주애(李珠愛): 본관은 전주로 이광
사(李匡師)가 북쪽 변방에서 귀양살이할
때 낳은 서녀(庶女)이다. 이광사가 남쪽
섬으로 유배지를 옮길 때 따라와 아버지
를 모시다가 섬사람에게 시집갔다. 아
버지 글씨 묘법을 홀로 전수받아 전서의
획이 뛰어난 경지에 이르렀다. 이광사도
그의 아들 이영익보다 주애의 글씨가 낫
다고 평했으며, 자수 솜씨도 대단했다.

이주진(李周鎭): 숙종 17~영조 25
(1691~1749) 자는 문보(文甫), 호는 탄
옹(炭翁), 시호는 충정(忠靖), 본관은 덕
수로 이집(李㙫)의 아들이며, 이재(李縡)
의 아버지이다. 영조 1년(1725) 문과에

급제, 벼슬은 예조판서를 지냈다.

이준경(李浚慶): 연산군 5~선조 5 (1499~1572) 자는 원길(原吉), 호는 동고(東皐)·남당(南堂)·양와(養窩)·홍련거사(紅蓮居士), 시호는 충정(忠正), 본관은 광주로 이수정(李守貞)의 아들이다. 중종 26년(1531) 문과에 급제, 벼슬은 영의정을 지냈다. 저서로는 『동고유고』『조선풍속(朝鮮風俗)』이 있다.

이진(李璡): 영조 12(1736)~? 자는 진옥(進玉)이며, 이명계(李命啓)의 아들이다. 영조 49년(1773) 문과에 급제, 벼슬은 현감을 지냈는데 시문에 능했다. 그의 시체를 초림체(椒林體)라고도 일컬었다. 귀머거리였다.

이진검(李眞儉): 현종 12~영조 3 (1671~1727) 자는 중약(仲約), 호는 각리(角里), 본관은 전주로 이대성(李大成)의 아들이다. 숙종 30년(1704) 문과에 급제, 벼슬은 예조판서를 지냈다. 글씨를 잘 썼다.

이진망(李眞望): 현종 13~영조 13 (1672~1737) 자는 구숙(久叔), 호는 도운(陶雲)·퇴운(退雲), 본관은 전주이며, 이경석(李景奭)의 증손이다. 숙종 37년(1711) 문과에 장원, 벼슬은 대제학과 예조판서를 지냈다. 저서로 『도운유집(陶雲遺集)』이 있다.

이징(李澄): 선조 14(1581)~? 자는 자함(子涵), 호는 허주(虛舟), 본관은 전주로 이경윤(李慶胤)의 서자이다. 인조 때 화원으로 6품직에 올랐다. 산수·인물·영모에 뛰어났다.

이천보(李天輔): 숙종 24~영조 37 (1698~1761) 자는 의숙(宜叔), 호는 진암(晉菴), 시호는 문간(文簡), 본관은 연안으로 이명한(李明漢)의 현손이다. 영조 15년(1739) 문과에 급제, 영의정에 이르렀다. 시와 문장을 잘 지었다. 문집으로 『진암집』이 있다.

이철보(李喆輔): 숙종 15(1689)~? 자는 보숙(保叔), 본관은 연안으로 이정신(李正臣)의 아들이다. 경종 3년(1723) 문과에 급제, 벼슬은 판서를 지냈다.

이최지(李最之): 이인상(李麟祥)의 아버지로 현감을 지냈는데 도장을 잘 새겼다.

이추(李樞): 숙종 1(1675)~? 자는 두경(斗卿), 본관은 금산(金山)인데 30년 동안 청한(淸漢) 역관의 우두머리로 있었다. 1746년 책문(柵門)을 물리자는 의론을 중지시켰다. 30번이나 연경에 왕래했다.

이춘원(李春元): 선조 4~인조 12 (1571~1634) 자는 원길(元吉)·현지(玄之), 호는 구원(九畹), 초명은 신원(信元), 본관은 함평이다. 선조 29년(1596) 문과에 급제, 벼슬은 충청도 관찰사를 지냈다. 저서로 『구원집』이 있다.

이태(李泰): 엄한붕과 같은 시기 사람으로 서얼이라고도 하고 이현록(李顯祿)의 노비라고 한다. 이권중(李權中)의 사수(寫手)로서 온갖 글씨체를 다 쓸 수 있었고 또 속필이었다.

이태석(李泰錫): 자는 자첨(子瞻), 호는 행음(杏陰), 본관은 전주. 폐족이 된 집안의 후손인데 시문으로 이름이 있었다.

이태연(李泰淵): 광해군 7~현종 10 (1615~1669) 자는 정숙(靜叔), 호는 눌재(訥齋), 본관은 한산(韓山)으로 이덕사(李德泗)의 아들이다. 인조 20년(1642) 문과에 급제, 벼슬은 전라도·경상도·평안도 관찰사로 선정을 베풀었다.

이태영(李泰永): 영조 20(1744)~? 자는 사앙(士仰), 본관은 한산으로 이산중(李山重)의 아들이다. 영조 48년(1772) 문과에 급제, 벼슬은 황해도·경상도·충청도 관찰사를 지냈다.

이태중(李台重): 숙종 20~영조 32 (1694~1756) 자는 자삼(子三), 호는 삼산(三山), 시호는 문경(文敬), 본관은 한산이다. 영조 6년(1730) 문과에 급제, 호조판서와 예문관 제학을 지냈고 청백리에 뽑혔다. 저서로『삼산집』이 있다.

이하(李河): 영조 4년(1728) 이인좌의 난 때 도순무사의 진이 안성에 있을 때 자객으로 진중으로 들어갔던 인물이다.

이한진(李漢鎭): 영조 7(1731)~? 자는 중운(仲雲), 호는 경산(京山), 본관은 성주이다. 전서를 잘 썼으며, 퉁소를 잘 불어 홍대용이 타는 거문고의 대수가 되었다.

이해중(李海重): 영조 3(1727)~? 자는 자함(子涵), 본관은 한산으로 이병건(李秉健)의 아들이다. 영조 26년(1750) 문과에 급제, 대사헌과 이조참의를 지냈다.

이현급(李賢伋): 숙종 37(1711)~? 자는 우정(禹井), 본관은 광주(廣州)로 이성지(李聖至)의 아들이다. 충주 출신으로 영조 21년(1745) 문과에 급제, 관력은 미상인데 의(義)를 잘해서 당시의 종장으로 회자되었다.

이현록(李顯祿): 숙종 10~영조 6 (1684~1730) 자는 영보(永甫), 본관은 전주로 이섭(李涉)의 아들이다. 경종 2년(1722) 문과에 급제, 벼슬은 호조참판과 대사헌을 지내고, 이인좌의 난에 공을 세워 완릉군(完陵君)에 봉해졌다.

이현문(李顯文): 진사시에 합격한 인물로 과부(科賦)를 잘했다.

이현영(李顯永): 영조 6(1730)~? 자는 백회(伯晦), 본관은 한산으로 이병연(李秉淵)의 손자이다. 영조 42년(1766) 문과에 급제, 벼슬은 승지를 지냈다.

이형원(李亨元): 영조 15~정조 22 (1739~1798) 자는 선경(善卿), 호는 남계(南溪), 본관은 전주. 영조 37년(1761) 문과에 급제, 충청도·평안도 관찰사를 지냈다. 구휼미 보급을 지체해서 탄핵을 받고 가산군에 유배되어 그곳에서 죽었다.

이혼(李焜): 현종 4~경종 4(1663~ 1724) 자는 휘경(輝卿), 소현세자의 손자이며 경안군(慶安君) 회(檜)의 아들이다. 오위도총부 도총관을 지내고 정1품 현록대부(顯祿大夫) 임창군(臨昌君)에 봉해졌다.

이홍재(李洪載): 영조 3~정조 18 (1727~1794) 자는 사심(士深), 호는 일선(一蟬), 본관은 한산이다. 영조 50년(1774) 문과에 급제, 황해도 관찰사와 대사헌 등을 지내고 강화부 유수로 임지에서 죽었다. 우애가 있었고, 저서로『일선와고(一蟬窩稿)』가 있다.

이환룡(李煥龍): 개성 사람으로 과부(科賦)를 잘했다.

이훤(李萱): 명나라 장군 이여송(李如松)의 현손으로 영조 30년(1754) 무과에 급제 태안군수와 경상좌병사를 지냈다. 이름을 원(源)으로 고쳤다.

이훤(李烜): 종실로서 순의군(順義君)을 습봉했다. 시가 평담하고 원숙한 것으로 이름이 났다.

이희관(李羲觀): 영조 29(1753)~? 자는 사득(士得), 본관은 한산으로 이주영(李周永)의 아들로 희영(喜永)에게 입양하였다. 정조 12년(1787) 문과에 급제, 벼슬은 지방 수령을 지냈다. 반상제(泮庠製)에 이름이 났다.

이희산(李羲山): 이윤영(李胤永)의 서자로 그림을 잘 그렸다.

이희조(李喜朝): 효종 6~경종 4(1655~1724) 자는 동보(同甫), 호는 지촌(芝村)·간암(艮菴), 시호는 문간(文簡), 본관은 연안으로 이단상(李端相)의 아들이다. 음직으로 대사헌·이조참판을 지냈다. 저서로『지촌집』이 있다.

이희천(李羲天): 이윤영(李胤永)의 아들로 처형당했다.

임경주(任敬周): 숙종 44~영조 21(1718~1745) 자는 직중(直中), 본관은 풍천으로 임적(任適)의 아들이다. 문예가 숙성하였으나 어린 나이에 죽었다. 그가 지은「굴씨전(屈氏傳)」은 세련되고 깔끔하다.

임담(任璹): 영조 때 참의를 지낸 임정(任珽)의 아우로 과시(科詩)를 잘했다.

임명주(任命周): 숙종 31(1705)~? 자는 백신(伯新), 본관은 풍천이다. 임적(任適)의 아들이며 임성주의 형으로 영조 23년(1747) 문과에 급제, 벼슬은 정언을 지냈다. 장옥문을 잘하여 '큰솜씨'라고 일컬어졌고, 한번 읽으면 잊지 않아서 웅경(雄經)으로 칭송되었다.

임상원(林象元): 숙종 35~영조 36(1709~1760) 자는 언춘(彦春), 본관은 나주로 임세집(林世諿)의 아들이다. 영조 11년(1735) 문과에 급제, 동래부사·의주부윤을 거쳐 승지와 참의를 지냈다. 저서로『삼일록(三一錄)』이 있다.

임상준(林尙浚): 숙종·영조 때 공주에 살던 선비로 이병상과 알음이 있었다.

임선(任選): 본관은 풍천으로 임경주(任敬周)의 백부인데 참봉을 지냈다. 문필이 빼어났다.

임성(任城): 숙종 39~영조 38(1713~1762) 자는 성진(聖振), 호는 수암(羞菴), 본관은 풍천, 임수헌(任守憲)의 아들이다. 영조 31년(1755) 문과에 급제, 벼슬은 승지를 지냈으며, 과시를 잘 지었다.

임성주(任聖周): 숙종 37~정조 12(1711~1788) 자는 중사(仲思), 호는 녹문(鹿門), 시호는 문경(文敬), 본관은 풍천으로, 이재(李縡)의 문인이다. 사마시에 합격하고, 1776년 정조가 즉위하자 동궁을 보도하고, 조선 성리학의 6대가의 한 사람으로 일컫는다. 글솜씨도 아름답고 활달하다.

임수간(任守幹): 현종 6~경종 1(1665~1721) 자는 용예(用譽)·용여(用汝), 호는 돈와(遯窩), 본관은 풍천, 임상원

(任相元)의 아들이다. 숙종 20년(1694) 문과에 급제, 벼슬은 우승지에 이르렀고, 이조참판에 추증되었다. 음률·병법·지리에 밝았다. 저서로는 『돈와유집』이 있다.

임씨(任氏): 원주목사를 지낸 조상기(趙尙紀)의 계실로, 판서 조환(趙瑍)과 정승 조경(趙璥)을 낳았다. 근엄하고 단정하였으며 사치를 멀리했다.

임업(任璞): 숙종 29(1703)~? 자는 화중(和仲), 본관은 풍천으로 임수적(任守迪)의 아들이며 임정(任珽)의 아우이다. 영조 11년(1735)과 영조 16년(1740) 두 차례나 문과에 급제, 교리를 지냈다. 과시(科詩)를 잘했다.

임육(任焴): 임창주의 아들로 생원시에 합격, 음직으로 홍주목사(洪州牧使)를 지내고 승지에 올랐다. 김종후(金鍾厚)의 문인이다.

임윤지당(任允摯堂): 경종 1~정조 17(1721~1793) 여류 문인으로 임성주(任聖周)의 누이인데 호가 윤지당이다. 원주의 선비 신광유(申光裕)에게 출가하였으나 일찍이 홀로 되어 경전을 익혔다. 그가 지은 제문과 경의(經義)를 보면 견식과 문장 솜씨가 일가를 이루었다. 저술로 『윤지당유고』가 있다.

임의백(任義伯): 선조 38~현종 8(1605~1667) 자는 계방(季方), 호는 금시당(今是堂), 본관은 풍천, 김장생의 문인으로 음직으로 부사와 형조참판을 지냈다.

임일(任逸): 본관은 풍천으로 임경주(任敬周)의 숙부인데 문필이 빼어났다.

임자(林梓): 정승 신사철(申思喆) 집안의 사수로서 사자관(寫字官)의 부류로 명지(名紙)를 잘 썼다.

임적(任適): 숙종 11~영조 4(1685~1728) 자는 도언(道彦), 호는 노은(老隱), 본관은 풍천이다. 임의백(任義伯)의 증손이며 권상하의 문인으로 숙종 36년 진사시에 합격하고 함흥판관을 지냈다. 문장과 시를 잘했다. 저서로 『노은집』이 있다.

임정(任珽): 숙종 20~영조 26(1694~1750) 자는 성방(聖方), 호는 치재(巵齋), 본관은 풍천으로 임수적(任守迪)의 아들이다. 경종 3년(1723) 문과에 급제, 벼슬은 대사성을 지냈다. 고금의 시가에 통달했으며 글씨도 잘 썼다. 문집으로 『치재집』이 있다.

임정(任珵): 호남에 살던 명의로 인삼과 부자(附子)를 잘 썼다.

임정주(任靖周): 영조 3~정조 20(1727~1796) 자는 치공(穉恭), 호는 운호(雲湖), 시호는 문경(文敬), 본관은 풍천이다. 임성주(任聖周)의 동생으로, 현감을 지냈고 주기설(主氣說)을 확립했다. 문집으로 『운호집』이 있다.

임준원(林俊元): 자는 자소(子昭)인데 내수사의 하리(下吏)로 있다가 재산이 많아지자 그 자리를 그만두고 시인들과 어울려 지냈다. 최기남(崔奇男)에게 시를 배워 시를 잘했으며, 홍세태(洪世泰)의 살림을 많이 도와주었다. 『해동유주(海東遺珠)』에 그의 시가 많이 수록되어 있다.

임징하(任徵夏): 숙종 13~영조 6

356

(1687~1730) 자는 성능(聖能), 호는 서재(西齋), 시호는 충헌(忠憲), 본관은 풍천으로 임형(任泂)의 아들이다. 숙종 40년(1714) 문과에 급제, 벼슬은 지평과 장령을 지냈다.

임창주(任昌周): 자는 흥보(興甫), 호는 규암(葵菴), 본관은 풍천으로 임성주(任聖周)의 종제이다. 서강(西江)에 살면서 과거 공부를 독실히 했으나 진사에 오르지 못했다.

임희증(任希曾): 숙종 39(1713)~? 자는 효언(孝彦), 본관은 풍천, 임순(任珣)의 아들이다. 영조 39년(1763) 문과에 급제, 벼슬은 대사헌·호조참판을 지냈다. 시를 잘 지었다.

ㅈ

장경주(張景周): 숙종 36(1710)~? 자는 예보(禮甫), 본관은 인동이다. 도화서 화원으로 초상화를 잘 그렸다. 벼슬은 지사(知事)에 이르렀다. 영조 때의 대관과 종친의 초상화를 많이 그렸다.

장달성(張達星): 숙종 45(1719)~? 자는 취지(聚之), 본관은 송화로 장제한(張濟漢)의 아들로 무산 출신이다. 참봉으로 영조 31년(1755) 함경도에서 시행한 문과에 급제했고, 관력은 미상인데, 과부(科賦)와 석의(釋疑)를 모두 잘했다.

장붕익(張鵬翼): 인조 24~영조 11 (1646~1735) 자는 운거(雲擧), 시호는 무숙(武肅), 본관은 인동으로 장차주(張次周)의 아들이다. 숙종 25년(1699) 무과에 급제, 벼슬은 훈련대장·한성판윤을

거쳐 형조판서에 이르렀다.

장차주(張次周): 선조 39~효종 2 (1606~1651) 자는 문재(文哉), 본관은 인동으로 장우한(張遇漢)의 아들이다. 인조 22년(1644) 문과에 급제, 정언과 수찬을 지냈다.

장태소(張泰紹): 영조 때 무신으로 본관은 인동이고 장붕익의 아들이다. 벼슬은 총융사를 지냈는데 초서를 잘 썼다.

전만추(田萬秋): 숙종 11~영조 18 (1685~1742) 명나라 귀화인의 후예로 자는 여숙(汝肅)이며 전호겸(田好謙)의 손자이다. 송명규(宋命奎)에게 수학하고, 숙종 39년(1713) 무과에 급제, 남해현령을 거쳐 안동영장을 지내고 임지에서 죽었다. 묘지는 장단 화장산 원통리 북쪽 언덕에 있다.

전호겸(田好謙): 1610~1686. 명나라에서 귀화한 한인인데 자는 손우(遜宇)이다. 중국 광평부(廣平府) 계택현(鷄澤縣) 출신의 명나라 사람인데 향학생으로 뽑히고 일이 있어 가도(椵島)에 왔다. 1636년 청의 군대가 가도를 습격하여 점령하여 잡혔다가 풀려나 그의 무리 10여 명과 함께 평안도 병영에 이르러 훈련대장 구굉(具宏)에게 보내졌다. 1644년 심기원(沈器遠)이 모반했을 때 항왜(降倭)와 금할한인(斡轄漢人)들을 지휘하여 대궐을 호위하고, 반란이 평정되자 원종공신(原從功臣)으로 책록되었다. 1685년에 부호군에 제수되고, 묘지는 양주 수락산 서쪽 향화리(向化里) 서쪽 언덕에 있다.

정각선(鄭覺先): 나주목사를 지냈는

데 백성을 잘 다스리기로 이름이 났다.

정경순(鄭景淳): 경종 1~정조 19 (1721~1795) 자는 시회(時晦), 호는 수정(修井), 본관은 동래로 정태화(鄭太和)의 현손이다. 영조 20년(1744) 진사에 합격하고, 음직으로 형조판서를 지냈다. 과시로 이름이 났고 글씨를 잘 썼다. 저서로는 『수정유고(修井遺稿)』가 있다.

정극검(鄭克儉): 본관은 동래로 정순검(鄭純儉)의 동생이다. 풍채가 좋고 문장과 글씨로 일찍이 일가를 이루었으나 30세가 못되어 죽었다. 윤순(尹淳)에게 글씨를 배웠다.

정내교(鄭來僑): 숙종 7~영조 33 (1681~1757) 자는 윤경(潤卿), 호는 완암(浣巖)으로 경성의 여항인인데, 벼슬은 숭문원 제술관을 지냈다. 문명이 높았고 시에 능했다.

정두경(鄭斗卿): 선조 30~현종 14 (1597~1673) 자는 군평(君平), 호는 동명(東溟), 본관은 온양으로 정지승(鄭之升)의 아들이며 이항복의 문인이다. 인조 7년(1629) 문과에 급제, 벼슬은 교리를 지냈다. 시문과 서예에 뛰어났고, 저서로 『동명집』이 있다.

정사룡(鄭士龍): 성종 22~선조 3 (1491~1570) 자는 운경(雲卿), 호는 호음(湖陰), 본관은 동래이다. 중종 4년(1509) 문과에 급제, 벼슬은 공조판서와 대제학을 지냈다. 시문·음률에 뛰어나고 글씨도 잘 썼다. 저서로 『호음잡록(湖陰雜錄)』 『조천일록(朝天日錄)』이 있다.

정석부(鄭錫敷): 숙종 6(1680)~? 본관은 동래, 벼슬은 봉사(奉事)를 지냈다.

정선(鄭敾): 숙종 2~영조 35(1676~1759) 자는 원백(元伯), 호는 겸재(謙齋)·난곡(蘭谷), 본관은 광주(光州)이다. 김창집의 천거로 도화서 화원이 되고 양천 현령을 지냈다. 한국 산수화의 대가로 심사정·조영석과 함께 삼재(三齋)로 일컬었다. 「금강산만폭동도」 「인왕제색도」 등이 특히 유명하다.

정수강(鄭壽崗): 청주에 살았으며, 난정체를 잘 썼고 과장에서 사수 노릇을 했다. 벼루에 조각하는 솜씨도 뛰어났다.

정순검(鄭純儉): 숙종 36(1710)~? 자는 성종(聖從), 본관은 동래로 정석원(鄭錫遠)의 아들이다. 영조 11년(1735) 문과에 급제, 벼슬은 승지·참의·대사간을 지냈다.

정여직(鄭汝稷): 숙종 39~영조 52 (1713~1776) 자는 순필(舜弼), 본관은 초계(草溪)로 정도흥(鄭道興)의 아들이다. 영조 11년(1735) 무과에 급제, 부령부사를 거쳐 훈련대장을 지냈다.

정우량(鄭羽良): 숙종 18~영조 30 (1692~1754) 자는 자휘(子翬), 호는 학남(鶴南), 시호는 문충(文忠), 본관은 연일로 정휘량(鄭翬良)의 형이다. 경종 3년(1723) 문과에 급제, 벼슬은 병조판서와 우의정을 지냈다. 글씨를 잘 썼다.

정원순(鄭元淳): 숙종 36(1710)~? 자는 자후(子厚), 본관은 동래로 정경순의 형이다. 영조 15년(1739) 문과에 급제, 벼슬은 한림을 지냈다.

정유길(鄭惟吉): 중종 10~선조 21 (1515~1588) 자는 길원(吉元), 호는 임당(林塘)·상덕재(尙德齋), 본관은 동래

이며 정광필(鄭光弼)의 손자이다. 중종 33년(1538) 문과에 급제, 벼슬은 좌의정을 지냈다. 문장·시·글씨에 능했다. 저서로 『임당유고』가 있다.

정재륜(鄭載崙): 인조 26~경종 3 (1648~1723) 효종의 사위로 자는 수원(秀遠), 호는 죽헌(竹軒), 시호는 익효(翼孝), 본관은 동래로 정태화(鄭太和)의 아들로 정치화(鄭致和)에게 입양되었다. 효종 7년(1656) 효종의 딸 숙정공주(淑靜公主)와 결혼 동평위(東平尉)가 되었다. 생활이 검소하여 왕의 사위인 줄 몰랐다 한다. 저서로 『동평기문(東平記聞)』 『한거만록(閑居漫錄)』 등이 있다.

정지검(鄭之儉): 영조 13~정조 8 (1737~1784) 자는 자상(子尙), 호는 철재(澈齋), 본관은 동래로 정석범(鄭錫範)의 아들이다. 영조 52년(1776) 문과에 급제, 벼슬은 이조참판을 지냈다. 『국조보감(國朝寶鑑)』 찬집에 참여했다. 문장과 글씨에 뛰어났다.

정지순(鄭持淳): 자는 자경(子敬), 호는 식재(息齋), 본관은 동래, 정경순의 아우로, 벼슬은 부사를 지냈다. 과시로 이름이 났고 글씨를 잘 썼다.

정철조(鄭喆祚): 영조 6~정조 5(1730~1781) 자는 성백(誠伯)·중길(仲吉), 호는 석치(石癡), 본관은 해주이다. 영조 50년(1774) 문과에 급제, 벼슬은 정언을 지냈다. 죽석과 산수를 잘 그렸고 벼룻돌을 깎는 벽이 있었는데, 패도(佩刀)만을 가지고 순식간에 깎아냈다.

정충신(鄭忠信): 선조 9~인조 14 (1576~1636) 자는 가행(可行), 호는 만운(晩雲), 시호는 충무(忠武), 본관은 광주(光州)이다. 선조 25년(1592) 임진왜란 때 광주목사 권율(權慄)의 휘하에 종군, 장계를 가지고 의주 행재소에 갔다가 이항복의 주선으로 학문과 무예를 닦았다. 이해 겨울 무과에 급제, 1624년 이괄의 난 때 장만(張晩)의 휘하에서 싸우고 금남군(錦南君)에 봉해졌고, 경상도 병마절도사를 지냈다. 저서로 『만운집』 『금남집』 등이 있다.

정태화(鄭太和): 선조 35~현종 14 (1602~1673) 자는 유춘(囿春), 호는 양파(陽坡), 시호는 충익(忠翼), 본관은 동래로 정광성(鄭廣成)의 아들이다. 인조 6년(1628) 문과에 급제, 인조 23년(1645) 대사헌으로 소현세자가 죽자 소현세자의 아들로 적통을 계승시켜야 한다고 주장했다. 벼슬은 영의정을 오랫동안 지냈다.

정혁선(鄭爀先): 지방 수령을 지낸 인물인데 백성을 잘 다스리기로 이름이 났다.

조경(趙璥): 영조 3~정조 11(1727~1787) 자는 경서(景瑞), 호는 하서(荷棲), 시호는 충정(忠定), 본관은 풍양으로, 초명은 준(埈)이며 조상기(趙尙紀)의 아들이다. 영조 39년(1763) 문과에 급제, 벼슬은 우의정에 이르렀다. 시와 문을 잘 지었다. 저서로 『하서집』이 있다.

조귀명(趙龜命): 숙종 19~영조 13 (1693~1737) 자는 석여(錫汝)·보여(寶汝), 호는 동계(東溪), 본관은 풍양이다. 숙종 37년(1711) 생원에 합격하고, 벼슬은 음직으로 익위를 지냈다. 성리학에 밝고 문장이 뛰어났으며, 문집으로 『동계집』이 있다.

조돈(趙暾): 숙종 42(1716)~? 자는 광서(光瑞), 호는 죽석(竹石), 본관은 풍양으로 조엄(趙曬)·조정(趙暾)의 형이다. 영조 16년(1740) 문과에 급제, 벼슬은 이조판서를 지냈다. 70이 넘게 살아 봉조하의 직품을 여러 해 띠고 있었다. 행초체를 잘 썼고 화조도도 잘 그렸으며 기절(氣節)이 있었다.

조명교(曺命敎): 숙종 13~영조 29 (1687~1753) 자는 이보(彝甫), 호는 담운(澹雲), 본관은 창녕으로 조하기(曺夏奇)의 아들이다. 숙종 45년(1719) 문과에 급제, 벼슬은 예문관 제학과 개성부 유수를 지냈다. 덕행과 학문이 높았으며 글씨에도 뛰어나 비문을 많이 썼다.

조명정(趙明鼎): 숙종 35~정조 3 (1709~1779) 자는 화숙(和叔), 호는 노포(老圃), 시호는 문헌(文憲), 본관은 임천으로 조정순(趙正純)의 아들이다. 영조 16년(1740) 문과에 급제, 벼슬은 이조판서를 지냈다. 『영조실록』 찬집당상을 지냈다.

조명채(曺命采): 숙종 26(1700)~? 자는 주경(疇卿), 호는 난재(蘭齋), 본관은 창녕으로 조하성(曺夏盛)의 아들이다. 영조 12년(1736) 문과에 급제, 벼슬은 참관과 대사헌을 지냈다. 글씨를 잘 썼는데, 특히 해서에 능했다.

조문명(趙文命): 숙종 6~영조 8(1680 ~1732) 자는 숙장(叔章), 호는 학암(鶴巖), 시호는 문충(文忠), 본관은 풍양으로 조인수(趙仁壽)의 아들이다. 숙종 39년 (1713) 문과에 급제, 벼슬은 좌의정을 지

냈고, 영조의 탕평책에 적극 협조했으며 글씨를 잘 썼다.

조상강(趙尙綱): 본관은 풍양으로 숙종·영조 때 사람으로 조상경(趙尙綱)의 아우이다. 순흥부사(順興俯使)를 지냈다.

조상경(趙尙綱): 숙종 7~영조 22 (1681~1746) 자는 자장(子章), 호는 학당(鶴塘), 시호는 경헌(景獻), 본관은 풍양으로 김창협의 문인이다. 숙종 36년 (1710) 문과에 급제, 벼슬은 각조의 판서를 지냈다.

조상기(趙尙紀): 본관은 풍양이며 조환(趙瑍)·조경(趙璥)의 아버지인데, 벼슬은 원주목사를 지냈다.

조세걸(曺世傑): 인조 14~숙종 32 (1636~1706) 호는 패주(浿洲)·수천(須川), 본관은 창녕으로 평양 출신이다. 김명국(金命國)에게 그림을 배워 산수·인물에 능했다. 태조와 숙종의 어진(御眞)을 그렸고 벼슬은 첨사(僉使)에 올랐다.

조엄(趙曬): 숙종 45~정조 1(1719~ 1777) 자는 명서(明瑞), 호는 영호(永湖), 시호는 문익(文翼), 본관은 풍양으로 조상경(趙尙綱)의 아들이다. 영조 28년 (1752) 문과에 급제, 벼슬은 이조판서를 지냈다. 문장에 뛰어났다.

조영복(趙榮福): 현종 13~영조 4 (1672~1728) 자는 석오(錫五), 호는 이지당(二知堂), 본관은 함안으로 조해(趙楷)의 아들이다. 김창협의 문인으로 숙종 40년(1714) 문과에 급제, 벼슬은 경상도 관찰사를 지냈다.

조영석(趙榮祏): 숙종 12~영조 37 (1686~1761) 자는 종보(宗甫), 호는 관

아재(觀我齋)·석계산인(石溪山人), 본관은 함안(咸安)이다. 조해(趙楷)의 아들이며 이희조(李喜朝)의 문인으로 숙종 39년(1713) 진사시에 합격, 음직으로 돈령부 도정을 지냈다. 산수화와 인물화에 뛰어나 정선·심사정과 함께 삼재(三齋)로 일컬었다. 시와 글씨에도 일가를 이루어 삼절(三絶)로 불리었다.

조완(趙峘): 병사 조동점(趙東漸)의 아들로 병사를 지내다가 제주도에 귀양가서 죽었는데, 자기가 죽을 날을 알고 자기 집에 통지하여 운구해 가도록 했다는 일화가 전한다.

조윤성(曺允成): 본관은 창녕으로 조명교(曺命敎)의 아들이다. 어린 나이에 진사시에 합격하고, 무과에 급제하여 병사를 지냈다. 과문을 잘했다.

조윤형(曺允亨): 영조 1~정조 23(1725~1799) 자는 치행(穉行), 호는 송하옹(松下翁), 본관은 창녕으로 조명교(曺命敎)의 아들이다. 음직으로 호조참의와 참관을 지냈다. 해서를 잘 썼고 그림도 잘 그렸다.

조익(趙翼): 선조 12~효종 6(1579~1655) 자는 비경(飛卿), 호는 포저(浦渚)·존재(存齋), 시호는 문효(文孝), 본관은 풍양으로 조영중(趙瑩中)의 아들이며, 장현광·윤근수의 문인이다. 선조 35년(1602) 문과에 급제, 벼슬은 좌의정을 지냈다. 성리학의 대가로서 문장에 뛰어났다. 저서로 『포저집』『서경천설(書經淺說)』등등이 있다.

조재호(趙載浩): 숙종 28~영조 38(1702~1762) 자는 경대(景大), 호는 손재(損齋), 본관은 풍양으로 조문명(趙文命)의 아들이다. 영조 20년(1744) 문과에 급제, 벼슬은 이조판서와 우의정을 지냈다. 1762년 장헌세자가 화를 입게 되자 이를 구하려 상경했으나 실패하고 홍봉한 등의 무고로 종성에 안치되어 사사당했다.

조정(趙晸): 숙종 45(1719)~? 자는 인서(寅瑞), 본관은 풍양으로 조엄(趙曮)과 쌍둥이 형제로, 영조 44년(1768) 문과에 급제, 벼슬은 이조참의를 지냈다. 과시로 이름이 났고, 편지 글씨는 순화각체(淳化閣體)를 익혔다.

조정만(趙正萬): 효종 7~영조 15(1656~1739) 자는 정이(定而), 호는 오재(寤齋), 시호는 효정(孝貞), 본관은 임천으로 조경망(趙景望)의 아들이며 송시열·송준길의 문인이다. 음직으로 공조·형조의 판서를 지냈다. 경사백가에 밝았으며 시문과 서예에 뛰어났다. 저서로 『오재집』이 있다.

조정하(趙鼎夏): 자는 여신(汝新), 공주 중산촌(中山村) 사람으로, 무관이었는데 선전관을 지냈다. 『주역』을 계속 읽었기 때문에 '조주역'이라 했으며, '조고집'으로도 불렸다. 조그만 활을 만들어 파리도 쏘아 맞출 수 있었다.

조진구(趙鎭球): 조경(趙璥)의 아들인데 진사에 올랐고, 문학과 행실이 드러났다.

조진헌(趙鎭憲): 한산군수와 고부군수·신계현감을 지내고 선혜청 낭관도 역임했는데 신명한 수령으로 이름났다.

조찬한(趙纘韓): 선조 5~인조 9(1572

~1631) 자는 선술(善述), 호는 현주(玄洲), 본관은 한양으로 조양정(趙揚正)의 아들이다. 선조 39년(1606) 문과에 급제, 벼슬은 예조참의와 선산부사를 지냈다. 문장과 시부에 능했으며 글씨도 잘 썼다. 저서로『현주집』이 있다.

조최수(趙最壽): 현종 11(1670)~? 자는 계량(季良), 호는 후계(後溪), 본관은 풍양이다. 숙종 40년(1714) 문과에 급제, 벼슬은 경기감사·지돈령부사를 지냈다. 시에 뛰어났는데 치우치고 난삽하였다. 영조 때 팔문장의 한 사람으로 문집이 있다.

조태억(趙泰億): 숙종 1~영조 4(1675~1728) 자는 대년(大年), 호는 겸재(謙齋)·태록당(胎祿堂), 시호는 문충(文忠), 본관은 양주이다. 숙종 28년(1702) 문과에 급제, 벼슬은 대제학과 좌의정을 지냈다. 과려(科儷)의 법식이 잘 갖추어지고, 초서·예서를 잘 썼으며, 영모(翎毛)를 잘 그렸다. 영조 31년(1755) 나주의 벽서 사건으로 관작이 추탈되었고 문집으로『겸재집』이 있다.

조한숙(趙漢淑): 온양에 살았으며, 진위현령을 지낸 명의로, 매일 환자의 증세를 파악해서 그 증세에 맞는 약을 찾아내서 병을 고쳤는데 이를 '문안약(問安藥)'이라 했다.

조함(趙涵): 자는 양이(養而), 본관은 한양으로 조찬한(趙纘韓)의 후손이다. 초서를 잘 썼고 시문에도 자못 능했다.

조현명(趙顯命): 숙종 16~영조 28(1690~1752) 자는 치회(穉晦), 호는 귀록(歸鹿)·녹옹(鹿翁), 시호는 충효(忠孝), 본관은 풍양으로 조인수(趙仁壽)의 아들이다. 숙종 45년(1719) 문과에 급제, 벼슬은 영의정을 지냈다. 노론에 속했으나 탕평책을 지지했고, 저서로는『귀록집』이 있고 편서로는『양역실총(良役實摠)』이 있다.

조환(趙瑍): 숙종 46(1720)~? 자는 군서(君瑞), 본관은 풍양으로 조상기(趙尙紀)의 아들이며 조경(趙璥)의 형이다. 영조 45년(1769) 문과에 급제, 벼슬은 예조판서를 지냈다.

진리(陳理): 조선 태조 때 중국에서 귀화한 인물로 태조가 평한군(平漢君)을 봉했다.

진재해(秦再奚): 숙종 17~영조 45(1691~1769) 자는 정백(井伯), 호는 벽은(僻隱), 본관은 풍기로 진예남(秦禮南)의 후손이다. 도화서 화원으로 인물의 사생에 뛰어났다. 숙종 39년(1713) 숙종의 전신을 그린 바 있다.

ㅊ

채지홍(蔡之洪): 숙종 9~영조 17(1683~1741) 자는 군범(君範), 호는 봉암(鳳巖)·삼환재(三患齋), 본관은 인천으로 벼슬은 자의를 지냈다. 권상하의 문인으로 강문팔학사의 한 사람이다. 저서로『봉암집』『천문집(天文集)』이 있다.

채희범(蔡希範): 숙종 30(1704)~? 자는 경홍(景洪), 본관은 인천으로 채구하(蔡九夏)의 아들이다. 영조 11년(1735) 문과에 급제하고, 벼슬은 찰방을 지냈다. 과문을 잘했다.

최경창(崔慶昌): 중종 34~선조 16 (1539~1583) 자는 가운(嘉運), 호는 고죽(孤竹), 본관은 해주로 최충(崔冲)의 후손으로 박순(朴淳)의 문인이다. 선조 1년(1568) 문과에 급제, 벼슬은 종성부사를 지냈다. 이이·송익필 등과 함께 팔문장으로 일컬어졌고, 당시(唐詩)에 뛰어나 백광훈·이달과 함께 삼당시인(三唐詩人)으로 불렸다. 저서로 『고죽유고』가 있다.

최기남(崔奇男): 선조 19~현종 9 (1586~1668) 호는 귀곡(龜谷), 본관은 천녕이다. 시에 능하여 같은 여항 출신인 유희경(柳希慶)·백대붕(白大鵬) 등과 함께 시계(詩稧)를 맺고 풍류를 즐겨 향도(香徒)라 일컬어졌다.

최립(崔岦): 중종 34~광해군 4(1539~1612) 자는 입지(立之), 호는 간이(簡易)·동고(東皐), 본관은 개성으로 이이(李珥)의 문인이다. 명종 16년(1561) 문과에 장원, 형조참판을 지냈다. 시와 문장과 글씨에 뛰어나 차천로·한호와 함께 송도삼절(松都三絶)이라 불렸다. 저서로 『간이집』 『십가근체(十家近體)』 등이 있다.

최북(崔北): 숙종 38(1712)~? 자는 칠칠(七七)·성기(聖器)·유용(有用), 호는 삼기재(三奇齋)·호생관(毫生館)·성재(星齋)·기암(箕菴)·거기재(居其齋), 본관은 무주이다. 산수화에 뛰어나 '최산수'로 불렸다. 한쪽 눈이 멀어 반안경을 쓰고 그림을 그렸다. 시에도 뛰어났으며, 49세로 서울에서 죽었다고도 한다.

최석정(崔錫鼎): 인조 24~숙종 41 (1646~1715) 자는 여화(汝和), 호는 명곡(明谷)·존와(存窩), 시호는 문정(文貞), 본관은 전주로 최명길(崔鳴吉)의 손자이다. 남구만과 박세채의 문인으로 현종 12년(1671) 문과에 급제, 벼슬은 영의정을 지냈다. 문장과 글씨에 뛰어났고 조부의 학문을 계승, 정제두(鄭齊斗)와 함께 양명학을 발전시켰으며, 『경세정운도설(經世正韻圖說)』을 저술하였다. 『명곡집』이 있다.

최성대(崔成大): 숙종 17~영조 37 (1691~1761) 자는 사집(士集), 호는 두기(杜機), 본관은 전주로 최수경(崔守慶)의 아들이다. 영조 8년(1732) 문과에 급제, 벼슬은 대사간을 지냈다. 시문에 뛰어났으며, 문집으로 『두기집』이 있다.

최익남(崔益男): 경종 4~영조 46 (1724~1770) 자는 사양(士讓), 초명은 충남(忠男), 시호는 충헌(忠獻), 본관은 전주이다. 영조 39년(1763) 문과에 급제, 벼슬은 지평을 지냈다. 1770년 영의정 김치인의 죄상을 논하고, 세손(정조)으로 하여금 사도세자 사당에 참배하도록 청했다가 고문을 당해 죽었다. 시를 잘 지었는데 운치가 기발하고 생동감이 있었다.

최창대(崔昌大): 현종 10~숙종 46 (1669~1720) 자는 효백(孝伯), 호는 곤륜(昆侖), 본관은 전주로, 최석정(崔錫鼎)의 아들이다. 숙종 20년(1694) 문과에 급제, 벼슬은 부제학에 이르렀다.

최천약(崔天若): 영조 때 동래 평민의 자식으로 조각을 잘했고 손재주가 뛰어나 영조가 자명종을 만들게 하여 자명종을 우리나라에서 처음 만들었다. 개성부에서 포은의 비를 세울 때 각자(刻字)를 했다. 나중에 무공(武功) 2품직에 발탁되었다.

최홍간(崔弘簡): 최창대(崔昌大)의 손자로, 음직으로 벼슬을 했으며, 고문에 능했다.

최홍정(崔弘靖): 최창대(崔昌大)의 손자로, 음직으로 벼슬을 했으며, 고문에 능했다.

최회저(崔回姐): 중국 산동성 청주부(靑州府) 수광현(壽光縣) 장구소(張九簫)의 처로 1642년 청나라 사람에게 잡혀 1645년 소현세자를 따라 우리나라로 왔다. 그림에 능하고 수를 잘 놓았다.

ㅌ

탄연(坦然): 문종 24~의종 13(1070~1159) 속성은 손(孫)으로 손숙(孫肅)의 아들이며 호는 묵암(默菴)이다. 선종 2년(1085) 명경과에 합격하여 세자를 가르치다가 궁중을 몰래 나와 안적사(安寂寺)에서 중이 되고, 인종 10년(1132) 대선사가 되고, 인종 24년(1146) 왕사(王師)가 되었다. 글씨도 잘 써서 김생 다음가는 명필이며 시문도 격조가 높았다. 시호는 대감(大鑑)이다.

ㅎ

하응림(河應臨): 중종 31~명종 22(1536~1567) 자는 대이(大而), 호는 청천(菁川), 본관은 진주이다. 명종 14년(1559) 문과에 급제, 벼슬은 예조정랑을 지냈다. 문장이 뛰어나 송익필 등과 함께 팔문장의 한 사람으로 일컬어졌다. 시·서·화에 뛰어났다.

한계진(韓啓震): 숙종 15(1689)~? 자는 계명(李明), 본관은 청주로 한유기(韓有箕)의 아들로 한종기(韓宗箕)에게 입양했다. 한원진의 아우로, 숙종 45년(1719) 문과에 급제, 벼슬은 참의에 이르렀다.

한덕필(韓德弼): 한성부 우윤(右尹)을 지낸 인물로 지방 수령을 지내며 잘 다스리기로 이름이 났다.

한사직(韓師直): 숙종 21(1695)~? 자는 여온(汝溫), 본관은 청주로 한배연(韓配淵)의 아들인데 한배후(韓配厚)에게 입양되었다. 영조 30년(1754) 군수로 문과에 급제, 벼슬은 호조참판·대사헌과 판윤을 지냈다.

한씨(韓氏): 공주 도동(桃洞)의 어느 집 종인 손노적(孫老積)의 조카 손상운(孫上雲)의 처이다. 시집을 온지 3년 만에 남편이 전염병으로 죽게 되자 손가락 마디를 끊어 피를 내어 남편에게 먹였으나 결국 죽자 7일 동안 먹지 않고 병이 겹쳐 드디어 죽었다.

한원진(韓元震): 숙종 8~영조 27(1682~1751) 자는 덕소(德昭), 호는 남당(南塘), 본관은 청주로, 권상하(權尙夏)의 문인이다. 벼슬은 유일로 진출하여 장령에 이르렀고 시호는 문순(文純)이다. 권상하의 문인 가운데 '강문팔학사'의 한 사람으로 호론(湖論)의 영수가 되었다. 저서로 『남당집』이 있으며 편서가 많다.

한원진(韓元震)의 어머니: 함양 박씨로 박승부의 딸로 역질에 걸려 위태했는데 한좌랑이라는 관인이 꿈속에 나타나 역귀를 쫓아주어 병을 고치고 한씨에게 시집을 오게 되었다는 이야기가 전한다.

한지윤(韓址胤): 영조·정조 때 십여 고을의 지방 수령을 역임하며 선정을 베풀고 감사까지 지낸 인물인데 순리(循吏)였다.

한태진(韓泰震): 한원진의 형.

한홍조(韓弘祚): 자는 영숙(永叔), 호는 봉암(鳳巖), 본관은 청주이다. 사인(士人)으로 권상하의 문인이며, 강문팔학사의 한 사람이다

함평 이씨(咸平李氏): 순흥부사를 지낸 조상강(趙尙綱)의 계실로 대단히 부지런했고 큰일을 잘 치러냈다.

허목(許穆): 선조 28~숙종 8(1595~1682) 자는 문보(文父)·화보(和甫), 호는 미수(眉叟)·대령노인(臺嶺老人), 시호는 문정(文正), 본관은 양천으로 허교(許喬)의 아들이다. 정구(鄭逑)·장현광(張顯光)의 문인이다. 벼슬은 지평과 장령을 지내고 삼척부사와 우의정을 지냈다. 청남(淸南)의 영수로서 전서는 동방의 제일인자라는 찬사를 받았고 그림과 문장에도 뛰어났다. 저서로는 『동사(東事)』『미수기언(眉叟記言)』등이 있다.

허조(許稠): 영·정조 때의 명의로 지사(知事)에 올랐다. 조희룡의 『호산외기』「이익성전」에는 '허조(許照)'로 기록되어 있다.

허준(許浚): 명종 1~광해군 7(1546~1615) 자는 청원(淸源), 본관은 양천이다. 선조 때 내의(內醫)가 되고 선조 25년(1592) 임진왜란이 일어나자 어의로 왕을 호종, 호성공신 3등이 되고, 1606년 양평군(陽平君)에 봉해졌다. 광해군 2년(1610) 세계적 명저인 『동의보감(東醫寶鑑)』25권을 완성했다.

허필(許佖): 숙종 35~영조 37(1709~1761) 자는 여정(汝正), 호는 연객(烟客)·초선(草禪)·구도(舊濤), 본관은 양천이다. 영조 11년(1735) 진사시에 합격했다. 고금의 시서와 필법을 연구, 시·서·화 삼절(三絶)이라고 일컬었다. 저술로 『연객유고』『선사창수록(仙槎唱酬錄)』이 있다.

현극(玄極): 호는 중묘재(衆妙齋)로 평민의 아들이다. 강경의 선비 조함(趙涵)에게 찾아가 그림을 지도받고 산수와 각종 대상을 그렸다. 그의 그림은 법도가 갖추어졌으나 난숙한 경지에 이르지는 못했다.

현상벽(玄尙璧): 자는 언명(彦明), 호는 관봉(冠峰), 벼슬은 세마(洗馬)를 지냈다. 권상하의 문인으로, 강문팔학사의 한 사람이다. 저서로 『관봉문답(冠峰問答)』『관봉유고』가 있다.

혜소(惠素): 고려 때 중으로 의천(義天)의 제자. 내외의 모든 경전에 통달하고 시문에도 능했으며, 글씨에도 뛰어났다. 『대각국사행록(大覺國師行錄)』을 편찬했다.

홍계우(洪啓祐): 자는 계응(季膺), 호는 월남(月南), 본관은 남양, 글씨를 잘 썼고 사람됨이 굴찍하였다.

홍계적(洪啓迪): 숙종 6~경종 2(1680

~1722) 자는 혜백(惠伯), 호는 수허재(守虛齋), 본관은 남양. 숙종 34년(1708) 문과에 급제하고 벼슬은 대사헌을 지냈다. 저서로는 『수허재유고』가 있다.

홍계희(洪啓禧): 숙종 29~영조 47 (1703~1771) 자는 순보(純甫), 호는 담와(淡窩), 시호는 문간(文簡), 본관은 남양으로 홍우전(洪禹傳)의 아들이다. 영조 13년(1737) 문과에 장원, 벼슬은 경기도 관찰사를 지냈다. 저서로 『삼운성휘(三韻聲彙)』가 있고, 편서가 많았다.

홍관(洪灌): ?~인종 4(1126) 자는 무당(無黨), 시호는 충평(忠平), 본관은 남양이다. 문과에 급제하고, 문덕전학사(文德殿學士)와 청연각학사(淸讌閣學士)를 지내고 수사공상서좌복야에 이르렀다. 김생의 필법을 본받은 명필로 알려졌다.

홍낙명(洪樂命): 경종 2~정조 8(1722 ~1784) 자는 자순(子順), 호는 신재(新齋), 시호는 문청(文淸), 본관은 풍산으로 홍상한의 아들이다. 영조 40년(1754) 증광문과에 급제, 벼슬은 이조·예조의 판서를 지냈다. 경사에 밝았다. 저서로 『신재문수(新齋文粹)』 『소학초록(小學抄錄)』 『퇴계서초(退溪書抄)』 등이 있다.

홍낙성(洪樂性): 숙종 44~정조 22 (1718~1798) 자는 자안(子安), 호는 항재(恒齋), 시호는 효안(孝安), 본관은 풍산으로 홍상한(洪象漢)의 아들이다. 영조 20년(1744) 문과에 급제, 벼슬은 영의정을 지냈다. 글씨를 잘 썼다.

홍낙연(洪樂淵): 자는 연지(淵之), 본관은 풍산으로 홍주원(洪柱元)의 후손이다. 음직으로 순안현령을 지냈으며, 효행

이 있었다. 이규상의 장남인 이장재(李長載)의 장인이다.

홍낙인(洪樂仁): 영조 16~정조 1 (1740~1777) 자는 대유(大囿), 호는 안와(安窩), 본관은 풍산으로 홍봉한(洪鳳漢)의 아들이다. 영조 37년(1761) 문과에 장원, 벼슬은 이조참판을 지냈다. 저서로 『안와유고』가 있다.

홍봉조(洪鳳祚): 숙종 6~영조 36 (1680~1760) 자는 우서(虞瑞), 호는 간산(艮山), 시호는 효간(孝簡), 본관은 남양으로 김창협의 문인이다. 영조 1년(1725) 문과에 급제 대사성을 지냈다. 글씨를 잘 썼다.

홍상한(洪象漢): 숙종 27~영조 45 (1701~1769) 자는 운장(雲章), 시호는 정혜(靖惠), 본관은 풍산으로 홍석보(洪錫輔)의 아들이다. 어유봉(魚有鳳)의 문인으로 영조 11년(1735) 문과에 급제, 벼슬은 예조·병조의 판서를 지냈다. 『풍산홍씨족보』를 편찬했다.

홍석보(洪錫輔): 현종 13~영조 5 (1672~1729) 자는 양신(良臣), 호는 수은(睡隱), 시호는 충경(忠敬), 본관은 풍산이다. 숙종 25년(1699) 문과에 급제했으나 과옥(科獄)이 일어났고, 숙종 32년(1706) 다시 급제, 이조참판과 평안도 관찰사를 지냈다.

홍세태(洪世泰): 효종 4~영조 1(1653 ~1725) 자는 도장(道長), 호는 유하(柳下)·창랑(滄浪), 본관은 남양이다. 경사와 시에 능숙하여 김창협·김창흡과 수창했다. 숙종 8년(1682) 통신사를 따라 일본에 다녀왔다. 울산 감목관을 지냈으

며 글씨도 잘 썼고 저서로 『해동유주(海東遺珠)』와 『유하집』이 있다.

홍순언(洪純彦): 조선 선조 때의 역관(譯官)으로 본관은 남양이다. 역관으로 연경에 갔다가 천금으로 한 기생을 구해 주었는데, 그 여자가 병부상서 석성(石星)의 계실이 되어서 임진왜란 때 명군을 조발하는 데 도움을 주었고, 또 '보은'이란 글자를 수놓은 비단을 한 수레 선물했다. 홍순언이 돌아와 집을 샀는데 그 마을 이름이 '보은방(報恩坊)'으로 불려지게 되었다. '보'자의 음이 '고'로 바뀌었는데 지금의 '소공주동'에 있는 '고은당동'이 그곳이라 한다. 어떤 문집에는, 홍순언이 국무(國誣)를 변증하는 일에 공을 세우고 당성군(唐城君)에 봉해졌다고 하였다.

홍양호(洪良浩): 경종 4~순조 2(1724~1802) 자는 한사(漢師), 호는 이계(耳溪), 시호는 문헌(文憲), 본관은 풍산으로 초명은 양한(良漢)이다. 영조 28년(1752) 문과에 급제, 벼슬은 양관 대제학과 이조판서를 지냈다. 학문과 문장에 뛰어나고 글씨도 잘 썼다. 저서로 『이계집』이 있고, 『국조보감』 등의 편찬에 참여하고 편서가 매우 많다.

홍응성(洪應盛): 화순현감을 지냈는데 곱사병을 앓다가 동대문 밖 부군당(府君堂)을 지나다가 주신에게 절을 하고 꿈에 한 혈을 지시받고 그곳에 뜸을 떠서 고쳤다는 이야기가 전한다.

홍자(洪梓): 숙종 33~정조 5(1707~1781) 자는 양지(養之), 본관은 남양으로 홍귀조(洪龜祚)의 아들이다. 영조 29년 (1753) 문과에 급제, 벼슬은 참판과 대사헌을 지냈다. 그의 시는 맑고 깨끗했으며, 글씨를 잘 썼다.

홍장한(洪章漢): 자는 운기(雲紀), 호는 낙암(樂菴)이다. 영·정조 때에 첨지중추부사에 오른 인물인데 자세한 이력은 미상.

홍주원(洪柱元): 선조 39~현종 13(1606~1672) 자는 건중(建中), 호는 무하옹(無何翁), 시호는 문의(文懿), 본관은 풍산이다. 홍이상(洪履祥)의 손자이며 이정귀의 외손자로 선조의 사위였다. 당대의 풍류객으로서 시를 즐겼다. 『풍산세고』에 그의 문집이 들어 있다.

홍주익(洪柱翼): 영조 32(1756)~? 자는 몽서(夢瑞), 호는 수백재(守白齋), 본관은 남양. 윤봉구의 문인으로, 정조 2년(1778) 문과에 급제, 벼슬은 정언을 지냈다.

홍준(洪峻): 영·정조 때 도장을 잘 새긴 인물이다.

홍춘점(洪春點): 선조 때 부사를 지낸 인물이다.

황간(黃幹): 숙종 39(1713)~? 자는 사직(士直), 본관은 창원으로 황운하(黃運河)의 아들이다. 영조 11년(1735) 문과에 급제, 벼슬은 대사간·승지를 지냈다.

황경원(黃景源): 숙종 35~정조 11(1709~1787) 자는 대경(大卿), 호는 강한(江漢), 시호는 문경(文景), 본관은 장수로 이재(李縡)의 문인이다. 영조 16년(1740) 문과에 급제, 판서와 대제학을 지냈다. 고문에 밝았으며 저서로 『강한집』이 있다.

황기로(黃耆老): 중종·명종 때 사람으로, 자는 태수(鮐叟), 호는 고산(孤山)·매학정(梅鶴亭), 본관은 덕산이다. 중종 29년(1534) 진사시에 합격하고 벼슬은 별좌(別坐)를 지냈다. 초서를 잘 써서 초성(草聖)으로 일컬어졌다. 저서로 『고산집』이 있다.

황대수(黃大受): 중종 29(1534)~? 자는 사겸(士謙), 본관은 창원으로 황원(黃瑗)의 아들이며 황신(黃愼)의 아버지이다. 명종 19년(1564) 문과에 급제, 벼슬은 명종·선조 교체기에 주서와 형조정랑을 지냈다.

황선(黃璿): 숙종 8~영조 4(1682~1728) 자는 성재(聖在), 호는 노정(鷺汀), 시호는 충렬(忠烈), 본관은 장수로 황처신(黃處信)의 아들이다. 숙종 36년(1710) 문과에 급제, 벼슬은 경상도 관찰사를 지냈다.

황승원(黃昇源): 영조 8~순조 7(1732~1807) 자는 윤지(允之), 시호는 문헌(文憲), 본관은 장수, 종형 황경원(黃景源)에게 수학했다. 영조 47년(1771) 문과에 급제, 벼슬은 이조판서를 지냈다. 문장이 뛰어났으며, 「한남루기(漢南樓記)」를 지었다.

황신(黃愼): 명종 15~광해군 9(1560~1617) 자는 사숙(思叔), 호는 추포(秋浦), 시호는 문민(文敏), 본관은 창원으로 황대수(黃大受)의 아들이다. 성혼·이이의 문인으로 선조 21년(1588) 문과에 장원, 벼슬은 공조와 호조의 판서를 지냈다. 문장에 뛰어났으며, 저서로 『추포집』 등이 있다.

황운조(黃運祚): 영조 6(1730)~? 자는 사용(士用), 호는 도곡(道谷)·오수(寤修), 본관은 창원이다. 황신(黃愼)의 후손인데, 음직으로 연기현감을 거쳐 도정(都正)을 지냈다. 글씨를 잘 썼는데 특히 해서가 뛰어났다. 『도천선생필적(道川先生筆跡)』이 남아 있다.

황은(黃檼)의 부인: 황은은 단양군수를 지낸 사람인데 미상이다. 그 부인은 송창(宋昌)의 후손이다.

황일호(黃一皓): 선조 21~인조 19(1588~1641) 자는 익취(翼就), 호는 지소(芝所), 시호는 충렬(忠烈), 본관은 창원으로 황척(黃惕)의 아들이다. 인조 13년(1635) 문과에 급제, 벼슬은 진주목사와 의주부윤을 지냈다.

황자(黃梓): 숙종 15(1689)~? 자는 자직(子直), 본관은 창원, 황서하(黃瑞河)의 아들이다. 숙종 44년(1718) 문과에 급제, 벼슬은 호조참판을 지냈다. 청나라에 서장관과 동지부사로 다녀와서 지은 『갑인연행록(甲寅燕行錄)』과 『경오연행록(庚午燕行錄)』이 있다.

황정욱(黃廷彧): 중종 27~선조 40(1532~1607) 자는 경문(景文), 호는 지천(芝川), 시호는 문정(文貞), 본관은 장수이다. 명종 13년(1558) 문과에 급제, 충청도 관찰사를 지냈다. 문장·시·서예에 능했다. 저서로 『지천집』이 있다.

황징(黃徵): 호가 대치(大癡)인데 선혜청의 서리를 지냈다. 산수·초목·영모(翎毛)에 능했다.

이규상과 『병세재언록』

林 熒 澤

1. 『병세재언록』

영·정조——18세기는 우리 역사상 찬연히 빛나는 한 시대로 기록되고 있다. 이 때 학술 사상과 문학 예술이 참신하고도 풍성하게 피어나서 그야말로 공전절후의 장관을 이루었기 때문이다.

역사는 물론 인간의 역사다. 학술 문화의 위대한 시대의 창조 주체는 말할 나위 없이 그 시대를 살았던 인간들이다. 『병세재언록』의 저자 이규상(李奎象: 1727~1799)은 영조 초년에 태어나 정조 말년까지 생존했던 인물이다. '병세(幷世)'는 동시대를 뜻하는 말이다. '재언록(才彦錄)'이란 빼어난 인물들의 기록을 의미한다. 그래서 알기 쉽도록 '18세기 조선 인물지'로 표제를 올린바 실로 위대한 시대의 인간 중심적 기록이 곧 『병세재언록』이다.

이 저작은 1935년에 석판(石版)으로 간행된 『한산세고(韓山世稿)』란 책 속에 포함되어 있다. 근대적인 인쇄물이라서 고문헌으로 취급받지 못한데다 '세고'라는 명목 때문에 가문의 사적인 것으로 여겨졌다. 『병세재언록』은 한번도 거론된 사실이 없이 매몰된 상태로 지금에 이르렀다. 필자는 근래 『이조시대 서사시』의 자료를 탐색하는 과정에서 『한산세고』의 문헌적 가치를 발견하고 거기서 몇편의 서사시 작품을 찾아 소개한 바 있다. 그리고 민족문학사연구소에서 한문학을 전공하는 동학들과 함께 『병세재언록』을 공부삼아 수년간 꼼꼼이 통독했다. 그런 결과로 역주 작업이 이루어져 지금 이 책을 내놓게 된 것이다.

2. 문한(文翰)의 전통과 이규상

양반이란 동양 전통사회에 있어서 지배계급이요, 지도층이었던 사대부의 한국적 표현이다. 양반은 역사적으로 이미 해체되어 현실에서는 경험할 수 없이 된 지 오래다. 그럼에도 한국인의 의식 저변에 양반이란 개념은 착잡하게 깔려 있는 듯싶다. 대개 양반을 부정적으로 의식하면서도 그 자신의 신원을 양반으로 불러주면 좋아하는 것이 한국 사람 일반의 심리적 상태가 아닌가 한다.

박지원의 「양반전」은 제목 그대로 양반을 주제로 다룬 작품이다. 작중에 그려진 양반의 형상은 일면으로 따분하기 그지없지만 다른 일면으로 사악해 보인다. 다음 근대 전환의 도정에서 양반이란 존재는 오직 부정과 극복의 대상으로 되었다. 양반의 이미지는 더욱 퇴영적·부정적인 모습으로 굳어지게 되었다. 하지만, 사대부——양반에 의해 추구된바 도덕적·문화적 가치를 대치할 다른 무엇이 근대 이후 한국사회에 과연 형성되어 있는가? 확실히 잡혀지는 무엇은 아직 만들어지지 못했다고 보아야 옳을 것이다. 때문에 '선비 정신'은 오늘의 탈현대적 상황에서도 아름답게 추억되고 양반 선호의식 또한 끈질기게 지워지지 않고 있다. 「양반전」은 양반의 숙청을 의도했던 것인가? 관점에 따라 해석이 엇갈릴 수 있겠는데 양반의 말폐적 작태를 심히 꾸짖고 비꼰 내용이긴 하지만 그 사회적 존재 자체를 부정한 것으로 풀이하기는 어렵다고 본다. 오히려 진정한 양반의 회복, 선비=사(士)로서의 자각의 의미를 함축한 것이라 여겨진다.

왕조사회에 있어 양반은 모름지기 지켜야 할 가치범주로 의식되고 있었다. 이 양반을 지키자면 물론 벼슬이 중요하다. 허나 보다 기본적인 것은 문한(文翰)이다. 문한이란 문학적 교양을 뜻한다. 가문의 전통을 문한에 의해 수립·유지해 나가는 것이 그 시대의 특징이었다. 그리하여 문집 혹은 세고(世稿)는 문벌의 징표로서 공간되곤 하였다. 문집은 가문

370

을 빛내는 기능을 하면서도 실질 가치에 있어 가문의 한계를 넘어서는 경우가 허다하다. 문집으로 공간한다면 그 이름에 걸맞는 가치를 지녀야 한다는 것이 당시의 보편적 양식(良識)이었다. 그리고 명색 사대부라면 경세제민(經世濟民)이 본무요, 글쓰기는 불후(不朽)의 사업으로 다짐했던 터다. 물론 원칙대로 실천되기 어려운 것이 또한 어쩔 수 없는 세상사다. 진부하고 고식으로 떨어진 글모음이 적지 않았으니 시대를 내려올수록 무의의한 것들이 문집이며 세고란 이름으로 양산되는 추세였다. 『한산세고』는 그런 가운데 뒤섞여 있었던 것이다.

고려말에 가정 이곡과 목은 이색을 배출한 한산 이씨 가계는 문한세가(文翰世家)로 손꼽혔다. 그 한 계파에 눌재 이태연(訥齋 李泰淵: 1615~1669, 벼슬이 평양감사에 이르름)이 나와서 충청도 공주의 평기(坪基)라는 곳에 터를 잡아 대대로 살게 되던바 그의 증손대에 이사질(李思質: 1705~1776, 음직으로 인천부사에 이르름)이 공주의 정계(淨溪)에 새터를 잡아 자손으로 이어졌다. 이 가계는 대대로 사환이 끊이지 않았거니와 문한의 전통이 자못 특이한 바 있었다. 『한산세고』는 곧 평기와 정계에서 세거한 이씨 일문에서 산생한 문집들을 수합한 형태다. 이태연의 『눌재고(訥齋稿)』로부터 이후 8, 9대의 문집이 수록되어 있는데 이사질의 『흡재고(翕齋稿)』와 이규상의 『일몽고(一夢稿)』가 비중이 크다. 이사질과 이규상은 부자의 관계다.

이규상은 자기 부친의 학문 자세와 관련하여 이기(理氣) 문제에 대한 평소의 지론을 소개하는데 "상고에는 도리(道理)·조리(條理)의 '이'자만 있었으니 '기'가 없으면 '이'는 어디에 붙을 것인가?"라고 주장했다는 것이다. 이 철학적 논리는 주기론으로 귀결되는데 성리학에 의해 추상화된 '이'의 개념을 거부하고 사물 자체에 내재한 도리 내지 조리로 해석한 점이 흥미롭다. 『흡재고』에 수록된 저작으로 「의침록(依枕錄)」은 자기시대 국정의 개혁과 민생의 구제책을 강구한 내용이며, 「훈음종편(訓音宗編)」은 훈민정음을 나름으로 연구하고 해명한 것이다. 이러한 학문 자세가 그 아들에게 이어졌음이 물론이다.

『병세재언록』을 쓴 이규상은 자가 상지(像之), 호를 처음에 유유재(悠

悠齋)라고 했다가 뒤에 일몽(一夢)으로 바꾸었다. 그는 이사질의 맏아들로 태어나기는 외가가 있는 곳인 한산이었다. 외가 또한 양촌 권근, 습재(習齋) 권벽(權擘)에서 수초당((遂初堂) 권변(權忭)으로 이어지는 가문이니 근래 서사시의 대표적인 작가로 발굴된 진명(震溟) 권헌(權攇, 1713~1770)은 바로 그의 외종조가 된다. 그는 고향 마을 공주의 정계에서 생애의 많은 기간을 보냈지만 16세 때 그의 부친이 서울로 이사하여 청장년기를 서울서 생활하며 당대의 인사들과 교유하였다. 그 자신 일생을 선비로 늙었다. 만년에 홍릉참봉의 직이 주어졌으나 이나마 부임하지 않았다. 하지만 그의 가문이 사환가여서 그의 부친도 음직으로 관계에 진출하였으며, 친아우 이규위(李奎緯: 1731~1788)가 또한 한림·승지 등의 내직을 역임하였으므로 중앙정계의 소식으로부터 멀리 떨어져 있지 않았다. 요컨대, 그는 문한의 배경에 경화 문견(京華聞見)을 아울러 지닐 수 있었다.

이규상은 벼슬길이 트이지 못한 대신 일생을 문필로 바쳤다. 처음에는 자신의 시문을 묶어서『유유집(悠悠集)』으로 이름했는데 그 자서에서 "유유집이란 한산 이규상 자 상지의 지은 바다."라 하고 "'유유'란 당시(唐詩)에 일생을 스스로 유유한 것이다(一生自是悠悠者)란 글귀에서 뜻을 취했다."라고 하였으니, 그가 일생 유유한 것은 다름아닌 시문이다. 후일 일몽으로 호를 바꾸면서 문집 또한『일몽집』으로 전하게 되었다.

나는 금년이 50이다. …… 금년 봄에 조강지처를 잃고서 자호를 일몽거사라고 하였다. 돌아보건대 나는 평생 한 기궁인(奇窮人)이다. 늙어가며 마음을 붙이는 것이라곤 오직 시와 문이다. 한철 울어대는 풀벌레 울음에 불과하니 다른 무엇이 있으랴!

그의 부인에 대한 애정이 자별했음을 짐작하겠으니 행장에 상배한 이후로 "다시는 속현(續絃)하지 않았으며 시침(侍寢)을 들게 한 일도 없었다."고 나와 있다. 일몽이란 살아가는 일이 한 꿈이란 뜻이겠으되 그래서 오직 마음을 붙인 바 시와 문 또한 풀벌레 울음에 불과할지라도 그의 『일몽고』에는 그 자신 전생애의 정신이 오롯이 담겨 있는 것이다. 그의 행장에 "『병세재언록』『기구이목삼관사(記口耳目三官事)』『청구지(靑邱志)』같은 저작은 널리 많은 서책에서 취하고 고징(考徵)으로 증거가 소상하다."고 언급한 데서 그의 글쓰기의 자세를 엿볼 수 있다.

이규상의 사고방식의 특징에서 그 부친의 주기론에 기맥이 통하는 면을 엿볼 수 있다. 그에 의하면 음과 양으로 바뀌는 그 자체가 천지자연의 조화인데 인류사회 또한 치세(治世)와 난세의 뒤바뀜 또한 그런 조화 속에 들어 있다 한다. 그런데 상고시대는 양이 주도하는 세계였으며 후대로 오면서 음이 주도하는 세계로 바뀌고 있다는 것이다. 음이란 주도권이 아래에 있는 것을 의미하는 것이다. "물물사사(物物事事)에 어느 것 하나 음이 이기지 않는 것이 없다."고 그는 단언한다. 음이 제압하는 상황을 그는 소강상태로 본다. 이러한 논리는 일종의 자연순환론이며, 다분히 황탄하다는 느낌을 주기도 한다. 그렇긴 하지만 철리에 통하는 지혜와 함께 인류사에 대한 전망이 거기에 내장되어 있다. 음의 성장·제압의 논리로 그는 여성의 활발한 진출을 설명하기도 했거니와 민중역량의 발전을 설명하는 논리로 끌고 갈 수도 있을 것이다. 특히 흥미로운 사실은 그의 논리가 문자생활에 적용되고 있는 점이다. 중국중심의 동문주의(同文主義)로부터 여러 민족국가 본위의 어문으로의 전환을 그는 분명히 점치고 있다. 고래의 한자는 양에 해당하는 데 대해 여러 민족국가의 어문을 언서(諺書)란 개념으로 표현하여 그것을 음으로 설정한다.

언문(諺文)·과문(科文)은 도처에서 신장하는 데 반해 고자(古字)·고문(古文)은 도처에서 위축되고 있다. 동방의 한 지역을 두고 매일 그 소장(消長)의 형세를 관찰해 보건대 오래지 않아 언문이 이 지역 내에서 공행문자로 될 것 같다. 지금 더러 언문 소본(疏本)이란 것이 있는데 졸지에 쓰기 어려운 공리문자(公移文字)의 경우 간간이 언문으로 써서 급한 형편에 대처하는 수가 없지 않다고 한다. 이것이 그 조짐이다.(「世界說」)

'동방의 한 지역'이란 곧 조선땅을 가리키는 것이리라. 국문이 공용문자로 통용될 것을 예견한 발언은 앞서 어느 누구에게서도 듣지 못했다. 그에게 이러한 생각이 사상으로서 체계를 갖추었던 것 같지 않으며, 저작으로 발휘되었다고도 여겨지지 않는다. 오직 근면한 학문에 예민한 식견으로 시대의 진운을 간혹 감지하였던바 다른 무엇보다 『병세재언록』에 그 자신의 시대의 예감이 반영되어 있는 것 같다.

3. 『병세재언록』의 기록적 특징

『병세재언록』은 18세기라는 문화적으로 위대한 시대의 인간중심적 기록임을 앞서 언급했다. 모두 3권의 분량이니 대작이랄 것은 아니지만 18개 항목에 걸쳐 180여명의 인물이 다루어져 있다. 그런만큼 내용을 낱낱이 설명하기는 어려우므로 인물지적 기록으로서의 특징을 대략 몇가지로 간추려 논해보고자 한다.

(1) 당대 인간사의 재현

동양권에서는 사마천의 『사기』가 모델이 되어 인간중심의 역사서술방식이 일찍이 정착했거니와, 따로 또 인간에 대한 기록이 여러가지 형태로 발전했다. 우리나라에서도 『삼국사기』라는 고전적 사례가 있으며, 전(傳)이나 비지(碑誌)·필기(筆記) 등의 형식을 빌려 역사상에 생존했다가 서거한 인물들을 기록으로 남겼다. 조희룡의 『호산외기(壺山外記)』, 유재건의 『이향견문록(里鄕見聞錄)』은 19세기에 성립된 인물지적 기록인데 『병세재언록』보다 후대에 성립되었을 뿐 아니라 여항인을 중심으로 엮은 것이어서 『병세재언록』처럼 한 시대 인물의 전체적인 얼굴을 담아내지는 못하고 있다.

『병세재언록』의 저자는 이 세상에 살다 간 사람들을 기록으로 남긴다는 데 첫째 의미를 두었다. "하늘이 인재를 낳으매 넓은 하늘에 새가 스쳐가듯 연기가 사라지고 안개가 잠기는 것만 같다. 책이 있어 전하지 않으면 하늘이 사람을 낳고 책을 낳은 뜻이 어디에 있겠는가?"라고 말한 것이다. 그가 일몽으로 자호했던 바 인생을 풀벌레처럼 무상하게 느끼면서도, 아니 그렇기에 기록의 의미를 더욱 중시하고 있다. 그런데 그 초점은 당대의 인물——병세재언의 기록에 맞추어져 있다.

사람으로 내가 태어나기 전에 있었던 사람들은 책이 많이 있거니와 나의 뒤에 오는 자들은 내가 미칠 바 아니다. 오직 나와 동시대에 태어난 이들은 내가 챙겨서 쓸 수 있는 것이다. 이에 나는 나열해서 책에 기록하였다.

과거로부터 미래로 연속되는 시간의 흐름에서 과거의 인물에 대해선 이미 기록한 책이 많이 있고 미래의 인물에 대해선 자신이 미칠 바 아니니 나와 동시대의 인물을 기록으로 남기는 일이 나의 임무라는 것이다. 이렇듯 '이땅'의 '지금'에 대한 관심을 확실히 깨달음으로써 『병세재언록』은 씌어진 것이다.

(2) 각계각층 · 각양각색 인물들의 망라

인간이 제각기 하는 일이며 소능이나 특성에 맞추어 18개 항목으로 분류하였는데 실로 백가쟁명(百家爭鳴) · 백화제방(百花齊放)의 경관이다. 분류 목차를 대충 따라가 보면 앞에 유림록 · 고사록 · 문원록은 사대부로서 문인의 삶을 살았던 저자 자신과 직결된 부분이다. 여기서도 유림록과 고사록을 나누어 놓은 데 저자의 숨은 뜻이 담겨 있다고 여겨진다. '당세의 유자'로부터 '고결한 선비'를 분리시킨 것이다. 역시 문원록(文苑錄: 문인에 대한 기록)의 내용이 가장 풍부하며 흥미로운 사실이 많이 담겨 있다. 팔문장(八文章) · 초림체(椒林體) · 경성 여항인(京城閭巷人)에 대한 언급은 문학사의 연구에 정보적 가치가 높은 기록이다. 또하나 희한한 정보로 이재운(李在運)의 「해동화식전(海東貨殖傳)」에 대한 언급이다. 「해동화식전」을 박지원의 『열하일기』와 비견하고 있어 대단히 관심을 잡아끄는데 "변화무궁하여 붓끝에서 빛을 발하니 근래 백년

안쪽에는 이런 작품이 없다."고 극찬을 하였다. 우리는 안타깝게도 이재운과 문제의 「해동화식전」에 관해 달리 확인할 자료를 아직 찾아내지 못했다.

그리고 서가록·화주록(畫廚錄: 화가에 대한 기록)과 방기록(方伎錄: 기술자에 대한 기록)이 흥미로운 사실을 많이 담고 있다. 서가록은 문원록 다음으로 내용이 풍부하며 서예사의 중요한 자료가 될 것이다. 그 가운데 특히 이광사를 비중 있게 다룬 점이 주목할 대목이다. 이광사의 독특한 필획은 그 자신 북쪽 변경과 남해의 외로운 섬으로 귀양살이를 다녀야 했던 생애의 쌓인 고뇌가 붓으로 울려나온 것이라 해석하고, 획 하나 글자 한 자에 용이 날고 범이 뛰는 기상이 엿보인다고 찬탄을 아끼지 않았다. 곁들여 한가지 재미난 일화를 소개하고 있는데 이광사에게는 주애(珠愛)라는 서녀가 있었다 한다. 주애는 북쪽 유배지에서 태어나 세 살 때 어미를 잃고 아버지의 유배지를 따라 남쪽으로 와서 섬사람의 아낙이 되었다 한다. 주애는 아버지에게 글씨를 배워 오빠 이영익(李令翊)에 못지 않은 수준에 도달하였으나 아버지가 돌아가신 이후 한낱 갯가의 여자로서 기구한 삶을 살아야 했다는 것이다. 화주록에서 당대 화가들의 화풍을 논하고 그 인간 풍모를 서술하는 가운데 다른 어떤 기록에서도 보이지 않는 내용들이 소개되어 있다. 서양화에 대한 언급은 특히 재미나다. 방기록에서 다룬 인물은 최천약(崔天若)과 달문 둘뿐이다. 이 방면에서 알려진 인물이 드물었기 때문이겠는데 조각가요 기술자로서 최천약이란 인물을 뚜렷이 부각시킨 데서 작자의 남다른 의식을 엿볼 수 있을 것이다.

우예록(寓裔錄)은 임진왜란과 병자호란을 전후해서 외국인으로 귀화한 이들의 후예들을 추적한 내용이며, 역관록은 통역의 업무와 의학을 담당했던 중인들에 대한 기록이고, 영괴록(靈怪錄)에서는 여러가지 신이한 사적들을 소개하고 있다. 『병세재언록』의 대미는 여성에 관한 기록으로 장식하고 있으니 규방의 덕행과 정절의 사적을 규열록(閨烈錄)으로 정리하고 나서 여류문학을 규수록(閨秀錄)이란 제목으로 다루었다. 이들 항목에서 따로 주목할 바 기록의 범위가 자기의 내외족친에서 거의 벗어나지 않고 있는 점이다. 여성의 생활은 깊은 규방에 감추어져 있어 진위를 분별하기 어려우므로 확실한 사적만을 취급하자면 불가피하다는 것이다.

『병세재언록』은 관심의 폭이 대단히 넓어 당대의 인물들을 두루두루 망라하고 있는 데 반해서 유감스러운 바는 남인 계열에 대해서는 소략하고 기호지방을 벗어난 다른 권역의 인물들은 거의 소외된 사실이다. 이에 대한 작자의 변명을 들어보자.

우리나라 땅이 겨우 삼천리라지만 사대부가 당파로 분열되고 나서는 나와 색목(色目)을 달리해 떨어져 있는 경우 몇 사람이나 가히 기록에 남겨야 할지 알지 못하고 있다. 나 자신의 이목을 따라서 기록한 것들도 곤륜산의 한 조각 옥이요 계림(桂林)의 한 가지 나무에 불과하다. 붓을 잡고서 문득 맥이 빠져 사방을 바라본다.

작자는 가계가 노론계에 속하고 있었지만 비교적 당론의 편견에 사로잡히지 않고 다른 당파의 인물에 대해서도 찬사를 바치기에 결코 인색하지 않았다. 그는 단지 견문을 갖지 못했기 때문에 기록을 못한 것이다. 그럴 수밖에 없는 현실을 앞에 두고 작자는 "붓을 잡고서 문득 맥이 빠져 사방을 바라본다."고 한 독백이 자못 의미심장하게 느껴진다.

(3) 인물의 구체적 인상의 표출

인간을 기술하는 한문학상의 양식으로서는 전과 비지를 들 수 있다. 이들은 전통적인 문체로서 형식이 엄정한 편이다. 이와는 달리 필기류에서 파생된 형태가 있는데『병세재언록』의 체제는 여기에 속하는 것이다. 곧 필기류의 일종으로 특정한 시대의 인물들에 대한 기록을 전문으로 취급한 내용이라고 규정지을 수 있겠다.

『병세재언록』은 필기류의 본래 속성이 그렇듯 기록자 자신의 견문에 의존하되 격식을 차리지 않고 자유롭게 엮어나가는 방식을 취하여, 그 형식은 자연히 개방적이 되어 들쭉날쭉 잡다한 면모까지 거리껴하지 않고 있다. 길이로 보더라도 편폭이 썩 긴 것이 있는가 하면 몇자에 그치기도 하고, 내용 또한 이런저런 사실에 일화가 중첩되기도 하며 시구를 자주 원용하고 있다. 잡박하다는 인상을 받게도 되지만 재미나게 읽혀지며 자료로서 생생한 가치를 갖는 것이다.

그런데 기록자로서 특히 치력한 곳이 있으니 인물의 인상을 아무쪼록 구체적으로 드러내고 마음에 전달되도록 한 것이다. 서술 대상 인물의 생김새를 으레껏 언급하고 그가 남긴 명구를 잊지 않고 소개한다. 일화의 제시로 엮어나가는 수법 또한 그 사람의 실제 행동을 통해 그 사람을 알도록 하자는 것이겠거니와, 그 사람의 생긴 모습을 그려서 그 사람의 인상을 심어주려는 의도일 것이다. 나아가 그 사람의 정신, 창조적 정수는 그가 남긴 명구에 가장 압축되어 있을 터이니 이를 소개함으로써 인물의 내면까지 감지할 수 있도록 배려한 것이리라.

4. 『병세재언록』의 저작 연대

『병세재언록』의 저작 시기는 밝혀놓지 않았으나 본문의 내용을 통해서 추정이 가능하다. 김홍도가 지금 연풍현감으로 재직하고 있다는 언급이 나오는데 김홍도의 연풍현감 재임 기간은 1791~1795년 사이다. 그리고 문원록의 이민보(李敏輔: 1720~1799)에 대한 서술에서 "당저 정사(當宁丁巳)"가 나오는데 이 연조는 1797년에 해당한다. 1797년은 저자의 나이 69세 때로 작고하기 2년 전이다. 이로 미루어 『병세재언록』은 18세기가 마감되는 시기인 저자의 말년 무렵 여러 해에 걸쳐 집필되었던 바 1797년까지 이어졌음이 확인되고 있다.

그리고 본문에 보유(補遺)라 하여 덧붙여진 기록이 간간이 보이는데 여기서도 요긴한 내용을 읽을 수 있다. 유림록의 한원진조의 보유를 보면 갑자년 겨울에 성해응(成海應: 1760~1839)이 전하는 말을 소개해 놓고 있다. 갑자년은 1804년에 해당하니 저자가 세상을 떠난 뒤의 일이다. 보유 부분은 저자가 직접 붙인 것으로 볼 수 없겠는데 누가 한 것일까?

추정컨대 저자의 아들인 이장재(李長載)가 아닌가 한다. 이장재는 『나석관유고(蘿石館遺稿)』 3책을 남겨 역시 『한산세고』에 수록되어 있다. 『병세재언록』은 이규상에 의해 쓰어진 다음 그의 아들 이장재의 손에서 보충이 된 것이다.

　『병세재언록』은 지금으로부터 꼭 2세기 전에 쓰어진 책이다. 우리 역사상 한 창조적 시대의 인간 중심적 기록은 다시 새로운 세기를 맞이하는 오늘의 시점에서도 의미 있는 기록으로 읽혀질 수 있을 것이다.

■ 부록

索 引

ㅎ

412

18세기 조선 인물지

幷世才彦錄

초판 인쇄 / 1997년 8월 11일
초판 발행 / 1997년 8월 16일

지은이 / 이규상
옮긴이 / 민족문학사연구소 한문분과
펴낸이 / 김윤수
펴낸곳 / (주)창작과비평사

주소 / 121-070 서울 마포구 용강동 50-1
전화 / 영업 (02)718-0541 · 0542
　　　　편집 (02)718-0543 · 0544
　　　　독자관리 (02)716-7876 · 7877
팩스 / (02)713-2403 703-3843
천리안 · 하이텔 · 나우누리 ID/ Changbi
지로번호 / 3002568
우편대체 / 010041-31-0518274
등록 / 1986. 8. 5. 제10-145호
인쇄 / 삼신문화사

ISBN 89-364-7041-8 03810
＊책값은 뒤표지에 표시되어 있습니다.